꽃 찾으러
왔단다

꽃 찾으러 왔단다

원다 장편소설

고즈넉 이엔티
GOZKNOCK ENT

꽃 찾으러
왔단다

초판 1쇄 발행 2018년 4월 30일

지은이 원다
펴낸이 배선아
펴낸곳 (주)고즈넉이엔티

출판등록 2017년 3월 13일 제2017-000022호
주소 서울시 강서구 공항대로 649 제성빌딩 303호
대표전화 02-6269-8166 **팩스** 02-6166-9199
이메일 gozknock@naver.com

차례

1장
우리 집에 왜 왔니

무용은 목을 쭉 빼 수풀을 보았다. 집중한 탓에 입술이 동그랗게 모였다.

"원추리 싹? 3월인데, 벌써?"

무용은 결국 걸음을 멈췄다.

"아직 추운데⋯."

여기에 있으면 싹이 올라온 채 죽을지도 몰랐다. 풀들은 그게 그 거처럼 보였지만, 무용의 눈에는 전부 다르게 보였다. 무용은 원추리 싹 앞에 쪼그려 앉았다. 그리고 조심조심 캐 무명천으로 감쌌다.

"우리 집으로 갑시다. 좋지요?"

무용은 원추리 싹에게 말을 걸듯 중얼거렸다. 좋은 일이 있어서 일까, 험한 산길에도 절로 콧노래가 나왔다.

"어?"

개울에 뜬 시체, 아니, 그 비슷한 걸 보기 전까지는. 엎어진 몸의 어깨는 피로 붉게 젖어 있었고, 풀어 헤쳐진 머리칼에는 일찍 핀 행화가 엉겨 있었다. 어딘가 처연하면서도, 긴장감이 느껴졌다.

"설마…."

무용은 고개를 털었다. 죽었다 단정하긴 일렀다. 개울에 달려드니 옷자락이 들러붙어 걸음이 무거웠다. 하지만 그런 걸 신경 쓸 때가 아니었다. 청년의 안색이 파리했다.

"이봐요, 이봐요!"

무용의 이마에서 식은땀 한 줄기가 슥 흘렀다.

무용이 코를 훌쩍이며 마루에 걸터앉았다.

"에, 에, 에취!"

옆으로 조금 전에 주운 청년이 보였다. 벽에 기대 앉혀놓은 거였다. 무용은 저도 모르게 청년의 외양을 훑었다. 눈처럼 흰 살결에 우뚝한 코. 눈매는 도도한 데가 있다만 그게 갸름한 얼굴과 어울려 귀한 느낌이었다. 오죽하면 파리한 입술마저 고울까.

"꽃 찾으러 갔다가, 꽃 같은 걸 주웠네."

기괴함은 사라지고 고운 미모만 돋보였다. 바람에 살랑대는 머리칼 또한 고왔다. 무용은 무심코 머리를 땋기 시작했다.

"어떻게 머릿결까지 이리 곱지? 귀한 댁 도련님이신 듯한데, 동백기름이라도 쓰신 걸까."

머리를 다 땋은 무용은 잠시 고민하다가 제 댕기를 풀었다. 각시붓꽃이 정성스레 수놓인 댕기가 청년에게로 옮겨갔다. 빙긋, 웃음이 나왔다. 무용은 흐트러진 머리를 대충 매만졌다. 그리고 손닿는 곳에 있던 바구니를 열어 무명천 조각으로 묶었다.

"아까 젖어서 그런가? 오늘따라 더 부스스하네."

그러다 갑자기 눈이, 입이 동그랗게 벌어졌다.

"맞다! 원추리!"

무용은 얼른 일어나 마루 한쪽에 둔 원추리를 확인했다. 아직 생기가 있었다.

"휴. 약방 선생님이 보셨으면 데쳐 먹자 하셨겠지? 전에 섞여간 것도 반찬이 됐고 말이야. 그거 맛있었는데… 가 아니고."

무용은 고개를 흔들었다.

"홀랑 먹긴 아깝지. 원추리가 얼마나 고운데."

무용은 마당에 자릴 잡고 앉아 호미질을 시작했다. 그때, 드디어 청년의 무거운 눈꺼풀이 열렸다. 청년은 파르르 떨리는 눈을 몇 번 더 깜빡이고서야 주변을 둘러보았다. 풀과 나무가 산만하게 뒤엉킨 곳이었다. 하지만 아름다웠다.

물 빠진 초록색 치마를 입고 앉아있는 무용도 그 풍경의 일부처럼 자연스러웠다.

"내가 죽어 무릉에 왔구나."

작게 중얼거린 소리였지만 무용이 듣고 벌떡 일어났다. 청년의 까만 눈동자가 자신을 보고 있었다.

"어, 깨어났다! 깨어난 거죠? 괜찮아요?"

무용이 다가오자 청년이 눈살을 찌푸렸다. 부산스러워 머리가 윙윙거렸기 때문이다.

"왜 그래요? 아파요?"

청년은 대답은 하지 않고 무용을 빤히 보기만 했다. 무용은 왠지 긴장해 숨을 참았다. 그리고 마침내, 고운 입술이 벌어졌다.

"쯧."

시작은 혀 차는 소리였다.

"선녀가 아름답다더니, 어리석은 치들의 소망일 뿐이었구나."

정적이 흘렀다. 그 와중에 청년은 다시 무용을 보고 또 쯧, 혀를 찼다.

"아니, 그게 생명의 은인한테 할 소리예요!"

황당하단 얼굴을 한 건 무용도, 청년도 마찬가지였다.

"생명의 은인?"

청년은 제 몸을 훑어보았다. 옷이 어설피 입혀져 있었고, 약초를 얹은 무명천이 어깨에 감겨 있었다. 어깨를 움직이자 통증이 느껴졌다.

"윽."

청년의 입술이 작게 비틀렸다. 절로 샌 소리는 지친 기색이 역력했지만, 뺨에는 옅은 홍조가 돌아와 있었다. 무용은 안도감에 옅게 웃었다.

"기운이 좀 드셨나 봅니다. 정말, 정말로 다행이에요."

무용에게 봄 햇살이 내렸다. 반짝였다. 청년은 넋을 잃은 듯 무용의 웃는 태를 바라보았다.

"무릉이, 맞을지도 모르겠구나."

"네?"

청년은 고갤 빗겨 흔들었다. 몸만이 아니라 머리도 정상이 아닌 듯했다.

"아니다."

선녀일 리가 없지. 청년은 이번엔 고갤 끄덕거렸다.

"그런데, 누구세요?"

그리 묻는 무용의 낯은 한없이 해맑았다.

"나를, 모르는 것이냐?"

"나랑 아는 사이예요?"

"내가 네까짓 것을 어찌 안단 말이냐."

"그럼 이쪽도 같지 않겠어요?"

퉁명스러운 투에도 무용은 발랄하게 되물었다. 청년은 그 속을 알수가 없었다. 영 찜찜했다. 게다가 이곳은 이상했다. 초가삼간에 딸린 마당치곤 너무 컸다. 거기에 꽃이며 나무며 풀이 가득한 게, 도대체 무얼 하는 곳인지 알 수가 없었다.

"너는 누구이고, 이곳은 무엇이냐?"

"여기요?"

무용은 기다렸다는 듯 척 팔을 뻗어 '芽而理水(아이리수)'란 간판을 가리켰다.

"조선 팔도에 유일한 곳. 없는 꽃 빼고 다 있는 곳! 도화, 행화, 이화에 꽃다지, 여뀌까지 빛내주는 꽃들의 무릉도원! 서천에도 없을 선물 전문! 물(水)을 다스려(理) 싹(芽)을 기르는 곳!"

씩, 입꼬리가 올라갔다.

"어서 오세요, 꽃집 아이리수입니다."

그리고 다시 찾아온 정적.

바람이 두 사람 사이를 스쳤다. 무용은 민망함에 청년을 흘깃거렸다. 청년은 경멸을 숨기지 않고 입술을 비틀었다.

"꽃을 파는 가게란 게냐? 괴상한 소리를 하는구나."

"에이, 대동강 물도 파는데 꽃이라고 왜 못 팔겠어요."

무용은 손까지 내저으며 넉살을 부렸다. 그러더니 이젠 똑바로 서서 가슴팍에 손을 얹었다. 제 소개를 시작하는 것이었다.

"저는 무용이에요. 춤출 무(舞)에 풀 날 용(茸). 이름이 팔자라더니, 꽃집에 딱 맞죠?"

애써 활기차게 구는 데도, 청년은 이렇다 할 반응이 없었다. 무용은 결국 쌜쭉한 척 물었다.

"그럼 한량님이야말로 누구예요?"

"한량이라니, 감히! 이 몸은⋯."

청년은 말을 잇지 못했다. 정말 나를 모르는 걸까? 그럼, 알게 된다면? 아니, 정체를 모르고 나를 구해? 어째서?

"왜 그래요? 머리 아파요? 머리를 다치면 바보 된다고도 하던데, 아니죠?"

무용이 청년의 안색을 살피려 얼굴을 바짝 들이댔다. 청년은 퍼뜩 놀라 몸을 뒤로 물렸다.

"무, 무슨 짓이냐!"

"괜찮으신가 보네요. 그런데, 이름은 뭐예요?"

청년이 경계하는 기색이 역력한 데도, 무용은 풀썩 그의 곁에 앉았다. 그러고는 조각 천 바구니로 눌러둔 색지들을 꺼내 정리하기 시작했다. 갑작스레 생긴 환자를 돌보느라 미뤘던 일이었다.

"내 정체를 확인하려는 것이냐?"

청년이 가느스름한 눈을 해 되물었다.

"그래야 뭐라 부르죠. 한량님으로 괜찮으면 그걸로 하고요."

"감히 또 그런 헛소릴 하는 게냐. 이 몸은⋯."

어벙한 듯 굴었지만, 다 경계를 풀려는 수작일지도 몰랐다. 마음 속에 의심이 일었다.

"해길. 그 글자를 쓴다."

무용은 멀뚱멀뚱 청년을 바라보다가, 알았다는 듯 고갤 끄덕였다.

이제 종이도 정리가 다 된 터였다. 무용은 묶을 것을 찾아 바구니 로 손을 뻗었다. 그 순간, 청년이 몸을 일으켰다. 무용의 손을 잡아채 려는 것이었다. 숨긴 칼을 꺼낼지 모른다는 생각에 저절로 나온 행 동이었다.

"이제야 본색을…!"

아직 성치 않은 몸이 기우뚱 균형을 잃고 무용을 덮쳤다.

"까, 깜짝이야."

아무리 무용이라도 이런 꼴은 부끄러웠다. 그러나 청년의 정신은 다른 데 가 있었다.

'아무것도 없어?'

쏟아진 바구니에서 나온 건 무른 천 조각뿐이었고, 무용의 손에서 흘어진 건 색색의 종이뿐이었다. 그때, 갑자기 이마에 선듯한 게 닿 았다. 무용의 손이었다.

"괜찮아요? 열이 다시 난 거죠? 해길도령, 그럼…."

"무어라?"

둘은 서로를 빤히 쳐다보았다.

"해길이라면서요. 이름."

"…그랬지."

무용은 일어나 종이를 주웠다. 해길은 무용의 손길을 따라 시선을 옮겼다. 색색의 종이가 아름다웠다. 어느새 무용은 그걸 다 안고 해길 앞에 서 있었다. 올곧은 시선이었다.

"이제 어디로 갈 거예요?"

해길이 또 얼굴을 구겼다.

"그것을 네가 왜 묻는 게냐."

"열이 떨어질 때까진 여기 있으면 해서요."

"나를 잡아두려는 연유가 무엇이지?"

"환자니까요. 의원에 가실 거면 그리 연통을 넣고요."

누그러진 눈매와 올라간 입꼬리가 해길에겐 마냥 의심스러웠다. 해길은 이리 웃는 자들을 잘 알았다. 속이고 싶은 게 있는 자들이었다. 연통을 넣는다며 자신을 넘기려는 걸지도 몰랐다. 해길은 지끈거리는 어깨를 붙잡았다.

"만지지 마요. 그거, 지혈이랑…."

"독초라도 붙인 게냐?"

"…네?"

무용의 낯이 아연하다 못해 찌푸려졌다.

"무슨 소릴 하는 거예요!"

"둘러대려면 그럴싸한 말을 대어라. 꽃집이라니."

해길은 터지려는 신음을 참으며 억지로 몸을 일으켰다.

"나를 건져주었으니, 날 보았다 누설치 않는 정도로 무례를 봐주마."

무용은 머릿속이 뒤죽박죽이면서도, 휘청거리는 해길을 보며 저도 모르게 손을 뻗었다. 하지만 돌아온 건 단호한 거절의 손짓이었다. 마주친 눈빛에 무용은 어쩐지 소름이 돋았다. 화살에 맞아 악이 오른 호랑이라도 보는 듯했다.

해길은 어느새 대문 앞에 서 있었다.

"죽을 뻔한 걸 살려냈더니, 죽으려고 살렸냐 묻고! 가버려요, 가버려!"

얼떨떨했던 무용도 이젠 기가 차 소리를 질렀다. 해길은 망설임 없이 밖을 향했다. 곧 문이 닫혔다. 딸랑, 풍경 소리가 작게 울렸다.

"세상 조용해서 좋네. 칫⋯."

무용은 문득 주변이 썰렁함을 느꼈다.

걸음이 느려진 탓일까, 산길이 길어서일까. 마을로 가는 데는 꽤 시간이 걸렸다. 해길은 입술을 꾹 물었다. 머리가 깨질 것 같았다. 저 잣거리가 시끄러웠기 때문이다.

"어떻게 아버지의 여자를 탐해!"

사람들은 용모파기를 보고 있었다. 해길은 거칠게 새던 숨을 삼켰다. 누군가 일부러 먹을 쏟아 알아볼 수 없게 된 용모파기였다. 이름조차 더럽혀져 있었다.

"쯧쯧, 그러고도 살겠다고 도망을? 인의를, 예를 알면 죽어야지."

"그것도 아기씨를 밴 마마라지 않나! 결국 아기씨까지 떨어졌다지?"

"그런 게 세자였다니!"

세자, 그 말에 해길의 신경이 곤두섰다.

'너 같은 건 세자가 아니다!'

외침은 익숙한 목소리로 변해 해길의 머릿속을 흔들었다.

무용은 앉았다 일어서기를 반복했다. 왠지 불안했다. 그때 딸랑, 풍경이 울렸다. 무용은 튀어 오르듯 문을 향했다.

"어?"

풍경을 울린 건 무용이 생각한 사람이 아니었다. 건장한 체구의 사내 둘이 자신을 내려다보고 있었다. 처음 보는 사람들이었다.

"말씀 좀 물읍시다. 아가씨가 저 산에 자주 간다지요?"

그중 하나가 생글거리며 말을 붙였다.

"네, 그런데 무슨 일로…?"

다른 사내는 성큼성큼 안쪽을 들어와 살폈다. 그는 주인에게 묻지도 않고 빨랫줄에 걸린 옷을 잡아챘다. 해길의 옷이었다. 무용은 어쩐지 겁이 났다.

"이거, 맞지?"

"이 옷, 어디서 났죠?"

6척(약 180㎝)이 훌쩍 넘는 키로 앞을 막는 통에 말을 꺼내기도 쉽지가 않았다.

"그 옷이요?"

낯선 사내가 입은 도포도 해길의 것만큼 좋았다. 하지만 선비라기에는 손이 이상하리만치 투박했다.

"어? 혹시 선비님 건가요?"

무용은 애써 태연한 척했다.

"훔치려던 건 아닙니다! 개울에 둥둥 떠 있는데, 누가 버린 건가 싶어 주웠습니다. 어깨가 뜯어졌잖아요. 그래도 감이 이리 좋은데, 버리기 아깝지 않습니까?"

"이 옷을 입은 이를 못 봤나?"

옷을 채서 가져온 이가 얼굴을 구기며 물었다. 무용은 천천히 고개를 저었다.

"지인 분 건가요? 혹시 근처에서 만나기로 하신 거라면 차라도 한잔하시겠습니까? 여기서는 차도 팔 거든요."

16

용모파기를 멍하니 보던 해길이 휘청, 균형을 잃었다. 누군가 그런 해길을 받쳐주었다.

"조심해야지."

"누구냐!"

긴장해 있던 해길이 저도 모르게 목소릴 높였다. 성을 내는 듯한 모습에 뒤에 있던 이가 놀리듯 웃었다.

"아직 머리도 안 올린 꼬맹이가 성질은 있구나."

해길은 그제야 제 머리에 댕기가 달린 걸 알았다.

"이건 또 무슨…!"

웃음이 뒤섞인 소란에 사람들이 모여들었다.

"어? 한화백 옷이야."

"그러네. 산 윗집 환쟁이네 손님이구먼."

"한씨가 왔어? 동에 번쩍, 서에 번쩍, 말도 없이 오간다니까."

해길이 걸친 도포는 비단은 아니었지만, 좋은 옷감을 골라 정갈히 지은 옷이었다. 옷의 주인을 반가워하는 말이 가벼운 웃음소리와 이어졌다. 어지러웠다. 해길은 고개를 털었다. 그 순간, 누군가와 시선이 마주쳤다.

기묘한 웃음을 지은 자였다. 자신을 보지 않는 척 고개를 돌렸지만, 조금씩 다가오고 있었다. 자신을 잡으려는 이가 분명했다.

해길은 그대로 뒤돌아 내달렸다. 퍽, 누군가와 부딪혔지만 신경 쓸 새가 없었다.

"거, 조심 좀 하라고!"

숨이 자꾸 부족했다. 하지만 그보다 시선과 목소리가 괴로웠다. 모두 자신을 욕보이는 듯했다. 어디로 가야 할까. 해길은 길도 없는 산으로 걸음을 틀었다. 걸음이 어지러운 게 머리가 어지러운 것보단 나았으니까.

어느새 노을도 지고 어둠이 내린 시간이 됐다. 해길은 이젠 보이지도 않는 산길을 내달리고 있었다. 몇인지도 모를 걸음 소리가 그를 계속 뒤쫓았다.

"잡아라!"

해길이 간신히 또 한 걸음을 내디딘 순간, 다리는 맥없이 제힘을 풀어버렸다. 해길은 그대로 경사를 따라 굴러떨어졌다.

위협적인 손님들이 왔다간 뒤, 무용은 혹시나 하는 마음에 마을까지 내려와 해길의 소식을 찾았다. 정체도 모르는 사람이었지만, 이대로 두면 붙잡혀 봉변을 당할 것 같아 마음이 안 좋았기 때문이다.

"그 얼굴 허연 도령? 뭐가 급한지 막 뛰어가더구나."

"뭔 사고를 친 것도 같고."

돌아온 대답은 전부 불안한 것뿐이었다. 어두워지는 하늘을 보니 해길의 파리한 안색이 다시 떠올랐다. 마음이 점점 더 무거워졌다. 푸, 한숨이 나왔다.

"잘 가고 있겠지?"

"으윽."

해길이 신음과 함께 깨어났다. 정신을 잃은 사이 밤이 되어 있었다. 걸음 소리는 들리지 않았다. 뒤쫓던 이들이 사라진 거였다. 픽, 쓴웃음이 샜다.

"차라리 독초였다면 좋았을 것을…."

몸의 상처보다 마음의 수치가 괴로웠다. 문득 바람이 나무를 스쳤다. 그 사이로 산짐승 다니는 소리가 들려왔다. 하늘에 뜬 달은 조용히 자신을 내려다보고 있었다. 달이 너무 밝았다. 해길은 눈살을 찌푸리고 몸을 돌렸다.

그때, 무언가 해길을 붙잡았다. 땋은 머리칼이 웬 나뭇가지에 걸려있었다.

"이런 하잘것없는 게…."

해길은 가지를 부러뜨리려 머리칼을 잡아 당겼다. 하지만 가지는 끊어지지 않았다. 마른 잔가지처럼 보였으나, 그건 여린 새싹을 단 나무였다. 나뭇가지에 달린 댕기가 흔들렸다. 각시붓꽃 자수가 눈에 들어왔다.

꽃집, 거기서 본 이가 매어놓은 것이리라.

"하, 하하, 하아…."

고요한 어둠 속에 묘한 웃음소리가 울렸다.

마루에 앉아 해길의 옷을 깁던 무용이 눈을 끔뻑거렸다. 달이 뜬 어스름에 바느질을 하려니 눈이 침침했다. 그런 중 딸랑, 풍경소리가 울렸다. 무용은 재빨리 문을 향했다.

"혹시 해길도령?"

하지만 대문을 지난 건 찬바람이었다. 터덜거리며 돌아온 무용이 푹 한숨을 쉬었다.

"슬슬 정리해야겠다."

스산한 바람에 무용이 몸서리를 쳤다. 딸랑, 그 사이로 작은 풍경

소리가 울렸다.

"또 바람인가."

하지만 걸음 소리가 들렸다. 무용은 해길의 옷을 개키다 말고 뛰쳐나갔다. 달빛 아래, 창백한 얼굴의 해길이 서 있었다.

달이 너무 밝아서, 걱정 어린 눈이 너무 잘 보여서, 해길은 무용을 똑바로 볼 수가 없었다. 왜인지 힘까지 풀려 풀썩, 몸이 무너졌다.

"해, 해길도령!"

무용이 가까스로 그를 받아냈다. 식은땀 범벅이었다. 무용은 소맷부리로 정신없이 이마를 훔쳤다.

"너는, 어찌 그런 낯을 하는 게냐."

해길이 무용의 뺨으로 손을 뻗었다.

"나는, 내가 왜 이리 왔는지 모르겠는데."

무용은 그 손을 감싸 쥐었다. 손이 차갑게 식어있었기 때문이다.

"…잘 왔어요."

괜찮다고, 이곳에 있으라고 말해주고 싶었다. 무용은 빙긋, 웃음을 지었다.

"꽃집에 어서 와요."

두근두근. 해길은 가슴 안쪽 어딘가가 따듯해지는 걸 느꼈다. 긴장으로 굳었던 몸이 풀어졌다. 스르륵, 눈이 감겼다.

"도령? 해길도령!"

해길의 입술에 미소가 피어 있었다. 달이 밝아 다행이었다. 그게 더욱 곱게 보였으니 말이다.

화려한 정원이 내다보이는 기와집, 집주인 문(玟)은 방에서 소나무 분재를 다듬고 있었다.

"쯧."

훌륭한 해송 분재였음에도 문은 실망스럽다는 듯 혀를 찼다.

"토끼를 쫓을 땐 말이야."

문은 가지 하나를 분질러 던졌다. 가지는 바닥이 아닌 앞에 꿇어 앉은 이의 머리 위로 떨어졌다. 칼까지 찬 자객이 그 앞에 엎드려 있었다. 무용의 꽃집에 들이닥쳤던 자였다. 꽃집을 헤집었을 때는 분명 위협적으로 보였는데, 지금은 너무 움츠려 불쌍해 보였다.

"숨 쉴 틈을 주지 않고 몰아붙여야 하 지."

"대감, 완전히 다른 곳으로 떠난 것이···."

"닥쳐라!"

문이 호통을 쳤다. 문은 대감이라 불리기에는 지나치게 어려 보였으나, 당연한 호칭이었다. 문, 문영(炆榮)대군은 세자의 동생이자 이 나라 유일의 대군이었으니까.

"감히, 개가 무얼 판단을 하려고."

문은 서늘하게 웃으며 가지 하나를 또 비틀어 끊었다.

"사냥개는 가족을 굶겨 죽이지 않을 생각부터 해야 하지 않겠느냐?"

시킨 바를 해내지 않으면 가족을 죽이겠다는 협박이었다. 자객은 바닥에 납작 엎드렸다.

"대, 대감!"

"알아들었으면 당장 일어나! 어떻게 해서든 찾아내란 말이야!"

여리지만 환한 봄볕이 내리는 낮, 해길은 꽃집 마루에 앉은 채로 잠들어 있었다. 그를 보는 무용의 입술이 동그랗게 모였다. 빛이 비춰서 그런가, 얼굴이 더 또렷이 보였다.

"언제쯤 돼야 깨어나시려나."

푸우, 한숨이 나왔다. 어젯밤에는 잠시 정신을 차린 듯했다. 하지만 간신히 물 한 모금을 먹고 다시 이 상태였다. 지금은 낮잠을 자는 듯 보였지만, 또 언제 열이 오를지 몰랐다.

무용은 해길의 곁을 지키며 며칠 밤을 지새웠다. 사실 환자만큼이나 지친 상태였다. 몸이 무거웠다

"콜록."

이젠 서 있기도 힘들었다. 무용은 해길 옆에 자릴 잡고 앉았다.

잠든 해길은 꿈에 빠져 있었다. 나무들은 싱그러운 향을 뿜었고, 꽃들은 색색으로 고왔다. 해길은 어린아이의 모습으로 그 사이를 달렸다. 즐거워 보였다.

"형, 형!"

해길을 부르는 동생의 목소리에도 즐거움이 느껴졌다. 해길은 환하게 웃으며 뒤를 돌았다. 하지만 뒤에 있는 건 어릴 때의 동생이 아닌 지금의 동생이었다.

"문!"

자신과 동생은 이제 아이가 아니었다. 갑자기 발치가 무너지기 시작했다. 어느새 풍경은 절벽이 돼 있었다. 어깨에 화살을 맞고 떨어졌던 그 절벽이었다. 추락하는 해길의 두 눈에 문의 비웃는 얼굴이 어렸다.

"해길도령?"

순간 이상한 소리가 들렸다. 맑고 높은 목소리였다.

"도령? 저기, 해길도령!"

"허억!"

해길이 거친 숨을 몰아쉬었다. 이마까지 땀으로 축축했다.

"괜찮아요?"

꿈속에서 들은 목소리. 누구였더라, 빛을 등진 탓에 그늘이 져 얼굴이 보이질 않았다.

그때, 무용이 손을 내밀었다. 해길은 저도 모르게 그 손을 쳐냈다. 무용은 들고 있던 천을 놓치고 말았다.

"도령은 무조건 내치는 게 습관이에요? 앓아누워 있게 둘 걸 그랬네."

무용은 마루 저편에 팽개쳐진 천을 줍기 위해 몇 걸음 옮겼다. 햇볕이 갑작스레 해길에게 쏟아졌다. 해길은 눈을 찡그렸다.

"여기는…."

눈을 깜빡여 보니 주변이 온통 초록이었다. 풀과 나무로 들어찬 마당 한구석에 나무로 된 작은 편액이 보였다.

꽃집 아이리수.

그때, 이마에 무언가가 닿았다. 누군가가 걱정스러운 얼굴로 식은 땀을 닦아주고 있었다. 무용, 그런 이름이었다.

"깨우는 게 나을 거 같아서 깨웠는데, 괜찮죠?"

무용이 해길에게 눈높이를 맞춰 몸을 숙였다. 갈색 눈동자가 코앞까지 다가왔다. 순간 긴장이 됐다.

무용이 씩, 웃음을 지었다. 해길은 몸을 물리는 무용을 빤히 쳐다보았다.

"꼬박 사흘을 잔 거 알아요?"

눈이 부시지도 않은 걸까, 여전히 웃고 있었다. 주근깨가 이리저리 박힌 뺨이 동그래졌다.

"눈부셔요? 환자를 방에 혼자 두기도 그렇고, 오늘 따듯하기도 하고 해서 여기가 더 좋을 거 같았는데. 혹시, 어깨 아파서 그래요?"

"괜찮다. 한결 나으니."

해길은 어깨를 가만히 쥐었다. 통증이 없지는 않으나 못 움직일 정도는 아니었다.

"다행이다. 약초를 잘못 쓴 건가 고민했다니까요. 콜록."

무용은 잔기침을 터뜨리며 마루에 앉았다. 해길과 거리를 두려 나름대로 가장자리에 앉았으나, 마루가 좁은 탓에 나란히 앉은 듯 보였다. 무용은 해길을 슬쩍 보고 마당으로 눈을 돌렸다.

"그런데, 해길도령은 왜 쫓기는 거예요?"

아무렇지 않게 물었지만, 실은 매우 조심스러운 질문이었다. 해길이 대답하기 싫어할 게 분명했기 때문이다. 역시나 해길의 얼굴은 차가웠다. 하지만 사정을 모르고 있자니 너무 걱정이 됐다. 무용은 딴청을 피우며 달리 말할 방법을 고민했다.

"그걸 네가 왜 묻는 게냐?

"그게, 해길도령을 찾는 사람들이 왔었거든요. 도령이 나갔을 때요. 또 찾아오면 뭐라 해야 하나 싶어서요."

"무어라?"

해길이 갑자기 몸을 일으켰다. 휘청거리다 하마터면 넘어질 뻔했다. 무용은 놀라 일어나며 손을 뻗었다. 하지만 곧 손을 거두었다. 해길의 눈이 너무 매서웠다.

"여기 없다고 했어요."

무용은 넉살을 부리며 자리에 앉았다.

"쯧."

해길도 너무 놀란 티를 낸 것 같았는지 다시 슬며시 앉았다. 불편한 침묵이 흘렀다. 무용은 어색한 분위기를 못 견디고 다시 말을 꺼냈다.

"그게, 영 이상했거든요. 도령처럼 좋은 걸 입었는데, 손은 꼭 두꺼비 손 같더라고요."

무용은 제 손을 펴보았다. 손톱은 뭉툭했고, 마디는 울룩불룩했다. 흘깃 해길의 손을 보니 손가락마저 매끈했다. 하긴, 생각해보면 해길은 전부가 고왔다. 열에 도는 홍조마저 복사꽃처럼 보이니. 무용은 다시 제 손을 보았다. 이젠 잔가지에 쓸린 상처며, 짧은 손톱 밑으로 든 풀물까지 눈에 들어왔다. 무용은 손가락을 접어버렸다.

"꼭 내 손 같던데."

무용은 제 손이 신경 쓰였으나, 해길은 자객에 대한 정보만 신경 쓰였다. 무용에겐 관심이 없었다.

"또 다른 소식은 없느냐?"

"네? 딱히…."

해길은 얕은 숨을 내쉬었다.

"멍청해 보이더니 생각만큼은 아니구나. 내 잠시 의탁해도 되겠어."

"네, 그러세요."

무용은 선선히 대답했다. 어차피 그리할 생각이었다. 그렇지만 뭔가 이상했다.

"그런데, 일부러 그러는 거예요? 기분 나빠지라고?"

"무엇이 말이냐?"

"처음 봤을 땐 못생겼다, 아니, 그건 뭐, 그렇다 치고."

저리 생겼으니, 다른 이는 못생겨 보일 수도 있겠지. 무용은 대충 말을 정리했다.

"멍청하다고 그러면 누가 좋아하겠어요?"

"생각보다 아니라 이르지 않았느냐."

"그래도 그건 아니죠. 도와줘서 고맙다 하면 좋을 걸 왜 그래요?"

"아아, 후일 사례하마."

"아니, 그게 아니라요!"

무용은 속이 터질 것 같았다. 말이 통하질 않았다. 해길은 눈살을 구긴 채 자신을 빤히 보고 있었다. 왜 저리 시끄럽게 구는지 생각하는 듯했다. 그런 거면 차라리 다행일까. 짜증이 난 걸지도 몰랐다. 무용은 괜히 찡해진 코를 훌쩍였다.

"그러니까, 나와 도령이, 사람과 사람이 만났잖아요? 그러면 서로 돕고 사는 거잖아요."

무용은 제 옷섶에 손을 얹었다가 해길을 가리켰다. 그러다 두 손을 맞잡았다.

"이렇게 돕고, 또 돕고 살아야 행복한 거죠. 사람은 그래야 함께 사는 거잖아요. 그렇지 않으면, 곁에 누가 남겠습니까?"

무용은 고개를 기울이고 해길을 보았다. 동의를 구하려는 몸짓이었다.

"그럼 그때 찾아온 이들도 도와야 했겠구나."

해길의 말은 냉랭했다. 무용은 입술을 비죽 내밀었다.

"얘기가 또 어떻게 그렇게 돼요. 나는 해길도령을 돕겠다고 그런 건데."

"그런 정신으로 어찌 살려는 게냐. 의심을 품는 건 당연한 일이다.

너는 그때 죽지 않은 걸 다행으로 여겨야 할 게다."

더 말해봤자 소용도 없을 듯했다. 게다가 아픈 사람을 붙잡고 계속 성을 내기도 뭐했다. 무용은 다른 말을 하기로 했다.

"됐어요. 사람이 속고만 살았으면 그럴 수도 있죠. 그나저나, 도령은 저어기 위 절벽에서 온 거예요?"

해길이 이마를 찌푸렸다. 조금 전 꾸었던 꿈이 떠올랐기 때문이다.

"머리에 행화가 붙어 왔던데. 거긴 호랑이라도 잡으러 가지 않는 한 웬만해선 들어가지도 않거든요."

절벽에서 떨어질 때, 동생의 얼굴은 분명하게 보이지 않았다. 하지만 그때를 떠올릴수록 얼굴이 점점 또렷해졌다. 문은 꿈에서 본 것처럼 냉소를 띠고 있었다. 믿고 싶지 않았다.

무용은 해길의 안색이 어두워진 걸 알아채고 일부러 웃어 보였다. 불안을 조금이라도 덜어주려고 한 일이었다. 하지만 해길은 무용의 웃음을 문의 비웃음과 겹쳐보고 있었다.

"또 '그걸 네가 왜 묻는 게냐' 이러려고 그래요?"

무용이 해길의 얼굴과 말투를 흉내 내며 말했다.

"됐어요. 됐어. 사정없는 사람이 어디 있겠어요. 말하고 말하지 않고의 차이지."

무용이 손을 내저으며 말했다. 그때, 딸랑, 풍경이 울렸다.

"아, 손님 오셨다. 콜록콜록."

무용은 터지는 기침을 막으며 일어났다. 거슬릴 만도 한 소리였으나, 해길은 제 생각에만 잠겨 있어 그다지 의식하지 못했다.

절벽은 쫓겨 간 곳이었다. 한 발짝 뒤에 낭떠러지를 두고, 앞에는 다섯이나 되는 이들이 칼을 휘둘렀다. 그렇지만 자신을 절벽 아래로 떨어뜨린 건 수풀 속에서 쏘아진 화살 한 발이었다. 문의 휘하였으리라. 픽, 굳었던 얼굴에 쓴웃음이 떴다.

"네가, 이긴 건가…."

"가만있어 보자, 거기까지 다녀오려면, 그러니까…."

돌아온 무용이 부산스레 혼잣말을 했다.

"하아. 오늘은, 일찍 잘 수 있나 했는데…."

해길은 퍼뜩 정신을 차리고 무용을 보았다. 무용은 필요한 걸 꼽느라 손가락을 접으며 왔다 갔다 하고 있었다.

"해길도령, 저 잠깐 산에 다녀올게요. 진돌 아저씨가 약초를 부탁하셨거든요. 산 위쪽까지 가야 해서 좀 걸릴 거 같긴 한데…. 그래도 저녁 전에는 올 거예요."

무용이 짚으로 된 바구니에 호미를 챙기며 말했다.

"알았다."

해길은 대충 고개를 끄덕였다. 무용은 앞치마를 고쳐 매고서야 그의 앞에 다가섰다.

"그럼, 다녀올게요."

다녀올게요, 오랜만에 해보는 말이 문득 반가워서, 무용은 조금 웃음이 났다.

꼬르륵. 해길의 배 속이 울렸다.

"흠, 흠."

주변에 누가 있는 것도 아니었으나, 괜히 민망해 헛기침이 나왔다. 무용이 나갔을 때는 해가 쨍쨍한 낮이었다. 그런데 이젠 해 질

28

녘이었다.

그 내내 해길은 혼자 마당만 보고 있었다. 마당은 풀과 나무가 가득했으나, 해길에게는 볼 게 없는 곳이었다. 꾸벅꾸벅 졸다가, 혹시 누가 올까 하는 생각에 버티다가, 또 졸다가, 또 깨었다가…. 이젠 이 반복마저 지친 터였다. 꼬르륵. 다시 배 속이 끓었다.

"점주가 이리 점포를 오래 비워서야 쓰나."

밥을 굶고 있는 객은 둘째 치더라도 이곳은 장사를 하는 곳이 아닌가. 쯧, 해길은 혀를 찼다. 하지만 좀 이상하긴 했다.

"분명 저녁 전에는 돌아올 것이라 했지."

벌써 달이 떠오르고 있었다. 마당에서 놀던 닭들도 모두 제집에 숨은 뒤였다. 돌아올 시간이 지나도 한참이나 지난 게 분명했다. 혹 무슨 일이 생긴 건 아닐까.

"제집 앞에서 무슨 일이 생겼겠어? 그래, 돌아오는 중이겠지."

고개를 털었으나, 생각은 털어지질 않았다.

해길은 마당으로 내려와 앞으로 걸었다가, 뒤로 걸었다가, 또 앞으로 걷길 반복했다. 바보같이 굴긴 하지만, 구태여 늦을 것을 늦지 않는다고 거짓말을 하지는 않으리라. 아무래도 이상했다.

문득 무용의 해맑은 낯이 떠올랐다.

"…그리 바보같이 구니 무슨 일이 있을지 모르지."

어디서 간악한 놈들한테라도 걸렸다면? 거기까지 생각이 미치자 더는 그냥 있을 수가 없었다. 해길은 단숨에 마당을 가로질러 대문을 향했다. 딸랑. 문이 열리고 풍경이 울렸다.

해길의 걸음은 거기서 멈췄다.

"어디로 가야 하지?"

이곳에 대해서도, 무용에 대해서도 아는 바가 없었다.

"그래, 채산을 간다 하였지. 위쪽으로 간다 했어."

해길은 산길을 따라 걸음을 옮겼다.

"후우."

해길은 길게 한숨을 쉬었다. 산길은 간신히 길의 모양새만 갖췄을 뿐이었다. 그런 데를 밤중에 오르려니 갑절로 힘이 들었다. 무용도 이 험한 길을 오고 있을까. 마음이 답답해졌다.

"여태 무얼 하고 있는 게야…."

그때, 맞은편에서 인기척이 들렸다. 문득 느껴지는 바람이 스산했다.

이런 오밤중에 길 같지도 않은 길을 오는 이라니, 어쩌면 자신을 찾는 살수일지도 몰랐다. 해길은 조용히 옆으로 걸음을 옮겨 어둠에 몸을 숨겼다. 그리고 귀를 기울였다. 발을 끄는 소리가 들렸다.

"어?"

무용이 다리를 절뚝절뚝 끌며 오고 있었다. 해길은 한달음에 무용에게 달려갔다.

"해길도령? 도령이 여긴 어떻게 왔어요?"

무용이 빙긋 웃었다. 크게 다친 듯한데, 무엇이 좋아 웃는 걸까. 해길은 가슴속에서 무언가 울컥 치미는 것을 느꼈다.

"너는 어찌 그리 칠칠치 못하게 구는 게냐!"

"미안해요. 그게, 약초가 손이 안 닿는 데 있어서…."

해길이 화를 내는 것으로 보였는지 무용은 안절부절못하며 대답했다.

"결국 구르기만 했네요. 바보 같죠?"

이런 중에도 무용은 넉살을 부렸다. 해길은 혀를 찼다. 그래도 이렇게 보고 있으니 아까처럼 답답하지는 않았다. 하지만 그것도 잠시였다. 자세히 보면 볼수록 점점 더 속이 터질 것 같았다.

꼼지락대는 손을 보니 쓸린 상처가 한두 개가 아니었다. 앞치마도 엉망이었다. 풀물 든 데는 있어도 깨끗했는데, 지금은 흙먼지에다 먼지투성이였다. 무엇보다 제대로 걷지도 못하고 절룩거리는 게 심상치 않았다. 웃으며 말할 상황이 아니었다. 불쑥 소리를 친 탓일까, 무용은 자신의 얼굴을 살폈다.

해길은 한숨을 내쉬었다. 그리고 무용의 앞에 몸을 숙였다.

"업혀라."

"네?"

무용이 뜻밖의 말에 놀라 고개를 들었다.

"괘, 괜찮아요. 해길도령은 환자잖아요. 게다가 저보다 한참 말랐는데 어떻게…."

무용은 다리를 절면서도 걸음을 물렸다.

"거, 업히래도! 너 정도야, 한 팔로도 거뜬하다!"

무용은 하는 수 없이 해길의 등에 업혔다. 어정쩡한 모양새였다. 해길은 잠시 미간을 구겼다. 다친 어깨에서 느껴지는 통증 때문이었다. 하지만 신음을 참고 무용을 다시 추켰다.

"괜찮으냐?"

"네? 아, 네."

무용은 얼떨떨한 기분이었다. 며칠 내내 본 딱딱한 얼굴 그대로인데, 뭔가 달라 보였다. 흰 살결에 달빛이 비쳐서일까, 빛이 나는 듯했다. 그런 뺨이 너무 가까웠다. 무용은 왠지 민망해져 고개를 숙였다.

"그럼 가자꾸나."

해길에게서 땀이 옅게 밴 살 냄새와 마당에서 밴 듯한 풀냄새가 났다. 훅 온기가 느껴졌다. 무용은 그게 해길의 등에서 올라온 것인지, 제 뺨에 오른 것인지 알 수 없었다. 산길이 거친 탓일까, 오르락 내리락하는 통에 무용의 심장까지 통통 울리고 있었다.

타박타박, 조용했던 꽃집 앞에 걸음 소리가 들렸다. 곧 무용을 업은 해길이 나타났다. 해길이 꽃집의 문을 열자 딸랑, 풍경이 울렸다.

"네 집이다."

집에 다 왔는데도 무용은 가만히 업혀 있을 뿐이었다. 생각해 보니 오는 내내 한마디도 하지 않았다. 뭔가 이상했다.

"이봐?"

고개를 돌려 무용을 보니, 식은땀을 흘리며 괴로워하고 있었다. 해길은 마루로 달려가 얼른 무용을 눕혔다. 그리고 머뭇대다가, 무용이 자신에게 해줬던 것을 떠올리며 이마에 손을 뻗었다.

"불덩이잖아."

해길이 놀라 중얼거렸다. 그 순간, 무용이 눈을 떴다.

"아, 해길도령⋯."

"괜찮은 게냐?"

무용은 머리가 어지러운 걸 참느라 입술을 꾹 다물면서도 고개를 끄덕였다. 그리고 자리에서 일어나려 했다. 하지만 비척대다가 풀썩, 주저앉고 말았다.

"이, 이봐!"

무용이 공중에 헛손질을 했다. 벽을 짚으려 했지만, 거리가 가늠

32

되지 않는 듯했다. 해길은 쯧, 혀를 차고 다가와 무용을 안아 들었다. 몸을 들어 올리자 풀썩 치맛자락이 따라 들렸다. 그 아래로 버선이 보였다.

피범벅이었다. 해길은 가슴 안에서 또 뭔가가 솟구치는 것을 느꼈다.

"너는…!"

저도 모르게 언성이 높아졌다. 그렇지만 힘없이 제 품에 안겨 있는 무용을 보니 더 말도 나오지 않았다. 후우, 떨리는 숨만 가늘게 샜다. 열 때문에 붉어진 무용의 뺨으로 눈물 한줄기가 흐르는 게 보였다.

"칠칠치 못하기는…."

한쪽에 보이는 이불을 가져다 무용을 눕힌 것까진 좋았다. 그럼 이제 무얼 해야 하나? 일단 피가 나는 것부터 어떻게 해야 할 것 같았다. 해길은 조심히 버선을 벗겼다.

발등 위로 길게 찢어진 상처가 보였다. 발목도 퉁퉁 부어 복사뼈가 두 배로 튀어나와 보일 정도였다.

"이 다리로 걷던 건가."

"아…."

무용이 앓는 소리를 냈다. 해길은 퍼뜩 놀라 몸을 일으켰다. 하지만 딱히 뾰족한 수가 생긴 건 아니었다. 해길은 방 안을 두리번거렸다. 작은 경대, 벽에 걸린 짚신 뭉치, 짚으로 엮은 바구니, 서랍장…. 그러다 한구석에 작은 소반이 보였다.

소반 위에는 깔끔하게 접힌 무명천과 뚜껑이 덮인 자기 그릇이 있었다.

해길은 무용이 치료한 자신의 어깨를 짚었다. 소반의 것과 같은 천으로 보였다. 그릇을 열자 짓이겨진 풀냄새가 났다. 무용이 지혈 작용이 있다고 했던 약초였다. 거기까지 생각이 미친 해길은 무용의 발치로 소반을 가져갔다. 하지만 약을 얹기 전에 피부터 어떻게 해야 했다.

해길은 마루로 나와 주변을 둘러보았다. 그러다 빨랫줄로 종종걸음을 쳤다. 빨랫줄에는 무용이 이마를 닦아주던 헝겊이 널려 있었다. 해길은 헝겊을 잡아챘다.

"다 말랐잖아."

자신의 이마에 닿은 건 분명 부드럽고 촉촉했는데, 이건 뻣뻣했다. 해길은 얼굴을 구겼다가 무용이 있는 방 쪽을 살핀 뒤, 급히 주변을 둘러보았다. 큰일이 생길까 봐 마음이 급했다. 해길은 창고 옆에서 큰 물동이 두 개를 발견하고서야 조금 안도했다. 그리고 헝겊을 적셔 짜낸 뒤 급히 방 안으로 달려갔다.

발등을 닦는 손길이 급했다. 그게 아팠던 걸까, 무용이 끙끙거렸다. 해길은 놀라 손을 멈췄다.

"엄마…."

그러고 보니 이 집엔 무용뿐이었다. 부친이 있다는 건 얼핏 들었으나, 집을 자주 비우는 듯했다.

"이리 한 듯한데…."

해길은 자신의 어깨를 들여다보며 무용의 발에 약초를 얹었다. 그리고 무명천으로 발목을 감쌌다. 너무 칭칭 감아 어설픈 모양새였다. 그러고 나니 뭔가 한 것처럼 보이긴 했다만, 무용의 몸은 아직 불덩이였다. 식은땀이 흐르는 이마에 잔머리가 엉긴 게 보였다. 해 길은 벌떡 일어나 방 밖으로 나갔다.

우당탕탕, 집안을 들쑤시는 소리가 났다.

방으로 돌아온 해길의 손에는 적신 무명천이 들려 있었다. 해길은 그 천을 무용의 이마에 얹었다. 하지만 너무 축축한 것 같았다. 그걸 다시 짜서 머리에 얹고 나서야 해길은 무용의 곁에 자리를 잡고 앉았다.

"후우."

무용이 여전히 아파하고 있는데, 자신이 할 수 있는 건 이게 다였다. 할 줄 아는 게 없다고 하는 게 맞을지 몰랐다. 이마에 찬 헝겊을 얹는 것조차 오랜 기억을 더듬어 간신히 한 일이었다.

"한심한 꼴이로군."

자신의 무능이 우스웠다. 어의를 부르러 달려갔던 이는 누구였고, 밤새 식은땀을 닦아줬던 건 또 누구였던가. 바삐 움직였던 건 상약 (의약을 맡은 내관)과 나인들이었지 자신이 아니었다. 손 하나 까딱 않고 모든 게 됐다 믿었다니.

해길은 무용을 빤히 보았다. 낮에만 해도 뺨을 씰룩거리며 웃던 이였고, 자신을 돌봐주던 이였다. 그런데 잠시 사이에 상황이 반대가 돼 있었다. 해길은 벽에 등을 기댔다. 호롱불조차 켜지 못한 탓에 방 안을 비추는 건 열린 문에서 들어온 달빛이 전부였다.

"콜록."

무용이 짧은 기침을 뱉어냈다. 해길은 이제야 오늘 무용이 종일 기침을 했다는 걸 깨달았다. 무용의 낯이 파리했다. 밤공기는 자신에 겐 시원했지만, 환자에겐 너무 차가울 듯했다. 해길은 문을 닫았다.

"꼬끼오!"

간만에 수탉이 제시간에 운 것일까. 무용은 잠자리에 누운 채 생각했다. 아직 일어나고 싶지 않았다. 하지만 늦게 일어난 것일지도 모른다는 생각이 들자 마냥 누워 있을 수가 없었다.

무용이 얼른 몸을 일으켰다. 툭, 이마에서 무언가가 떨어졌다.

"일어난 게냐?"

"으엇!"

무용이 놀라 소리쳤다.

"해길도령이 왜 여기 있어요?"

해길이 무용에게 다가갔다.

"그럼 환자를 두고 어딜 가겠느냐."

무용은 정신없는 통에도 일어나 몸을 물리려 했다. 그러자 퉁퉁 부은 발목이 아팠다.

"웃….."

무용은 넘어질 뻔했지만, 다행히 해길이 받쳐 주어 넘어지진 않았다. 하지만 바로 코앞에 해길의 얼굴이 있었다. 무용은 놀란 토끼 눈이 되어 숨을 죽였다.

"칠칠치 못하구나."

핀잔하는 듯했지만, 다정한 말투였다. 무용이 깨어난 게 기뻤기 때문이다. 해길은 훅 손을 뻗어 무용의 이마를 짚었다. 너무 가까운 거리였다. 무용은 머리가 어지러웠다. 왠지 얼굴이 달아올랐다.

"열이 좀 남은 듯하구나."

해길은 무용을 눕히고 이불을 적시고 있던 무명천을 집어 들었다.

"쉬고 있어라. 발목이 많이 상했으니."

탁, 문이 닫혔다. 혼자 남은 무용은 그제야 정신을 차리고 제 뺨을 만져보았다.

"열이 나나 봐."

봄볕이 눈이 부실 만큼 밝았다. 해길은 눈살을 찌푸렸지만, 입가에서는 엷은 미소가 떠올랐다.

날이 밝은 게 반가웠다. 컴컴한 밤중에 정신없이 오갔던 집 안이 이제야 제대로 보였다. 문득 무용이 마당에 서서 꽃대를 세우던 것이며, 마루에 앉아 조각 천을 만지던 것이며 창고를 분주하게 다니던 것이 떠올랐다. 피식, 왜인지 웃음이 났다.

그때, 달각 문이 열렸다. 무용이 방 밖으로 나오고 있었다.

"아직 쉬어야 한다."

해길의 미간이 구겨졌다.

"아녜요, 다닐 만은 해요."

해길은 성큼 무용의 곁으로 다가갔다. 무용이 넘어질 것 같았기 때문이다. 아니나 다를까, 무용은 신을 신고 일어나다 말고 휘청거렸다. 해길이 무용의 어깨를 감쌌다. 무용은 영 멋쩍은 기분이었다. 해길의 고운 손이 물기로 촉촉했다. 그러고 보니 물수건까지 만든 모양이었다. 무용은 빨랫줄을 보았다. 풋, 웃음이 터져 나왔다.

"왜 그러는 게냐?"

물기만 짜내 구깃구깃한 천들이 빨랫줄에 아슬아슬 걸려 있었다. 손에 익지 않은 일을 한 티가 났다. 그래도 이뿐이었다면 이리 슬금슬금 미소가 새 나오진 않았을 것이다.

창고 앞은 지게며 바구니가 기어 나오듯 줄을 서 있었고, 오른발에 물을 쏟았던 건지 마루에는 발자국 하나가 남아 있었다. 급히 신발을 벗었는지 반 토막 난 자국이었다. 그 옆에는 조각 천을 모아둔 바구니가 속을 내놓고 쏟아져 있었다.

무용은 해길을 올려다보았다. 어깨를 감싼 손에서 온기가 느껴졌다. 무슨 말을 해야 할 것 같았지만, 어떤 말을 해야 좋을지 알 수 없었다. 여린 봄볕이 고왔고, 보드라운 새싹이 여기저기서 움트고 있었다. 그 안에 해길이 있었다.

"고마워요, 해길도령."

배시시, 무용의 얼굴에 웃음이 번졌다. 꼭 꽃이 피는 듯했다. 해길은 옅은 미소를 지었다. 나쁘지 않은 기분이었다.

딸랑, 꽃집 아이리수의 풍경이 울렸다.

"어서 오세요, 꽃집 아이리수입니다!"

며칠이 지나고, 꽃집은 다시 영업을 시작했다. 해길의 생각과 달리, 꽃집은 생각보다 장사가 됐다.

"아이고, 이렇게 예쁜 게 있었어?"

"오매, 꽃집에 구경 올 맛 나네."

손님들은 즐거웠지만, 방 안에서 밖을 살피는 해길은 영 기분이 좋지 않았다. 낯선 이들이 오가는 탓에 신경이 곤두섰다. 반면 무용은 퍽 기분이 좋았다. 해길은 구경을 끝낸 손님들이 물건을 사갔기 때문이라 생각했다. 하지만 무용의 기분이 좋은 건 사실 해길 덕분이었다. 답을 해주는 이가, 자신을 반겨주는 이가 있는 게 무용을 들뜨게 했다.

손님들이 한바탕 몰렸다가 사라지고, 한적한 시간이 찾아왔다. 무용은 이제 마루 끝에 앉아 매듭을 만드는 중이었다. 해길은 반대쪽 끝에 앉아 무용이 하는 걸 물끄러미 보았다. 작은 손을 오밀조밀 움직이는 게 왠지 신기했다. 무용의 손이 멈췄다. 왜 그러나 하여 고개를 들고 무용을 보니, 눈이 마주쳤다. 왠지 몰래 훔쳐보다 들킨 기분이었다.

"오늘이 몇 날이라 했지?"

괜히 어색해 꺼낸 말이었다.

"어제도 묻더니 뭘 또 물어요. 어제가 여드레였으니까, 이제 아흐레네요."

무용이 말을 마치며 몸을 일으켰다.

"오늘은 개울에 다녀와야겠어요. 물을 길을 때가 됐거든요."

"그 다리로 말이냐?"

"에이, 험한 데 갈 것도 아닌데요, 뭐."

무용은 발목을 앞뒤로 움직여 봤다. 아직 천을 매어놓긴 했으나, 걸을 만은 했다. 뛰거나 험한 데만 안 가면 괜찮을 듯했다.

"잠깐 기다리고 있을래요? 저녁 전에는 올 거예요."

저녁 전에 온다는 말이 오히려 해길의 속을 건드렸다. 다 낫지도 않은 채로 또 혼자 어딜 가려는 건지. 해길은 자리에서 일어났다.

"나도 같이 가자꾸나."

"해길도령이요?"

무용이 얼떨떨해 되물었다. 하지만 해길은 정말 무용을 쫓아 창고 안으로 들어왔다. 그리고 물동이를 들려는 무용을 막아서고 소매를 걷어붙였다.

"주어라. 환자가 무얼 든다는 게냐."

해길은 물동이를 들고 앞장서 창고를 나갔다. 무용은 왠지 속이 간질거렸다. 꽃을 들려주고 싶은 고운 손에 물동이가 들렸다. 이런 일에 나설 줄은 몰랐는데. 아마 한 번도 이런 일을 해본 적이 없었을 듯했다.

"안 가느냐?"

"네? 네. 가요, 가."

개울로 가는 길, 해길은 무용이 잘 걷는지를 살피면서도 날카로운 눈으로 주변을 경계했다. 무용은 해길이 왜 그러는지 알 수가 없었다. 신경이 곤두서 보여 말을 걸 수도 없었다.

맑은 날이었고, 마침 한적한 때였다. 들리는 것도 아이들이 웃는 소리뿐이었다. 저만치에 형제가 뛰노는 게 보였다. 즐거운 듯했다. 그런데 해길은 입술을 묘하게 비틀었다.

"해길도령, 무얼 보고 있어요?"

무용은 개울가에 다다라서야 슬며시 말을 꺼냈다. 해길은 그저 고개를 저었다. 더 묻지 말라는 뜻 같았다. 무용은 그런 해길과 있기가 불편해 얼른 개울을 향했다.

"손은 작은데 하는 건 야무지구나."

물을 긷는 무용을 빤히 보던 해길이 툭 말을 던졌다. 무용은 당황해 물을 뜨던 바가지를 떨어뜨리고 말았다. 그렇지만 바가지를 줍는 것보다 제 손을 숨기는 게 먼저였다.

"보지 마요. 작긴요. 커다랗고 못생긴 거 나도 알거든요!"

해길은 졸졸 떠내려가던 바가지를 주워 무용에게 내밀었다. 무용은 머뭇대다 바가지를 받았다. 그러자 해길이 왈칵 손을 쥐었다. 그리고 무용의 손에 자신의 손을 가만히 맞댔다.

"내 손보다 한 마디씩은 작지 않으냐. 게다가 못생기지 않았다. 보고 있으면…."

해길은 무용의 손을 유심히 살폈다. 손톱이 둥글어 손이 더 작아 보이는 듯했다. 희멀건 자신의 손과 달리 혈색이 돌았다. 손에 물이 맺혀서일까, 비온 뒤의 꽃처럼 산뜻한 느낌이었다.

"그래, 예쁘구나."

무용이 당황해 고개를 들자, 해길과 눈이 마주쳤다. 빙긋, 해길이 웃었다. 무용은 어쩔 줄 모르고 제 손을 꽉 쥐었다. 손끝이 뜨거웠다. 붉은 자신의 손끝이 왠지 분홍 봉숭아처럼 보였다.

어스름한 방 안, 영의정 송의건(宋義建)은 은밀히 부리는 이를 두고 얼굴을 구겼다. 세월을 굳세게 견딘 듯한 짙은 눈썹이 모였다.

"아직도 찾지 못했단 말이냐?"

탄식 같은 물음이었다.

"저, 대감…."

의건의 앞에 앉은 이는 말문을 열다 말고 머뭇거렸다.

"말해 보아라."

점잖았지만, 재촉하는 투였다.

"마을 사람들에게 들으니 개울에 돌 틈이 많아 시체가 빠져도 잘 안 떠오른…."

탕! 의건이 서안(책상)을 거칠게 내려쳐 말을 막았다.

"네 입으로 시체는 없다고 하지 않았느냐."

호통에 눈치를 보던 이가 고개를 숙였다. 의건은 입술을 꽉 물었다.

"빨리, 빨리 찾아야 한다. 누구보다도 먼저!"

딸랑, 딸랑, 딸랑, 딸랑. 꽃집 아이리수의 풍경이 쉴 새 없이 울렸다. 복면을 쓴 괴한들이 계속해서 들어오고 있었다. 딸랑, 마침내 그 소리가 멈췄다. 조금 전 들어온 이가 대문을 부숴버렸기 때문이다. 풍경이 땅에 처박혔다.

"샅샅이 뒤져라!"

괴한들은 꽃집을 마구잡이로 뒤졌다. 씨앗을 심어둔 마당도, 조금 전 닦은 마루도 짓밟혀 엉망이 됐다.

"두목, 이 옷을 보십시오!"

수하가 두목에게 해길의 옷을 가져왔다. 무용이 어깨를 기워 서랍에 넣어뒀던 거였다.

무용과 해길은 물을 다 긷고 꽃집에 돌아오는 중이었다. 이제 조금만 더 가면 꽃집이었다. 그런데, 해길이 걸음을 멈췄다. 무용도 따라 걸음을 멈췄다.

조용해야 할 꽃집에서 이상한 소리가 들렸다. 무슨 일이 생긴 게 분명했다. 무용이 앞으로 뛰어나갔다. 해길은 무용을 붙잡으려 했으나, 물동이를 든 탓에 무용을 놓치고 말았다.

"이런…!"

꽃집 앞에 도착한 무용은 얼이 빠져 버렸다. 대문이 바닥에 내팽개쳐져 있었다. 등나무에 종이꽃을 장식해 직접 만든 대문이었다.

무너진 울타리도, 헤집어진 마당도, 흙바닥이 된 방 안도 모두 자신이 가꾸고 다듬은 것이었다.

그때, 괴한이 멍하니 서 있는 무용을 붙잡았다.

"까악!"

"두목! 여기 주인인 계집입니다!"

무용은 있는 힘껏 몸부림을 쳤지만, 아무 소용이 없었다.

"으억!"

괴한이 비명과 함께 쓰러졌다. 해길이 그의 뒷덜미를 세게 내려쳤기 때문이다. 해길은 어느새 검을 들고 있었다. 뒤로 해길에게 검을 빼앗기고 쓰러진 자객이 보였다.

"해, 해길도령!"

검을 들었다고는 해도 상황이 한참 불리한 건 마찬가지였다. 무용을 붙잡았던 이가 다시 정신을 차린 데다가, 흩어져 있던 이들까지 모였기 때문이다. 하나, 둘, 셋, 넷, 다섯…. 자신을 둘러싼 괴한들 때문에 무용은 겁을 먹었다. 하지만 다친 다리가 아파 뒷걸음질을 치기조차 어려웠다. 해길은 앞으로 나서 무용을 뒤에 숨겼다. 그리고 칼을 고쳐 잡았다. 절대 뒤를 내줘선 안 됐다.

"내 앞에서 다치려 하는 게냐?"

괴한들을 향해 단단히 검을 겨누며, 해길은 무용에게 속삭였다.

"내게서 멀어지지 마라."

해길은 다섯이나 되는 자객을 앞에 두고도 침착했다. 자객들은 서로 눈치만 볼 뿐 누구 하나 앞으로 나서지 않았다. 해길에게서 파고들 틈을 찾지 못했기 때문이다.

"누구의 사주더냐?"

낮고 또렷한 목소리에서 위압감이 느껴졌다.

"…문인 게냐?"

해길이 떠보듯 물었지만 대답하는 자는 아무도 없었다. 대신 검을 고쳐 쥐고 빙빙 흔들며 언제라도 내뻗을 자세를 유지했다. 검과 검 사이의 긴장감은 금방이라도 피를 부를 것처럼 날이 서 있었다. 가장 인내심이 부족한 자객이 먼저 달려들었다.

"이야아아압!"

해길은 움직임을 줄인 절도 있는 동작으로 상대의 검을 가볍게 흘려냈다. 그런 뒤 바로 검을 휘둘러 그의 등허리를 벴다.

"읍!"

단말마의 신음과 함께, 피가 쏟아졌다. 하나가 순식간에 쓰러지자 상대의 실력을 실감한 자객들 사이에 동요가 일었다.

"꺄아악!"

피를 본 무용은 정신이 번쩍 들었다. 사람이 칼을 맞고 죽다니, 태어나서 처음 보는 광경이었다. 자신이 무슨 상황에 놓였는지 이제야 실감이 났다. 목숨이 오가고 있었다. 무용은 저도 모르게 손을 뻗어 해길의 옷자락을 붙잡았다. 등허리에서 느껴진 공포감의 무게에 해길이 고개를 옆으로 살짝 틀었다. 겁에 질린 무용이 바들바들 떨고 있었다.

쓰러진 동료의 피를 본 자객들이 동시에 해길에게 달려들었다. 챙, 날카로운 쇳소리가 울렸다. 여러 개의 검이 동시에 부딪혀 오는 데도 해길은 밀려나지 않았다. 부딪힌 검들을 한 번에 쓸어내자 그 중 하나의 가슴이 벌어져 공간이 생겼다.

해길은 그의 배를 걷어찬 뒤, 쓰러진 찰나를 놓치지 않고 검을 찔러 넣었다. 그리고 상황을 살폈다. 울타리가 있어 자객들이 뒤를 치진 못했지만, 그건 자신이 수세에 몰려 있다는 뜻이기도 했다.

자객의 두목으로 보이는 자 또한 눈을 굴렸다. 만만치 않은 검술을 갖췄다고 듣긴 했지만, 이리 애를 먹을 줄은 몰랐다. 순식간에 셋을 잃다니, 빈틈을 찾아야 했다. 두목은 그의 너머에서 틈을 찾아냈다. 상대는 마음먹고 공격한다면 이 상황을 벌써 정리했을 실력자였다. 3합만 거치면 자신의 목을 벨 수도 있을 터. 그런데 방어로만 일관하고 있는 건…!

"계집, 계집이다. 계집을 노려라!"

두목이 무용을 가리키며 달려들자 수하들이 그 뒤를 따랐다. 무용은 질끈 눈을 감았다. 팅, 머리 위로 칼이 부딪치는 소리가 울렸다. 해길이 두목의 목을 향해 검을 휘둘렀다. 그는 간신히 허리를 젖히며 뒤로 물러났다. 하지만 얼굴을 베이고 말았다. 복면이 갈라지며 이마부터 눈, 뺨에서까지 피가 났다.

허억! 무용은 소리도 지르지 못하고 숨만 벌컥 들이쉬었다. 복면의 자객은 며칠 전 해길을 찾으러 왔던 그 위협적인 손님이었다. 그 순간, 해길이 손바닥으로 무용의 얼굴을 감싸 안았다. 지금부터 벌어질 끔찍한 광경을 보지 않게 하려는 것이었다.

해길은 한쪽 팔로 무용을 꽉 안고, 반대쪽 팔을 뻗어 검을 휘둘렀다. 그러자 달려오던 이가 엎어짐과 동시에 뒤따라오던 자객마저 맥없이 균형을 잃었다. 해길은 곧바로 그를 걷어차 깔아 눕힌 뒤 목을 노려 칼을 들었다. 그를 배려던 순간, 품에 안긴 무용이 사시나무 떨듯 떠는 게 느껴졌다. 해길은 얕게 혀를 찼다. 그리고 가볍게 검을 휘둘러 자객의 복면을 벗었다. 꽃집에 왔던 이들 중 생글거리던 쪽이었다.

"흐… 흐억."

목숨을 건진 자객이 안도의 숨을 내쉬었다. 힘이 풀린 건지 투박한 손까지 덜덜 떨렸다.

"물러가거라. 더 이상 베고 싶지 않으니."

후환을 생각하면 당장 베어내는 것이 맞았지만, 더는 피를 보고 싶지 않았다. 그랬다가는 무용이 얼이 빠질 것 같았다.

"달려라."

해길은 무용의 손을 잡고 바로 내달렸다. 무용은 해길을 따라 달리면서도 연신 뒤를 돌아봤다. 꽃집이 점점 멀어지고 있었다.

잠시 사이에 증원군이 몰려들어 추적하는 자객의 수가 배로 불어났다. 해길이 입술을 얕게 물었다. 역시, 그냥 물러날 이들이 아니었다. 아직 거리가 있는 듯하나 이런 속도라면 저들을 따돌리기는 불가능해 보였다.

"아얏!"

해길의 손을 잡고 뛰던 무용이 나무뿌리에 걸려 넘어졌다. 무용의 치맛자락은 어느새 넝마가 되어 있었다.

"찾아라! 이 근처에 있을 것이다!"

자객들의 소리가 점점 가까워졌다.

해길은 좀 더 빨리 달아날 수 있는 길을 찾다가 경사가 가파른 길을 발견했다.

"해, 해길도령?"

"조심해라."

해길은 먼저 아래로 뛰어내린 뒤 무용의 팔을 잡아당겼다. 미끄러질 듯 내려오던 무용이 해길의 품에 폭 안겼다.

"으엇!"

위에서는 잘 보이지 않았던 틈이었다. 잠시라면 몸을 숨길 수 있을 듯했다. 곧 걸음 소리가 들렸다.

"쉿."

해길이 무용에게 속삭였다. 무용은 거친 숨을 억지로 참느라 입술을 꽉 물었다.

"찾았나?"

자박자박, 눅진한 낙엽을 밟는 소리가 가까워졌다. 해길은 무용을 더 강하게 끌어안았다. 가는 턱 아래로 땀방울이 흘렀다.

"없습니다."

자객들이 다른 곳을 향했다. 그제야 해길의 어깨에서 힘이 풀리고, 얕은 숨이 새 나왔다. 해길은 무용부터 살폈다. 가는 잔머리들이 흐트러져 땀에 젖어 있었고, 뺨은 뜨겁게 달아올라 있었다. 눈망울은 촉촉이 젖어서 금방이라도 울 것처럼 보였다.

"해길도령, 괜찮아요?"

무용이 해길의 뺨을 쓸었다. 해길은 그제야 제 뺨에 상처가 난 걸 눈치챘다. 나뭇가지에 쓸린 듯했다. 하지만 그런 건 지금 중요치 않았다. 뺨에 닿은 손이 뜨거웠다. 숨을 참았던 탓일까, 심장이 쿵쾅거리다 못해 터지려 했다. 해길은 무용의 어깨를 다시 끌어안았다.

"괜찮다. 보름까지만 버티려 했더니, 이리 사달이 나고 말았구나."

그렇게 한숨을 돌린 순간이었다.

"오호라, 여기 숨어 계셨군."

위쪽에서 자객의 두목이 나타났다. 피가 한참 동안 멈추지 않았는지 온 얼굴이 피범벅이었다. 이마를 동여맨 옷자락마저 시뻘겠다. 원한을 품고 나타난 귀신같은 모습이었다. 해길은 비탈을 거침없이 내려오는 그에게 발길질을 했다. 두목이 중심을 잃고 넘어졌다. 쥐고 있던 검이 바닥을 나뒹굴었다. 해길은 재빨리 그 검을 집어 들었다.

"이 계집을 살리고 싶으면…."

두목은 무용을 인질로 잡으려 팔을 뻗었다. 그 순간, 해길이 검을 내려쳤다. 댕강. 두목의 팔이 바닥으로 떨어졌다. 피가 무용의 치마 폭까지 튀었다.

"으악!"

날카로운 비명이 온 산을 울렸다. 무용은 자객의 팔이 떨어지는 순간에 다리가 풀려 주저앉고 말았다.

해길은 무용을 안아 들고 달렸다. 이런 험한 걸 보여주긴 싫었는데. 상황이 급했다. 눈앞의 자객은 문제가 아니었지만, 비명을 듣고 몰려올 이들이 문제였다.

사방에서 뛰어오는 소리가 들렸다. 흩어져 찾던 자들이 둘러싸고 간격을 좁혀 오면 더 이상 달아날 구멍이 없었다.

"괜찮다, 괜찮아… 너를 다치게 하지 않을 것이다."

해길이 다짐하듯 말했다. 상황은 좋지 않았지만, 무용만은 지켜내야 했다.

"여기다!"

그때, 획! 어디선가 화살이 날아왔다. 해길은 정신이 아찔해졌다. 자객들의 포위망이 생각보다 더 빨리 좁혀진 모양이었다.

"저하!"

이 목소리를 들은 순간, 해길의 얼굴에 미소가 떠올랐다.

"공영(公英)!"

화살이 계속해서 날아왔다. 하지만 해길이 아닌 자객들을 노린 화살이었다. 주변을 에워쌌던 자객들이 흩어져 달아나다 하나둘 쓰러졌다.

"늦어서 죄송합니다."

공영의 뒤로 무장한 군사들이 나타났다. 군사들은 일사불란한 동작으로 해길을 호위했다.

"모두 전문적인 훈련을 받은 이들이다. 명심하도록!"

명령을 내린 해길은 무용을 안심시키려 눈을 맞췄다.

"되었다, 이제."

무용은 여전히 정신이 없었다. 지금 나타난 이들은 또 누구인지, 일이 어떻게 흘러가는지, 도무지 알 수가 없었다. 다만 해길의 말에 왠지 마음이 놓였다. 긴장의 끈이 풀렸다. 그대로 정신이 아득해졌다.

정신을 차린 무용은 벌떡 일어나 앉아 사방을 휘휘 둘러보았다. 조용했다.

"여긴 어디지?"

쫓기고 있을 땐 분명 해가 저물던 때였다. 그런데 지금은 밝았다. 누군가 다리도 치료해준 건지 깨끗한 천이 감겨 있었다. 무용은 간신히 일어나 벽을 짚고 가서 살짝 문을 열었다. 해길이 보였다. 옆에는 눈매가 부리부리하고 얼굴선이 가는 낯선 자가 서 있었다.

"저하를 제대로 보필하지 못하였습니다. 송구합니다."

해길의 옆에 있는 이는 공영이었다. 산속에서 만났을 때 해길이 그를 부르는 걸 들었으나 정신이 없던 중이라 무용은 얼굴조차 기억나질 않았다.

"되었다. 늦지 않게 오지 않았느냐."

"망극하옵니다, 저하. 이제 들어가 쉬시는 게 어떠하십니까? 존체를 돌보셔야 합니다. 밤을 새우시지 않으셨습니까."

"괜찮다. 깨어나는 것을 보아야 할 것 같으니."

엿듣던 무용은 뜻밖의 단어를 입에 되뇌었다.

"저하… 라고?"

저하라면 조선에 단 한 명, 왕세자뿐이었다. 귀한 신분이라 생각은 했으나 거기까진 아니었다. 물수건까지 만들어 자신을 돌봐준 이였다. 물동이를 지고 함께 강가를 걷던 이였다. 문득 해길이 생경하게 느껴졌다. 질 좋은 비단 도포를 정갈히 차려입은 모습이 넝마가된 치마를 입은 자신의 모습과 대비됐다.

멍하니 있던 무용은 문을 놓치고 고꾸라지고 말았다.

"아이코."

다행히 크게 넘어진 건 아니었으나, 해길과 공영이 소리를 듣고뒤를 돌아보았다.

"아, 그게….."

해길은 무용에게 다가가 손을 내밀었다.

"괜찮은 게냐?"

피식, 웃음이 나왔다. 깨어난 걸 보니 반가웠고, 돌아다니는 걸 보니 다행스러웠다.

무용은 그를 빤히 보다가 손을 잡았다. 모르는 사람이라니, 여느때처럼 웃고 있지 않은가. 해길도령은 해길도령이었다. 빙긋, 무용의 입술에도 미소가 피어났다.

해길은 조용한 곳으로 무용을 데려간 뒤 자리에 앉았다. 무용은 곁에 앉으려다 말고 머뭇거렸다. 자신이 제대로 들었다면 눈앞에 있는 사람은 세자저하셨다.

"앉아라."

꼼짝 않고 서 있는 무용을 보며 해길이 말했다. 말이며, 표정이며 해길이 여느 때와 다름없이 구는 걸 보자 무용은 더 고민하지 않고 자리에 털썩 앉았다.

해길은 무용을 찬찬히 살펴보았다. 오랫동안 깨어나지 못해 걱정하던 차였다. 하지만 안색이 밝은 걸 보니 단지 피곤 때문이었던 듯했다.

"저, 해길도령."

무어라 불러야 할까 고민하던 무용이 조심스레 말을 꺼냈다.

"여긴 어디예요? 아니, 어디입니까?"

무용은 혹 불경한 말이 될까 걱정이 돼 말투를 고쳤다. 해길은 어떻게 말하든 개의치 않는 듯했다.

"연이 닿아 있는 암자다."

충분치 않은 설명이었다. 무용은 일단 고개를 끄덕이고 다시 물었다.

"꽃집에는 어떻게 돌아가나요?"

아무리 봐도 처음 와본 곳이었다. 어쩌면 말을 타고 꽤 먼 곳까지 온 것일지도 몰랐다.

"이제 거긴 못 간다."

"네?"

무용이 얼떨떨해서 되물었다. 해길은 아무렇지 않게 말했지만, 무용에겐 아무렇지 않게 들을 수 있는 말이 아니었다.

"어차피 쑥대밭이 되지 않았느냐. 지낼 곳을 마련해주마."

"아니, 아니. 그게 무슨 말이에요?"

무용은 진정하려고 애쓰며 물었다.

"그래, 이전에 사례한다고 했지. 괜찮은 곳을 찾아주마."

해길은 마땅히 그래야 한다는 듯 까닥 고개를 끄덕였다. 꽃집은 정갈하게 가꿔진 곳이었다. 하지만 그만큼 손이 많이 가는 듯했다. 무용은 그 작은 곳을 하루에도 몇 번씩 쓸고 닦았다. 게다가 산 위라 위치도 좋지 않았다. 또 다치기라도 하면 혼자 어찌할 수도 없을 거였다. 무슨 일이 생겼을 때 자신의 손이 닿지 않는 곳에 있을 걸 생각하니 속이 답답해졌다.

"어디든 그 초가삼간보다 나을 것이다."

어엿한 저택을 구해줄 수도 있었고, 복권된 후라면 더한 것도 해줄 수 있었다. 해길은 그리 말하며 또 고개를 끄덕였다. 하지만 무용은 기가 막힐 정도로 놀라 말도 못 하고 굳어버렸다. 남들이 보기에는 어떨지 몰라도 무용에게는 집이었다. 꽃을 가꾸고, 손님이 찾아오고, 아버지를 기다리고, 어머니와 살아왔던 소중한 장소였다.

무용이 자리에서 일어났다.

"…꽃집으로 보내주세요."

해길도 무용을 따라 일어났다.

"왜 그러느냐? 좋은 곳을 마련해준대도."

"좋은 곳이요?"

무용은 입술을 꾹 물었다. 길다면 길고 짧다면 짧은 시간이었다.

그동안 나름대로 친해졌다고 생각했다. 하지만 그건 저 혼자만의 생각이지, 이 귀한 분은 다른 생각일 터였다. 그런 생각까지 들자 서글퍼졌다.

"도령이나 좋은 데 살아요. 나는 꽃집으로 갈 거니까!"

무용은 말이 끝나기 무섭게 자리를 뜨려고 했다. 해길이 무용의 손목을 잡아챘다.

"왜 바보같이 구느냐. 그곳은 지낼 만한 곳이 아니다."

"저한테는 제일 좋은 곳이라고요!"

무용이 발끈해 소리쳤다. 해길은 무용이 왜 이러는지 이해할 수가 없었다. 해길에게 꽃집은 망가진 데다 위험한 곳이었다. 걱정 때문에 해길 또한 평소답지 않게 언성이 높아졌다.

"꽃집이라는 게 제대로 된 일도, 집도 아니지 않느냐!"

무용이 해길을 쏘아보았다. 하지만 눈물이 그렁그렁 차 있었다.

"놔요! 더 실망하기 싫으니까!"

무용은 눈물을 떨어뜨리지 않으려 눈을 부릅뜨고 휙, 해길의 손을 뿌리쳤다. 해길은 어안이 벙벙해졌다.

싫은 듯 말하면서도 늘 생글거리던 사람이었다. 차게 굴어도 또 곁에 와 얼굴을 살피던 사람이었다. 좋은 일을 해주려는데, 왜 이럴까.

"그 몸으로 어딜 어떻게 간다는 게냐!"

무용은 뒤도 돌아보지 않고 가버렸다. 해길은 무얼 어째야 할지 알 수가 없었다. 이젠 뒷모습조차 보이질 않았다.

정말로 무용이 가버렸다. 왜인지 가슴이 쿵 내려앉았다.

"저하, 그렇다면 송대감과의…."

공영이 말을 멈췄다. 아무리 봐도 해길이 다른 생각에 빠진 것 같았기 때문이다.

"저하?"

"그래, 어디까지 말했지?"

"혹 그 계집 때문에 그러십니까?"

그렇지 않아도 해길은 지금 나가면 무용을 붙잡을 수 있을지도 모른다는 생각을 하고 있었다.

걸음이 빠르지 못하니 얼마 가지도 못했을 터. 게다가 이곳은 처음 오는 곳이 아닌가. 어쩌면 길을 잃었을지도 몰랐다. 그럼 돌아오려 해도 돌아올 수도 없을 텐데.

"생명의 은인이라고는 하나, 저하 또한 그 계집을 구해주시지 않으셨습니까. 저하의 호의를 거절한 것은 그쪽입니다."

하지만 자신이 아니었다면 이런 일을 당하지 않아도 되었다.

"게다가 여염집 아낙으로, 이 이상 관계되지 않는 게 나을 겁니다."

"그래, 그렇지…."

맞는 말을 들었는데, 왠지 속이 쓰렸다.

보낼 땐 보내더라도 안위를 다 살핀 후여야 했다. 아니, 사실 헤어지는 건 생각도 하지 않고 있었다. 계속 만날 것으로만 여겼다.

"잔당이 남았을지 모르니 호위를 하나 붙여두어라."

자꾸 무용의 눈망울이 떠올랐다. 그건, 화를 내는 게 아니라 울음을 참는 거였다.

"잘 내려갔는지 정도는, 알아야겠구나."

딸랑, 꽃집 아이리수의 풍경이 울렸다.

'어서 오세요. 꽃집 아이리수입니다!'

평소라면 이런 기운찬 인사를 했을 무용이 터덜터덜 대문을 향했다.

"어쩌죠, 드릴 수 있는 게 없는데요."

이렇게 돌아서는 걸음을 본 게 벌써 몇 번째인지.

"에휴!"

절로 한숨이 났다. 어찌어찌 돌아오긴 했다만, 돌아와 보니 집은 폐가가 따로 없었다. 그래도 꽃은 살릴 수 있을지 몰랐다.

무용은 애써 입술을 당겨 웃고는 다시 마당에 쪼그려 앉았다. 집중하다 보니 꽃대를 세울 때쯤에는 입술이 동그랗게 모여 있었다. 그때 풍경 소리가 다시 울렸다. 무용은 대문을 향했다.

"어쩐 일로 오셨습니까?"

처음 보는 사람이었다. 게다가 이런 데까지 직접 올 일이 없는 신분으로 보였다.

"세자저하께서 찾으신다."

무용은 급한 대로 손만 닦고 그들을 따라 산에서 내려갔다. 그렇지 않아도 싸우고 나온 게 계속 마음에 걸렸다. 생각해보니 자신을 염려해 한 말 같았다. 깨어나길 기다리며 밤을 새운 것도 같았다. 그게 떠오르니 후회가 밀려왔다. 이번에는 잘 헤어지고 와야 했다. 앞으로는 해길과, 아니, 세자저하와 영영 만날 수 없을 테니까.

그런데 잘 가던 이들이 갑자기 걸음을 멈췄다. 조금만 더 가면 마을인데 어째선지 수풀 쪽을 향하고 있었다.

"이쪽은 길이 없는… 읍!"

무용은 갑자기 입을 틀어 막혀 포대에 담겼다. 곧 수풀 속에서 한 무리의 자객이 나타났다. 그들은 몸부림치는 무용을 손쉽게 묶어 둘러멨다.

"가자! 대군께서 기다리신다!"

자객들은 우악스러운 손길로 무용을 바닥에 꿇어 앉혔다. 그 앞에 해길의 동생인 문이 서 있었다. 서글서글한 외모였으나 지금은 마뜩잖다는 듯 눈살을 잔뜩 구기고 있었다.

"흐음."

콧숨을 끌며 무용을 빤히 노려보던 문이 갑자기 머리채를 잡았다.

"으윽!"

무용은 입에 천이 물려 있어 소리조차 지를 수 없었다.

"이 계집이 맞느냐?"

문이 머리채를 이리저리 당기며 의심스럽다는 눈길을 했다.

"예! 대감."

"정말 이깟 것을 위해 형님이 도망질을 했단 말이지?"

"뭔가 이유가 있을지도 모릅니다."

문이 손짓하자, 수하 하나가 무용의 입에 물린 것을 풀었다.

"말해라. 무슨 비밀이라도 쥐고 있느냐?"

"…몰라요."

짝, 문이 무용의 뺨을 내려쳤다. 무용의 뺨이 붉게 부어올랐다.

무용은 입술을 꾹 다물었다. 정말 아는 게 없기도 했지만, 해길에게 꼬투리가 될지도 모를 일이었다. 그런 생각이 드니 더욱 입을 열고 싶지 않았다.

"버텨? 물색도 없구나."

짝! 무용의 뺨이 또 팩하고 돌아갔다. 이번에는 입 안이 얼얼할 정
도였다. 퉤, 무용은 입 안에 고인 것을 뱉었다. 피가 섞여 나왔다.

"네 이년! 앞에 계신 분이 누구신지 아느냐!"

격분한 수하 하나가 무용을 발로 걷어찼다. 문은 뒷짐을 진 채 바
닥에 깔린 무용을 내려다보았다. 무용은 이를 악물었다. 입술이 찢
어져 피가 샜다. 머릿속이 아찔했다. 갑자기 왜 또 이런 일이 생긴
건지 알 수가 없었다.

해길을 줍지 말아야 했던 걸까? 그랬다면 여느 때처럼 꽃을 돌보
고 있었을 거였다. 아니, 그래도 해길을 주워서 다행이었다. 일이 이
렇게 될 거라고는 해길도 몰랐을 테니까. 어찌 됐든 해길이 있는 동
안 하루하루가 즐거웠던 건 분명했다. 하루의 시작과 끝에, 또 집을
나가고 돌아왔을 때, 대답이 돌아오는 건 오랜만의 일이었다. 해길
은 내내 자신의 곁을 지켜줬다.

비록 해길은 이런 건 모르는 듯했다. 그래도 그간의 보답은 이미
받았다고 말해줬어도 좋았을걸. 서운함에 발끈한 게 자꾸 떠올랐다.

"적당히 해라."

문이 손을 들자 매타작이 멈췄다. 문은 무용을 보며 묘한 미소를
지었다.

"손님 맞을 준비를 해야 하니까."

해길이 가늘게 눈살을 찌푸렸다. 앞에 자객의 두목이 꿇어앉아 있
었다. 해길에게 팔이 잘린 이였다. 팔이 있던 자리에는 빈 소매만 보
였다.

"저하, 오늘도 입을 열지 않고 있습니다."

"팔은 괜찮나 보군. 자객질은 더 못하겠지만."

차분한 목소리였지만, 진노가 느껴졌다. 서늘한 눈초리에 두목은 마른침을 삼켰다. 이마에 흐르는 게 식은땀인지 상처가 벌어져 새어 나오는 피인지 구별이 되지 않았다.

해길은 소스라치게 놀랐던 무용이 떠올라 속이 부글부글 끓었다. 그 죗값이라면 목숨을 치러도 부족했다. 하지만 단칼에 베어 버릴 순 없었다. 이자는 자신의 누명을 벗길 증좌였다.

"죄상을 제대로 고해야 목숨을 건질 수 있을 거다!"

공영이 두목의 입에 물린 재갈을 풀었다. 두목은 자신의 혀를 깨물려 했다. 자결하려는 것이었다. 수하들이 달려들어 얼굴을 틀어쥐며 막았다.

"이 자식이, 또!"

공영이 분노해 소리칠 때, 해길은 그의 눈이 흔들리는 걸 보았다. 인질이 되었으니 불안해하는 게 당연하지만, 죽음을 각오한 자가 이다지도 초조하다니. 다른 이유가 있는 걸지도 몰랐다.

"문에게 충심을 표하려는 게냐?"

해길은 몸을 숙여 자객에게 눈을 맞췄다.

"혹 약점을 잡힌 게냐? 목숨보다 중요한 것이 있다니."

그의 시선이 더 격렬하게 흔들렸다.

"말해보아라. 내가 도와주지."

해길이 곧은 눈으로 보자 그 또한 고개를 들어 해길을 똑바로 보았다.

"풀어주어라."

공영이 떨떠름한 얼굴을 했다.

"저하, 하지만 또 자결하려 한다면⋯."

"풀어주라 하였다."

공영은 고개를 숙이고 명을 따랐다. 재갈을 풀자 두목은 조금 전과 달리 입을 꾹 다물기만 했다.

"무엇이 문제인 게냐?"

생각에 잠겨 있던 두목이 입을 열었다.

"⋯가족. 가족이 잡혀 있소. 내가 쓸모없어지면 가족들을 처리하겠다고 했소."

혀를 깨물 때도 의연했던 이가 울먹거리며 말했다.

"네 가족을 살리자고 남을 해하여도 된다는 것이냐!"

공영이 발끈했다.

"⋯겨우 아홉 살 난 딸애가 날 기다리고 있소. 돌아가지 못한다 해도, 적어도 제 어미까지 매음굴로 보낼 순 없는 것 아니오."

해길은 문득 무용이 앓다가 저도 모르게 어머니를 불렀던 게 떠올랐다.

그 후, 가족에 관해 묻자 무용은 담담하게 말했다. 어머니는 오래전에 돌아가셨고, 아버지는 제철인 꽃을 보러 여행을 떠났다고 했다.

꽃집의 손님 중에는 무용의 아버지를 찾는 이들이 간간이 있었다. 이제는 왔냐고, 도대체 언제쯤 오냐고 묻는 걸 보면 그는 이미 퍽 오래 집을 비운 듯했다.

"그걸 오는 사람이 알지 기다리는 사람이 알겠어요?"

무용은 넉살을 부리며 그들을 보냈다. 하지만 그러고 나면 구태여 입술을 더 당겨 웃었다. 그리고 해길에게 공연한 소리를 해댔다. 도령이 입은 옷은 아버지의 것이었다느니, 물푸레나무 술을 좋아했다느니, 그건 도포처럼 색이 노랗게 고왔다느니 하는 거였다.

그러다 풍경이 울리면 무용은 저도 모르게 '아버진가?' 하며 자리에서 일어났다가, 혼자 돌아와 또 생긋 웃었다.

해길은 그 괴상한 미소를 보면 왠지 가슴이 울렁거렸다.

"일어나라."

해길이 두목을 일으켰다.

죽어 마땅한 죄를 지은 자였다. 그렇지만 돌아오지 않을 아버지를 기다릴 아이가 어쩐지 울고 있는 무용으로 떠올라서, 마음 한쪽이 무거웠다.

"생각지도 않은 소득입니다."

공영이 만족스럽게 웃었다.

"저하를 죽이려 했던 자객을 증인으로 잡은 것도 모자라, 대군이 황정승을 죽이라 지시한 진범이란 것까지 실토하다니!"

황정승, 우의정 황충훈은 해길과 거리낌 없이 의견을 대립하곤 했다. 이 때문에 척을 졌다는 소문이 돌았고, 그를 죽인 게 해길이라는 소문까지 돌았다. 하지만 해길은 사실 그와 대화하는 걸 좋아했다. 그는 올바른 뜻과 행할 능력을 모두 갖춘 자였다. 이리 허무하게 죽어선 안 됐다.

"그간의 증좌에, 이젠 증인까지! 문영대군을 옴짝달싹 못 하게 할 수 있을 것입니다!"

공영은 들떠 보였으나, 해길은 쓴웃음을 지었다. 정녕 이것이 문이 벌인 일이란 말인가. 믿고 싶지 않았다. 그때, 누군가가 급히 문을 두드렸다.

"저, 저하!"

문을 열자 무용에게 붙였던 호위가 보였다.

"네가 왜 여기 있느냐? 너는 그 계집의 호위로 가지 않았느냐?"

"그, 그것이….'"

해길의 가슴이 요동치기 시작했다.

"무슨 일이 생긴 게냐?"

"손님인 듯 위장한 자들이 꽃집에 들어와 여인을 납치했는데, 수풀 속에서 잔당과 합류하더니 은밀하게 데려갔습니다. 급히 뒤를 쫓았으나, 저 혼자서는 상대할 수가 없었습니다. 다만 꽃집 마루에서 이것을 발견하였는데….'"

해길이 서신을 펼치자 뒤에 서 있던 공영이 편지를 읽어 내렸다.

"저하와 그 계집의 목숨을 바꾸자고?"

해길은 당장 나서려 문을 향했다.

"저하, 함정입니다! 저하를 끌어들여 죽일 생각인 겁니다!"

공영이 해길의 앞을 막아섰다.

"겨우 이런 일에 위험을 자초하셔서는 아니 되십니다!"

"맞습니다! 그 계집 또한 의로운 일에 목숨이 쓰였음을 알면 아까워하지 않을 것입니다."

자신을 불러낼 요량으로 벌인 일이니 자신이 가지 않는다면 무용을 죽일지도 몰랐다. 여태 해온 짓을 보면 그쯤은 고민하지도 않겠지. 게다가 지금 자신을 가로막는 이들 또한 무용을 그 정도로 쉽게 여기고 있는 듯했다.

분명 세자의 자리로 돌아가는 것은 중요한 일이었다. 이 일에 희생이 따를 것도 알았다. 하지만 무용의 웃음이 떠올랐다. 궁지에 몰렸던 자신을 건져주었던 게 무용이었다.

알지도 못하는 이를 살리겠다고 며칠을 지새운 사람이었다. 보답을 바라는 것도, 다른 목적이 있는 것도 아니었다. 그 속을 알 수가 없었다. 바보 같다고도 생각했다. 그렇지만 웃을 때면 꽃이 피어나는 듯했다. 그걸 잃는 건, 생각하기 싫었다.

"호랑이가 살을 맞고 그냥 있어서야 되겠느냐."

나지막한 말에서 무게가 느껴졌다. 수하들을 돌아보는 해길의 눈에는 위엄이 담겨 있었다.

"가자! 진짜 주인이 누구인지 알려줄 때다."

산중은 이상하리만치 조용했다. 또각또각, 해길이 탄 말의 발굽소리가 기묘하게 울렸다.

해길이 요새의 입구에 닿자, 수하 하나가 나타나 고개를 숙였다.

"대군께서 기다리고 계십니다."

수하는 해길을 절벽 위에 지어진 정자로 이끌었다. 문은 차를 마시고 있었다. 그 뒤로 몸을 묶인 무용이 보였다. 다시 재갈을 물고 있었다. 몇 번을 물어도 대답하지 않는 데다, 나중에는 깨물려고까지 해 차라리 입을 막은 것이었다.

무용은 본 해길은 얼굴을 굳혔다. 무슨 고초를 당한 걸까. 퉁퉁 부은 뺨에 흙투성이인 옷을 보자 걱정과 분노가 동시에 솟았다.

"형님, 이게 얼마 만입니까!"

62

문이 정말 반갑기라도 한 것처럼 말했다. 무용은 그제야 해길이 왔음을 알고 고개를 들었다. 이렇게라도 봐서 반갑다는 생각이 들다니, 이상한 걸지도 몰랐다.

한편, 문은 무용과 해길을 번갈아 보고 비죽 냉소를 지었다. 정말 이리 단신으로 오다니. 중요한 사람인 게 분명했다. 게다가 형님은 제 사람을 못 버리는 이가 아니던가. 그 때문에라도 이용할 가치가 충분한 계집이었다.

"앉으시지요. 오래간만에 오붓한 시간인데."

"내가 왔으니 이제 인질은 풀어주어라."

해길이 앉지 않고 대답했다. 문은 그의 말투와 눈빛과 입매, 작은 동작 하나하나가 모두 분노임을 느꼈다. 평소답지 않았다.

"왜 그리 초조하게 구시는 건지. 앉지 않으시면 아우인 제가 서야 하지 않겠습니까."

문은 일어서면서 수하에게 손짓했다. 무용의 뒤에 서 있던 문의 수하가 무용의 목덜미로 칼을 들이댔다. 해길의 눈이 커졌다.

"그만두어라!"

저도 모르게 큰 소리가 나왔다.

"나는 마지막 기회를 주러 온 것이다."

서늘한 목소리였다.

"마지막이라 하셨습니까?"

문은 묘한 눈길로 해길을 보았다.

"마지막을 맞을 건 형님입니다!"

문은 옆에 선 수하의 검을 뽑다 해길의 목을 노리고 달려들었다. 해길도 허리춤에서 검을 뽑아 가까스로 문의 검을 막았다.

챙! 날 선 검이 불꽃을 튀기며 맞부딪쳤다.

"저하!"

은밀히 해길의 뒤를 쫓았던 공영이 튀어나왔다. 그와 동시에 문을 둘러싸고 있던 그의 수하들도 해길을 향해 검을 겨눴다.

"무엇들 하느냐! 저하를 보필하지 않고!"

공영이 다급하게 외쳤다.

"감히 어느 안전에 나서려 하느냐!"

문이 눈을 희번덕이며 소리쳤다.

문의 수하들뿐만 아니라 공영까지 주춤 몸을 물렸다. 해길은 동생의 흉흉한 눈초리를 마주하며 쓴웃음을 지었다.

"정녕 끝을 보려는 게냐?"

"이야아압!"

문이 해길에게 몸을 날리며 검을 휘둘렀다. 챙! 검이 막힌 문이 다음 수를 찾는 사이, 해길은 틈을 주지 않고 문의 빈 옆구리를 노렸다.

문이 기우뚱 균형을 잃은 순간, 절묘하게 파고든 해길의 검이 그를 바닥에 깔아 눕혔다. 형제의 시선이 마주쳤다. 해길은 그대로 검을 들어 아래로 내리꽂았다. 문은 질끈 눈을 감았다.

팅, 해길의 검은 문의 목이 아닌 바닥을 파고들었다. 흘깃 옆을 살핀 문은 저도 모르게 안도의 한숨을 내쉬었다. 뺨을 스칠 듯한 거리였다.

"이 일대는 이미 포위되었다. 이젠 너도 끝이란 걸 알겠지."

"하긴, 형님은 늘 준비가 철저하셨지요."

문은 깔린 채로도 생글대며 말했다.

"하지만 어떤 연유로 동생을 죽이는 죄를 지으려 하십니까?"

"증좌 또한 준비가 끝났다. 이제 네 사가와 처가로도 사람이 갔겠지."

"증좌라니요?"

문이 눈살을 찌푸렸다.

"네 수하가 증인으로 있다. 더 시치미를 뗄 생각은 말아라."

해길은 검을 뽑아 검집에 집어넣었다. 찰각, 검집이 닫히는 소리
가 상황이 끝났음을 알리는 듯했다. 정신을 차린 공영이 손을 뻗으
며 소리쳤다.

"무엇들 하느냐! 역도들을 잡아라!"

주인을 잃은 문의 수하들이 우왕좌왕하다 하나씩 검을 떨어트리
고 무릎을 꿇었다.

해길의 눈이 무용을 찾았다. 피비린내 나는 상황에 또 말려든 탓
일까, 얼굴이 창백했다. 그래도 무용은 해길이 오고 나서부터는 마
음이 조금씩 진정되고 있었다. 이렇게 눈을 마주하자 여린 미소가
입가에 스몄다. 그 순간, 문이 재빠르게 튀어 나갔다. 문은 수하의 손
에서 무용을 빼앗고 입에 물렸던 재갈을 풀어 목을 졸랐다.

"악!"

무용은 몸부림을 쳤지만, 오히려 상황은 나빠졌다. 문이 품에서
단도를 꺼내 목덜미에 들이밀었기 때문이다.

"무슨 짓이냐!"

"무슨 짓일지 생각해 보시지요!"

문은 정자의 끝으로 무용을 끌고 갔다. 해길이 다가가자 문은 칼
을 더 바짝 들이밀었다.

무용의 목덜미에 상처가 생겼다. 피가 배어 나왔다.

"히익!"

무용이 놀라 숨을 들이쉬었다. 해길은 초조해졌다.

문은 고개를 한쪽으로 삐딱하게 기울였다.

"증좌라. 그런 거짓으로 저를 속이려는 겁니까?"

자결하도록 훈련된 이들이었다. 팔이 잘린 걸 보았다고 했으니, 쓸모없는 몸으로 살아있을 리 없었다. 문은 제 형에게 눈을 맞췄다. 시선은 분명 자신이 높은데, 어쩐지 내려다보이는 듯해 불쾌했다. 형은 언제나 자신의 위에 서 있는 것처럼 굴었다. 늘 그렇게 뻣뻣하고 흠 없이 구는 인간이었다.

"자, 놓아드리지요!"

제 사람을 버려본 적도 없겠지. 그럼 이제 어찌할까. 문은 무용을 정자 밖으로 밀어버렸다. 해길이 급히 달려 손을 뻗었다. 하지만 한 걸음이 부족했다.

"어?"

무용은 발아래가 허공임을 느꼈다. 해길은 무용을 붙잡으려 스스로 몸을 던졌다.

"저하!"

이 광경을 본 이들이 놀라 소리쳤다. 순식간의 일이었다.

"아하하하!"

문 홀로 소름 끼치게 웃고 있었다.

"죄인을 포박하라!"

공영은 명령을 내리고 달려와 절벽 아래를 내려다보았다. 까마득했다. 비로 불어난 강물은 시커멓게 보일 정도였다. 절로 몸서리가 쳐졌다. 이런 데로 뛰어들다니. 제정신으로는 불가능했다.

하지만 해길에게는 모든 게 조용하고 명료했다. 앞뒤를 생각해서

한 일이 아니었다. 몸이 생각보다도 먼저 마음을 따랐을 뿐이었다. 무용을 구해야 했다.

무서운 속도로 추락하면서, 해길은 무용을 붙잡아 꽉 안았다.

"후."

떨어지는 걸 본 순간, 정말 숨이 멎는 줄 알았다. 이제야 숨이 제대로 쉬어졌다.

"해, 해길도령."

주변 풍경이 순식간에 지나가고 있었다. 무용은 왜인지 지금까지 있었던 일들이 떠올랐다.

해길이 시체 꼴로 꽃집에 왔을 때, 눈을 떴을 때, 아픈 자신을 돌봐줬을 때, 곁에 앉아 마당을 볼 때, 대신 물을 길어 줬을 때, 산속에서 자신을 지켜줬을 때, 암자에서 자신을 반겼을 때, 오늘 다시 만난 순간, 그리고 함께 절벽으로 떨어지는 지금까지. 이게 죽기 전에 본다는 주마등일지도 몰랐다.

"괜찮다, 괜찮아…."

해길이 무용의 귓가에 속삭였다. 다치게 하기 싫었는데, 또 위기에 몰아넣고 말았다. 무용이 여기서 조금이라도 더 다치면, 스스로를 용서할 수 없을 것 같았다. 해길은 무용을 더욱 꽉 끌어안았다. 무용도 해길을 꽉 안았다. 두근두근. 뜨겁고 빠른 두 사람의 심장이 겹쳐 뛰었다.

풍덩! 두 사람이 떨어진 강에서 물이 솟구쳤다. 물속 깊이 내던져진 무용의 안색이 새파래졌다. 숨이 부족했기 때문이다. 갑작스레 떨어진 데다 겁까지 먹었으니, 제대로 숨을 쉴 수 없는 건 당연했다.

"으읍!"

해길은 무용의 얼굴을 조심스레 감싸 쥐었다. 그리고 고이 입술을 맞댔다. 그리고 자신의 숨을 무용에게 전했다.

무용이 놀란 토끼 눈이 되었다. 하지만 그러기도 잠시, 무용은 팔을 뻗어 해길을 안았다. 맞닿은 입술부터 조금씩 온기가 물들어갔다. 가슴을 채워오는 따듯함에 무용은 어쩐지 눈물이 날 것만 같았다.

"푸하!"

물 위로 떠오른 무용과 해길이 큰 숨을 몰아쉬었다. 뭍으로 올라오자 젖은 몸에서 물이 주룩주룩 떨어졌다.

"하아."

무용은 물 밖으로 나오자마자 연신 거친 숨을 뱉어냈다.

"괜찮은 게냐?"

"네?"

묻는 말이 귀에 들어오질 않았다. 해길의 입술만 보였다. 조금 전에 물속에서 일어났던 일이 머릿속에 맴돌았다. 얼굴에 훅, 열이 오르는 게 느껴졌다.

"혹 추운 게냐?"

해길이 무용의 뺨을 짚었다. 무용은 갑작스러운 손길에 놀라 물러서다 넘어질 뻔했다.

"아!"

해길이 무용의 어깨를 감싸 쓰러지지 않도록 받쳤다. 피식, 안도감에 웃음이 번졌다.

"정말 한시도 눈을 뗄 수가 없구나."

이제야 살았다는 실감이 난 무용도 씩, 미소를 지었다. 해길이 그 입술에 조심스레 손을 가져다 댔다. 무용이 놀라 그 손을 붙잡았다. 해길은 맞아서 찢어진 상처를 확인한 것이었지만, 무용은 입술이 닿았던 것이 떠올라 가슴이 터질 것만 같았다.

"다치게 하고 말았구나."

무용은 입술을 꾹 물었다. 자책하는 듯 가앉은 목소리가 가엾었다. 괜찮다고, 품에 안아 그리 말하면 괜찮아질까. 그럼 이 안타까운 마음이 좀 가라앉을 것 같았다. 하지만 어째서 이런 생각이 드는지 알 수가 없어 아무것도 할 수가 없었다. 그때, 말발굽 소리가 들렸다.

"저하!"

공영을 비롯한 해길의 수하들이었다. 수하들은 열을 맞춰 선 뒤 해길에게 일제히 고개를 숙였다. 무용은 멋쩍어져 몸을 움츠렸다. 해길과 자신의 세계가 다르다는 게 느껴졌다.

해길을 안아주고 싶다니, 제 주제에 맞지 않는 일이었다. 더구나 지금은 머리고 옷이고 엉망에, 얻어터진 채 물에 젖기까지 한 꼴이 아닌가. 해길도 물에 빠진 건 마찬가지였지만, 자신과는 전혀 다른 느낌이었다. 흰 뺨에서 떨어지는 물방울이 햇빛을 받아 청초한 얼굴을 빛냈다. 젖은 옷자락은 일부러 곱다란 선을 드러내려는 듯했다.

"저하, 입궐을 준비하겠습니다."

"아니다, 오늘은 채비를 좀 해야겠구나."

해길은 무용 쪽으로 몸을 돌렸다. 무용을 이리 두고 떠나기 싫었다.

"말을 탈 줄 아느냐?"

무용은 주변에서 너무 쳐다보는 탓에 왠지 말이 나오질 않았다. 그래서 고개만 도리도리 저었다.

"그럼 나와 타면 되겠구나."

"저하! 차라리 제가 태우겠습니다. 어찌 저하께서 그런 수고를…."

"되었다. 수고스러운 일이 아니니."

공영이 무용에게 눈을 흘겼다. 무용은 몸을 움츠리고 눈치를 살폈다. 의아하다는 듯, 혹은 같잖다는 듯 보는 이가 한둘이 아니었다.

"자, 잡거라."

말 앞에 선 해길이 손을 내밀었다. 다른 이들처럼 해길도 자신을 빤히 보고 있었다. 그렇지만 해길의 시선은 달랐다. 여느 때처럼 자신을 똑바로 볼 뿐이었다. 무용은 옅게 웃고 해길의 손을 잡았다. 낄 곳이 아닌데 낀 듯해 주눅이 들었지만, 해길의 곁이라고 생각하니 이곳에 있어도 괜찮다고 느껴졌다.

"은우(恩遇)군의 궁으로 가지."

잠시 생각하는 듯하던 해길이 말했다. 은우군은 해길의 이복동생인 왕자군이었다. 그의 사저는 궐과 제법 가까운 거리에 있었고, 이곳과도 멀지 않았다. 궐로 갈 채비를 하기에 적합한 위치였다.

"예!"

해길의 말에 수하들이 절도 있게 고개를 숙였다.

"가자꾸나."

해길은 무용에게만 들리도록 속삭이고 말고삐를 당겼다. 무용은 훅 느껴지는 온기에 몸을 움츠렸다. 물에 젖어 예민해진 탓일까, 평소보다 체온이 높게 느껴졌다. 왠지 안심이 되면서도 긴장이 되어서, 조심스레 말을 모는 해길의 손만 봐도 가슴이 떨렸다.

무용은 방 안을 쭉 둘러보았다. 넓은 방이었고, 놓인 물건들도 귀한 것들이었다. 발치에 있는 옷들도 전부 그런 것들뿐이었다. 하늘하늘한 천으로 지어진 옷들은 꽃이 핀 들판을 옮겨온 듯 고왔다. 무용은 그 중 어느 하나를 고르지 못하고 손을 뻗었다 거두기를 반복하다가 겨우 연둣빛 치마를 집었다. 하지만 이내 다시 내려놓았다.

"이거면 쌀이 몇 가마냐?"

이런 생각부터 하는 자신에게 어울리는 옷이 아닐지도 몰랐다. 무용은 일단 눅눅한 저고리를 벗었다. 경대에 자신의 모습이 비쳤다. 삐죽, 아랫입술이 나왔다. 말리려 풀어헤친 머리칼이 목덜미에 엉겨붙어 엉망이었다. 무용은 목덜미를 대충 쓸어 머리카락을 털어냈다. 그때, 달각 문이 열리고 해길이 나타났다.

"이제⋯."

해길은 들어오진 않고 얼음이 된 듯 굳은 채 서 있었다.

"왜, 왜 여태 옷을 입지 않은 게냐!"

"어? 어!"

무용이 급히 가슴 앞에 손을 모았다. 곧 쾅 소리와 함께 문이 닫혔다.

"후우⋯."

해길은 힘이 풀려 문 앞에 기대앉았다. 꽃집에 있을 때, 무용은 곧잘 방문을 열고 다녔다. 그래서 별생각 없이 문을 열었다. 그런데, 아직 옷을 갈아입지 않았을 줄이야.

어깨가 희었다. 그동안 희다거나 희지 않다거나 어떻다거나 그런 생각을 해본 적은 없었다. 하지만 볕에 익은 낯이며 손만 봐왔던 터였다. 익숙하지가 않았다. 생각해보면 발도 퍽 희었던 듯한데, 그걸 봤을 때는 치료를 하느라 이런 생각을 할 때가 아니었다. 이런 생각이라니, 무슨 생각 말인가.

그을린 목덜미를 타고 반쯤 마른 머리칼이 흘러내렸다. 고개를 들자 머리칼이 가슴께로 떨어졌다. 흰 살결에는 아직 물기가 남아…

해길은 떠오르는 것을 떨치려 고개를 휘휘 저었다. 하지만 열이 식질 않았다. 절로 손부채질이 나왔다.

"입을 만한 게 없는 게냐? 괜찮은 것을 구해오라고 하였는데."

해길이 묻자 여태 멍하게 있던 무용이 정신을 다잡았다.

"그게, 뭘 입어야 좋을지 알 수가 없어서요."

문을 넘어오는 답을 들으며 해길은 무용의 발치에 있던 것을 기억해냈다.

"연녹색 치마는 어떠냐?"

무용은 내려뒀던 연녹색 치마를 다시 집어 들었다. 가장 마음에 들던 것을 해길이 골라주자 왠지 기분이 좋아졌다. 빙긋, 웃음이 나왔다.

"그걸로 할게요."

바스락바스락, 옷 갈아입는 소리가 났다. 해길은 입 안이 마르는 걸 느꼈다. 계속 들으면 안 될 것 같다는 생각이 들었다.

"흠흠."

괜한 헛기침과 함께 마루 끝에 걸터앉자 섬돌에 가지런히 놓인 무용의 짚신이 보였다. 한쪽 귀퉁이가 곧 끊어질 것 같았다. 그때, 문 열리는 소리가 났다. 뒤를 돌아보니 무용이 쭈뼛대며 나오고 있었다.

"이상하죠?"

무용은 일부러 웃음기를 섞어서 물었다. 경대에 비춰보며 다듬긴 했으나 아무래도 과분한 옷이었다. 해길이 아무 말도 없는 걸 보니 남이 봐도 이상한 게 분명했다.

"그렇게 이상해요? 그럼 마를 때까지 잠시만…."

해길은 급히 고개를 저었다. 이상하기는커녕 맞춘 옷처럼 잘 어울렸다. 빛이 비치는 데까지 나오니 더욱 그랬다. 맑으면서 산뜻한 느낌이었다. 게다가 어색해 꾹 다문 입술이며, 조금 붉어진 뺨이며…. 어쩐지 속이 울렁거렸다.

"어울린다."

해길은 간신히 말하고 마른 입술을 축였다.

"그, 그래요?"

무용은 쑥스러운 기분이 들어 딴청을 피우다 해길의 옆에 앉았다. 마루가 널찍하여 충분히 멀리 앉을 수 있었는데, 무심코 꽃집에 있을 때처럼 가까이 붙어 앉았다. 어쩌면 더 가까운 것일지도 몰랐다. 온기가 전해져 오는 것 같았으니 말이다. 무용은 제게서 열이 나나 싶어 뺨을 만지작댔다.

"아, 해길도령. 뭐 말하려고 하지 않았어요?"

"그랬지. 마침 장날이라고 하더구나."

해길은 자신이 왜 왔는지 이제야 다시 떠올렸다. 지금까지 벌어진 일과 앞으로 벌어질 일을 생각하면, 이런 여유를 부리는 건 사치스러운 일이었다. 그렇지만 큰일을 겪은 무용이 숨 돌릴 수 있는 틈을 만들고 싶었다.

"가보겠느냐?"

청화백자, 구멍 뚫린 괴석, 초록 이끼를 얹은 수석….
심지어 거기에 고운 모란이나 매화가 올라가 있기도 했다. 해길이 무용을 데려간 곳은 분재를 파는 가게였다. 무용이 한 걸음, 한 걸음 찬찬히 옮기며 분재를 살피자 해길이 그 뒤를 쫓았다.

"흐음…."

해길이 아쉽다는 듯 혀를 찼다. 무용이 골똘히 보는 것 같긴 했으나, 즐거워하는 것 같지는 않았기 때문이다. 오히려 눈썹을 이리 들었다가 저리 낮췄다가 하는 게 떨떠름해 보였다. 꽃이며 풀을 보면 좋아할 거란 생각에 데려왔는데, 아닌 모양이었다.

"왜 그러느냐?"

"화분이 너무 작아서요, 나무가 답답하겠어요. 마당에 심으면 더 예쁠 텐데, 그렇지요?"

해길은 꽃집 마당에 서서 나무에 가지가 나왔다고 좋아하던 무용을 떠올렸다. 지난해 났던 가지가 얼마나 자랐는지를 설명하며 팔을 뻗는 게, 퍽 즐거워 보였다. 무용은 이곳보다 그곳이 어울렸다.

주인이 미소가 스민 해길을 보고 다가와 말을 붙였다.

"안목이 탁월하십니다. 이백 년 된 매화나무인데… 어떠십니까?"

"이백 년이요?"

무용이 놀라 되물었다. 그도 그럴 게 매화나무가 정말 작았기 때문이다.

"주게나. 운반하는 값까지 한 번에 치르지."

"아이고, 감사합니다."

주인은 들뜬 걸음으로 자리를 떴다.

"동생분께 선물할 거 아니었어요? 좀 더 보고 골라야 하는 거 아녜요?"

"저만하면 괜찮은 물건이니 되었다. 그보다, 이만 가자꾸나."

무용이 즐거워하는 게 아니라면 이런 데서 시간을 허비할 필요가 없었다.

분재를 보고 나와 장을 좀 둘러보려 할 때였다. 헤졌던 무용의 짚신이 툭 끊어졌다.

"어?"

해길은 비틀거리는 무용을 급히 받쳐 안았다.

"무슨 일이냐?"

무용은 갑자기 가까워진 얼굴 때문에 긴장이 돼 고개를 엉뚱한 곳으로 돌렸다.

"그게… 신발이 끊어졌나 봐요."

해길은 그대로 무용을 안아 들었다.

"해, 해길도령! 뭐 하는 거예요!"

"버선발로 다니려는 게냐?"

"그냥 잠깐 끌고 다니면 돼요."

무용은 고개를 푹 숙였다.

조금 전에도 가까웠는데, 이젠 숨결이 닿을 정도였다. 게다가 몸이 바짝 닿아 있었다. 갑자기 들어 올려진 탓에 심장도 급했다. 혹여 해길에게 콩닥거리는 심장 소리가 들릴까 걱정이 됐다.

"되었다. 그러다 발목이라도 접질리면 어찌하려 하느냐."

해길은 오히려 무용을 추켜 안고 척척, 걸음을 내디뎠다. 내려줄 생각이 전혀 없어 보였다. 무용은 별수 없이 해길에게 몸을 맡겼다.

"으으."

하늘이 노을로 붉게 물들기 시작했다. 무용은 자신의 뺨이 노을처럼 달아올랐음을 느꼈다. 이 노을이 얼굴을 가려주기를, 무용은 바랐다.

해길은 신발을 파는 곳까지 가서야 멈췄다.

"어느 것을 원하느냐?"

"제 거요? 됐어요."

무용은 그리 말하면서도 입술을 동그랗게 모으고 신을 보았다. 운혜며 당혜, 꽃신 등 각양각색의 신들이 눈길을 잡아끌었다. 해길은 무용의 시선을 따라 신을 쭉 훑다가 잘됐다는 듯 고개를 끄덕였다.

"그렇다면 내가 안고 다니마."

해길이 그대로 돌아갈 듯 몸을 돌리자 무용이 다급하게 입을 열었다.

"아녜요! 신 신고, 제 발로 갈게요."

해길은 무용을 조심스레 내려서 작은 의자에 앉혔다. 무용은 고운 신발들을 훑다 말고 해길을 보았다.

"어디 짚신 파는 데는 없어요?"

이리 비싼 물건을 받기가 좀 그랬다.

"여기 있는 걸 모두 달라면 되겠느냐?"

"한 켤레, 한 켤레면 충분해요."

무용은 얼른 고개를 저었다. 신을 받지 않으면 더 큰 신세를 질 것 같았다.

"신어보아라. 맞는 걸 사야 하지 않겠느냐."

"그게⋯."

무용은 비단 치마를 볼 때처럼 말을 끌었다. 해길은 그런 무용의 발목을 덥석 잡아다 신 하나를 신겼다. 고운 비단에 갖가지 꽃과 나비가 수놓인 꽃신이었다.

"딱 맞는구나."

발을 치료했을 때를 떠올려 눈대중으로 고른 것인데, 딱 맞았다. 해길의 입가에 만족스러운 미소가 번졌다.

"마음에는 드느냐?"

"네? 네. …고와요."

해길이 무용에게 눈을 맞췄다.

"그래, 곱구나."

무용은 급히 발치로 시선을 내렸다. 신발이 아니라 저에게 하는 말이란 착각이 들려 했기 때문이다. 고운 꽃신이었다. 발에도 마음에도 딱 맞는 신을 신어서일까, 발끝이 동실 뜨는 것 같았다.

소쩍, 소쩍…. 밤을 알리는 소쩍새 울음이 작게 들려왔다.

"이런 데서도 소쩍새 소리가 들리네."

무용은 몸을 뒤척였다. 노곤한데도 잠이 오지 않았다. 남의 집이라 그런 걸까, 방이 넓어서 그런 걸까. 기분이 이상했다. 긴장한 것 같기도 하고 들뜬 것 같기도 했다.

긴 하루였다. 모진 일을 당하기도 했으나 기억나는 건 해길과 있던 일들이었다. 물속에서 벌어졌던 일이며, 시장에서 있던 일이 자꾸 떠올랐다. 후끈, 또 얼굴에 열이 올랐다. 무용은 이불을 젖히고 앉았다.

"꽃신…."

해길이 사준 꽃신이 떠오르자 무용은 그 고운 신을 신고 걷고 싶은 기분이 들었다. 살금살금, 무용은 조심히 방을 나섰다. 그렇게 몇 걸음이나 갔을까, 해길이 보였다.

"잠이 오지 않는 게냐?"

"그냥요. 해길도령은요?"

해길은 무용을 가만히 쳐다보다 말을 이었다.

"네 생각이 나서 나왔다."

무용은 제 뺨이 달아오른 것도 모르고 우두커니 서서 해길을 바라보았다. 입가에 떠오른 미소가 고왔다. 그를 계속 보고 싶었다.

"마침 이리 만났으니 함께 달을 볼 수 있겠구나, 잠시 앉겠느냐?"

두 사람이 나란히 앉아 하늘을 보았다. 달빛이 밝았다. 하지만 무용은 닿은 어깨가 신경 쓰여 자꾸 고개가 돌아갔다. 어찌 된 영문인지 해길이 옆에 바짝 붙어 앉았기 때문이다. 평소와 같은 거리가 아니었다. 이유를 물으려 쳐다봐도 달만 보고 있으니 말을 꺼내기가 힘들었다. 달이 이리 예쁜데, 왜 괴로운 얼굴을 하는 걸까.

"꽃집은…."

"네?"

무용이 엉겁결에 되물었다. 해길은 꺼내기 힘들었던 말을 다시 이었다.

"뭔가가 있을 것으로 생각했는지 안팎을 또 헤집었다고 하더구나. 네가 잠시 머물 곳을 마련해주마. 부족함 없이 지낼 수 있을 게다. 하지만…."

해길은 곧은 눈빛으로 무용을 보았다.

"꽃집은 반드시 네게 돌려주마."

"해길도령…."

"네 소중한 집이지 않느냐."

해길의 미소는 고우면서도 아련했다. 무용의 집을 지켜주지 못한 미안함과 앞으로의 다짐을 담은 것이었다.

그렇게 얼마나 있었을까, 해길의 어깨로 무용의 고개가 푹 떨어졌다. 무용이 새근거리며 잠들어 있었다. 해길은 그 모습을 한참 동안 쳐다보았다.

짹짹, 참새 소리가 들렸다. 창호지를 넘어온 햇빛에 무용이 눈을 떴다. 어느새 아침이었다.

"어?"

분명 해길과 마루에 앉아 있었는데, 일어나 보니 방 안이었다. 무용은 방을 나섰다. 어제 잠시 스친 은우군이 보였다. 급한 일이 있다며 집을 나서는 중이었던지라 인사도 제대로 못 한 사이였다.

"안녕하세요, 은우군… 이셨지요?"

은우군은 소나무 분재와 함께 어제 해길이 샀던 매화 분재를 다듬고 있었다.

"어제는 집을 비워 제대로 대접을 못 했네."

은우군이 미안하다는 듯 말했다.

"아닙니다, 덕분에 감사했습니다."

인사를 마친 무용은 두리번대며 해길을 찾았다.

"혹시 형님을 찾는가? 형님께서는 이미 입궐하셨는데."

"예?"

순간 힘이 턱 풀렸다. 생각해보면 당연했다. 해길은 세자저하셨고, 자신은 한낱 여염집 여인에 불과했다. 푹 떨어진 시야에 꽃신이 들어왔다, 둥둥 떠 보였다. 잡을 수 없는 꿈처럼.

때는 화월(음력 3월), 이에 맞춰 동궁의 앵두나무도 작고 흰 꽃을 소담히 피워냈다. 그곳에 동궁의 주인이 나타났다. 해길, 아니 왕세자 이창이었다. 가슴에 사조룡보를 달고 수많은 내관과 궁녀를 이끄는 그의 모습에서 소매 춤을 걷어붙이고 물을 긷던 꽃집에서의 모습을 상상하기란 힘들었다.

앵두나무에서 날아온 꽃잎이 얼굴을 스치자 해길이 눈살을 찌푸렸다. 얼마 지내지도 않았던 꽃집이 자꾸 떠올랐다. 만약 지금 곁에 무용이 있었다면 멈춰 서서 앵두꽃을 보았을지도 몰랐다. 해길의 입술에 옅은 미소가 떠올랐다가 사라졌다.

모든 일이 제대로 흘러가고 있었다. 그런데도 마음이 산란했다.

"쯧."

이럴 때가 아니었다. 생각을 떨치려 고개를 흔들어 보아도, 또 웃음이 새어 나왔다. 골몰한 탓일까, 환영까지 보였다. 앵두나무 아래 무용이 서 있었다. 꽃을 보느라 입술을 동그랗게 모으고 있었다.

해길은 걸음을 멈췄다. 무용이었다, 정말 무용이었다. 보드란 바람이 무용에게 작은 꽃잎을 내렸다. 무용이, 웃었다. 쿵쿵, 해길의 가슴이 벅차도록 뛰기 시작했다.

2장

움트다

무용은 동궁전 한편의 작은 건물에 짐을 풀었다. 숙소라고는 하나 해길이 무용을 위해 특별히 정한 거처여서 다른 나인은 없었다.

"궐에 오다니…."

무용이 옷자락을 매만지며 중얼거렸다. 앞으로 머무르게 될 방도, 익숙지 않은 옷도 전부 어색하기만 했다. 꽃집이 자신에겐 온 세상이었다. 마을을 벗어날 줄은, 더구나 궐에 들어오게 될 줄은 생각지도 못했다. 영 진정이 되질 않았다.

"좀 걸어볼까?"

방에서 나와 주위를 둘러봐도 마음이 가라앉질 않았다. 이 장소도, 자신도 덩그러니 놓여 있는 것 같았다. 작게 딸린 뜰 한쪽에 모여 자란 대나무가 바람에 흔들거리며 사락거렸다. 다른 소리 없이 대나무 우는 소리만 들리니 오히려 조용한 기분이 들었다.

"하아…."

저도 모르게 숨이 새어나갔다.

"한숨이 깊구나."

갑자기 기척도 없이 해길이 나타났다.

"으엇!"

무용이 놀라 소리쳤다. 어떻게 걸음 소리도 없이 온 건지 알 수가 없었다.

"해, 아, 아니…."

무용은 익숙하게 튀어나오려던 '해길도령'이란 말을 멈췄다. 해길은 흑색 곤룡포를 입고 있었다. 가슴과 어깨에는 금빛 용 자수가, 허리에는 백옥이 달린 옥대가, 발에는 목 높은 흑화가 보였다. 허름한 도포를 입어도 멀끔했던 사람인지라 새삼 다르게 생각되진 않았지만, 귀한 신분이란 실감은 났다. 예의와 법도를 따져 행동해야 했다.

"세자저하."

예를 갖추는 무용을 보고 해길이 피식 웃었다. 궐에 온 것을 모르는 건가 싶었는데, 그런 건 아닌 듯했다. 앵두나무 아래 서 있는 걸 보았을 땐 얼마나 놀랐던가. 분명 방에서 기다리라 하였는데, 그 잠시 사이에 혼자 꽃구경을 나서다니. 무용다워 웃음이 났다. 하지만 염려가 되기도 했다. 혼자 둘 수 없어 궐로 부른 것이지만, 궐이란 녹록지 않은 곳이기 때문이었다.

무용도 해길을 보며 빙긋, 웃음을 지었다. 해길을 보니 텅 빈 듯했던 마음이 따스하게 차오르는 것 같았다. 지금 둘은 서로 똑 닮은 표정을 짓고 있었으나, 그걸 알 리는 없었다.

"또 어딜 가려던 게냐?"

"그냥 바람이나 좀 쐬려던 거예…, 것이옵니다."

무용이 고개를 숙이고 말했다. 말을 고르느라 자꾸 시선이 돌아갔기 때문이다. '세자저하' 앞에서 감히 실수하지 않도록 거리를 두는 중이었다. 이런 태도에 답답해진 쪽은 오히려 해길이었다.

"너무 신경 쓸 것 없다."

해길은 무용이 눈을 맞추지 않는 게 싫었다.

"나를 모시게 하려 너를 부른 게 아니다. 꽃집에 가기 전까지 머물 곳을 마련해주겠다고 하지 않았느냐."

"이리 궐에 오게 될 줄은 생각도 못 했지만요."

무용은 여느 때처럼 넉살을 부리며 대답했지만, 사실은 꽤 긴장한 상태였다. 처음 와본 궁궐은 생각보다도 복잡하고 화려했다. 적응하기가 쉽지 않을 듯했다. 그래도 모르는 사람들 틈에 혼자 남아 있으니, 어디든 해길이 있는 곳에 있고 싶었다. 해길이 있다면, 어느 곳이든 괜찮을 것 같았다.

이런 생각에 고개를 끄덕이던 무용이 갑자기 샐쭉한 표정을 지었다.

"그나저나, 너무 한 거 아니에요?"

"무엇이 말이냐?"

무용의 아랫입술이 삐죽 튀어나왔다. 해길이 사라진 걸 알고 얼마나 놀랐던가. 하지만 해길은 무슨 소리인지 모른다는 듯 아무렇지 않은 얼굴로 자신을 보고 있었다.

"그렇게 가버리는 게 어디 있어요? 사정을 듣기 전까지 얼마나 놀랐는데요."

해길은 자신의 어깨에 기대 세상모르고 잠든 무용을 떠올렸다. 그때는 무용을 보며 한참 동안 생각에 잠겨 있었다.

마음 같아서는 당장 꽃집을 돌려주고 싶었으나 꽃집은 그럴 만한 상태가 아니었다. 더구나 꽃집에서 변고를 당했는데, 무용을 혼자 두는 건 말도 안 됐다. 무용을 방에 눕힌 건 아침이 다 되어서였다. 아쉽긴 하였으나, 곤히 잠든 게 보기 좋아 구태여 깨우긴 싫었다. 그래서 조용히 자리를 떴다.

"곧 만날 텐데, 굳이 인사가 필요했겠느냐."

해길이 빙긋 웃었다.

"그래도요."

무용은 툴툴대는 척했지만, 입술에는 이미 웃음이 물려 있었다. 웃는 해길을 보니 마음이 풀려 화내는 척도 힘들었다.

"그래, 창순루에 가려는데 어떠하냐?"

해길은 무용이 웃는 걸 좀 더 보고 싶었다.

"창순루요?"

문을 여니 분에 담긴 화초가 있는 마당이 보였다. 그리고 왼쪽으로 자그마한 초가 정자가 보였다. 해길이 말했던 창순루였다.

무용은 가다 말고 서서 창순루를 보았다. 지붕이 반원형을 했다던가, 벽이 튀어나왔다던가, 신기한 게 많았지만 무엇보다 눈길을 끈 건 초가지붕과 툇마루였다. 해길이 자신을 데려온 이유를 알 것 같았다. 궐에서 쉽게 볼 수 없는 초가지붕이 꽃집을 떠올리게 했다.

"들어가 보자꾸나."

무용은 마당에 놓인 화분들을 찬찬히 살피며 걸어갔다. 화초 하나하나에 정성을 들여 관리한 게 느껴져 보는 재미가 있었다. 이런 무용을 보느라 해길의 걸음이 절로 느려졌다. 입술에 또 미소가 번져 있었다.

"은우군 대감께서 가지신 화분이랑 비슷하네요."

무용이 모란이 그려진 화분 앞에서 말했다.

"청나라에서 들어온 청화백자로구나."

무용은 또 몇 걸음을 가다 말고 걸음을 멈췄다. 다른 청화백자 앞이었다. 웃고 있었으나, 억지로 입꼬리를 당긴 듯 어색한 모양새였다.

"왜 그러느냐?"

무용이 보고 있는 건 세필로 난초가 그려진 화분이었다.

"그냥, 아버지가 그리신 게 떠올라서요."

아버지의 그림과 꼭 닮은 것은 아니었으나, 어쩐지 아버지를 떠올리게 했다. 아직 진달래가 피어 있으니, 집에 무슨 일이 났는지도 모르는 채로 꽃구경을 하러 다니고 있을 게 분명했다.

"네 부친이 집에 당도하면 살피도록 일러두었다."

"고마워요."

무용은 안도했다는 듯 해길을 향해 웃어 보였다. 하지만 입술 모양은 여전히 어색했다. 해길은 무용의 관심을 돌리려 창순루의 문을 열었다.

"안을 보겠느냐? 아마 퍽 볼만 할 게다."

안으로 들어선 무용은 눈이 동그래졌다.

"따듯하네요."

봄이라도 아직 바람이 서늘한데, 여긴 훈훈했다. 불을 꽤 때는 듯했다. 게다가 바람도 잘 들어오지 않고 습기도 있어 꼭 여름이 된 것처럼 느껴졌다.

"온실이다. 여기서는 겨울에도 꽃이 피지."

무용의 얼굴에 다시 미소가 피어 있었다. 덕분에 해길의 얼굴에도 미소가 어렸다. 그때, 급하게 달려오는 소리가 들렸다.

"저, 저하!"

공영이었다. 그는 원래 세자익위사를 맡고 있었기에 해길이 복권되자 다시 자리로 돌아왔다. 공영은 머리를 숙여 예를 표하고, 무용을 슬쩍 살폈다. 여전히 마뜩잖다는 얼굴이었다.

"무슨 일이냐?"

해길의 표정이 굳어졌다. 방해하지 말라 일러두었음에도 이렇게 뛰어온 걸 보니 큰 문제가 생긴 듯했다.

"그것이….”

공영이 귀에 대고 무언가를 소곤대자, 해길이 입술을 꾹 다물었다.

"잠시 이곳을 둘러보고 있겠느냐?"

무용이 놀란 표정으로 고개를 끄덕였다. 해길은 무용을 안심시켜 주려 미소를 지었다.

"금방 돌아오마."

혼자 남은 무용은 찬찬히 걸으며 벽을 살폈다.

"기름칠이 된 건가?"

벽지가 반들반들한 것이 그런 듯했다. 탐스러운 꽃봉오리를 단 화초 너머로 장식장에 놓인 분재들이 보였다. 얼마 전 가게에서 봤던 것 이상으로 태가 고왔다. 매화를 좋아하는 이들이 많아서일까, 여기에도 매화나무가 많았다. 그때, 인기척이 들려왔다.

"해길, 아니 세자저하신가?"

뒤를 돌아본 무용이 급히 고개를 숙였다. 머리에 용 첩지를 달고 있는 이가 미간을 구기고 있었다. 그 뒤로 상궁과 나인이 줄줄이 보였다. 중전마마셨다.

"자네는 누구인가?"

젊고 기품 있는 목소리였다. 무용은 자신 보다 기껏 한두 살이 많은 정도일 것이라 생각했다.

"동궁전의 나인이옵니다, 마마."

목소리가 떨렸다. 이렇게 중전마마와 마주칠 줄이야. 생각지도 못한 일이었다. 꽃집에서도 사대부 어른들을 상대할 때가 있긴 했지만, 그들은 취미가 맞는 이들이었다. 게다가 서로 제 정원을 먼저 봐주었으면 하는 마음이 있어 친근하게 구는 경우가 많았다. 이렇게 냉랭한 낯을 하고 자신을 보는 이는 없었다.

"동궁전의 나인이 여기서 무얼 하고 있었느냐?"

동궁전이란 소리에 중전의 목소리가 더 차가워졌다.

"꽃과 나무를 보고 있었습니다."

무용은 긴장을 누르고 차분하게 대답했다.

한편, 중전은 이 답이 의아하게 느껴졌다. 자신이 알기로 세자는 꽃에 취미가 없었다. 그런데 동궁전의 나인이 창덕궁까지 와서 한 일이 그뿐이라니. 하지만 눈앞의 나인은 고할 말이 끝났다는 듯 가만히 서 있었다.

"보고 있던 것뿐이냐?"

"예."

중전은 무용이 흥미로웠다.

"그럼 왜 보고 있었느냐?"

"이 분재를 정원에 심으면 어떨까 생각하고 있었습니다."

"정원에 심으면 방에 들여놓고 볼 수가 없지 않느냐?"

"하지만 이것은 매화나무가 아닙니까?"

무용은 저도 모르게 고개를 들어 매화나무를 보았다. 해길이 샀던 것과 비슷한 크기이니 이 또한 200년은 되었을지 몰랐다.

"정원에 심었다면 아름드리나무로 컸을지도 모릅니다. 그럼 매화가 한가득 피었을 테지요."

"매화는 가련하게 피는 편이 어울린다 생각지 않느냐?"

"그럴 수도 있겠네요, 이렇게 곁에서 매화를 즐기기란 쉽지 않은 일이니까요."

무용이 고개를 끄덕였다. 그리고 저도 모르게 손님을 대하듯 말을 이었다.

"그래도 궐이 이렇게 넓은데, 마당으로 나오셔서 즐기는 것은 어떠십니까? 이제는 철이 지났지만, 하얀 매화가 그득하게 핀 모습도 보실 수 있으실 테니까요."

바깥은 봄을 맞아 꽃이 소담스레 피어 있었지만, 이곳은 여전히 한겨울의 시린 공기가 무겁게 깔려 있었다. 그 중심에 비장한 얼굴의 해길이 있었다.

"그게 사실이냐?"

해길이 수하들에게 물었다.

"예, 문영대군께서 감금되셨던 자택에서 독약을 드시고 자결하셨다고…."

"자결이라니, 그럴 리가 없다."

동생을 잃은 슬픔에 사실을 부정하려는 것이 아니었다. 오히려 해길의 태도는 의연했다. 정말 의문을 담은 물음이었다.

"하긴, 문영대군의 성정을 생각하면 이상한 일이긴 하옵니다."

"그렇지만 역모를 저질렀으니, 남은 선택은 그뿐 아닙니까?"

수하들의 말을 듣던 해길이 생각에 잠겼다. 문에게 야욕이 있음을 모르던 건 아니었으나, 그쯤은 봐줄 수 있었다. 부모의 냉대나 세상의 무시를 받는다는 생각에 뒤틀린 아이였다. 이를 자신을 미워하고 업신여기는 정도로 견딜 수 있다면 다행이라 생각했다. 때문에 예의 주시하되 굳이 묶어 두진 않았다.

더구나 일을 칠 만큼의 세력도 없었다. 야욕을 부추기는 이들이라고 해봤자 가문의 이름 덕을 보고 사는 이들로, 함께 사냥을 즐기며 위세를 부릴 뿐이었다. 그렇지만 이번 일은 달랐다. 꼬리를 잡으려 하자 오히려 기세를 바꾸어 달려드는 형세였다. 이 모든 반격이 문에게서 나왔다고 보기에는 미심쩍은 데가 많았다.

"문에게 세력을 붙여준 것은 누구일까….."

해길의 말에 수하들이 웅성거렸다.

"누군가 대군을 부추겼다는 말씀입니까?"

"생각해보면 대군께서는 원래 아첨꾼들에게 약하시지 않으셨습니까?"

"술수 또한 대군에게 붙어 있던 자들이 낸 것이라기에는 너무 치밀했습니다."

"더구나 대군은 화려한 것을 좋아하지 않았습니까? 이리 은밀한 수를 쓰다니요."

"맞습니다, 치사한 수보다는 부딪치는 것을 택하셨겠지요."

생각을 정리한 해길이 고개를 끄덕였다.

"그래."

수하들은 조금 전의 소란이 거짓말인 양 조용해져 명을 기다렸다.

"너희가 해주어야 할 게 있다."

해길은 머릿속에 떠오른 것 중 가장 그럴싸한 그림을 떠올리곤 씩, 입꼬리를 올렸다.

"꼬리를 살살 당겨 머리를 끊어줘야겠구나."

"또 매실! 힘차게 자라면 매실이 주렁주렁 열리겠지요."

무용은 이제 꽃집의 손님을 대할 때처럼 신이 나 있었다. 중전도 즐거운 듯했다.

"아아, 설당에 절인 것이라면 나도 종종 찾는단다."

무용은 손뼉까지 쳤다.

"여름철에 음식에 넣으면 상하는 것도 덜하게 해주고, 먹으면 배 앓이도 덜해지지 않습니까. 이리 고운 데 그리 쓸모까지 많다니, 그래서 매화를 좋아하는 이들이 많나 봅니다."

무례하다 호통을 쳐도 될 상황인데, 중전은 오히려 고개를 끄덕이며 크게 웃었다. 윗사람인 자신에게 가르치듯 말하는 데도 밉지가 않았다. 이득을 취하려는 아첨도, 자신을 비웃으려는 농락도 아닌 것 같았기 때문이다. 그저 즐거워하는 것으로만 보였다.

"너 같은 아이가 있는 걸 여태 몰랐다니, 네 이름이 무엇이냐?"

이 구중궁궐에서, 감히 자신에게 매화를 그리 즐기라 말하다니. 이런 말을 하는 이가 지금까지 있었던가. 오랜만에 느끼는 즐거움이었다.

"무용이라 하옵니다."

"저, 마마…."

뒤에 있던 조상궁이 조심히 입을 열었다.

"저 아이가 이번에 세자께서 들여오신 그 나인이옵니다."

중전의 얼굴이 순식간에 냉랭해졌다. 무용은 이러한 돌변에 어리둥절하기만 할 뿐이었다.

한편, 해길은 창순루에 오자마자 인상을 찌푸렸다. 들리는 소리가 심상치 않았다.

"이런."

사안이 사안이었던지라 무용의 뒤를 지키라 명했던 이들까지 자신을 수행하고 있었다. 그 바람에 무용은 지금 혼자였다. 해길은 조급한 마음을 감추려 보폭을 적당히 한 채 다가갔다. 그러나 걸음은 자연히 급해질 수밖에 없었다. 입술을 꾹 물고 고갤 푹 숙인 무용이 보였다.

"무얼 하시는 겁니까?"

무용은 조금 전 대화에서 자신이 무례한 태도를 했다는 생각에 빠져 있었다. 해길은 성큼성큼 걸어가 무용을 제 뒤로 숨겼다. 우아하지만 날이 선 시선이 해길과 중전 사이를 오갔다.

잠시 후, 해길이 고개를 숙였다.

"소자 어마마마를 뵙습니다."

둘은 나이 차를 손가락에 꼽을 정도인 모자 사이였다.

"세자를 여기서 다 보는군요."

중전이 입술을 비틀어 웃었다.

늘 깍듯이 예를 차리지만, 그게 도리어 저를 능멸하는 듯해서 중전은 세자가 늘 불쾌했다. 두 번째 중전인 자신과 첫 번째 중전의 아들인 세자, 이 사이에서 자신은 요사한 불여우로 불려야만 했으니까. 세자의 뒤로 줄줄이 붙어 서는 이들이 경멸의 시선을 한 게 느껴졌다.

"동복동생이 죽었는데도 세자께선 강녕하신 듯해 다행입니다."

중전은 품위를 지키면서도 냉랭하게 말했다.

"다 어마마마의 덕이지요."

단정하기 그지없는 대답이었다. 슬쩍 마주치는 시선에는 여유까지 더해져 있었다. 중전은 끓어오르려는 화를 참으려 남모르게 주먹을 꽉 쥐었다.

사실 해길은 느긋한 마음은 아니었다. 뒤에 둔 무용을 제대로 살피고 싶었다. 하지만 이런 마음을 들키면 중전이 가만히 있을 리 없었다. 그렇지 않아도 중전은 속을 떠보겠다는 눈길로 무용을 빤히 보고 있었다.

"그 아이가 이번에 들여온 아이라지요?"

무용은 몸을 움츠렸다. 조금 전까지만 해도 고상하고 다정한 얼굴을 하던 분이었다. 그런데 지금은 서릿발이 내린 듯 차가운 눈으로 자신을, 또 해길을 보고 있었다.

"제 사람입니다."

해길의 목소리가 분명하게 울렸다. 단호하면서도 무게가 실린 말이었다.

"마마께서 관여하실 바가 아니지요."

평온했던 온실 안에 숨 막힐 듯한 긴장감이 흘렀다. 당장 눈앞의 나인 하나 때문에 벌어진 판이 아니었다. 어느새 구세력을 등에 업은 중전과 신세력의 구심점인 세자의 힘겨루기가 시작된 것이었다.

"어찌 그런 섭섭한 소리를 하십니까."

중전은 일부러 목소리를 누그러뜨리며 말했다. 하지만 찌푸려진 미간이 다 풀리지 않아서 기묘한 느낌이 들었다. 늘 일부러 져준다는 양 한 걸음 뒤에 서서 도도한 낯을 하는 세자, 그를 대할 때면 저도 모르게 떠오르는 표정이었다.

"비록 세자와 나이는 얼마 차이 나지 않지만, 어미 된 몸입니다. 또한, 이 내명부의 수장이기도 하지요. 어미가 아들을 염려하는 심정을 모르시진 않겠지요?"

중전은 모자의 정을 말했지만, 둘은 다정한 모자가 되기는커녕 안부를 물을 때조차 속셈을 살펴야 할 사이였다.

"장성한 자식을 염려해주시니, 과분할 따름입니다."

해길이 어미의 보살핌 운운하는 중전에게 선을 그으며 답했다. 중전은 빈틈을 주지 않는 세자가 얄밉다 못해 괘씸했다. 그렇지만 이런 증오를 겉으로 드러내는 것은 오히려 굴욕이었다.

"그리 장성한 세자께서 여인에게는 통 관심이 없으셨는데… 이젠 이 어미의 염려가 조금은 줄어들 것 같습니다."

입은 자애로운 미소를 짓고 있지만, 눈빛은 날카롭다 못해 베일 것 같았다. 그 시선의 끝에 무용이 있었다.

"세자께서 이리 노류장화(창녀 혹은 기생)를 꺾어 오시다니."

무용은 저를 두고 하는 말임을 알고 놀라 고개를 들었다가 푹 숙였다. 순간 스친 중전의 시선이 매서웠다. 입술에는 미소가 그려져 있었지만, 그건 조금 전까지 봤던 다정한 미소가 아니었다. 악의를 담은 가짜 미소였다.

"바깥 놀이가 퍽 즐거우셨나 봅니다."

조롱기가 농후한 말투였다. 이에 분노를 숨기지 못한 건 해길이 아닌 그 뒤에 선 공영이었다. 해길은 아무렇지 않은 얼굴이었다. 다만 움켜쥔 손에서 힘줄이 실룩거렸다.

"소자가 요새 안팎으로 바빠 과로하긴 하였나 봅니다, 헛말을 듣다니."

해길은 안타깝다는 얼굴로 말을 이었다.

"시정잡배나 할 말이 어마마마의 입에서 나왔을 리 없으니 말입니다. 그렇지 않습니까? 어마마마."

중전이 아랫입술을 물었다. 감히 중전인 자신을 천박한 치에 비하다니. 늘 언짢은 말만 하긴 했지만, 이 정도로 방자한 말을 한 적은 없었다. 평소보다 거칠었다. 파고들 틈일까? 하지만 여느 때와 다름없이 도도한 얼굴을 보니 확신이 서지 않았다.

"그렇게 스칠 이였다면 어찌 곁을 내주었겠습니까."

해길은 마음 같아서는 당장 무용의 손을 꽉 붙잡고 싶었다. 그렇게 곁에 있음을 확인하고 싶었다. 이런 해길의 마음이 닿기라도 한 걸까, 무용은 막막했던 속이 풀리는 듯했다.

아무 말도 할 수 없는 자리에 낀 게 억울하긴 했지만, 이젠 뭐든 괜찮았다. 해길이 이렇게 생각한다면 그것으로 족했다.

"과분한 걱정에 몸 둘 바를 모르겠습니다만, 어마마마께서야 말로 미령하시진 않을까 염려되옵니다. 바쁜 시간을 보내고 계시지 않습니까."

해길은 들릴 듯 말 듯 작게 혀를 찼다.

"헛소문이 잦아든 지 얼마 되지 않았으니 말입니다."

중전이 굳어버린 뺨을 당겨 웃음을 지었다. 헛소문, 숙원(왕의 후궁)을 범하려 했다는 누명을 두고 하는 말이었다.

"숙원의 일은, 이 어미도 무척 염려하였답니다."

'세자가 숙원을 범하려 했다', 이것은 이젠 힘을 잃은 소문이었다. '중전이 세자에게 수를 썼다'는 더 그럴싸한 소문이 돌기 시작했기 때문이다.

"제 죄를 뉘우치고 출가했으니 얼마나 다행인지요. 거짓 회임에 거짓 유산으로 모두를 농락하다니… 끔찍한 욕심이 아닙니까."

"어마마마의 숙부께서 보내신 분이셨으니, 근심이 더욱 크셨겠지요."

중전은 자신은 상관이 없는 사람인 것처럼 말했지만, 숙원은 자신의 죄가 아니라 중전의 죄를 덮어쓰고 떠난 것이었다. 해길은 그 사실을 은근히 꼬집었다.

"하지만 다정도 지나치면 병이 된다 하지 않습니까. 어마마마께서는 부디 소자보다 귀하신 몸을 보존하는 데 힘을 써주십시오."

염려하는 말 같았지만, 명령조였다. 중전은 뺨이 파르르 떨리는 걸 느꼈다. 자신을 깎아내리면서도 세자는 여전히 고상한 얼굴을 했다. 차라리 이겼다는 얼굴을 하면 좋으련만, 별것 아니라 여기는 듯한 태도가 더 속을 끓게 했다.

"그리하셔야 내명부를 잘 돌보실 수 있으실 게 아닙니까."

이건 세자가 자신에게 보내는 경고였다. 그때, 뒤에 서 있던 조상궁이 입을 열었다.

"마마, 탕약을 올릴 시간이 다 되었습니다."

중전은 한숨을 삼켰다. 이 상황에서 벗어날 수 있다는 안도감과 이대로 물러서야 한다는 모멸감이 동시에 찾아왔다.

"세자, 그럼 이 어미는 이만 가겠습니다."

"소자는 어마마마의 강건함을 기원하겠습니다."

"그럼, 가자."

비현각에 있는 해길이 걸음을 재촉했다. 마음이 급했다. 중요한 일로 찾는다기에 갔더니, 길고양이를 도둑으로 착각한 것일 뿐이었다. 마음을 졸였는지 창백해진 무용의 얼굴이 머릿속에 맴돌았다. 험한 일을 겪었는데 괜찮을 리 없었다. 물러가겠다며 먼저 가던 것을 그냥 두어선 안 됐다. 자꾸 후회가 됐다.

"…저하, 외람되오나 한 가지 여쭈어도 되겠습니까?"

해길을 뒤쫓던 공영이 조심히 입을 열었다.

"무엇이냐?"

"그 계집 말입니다."

"계집?"

공영은 무용을 두고 한 말이었으나, 해길은 이를 알아채지 못했다. 그도 그럴 것이 해길에게 무용은 단순히 계집이라고 생각할 만한 대상이 아니었기 때문이다.

"무용이라는 아이 말입니다. 어째서 궐까지 데려오신 겁니까?"

어째서라니? 그야 무용에게 지낼 곳이 필요했기 때문이었다.

"갈 곳이 없는 아이다."

꽃집이 사라졌으니 무용에게는 이제 돌아갈 집이 없었다.

"그렇지만 궐은 안전하기만 한 곳이 아니지 않습니까. 저하의 깊은 뜻을 제가 다 헤아릴 순 없겠지만, 한적한 곳에 따로 거처하게 하는 것이 낫지 않을까 해서…."

그렇지만 외로움이 많은 아이였다. 그 느슨한 미소로 금세 사람을 사귀겠지만, 혼자 남으면 분명 입술을 꾹 다물고 허공에다 눈길을 둔 채 하염없이 앉아 있을 게 뻔했다.

안전한 거처를 마련한다 해도 꽃집이 아니니 손님도 오지 않을 테고, 부친도 언제 올지 몰랐다. 게다가 자신도 갈 수가 없었다. 어쩌면 다치거나 아플지도 몰랐다. 조금 전처럼 누가 위협을 가할 수도 있었다. 그럴 때 자신이 무용의 곁에 없다고 생각하면 속이 타들어가는 듯했다.

"더구나 저하께서 주신 곳은 인예왕후께서 아끼시던 곳이 아닙니까."

그래서 내어준 곳이었다. 공영의 말대로 궐은 안전하기만 한 곳이 아니었고, 무용에게 내어준 거처는 어머니가 마음의 안정을 찾던 곳이었다.

동궁의 한구석에 있었지만, 어머니가 돌아가신 뒤론 자연스럽게 걸음이 줄어든 곳이었다. 만개했던 꽃들이 전부 사라지고 삭풍경해진 모습을 보고 싶지 않았기 때문이다. 하지만 무용이 있다면 그렇지 않을 거였다.

"저하?"

해길은 저도 모르게 멈춰 서 있었다.

"아니다."

해길은 걸음마다 맺히는 생각을 떨치려 고개를 털었다. 어째서. 이를 따지면 이상한 일이었다. 공영이 한 생각을 자신이라고 하지 않은 건 아니었다. 그건 전부 일리 있는 생각이었다. 그런데도 자신은 한 가지 답만 내놨다. 어째서든, 무용은 자신의 곁에 있어야만 했다.

해길은 생각을 다 정리하지 못한 채로 장원서에 당도했다. 관원들이 하던 일을 멈추고 나왔다.

"준비하라던 것은 어디에 있느냐?"

해길이 조급하게 물었다. 속이 울렁거렸다. 이유를 알 수 없었다.

다만, 무용을 어서 보아야겠다는 생각이 들었다.

햇빛이 가라앉은 저녁 즈음이었다. 가만히 앉아 있어서일까, 풀잎 부딪치는 소리까지 들릴 정도로 조용했다. 저벅, 문득 걸음 소리가 들렸다. 무용은 해길이 왔음을 알고 벌떡 몸을 일으켰다.

"흠흠."

무용과 시선이 맞은 해길은 퍼뜩 놀라 고개를 돌렸다. 지금껏 무용을 어떻게 봐왔는지 기억이 나질 않았다.

"세자저하."

무용은 꾹 입꼬리 당겼다. 웃음을 지으려 한 것이었지만 잘 되질 않았다. 해길이 세자라는 걸 알고 난 뒤에도, 벗이란 생각이 먼저였다. 스치고 지날 객일 줄 알았는데 곁을 채워준 이였다. 그리고 이젠 자신에게 곁을 내어준 이였다. 그 자리가 고맙고 또 좋아서, 조금 더 곁에 있고 싶었다. 궐로 오겠냐는 말에 고개를 끄덕였던 건, 지금처럼 마주한 정도의 거리만을 가지고 앞뒤 잴 것 없이 한 결정이었다.

생각에 잠긴 무용을 보며 해길이 조심스럽게 입을 열었다.

"조금 전의 일은… 괜찮은 게냐?"

무용이 중전의 말에 상처받았을까 염려됐다. 노류장화로 사는 이들을 욕되게만 볼 순 없겠지마는, 그들과 무용은 별개였다. 또한 무용과 자신을 그리 스치는 연으로 묶어선 안 됐다. 절대 떨어질 수 없는 연으로 꽉 묶어야만 했다.

"에이, 노류장화면 어떻습니까. 길가의 버들도, 담장 아래 꽃도 모두 어여쁜데."

넉살을 부리고 웃는 모습이 시원스러웠다. 야무지고 단단한 웃음이었다. 이를 보니 답을 내리지 못한 의문이 다시 어지럽게 솟아나 꼬리를 물었다.

무용은 여리기만 한 사람이 아니었다. 그런데 왜 자신이 곁에 있어야 한다고 생각했을까, 어째서 무용을 이곳으로 불렀을까, 왜 하필 이 험한 궐이어야 했을까…. 그건 무용이 갈 곳이 없어서가 아니었다. 곁에 있길 바란 쪽은 자신이었다. 다시 만나야 했던 것도, 다신 멀어지기 싫던 것도 전부 자신이었다.

"꽃이란 늘 그리 웃음을 주지 않습니까? 저는 그 덕에 행복했는걸요."

무용의 입술에 여린 미소가 번졌다. 순간 가슴 안에 무언가가 빽빽해지도록 가득 차올랐다. 그건 견디기 벅찬 것이면서도 또 한없이 포근한 것이기도 해서 자꾸 속을 울렁이게 했다. 하지만 싫지 않았다. 오히려 좀 더 느끼고 싶었다. 처음 겪어보는 이 묘한 게 자꾸 탐나서, 무용을 계속 보고 싶었다. 무용의 미소가 보고 싶었다. 이를 볼 수만 있다면….

"그럼, 나는 너의 꽃이고 싶구나."

툭, 저도 모르는 새에 여물어버린 마음이 터져나갔다. 봉숭아 꼬투리가 터지듯 갑작스러운 일이었다.

해길의 말에 무용은 가슴 안에서 무언가가 톡톡 튀어 오르는 걸 느꼈다. 그건 따가운 느낌이 아니었다. 땅을 두드리는 여린 봄비처럼 산뜻한 느낌이었다.

"이미 꽃과 다르지 않습니다."

뺨을 연홍빛으로 물들이며 피어난 무용의 미소가 해길의 가슴에 꽉 박혀 들어왔다. 딸랑, 들리지 않을 꽃집의 풍경 소리가 머릿속에 울렸다.

"제게 곁을 주신다 하셨지요?"

'그렇게 스칠 이였다면 어찌 곁을 내주었겠습니까.', 무용은 조금 전 해길이 한 말을 떠올리며 곧은 시선으로 해길을 보았다.

"그럼 이제 이곳도 꽃집이 될 수 있겠네요."

딸랑딸랑, 풍경 소리가 자꾸 해길의 귓속에 울렸다. 심장이 너무 뛰어 숨을 쉬기가 어려울 지경이었다.

"그보다, 세자저하야말로 괜찮으십니까?"

이리 묻는 무용의 말투는 해길도령을 부를 때와 별다를 게 없었다. 중전의 말은 무용에게 큰 상처가 아니었다. 그보다 자신이 온 게 해길에게 폐가 될까 하는 걱정이 더 컸다.

"무엇이 말이냐?"

해길은 질문의 의미를 알 수 없어 되물었다.

"동생분 말입니다. 제 주제에 이런 말을 하여선 안 되겠지만요…."

모두 문의 죽음을 권력 싸움의 일부분으로만 봤다. 자신의 속을 살펴주는 건 무용뿐이었다.

"네가 아니면, 누가 이런 말을 하겠느냐."

문이 보낸 자객들에게 쫓겨 산중을 헤맸던 밤, 어째서 무용을 떠올리고 꽃집으로 찾아갔는지 이제 알 것 같았다. 무용은 순수한 마음으로 다른 이의 아픔을 살펴주는 이였다.

"괜찮다, 네가 그리 말해주니 괜찮아졌다."

무용은 미소가 스민 해길의 얼굴을 가만히 쳐다보았다. 노을이 내리기 시작해서일까, 늘 희기만 했던 뺨이 붉어 보였다. 왠지 속이 간질거렸다.

무용이 딴청 피우듯 고개를 돌리다 해길의 뒤에 핀 영산홍을 발견했다.

"…어? 영산홍이네요!"

무용의 눈이 동그래졌다. 해길은 피식 웃음이 났다.

"마음에 들지 모르겠구나."

무용이 즐거워하고 있었다. 장원서에 명을 내려 특별히 준비한 보람이 느껴졌다.

마당까지 화분을 들고 온 무용이 마루에 두었던 앞치마에 팔을 꿰었다. 꽃집부터 이곳까지 함께 온 앞치마였다. 여기저기를 기워 허름해 보일지도 모르지만, 무용에게는 소중한 것이었다.

"저하께서는 어떠세요?"

"무엇이 말이냐?"

"영산홍이 필 자리 말입니다! 대나무랑 따로 물을 줘야 하니, 이 정도 거리면 될까요?"

해길은 어디든 상관없지만, 무용이 마음에 드는 곳이면 좋았기에 고개를 끄덕였다.

그리고 꽃집에서 그랬듯 무용의 곁에 자리를 잡고 호미질을 하는 걸 구경했다. 작은 손을 야무지게 움직이는 게 새삼 신기했다.

"그런데 이 영산홍 꽃은 무슨 색이에요?"

"무슨 색이면 좋겠느냐?"

동그랗게 모인 무용의 입술을 보며 해길이 되물었다.

"으음, 뒷산의 진달래같이 고운 색이면 좋겠네요."

지금 무용의 입술과 같이 고운 그 색이었다. 해길은 답을 내주지 않고 미소만 지었다. 꽃망울이 올라오면 제 생각과 같았다며 즐거워할 그 모습이 보고 싶었다. 그때, 무용이 호미 끝에 손을 부딪치고 손을 들었다.

"아얏!"

"괜찮으냐?"

해길이 급히 무용의 손을 쥐었다. 조금 붉어졌을 뿐 다행히 피도 나지 않았다.

"후우…."

"괜찮아요, 그냥 놀라서 그런 거예요."

무용은 심하게 다친 것도 아닌데 놀라게 한 게 머쓱해 손을 내저으려 했다. 그런데 왜인지 해길이 손을 놓지 않았다. 떨릴 정도로 조심스러우면서도 한편으로는 힘이 꽉 들어간 손길이었다. 온기가 전해져왔다. 또 속이 간질거리면서 뭔가 쑥스러웠다.

"…해길도령? 아니, 아니. 세자저하."

당황한 무용의 입에서 익숙한 말이 나왔다. 해길은 무용에게 빤히 시선을 맞췄다. 괜찮다는 말이 자신에게는 전혀 괜찮지가 않았다.

"네 탓이다."

이리 불안한데, 이리 한시도 눈을 뗄 수가 없는데, 이리 마음이 쓰이는데. 어떻게 곁에 있지 않을 수 있을까. 더구나 이제는 이곳도 꽃집이 될 수 있다고 제 입으로 말하지 않았는가. 자신의 곁을 꽃집으로 느낄 수 있도록 하는 일이라면 무엇이든 할 수 있었다. 그러니, 무용의 탓이었다.

"그러니, 이리 있거라."

단호하면서도 어딘가 애가 타는 듯한 읊조림이었다. 그래서일까, 무용은 가만히 해길에게 손을 내어주는 수밖에 없었다. 해길은 더 조심히, 그러면서도 분명하게 무용의 손을 감싸 쥐었다. 해길의 손끝이, 뺨이, 눈빛이, 가슴이 누그러진 봄볕에 익어갔다. 망울을 터뜨릴 듯한 영산홍 꽃봉오리처럼, 그렇게 애달프고 고왔다.

탕! 하얀 백자 그릇이 바닥으로 떨어졌다. 그릇은 깨지지 않고 빙그르르 구르다 멈췄다.

"이 탕약이 정말 회임에 효과가 있는 것이냐?"

중전은 깨지지 않은 그릇을 보고 속이 답답해져 신경질적으로 물었다. 꽉 사리문 잇새 사이까지 파고든 약이 썼다.

"좌상대감께서 특별히 주문해주신 것 아닙니까. 청 황후가 먹던 탕약이라 하니 확실할 것이옵니다."

조상궁이 머리를 조아리며 고했다. 그릇까지 내던진 건 처음이었지만, 이 정도로 끝나면 다행이었다. 자신의 소임도 다하지 못하면서 주제넘은 짓을 한다고 세자에게 모욕을 당하지 않았나. 그런데 무엇도 반박을 못 했으니 화가 머리끝까지 났을 게 분명했다.

"내가 백날 이런 것을 먹어 무엇 하겠느냐, 세상에 진미란 진미를 다 가져다 먹여도 저리 골골대는 것을…."

왕을 두고 하는 말이었다. 중전은 새삼 자신의 처지가 답답했다. 아버지뻘의 나이인 데다가, 허약하기까지 한 왕이 새삼 짜증스러웠다.

왕은 멍청한 자는 아니었지만, 왕조보다 자신의 위세를 우선시하는 허세를 곧잘 부렸다. 후사를 생각해 세자빈을 뽑아야 할 시점에 자신을 들여 빈 중전의 자리만 채운 것만 봐도 그랬다. 하지만 일이 이렇게 되도록 부추긴 건 좌상 김석철, 바로 자신의 아버지였다.

영상 송의건에게는 학자들의 존경이, 우상 황충훈에게는 백성들의 사랑이 있다면 아버지에게는 부와 권력이 있었다. 물론 그에 걸

맞은 야욕도 있었다. 이빨 빠진 호랑이라도 호랑이는 호랑이. 아버지는 그 호랑이를 갖겠다며 자신을 궐로 밀어 넣었다. 물론 호랑이를 다룰 자신은 있었다.

문제는 그 아래 치워야 할 게 있다는 거였다. 그것도 생각보다 훨씬 성가신.죽은 인예왕후의 얼굴을 빼다 박은 세자, 그게 문제였다.

"이가 흐물흐물한 호랑이 아래에 저리 턱이 억센 젊은 호랑이가 있으니….."

세자는 자신의 아들이 된 뒤에도 늘 위에 선 사람처럼 굴었다. 오늘 또한 그랬다. 아니, 오늘은 오히려 더했다. 예의를 차리며 고고하게 굴던 걸 생각하니 속이 또 뒤틀렸다.

"마마, 은우군께서 드셨습니다."

문 앞에 선 상궁이 고했다. 중전은 조금 전까지 성을 내고 있던 이가 아닌 것처럼 우아한 표정을 지었다.

"들라 하라."

은우군이 선물로 가져온 두송(노간주나무) 분재가 중전의 앞에 놓였다. 화려하게 굽은 모양새의 값비싼 분재였다.

"벌써 형님께서 데려온 나인을 만나 보셨다 들었습니다."

은우군이 생글거리며 차를 홀짝였다.

"아아, 잠시 맡았다고 했던가?"

"꽃을 파는 가게를 했다던데, 재미있지 않으셨습니까?"

"맹랑한 치도 아니면서 맹맹한 치도 아니긴 하더군."

유들유들 구는 게, 무슨 말을 해도 밉지가 않으니 재미있는 아이이긴 했다.

팔던 물건이 꽃이라는 건 이상했지만, 말 붙이는 재주를 생각해보면 장사치다웠다. 하지만 또 장사치라기에는 너무 속셈 없이 구는 듯했다.

"형님께서 그 나인을 구하기 위해 절벽에 몸을 던지신 걸 알고 계십니까?"

"저잣거리에서 만들어진 헛소문이 아니었단 말인가?"

'세자가 일개 백성을 살리기 위해 절벽에 몸을 던졌다.', 백성들이 좋아할 만한 소문이었다. 하지만 세자를 떠받드는 이들이 퍼뜨린 소문이라고 생각했지 사실이라고는 생각하지 못했다.

"궐까지 데려오셨는데, 그 정도를 못 하셨겠습니까."

목숨을 구해준 데다가 궐까지 데려온 아이라니, 생각보다 더 쓸모 있지 않은가. 손쉽게 건드릴 수 있는 여염집 아이이니 세자의 빈틈이 될 게 분명했다.

"궐 안에서 혹여 이를 이용하려는 이들이 있진 않을까 걱정입니다."

은우군이 염려된다는 듯 중얼거렸다.

"선물을 받았으니, 염려하는 일은 내가 잘 처리하겠네."

중전은 냉큼 말을 받으며 묘한 미소를 흘렸다.

"그럼, 잘 부탁드립니다."

은우군이 나가고, 중전은 무용을 떠올리며 만족스러운 미소를 지었다. 전해 들은 바로는 특별한 게 없었으나, 직접 보니 말재주가 좋고 묘하게 사람을 끄는 데가 있는 아이였다.

"그래."

이런 늙어빠진 왕의 아내로만 끝나는 게 자신에게 가당하기나 하단 말인가. 이 기회를 잡아 세자를 치우고 권력을 잡으리라. 중전은 비죽 웃으며 서신을 적고 손짓으로 조상궁을 불렀다.

"아버지께 이 서찰을 전하도록 해라."

해길은 의건에게 은밀한 보고를 받는 중이었다.

"문은, 어찌 되었는가?"

"이미 입관을 끝낸 뒤였던지라, 대군의 시신을 직접 보진 못하였습니다. 하지만 일꾼들의 증언과 주변의 정황을 볼 때 다른 시체를 가져다 죽은 것으로 꾸미고 도주하셨을 가능성은 없는 듯하옵니다."

시신을 확인하지 못한 게 찜찜하긴 했다만, 입관한 동생을 끄집어내고 싶진 않았다.

"독은 어디에서 구한 거지?"

"알아본 바로는 약재로 구하셨다 합니다. 초오였습니다."

의건이 차분히 답했다.

"그래."

해길도 담담히 고개를 끄덕였다. 왜인지 갑자기 괜찮냐던 무용의 물음이 떠올랐다. 자신에게 그런 물음을 하는 사람은 누구도 없었다. 스스로도 하지 않는 물음이었다. 무용은 주제넘은 물음을 한 것인가 걱정했지만, 자신의 속을 그리 살펴줄 수 있는 사람은 무용뿐이었다. 입가에 희미한 미소가 떠올랐다.

"저하?"

해길은 입술을 잠시 꾹 다물었다. 이제 다시 만날 수 없게 된 동생에 대한 애도의 의미였다. 죽은 동생을 기리는 마음을 드러낼 수 있는 사치를 부릴 시간은 이 짧은 순간이 다였다.

"그래, 좌상에 관한 조사는 끝이 났는가?"

의건이 두툼한 서책을 꺼냈다. 김석철 패거리의 죄상을 모은 장부였다.

"저하가 자리를 비운 사이 말도 안 되는 판을 쳤더군요. 덕분에 흔적을 잡기가 오히려 수월했습니다."

쯧, 나라의 녹을 먹는 자가 백성들의 피를 빨아먹다 못해 말리려한다니.

"패악을 뿌리 뽑으려면 쥐고 있는 것을 앗아야 할 테지."

썩은 뿌리들을 뽑아내기 위해서, 자신은 이 자리로 돌아온 것이었다.

무용은 잠자리에 누워놓고도 부스럭거리며 자꾸 이불을 뒤척였다. 그러다 결국 안 되겠다는 듯 바로 누워 눈을 떴다. 눈이 말똥말똥했다.

"푸우⋯."

무용은 호미에 부딪혔던 손을 꺼내 천장으로 뻗었다. 붉은 기가 좀 있긴 했으나, 며칠 지나면 자연히 사라질 정도였다. 하지만 해길은 큰일이 난 듯 굴었다. 자신의 손을 꼭 쥐고 있던 손길이 떠오르자 절로 주먹이 쥐어졌다. 열기가 여태 남아있을 리 없는데, 손끝이 뜨거웠다.

"왜 그러신 걸까?"

왠지 가슴 속까지 뜨거워서, 결국 이불을 젖히고 앉으니 잠자긴 글렀다는 생각이 들었다. 해길 때문이라고 하긴 뭐하지만, 어쨌든 잠이 오질 않았다. 왠지 소중한 걸 다 확인하고 싶은 기분이 들었다.

자리를 털고 일어나 서랍장을 여니, 고이 모셔진 꽃신이 보였다. 닳는 게 아쉬울 정도로 아까웠지만, 늘 신고 싶을 정도로 좋기도 했다.

"예쁘다."

다음 서랍을 열자 연녹색 비단 치마와 허름한 앞치마가 있었다. 둘은 함께 둘 일이 없는 물건 같았지만, 막상 이렇게 모아놓으니 썩 어울리는 조합으로 보였다.

"…주무시고 계시겠지?"

해길과 만나기에는 이미 너무 늦은 시간이었다. 그걸 알면서도 옷을 차려입게 되는 건 왜일까.

"영산홍, 영산홍이 잘 심어졌나 보려는 거지."

변명을 하는 기분이 들었지만, 정말 그러려는 것이긴 했다.

방에서 나와 영산홍 앞에 앉으니 서늘한 밤공기에 뺨이 시렸다. 바람이 불자 영산홍 이파리가 흔들렸다. 문득 해길이 했던 말이 떠올랐다.

'그러니, 이리 있거라.'

애가 닳을 듯한 목소리였다.

"으…."

팔에 얼굴을 묻어 봐도, 귓가에 붙은 목소리는 떨어질 줄을 몰랐다.

해길은 의견을 보내고도 한참 동안 정무를 봤다. 밖으로 나왔을 때는 침전에 들어야 할 시간이었다. 자신을 뒤따르는 내관들을 생각하면 빨리 자선당에 들어야 했지만, 조금 걷고 싶은 기분이 들었다.

불어온 바람에 잎사귀들이 부딪혀 사락거렸다. 풀 향기가 났다. 꽃집에 있는 것 같은 기분이 들었다. 풀숲에 희고 작은 꽃이 피어있었다. 저도 모르게 손이 나가 그 꽃을 꺾어 들었다. 세 치(약 9cm)나 될까, 작은 키에 흰 꽃을 오종종히 단 게 앙증맞았다.

지금까지는 왜 한 번도 꽃을 보지 못했을까. 무용을 만나지 않았다면, 이곳에 꽃이 있다는 걸 영영 알지 못했을지도 몰랐다. 문득 자신의 세상이 달라졌다는 게 느껴졌다. 지금 보이는 세상은 무용을 거쳐 알게 된 세상이었다.

"점지매(点地梅, 봄맞이꽃)인 듯합니다. 작은 매화처럼 생겨서 그렇게 부릅니다."

뒤에 서 있던 내관이 조심스레 고했다. 듣고 보니 매화와 닮은꼴이긴 했다. 하지만 그런 이유로 보고 있던 건 아니었다. 눈을 뗄 수 없던 건, 무용이 꽃을 든 모습이 자꾸 눈앞에 아른거렸기 때문이었다.

뛰듯이 가던 해길이 걸음을 늦췄다. 무용의 처소 앞에 다 오니 퍼뜩 정신이 들었기 때문이다. 해시가 넘은 지 한참이니 잠자리에 들고도 남았을 시간이었다. 그런 오밤중에 꽃을 보자고 여기까지 오다니, 생각해보니 황당한 일이었다.

"꽃이 피었는데…."

손에 쥔 꽃가지가 딱하게 보였다. 비틀어진 입술 사이로 쓴웃음이 샜다. 함께 꽃을 보고 싶긴 했지만, 단잠을 깨우긴 싫었다. 고된 하루를 보냈을 걸 뻔히 알면서 그리할 순 없었다.

문을 열고 조심조심 들어가 방문 앞에 꽃을 내려두니 그래도 기분이 좀 좋아졌다. 아침에 발견한다면 좋아할 모습이 머릿속에 그려졌다. 하지만 여기 더 있으면 걸음을 떼기가 힘들 것 같았다. 그렇게 몸을 돌리려 할 때였다. 달칵, 문 열리는 소리가 들렸다.

"저하?"

빼꼼 몸을 내밀어 해길이 온 것을 확인한 무용이 얼른 몸을 일으켜 밖으로 나왔다. 바람 소리일지도 몰랐지만, 해길일 것이란 생각이 들었다. 자신만 이리 잠을 못 이루고 있는 건 아닐 것 같았기 때문이다. 자선당을 향해 가다 몇 번이나 걸음을 돌렸던가. 해길 또한 같은 걸음을 했을 것 같았다.

"이 봄맞이는 저하가 두신 것입니까?"

해길은 멍하니 서서 무용이 꽃가지를 집어 드는 모습을 쳐다봤다. 봄맞이를 봤던 순간 했던 상상이 이뤄지고 있었다. 하지만 연둣빛 가지를 든 붉은 기가 도는 손끝도, 자그마한 흰 꽃을 보며 배시시 웃는 무용의 얼굴도, 상상 이상이었다.

"그래."

분명 달빛은 흐린데, 무용의 미소는 환했다. 더 가까이에서 보고 싶었다. 무용은 해길을 향해서, 해길은 무용을 향해서 한 걸음씩 다가갔다.

"제가 꽃을 받는 건 처음입니다."

해길은 퍼뜩 놀라 걸음을 멈췄다. 바로 한 발짝 앞에 무용이 있었다. 그런데 어딜 더 다가서려 한 걸까.

"예쁜 봄맞이네요."

무용은 봄맞이꽃을 달빛을 향해 들어 살폈다. 꽃집의 꽃은 자신의 손을 거치는 것이었지만, 자신에게 주어진 것은 아니었다. 하지만 지금의 봄맞이는 자신에게 주어진 꽃이었다. 꽃을 받는다는 건 이렇게 가슴 안이 온통 보드라워지는 일이었구나, 저절로 미소가 번졌다.

"겨우 그런 것으로 무엇이 그리 좋은 게냐."

"에이, 겨우라니요! 이제 제 것인데 그리 말하시면 섭섭합니다."

해길은 달빛을 향해 손을 뻗은 무용을 보며 마른 입술을 축였다. 이대로 헤어지기는 너무 아쉬웠다. 웃음에 동그래진 뺨을 좀 더 보고 싶었다.

"그래, 이곳을 정말 네 꽃집으로 만들어주마."

무용이 어리둥절한 얼굴을 하자 해길이 작게 웃었다.

"마침 달이 밝은데, 함께 걷겠느냐?"

달이 밝기는커녕 구름이 끼어 하늘이 흐렸다. 애초에 어디에 갈 만한 시간도 아니었다. 하지만 무용은 고개를 끄덕였다.

"이제 저하가 저를 두고 가실 리도 없으니까요."

그저 있기에는 밤바람에 스치는 댓잎 소리까지 좋지 않은가. 무용은 해길의 곁으로 걸음을 옮겼다.

꽃을 든 무용과 도포 차림을 한 해길이 은밀히 궐을 나섰다. 밤거리에 가벼운 걸음 소리가 울렸다. 즐거움이 느껴졌다. 그런데 해길은 부루퉁한 얼굴을 하고 있었다. 무용이 여전히 봄맞이꽃만 보고 있는 탓이었다. 좋아하는 걸 보니 뿌듯한 마음은 드는데, 자신을 보지 않는 게 못내 아쉬웠다.

"특별히 좋아하는 꽃인 게냐?"

무용은 그제야 해길에게 시선을 맞췄다.

"모든 꽃을 좋아하긴 하지마는⋯."

해길이 선물로 주어 각별한 것이었지만, 해길은 이를 모르는 듯했다. 하지만 이리 물어주는 것조차 좋았다.

"봄맞이꽃이니 반가워서요, 논이며 밭이며 진짜 많이 피거든요."

이곳저곳에서 피며 봄을 알리는 꽃이었다. 날이 풀렸구나, 봄이 오는구나, 그렇게 말을 붙여주는 꽃이었다.

"흔한 꽃이로구나."

"네, 여기저기서 필 테니까, 전 그때마다 즐거워지겠네요. 저하가 주셨던 거구나, 하고요."

무용은 고개를 끄덕였다.

"어쩌죠? 볼 때마다 얼굴이 이렇게 되면 곤란한데…."

너무 웃어 뺨이 뻐근해질 정도이니, 얼마나 웃긴 얼굴일까. 무용은 웃음기를 가려보려 입술을 꾹 다물고 제 뺨을 눌렀다. 해길은 이런 무용에게서 눈을 떼지 못하고 마른 침만 삼켰다. 동그래진 뺨을 가려보려 제 뺨을 누르는 모습도, 그래도 웃음이 남은 눈도, 심지어 하는 말까지 전부 고왔다.

"종이를 구해다가 눌러두어야겠어요. 꽃집에 있을 때는 말려서 서신에 붙이도록 만들기도 했는데, 이건 어떻게 두어야 좋으려나."

"종이라면 액정서에 가면 될 것이다."

"액정서요?"

"그래, 꽃과 과수에 대한 건 장원서. 화분은 사옹원, 정원은 액정서에 가면 된다. 지금 가는 화개동도 장원서에 딸린 곳이니 기억해 두어라."

화개동은 장원서에서 관리하는 화초와 수목이 있는 곳이었다.

"제가 다녀도 되는 곳인가요?"

"이미 널 내 동산바치(원예사)라 말해 두었다. 그러니 어디든 다녀도 좋다."

딱 알맞은 것은 아니었으나, 화초를 가꾸니 동산바치라는 게 가장 어울렸다.

"와, 세자저하의 동산바치라. 인생은 줄이라더니, 한방에 출세네요."

무용이 장난스럽게 웃었다.

"그래, 그 줄 꽉 잡거라. 놓지 말고."

"그럼요. 놓아 뭐하겠어요. 궐에 오길 잘했네요."

해길은 입가에 슬금슬금 미소가 번지는 걸 느꼈다. 너스레로 하는 말인 걸 알면서도 왜 이렇게 좋은 걸까.

"어?"

갑자기 멈춘 무용이 하늘을 올려다보았다. 빗방울을 맞은 듯했기 때문이다. 거뭇거뭇한 구름이 곧 쏴아, 봄비를 쏟았다. 무용은 간만의 비가 반가워서 피할 생각을 않고 서 있었다. 해길이 가까운 처마 밑으로 무용을 당기자, 순간 시선이 맞았다. 그런데 무용은 고개를 돌리고 빗속을 향해 걸어갔다. 쥐고 있던 봄맞이꽃이 떨어졌기 때문이었다.

무용은 꽃을 주워 소중히 쥐었다.

"고뿔이라도 들면 어쩌려는 게냐?"

해길은 무용을 처마 밑으로 데려왔다. 그리고 젖어 가리앉은 잔머리를 조심스럽게 쓸어 넘겼다.

"내가 있지 않느냐, 앞으로 몇 번이고 줄 것이다."

이제 무용에게 흔해질 것이었다. 어디에나 피는 꽃처럼, 자신이 어디든 함께할 테니까.

"그럼 몇 번이고 소중히 여길 테니 염려 놓으시지요."

빙긋, 무용의 입술에 꽃 같은 미소가 피었다. 이를 보고 있자니 속이 울렁거리다 못해 죄였다. 이젠 괴로울 지경이었다. 똑바로 보기가 힘든데, 그런데도 보고 싶으니 이상한 일이었다.

"네 탓이다."

해길은 이마를 쓸던 손을 뺨에 가져다 대고 무용에게 얼굴을 맞댔다. 빗방울에 젖은 입술이 이슬을 얹은 꽃잎처럼 보드라워 보였다. 입을, 맞춰야 했다.

"뭐… 가요?"

무용이 더듬더듬 물었다. 긴장한 듯 가슴 앞에 손을 꼭 모으고 있긴 했지만, 무슨 일인지 전혀 모르겠다는 표정이었다. 그렇게 웃어 놓고, 어떻게 아무렇지 않을 수 있을까. 해길은 간신히 입술을 축이고 그대로 콩, 이마를 부딪쳤다.

"엥?"

"…군자는 남을 탓하지 않는 법이지."

해길은 혼잣말을 하며 애써 고개를 돌렸다. 심장이 쿵쾅거렸다. 이전에는 어떻게 입술을 맞댔던가. 머리부터 발끝까지, 온 속이 이다지도 어지러워지는 일이었다니. 무용은 이유를 모르겠다는 듯 고개를 갸웃거리고 있었다.

"예쁘다는 뜻이다."

무용의 뺨이 순식간에 빨갛게 물들었다. 꼭 붉은 꽃이 피는 것 같지 않은가. 해길의 얼굴에도 미소가 피어났다. 연심이었다. 뿌리가 깊게 박혀 어느새 온통 꽃을 피운, 그런 마음이었다.

무용은 홱 고개를 돌렸다.

"저, 저하도 가만 보면 장난이 심하시다니까요."

생각해보면 해길은 이전부터 자신을 당황하게 하곤 했다. 하지만 오늘은 전보다도 심했다. 예쁘다니, 말도 안 되는 소리였다. 지금 자신이 어떤 꼴일지 보지 않아도 알 수 있었다.

"저나 되니 이리 넘어가지, 다른 사람은 이리 놀리시면 안 됩니다."

부스스한 머리칼에 홍조로 시뻘겋게 달아올라 있을 게 분명한데. 예쁘기는커녕 엉망이나 아니면 다행이었다.

"네게만 하는 말이다. 나한테서 달리 누가 이런 말이 나오게 하겠느냐."

해길이 보기에 무용은 아름답지 않은 곳이 없었다. 물기를 먹어 가볍게 떠오른 머리칼, 산뜻하게 붉은 뺨, 물기가 맺혀 반짝이는 속눈썹까지… 이렇게 아름다운 사람은 세상에 무용뿐이었다.

"네에, 그렇다고 치지요."

무용은 새침하게 답했지만, 사실 자신만 특별히 여기는 것 같아 기뻤다. 마음이 포근해진 탓일까, 뺨에 다시 열이 오르는 듯했다. 살짝 고개를 들어 눈을 맞추니, 해길이 빙긋 미소를 지었다. 무용은 삐죽 입술을 내밀었다.

예쁜 건 자신이 아니라 해길이었다. 군이 따지면 차가운 인상인데, 어떻게 웃음은 이리 살살 녹는 것일까. 살포시 접히는 눈매와 부드럽게 올라간 입술이 어찌 보이는지 본인은 전혀 모르는 듯했다. 안다면 지금처럼 함부로 웃어선 안 됐다. 보는 사람의 속을 이리도 술렁이게 하니까.

무용은 애꿎은 제 손만 내려다보았다. 봄맞이꽃을 든 손끝에 톡톡 울림이 느껴졌다. 봄비가 손도, 마음도 그렇게 두드리고 있었다.

"비가 좋네요."

해길이 무용을 따라 하늘로 시선을 돌렸다. 기세는 한풀 꺾였으나, 구름을 보니 쉽게 그칠 비는 아닌 듯했다.

"오늘은…."

해길은 말을 끌었다. 비 때문에 공기가 싸늘했다. 이대로 계속 있을 순 없었다.

"이만 돌아가야겠구나."

무용이 열이 날까 봐 걱정되면서도, 헤어지기가 싫었다. 아까부터 말을 삼키고 있던 건 이런 아쉬움 때문이었다. 도대체 밤은 왜 이리

짧고 비는 왜 이리 긴 걸까.

"이대로 말입니까?"

무용이 평소답지 않게 조르는 투로 말했다. 머리로는 해길의 말에 수긍했는데, 마음은 싫다고만 했다. 이 비를 맞고 고뿔이 걸려도 좋으니, 조금이라도 더 함께 있고 싶었다.

사실 해길도 같은 마음이었다. 오히려 더 간절했다. 그래서 무용이 야속할 지경이었다. 볼을 부풀리고 눈까지 반짝이면서, 어째서 자신이 아니라 화개동 가는 길만 쳐다보는 걸까. 무용을 보던 해길이 주먹을 꽉 쥐었다.

"유시 반각."

"네?"

"내일 유시 반각에 네게 가마. 앞으로 날이 많을 텐데, 오늘만 날은 아니지 않으냐."

무용에게 하는 말이면서, 사실 자신을 달래는 말이기도 했다.

"그건 그렇지요. 그럼… 내일."

무용이 그제야 평소와 같이 밝게 웃었다.

"그럼, 마저 가자꾸나."

해길이 무용의 옆에 바짝 붙어 섰다. 내일을 약속하는 것도 좋지만, 이렇듯 함께 봄비를 맞는 것 또한 놓치기에는 아까운 시간이었다. 두 사람은 뚜벅뚜벅, 나란히 느린 걸음을 이었다.

다음날, 무용은 거의 점심이 돼서야 잠에서 깨어났다.

"어?"

무용은 이런 시간에 일어나 본 적이 없었다.

"이게 웬일이야!"

무용이 황급히 채비를 했다. 앞치마를 두를 새도 없어 손에 대충 들고 급하게 문을 열어젖혔다. 쾅, 소리에 놀라 나가보니 앞에 차갑게 식은 아침상이 놓여 있었다.

"닭이 없어서 그런가?"

꽃집이었다면 어서 닭 모이를 챙겨야 했겠지만, 닭은 참이네 맡겨놓고 왔으니 걱정할 게 없었다.

"…그러고 보니, 딱히 할 것도 없네."

무용은 털썩 마루에 걸터앉았다. 시간을 어떻게 써야 할지 알 수가 없었다. 마음이 어수선했다. 그때, 해길이 준 영산홍이 보였다. 봄을 맞아 파릇파릇한 새잎이 움트고 있었다. 자신은 지금 세자저하의 동산바치였다.

"그래. 장원서라고 하셨지?"

무용은 씩 웃으며 일어나 앞치마를 둘렀다.

무용은 주변을 두리번거리며 장원서로 들어섰다. 왜척촉이란 이름표를 달고 있는 영산홍이 보였다.

"거기 항아님, 좀 비키시게나."

덩치 큰 사내가 무용에게 말했다. 장원서의 장원을 맡은 화석(花席)이었다.

걸음을 걸으면서도 수량을 확인하느라 눈과 손이 바빴다.

흙이 묻는 걸 막으려고 팔과 허리춤에 따로 헝겊을 두른 게 조금 특이했다.

"어휴, 3월도 이젠 열흘뿐이라 한창 바쁘실 시기네요."

무용은 그를 쪼르르 따라가 영산홍 앞에 섰다.

"그렇지. 그런데 항아님은…?"

"무용이라 합니다, 세자저하께서 보낸 동산바치이지요."

"아…. 나는 장원서의 장원인 화석일세."

화석의 얼굴이 영 떨떠름했다.

하지만 무용은 개의치 않고 영산홍을 가꾸는 이들 사이에 섞여 앉았다. 그리고 조심스러우면서도 빠른 손놀림으로 화분에서 영산홍을 빼냈다. 뿌리돌림을 위해 흙을 남기는 것도 잊지 않았다.

"어?"

무용을 본 화석이 의외라는 눈을 했다.

세자는 본디 즐기는 게 별로 없었다. 꽃은 말할 것도 없었다.

그런데 사적으로 동산바치를 뽑았다고 하니, 궐의 꽃이 보기 싫어 전부 말려 죽이려는 건가 싶었다.

"소문에는 분명 요사한 이가 왔다고 했는데."

소문을 다 믿는 건 아니었지만, 완전히 헛소문은 아닐 거라 짐작했다. 그런데 막상 보니 생각과 인상이 사뭇 달랐다.

무용은 어느새 사람들 사이에 자연스레 섞여 있었다.

"아휴, 항아님이 마침 와주어서 수고를 덜었소. 지난번에 새로 온 이는 뿌리돌림도 할 줄 몰라서…."

"에이, 처음에는 다 그렇지요. 그나저나 저건 눈을 따주는 편이 좋을 거 같은데요."

"어떤 거 말이오?"

"저 매화요, 매화는 여름 전에 눈을 따줘야 꽃눈이 살지 않습니까."

무용이 고개를 쭉 빼고 매화 분재가 있는 저만치로 곁눈질을 했다.

화석이 끼어들어 고개를 끄덕였다.

"그래, 항아님이 말 잘하셨네. 딱 그래야 할 때야."

"어휴, 제가 딱 맞춰 왔네요."

무용의 얼굴에 환한 미소가 떴다.

오랜만에 하는 일도 즐겁고, 날도 맑고, 유시 반각에는 해길의 약
조까지 있으니 당연한 일이었다.

근정전에는 조참[1] 후 이어진 조계[2]가 한창이었다. 그 안에 해길이
차가운 얼굴로 서 있었다. 눈앞에는 무반의 신하, 왼쪽에는 문반의
신하가 줄을 맞추어 섰고 오른쪽에는 용상, 왕의 자리였다.

"전하, 추포한 유민을 엄벌해 주시옵소서!"

관리 하나가 큰 소리로 주청하였다.

"조세를 피해 간 것인가?"

왕이 미간을 찌푸렸다. 두통이 심한 탓이기도 했다.

"그러하옵니다, 전하. 일벌백계하여 본보기로 삼아 국법의 지엄함
을 보여주셔야 합니다."

좌상인 김석철이 대답을 내놓았다.

"그렇게 하게."

왕은 아픈 머리를 누르며 적당히 답했다.

"성은이 망극하옵니다."

나라를 다스리는 이가 백성에 대해 고민하지 않는 데도, 신하들은
은혜를 말했다.

---

1. 중앙관리가 모이는 문안 조회
2. 나랏일을 논하는 회의 중 하나

"영서지방이라면 지난해 가뭄으로 큰 피해를 본 데가 아닙니까?"

해길이 다시 문제를 짚었다.

"그러한가?"

왕은 여전히 힘이 빠진 목소리였다. 해길은 목소리를 높여 답을 이었다.

"그 이후 기근으로 이천 오백여 가호가 사라졌다는 상소와 보고가 지난달에 있었습니다."

"게다가 황폐해진 농지가 삼만 오천 결[3] 이나 된다 하옵니다."

의견이 덧붙였다. 그제야 왕이 자세를 고쳐 앉았다.

"때문에 조세가 제대로 거둬지지 않아 나라의 재정에 큰 피해가 있는 상황이옵니다. 빠른 조처로 공납이 잘 모이지 않는 문제를 해결하는 데 최선을 다하겠습니다."

석철이 재빨리 끼어들었다. 해길이 회의의 흐름을 바꾸려는 것을 느꼈기 때문이다.

"자신의 공물[4]을 감당치 못하는 판에 도망친 이의 공물까지 부담해야 하는 판국이니 유랑민이 생기는 게 아닌가?"

해길과 석철 사이에 팽팽한 긴장이 일었다.

"호패법을 강화하십시오. 유민이 되면 큰 벌을 받는다는 걸 백성들이 알도록 하면 됩니다."

도망가는 백성들에게 엄벌을 내리자는 말이었다.

"좌상, 그것은 미봉책이지 않은가?"

벌을 받을 두려움으로 묶어 두는 건 근본적인 대책이 될 수 없었

---

3. 세금 계산에 쓰는 논밭의 넓이 단위
4. 조세로 내는 특산물

다. 도망치는 원인을 찾아 해결해야 했다.

듣고 있던 왕의 다시금 인상을 썼다.

"그렇다면 어쩌자는 말이냐?"

해길이 조심스럽게 입을 열었다.

"수미법을 시행하심이 어떠하신지요?"

수미법이라 함은 공물이 아닌 쌀로 조세를 걷자는 말이었다. 장내
가 술렁였다. 공물로 산지에서 나지 않는 특산품을 요구한 뒤, 상인
을 통해 비싸게 구하게 하여 중간에서 이득을 취하는 건 오래된 폐
단이었다. 그러니 수미법이 시행되면 돈 들어올 구멍이 줄어들 이들
이 한둘이 아니었다.

"공물은 본디 다른 도에서 구하지 못하는 물품을 갖추기 위함이
니, 그걸 쌀로 거둠은 불편을 더할 뿐입니다!"

말은 나라를 위해서였지만, 속내는 자신의 이득을 위해서였다.

"영서의 산촌에서도 생선을 가져다 바치니, 귀하긴 하겠지."

해길의 말에 사방이 조용해졌다.

공물로 이득을 취하는 폐단은 오래됐으나, 대놓고 벌인 부정은 아
니었다. 그런데 조계에서 이런 말이 나온 이상 왕이 숙청을 하겠다
고 나설 수도 있었다. 그러면 그동안 챙겨온 뒷돈은 물론이거니와
관직까지 잃게 될지도 몰랐다. 그러니 찔리는 자들은 입을 다물 수
밖에 없었다.

"그렇지 않은가? 연목구어가 실제로 가능했다니."

해길이 아예 쐐기를 박자, 수미법을 반대하던 관리들의 안색이 새
파래졌다.

쾅, 왕이 팔걸이를 내려쳤다.

"이게 무슨 말인가!"

"그, 그것은 품목에 착오가 다소 있어서…."

석철의 미간이 구겨졌다. 아예 잡아떼도 부족할 판에 이렇게 꼬투리 잡힐 말을 하다니. 후에 문제가 생길 게 분명했다.

"공물로 올리던 것을 나라에서 구한다 하면 백성들의 평안에 도움이 될 것이옵니다."

영의정 의견이 말했다.

"조세 제도를 바꾸자는 말인가?"

"전하, 나라의 조세를 급박하게 바꾸는 것은 어리석은 일이옵니다."

이번에는 좌의정 석철이 말했다.

"쌀은 어찌 수취할 것이며, 또 이를 운반하는 것은 어찌하겠습니까!"

다급히 덧붙이는 말에서 불안감이 느껴졌다.

석철의 불안대로, 그의 뒤에 나선 건 세자와 뜻을 같이하는 신료들이었다.

"백 년을 두고 하는 나랏일에 눈앞의 불편만을 보시는 겁니까?"

"애초에 넉넉할 때 정한 공물의 수량을 지금까지 이어온바, 제도적 개혁이 필요한 때이옵니다."

"전하, 해주에서는 한 결의 땅에 쌀 한 말을 징수하고 관청에서 이를 이용해 물품을 마련해 바친다 하옵니다. 청컨대 이를 널리 시행하심으로 만백성을 굽어살피소서."

거침없는 발언을 듣던 석철은 부아가 치밀었다. 도대체 세자는 어디까지 계산해 말을 내놓은 것인가. 부패에 대한 증좌뿐만 아니라 수미법을 당장 시행할 만큼의 정보까지 갖춘 듯했다.

"땅에 따라 쌀을 내는 것으로 세법을 바꾸면 유민 신세가 되는 백성이 줄어들 것입니다."

해길이 마무리하듯 덧붙였다. 석철은 그 도도한 목소리가 아니꼬워 속이 뒤틀렸다.

"그리하면 토지를 가진 이들이 감당해야 할 바가 너무 큽니다!"

급히 말을 꺼낸 건 조금 전 착오를 운운했던 이였다. 큰 땅을 가진 자신이 손해를 보니 수미법을 하고 싶지 않다는 말이었다.

"가진 자가 나누는 것은 당연한 도리가 아닙니까."

의건 또한 큰 토지를 가진 건 마찬가지였지만, 하는 말은 전혀 달랐다.

"성군의 이름으로 어질게 쓰인다면, 기꺼이 받들겠사옵니다."

의건이 이렇게 나서니, 다른 이들은 함부로 말을 꺼내기가 힘들었다. 더군다나 왕은 이미 결정을 마치고 고개를 끄덕이고 있었다.

"그래, 그리하지."

왕의 목소리를 들으며, 석철이 입술을 비틀었다.

왕을 구슬리려면 그 오만한 자만심을 건드려야 하는데, 지금은 그럴만한 부분이 없었다. 왕은 잇속을 따지지 못할 정도로 멍청한 치는 아니었다. 유랑민이 줄어들면 세수가 늘어날 테니, 왕실에는 오히려 이득이었다. 안 하겠다고 할 리가 없었다.

"성은이 망극하옵니다!"

분명 외치는 목소리는 같았으나, 백관의 속내와 생각은 양쪽으로 갈라서 있었다. 석철은 이를 악물었다. 세자가 돌아왔다, 자리를 빼앗지 못하면 자신이 설 자리를 잃을 판이었다.

"부용정 화계(화단)를 만드는 논의는 하루에 다 끝낼 수가 없지. 오늘은 이만하자고!"

이 말을 끝으로, 장원서와 액정서의 관원이 모인 회의가 끝났다. 벌써 시간이 훌쩍 지나 있었다. 다들 자리에서 일어나 굳은 몸을 풀었다.

"아고고고."

무용도 허리를 펴며 곡소리를 냈다. 반나절 사이에 장원서 관원이 다 돼 있었다. 호기심으로 흘깃대던 이도, 의심으로 흘겨보던 이도, 막상 말을 섞자 금세 마음을 열고 무용을 반겼다.

사근사근한 태도와 일리 있는 언변은 물론, 꽃을 다뤘던 풍부한 경험이 아주 흥미로웠기 때문이다. 관심사가 비슷해서 그런지 한 번 이야기를 나누기 시작하니 잘 알던 사이처럼 오래 말할 수 있었다.

"아직 화개동을 못 봤다지? 내 잠시 들릴 참인데, 항아님도 가겠나? 풍경이 퍽 좋을 때야."

화석이 무용에게 물었다.

무용은 고개를 휘휘 저었다. 화개동은 어제 해길과 가다 말았던 곳이었다.

"아녜요, 저는 액정서 닫기 전에 종이를 좀 얻어 보려 합니다."

화개동이라면, 함께 보고 싶은 이가 따로 있었다.

유시 반각까지는 아직 시간이 있건만, 해길은 걸음을 재촉해 무용의 처소를 향했다. 하지만 도착하고 나니 힘이 턱 풀렸다. 무용이 자고 있었기 때문이다. 벽에 기댄 채로도 꽤 깊이 잠든 듯했다. 해길은 찬찬히 무용에게 다가갔다.

"자는 것이냐."

자신의 하루가 얼마나 길었는지 무용은 알까. 몸이 두 개여도 일을 다 할 수 없을 만큼 바쁜데, 그렇게 시간이 부족한데, 그런데도 유시 반각까지가 너무 멀었다. 종일 애를 태우다 결국 예정보다 일찍 길을 나섰건만… 자고 있다니.

"어? 세자저하! 콜록."

끔뻑끔뻑, 눈을 뜬 무용이 반가움에 몸을 일으켰다. 비몽사몽 중에 급하게 움직인 탓일까, 몸이 기우뚱 기울어졌다. 해길은 놀라면서도 무용을 단단히 붙잡았다.

"고마워요."

무용은 남의 마음을 아는지 모르는지 해죽해죽 웃는 낯으로 자신을 올려다보았다. 이제 제대로 서 있으니 놔줘야 하는데 놓기가 싫었다. 무용의 체온이 느껴졌다. 뺨도 빨간 게 열이 있을지 몰랐다. 열을 재야 했다. 그런데 발그레한 뺨을 보고 있으니 다른 생각이 자꾸 들었다. 뺨에, 입술에, 목덜미에, 모든 곳에 닿고 싶었다.

해길은 제 손을 꽉 쥐었다 펴고 나서야 무용의 이마로 가져갈 수 있었다.

"땀이 나서…."

무용은 민망하다는 듯 말을 끌었지만, 해길의 손을 피한 건 아니었다. 가만히 서서 수줍게 미소 지을 뿐이었다. 해길은 더 참을 수가 없었다. 와락, 팔을 뻗어 무용을 제 품 안에 끌어안았다.

"저, 저하?"

"열이, 열이 나려 하지 않느냐."

무용의 이마는 뜨겁지 않았다. 열이 나는 것은 자신의 속이었다. 밤바람에 몸이 식었다느니, 왜 또 눈을 뗄 수 없게 하냐느니, 온갖 말들이 머릿속에 떠올랐다. 하지만 품 안이 무용으로 가득 차 그런 말을 할 틈이 없었다. 그저 더 꽉 끌어안는 것만이 중요했다. 하루가 그리 길었던 건 이 순간을 너무 오래 기다린 탓이었다.

무용은 잠이 확 깨는 걸 느꼈다. 조금 전까지만 해도 괜찮았는데, 지금은 열이 오르는 듯했다. 뺨이 뜨거웠다.

"괘, 괜찮습니다."

하지만 해길은 무용을 놓아주지 않았다.

"잠시만, 이대로 있어 주겠느냐?"

오히려 무용의 머리칼에 얼굴을 묻었다.

"저하?"

무용은 의아하긴 했지만, 가만히 해길에게 몸을 기댔다. 떨림이 전해져 오는 듯했다. 어쩌면 그건 해길이 아니라 자신의 가슴에서 시작된 떨림일지도 몰랐다. 하지만 누구의 것이든 상관없었다. 맞닿은 온기가 포근하다는 건, 달라지지 않으니까.

해길과 화개동에 온 무용은 밤하늘을 올려다보며 찬찬히 걸었다. 날이 맑아 달이 밝았다.

"저하."

한참 달을 보고 있던 무용이 해길을 불렀다. 아까부터 해길이 너무 뚫어지게 쳐다보고 있어서 좀 이상했기 때문이다. 평소라면 나무 구경에 여념이 없었을 텐데, 하늘만 본 건 그런 탓이었다.

"아니, 아닙니다."

눈을 맞추고 있으니 또 뺨에 열이 오르는 듯했다. 더 보고 있을 수가 없었다. 무용은 밤바람이 뺨을 식혀주길 바라며 고개를 흔들었다.

"밤바람이 좋구나."

해길의 걸음이 자꾸 느려졌다. 무용에게 보폭을 맞추느라 그런 것이기도 했고, 함께 걷는 순간이 소중해 그런 것이기도 했다.

"네, 좋네요."

무용이 고개를 끄덕였다. 이유를 알 수 없는 해길의 시선도, 쑥스럽긴 했지만 싫지는 않았다. 촉촉한 공기도, 맑은 달빛도, 함께 걷는 이도 참 좋은 밤이었다. 뺨 옆으로 날아드는 흰 꽃잎도 고왔다.

무용은 살포시 눈을 감고 깊게 숨을 들이쉬었다.

"사과꽃이네요. 배꽃인가?"

해길은 무용을 보며 저도 모르게 숨을 삼켰다. 달빛이 무용에게만 너무 가깝게 내렸다. 그렇지 않고서야 이렇게 빛이 날 리 없었다. 속이 어지러워서 그런가, 걷기도 힘들었다. 디디고 있는 게 흙이 아니라 물렁거리는 구름 같았다.

무용이 살며시 눈을 뜨고 날아오는 꽃잎을 잡으려 손을 뻗었다. 해길이 홀린 것처럼 무용을 따라 손을 뻗었다. 그러자 꽃잎 하나가 손 안에 들어왔다. 해길은 그 꽃잎을 무용의 손에 내려주었다.

"사과꽃이다."

꽃잎을 꼭 쥔 무용이 맑게 웃었다. 해맑은 웃음소리를 들으니 갑자기 맥이 턱 풀렸다. 사과나무를 찾아 주변을 두리번대는 게, 꼭 어린아이 같았다.

"낮은 또 낮대로 예쁘겠네요."

"낮에 와보지 않은 것이냐?"

화개동에 꽃이 핀 걸 보고 싶어 했으니 당연히 낮에 들렀을 줄 알았다.

"네, 저하랑 같이 보고 싶어서요."

시선을 맞춘 무용이 빙긋 미소를 지었다. 순간 해길은 가슴이 쿵 내려앉았다. 도대체 나를 어쩌고 싶은 걸까. 긴장하게 했다가, 힘이 빠지게 했다가, 또 이렇게 가슴이 뻐근해지게 만들다니…. 무용은 제가 무슨 짓을 했는지도 모르고 아무렇지도 않게 사과나무를 향하고 있었다.

"…너는 내게 왜 그러는 게냐?"

앞서가던 무용이 빙글, 뒤를 돌았다.

"뭐가요?"

"몰라서 묻는 게냐?"

시선을 맞춰도 고개만 갸웃거리는 무용이 얄궂게 느껴졌다. 이마 위에서 살랑거리는 머리칼마저 자신에게 심술궂은 장난을 치는 것으로만 보였다.

"모르니 묻지, 알면 왜 묻겠어요?"

어떻게 이 마음을 모를 수가 있을까? 이리 넘치고도, 또 금세 차올라버리는 마음이건만.

"앞으로 알게 해주마."

해길이 씩, 웃으며 무용의 머리칼을 헝클어뜨렸다. 모른다면, 모를 수가 없도록 마음을 퍼부어주면 됐다. 혼자 품기에는 따뜻하다 못해 뜨겁고, 푸근하다 못해 벅찬 마음이었다. 무용과 함께 나누고 싶었다.

"예?"

"낮에도 나와 또 구경을 오겠느냐?"

사과나무가 흰 꽃을 함빡 피우려고 안달이 난 밤이었다. 비에 젖은 흙냄새가 풋풋했고, 바람에 날아온 꽃향기가 달콤했다. 그 가운데 사과꽃처럼 활짝 피어난 해길의 미소가 무용의 마음을 한껏 설레게 했다.

"지금도 무척 즐겁지만, 그때는 더욱 즐겁겠네요."

무용의 입술에도 웃음이 번졌다. 둘은 그렇게 빙그레 웃으며 나란히 걸어갔다. 봄이었다. 꽃은 앞으로 한참 더 피어날 터였다.

해길이 공영을 비롯한 신하들과 정사를 논하고 있었다.

"그래, 경기는 속히 시행할 수 있겠구나."

앞에 수북이 쌓인 서책들은 수미법에 대한 내용과 탐관오리들의 패악을 모은 자료였다.

"수미법이 전면적으로 시행되지 못하는 건 아쉽지만, 백성들의 부담은 확실히 줄어들 것입니다."

"시일을 두고 해야 할 일이다. 이제 이를 진행할 관청과 함께 나랏일을 도와줄 상단이 필요하겠구나."

픽, 해길이 작게 웃었다. 궐에 오랜만에 재미있는 일이 생길 듯했다.

"자기 배가 부르니 남 배고픈 줄 모르는 이들입니다. 나랏일을 하겠다는 이들이 그리 부패해서야…."

공영이 노기에 차서 말했다.

"좌상 쪽 인물들이 심상치 않게 굳어 있더군요."

"또 다른 수단을 가지고 나올지도 모릅니다."

흥분한 이들을 보며 해길이 입을 열었다.

"그러니 우리는 지금 뿌린 씨앗을 제대로 키워내야 한다."

수미법은 해길이 새로운 조선을 키우기 위해 심는 씨앗이었다. 부패한 관리를 척결하고, 민생을 안정시키기 위해 공들여 준비한 일이었다. 해길의 말을 들은 수하들은 분노를 가라앉히고 기대와 결심을 다졌다.

"예, 명 받들겠습니다!"

대궐의 뜰, 어제 조계 때 품목의 착오를 운운하던 자가 소복 차림으로 꿇어앉아 있었다. 내리쬐는 볕이 세서 눈이 따가울 듯했다.

"소신이 미욱하여 잘못을 빠르게 바로잡지 못하였습니다."

그는 어제까진 호조참의를 맡고 있었지만, 지금은 파직당한 죄인이었다.

"전하! 소신의 충정을 의심치 말아 주십시오!"

하도 소리를 지른 탓에 쇳소리가 났다. 그때, 행렬이 다가오는 소리가 들렸다. 수많은 사람이 움직이는 데도 누구 하나 흐트러지게 걷는 사람이 없었다. 그 단정함이 오히려 두려움을 불러일으켰다. 세자가 이끄는 행렬이었다.

"세, 세, 세자저하…."

해길의 싸늘한 시선에 그는 납작 엎드려 머리를 바닥에 조아렸다.

"쯧."

혀를 찬 건 해길이 아니라 그 뒤에 있던 공영이었다. 그 소리에 울화가 치밀었지만, 죄인이 된 처지라 어찌할 도리가 없었다. 혀를 차는 공영과 달리 세자는 그저 스쳐 지나가고 있었다. 그게 다였다. 당연한 걸본 듯 무덤덤했다. 분명 그게 다인데, 그 눈을 보자 등골이 서늘했다.

"토, 통촉하여 주시옵소서."

저 시선을 다시 받느니 납작 엎드려 있는 게 나았다.

"전하! 이대로는 죽어도 눈을 감을 수 없사옵니다!"

한낮의 햇빛이 좋아서, 무용은 방문을 열고 서안 앞에 앉았다. 그리고 액정서에서 받아온 내용이 없는 책을 꺼낸 뒤, 옆에 해길에게 받은 봄맞이꽃과 사과 꽃잎을 조심해서 끼웠다. 책 사이에 넣어 말리려는 생각이었다. 이렇게 말려두면 꽃을 더 오랫동안 볼 수 있었다. 해길이 준 꽃을 오래도록 보고 싶어서 오랜만에 솜씨를 발휘해 볼 생각이었다.

팔락, 책을 펼친 무용은 조심스러운 손길로 봄맞이를 올리고 옆에 사과꽃을 올렸다. 꽃잎이 상하지 않도록 조심해서 올려놓느라 입술이 동그랗게 모였다.

"그리고⋯."

무용은 서랍을 열어 양쪽에 구멍을 내서 끈을 달아둔 나무판자 두 개를 꺼냈다. 그리고는 판자 사이에 책을 끼워 넣고 끈을 묶은 뒤 보자기로 한 번 더 감쌌다.

"됐다!"

무용은 보자기로 묶은 책을 방 한편에 놓인 상자에 담아 놓았다. 상자에는 계피 조각과 숯이 들어 있었다. 벌레와 습기를 막는 무용만의 비법이었다.

"예쁜 누름꽃이 됐으면 좋겠네."

무용은 이렇게 눌러 말린 꽃을 누름꽃이라 불렀다. 일을 마쳤을 때, 문밖에서 인기척이 들렸다. 무용은 문을 열고 나갔다.

"저하!"

도포를 입은 해길이 가벼운 짐을 메고 서 있었다. 지난밤 만나기로 약조했던 시간이었다. 사시가 조금 안 되었으니, 조금 이르긴 했다. 어쨌든 무용은 급히 신을 꿰어 신었다.

"내가 이르게 온 것이니, 천천히 하거라."

작은 몸을 재빨리 움직여 달려오는 모습이 마치 도토리를 주우러 가는 다람쥐 같았다. 해길은 웃음기가 어린 무용의 뺨을 만져보고 싶었다. 하지만 그저 생각만 하려 한 건데, 무심코 손이 나갔다. 톡, 뺨에 손이 닿자 무용의 눈이 동그래졌다. 해길의 입술에 슬그머니 미소가 떠올랐다.

"자, 이만 가자꾸나."

해길과 무용은 담 아래 잡초 한 포기도 없을 정도로 깔끔히 손질 된 집 앞에 섰다. 은우군의 집이었다.

"형님, 어쩐 일이십니까!"

은우군이 해길을 반기며 고개를 숙였다. 해길이 은우군에게 무언 가를 건넸다. 몇 자루의 붓이 든 꾸러미였다.

"족제비 털로 만든 면상필(세필 붓)이군요!"

"아바마마께서 네게 하사하신 것이다."

왕은 자식 중 은우군을 가장 아꼈고, 오늘처럼 귀한 물건을 선물 로 보내기도 했다.

"과연 상품입니다."

은우군은 붓이 마음에 드는지 선 채로 붓을 풀고, 사람을 시켜 물 까지 떠오게 했다.

"형님도 써보시겠습니까?"

해길은 고개를 저으려 했다.

"마침 그릴 만한 이도 있지 않습니까?"

은우군과 해길이 동시에 무용을 쳐다보았다.

"그래, 그렇구나."

마루에 갑자기 무용의 초상을 그리는 판이 펼쳐졌다. 무용은 어쩌다 일이 이렇게 됐나 싶어 한숨이 나왔다. 가만히 있으려니 좀이 쑤셨기 때문이다.

"흠흠."

그래도 종이와 자신을 번갈아 보는 은우군은 괜찮았다. 신경 쓰이는 건 해길이었다. 그림을 그리는데, 왜 종이는 안 보고 내 얼굴만 보는 걸까. 긴장돼서 그런지 온몸이 뻣뻣해졌다.

"아직 안 되었습니까?"

"이제 조금이면 된다."

해길은 이렇게 말해놓고 무용을 계속 보기만 했다. 아무리 봐도 지루할 틈이 없었다. 초상을 그리는 중이니 이렇게 보는 걸 숨길 필요도 없었다. 눈이 마주치자 무용의 뺨이 붉어졌다. 해길이 그제야 피식 웃으며 붓을 들었다. 붓 끝에 붉은 물이 들었다.

"형님, 평소답지 않게 시간을 들이십니다."

"아아, 그림이라면 가끔 죽이나 치는 정도라…."

해길이 다시 손을 움직였다. 하지만 만족스럽진 않았다. 사람을 그리는 게 어렵기도 했지만, 그게 무용이라서 더 어려웠다. 아무리 공을 들여도 무용만큼 곱지가 않았다. 빛나는 저 눈동자를 무슨 수로 그림에 담을까, 거기까지 생각이 미친 해길은 붓을 멈췄다.

"되었다."

"저도 됐습니다."

"휴."

무용은 이제야 긴장을 풀고 한숨을 내쉬었다. 앞에 두 장의 그림이 놓였다.

"이게 정말 저를 그린 것입니까?"

미인도에서 막 튀어나온 듯 팔(八) 자 모양의 눈썹에 붉은 입술, 눈처럼 흰 살결에 꽃처럼 고운 자태였다. 동그란 눈이 무용의 눈과 퍽 닮아 보였다. 은우군이 그린 그림이었다.

"마음에 드나 보군."

"그럼요! 아주 곱지 않습니까."

"그게 마음에 드는 게냐?"

무용은 예쁘다며 감탄했지만, 해길의 눈에는 별로였다. 무용을 닮은 데가 있긴 했지만, 무용을 하나도 담지 못한 초상이었기 때문이다.

"저하는 사람의 마음을 너무 모르시네요."

해길이 그린 무용은 얼굴선이 곱긴 했지만, 토실토실해 둥그런 인상이었다. 눈 또한 둥글기만 한 게 아니었다. 살짝 끝이 올라간 눈매가 새치름해 보였다. 게다가 연붉은 뺨에 주근깨까지 잔잔히 앉아 있었다.

하지만 은우군의 그림에서는 느낄 수 없는 포근한 느낌이 있었다. 보고 있으면 마음이 스르르 풀리는 느낌이 들었다. 그러니 정말 무용을 똑 닮은 그림이었다.

"굳이 흠을 그린 걸 좋아할 이가 몇이나 되겠습니까? 곱게 그려주는 것이 좋지요."

"고우니 곱게 그려진 것뿐이네. 그리 마음에 든다면 가져가게나."

은우군이 생글거리며 대답했다.

"정말입니까? 감사합니다!"

화기애애한 분위기 속에서, 해길은 눈살을 찌푸렸다. 여전히 이해가 안 갔다.

물론 눈앞의 무용보다 못하긴 했다. 붓을 쓰는 솜씨 또한 그림이 취미인 은우군을 따라갈 수 없었다. 하지만 은우군 그림 속의 무용은 흔한 미인을 닮았을 뿐, 진짜 무용 같은 아름다움은 없었다.

"아니, 주근깨도 없고, 얼굴도 갸름하고, 당연히 이쪽이 곱잖아요!"

무용이 답답함에 소리쳤다.

"주근깨며 포실한 뺨이며, 무엇이 흠이란 게냐?"

해길은 그런 것들이 어째서 흠인지 알 수가 없었다. 주근깨는 햇빛 아래 빛나는 모래알 같아서 예뻤고, 뺨은 봉선화 꽃망울처럼 생기 넘쳐서 예뻤다. 그림을 확인하던 해길이 다시 무용을 봤다. 자신을 비추고 있는 눈동자가 또 예뻤다.

"네겐 흠이랄 게 하나도 없지 않으냐."

무용이 가진 모든 것은 무용을 곱게 만들 뿐이었다. 모두 꽃 같았다.

"그러니 어딜 봐도 이쪽이 더 곱다."

무용은 순간 굳어버렸다. 농담이라기에는 자신을 빤히 보는 시선이 너무 곧았다. 하지만 농담이 아니라기에는 너무 당황스러운 말이었다. 나를 놀리려는 것일까? 당황스럽기도 했지만 가슴 속이 막 간지러웠다.

"에에이, 그게 말이 되나요."

무용은 능쳐보려 애썼지만, 말이 잘 나오지 않았다. 마침 하인이 왔다.

"대감, 말리(재스민) 화분을 가지고 온 일꾼들이 왔습니다."

"말리라니?"

은우군이 의아하다는 듯 되물었다.

"내가 보낸 것이다."

"형님께서 보내셨다고요?"

"말리라 하면 향이 고운 꽃이 피지 않습니까?"

무용이 불쑥 나섰다. 선물의 주인인 은우군보다도 들뜬 듯했다.

"가서 보고 오겠느냐?"

해길이 살며시 웃으며 물었다.

"저하는요?"

"형님도 함께 가시지요."

은우군은 모두 함께 가자는 듯 앞으로 나섰다. 해길은 고개를 저었다.

"아니다. 간만에 네 그림을 좀 더 보고 싶구나."

꽃가지, 화병, 그릇, 벼루, 책거리…. 은우군의 그림은 가까이에 있는 것들을 그린 게 대부분이었다.

"너는 기명절지를 좋아했지."

"손안에 있는 게 그리기 좋지 않습니까. 그나저나, 매번 이리 선물을 주시다니. 이 아우는 몸 둘 바를 모르겠습니다."

은우군이 해길에게 시선을 맞췄다.

"매화와 말리라니."

생긋, 은우군의 입술이 고른 모양으로 올라갔다. 해길은 이 미소를 보며 자신에게 웃음이 어떤 것이었는지 새삼 깨달았다. 무용을 만나기 전까지, 웃음이란 속이고 싶은 게 있는 자들이 취하는 수단일 뿐이었다.

"…매화는 청우(淸友), 말리는 아우(雅友)였지요?"

은우군은 생각이 안 난다는 듯 능청을 피우며 물었다. 시와 풍류를 즐기는 은우군이 정말로 매화와 말리의 다른 이름을 모를 리 없었다. 이건 해길의 속셈을 재보려는 물음이었다.

"그래."

은우군이 예상했듯, 매화와 말리는 단순한 선물이 아니었다. 청(淸)이라 하면 맑고 깨끗함을, 아(雅)라 하면 규범에 맞는 바름을 뜻하는 글자였다. 그러니 매화와 말리는 규범에 맞지 않는 욕심을 거두라는 뜻이었다. 이는 왕권에 대한 야망, 역심을 버리라는 해길의 경고였다.

"네가 그 뜻을 알고 있다니, 다행하구나."

해길은 똑바로 시선을 맞추며 말했다. 늘 이리 서글서글하게 구는 아우였다. 세자인 자신을 감히 형님이라 부르며 능멸해보려는 욕심이 있었으나, 못 봐줄 정도는 아니었다. 그저 귀여운 수준이니까. 하지만 이 이상 분수를 모르고 날뛴다면, 그 목을 쳐버릴 수밖에 없었다.

마주 앉은 형제 사이에 서늘한 공기가 감돌았다.

"매번 이리 갑자기 찾아와 편치 않았겠구나."

"아닙니다. 형님께서 누추한 곳까지 오셨는데 죄송할 따름이지요."

은우군은 여전히 해길을 '세자저하'가 아닌 '형님'으로 불렀다. 해길을 왕위를 계승할 사람이 아니라 단순히 형제로만 보겠다는 뜻이었다.

해길은 이런 속내를 다 알아채고도 픽 웃기만 했다. 이까짓 일이야 별것도 아니니 상관없었다. 오히려 무슨 생각을 하는지 알기 편해 좋았다.

"그날도 제대로 대접을 못 해드려 죄송했습니다."

"바빴을 터이니 되었다. 양근까지 다녀오지 않았느냐."

묘한 정적이 흘렀다. 양근은 문영대군의 궁이 있는 곳이었다. 은우군이 양근에 다녀왔다는 사실을 해길이 안다는 건 최근 그가 벌인 난에 은우군이 관련됐다는 걸 안다는 것과 같았다.

"…형님께서, 제게 관심이 많으셨군요."

은우군은 놀란 속내를 숨기고 천연덕스럽게 미소 지었다.

"너도 내 아우가 아니더냐."

아우, 다정한 호칭이기도 하지만, 무서운 호칭이기도 했다. 용상을 두고 다툴 때, 형제는 원하든 원하지 않든 서로의 목숨을 빼앗아야만 했다. 해길은 이미 문과의 일을 통해 이를 뼈저리게 경험했다.

"양근에 좋은 분재가 나왔다고 하니, 안 가져올 수가 없어 급히 나섰던 길이었습니다."

은우군이 양근에서 가져온 건 문이 남긴 분재, 그리고 반(反) 세자파의 잔존 세력이었다.

시치미를 떼는 은우군을 보며, 해길은 아래 놓인 그림 중 하나를 집어 들었다. 소나무 분재가 그려진 그림이었다.

"해송이라, 문도 해송을 가졌지. 함께 올려주었으면 좋았을 것을."

"다망하신 형님께서 그리 다정하시기까지 하시니, 문형님도 괴롭지만은 않으셨을 겁니다."

"과연 그랬을까."

동생을 떠올린 해길의 눈에 순간 그늘이 드리워졌다.

"독약을 먹었으니, 가슴이 타들어 가는 듯했을 테지."

"하긴, 초오라면…."

은우군이 안타깝다는 목소리로 말했다.

"소식이 밝구나."

해길은 어느새 여느 때처럼 냉철한 눈빛을 했다.

"초오 때문이었다고 공시한 적이 없는 데 말이다."

그 말에 은우군이 마른 입술을 축였다.

"문 형님은 원래 소화가 안 될 때면 초오를 드시곤 했지 않습니까."

초오는 독약이지만, 극소량이라면 약재로도 쓰였다. 일리 있는 변명이었다.

"그렇게 가시다니…."

은우군은 안타깝다는 듯 슬픈 표정을 지었지만, 눈가에는 여전히 웃음기가 남아 있었다. 이는 진정으로 형제의 죽음을 애도하는 것이 아니라, 그런 척하는 것뿐이었다.

문의 약재에 치사량의 초오를 넣으라고 명하던 순간에도, 은우군은 지금과 똑같은 표정을 지었다.

"이제 네 손안에 들어온 해송은 어찌하려 하느냐?"

문의 소유였던 해송이 이제는 은우군의 손에 들어왔다. 문의 야심, 세자를 밀어내고 용상을 차지하겠다는 마음까지도, 해길은 보던 그림을 내려놓으며 은우군의 눈을 살폈다. 은우군은 시선을 피하지 않았다.

"분재란, 그저 보고 즐기는 것뿐이지요."

은우군의 짙은 눈동자가 맑게 빛났다. 목소리는 함께 꽃구경이라도 가자고 청하는 듯 나긋했다. 속셈을 가득 품고도 이런 얼굴을 할 수 있다니.

해길의 입술이 보일 듯 말 듯 살짝 비틀렸다.

"그래, 내가 이 이상은 말하지 않도록 하게 해다오."

"그 이상이… 무엇이 있겠습니까?"

은우군은 얼굴을 누그러뜨리며 입꼬리를 올렸다. 해길의 입술에도 비슷한 게 걸렸다. 겉으로 보기에는 정다운 형제 같지만, 지금 둘은 보이지 않는 칼날을 맞부딪히고 있었다. 그때, 무용이 돌아오는 소리가 들렸다.

"그럼 계속 이대로 있도록 해라."

해길은 짧은 말과 함께 몸을 일으켰다. 그리고 은우군의 귓가에 마지막 경고를 속삭였다.

"알던 것도 모르는 채로."

서릿발같이 차갑고 매서운 목소리였다. 은우군은 소름이 돋아 저도 모르게 귀를 붙잡고 몸을 움츠렸다.

"꽃이 피려면 아직 멀었다고 하던데, 즐거웠나 보구나."

어느새 해길은 무용의 곁에 서 있었다. 조금 전 은우군을 대할 때와는 달리 온화한 얼굴이었다.

"오신 분이 말리를 자주 다루시는 분이셔서 배울 게 많았거든요."

무용의 입술이 가볍게 올라갔다. 다른 뜻이 없는, 그저 즐거운 웃음이었다. 해길의 입술에도 이제야 제대로 된 미소가 떠올랐다.

사실 해길은 일부러 말리 화분을 가져오지 않고, 뒤에 따로 오라고 지시했다. 무용을 이 상황에서 떼어놓고 싶었기 때문이다. 무용은 이미 끔찍한 상황을 본 적이 있었다. 오늘은 은우군에게 경고를 하러 온 것뿐이긴 했지만, 이런 추잡한 형제 관계를 구태여 보이고 싶지 않았다.

물론 심부름을 시키거나 나가 있으라는 명령으로 무용을 대해도 뭐라 할 사람은 없었다. 하지만 그런 식으로 대하긴 싫었다. 그래서 무용이 자연스럽게 나설 만한 일을 준비해 자리를 뜨도록 한 것이었다.

"말리가 자란 뒤에 한 가지를 얻을 수 있으면 좋겠네요. 꺾꽂이라면, 저도 꽤 잘하거든요."

"그럴 것 없다. 이미 궐에 네 것이 가 있을 테니."

140

"정말입니까?"

해길은 즐거워하는 무용을 보며 고개를 끄덕였다. 그러다 슬며시 은우군 쪽으로 시선을 돌렸다. 말리가 자랐을 즈음에는 어떤 사이가 되어 있을까. 어쩌면 다시는 웃으며 마주할 일이 없는 사이가 되어 있을지도 몰랐다.

해길을 배웅하는 은우군은 애틋한 형을 보낸다는 양 아쉬운 얼굴을 했다. 꾸며낸 표정이지만 그럴싸해서, 모르는 이들은 은우군이 정말 아쉬워한다고 생각할 게 분명했다.

"오늘도 대접이 마땅치 않아 송구하옵니다."

"신세 지고 갑니다, 말리 꽃이 잘 자라면 좋겠네요."

무용이 꾸벅 인사를 하고는 해길에게로 시선을 돌렸다.

"그래, 그러면 좋겠구나."

해길이 들떠 있는 무용을 보며 작게 웃었다. 조금 전까지 냉기를 뿜던 사람이 맞나 싶은 다정한 미소였다.

"형님, 새 화분 감사합니다."

은우군의 담백한 인사를 끝으로 무용과 해길이 걸음을 돌렸다. 둘의 뒷모습을 보며, 은우군이 묘한 미소를 지었다. 비틀어진 입술에서 나오는 목소리는 조금 전 나긋나긋한 목소리와 사뭇 달랐다.

"…이제 제가 가진 것만으로는 질리던 참이었으니 말입니다."

주어진 것만으로는 만족할 수 없었다. 그러니 빼앗아서라도 가져야 했다. 그게 세자가 가질 용상이라도.

무용은 걸어가면서도 조금 전에 그린 초상을 꺼내 요리조리 살폈다. 은우군이 그린 그림을 쓱 훑고, 이젠 해길이 그린 그림을 골똘히 보고 있었다.

"흐음."

해길은 일부러 무용의 곁을 바짝 쫓았다. 그림을 보면서 걷는 게 위태로워 보여 불안했기 때문이다. 고개를 갸웃갸웃하는 게, 아무래도 깊은 생각에 빠진 듯했다. 그렇게 마음에 들지 않는 것인가 싶어 조금 서운한 마음이 들었다.

무용은 눈에 차지 않을지 몰라도, 자신이 보기에는 퍽 괜찮은 그림이었었다. 그렇다면 자신이 가지는 게 나을 것 같았다. 마침 무용이 하도 떠올라 괴로울 지경이니, 초상이라도 가져다 두면 좀 나을지도 몰랐다.

"마음에 안 찬다면 내가 챙기마."

해길이 그림에 손을 뻗었다.

"에이, 제가 언제 싫다고 했습니까?"

무용은 재빠르게 해길의 손을 피하며 넉살을 부렸다.

분명 예쁘게 그려진 건 은우군의 그림이었다. 그러나 간직하고 싶은 건 해길의 그림이었다.

어쩜 이렇게 자세히 본 건지, 콧대까지 올라온 주근깨까지도 똑같았다. 지울 수만 있다면 지우고 싶은 주근깨였는데, 이렇게 보니 왠지 귀여운 것 같기도 했다.

"또, 어찌 못난 걸 가지려 하십니까. 저하는 이걸 가지고 계십시오."

무용은 해길에게 은우군의 그림을 건넸다. 곱기는 정말 고운 그림이었다.

"나중에 제가 꽃집으로 돌아갔을 때, 저를 그림처럼 곱게 기억해

주시면 좋겠네요."

무용이 빙긋 웃으며 눈을 들었다. 그런데 해길은 어째선지 돌처럼 굳어 걸음을 멈추었다. 조금 전까지 웃고 있던 게 거짓말 같았다.

해길은 손 안에 든 초상화를 보며 속이 싸하게 식는 걸 느꼈다. 꽃집, 무용의 집은 그곳이었다. 자신의 곁이 아니었다. 자신의 곁에 남을 것은 이 그림처럼 흐릿한 무용의 흔적뿐이었다.

"저하? 늦기 전에 돌아가야 한다 하시지 않으셨습니까?"

"아아, 그랬지."

해길은 애써 고개를 흔들어 상념을 떨치고 앞을 향했다.

마침 장날이었다. 비록 작은 마을 장이긴 해도 구경할 만한 게 꽤 있었다. 이리 활기 넘치는 분위기 속에서도, 해길은 걸음이 무거워지는 것을 느꼈다. 무용이 궐보다 이런 곳을 좋아할 것이란 생각이 들었기 때문이다. 구경을 하느라 들떠 신나게 걷는 게, 자신을 떠나는 것처럼 느껴져 속이 쓰렸다.

"혹 갖고 싶은 게 있느냐?"

하지만 역시 무용의 들뜬 모습을 보는 게 좋았다. 웃어주기만 한다면 무엇이든 줄 수 있었다. 무용은 무언가를 생각하는 듯 잠시 눈을 굴렸지만, 이내 고개를 저었다.

"에이, 됐습니다."

생각나는 건 있지만, 말하기가 좀 그랬다. 생각해보면 오늘도 자신이 은우군에게 인사할 수 있도록 먼 길을 함께 와준 게 아닌가. 전에 꽃신도 사줬는데, 또 신세를 질 순 없었다.

"편히 말해보아라."

해길은 무용이 주변을 자세히 살펴볼 수 있도록 걸음을 늦췄다.

지나온 길에 드팀(포목점)도 있고, 옆으로는 댕기를 파는 점포가, 그 앞으로는 노리개를 파는 점포가 있었다. 여인의 장신구에 대해서는 잘 알지 못하나, 무용이 한다면 무엇이든 좋을 듯했다. 나비노리개 든 석류노리개든 괴불노리개든 전부 잘 어울릴 것 같았다.

"내가 주고 싶어 이러는 것이다."

무언가 원하는 걸 떠올린 듯한데 말은 하지 않으니, 해길은 답답해 속이 탔다.

"내가 네게 받은 것이 너무 많지 않느냐. 그러니 이번 기회에 갚을 수 있게 해주거라."

생각해보면 무용은 무언가를 받는 게 익숙지 않은 이였다. 지난번에 꽃신을 사줬을 때도 받지 않으려 하지 않았던가. 당장 신이 없어 곤란하면서도 그랬다. 궐에 거처를 줬을 때는 또 어떠했던가. 꽃집을 망가뜨린 자신을 탓하기는커녕 오히려 본인이 폐가 될까 염려했다.

"그래야 내 마음이 좀 편할 것 같구나."

봄맞이꽃을 받아줬을 때처럼, 기뻐하는 게 보고 싶을 뿐이었다.

"그럼…."

여전히 고민하는 듯한 무용을 보며 해길이 열심히 고개를 끄덕였다.

"호미."

"호미?"

뜻밖의 물건이었다.

"예, 호미를 좀 구하고 싶습니다."

무용은 제 손을 쫙 폈다.

"궐에 있는 건 다 제 손에 커서요."

손이 작은 편은 아니었지만, 그동안 작은 호미를 써서 그게 익숙했다. 새로 잡아본 물건들은 손에 딱 맞는 느낌이 들지 않아 어색했다.

옆으로 호미를 사서 나오는 이를 보고 떠올린 생각인데, 마침 해 길이 필요한 걸 물어봤다. 그렇지만 뻔뻔한 것 같아 말하긴 좀 그랬 다. 그래도 빚을 갚고 싶다고 하니, 말해도 될 것 같았다. 민망해서 실없는 웃음이 나오긴 하지만 말이다.

"하긴, 그렇겠구나."

해길이 피식 웃으며 고개를 끄덕였다. 무용의 손끝이 빨갰다. 고 민하느라 손을 쥐었다 폈다 한 듯했다. 그 올록볼록한 마디마디가 전부 사랑스러웠다.

중궁전, 석철이 와 있었다.

날렵한 콧대에 선이 가는 딸과 덩치에 살집까지 있는 아버지, 중 전과 석철은 둘은 부녀지간인데도 별로 닮아 보이지 않았다.

"그래도 시키는 대로 석고대죄라도 하고 있으니 다행이 아닙니까."

중전이 혀를 찼다.

"멍청한 놈이 목청 하나는 좋더군요."

아직도 대궐 뜰에는 호조참의였던 자의 외침이 계속되고 있었다.

"세자께서 돌아오자마자 큰 판을 벌이지 못해 안달이 나셨나 봅니다."

석철은 차를 한 모금 마시며 말을 이었다.

"마마께서도 고초를 당하셨다지요?"

궐은 한동안 자신의 판이었다. 그러니 돌아온 세자는 혼란스러워 해야 하는 게 맞았다. 하지만 오히려 전보다 확실하고 과감한 행보 를 보이고 있었다. 혼란스러워진 쪽은 자신들이었다.

"무용이란 나인에 대해서는 더 알아내신 게 있으십니까?"

중전이 목소리를 낮추고 물었다.

"아비가 한때 도화원의 화원이었다고 했지요? 그 외에는 나오는 게 없습니다."

평범한 사람에 대해 찾으니 나오는 말도 평범한 것뿐이었다. 쓸모 있는 정보가 없었다.

"역마살이 껴서 떠돈다, 인예왕후가 그의 화조화를 좋아했다, 그런 얘기만 있고…."

인예왕후는 세자의 친모였다. 그 이름이 나오자 중전은 갑자기 불쾌해져 얼굴을 구겼다. 석철의 얼굴도 일그러졌다. 하지만 그건 중전의 불쾌함에 동조한 게 아니라, 제 속이 답답해 저절로 나온 표정이었다.

"그보다 꼬리를 한 토막 잘렸으니 아랫것들이 뒤에서 무슨 상상을 해댈지…. 그 어린 고양이 같은 놈 때문에."

세자가 고양이처럼 다룰 수 있는 상대가 아님은 알지만, 별 거 아닌 존재처럼 말이라도 하지 않으면 견딜 수가 없었다. 석철은 탁 소리가 나도록 찻잔을 내려놓았다.

"너무 심려치 마시지요. 그래 봤자 어쩌겠습니까."

중전의 말에 석철이 눈을 빛냈다. 세자를 단박에 칠 묘수는 지금 없었다. 하지만 그 아니꼬운 얼굴을 문드러지게 할 방법이라면 많았다.

"하긴, 관리들이 없으면, 누가 이 나라를 이끈단 말입니까."

정사를 논해야 하는 자리에 관리들이 등청하지 않는다면 어떻게 될까. 다음 조계 때, 근정전 앞에 나오는 인원은 반 토막이 날 것이었다. 석철을 따르는 패거리가 다음 조계 때 나타나지 않기로 작당했기 때문이다. 정사를 진행하지 못하게 하겠다는 수작이었다.

"세자의 그 도도한 얼굴이 찌그러지는 꼴을 이 눈으로 보아야 속이 시원할 텐데…. 참으로 아쉽습니다."

중전이 기대된다는 듯 말하자 석철이 껄껄거리며 시원스레 웃었다. 두 사람의 삐죽한 턱 위에 일그러진 웃음이 걸렸다. 이제 와서 보니 퍽 닮은 부녀였다.

무용은 대장간에서 호미를 사서 나오고도 자꾸 호미를 만지작거렸다. 새로 생긴 호미가 마음에 들어서 손에서 놓아지질 않았다.

"그리 마음에 드느냐?"

"그럼요, 이렇게 손에 딱 맞는 걸 찾는 게 얼마나 힘든데요. 조금만 길들이면 금방 꽃집에서 쓰던 것만큼 편해질 것 같습니다."

"더 필요한 건 없느냐?"

해길은 무용이 좋아하고 있는 건 알았지만, 호미로는 해준 게 충분치 않다고 느껴졌다.

"저야 꽃집을 다시 세워주시는 것만으로도 감사한걸요."

자신의 마음도 모르고 계속 거절하는 무용이 야속하게 느껴졌다.

"그렇지만, 혹시 또 이리 나올 수 있으면 꽃삽도 하나 구할 수 있으면 좋겠네요. 지금은 다 팔렸다고 하니 어쩔 수 없지만요. 호미를 보니 꽃삽도 좋을 듯싶어서요."

"그럼 그것도 사자꾸나."

해길은 재빨리 이어서 말했다.

"다음에는 꽃삽을 선물하마."

적어도 그때까지는 함께 있을 수 있겠지. 문득 헤어짐을 이렇게 두려워하는 게 자신뿐이란 생각이 드니 씁쓸했다. 무용은 자신과 혜

어지는 것이 아쉽지 않은 듯했다. 지금이라도 당장 꽃집이든 어디든 쉽게 가버릴 수 있을 것 같았다.

"…손을 좀 내어 주겠느냐?"

무용은 손 크기를 보려는 것인가 하는 생각에 손을 쫙 펴 보였다. 그러자 해길이 무용의 손가락 사이로 자신의 손가락을 집어넣었다. 매끄러운 살갗과 단단한 뼈마디가 닿았다. 해길이 힘을 주어 손을 잡자, 자연스럽게 손깍지가 되었다.

그 상태로 한 걸음을 가고, 또 한 걸음을 걷자 무용은 어리둥절해 졌다.

"저하?"

크기를 재어보는 것이라면 영 이상한 일이었다.

"가자꾸나."

해길은 꽉 힘을 주어 무용의 손을 잡았다. 바짝 맞닿은 손 사이로 열이 피어났다. 영영 놓고 싶지 않은 온기였다.

3장

꽃을 심다

　무용은 손을 어째야 좋을지 알 수 없었다. 힘을 주면 빼낼 수도 있긴 했지만, 꽉 잡은 손을 뿌리치는 건 내키지 않았다. 결국 반대쪽 손만 괜스레 꼼지락대고 있을 뿐이었다. 그러다 호미가 든 꾸러미를 놓치고 말았다.

　뎅, 쇠붙이 울리는 소리가 났다.

　"이크"

　무용은 일부러 놀란 소리를 내고 호미로 손을 뻗었다. 해길도 호미를 줍기 위해 손을 뻗었다. 바짝 가까워진 얼굴에 두 사람의 눈이 맞았다.

　"…제 것이니 제가 들고 가겠습니다."

　무용이 급히 호미를 주워 몸을 일으켰다. 멀뚱히 앞만 보는 게, 누가 봐도 어색하고 뻣뻣한 몸짓이었다. 호미를 쥐고 있는데도 해길의 손을 잡았던 생각만 났기 때문이다.

"그러냐."

이런 속을 알 길 없는 해길은 무용이 자신을 피했다는 생각만 들었다. 맞닿았던 온기가 사라지니 손이 식는 게 느껴졌다.

"내일부터는, 며칠간 보기 힘들 것 같구나."

수미법을 던져놨으니 조정에서는 난리가 날 것이 분명했다. 이를 대비하려면 한동안은 작은 짬도 내기 어려웠다.

"마침 때가 맞았네요. 저도 당분간은 부용정 화계로 정신이 없을 듯합니다."

무용은 일부러 목소리를 높여 말했다. 갑작스레 바뀐 일상에도 놀라지 않고 지낼 수 있던 건 다 해길 덕이었다. 옆에서 봐도 눈코 뜰 새 없이 바쁜 게 보이는데, 그런데도 짬을 내어 자신에게 와 주었다. 게다가 마음에 쏙 드는 호미를 사준 것도 해길이었다.

"그래…."

무용은 나름대로 신경 써서 한 말이었으나, 해길에게는 선을 긋는 말로 느껴졌다.

문득 꽃집에서 하루를 보내는 무용의 모습이 그려졌다. 활기차고 곱기는 한데, 그 안에 자신의 모습이 보이질 않았다. 안타까워져 물끄러미 눈길을 하자, 무용이 웃어 보였다. 하지만 그건 입술을 꾹 당겨 만든 억지웃음이었다.

"…혹 쓸쓸한 게냐?"

생각해보면 무용은 오지 않는 아버지를 기다리면서도 힘들다는 말을 하지 않았다. 대신 이렇게 웃어버릴 뿐이었다.

"…네?"

무용이 생각지도 못한 물음에 놀라 되물었다.

어머니가 돌아가신 후, 아버지는 그리움을 견디지 못해 자꾸 밖을 나돌았다. 늘 미소 짓는 건 정말 괜찮았기 때문이 아니라, 그런 아버지를 안심시키기 위해서였다. 꽃집의 손님에게도 마찬가지였다. 속사정을 내보여봤자 불편할 것이 뻔했기에 굳이 무거운 말을 꺼내지 않았다. 그건 깊은 마음을 나눌 순 없었지만, 적어도 자신을 멀리하진 않게 하는 방법이었다.

그런 시간 속에서, 이렇게 가까이 다가와 준 사람은 없었다. 속에 켜켜이 쌓아둔 쓸쓸함을 알아봐 준 사람은 해길뿐이었다.

"에이, 다들 할 일을 해야 하는데 쓸쓸하긴요."

가슴 안이 포근하고 따듯한데, 무어라 해야 할지를 몰라 너스레를 떠는 수밖에 없었다.

"일이 정리되는 대로 네게 가마."

마음 쓰지 않게 하려 한 말에도 이리 계속 마음을 써주니 어찌해야 좋을까.

"내가 보고 싶어 그러니, 그리하자꾸나."

해길이 흩날리는 머리칼을 쓸어 넘겨주며 시선을 맞춰왔다. 살며시 미소 짓고 있었다.

그리 말해주어 고맙다고, 이렇게 말하면 될 것 같은데, 왠지 입이 떨어지지 않았다. 말은커녕 눈을 맞추는 것도 힘들어서 결국 고개를 숙이고 말았다. 그렇지만, 자꾸 해길의 얼굴을 흘끔거리게 됐다. 왜인지 쓸쓸해 보이는 미소를 짓고 있었기 때문이다.

손을 잡으면 어떨까. 그러면 해길도, 울렁거리는 자신의 마음도 괜찮아질 것 같았다. 이상한 일이었다. 그건 무슨 소용이 있는 일이 아닌데, 자꾸 그런 생각이 머릿속에 맴돌았다.

타박타박, 무용과 해길의 걸음이 나란히 늦어졌다. 서로 무슨 생각을 하는지는 몰랐지만, 조금 더 함께 있고 싶다는 마음은 같았기 때문이었다.

창덕궁이 화계를 꾸미는 일꾼들로 붐볐다. 무용은 해길이 사준 호미로 마무리 작업을 하고 있었다.

"됐다!"

제대로 심어졌는지를 확인한 무용이 히죽 웃으며 허리를 폈다. 부용정의 화계가 한눈에 들어왔다. 비탈을 따라 층층이 만든 골에 꽃이 차곡차곡 자리 잡고 있었다. 꽃이 필 때가 아니라 화려한 맛은 없었지만, 푸릇푸릇한 풀잎들이 싱그러웠다. 며칠이 지나 꽃나무들이 자리를 잡으면 더 자연스럽고 아름다운 모습이 될 것이었다.

"해가 뜨거워지기 전에 마무리가 돼 다행일세."

화석이 고개를 끄덕이며 말했다. 방금 마무리한 화계가 마음에 드는 눈치였다. 무용도 고개를 끄덕였다.

"이만 가야겠네요."

다들 주섬주섬 짐을 챙겼다. 그때, 누군가 불쑥 입을 열었다.

"장원 나리, 기왕 창덕궁에 온 김에 존덕정도 둘러보고 가는 게 어떨까요? 경복궁은 나중에 가고요."

"무슨 문제라도 있나?"

"그런 건 아니지만…. 한창 조계를 하실 때가 아닙니까."

말을 꺼냈던 이가 말을 늘였다. 며칠 동안 경복궁에 울리던 석고대죄 소리가 어제야 끊겼다. 그건 세자와 좌상, 두 사람이 맞부딪힐 걸 예고하는 신호였다. 아무 일도 없는 듯한 그 고요함 속에 살벌한 공기가 감돈다는 걸 모르는 이는 없었다.

"아아."

화석이 고개를 끄덕였다. 신경이 날카로울 고관대작 눈에 띄기 싫은 마음이 이해 갔기 때문이다. 하지만 무용의 속내는 좀 달랐다.

"누름꽃을 해 보시겠다고 하지 않으셨습니까?"

이럴 때라면 해길을 볼 수 있지 않을까? 그제는 먼발치에서 스치기만 했고, 어제는 아예 코빼기도 못 봤으니, 오늘은 어떻게든 보고 싶었다.

"경회루의 능수벚나무가 지금 한창일 텐데요."

일이 마무리되는 대로 온다고 했지만, 계속 기다리고만 있기에는 애가 탔다. 쓸쓸히 웃던 게 자꾸 떠올랐다. 그때 손을 잡았어야 했다. 그게 별다른 쓸모가 있는 일이 아니라도 그랬어야 했다는 생각이 들었다. 왜 이런 생각이 드는지는 몰랐지만, 어쨌든 해길을 빨리 보고 싶었다.

무용은 마른 침을 삼키며 다른 이들의 답을 기다렸다.

"그래! 마침 딱 좋겠구먼."

화석이 손뼉을 쳤다. 다른 이들도 흥미가 동한 듯 보였다.

"자자, 다들 가자고. 오늘은 더 많은 걸 준비해뒀으니!"

후, 안도의 숨이 나왔다. 오늘은 해길을 볼 수 있을지도 몰랐다.

같은 시각, 근정전 안에는 기묘한 정적이 흐르고 있었다. 중앙의 모든 문무백관이 모여야 할 자리에 사람 수가 반뿐이었다. 석철을 따르는 패거리가 병환을 핑계로 등청하지 않았기 때문이다. 석철의 계략대로였다.

"어찌 다들 그리 한꺼번에 앓아누웠다는 말이냐! 쿨럭!"

왕이 분노해 외쳤다. 뒤따르는 기침 소리가 예사롭지 않았다.

"고정하시지요, 전하. 옥체가 상하실까 두렵사옵니다."

석철은 왕의 노여움을 모르는 척하며 말했다.

"호조참의는 석고대죄한 후 기력이 쇠하였다 합니다."

석철이 패거리를 두고 조참에 나온 것은 이를 전하기 위해서였다.
또한 왕과 세자의 얼굴이 구겨지는 걸 구경하기 위해서이기도 했다.

"충신이 한 번의 실수로 설 자리를 잃었으니, 마음의 병을 얻은 신
하들도 있겠지요."

왕은 뻔뻔한 말을 들으며 이를 갈았다. 석철의 패거리가 없으니
근정전이 휑했다. 유치하지만 분명한 수였다. 자신의 권력을 이리
눈에 보이게 과시하다니.

"오늘은 이만 자리를 파하시고, 득병한 신하들에게 성심을 베풀
어주시기를 간청하옵니다."

석철이 자못 간절한 목소리로 말했다. 왕의 심기를 맞춰주는 중이
었다. 왕은 지금 화를 누르고 있는 것이지, 이 자리를 다 뒤엎고 싶
은 심정이었다. 석철은 이 이상 건드려선 안 된다는 걸 알았다. 하지
만 왕이 결국 물러날 것도 알았다.

대신 없이 정사를 어찌 돌본단 말인가? 다른 수가 없을 테니, 지금
만 잘 넘어가면 됐다.

"성심이라…."

그 말이 가증스러웠으나, 왕은 함부로 분노를 드러내선 안 됐다.
석철은 욕심이 많은 자였으나, 임금인 자신을 거쳐야 부를 쌓을 수

154

있음을 아는 자였다. 그 만큼 자신의 입맛에 잘 맞는 패를 가져오는
자가 없었다. 지금은 져줘야 했다.

"세자."

해길에게 이목이 쏠렸다.

"이런 중에 국사를 논할 수 있겠느냐?"

이제 와서 수미법을 물리면 왕의 체면이 상했다. 하지만 세자가
치기로 일을 벌였다는 식으로 몰면 책임을 피할 수 있었다.

이런 왕의 속셈을 알아챈 석철의 입술에 비릿한 미소가 걸렸다.
세자의 도도한 얼굴이 망가질 것이라 생각하니 절로 웃음이 났다.
제까짓 게 잘났다 해도 이 상황에 무얼 할 수 있겠는가.

"주상전하께서 여기 계시지 않습니까."

해길의 목소리가 근정전에 울렸다.

"또한 어진 신하들이 함께하는데, 어찌 정사를 돌볼 수 없겠습니까?"

석철의 낯에서 여유를 부리던 미소가 사라졌다. 세자의 목소리에
는 전혀 동요한 기색이 없었다.

"세자저하, 요직을 맡은 신하들이 자리를 비웠는데 무엇을 어떻
게 결정하려 하십니까?"

석철은 속으로 콧방귀를 뀌었다. 수미법? 이를 허가할 호조의 사
람이 한 명도 없었다. 호조의 요직은 자신의 사람들이 차지하고 있
었다.

"좌상, 성상의 어짊이 나라를 다스리는 근본인데 어찌 성심을 펼
치지 못하시겠는가?"

오가는 말 사이로 터질 듯한 긴장감이 흘렀다.

"저하, 왕의 어짊을 받드는 것은 신하의 몫일진대 어찌 정사를 펼

치겠습니까?"

해길의 입술에 날카로운 미소가 떴다.

"신하의 숫자가 아닌 현명함이 나라를 위해 필요한 것일진대, 왜 정사를 못 펼치겠나."

석철은 순간 굳고 말았다. 이 세자가 지금 무슨 말을 하는 것일까. 그가 아무 대책 없이 이 자리에 올 거라고는 생각하진 않았다. 그렇지만 책임자가 없는 판국이니, 무슨 말을 하여도 흘려버릴 작정이었다. 그런데 지금 세자는 반절뿐인 신하들로 정사를 이어가자 하고 있었다.

"좌상과 같은 훌륭한 신하가 여기 있는데."

빈정대는 말투는 아니었으나, 석철에게는 그렇게 들렸다.

"짐에게 이대로 정사를 돌보란 것이냐?"

"예."

왕은 흥미로운 기색으로 자세를 고쳤다.

"그렇다면 당장 수미법의 진행은 어찌하겠느냐?"

"시행을 살피심에 부족함이 없을 정도로는 정리를 해두었습니다."

세자는 이미 모든 준비가 끝난 듯했다.

"전하, 호조참의 자리가 비어 있고 호조참판 또한 지병으로 누운 중입니다."

석철이 재빨리 나섰다.

"어찌 이럴 때 나라의 세법을 다시 정한단 말입니까. 그것은 법도에 어긋납니다!"

"법도? 지금 좌상이 법도에 대해 말한 것인가?"

석철은 입 속이 바싹 말랐다. 법도를 운운하는 것은 신하가 가진 가장 큰 무기였으나, 지금은 아니었다. 법도를 어그러뜨리고 있는 게 이쪽이었기 때문이었다. 등청하지 않은 관원들이 꾀병을 부리고 있다는 걸 모르는 이는 없었다. 이 판국에 변명을 해봤자 소용없을 테니 다른 수를 찾아야 하는데, 묘안이 떠오르질 않았다.

"전하, 지금이 세법을 다시 할 적기라 생각하옵니다."

초조하게 눈을 굴리는 석철을 두고, 의건이 끼어들었다.

"새로운 관청을 두어 수미법을 전담하게 하심이 어떠하신지요?"

석철은 분노에 치를 떨었다. 새로운 관청을 둔다? 이런 상황이니 세자의 패거리로 인선이 꾸려질 게 분명했다.

"윤허하지."

어두웠던 왕의 안색이 밝아졌다.

"전하!"

왕은 아니꼽다는 기색을 감추지 않은 채 석철을 내려다봤다. 이렇게 하면 구태여 괘씸한 이에게 끌려갈 필요가 없었다. 게다가 수미법이 시행되면 뇌물을 못 받아 자금줄이 끊기는 놈들이 나올 것이고, 그렇게 되면 석철은 그들을 부리기 위해 자신의 재산을 내놓게 될 것이었다. 어떻게 되든 그의 권세가 줄어들 테니 잘된 일이었다.

"성은이 망극하옵니다."

차분히 답하는 해길을 보며, 왕은 입술을 비틀었다. 세자가 새삼 징그럽게 느껴졌다.

강수를 들고나온 상대를 더 강한 수로 누르다니!

"전하, 이를 검토할 호조의 관원들이 입궐한 뒤 다시 논의하심이 어떠신지요?"

석철은 이가 갈리는 걸 숨기고 간신히 예의를 유지하며 말을 올렸다.

"신료 또한 나의 백성일진대, 득병한 이에게 어찌 중한 정사를 맡기겠는가?"

왕이 짐짓 자애로운 척 대답했다.

"옳으신 말씀이십니다. 쇠약한 신하를 붙잡는 것 또한 군자의 덕이 아니지 않겠습니까."

해길이 고개를 끄덕이며 말을 이었다.

"사퇴서를 부디 윤허하여 주시옵소서."

석철은 놀라 저도 모르게 고개를 쳐들었다. 이 정도 장난질을 가지고 자리까지 빼앗다니, 세자의 수가 생각보다 더 독했다.

사퇴서를 낸 건 호조의 참판으로 분위기를 잘 타는 멍청이였다. 뼈대 있는 집안 출신인 그를 버리긴 힘들 것이라고 계산하여 전면에 내세웠는데, 단박에 그를 치우자고 하다니. 어쩌면 세자는 애초에 그를 내세울 걸 예상하고 일을 벌인 걸지도 몰랐다. 호조의 사람들을 자신의 사람으로 갈아치우고 수미법을 진행할 생각이었던 게 분명했다.

"윤허하여 주시옵소서!"

자신을 제외한 모든 관리가 한 목소리로 외치고 있었다.

"그래, 과인이 살펴보지."

"성은이 망극하옵니다!"

석철은 이를 악물었다. 세자는 여유로운 얼굴로 반듯하게 서 있었다. 그의 구겨진 얼굴을 보고자 하였으나 일그러진 건 자신의 얼굴이었다. 고양이라니, 그리 얕잡은 생각은 하지 말았어야 했다. 상대해야 할 건 발톱을 드러낸 호랑이였다.

근정전에서 나온 해길은 바로 비현각으로 향했다. 판세를 장악했으니 기뻐할 만도 한데, 별다른 감흥이 없어 보였다. 이런 작은 승리를 만끽하기에는 해길도, 따르는 신하들도 갈 길이 바빴다.

　모두를 보내고 남아서 일을 하던 해길이 나왔을 때는 노을이 질 무렵이었다. 해길은 더 늦으면 무용을 보기 힘들지도 모른다는 생각이 들었다. 그때, 내관 하나가 다가와 무언가를 건넸다.

　"저하, 이것을⋯."

　"무엇인가?"

　내관이 내민 건 색이 고운 종이에 싼 진달래 꽃가지였다. 해길은 이를 보자마자 무용이 다녀갔음을 알아챘다.

　"저하께서 찾으시던 것이라던데, 아닙니까?"

　내관은 세자가 찾은 물건이 꽃이라는 게 사실 믿기지 않았다. 하지만 무용이 그렇다고 말해서 맡고 있긴 했다. 세자의 직속 동산바치이니, 무언가 이유가 있겠다고 생각했기 때문이다.

　"그래."

　해길의 얼굴에 미소가 피어났다. 내관의 눈이 커졌다. 세자저하께서 이렇게 웃으시다니, 자신이 근래 본 것 중 가장 믿을 수 없는 일이었다.

　"내가 찾던 것이다."

　이 꽃은 무용이 제게 보내준 마음이었다. 자신이 무용을 생각하는 동안, 무용도 자신을 생각해주었다는 뜻이었다. 어서 무용을 봐야 했다. 해길은 걸음을 재촉했다.

　마루에 멍하니 앉아 노을을 보던 무용이 몸을 떨었다. 바람이 서늘했기 때문이다. 귀에 스치는 바람 소리가 요란해 더 춥다고 느끼는 걸지도 몰랐다. 고개를 돌리니 높이 한 자(30㎝) 높이의 말리 화분이 보였다.

직접 고른 화분이었다. 사실 말리의 키를 따지면 두 치쯤 작은 화분을 골라도 됐지만, 크게 키우고 싶은 욕심이 나서 큰 화분을 골랐다.

"잘 크면 좋겠다."

해길이 준 말리였다. 오늘도 해길을 못 봤다는 사실이 새삼 떠올랐다.

"…물이나 다시 줘야지."

말리는 흙 깊숙이 물을 스미게 하는 게 좋다고 해서 두 번에 나눠 물을 주는 중이었다. 물을 준 지 일각(15분)쯤 됐으니, 한 번 더 줘야 할 때였다. 또 한숨이 나려는 걸 삼키며, 바닥에 둔 물바가지를 집어 들었다. 쪼르르, 조심해서 물을 주는 데도 물소리가 크게 들렸다.

"저하도 쉬고 계시면 좋을 텐데."

해가 저물었으니 해길도 한숨 돌리고 있을지 몰랐다.

"진달래 꽃다발은 보셨을까…"

장원서에서 진달래를 봤을 때가 미시 정도였다. 미시면 해길이 쉬는 때라고 들었던 게 떠올라 급히 꽃다발을 만들어 자선당에 갔다. 하지만 해길은 그때도 비현각에서 정사를 돌보고 있었다. 무슨 일로 왔는지 묻는 내관에게 할 말이 없었다. 게다가 바쁜 사람을 방해하려던 것도 아니었기에 꽃다발만 맡기고 그대로 걸음을 돌렸다.

그저 해길에게 진달래를 보여 주고 싶었을 뿐이었다. 철이 지났는데 곱게 핀 게 있다고, 그런 이야기를 나누고 싶었던 것뿐이었다.

"좋아하시면 좋을 텐데…"

보면서 잠시라도 기분을 전환하기를 바라는 마음에서 가져간 것이었고, 해길에게 전해준다 했으니 끝난 일이었다. 그런데 왜 아쉬운 기분일까.

"그때 화전이라도 해먹을 걸…. 뒷산에라도 가던가."

함께 꽃집에 있을 때도 진달래가 피던 때였다. 쓸데없는 생각이 자꾸 났다. 바람이 불자 쓸쓸하기까지 했다. 그때 익숙한 발소리가 들렸다. 해길이 오는 게 분명했다.

"저하!"

해길이 진달래 꽃다발을 들고 서 있었다. 무용이 벌떡 일어나 그를 반겼다.

"쉬어야 하실 때가 아닙니까?"

너무 반가운 티를 낸 게 겸연쩍어 쑥스럽게 묻긴 했지만, 그렇다고 그냥 한 말은 아니고, 정말로 염려돼 한 말이었다. 며칠 동안 자선당 불이 꺼지지 않았다는 말을 들었기 때문이다.

해길은 대답은 하지 않고 멀뚱히 무용을 보고만 있었다. 그러다 딴청만 피우던 무용이 침묵을 못 참고 눈을 맞춘 순간, 해길의 입이 열렸다.

"내내, 너를 그리고 있었다."

무용은 순간 머리가 하얘졌다. 처음 주웠을 때도 꽃 같다 생각했던 사람이었다. 그때도 해길은 더할 나위 없이 고왔다. 그런데 어떻게 점점 더 고와지는 걸까. 마주친 시선도, 들리는 목소리도, 풍겨오는 향기도, 이젠 하는 말까지도, 모든 게 고왔다.

"너는 어떠하였느냐?"

해길은 자꾸 마르는 입술을 축이며 물었다.

"꽃망울이 새로 오른 봄맞이꽃이 보이진 않았느냐?"

한 걸음, 한 걸음 무용에게 다가갈 때마다 숨이 떨렸다.

"사과 꽃잎이 흩날리던 사이를 걷던 때가 아른거리진 않았느냐?"

나직한 목소리였다. 이 소리를 들으려고 무용 또한 해길과 마찬가지로 걸음을 좁혔다.

"나는 그러하였다. 숨마다, 네가 맺혀 있었다."

둘 사이의 거리는 이제 숨 쉬는 소리까지 들릴 정도로 가까웠다. 무용은 무심코 해길의 얼굴로 손을 뻗었다. 속삭이는 얼굴이 애틋하게 느껴졌기 때문이다. 해길이 그 손을 잡았다.

"아!"

무용이 놀라 손을 거뒀다. 자신이 왜 손을 뻗었는지도 알 수 없었지만, 그보다 닿았던 손이 신경 쓰였다. 내내 손깍지를 끼었던 그 일만 생각한 탓에 신경이 자꾸 그리로 쏠렸다.

"그게⋯."

고개를 드니 해길의 까만 눈동자가 보였다. 그 안에 자신의 얼굴이 가득 담겨 있었다. 조금 전까지만 해도 시렸던 손이 지금은 따뜻한 걸 넘어 뜨거웠다.

한편, 해길은 무용보다 더 놀랐다. 지난번처럼 내쳐진 것인가 하는 생각이 들자 불안해졌다. 놀라게 하려던 건 아니었다. 그저 닿고 싶어서, 저도 모르게 손이 나갔을 뿐이었다.

초조하게 무용을 살피던 해길의 입술에 봄꽃처럼 해사한 미소가 피어올랐다. 싫었다면, 이리 고운 얼굴을 할 리 없었다. 주근깨가 옅게 배인 뺨에 열이 올라 꼭 진달래 같았다. 천천히 뺨으로 손을 뻗으니, 무용은 손을 피하지 않고 살며시 눈을 감았다.

"따듯하네요."

해길은 가지고 있는 인내심을 모두 끌어모아 뻗었던 손을 거뒀다. 이대로 있다가는 뺨을 쓸어내리는 정도가 아니라 품에 꽉 안아 가두고 싶어질 것 같았다. 이런 속도 모르면서, 무용은 입술을 삐죽 내밀고 자신을 보고 있었다. 꼭 가만히 있지 말고 안아 달라고 조르는 것처럼 보였다. 그런 시선을 견디기가 힘들었다. 입 안이 자꾸 말랐다.

나를 놀리려는 걸까? 그게 아니면 도대체 내게 왜 이러는 걸까. 속마음을 내비치려고 하면 저만치 달아나고, 거리를 유지하려 하면 또 바짝 다가왔다. 곧 떠날 것처럼 말하면서, 떨어지면 울음을 참는 듯한 눈을 했다.

"어째서 내게 꽃을 보낸 게냐?"

무용은 찬찬히 해길을 살폈다. 한 손은 진달래 꽃다발을 들고 있었고, 다른 한 손은 비어있었다. 조금 전까지 뺨에 닿았던 손이었다. 저도 모르게 덥석, 그 손을 잡았다.

"보고 싶어서요."

두근두근. 맞닿은 손에서 맥박이 느껴졌다.

"알았다면, 당장이라도 네 곁으로 갔을 것을…"

안타까움이 묻어나는 목소리였다.

무용은 빙긋 웃으며 고개를 저었다.

"그러면 매일, 아니, 매 순간 제 곁에 계셔야 하실 텐데요?"

하늘에 뜬 노을이 진달래 꽃밭처럼 보였다. 해길과 함께 있으면 모든 게 꽃처럼 느껴졌다.

"저하를 만나고 나선, 내내 저하 생각만 하고 있습니다."

무용이 가볍게 웃었다. 해죽거리는 웃음이었지만, 해길은 숨이 턱

꽃 찾으러 왔단다   163

막혔다. 심장에 무리가 올 것 같았다.

"그럼, 나는 이렇게, 계속 네 곁에 있어도 되느냐?"

몸 안이 저릿저릿해서, 붙잡은 손에 힘이 들어갔다.

"왜 안 되겠습니까."

같은 마음이라고, 무용이 그리 말해주고 있었다.

"그렇지만 무리해서 오시진 않아도 됩니다. 그런 마음을 안 것만
으로도…."

무용은 해길의 손을 당겨 뺨에 가져다 댔다. 어지러운 속을 다 알
순 없지만, 손을 잡은 게 정답으로 느껴졌다.

"마음속이 온통 꽃밭이 되었는걸요."

한적한 산 중턱, 작은 초가집 한 채가 덩그러니 있다. 작은 마당에
물을 채운 항아리 뚜껑 몇 개가 보였다. 노을이 비친 그 물 위에 푸른
수련 잎이 떠다니는 모습은 세상의 소란과는 거리가 먼 풍경이었다.

집 안에서는 삼베옷을 입은 주인이 비단옷을 입은 손님이 마주
앉아 이야기를 나누고 있었다.

"청에서 돌아오자마자 기방부터 갔느냐? 술 냄새가 진동하는구나."

주인은 탐탁지 않은 기색을 내비치며 코를 감싸 쥐었다.

"누가 불러서 맛도 제대로 못 보고 왔소."

손님은 아예 소맷자락을 펄럭거리며 술 냄새를 풍겼다. 상반된 옷
차림과 달리 두 사람은 허물없이 지내는 사이였다.

"가뜩이나 어지러운 머리에 술까지 들이부어? 아주 완전히 돌아
버리라는 거구나."

"싹 씻어낼 때까지 마시면 어지러울 것도 안 남을 텐데, 어떻습니

까?"

능글맞게 구는 손님을 보며 주인은 쯧, 크게 혀를 찼다.

"잊는 걸로 무슨 해결이 되겠느냐. 저걸 잊으면 목숨을 잃을지도 모르는데."

목숨을 말하는 주인의 입술에 조소가 걸렸다. 손님은 흘긋 문 쪽을 봤다.

"골칫덩이라던 게, 저것입니까?"

문밖으로 커다란 연꽃이 든 화분이 보였다. 연은 시들해 보였다.

"와우(臥牛)거사 이름값이 대단하긴 한가 봅니다. 교지와 함께 내려온 연꽃이라니."

세 칸뿐인 집도, 상을 치르느라 입은 삼베옷도 후줄근해 보였지만, 주인의 정체는 조선 팔도에 모르는 사람이 없는 와우거사 황연훈(黃蓮勳)이었다.

연훈은 죽은 우의정 황충훈의 형으로, 명문가의 장남이었지만 집안을 동생에게 맡기고 떠난 괴짜였다. 정국을 주도할 줄 알았던 그는 산에서 은거하며 조정의 패악을 거침없이 꼬집었다. 이 때문에 수많은 선비와 백성이 그를 존경하고 따랐다. 왕이 연훈을 등용하기 위해 교지를 보낸 건 이런 민심을 차지하기 위해서였다.

"와우거사는 무슨! 수련아재면 된다, 수련아재."

'와우'라는 건 누운 소처럼 큰 힘을 숨기고 있다는 뜻으로 백성들이 붙여준 별칭이었다. 하지만 연훈은 자신을 수련아재라 칭하며 세상에 나아가기를 거부했다. 명성도, 왕명도 그가 찾는 것이 아니었다.

"네가 그러면 나도 너를 민(珉)이 아니라 아니, 내가 어찌 너를 감히 너라고…"

"아니, 됐어요. 됐어."

민이 말을 자르며 연훈의 입을 틀어막았다. 갑자기 입에 손이 들어오자 연훈은 기분 나쁜 감촉에 인상을 팍 구겼다. 그리고 퉤퉤, 더럽다는 듯 침을 뱉었다.

"…세자저하께서 친히 방문하셨다지요?"

민이 슬쩍 던지듯 물었다. 연훈의 미간이 구겨졌다.

"세자저하에 대해서라면, 충훈이가 때때로 말하곤 했지."

"그럼 와우, 아니 수련아재는 세자저하께 뭐라 답하시렵니까?"

연훈은 민의 눈을 보았다. 장난치듯 웃는 입술과 달리, 시선은 날카로웠다.

"…답이라. 정치판이 결국 높으신 분들의 장기판이란 걸 새삼 묻는 건 아닐 테고."

정치꾼들은 백성이 아니라 제 잇속만 챙겼고, 제 배를 불리기 위해 끔찍한 짓도 마다하지 않았다. 정치판은 권력을 잡은 자들이 저들끼리 이익을 나눠 먹는 장기판일 뿐이었다.

동생 충훈은 거기에서 장기의 돌이 치워지듯 죽어 나갔다.

세자가 무슨 수를 쓴 건 아니었지만, 일이 이렇게 된 데는 세자의 책임도 있었다.

그런데 뻔뻔하게 교지를 들고 이곳에 와?

"내가 무슨 기대가 있겠느냐?"

세자도 자신의 이름이나 얻으려 하는 왕과 다를 게 없었다. 복권된 뒤로 정권을 잡으려 한다던데, 좌의정을 견제하던 동생이 없으니 자신을 데려다 새로운 말로 쓰려 하는 게 분명했다.

동생의 죽음을 발판 삼아 자신을 찾아오다니, 망자에 대한 예의가 없는 파렴치한이었다. 하긴, 정치판은 늘 이래왔고, 앞으로도 이러할 텐데 욕을 하는 것조차 아까웠다.

"하여간 아재는 뭘 생각해도 깜깜히 본다니까. 지금 궐로 가면 부와 명예가 아재 건데."

민은 아쉽다는 듯 혀를 찼지만, 연훈은 오히려 끌끌 웃었다. 즐거워서 나온 웃음이 아니라, 상황이 끔찍하게 우스워서 나온 웃음이었다. 서늘한 냉기가 느껴졌다.

"나를 데려가려거든 송장으로 끌고 가야 할 것이다."

그 판에서 구르다 죽느니 자결하는 편이 나았다.

해길과 나란히 앉은 무용은 공기가 산뜻하게 느껴졌다. 달이 뜬 밤이 왔으니 아까보다 추워야 할 텐데, 지금은 춥지 않았다. 곁에 해길이 있어서 그런가, 바람이 거의 느껴지지 않았다.

"여의화장(如意花杖)을 본 따 만든 것입니다."

무용은 해길이 내려둔 진달래 꽃다발을 들어 매듭을 매만졌다.

"여의라… 이게 뜻을 이뤄준다는 게냐?"

미색, 연녹색, 연황색의 종이가 진달래의 분홍색과 잘 어울렸다. 둥글게 오린 종이 끝과 여러 색을 섞어 만든 나비 모양의 매듭이 공들여 만든 것임을 짐작케 했다.

"그걸로 선비님의 머리를 치면 과거에 급제하고, 기녀의 등을 치면 정을 준다고 합니다."

사실 여의화장은 삼짇날 가지고 노는 물건이니 철이 좀 지난 물건이긴 했다. 하지만 뜻이 좋아서 주고 싶었다.

"학문의 성취든 사람의 정이든, 무엇이든. 이런 것으로 쉽게 이룰 수는 없겠지마는⋯ 저하께서 바라시는 게 이뤄지셨으면 해서요"

해길은 무용이 꽃다발을 보낸 이유를 알자 꽃다발이 조금 전보다 더 예쁘게 보였다. 꽃, 색지, 매듭 그 안에 담긴 마음이 느껴졌다. 하지만 역시 꽃다발보다 눈앞의 무용이 더 고왔다.

"이리 말이냐?"

해길은 꽃다발을 들어 무용의 등을 가볍게 톡 쳤다.

"네."

배시시, 무용의 웃음이 해맑았다. 제 입으로 말해놓고도 무슨 뜻인지 모르는 듯했다.

"내 바람이 여의해질 듯싶으냐?"

나를 마음에 품어줄 수 있느냐? 이를 묻는 것이었다.

"음, 저하가 공을 들이신 만큼 되지 않을까요? 저는 꽃집 주인이지 도술사가 아니니 보장은 못 합니다."

넉살 좋은 답이었다. 이런 무용을 보는 건 즐거웠지만, 한 말을 곱씹고 나면 속이 쓰렸다.

"⋯너는 꽃집이 그리 좋은 게냐?"

조금 전까지는 곁에 꼭 붙어 있을 듯 굴더니, 지금은 또 훌쩍 떠나버릴 것 같이 굴었다. 이런 말을 들으면 공을 들이는 게, 마음을 전하는 게 괴롭힘이 될까 겁이 났다. 눈앞에 두고도 머뭇대는 건 늘 이런 두려움 때문이었다.

"좋지요, 제집이 싫을 리가 있습니까."

딱 자르는 말에 가슴 안이 쓰리다 못해 아팠다.

"그러고 보니 저하 덕분이네요."

의미를 알 수 없는 말이었다. 빤히 쳐다보니 무용이 방싯, 웃음을 지었다.

"집 나가면 고생이라는데, 저는 좋은 일이 더 많았습니다. 부용정 화계를 꾸민 것도 재미있었고, 장원서 분들과도 죽이 잘 맞아 즐겁습니다."

"즐겁다니 잘 됐구나."

해길의 얼굴에 안도의 기색이 흘렀다.

"누름꽃 만드는 데 액정서 분들까지 관심을 가지시더라니까요."

듣는 이가 말 하나하나마다 고개를 끄덕여주니, 신이 나서 할 말이 자꾸 생겼다.

"아, 오늘 꽃다발이란 건 또 뭐냐며 알려 달라 하셨는데. 자선당에 가느라 얼른 나와 버려서 제대로 맡은 못 했지만요."

무용은 혼자서 너무 떠든 것 같다는 생각이 들어 급하게 말을 정리했다. 그렇지만 들뜬 마음은 여전해 입가에 미소가 남았다.

"제게 꽃집이 또 생긴 것 같습니다."

"그러하냐."

해길의 얼굴에도 미소가 번졌다. 무용이 자신의 곁을 꽃집과 같다 하는 것이 해길의 마음을 흐뭇하게 했다.

"아이리수 분점을 내도 될 것 같더라고요."

"그럼 그리해라."

해길은 바로 답했다.

"네? 에이, 궐에 어떻게 그래요."

"왜 안 되겠느냐? 너는 나의 동산바치가 아니냐. 네가 바라는데, 내가 멀뚱히 보고만 있겠느냐?"

무용을 위해서라면 하지 못할 일이 없었다.

"어? 이래 봬도 장사꾼이었던 몸입니다. 진짜 마음먹고 밀어붙이면 어찌하시려는 겁니까?"

무용이 빙글거리며 말했다.

"그래, 해보거라."

이 웃음을 보지 못하게 되는 것보다는 폭군이 되는 게 나을지도 몰랐다. 권력이든 뭐든 휘둘러 억지를 부리더라도 무용이 바라는 걸 이뤄주고 싶었다.

자신이 무슨 생각을 하고 있는지 깨달은 해길이 급히 머리를 흔들었다. 미친 걸지도 몰랐다. 하지만 무용이 행복하다면 사방이 꽃집이어도 괜찮긴 했다.

"아이리수 분점이면 제가 장을 맡아야겠네요."

무용은 농담하듯 답했다.

"그래, 그럼 되겠구나."

해길은 진심으로 고개를 끄덕였다.

"세자저하가 함부로 그러시면 안 되지요."

궐 안에 꽃집을 만들지 못할 게 무언가. 게다가 무용의 바람은 나라에 보탬이 되면 됐지, 해를 끼칠 게 아니었다. 앞으로 도움이 될 데가 많았다.

"꽃집의 장이면 매일 궐로 등청을 해야겠구나."

어떤 식으로든 무용을 볼 수 있다는 생각이 드니 마음이 들떴다.

"이야, 저 감투까지 쓰는 겁니까? 어휴, 꽃집을 두 개나 하려면 바쁘겠는데요?"

무용은 해길의 마음이 어느 정도인지 모르고 여전히 농담하듯 말했다.

하지만 궐에 꽃집이, 또 해길이 있다면…. 상상만으로도 즐거웠다. 나란히 앉은 두 사람은 함께할 앞날을 그리며 미소를 지었다. 서로가 같은 걸 바라는 것을 모른 채로 같은 곳을 바라봤다. 달이 또렷하게 밝은 밤이었다.

"내일은 날이 맑겠네요."

"그래, 길이 좋겠구나."

달이 높게 떴으니, 헤어져야 할 시간이었다. 하지만 누구도 먼저 자리에서 일어나질 않았다. 그저 앉아서 자꾸 꽃다발만 살폈다. 함께 있는 시간이 조금이라도 더 길었으면 하는 마음이 둘을 자리에서 일어날 수 없게 만들었다.

달빛을 받아서일까, 함께 보아서일까, 꽃다발은 한참을 더 볼 수 있을 만큼 고왔다.

이른 시각 동궁전, 해길과 공영은 도포를 차려입고 길을 나섰다.

"준비는 다 되었느냐?"

"예, 그런데 정말 제가 따르지 않아도 괜찮으십니까?"

"네게 맡긴 일이 있지 않으냐. 그걸 수행하는 게 나를 따르는 것이다."

"일이 모두 저하의 뜻대로 흘러가니, 두려울 게 없습니다."

공영은 간계에 역으로 당한 석철 패거리를 떠올리며 웃음을 지었다.

"그를 어찌 두려워하지 않느냐. 내 뜻에도 시비를 따져야 한다."

"저하께서 하시는 일에 어찌 그름이 있겠습니까."

해길의 눈살이 희미하게 찌푸려졌다. 그러나 공영은 이를 보지 못하고 의기양양한 얼굴을 했다. 그에게 해길은 이상적인 세자였다. 인의와 덕, 능력을 전부 갖췄으니 더 바랄 게 없을 정도였다.

"…다만 황연, 아니 와우거사를 또 만나셔야만 합니까?"

그렇다고 해길의 행동을 전부 이해하는 건 아니었다. 지금 연훈을 만나러 가는 것만 해도 공영에게는 탐탁지 않은 일이었다. 연훈은 명망 있는 선비이긴 했지만, 성미가 괴팍한 자였다. 더욱이 자신의 동생이 죽은 것으로 세자를 원망한다는 소문까지 있었다. 무슨 문제가 생길지 몰랐다.

걱정이 태산인 공영을 두고, 해길은 작게 미소 지었다.

"내가 하는 일에 어찌 그름이 있겠느냐?"

아침 햇살이 창호지를 넘어 방까지 밝게 비췄다. 무용은 빛이 좋은 자리에 경대를 두고 앉았다. 무슨 바람이 불었는지 비단 저고리에 연녹색 치마를 입고 있었다. 게다가 머리를 빗는 것도 평소와 달랐다. 촘촘한 빗으로 빗질을 하는 것은 물론, 머리를 땋는 손길에도 잔뜩 공을 들이고 있었다. 경대 비친 제 모습을 확인한 무용이 갑자기 아랫입술을 내밀더니 땋던 머리를 툭 놔버렸다.

"흐음…."

애써 땋아놓은 머리가 풀려버렸다. 무용은 비단옷을 벗고 다시 나인 옷을 입었다. 하지만 저고리에 팔을 꿰다 말고 멈춰 아래를 보았다. 바닥에 꽃신이 보였다.

"으으!"

벌써 몇 번이나 옷을 입었다 벗었다 하고 있었다.

"곧 저하께서 오실 텐데…."

아직은 여유가 있지만, 그때까지 고민이 끝나지 않을 것 같아서 마음이 급했다.

"왜 이런 쓸데없는 걸 고민하고 있을까?"

얼마 전만 해도 해길이 오기 전까지 마음 편히 자던 무용이 지금은 옷도 못 고르고 있었다. 자신의 마음에 무언가가 싹튼 걸 몰라서, 그저 옷을 고민하는 게 아니라 어떻게 보일지를 고민하라는 것도 몰랐다.

그때 밖에서 발소리가 들렸다. 무용이 급히 옷고름을 묶었다.

"나, 나가요!"

아뿔싸, 머리가 아직 산발이었다. 급한 손길로 머리를 정리하고 나니 결국 여느 때와 같이 느슨히 땋은 머리였다. 그래도 좋아하는 댕기를 매는 건 잊지 않았다. 꽃집에서부터 하고 있던 각시붓꽃이 수놓인 댕기였다.

무용은 제 모습을 경대에 비춰 다시 매만지고서야 문을 열고 나갔다. 앞에 해길이 보였다.

"저하!"

쪼르르 곁으로 오는 무용을 보는 해길의 얼굴에 부드러운 미소가 스몄다.

"자, 가자꾸나."

무용과 해길은 함께 산길을 걸었다. 공기가 적당히 서늘해서 좋았다.

"오늘은 날이 맑네요."

어젯밤 생각한 대로였다. 히, 웃음이 나왔다.

"너는 오늘도 곱구나."

해길이 무용을 빤히 보다 말했다. 오늘따라 흐늘거리는 잔머리가 햇빛에 그림자를 만들고 있었다. 발그레한 뺨에 드리운 그림자가 예

뺐다.

"네?"

내가 지금 무슨 말을 들은 거지? 뺨이 달아오른 걸 느낀 무용은 붉어진 뺨을 숨기려 휘적휘적 앞서 걸었다.

"또 놀리신 거죠? 그렇게 웃으시고…."

무용은 해길이 자신을 놀리는 걸로 생각했지만, 해길은 자신이 웃고 있던 것을 무용의 말을 듣고서야 알았다.

"치."

무용은 토라진 척하면서도 다시 해길과 나란히 보조를 맞췄다.

그렇게 얼마나 갔을까, 연훈의 집이 보였다. 단출한 마당이었지만, 곳곳에 놓인 크고 작은 항아리 뚜껑이 눈길을 끌었다.

"와, 수련이네요!"

무용은 항아리 뚜껑 위에 뜬 수련을 보며 천천히 걸음을 옮겼다. 아직 꽃이 필 때가 아니어서 잎밖에 없었지만, 진녹색과 연녹색이 섞여 나름대로 멋이 있었다.

우당탕탕, 갑자기 집 안에서 큰 소리가 났다. 놀라서 집 쪽을 보니, 달가닥 문이 열리고 주인인 연훈이 나왔다. 굳은 얼굴이었다.

"세자저하를 뵙습니다."

"아시다시피 상중이라, 송구하게도 제대로 예를 갖추지 못하였습니다."

연훈은 송구하다고 말하면서도 아니꼬운 기색을 감추진 않았다.

"우승상의 일은…. 미안하네."

연훈은 멈칫했다. 세자가 이런 말을 할 줄 아는 사람이었던가. 놀랄 일이었다. 게다가 충훈의 죽음을 진심으로 애도하는 듯 침통한 목소리였다.

"과분한 말씀 마십시오."

하지만 이런 태도쯤은 능히 꾸미고도 남을 사람이니 경계해야 했다.

"충훈이 또한 멍청하진 않았으니 저하를 탓할 리가 없습니다."

"그렇다면 자네는 어떤가?"

곧은 시선으로 물어오니 답하지 않을 수가 없었다.

"충훈이는, 펼치지 못한 뜻이 남은 걸 아쉬워할 사람이지요."

동생은 제 뜻이 이리 허무하게 사라질 걸 알았어야 했다. 높으신 분들의 이권 다툼이란 그런 것임을 알았어야 했다. 그렇다면 죽지 않았을지도 몰랐다.

"제겐 그런 게 없습니다. 저야 누워서 풀을 뜯는 소보다 팔자가 좋지 않습니까."

"소라 하면 백성에게 가장 도움이 되는 동물이지."

"그렇지요, 죽어서도 고기에 뼈까지 빼먹으니 말입니다."

절로 비꼬는 소리가 나왔다. 사람들이 자신을 와우(臥牛), 누운 소라 부른 건 동생인 충훈의 별호가 성실한 소를 뜻하는 성우(誠牛)였기 때문이기도 했다. 동생은 별호에 걸맞게 한평생 백성을 위해 애썼다. 그런 충훈의 죽음을 이용해 자신을 잡으러 오다니. 참으로 알찬 활용이 아닌가.

"이런, 실언을 했습니다."

해길은 억지웃음을 짓는 연훈을 담담히 보고만 있었다. 말의 속뜻을 알아채지 못한 게 아니라, 연훈의 심사가 뒤틀려 있음을 알았기 때문이다. 연훈은 원래도 비관적인 성미였지만, 동생을 잃은 슬픔으로 속이 더 꼬인 상태였다.

"어쨌든, 들소의 귀에 경을 읊으서 봐야 무슨 소용이겠습니까. 지난번에 내린 것이나 가져가십시오."

교지와 함께 온 연꽃을 두고 하는 말이었다.

산중에서 상을 치르는 이에게 정말로 연꽃을 기르라고 보냈을까. 수련이야 항아리 뚜껑에 물만 좀 받아놓으면 되지만, 연꽃은 그걸로 안 됐다. 지금 궐에서 보내준 화분조차 작아 마르고 있으니, 더 큰 자리가 필요했다. 게다가 물을 꽤 끌어와야 하니 이곳에서 자신 혼자 기르기는 무리였다. 하지만 연을 기르자고 산에서 내려가면 상을 치르느라 정계에 나갈 수 없다는 핑계가 무색해졌다.

그러니 연꽃을 보낸 의미는 둘 중 하나를 고르라는 뜻이었다. 임금이 하사한 연꽃을 죽인 죄로 죽든지, 교지를 받고 조정에 나오든지.

"그런 걸 두고 가시다니…. 저하답지 않으십니다."

도도하다는 세자저하도 결국 정치꾼이었다. 이젠 어떤 지저분한 수도 마다하지 않기로 작정한 게 분명했다.

"그런가."

어떤 의미로 하는지 알면서도 태연히 대답하는 세자를 보니 울화가 치밀었다.

"제게 연을 내리자고 한 것도 세자저하셨다고 들었습니다."

위로의 선물로 꽃을 보내 목숨까지 위협하다니, 참으로 우아한 협박이 아닌가. 나이는 자신의 반절도 안 되면서 쓰는 수는 갑절이었다.

"자네가 좋아하리라고 생각하였는데, 아니었나?"

진심으로 하는 소리일 리가 없었다. 욕지거리가 목 끝까지 올라왔다. 나가면 당장 제 아비와 함께 욕을 퍼부어 주리라. 지금껏 충훈이

176

백성을 위해 내놓은 정책이 제대로 이뤄진 적은 없었다. 그러니 자신이 간다고 해도 달라질 건 없었다. 자신이 간다면 왕과 세자가 원하는 정책에 '와우거사'라는 이름이 더해질 뿐이었다.

"그나저나 밖이 시끄러운 듯한데…."

아까부터 사람들 오는 소리가 계속 들렸다.

"나도 자네에게 선물을 하나 하려 하네."

세자의 입술에는 묘한 미소가 걸려 있었다. 또 무엇을 하려는 것일까. 닫힌 문 너머로 애처롭게 처진 연꽃의 윤곽이 보였다.

연훈의 집 지붕 위, 민이 앉아 있었다. 해길이 왔을 때 급히 뒷문으로 나갔다가 무용이 뒷마당에 나타난 바람에 길이 막혀 올라간 자리였다.

처음에는 틈을 봐 나가려고 했지만, 뒷마당에 사람이 모인 걸 보고 무얼 하나 싶어 구경을 시작했다. 그러다 이젠 흥미가 생겨 무릎에 팔을 얹어 턱까지 괴고 앉은 참이었다.

"흐음."

일꾼들은 흙을 파 땅을 다지고 있었고, 앞치마를 입은 계집 하나가 그들 사이에서 손짓을 섞어가며 일을 설명하고 있었다.

"연못을 만드는 건가? 석련지(물을 담을 수 있게 파낸 돌)라도 끌고 올까 했더니."

훌쩍, 민이 아래로 뛰어내렸다.

"엄마야!"

마침 흙 포대를 들고 아래를 지나던 장정 일꾼 하나가 깜짝 놀라 바닥에 주저앉았다.

"가, 갑자기 어디서 나타나신 겁니까?"

"이거, 뭘 하는 거요?"

민은 대답은 안 하고 자신이 묻고 싶은 걸 물었다. 일꾼은 들고 있던 포대를 엎게 한 민이 못마땅했지만, 값비싼 옷을 입은 걸 보고 그런 기색을 감췄다. 오히려 심기를 거스를까 염려해 다소곳이 대답했다.

"그게, 이곳에 연못을…."

답을 들은 민은 입술을 쭉 내밀고 휙 앞으로 갔다. 그리고 톡톡, 오른손 검지로 왼손 손바닥을 두드렸다. 일꾼이 말해준 값과 자신이 아는 시세를 비교해 머릿속으로 계산하는 중이었다.

"와, 그 돈을 들여 여기에 연못을?"

일을 하느라 바쁘게 지나가던 무용이 민의 앞에 걸음을 멈췄다. 갑자기 어디서 나타난 사람인가 싶긴 했지만, 그보다 한 말이 더 신경 쓰였다.

"무슨 문제가 있는 겁니까?"

민은 눈을 똑바로 맞춘 무용을 보며 눈썹 한쪽을 올렸다. 일꾼 중 제일 바쁘게 다녀 눈에 띄던 계집이었다.

"아니, 이거 너무 비싸게 만드는 거 아니오? 나라면 몇 냥은 족히 뺄 수 있었을 것 같은데."

"어디 새는 구멍이 있습니까?"

무용이 염려하며 물었다. 반쯤은 이 일의 책임자이니 무엇 하나 허투루 쓰이지 않도록 몇 번이나 셈을 했다. 그런데 문제가 있다면 큰일이었다.

"물건도 죄다 온전히 값을 치른 듯한 데다가, 사람에게 치른 값은 요즘 시세보단 좀 넉넉한 듯싶으니 하는 말이오."

"에이, 다 제값으로 치르고 하는 일입니다."

무용은 안도해서 손을 내저었다.

"사는 이가 제값을 치르지 않으면 만드는 이는 어찌 살고, 만든 이의 살림이 곤궁해지면 어찌 좋은 물건이 나오겠습니까?"

조곤조곤 말하는 게 야무졌다.

"당장에야 사람값까지 깎아 사는 게 득 같아도, 멀리 보면 오히려 손해지요. 좋은 물건을 영영 잃게 될지도 모르니 말입니다."

"호오."

민은 고개를 끄덕였다. 일리 있는 말이었다. 다람쥐같이 바삐 다니는 게 소일거리나 돕나 했더니, 당돌한 데가 있었다. 다들 자신을 힐끔거리기만 하는데, 먼저 나서서 다가온 것만 봐도 그랬다.

"여간내기가 아니구먼. 그러니까, 배를 불려서 더 많이 해먹겠다는 심보군?"

"맞습니다. 배불리 먹여서 저도 아주 배부르게 먹어보려 하는 거지요."

심술궂은 물음에도 돌아오는 답은 유들유들했다.

민은 흥미로운 기색으로 웃으며 무용의 얼굴에 자신의 얼굴을 확들이댔다.

"소저가 여기를 맡은 거요?"

무용은 민을 피하려 뒷걸음질을 쳤다. 하지만 뚫어지게 쳐다보면서 자꾸 따라붙으니, 소용이 없었다.

"이름은 무엇이오?"

부담스러울 정도로 얼굴이 가까웠다. 눈이 둥글고 눈 밑이 두툼해 장난기가 있어 보였다. 그렇지만 눈매가 선명하고 눈썹이 짙어 믿음직해 보이기도 했다. 웃음기가 어린 입술 덕일까, 갸름한 턱 끝이 돋보이는 고운 인상이었다.

"…무용이라 합니다."

민은 그제야 씩 웃고 몸을 물렸다.

"나리는 누구십니까?"

"한양에 사는 사람 중에는 내 물건 없이 살아본 사람이 없을 텐데?"

무용은 또 다가온 민을 피하려 고개를 뒤로 뺐다.

"이 몸은 이민, 사고파는 것이라면 나를 따라올 자가 없지."

우쭐대는 말이 믿게 보이지 않았다. 민은 입고 있는 화려한 옷조차 지나쳐 보이지 않을 정도로 잘 어울리는 사람이었다.

"저, 동산바치님."

그때 일꾼 하나가 쭈뼛대며 다가왔다.

"흙을 다 파냈으니 이만 내려가 보겠습니다. 물을 댈 이를 불러오지요."

"어휴, 벌써 일을 끝내셨습니까? 감사합니다. 어서 가셔서 푹 쉬셔요."

무용은 그에게 고개 숙여 인사하고 다시 민 쪽을 보았다.

그러자 민의 얼굴이 바로 코앞에 보였다.

"으앗!"

"뭘 그리 놀라는 거요? 어쨌든, 내 밑에서 일해 볼 생각 없소?"

"예? 무슨…."

무용이 되물으려 할 때, 앞마당에서 걸음 소리가 들렸다.

"이런."

민은 갑자기 몸을 돌려 급히 자리를 떴다. 만나고 싶지 않은 사람이라도 오는 듯했다.

"다음에 봅시다!"

무용은 서둘러 멀어지는 민의 뒷모습을 물끄러미 보았다. 휘적휘
적 가는 걸음이 불안했다.

"어, 어?"

나무뿌리를 밟고 휘청대고 있었다. 하지만 다행히 다시 균형을 잡
고 가고 있었다. 안도감에 한숨이 나왔다.

"어휴."

그때, 곁에서 인기척이 느껴졌다. 연꽃 화분을 든 일꾼이 앞에 서
있었다.

"이걸 내려드리는 걸 깜빡했지 뭐요."

이제 연꽃을 심을 차례였다. 뒷마당에 홀로 남은 무용은 소매와
바짓단을 걷어붙이고 물을 채우기 전인 연못에 들어갔다.

연꽃을 거의 다 심었을 즈음, 익숙한 발소리가 들렸다.

"저하!"

무용은 해길이 오는 것임을 알아채고 반겼다.

"이야기는 다 나누셨습니까?"

해길은 고개를 끄덕이며 무용 쪽으로 가서 몸을 숙였다.

"연못이 되는 걸 보러 오신 겁니까?"

무용은 고개를 갸웃거리며 해길에게 다가갔다.

"너를 보러 온 것이다."

"네?"

해길은 정말 뚫어지게 무용을 바라봤다.

"고단하지는 않으냐?"

무용이 빙긋 웃으며 고개를 흔들었다.

"해보고 싶다 하지 않았습니까. 즐거운걸요."

"잘 되었구나."

연꽃에 대해 말을 나눈 건 지난번 화개동에서 걷던 날이었다. 해길은 연을 심는 게 고될까 염려했지만, 무용은 먼저 하겠다고 나섰다. 꼭 해보고 싶었던 일이었기 때문이다.

"생각보다 수월했습니다. 진흙투성이가 되긴 했지만요."

사실 무용은 진흙이 묻은 것도 싫지 않았지만, 이마를 만질 수가 없어 답답했다. 잔머리가 엉겨 이마가 간지러운데, 진흙 때문에 어떻게 할 수가 없었다. 팔목으로 대충 쓸어 넘기기라도 하는 게 나을 듯했다.

보고 있던 해길이 손을 뻗어 무용의 머리칼을 넘겨줬다. 그리고 왼손으로는 팔을, 오른손으로는 허리를 잡아당겨 무용을 끌어올렸다.

"저, 저하!"

무용의 눈이 동그래졌다. 머리를 쓸어줄 때 이미 놀랐는데, 안겨서 또 손까지 잡혔으니 이젠 심장이 시끄러울 정도로 쿵쾅거렸다.

"진흙이 다 묻지 않았습니까!"

해길은 찬찬히 무용의 손을 폈다. 자신이 꽉 잡아 난 자국이 왠지 보기 좋았다.

"닦으면 되는데 무어가 걱정인 게냐?"

무용은 금세 웃으며 고개를 끄덕였다.

"그러면 되긴 하네요."

옆에 물을 받아 놓은 항아리가 있었다. 해길은 물을 퍼 제 손을 헹군 뒤 무용의 손을 조심히 잡아 졸졸 물을 부었다.

"제, 제가 하겠습니다."

무용은 손을 빼려 했지만, 해길은 손을 놓지 않았다.

"내가 하고 싶어 그런다."

무용은 손에 열이 오르는 걸 느꼈다. 찬물이 닿아 식었다가도, 해길의 손길이 닿으면 또 뜨거워졌다. 이젠 해길의 눈길만 닿아도 후끈해지는 것 같았다. 해길이 희고 긴 손가락으로 자신의 짤막한 손가락을 조심스레 매만지고 있었다. 이전 같으면 못난 손가락을 보이기 싫어 얼른 숨겼을 텐데, 예쁘다고 해줬던 게 떠올라서 그런지 괜찮았다. 하지만 손이 자꾸 오그라들고, 속이 막 간질간질해서 기분이 좀 이상하긴 했다.

"이제 되었다."

해길은 말끔해진 손을 가볍게 잡아 살폈다. 그리고 살짝 잡아당겨 입을 맞췄다.

"무, 무얼 하시는 겁니까!"

무용이 놀라 외쳤다. 손끝에서 시작된 열이 얼굴까지 오른 게 느껴졌다. 해길은 자신을 이렇게 만들고 빙그레 웃고만 있었다.

"너무 고와 그랬다."

해길은 무용의 손을 더 꼭 잡았다. 슬그머니 또 웃음이 올라온 게 느껴졌다. 내가 이렇게 웃음이 헤펐던가, 무용이 없었다면 웃음이 이렇게 쉽게 나오는 것임을 영영 알지 못했으리라. 그리고 무용을 알아버린 이상, 이제 전처럼은 더 살 수가 없었다.

무용은 손에 시선을 고정한 채 쭈뼛대고 있었다. 해길은 왠지 짓궂게 굴고 싶은 기분이 들었다. 손가락마다 입을 맞추면 어떨까. 하지만 그랬다가는 무용이 도망가 버릴 것 같았다.

"연꽃은 마음에 들게 심은 게냐?"

해길은 꾹 참고 부드럽게 말을 건넸다.

"네!"

무용이 홱 고개를 들었다. 해길이 먼저 말문을 터주니 속이 좀 가라앉는 듯했다. 아니, 역시 아직 아닌 듯했다. 웃음이 어린 눈을 보니 또 심장이 벌렁거렸다. 붙잡고 있는 손끝으로 맥박이 전해질 것만 같았다.

"그, 저하의 마음에는 드십니까?"

무용은 어쩔 수 없이 연꽃으로 눈을 돌렸다.

"중요한 선물이라 하지 않으셨습니까."

그때, 연훈이 나타났다.

"잠시 기다리라 하시더니, 이게 다 무엇입니까?"

연훈은 생각보다 큰 판이 벌어진 걸 보고 놀라 주변을 두리번댔다.

"무얼 하고 계신 겁니까?"

의아한 게 한둘이 아니었지만, 세자가 일꾼의 손을 꼭 붙잡고 있는 것도 이상했다.

"아!"

무용은 그제야 해길과 여태 손을 잡고 있던 걸 깨닫고 급히 손을 놓았다. 마침 뒤에서 물을 대줄 일꾼들이 올라오는 소리가 들렸다.

"물길을 터주실 분도 오시네요. 아, 연못은 마음에 드십니까?"

연훈은 마땅한 답을 찾지 못하고 무용을 쳐다보았다. 세자가 데려온 사람이니 같은 꿍꿍이속일 게 분명한데, 왠지 다르게 보였다.

"수련을 기르시는 분께 드린다기에 연으로 고른 것인데…."

무용이 떨떠름한 연훈의 표정을 살피며 물었다.

"직접 고르신 겁니까?"

연훈이 놀라 되물었다.

"예, 제가 골랐는데…. 혹, 마음에 드시지 않으십니까?"

"아니, 아닙니다."

무용은 석연치 않은 답이 신경 쓰였지만, 일단 일을 하기 위해 물러났다.

한편 연훈은 머릿속이 복잡해 멍하니 자리에 서 있었다. 연꽃을 고른 게 세자가 아니라니, 의아했다. 세자는 남의 뜻을 구하는 자가 아니었다. 자기가 아는 세자는 워낙에 뛰어나 남을 잘 알지 못하는 이였다. 주변에는 그런 그를 경외해 따르거나, 시기해 반대하는 자들밖에 없었다. 부딪히는 건 동생인 충훈 정도였다. 동생은 늘 그것을 아쉬워했다.

하지만 자신은 기대가 없으니 아쉬울 것도 없었다. 어차피 세자 또한 왕과 같이 권력을 휘두르는 것에만 목을 매며 똑같은 역사를 이을 것이라 생각했다.

"연꽃은 진흙 속에서 피어나지만 흙물이 들지 않고, 그 씨앗은 수백 년이 되어도 싹을 틔울 수 있다고 하더군."

연못에 물이 차오르고 있었다. 이를 보는 세자의 얼굴에서 죽은 자에 대한 애도와 안타까움, 동시에 앞날을 향한 의지 같은 게 느껴졌다. 눈앞의 세자는 자신이 생각하던 세자와는 전혀 다른 사람이었다.

"닮지 않았는가, 그리 꽃을 피웠던 이를 말일세."

충훈은 진흙탕 같은 조정에서 깨끗한 연꽃같이 고고했던 이였다.

세간에서는 충훈과 세자가 원수 같은 사이란 말이 떠돌았지만, 어쩌면 둘은 서로를 똑바로 마주 볼 수 있는 벗이었는지도 몰랐다.

"…저를 밖으로 끌어내려 함이 아니셨습니까?"

연꽃을 보낸 건 죽기 싫으면 밑으로 들어오라는 협박이지, 충훈의 죽음을 애도하려는 건 아니라고 생각했다. 수명이 다한 패를 버리고 다른 패를 집어 들려는 속셈이라 생각했다. 그런데 산에서 연꽃을 볼 수 있도록, 연훈을 기릴 수 있도록 연못을 선물하다니.

"자네가 없다 하여 내가 하려 한 일을 못 할 듯싶은가?"

절레절레 고개를 내저을 수밖에 없었다. 당당한 말, 담담한 태도, 올곧은 눈빛… 모든 게 도도하기 그지없었다. 이는 분명 자신이 알던 세자인데, 전에 없던 깊이가 느껴졌다.

"자네는 수련이 어울리지. 물 한 사발만 있어도 떠다닐 수 있으니."

세자가 이리 남의 속을 들여다 봐주던 사람이었던가. 세자는 눈앞의 연꽃을 바라보고 있었지만, 어쩐지 아주 먼 곳을 보는 듯했다. 무엇을 보고 있는지 알 것 같았다.

푸른 연잎 위로 충훈의 모습이 겹쳐 보였다.

"수미법을 하신다 하셨지요?"

수미법은 충훈이 뿌렸던 씨앗이었다. 하지만 백성의 안위가 아니라 자신의 배를 불리고 싶은 정치꾼들 때문에 매번 이뤄지지 못했던 정책이었다. 이번에도 수면 아래에서 썩어버릴 걸로만 생각했다. 조금 전까지는.

"우승상이 공들였던 것이지."

해길은 충훈을 떠올리며 작게 고개를 끄덕였다. 조정에 돌아온 뒤, 해야 할 일은 한두 가지가 아니었다. 그중 수미법을 가장 먼저 추진

한 건 백성을 위함이면서, 충훈에게 보내는 나름의 조의이기도 했다.

"하지만 이제 막 심은 참이라, 꽃이 피기까지는 시간이 걸리겠지."

일을 마치고 온 무용이 조심스레 입을 열었다.

"여름이면 아름답게 피어날 것입니다."

조금 전 심은 연꽃에 대해 말한 것이었지만, 연훈은 이를 조정에 심어진 새로운 씨앗에 대한 것으로 느꼈다.

"이를 가까이에서 보지 못함은 아쉽지마는…."

해길이 말을 끌며 연훈에게 눈을 맞췄다.

"그때쯤이면 연꽃이 자네에게 위로가 될지도 모르지."

충훈을 기억해주는 이가 있다는 사실이 연훈의 마음을 벅차오르게 했다.

"나는 이만 가겠네. 편히 지내게나."

볼일이 끝난 해길은 망설임 없이 걸음을 돌렸다. 연훈은 해길의 뒷모습을 한참 동안 쳐다보다가 연꽃으로 시선을 돌렸다.

"…그저 져버리기에는, 너무 아름다운 꽃이었지."

여름이 되면 연못 위로 희고 커다란 연꽃이 피어날 테지. 그때는, 진흙탕 속에서도 새로운 연꽃이 필까. 연훈이 피식 웃음을 흘렸다. 이제 막 심었는데, 벌써 활짝 피어난 연꽃이 보이는 것 같았다.

은우군의 집 앞이 붐볐다. 일꾼 몇몇이 쌀이며 곡식이 든 포대를 등에 지고 나가고 있었다.

"대감, 이 은혜를 또 어찌 갚아야 할지…."

은우군 앞에 선 사내와 그 몸종이 나란히 고개를 숙였다.

"보릿고개가 일찍 와버린 데다가 물길까지 영 좋지 않아 걱정이었는데 말입니다."

"백성을 구휼하겠다는 뜻을 품은 자네들이야말로 내게 은혜를 준 것이네."

"과연, 도량이 넓으십니다. 하늘과도 같은 은혜를 이리 내려주시다니…."

"겨우 이 정도로 어찌 하늘이 되겠는가."

은우군은 서글서글한 눈을 굽히며 웃었다. 하지만 속으로는 상대를 비웃고 있었다. 배를 곯지 않도록 아량을 베푼 것만으로 왕이 아니라 옥황상제를 만나기라도 한 듯 굴다니, 우스웠다.

"왕가의 일원으로 백성을 돕는 건 당연한 일이 아닌가."

이 선량한 미소 아래 시커먼 속내가 들어있음을 아는 이가 몇이나 될까. 앞에 있는 이는 진심으로 감동해서 울먹거리기까지 했다.

"대감뿐이십니다! 왕실에서 누가 여기까지 들여다본단 말입니까?"

"내 이름을 밝히지 말고 자네들의 이름으로 내려주게."

"아닙니다, 어찌 의로운 일을 감추려 하십니까!"

"마음은 고맙지만 괜한 말이 나오지 않게 해주게나. 시기도 좋지 못하니…."

시기라는 말에 자연스레 얼마 전 있었던 문영대군의 난을 떠올릴 수밖에 없었다.

"아, 그러고 보니 대군께서 돌아가신 게…."

문영대군은 자결했다고 알려졌지만, 일부에서는 세자가 정적을 없애기 위해 죽였다는 소문이 돌았다.

"이 사람, 세자저하를 욕보일 셈인가."

'세자'라는 말까지 꺼냈으니 이번에는 세자가 자신을 죽일지도 모른다고 눈치를 준 것과 같았다.

"아니, 아닙니다."

"다 자네를 걱정해서 하는 말일세. 만일 의금부라도 내려오면 목숨이 위험하지 않은가."

세자가 간단히 사람을 죽이라 명하는 사람이라 생각하게 되는 말이었다.

"난 자네를 잃고 싶지 않네."

앞에 선 사내는 부유하진 않지만, 꽤 인망 있는 집안의 아들이었다. 은우군은 은혜를 베푸는 척하며 이런 이들을 모아 지금과 같은 일을 반복했다. 미혹된 이들은 세자를 패륜아라 생각했고, 은우군이야말로 덕이 있다는 말을 퍼뜨리며 그가 민심을 얻는 것을 도왔다.

"속마저 이리 깊으시다니… 감사합니다, 대감."

사내가 나가고 문이 닫혔다. 그러자 은우군의 입가에 떠 있던 미소가 싹 사라졌다. 그 곁으로 누군가가 조용히 와 무릎을 꿇었다. 손에 잡힌 굳은살이 두꺼워 검을 수련하는 자임을 알 수 있었다.

"감수(甘遂)냐, 일찍 왔구나."

은우군에게 고개를 조아리고 있는 이는 무용의 꽃집을 습격했다가 해길의 아량에 살아났던 이였다. 사실 감수는 애초에 문영대군이 아니라 은우군의 심복이었다.

"형님께서 또 외출을 하셨다지."

알려진 바는 세자가 왕명으로 황연훈을 설득하러 갔다는 정도였다. 하지만 그뿐으로 보기에는 시기가 묘했다. 왕이 명을 내린 게 아니라 명을 내리도록 유도한 게 분명했다. 그렇지 않고서야 이렇게 때마침 자신의 꼬리를 잡으려 했겠는가.

"쯧."

봄 가뭄이 한창인 시기였다. 민심이 흉흉할 때이니, 말을 만들기 딱 좋았다.

'패륜 세자 때문에 하늘이 노해 물이 말랐다!'

마을의 물이 마르도록 물길을 막고 이렇게 말하기만 하면 알아서 소문이 퍼졌다. 세자가 숙원을 범하려 했다는 것도, 동생을 견제해 죽였다는 것도 진실이 아니었지만, 생활이 어려운 이들에게 그런 건 중요치 않았다. 그들에게는 단지 원망할 사람이 필요할 뿐이니까. 일이 어떻게 된 줄은 모르고 마음만 편히 먹으려는 멍청한 치들이었다.

그렇게 사람이 몇 죽었을 즈음 쌀을 보내면 자신에 대한 소문도 만들 수 있었다.

'하늘의 노여움을 풀기 위해선 은혜로운 은우군을 세자로 세워야 한다!'

참으로 손쉬운 일이었다.

"물길을 막으려던 곳에 사람이 가 있다냐?"

하지만 이번에는 일이 좀 꼬였다. 물길을 막으려던 마을에 여행객이 나타났다고 해서 혹시나 했는데, 정말로 세자의 사람이 나타나다니.

"예, 송구하옵니다. 공영까지 나타나는 바람에…."

세자를 보필해야 할 공영이 나타났다는 건 세자가 인력을 보내기 위해 때맞춰 궐을 나섰다는 뜻이었다. 역시, 이번 외출은 자신을 노린 일이었다.

"남긴 것 없이 정리하고 왔겠지?"

공영은 나이는 어렸으나, 명문가 출신의 수재로 촉망받는 인재였다. 세자의 입맛에 맞게 생각하고 움직일 수 있는 패였다. 남긴 것,

그러니까 물길을 막는 데 쓴 인력을 정리하지 않았다면 공영에게 뒤를 밟힐 우려가 있었다. 지난번 경고가 있었으니 꼬리를 잡히면 큰일이었다.

"…예, 대감과 관련된 것들은 미리 치워두었습니다."

"잘했다. 네가 그런 주제는 밝으니 다행하구나."

고개를 숙인 감수는 사람을 죽인 죄책감에 굳은 얼굴을 하고 있었지만, 고개를 끄덕이는 은우군은 생글거리는 얼굴을 하고 있었다.

"어차피 중요한 건 물길을 잡는 게 아니니."

잡으려는 건 물길이 아니라 민심이었다. 세자를 폐하고, 자신을 받들어줄 민심.

"저… 대감, 요즘 대감의 일을 돕는 이들의 소문이 좋지 않던데…."

감수가 조심히 입을 열었다.

"소문?"

은우군이 눈살을 찡그렸다.

"사람까지 잡는다는 이야기가…."

"내 이름에 누가 될 이야기더냐?"

"아직 그런 것은 아니옵고 물길을 막다 마주친 이나, 대감의 은혜를 무시하는 이 몇몇을 물에 빠뜨려 죽였다고 합니다."

은우군은 웃음조차 짓지 않았다.

"벌레가 열이 죽든 백이 죽든 무슨 상관이란 말이냐."

햇빛이 비치는 한낮의 숲길은 무용과 해길이 올라올 때와는 또다른 모습이었다. 풀잎에 꽃잎, 가지에 걸린 거미줄까지 반짝이며 생기를 뽐내고 있었다. 무용은 오랜만에 보는 산의 풍경이 반가워 이리저리로 눈길을 돌렸다.

해길은 들뜬 무용을 보는 게 즐겁긴 했지만, 무용이 넘어질 것 같아 불안하기도 했다. 그렇지 않아도 무용은 당장 눈앞의 거미줄도 보지 못하고 마구 걷고 있었다. 해길이 무용의 어깨를 감싸 당겼다.

"거미줄을 해치겠구나."

"어휴, 거미네 살림을 다 망칠 뻔했네요."

거의 안겨 있는 듯했다. 시선이 가까웠다. 무용은 머쓱해져 고개를 돌렸다. 그러다 원추리를 발견하고 그쪽을 향했다.

"저기 원추리가 있습니다."

"그러하구나."

"기름한 이파리가 시원해 보이지요?"

"여름이 되면 꽃이 핀다 했지?"

해길은 무용이 했던 말을 떠올리며 말했다.

"네, 나리를 닮은 꽃이 핍니다. 봄에 막 돋은 싹은 먹기도 하는데….'

싹이 트고, 가지가 자라고, 꽃이 피고, 열매가 맺히고…. 무용의 곁에 있으면 꽃이, 사람이, 모든 것이 얼마나 애를 쓰며 자라고 있는지를 느낄 수 있었다. 무용을 통해서, 해길은 전에 볼 수 없던 세계를 볼 수 있게 됐다. 연훈이 해길에게서 변화를 느낀 건 바로 이 덕분이었다.

"저하를 처음 본 날에도 원추리를 봤습니다. 오늘처럼 좋은 날이었지요."

비록 꽃집이 망가지고 말았으나, 해길을 만난 뒤로 즐거운 시간이 계속 늘어났다. 그러니 그날은 결국 좋은 날이었다.

"어?"

흰 꽃잎 한 장이 하늘에서 떨어졌다.

"야광나무다."

야광나무는 연녹색 잎 사이로 꽃을 빽빽이 달고 있었다. 나풀나풀, 꽃잎이 가는 바람을 타고 해길의 머리카락에 내려앉았다.

"그날은 살구꽃이었습니다."

머리칼에 꽃잎이 달린 걸 보니 처음 해길을 봤을 때가 떠올랐다. 문득 꽃잎이 달린 머리칼을 만져보고 싶다는 생각이 들었다. 저절로 손이 나갔다. 그런데 다가가다 바닥의 나무뿌리에 발이 걸려 휘청, 몸이 기울어졌다.

"아이코!"

해길이 급히 무용을 받쳤다. 한편, 무용은 해길에게 안긴 채로도 팔랑팔랑 떨어지는 꽃잎을 보고 있었다. 빙긋, 입가에 미소가 번졌다. 이 속 편한 웃음에 해길은 속이 복잡했다. 웃는 게 보기 좋기도 하고, 어디서 넘어질까 걱정도 되고. 결국 눈을 뗄 수 없는 건 마찬가지였다. 후, 한숨이 나왔다.

"고마워요."

한숨 소리를 들은 무용은 몸을 일으켜 제대로 서려고 했다. 그런데 해길이 손목을 붙잡았다.

"저하?"

무용의 의아한 눈초리를 보며, 해길은 아예 손을 잡아버렸다. 떨어지려고 해서 무심코 붙잡은 것이었으나 놓기 싫었다.

"넘어질 듯해서… 보고만 있을 수가 없구나."

저도 모르게 툭 변명이 나갔다.

"그럼… 갈까요?"

무용은 잠시 고민하다 그냥 손을 잡기로 했다. 사실 산길이야 익숙하고, 지금처럼 갑자기 정신이 팔리지 않는 이상 넘어질 리는 없었다. 그러니 괜찮다고 해도 되는데, 왠지 그러기 싫었다.

두 사람은 흩날리는 꽃잎을 보며 천천히, 아주 천천히 걸음을 뗐다.

"옥매화도 좋아하느냐?"

해길은 문득 오래전의 풍경을 떠올리고 입을 열었다.

"옥매화도 좋아하지요. 이제 꽃이 거의 졌을 즈음이겠네요."

"교태전 후원에는 늦게까지도 꽃이 핀다."

어머니가 살아계실 때 거기서 옥매화를 본 적이 있었다. 아름답던 풍경을 잊고 있었는데, 무용과 있으니 다시 기억났다.

"그거참 곱겠네요. 교태전 후원에는 아미산이라는 화계가 있다지요?"

무용은 고개를 끄덕이며 아미산에 대해 주워들은 이야기를 떠올렸다. 산철쭉이, 옥매화가, 말채나무가, 또 해당화가 차례차례 꽃을 피워내는데, 소나무가 있어 꽃이 없을 때도 늘 아름답다고 했다.

"다음에 함께 보자꾸나."

"에이, 됐습니다."

보고 싶긴 했으나, 아미산은 중궁전 안에 있는 곳이었다. 해길과 중전은 불편한 사이 같았다. 구태여 중전이 있는 곳에 가고 싶진 않았다. 게다가 꼭 그곳에 가지 않아도 괜찮았다.

"지금도 충분히 즐거우니까요."

하지만 해길은 아니었다. 물론 배시시 웃는 무용이 좋아서, 사랑스러워서, 미칠 것 같은 지경이긴 했다. 그래서 충분치 않았다. 다음에 함께 아미산을 본다면 그때는 무용이 교태전의 주인 자리를 받아주길, 자신의 반려가 되어주길 바라는 마음이 불쑥 솟았기 때문이다.

"…공을 들인 만큼 여의해진다 하였지."

해길은 여의화장을 떠올리며 나직막이 중얼거렸다. 무용이 행복해한다면, 더욱이 그게 자신의 곁에서라면 무슨 공이든 들일 수 있었다. 무용이 고개를 갸우뚱 기울이며 자신을 보고 있었다. 네가 손을 맞잡아 주면 내 세상이 온통 행복해진다는 걸, 너는 알고 있을까.

서붓서붓, 두 사람이 산길을 걷는 것치고는 조용한 편이었다. 산을 거의 다 내려와 발에 걸리는 게 없어 그렇기도 했지만, 무용과 해길이 유난히 천천히 걸었기 때문이기도 했다.

"야광나무에 꽃이 이르게 피었네요."

무언가 특별한 이야기를 나누는 건 아니었다.

"그러하냐."

해길은 일부러 작은 소리로 답했다. 무용이 답을 들으려 가까이 오는 게 좋아서 자꾸 장난을 치게 됐다. 어깨가 스치면 무용이 긴장하는 게 느껴졌다.

"그 자리가 볕이 잘 들어 그랬나 봅니다."

무용은 괜스레 고개를 들어 하늘을 보았다. 볕이 좋은 날이었다.

"잘된 일이구나."

"참, 야광나무 꽃은 밤에 보아도 예쁩니다."

무용은 아까부터 어색한 기분이 드는 것을 숨기려 자꾸 말을 꺼내는 중이었다.

"밤에도?"

해길의 답은 여전히 조용조용했다. 이를 듣고 있으면 괜히 쑥스러운 기분이 들어 괜히 손을 꼼지락댔다.

"야광나무라 하는 게, 밤에 꽃이 빛난다 하여 야광나무거든요."

자꾸 손에 땀이 차는 것 같았다. 뜨끈한 사람 둘이 붙어 있으니 당연하다면 당연했다. 무용은 혹 해길이 축축하다고 느끼면 어쩌나 걱정이 되었다.

"언제 함께 보면 좋겠구나."

무용의 걱정과 달리 해길은 그저 무용의 뺨이 발그레해 예쁘다는 감상에 빠져 손에 땀이 난 건 신경 쓸 틈이 없었다. 혹 무용이 축축한 게 싫다고 하면 모를까, 무용의 손에 땀이 났다고 해도 별로 신경 쓰지 않을 것이기도 했다.

"그러게요."

어물어물 얼마를 더 갔을까, 산길이 끝났다.

"이제 다 왔습니다."

무용이 살며시 손을 빼자 해길이 손끝을 살짝 붙잡았다. 하지만 무용은 쏙 손을 빼서 먼저 앞서 나아갔다. 그리고 제 치맛자락을 몇 번 구겨 쥐었다. 손에 밴 땀기를 닦는 중이었다. 해길은 아쉬운 마음에 작게 혀를 찼다.

이럴 줄 알았으면 평계 같은 건 대지 말 것을. 넘어질까 염려하는 마음도 있긴 했지만, 그보다는 그저 잡고 싶어서 잡은 것이었다. 그래도 이전에 장날에서처럼 확 빼낸 건 아니니 다행이었다. 간밤에는 먼저 손을 잡아주기도 하지 않았는가. 조금씩 마음이 닿는 기분이 들었다.

"생각보다 빨리 끝났네요."

"그러하구나."

아쉬웠다. 조급한 성미는 아니라 생각하였는데, 무용만 보면 왜 이리 마음이 달아오르는 걸까.

좌의정 석철의 집은 늘 사람이 넘쳤다. 뇌물을 바치러 오는 이들이 끊이지 않았기 때문이다. 그런데, 오늘은 분위기가 좀 달랐다. 북적이긴 마찬가지였지만, 여느 때라면 눈치를 보며 들어가는 사람들이 오늘은 화를 내면서 들어가고 있었다.

상황이 이런데도 석철은 방에 앉아 가만히 난을 닦고 있었다.

"좌상대감!"

"왔는가."

차분하면서 냉담한 태도였다. 소리를 치며 들어왔던 이가 눈치를 보며 앞에 앉았다. 안에는 이미 그와 비슷한 태도로 들어왔던 이들이 빼곡히 앉아 있었다. 득병이며 지병을 핑계로 어제 조참이 나오지 않았던 대신들이 모두 이곳에 있었다.

기세 좋게 들이닥치기는 하였으나, 다들 석철의 눈치를 보기만 했지 누구 하나 입을 열지 못했다. 누가 먼저 말을 꺼내줬으면 하고 눈만 굴리고 있었다. 그러던 중, 드르륵 문이 열리고 누군가가 또 들어왔다.

"좌상대감! 선혜청? 선혜청이란 게 무슨 말이오!"

'수미법을 시행할 기관을 만들겠다.'

'그 기관의 이름은 은혜를 베푼다는 뜻의 선혜청으로 정하겠다.'

지난 조계에서 정해진 내용이었다. 해길과 그를 따르는 이들에게는 알찬 회의였으나, 여기에 있는 이들에게는 아니었다.

수미법이 시행되면 그동안 해왔던 것처럼 돈을 떼어먹기가 어려웠다. 막아야 했다.

"수미법을 기어코, 그것도 우리는 빼놓고 한다는 거잖소!"

눈치를 보던 이들 중 하나가 가세해 소리쳤다.

조참에 나가지 않은 게 오히려 날개를 달아준 꼴이 되어버렸다.

세자의 세력으로 인선이 꾸려지면 일이 생각보다도 빠르게 진행될 게 뻔했다.

"대감! 제 복직은 어찌 되었습니까?"

호조의 참의였던 자가 대들 듯이 말을 꺼냈다. 석고대죄를 했던 탓에 목이 다 쉬어 있었다.

"저까지 옷을 벗게 생겼습니다. 어찌하실 겁니까!"

거기에 호조의 참판이 끼어들었다.

"파직이라는 겁니까?"

참판의 옆에 있던 이가 파랗게 질린 얼굴로 물었다. 한 사람이 대놓고 이리 나오니 곁에 있던 이들도 겁을 먹기 시작했다. 웅성웅성, 파직 이야기가 나오자 소란스러워졌다.

탕!

석철이 앞에 있던 탁자를 내려쳤다.

"대, 대감."

석철의 얼굴이 굳어 있었다. 살살 미소를 그리며 여유로워 보이던 평소의 얼굴이 아니었다. 다들 말을 멈추고 조용해졌다. 냉정함을 잃은 석철을 보자 조금 전보다 더 두려움이 커졌다.

"후우."

석철은 긴 숨을 내쉬며 마음을 가라앉혔다. 정신 사납게 구는 이들에게 당장 나가라고 소리치고 싶었지만, 어쨌든 자신의 세력이니 챙겨야 했다. 게다가 같잖은 이들을 앞에 두고 흐트러진 모습을 보여주기도 싫었다.

"자네가 올린 말을 내게 물으면 어쩌란 건가?"

애써 담담한 목소리를 냈지만, 화가 가라앉은 건 아니라서 말이 곱게 나오진 않았다.

"의례적인 인사치레로 올렸던 것임을 아시지 않습니까."

참판이 사정하는 투로 말했다.

"대감께서도 그리 하게 두시지 않으셨습니까!"

옆에서 듣던 이가 불쑥 외쳤다. 돈 좀 만져보겠다고 온갖 더러운 수까지 쓰며 석철에게 붙었는데, 관직을 잃게 되는 일이 생긴다면 오히려 손해였다.

"마, 맞습니다!"

한 사람이 이렇게 말하기 시작하자 휩쓸린 이들이 또 웅성거리기 시작했다.

"후우."

석철은 저도 모르게 깊은 한숨을 내쉬었다. 금붙이를 볼 때는 계산이 빠른 이들이었으나, 다른 때는 머리가 없는 이들이었다. 시키는 일이나 할 줄 알지, 일을 어떻게 해야 할지 생각할 줄 몰랐다.

"다음 조참 전에는 수를 좀 내야 할 터인데…."

다들 자신을 보며 입이 떨어지기만을 기다리고 있었다. 참 바보 같은 꼴이었다. 지금까지 이들을 데리고 정사를 돌봐온 자신이 새삼 대단하게 느껴졌다.

"내가 그냥 있었겠는가?"

"무, 무슨 수를 내신 겁니까?"

앞에서 초조하게 손톱을 물어뜯던 이가 득달같이 물었다.

"자네들은 일단 법에 밝은 사람들과 함께 수미법의 문제가 무엇인지 조목조목 따져두게나."

세자가 나서기 전까지 조정은 자신의 판이었다. 지금까지 몇 번을 엎었던 수미법인데, 이번이라고 못 엎을 건 무엇인가. 한 걸음 물러났으나, 기세에 잠시 밀린 것이지 아예 진 건 아니었다.

"세자저하께서도 정치를 더 배우셔야지."

"그렇지요."

"전하도 정정하시고 마마께서도 아직 젊지 않으신가."

모두 고개를 끄덕거렸지만, 아직 불안하다는 눈치였다.

"그런데, 그게 다입니까?"

픽, 석철이 입술을 일그러뜨리며 조소를 그렸다.

"정사가 어디 조정에서만 이뤄지던가."

매번 파격적인 말을 내뱉는 세자 때문에 자신이 잘 쓰던 패를 잊고 있었다.

"자네들이 안쪽을 준비하는 동안 나는 바깥쪽도 함께 준비하지."

이 준비라는 게 무엇인지 모르면서도, 다들 그저 고개를 끄덕였다. 어차피 말해보았자 어디서 말이 새어 나가기나 할 뿐이었다. 게다가 어디 써먹을 데도 없는 멍청이들에게 굳이 다 알려줄 필요도 없었다.

실력과 정책만 가지고 일이 됐다면 중앙 관직에 이런 떨거지들을 올릴 수 없었을 터. 정사도 결국 사람이 하는 일이었다. 그러니 굳이 정책만 공고히 하겠다고 할 필요가 없었다. 사람을 건드리는 것 또한 효과적인 방법이다.

중궁전에서 온 서찰이 일을 꾸리는 데 실마리를 줬다.

'아무것도 없는 아이이니, 오히려 쓸모 있는 아이가 아닙니까?'

세자 자신은 호랑이 같은 이라고 해도 딸린 이들까지 그런 건 아니었다.

무용이라 했던가. 궐에서 저를 지킬 만한 집안도, 신분도 뭣도 없는 계집이었다. 책잡기 딱 좋은 이를 두고 이용하지 않을 이유가 없었다. 하찮은 이라고 해도 제 사람인 건 맞으니 건드리게 그냥 둘 수도 없을 게 분명했다. 여차하면 세자가 계집 하나를 두고 난리를 친다고 체면을 깎을 수도 있었다. 어제 조참을 마친 뒤 바로 중궁전에 간 것은 바로 이 일 때문이었다.

"제가 그깟 나인 하나를 못 다루겠습니까?"

과연 자신의 딸이었다. 그 자신만만한 미소가 떠오르자 절로 웃음이 났다. 사람을 다루는 일이라면, 그 아이에게 맡겨 놓을 만했다.

동궁으로 돌아온 해길은 공영에게 보고를 받고 있었다. 공영은 대외적으로는 해길을 수행했다고 알렸지만, 실은 해길의 명을 받고 은우군이 물을 막았던 일을 은밀히 조사하고 오는 길이었다. 보고를 다 들은 해길의 얼굴이 굳었다.

"당도했을 때는 이미 수족으로 쓰인 자들이 다 시체가 된 뒤였다는 것이로구나."

"송구합니다."

공영이 고개를 조아렸다. 해길은 고개를 저었다.

"네가 머리를 숙일 일이 아니다. 내가 그 아이가 쓸 만한 수를 간과한 탓이니."

"은우군의 냉혹함이 어찌 저하의 잘못입니까."

사정을 모르는 이가 들으면 놀랄 만한 말이었다. 은우군에 대한 세간의 평가는 은혜롭고 다정한 사람이었다. 하지만 알고 보면 은우군만큼 냉정한 사람이 없었다. 그는 수십 명을 죽여도 눈 하나 깜짝 안 하는 사람이었다.

"빈틈을 두지 않으려는 성미이긴 했지만, 부리던 패를 이리 바로 버릴 줄이야."

"저하께서 궐을 나선다는 소식을 안 순간 바로 사람을 보낸 것으로 보입니다."

"일의 전후를 다 파악했다면 좀 더 영악하게 굴었을 텐데, 이리 나온 것을 보면 단순히 낌새가 좋지 않아 그리한 듯하구나."

움직이지 말라 경고를 했는데, 뒤가 밟히지 않을 궁리나 하다니.

"백성들은 어떠하더냐?"

"물길이 풀려 좋아하고 있습니다. 밖과 연결이 여의치 않은 곳에 있던 마을이니 더욱 그러하겠지요."

이번에 물길이 막혔던 마을은 크기는 작았으나, 길을 오가는 이들이 꽤 있고 보부상이 자주 다녀 소문을 부풀리기에 좋은 위치였다. 은우군이 이 마을을 노린 건 바로 이런 이유였다.

"다행이로구나."

"그런데 은우군에게 도움을 받았다는 마을 유지들의 태도가 가관입니다. 뒷배가 있다는 듯 뻐기는 태도더군요. 물길을 막은 이가 그 뒷배인 건 모르고…."

미간을 구기며 말하는 공영은 화가 난 것처럼 보였다.

"저하께서 예상하신 대로 은우군의 이름을 내세우진 않으나, 공공연한 비밀인 듯했습니다. 은우군에 대한 별의별 호의적인 소문이 많았는데, 어려울 때 미곡을 준 이들이 한 말이라 그런지 쉽게 믿고 있었습니다."

은우군은 일부러 물길을 막고 미곡을 내려 가짜 은혜를 베푸는 것으로 민심을 얻고 있었다.

"게다가 그 유지란 자들이 저하에 대해선 더러운 헛소문까지 내놓아서…."

공영은 말을 하다 말고 이를 악물었다. 직접 가서 보니, 세자가 재주 많고 덕 있는 아우들을 두려워해 나서지 못하게 한다는 식의 소문까지 돌고 있었다. 가관이었다.

"은우군이 하는 바가 은우군답구나."

공영은 분노하였지만, 해길은 담담했다.

"그런 말도 안 되는 이야기를 믿고 따르다니…."

"백성들이 볼 수 있는 건 그런 것뿐이니 그럴 수밖에."

해길은 안타까움에 작게 혀를 찼다.

"마을에 보를 만드는 것은 잘 되었느냐?"

가뭄이 심한 마을에 물을 다룰 수 있도록 시설을 만드는 건 해길이 오래전부터 공들이던 일이었다.

"네, 그 또한 저하의 생각대로 흘러갈 듯합니다."

공영은 얼굴을 바꿔 웃으며 말을 이었다.

"은우군을 시켜 당장 구휼미를 내리고, 저하께서 앞날을 도모해준다고 금세 믿고 돌아서더군요."

"그래, 아우가 좋은 일을 한다는데, 어찌 형이 되어 가만히 있겠느냐."

해길은 농을 하듯 말했다. 보릿고개가 다가와 어차피 구휼미가 필요하던 차였다. 은우군의 곳간에서 나오는 것이라도 백성들의 배를 불려줄 귀한 곡식이니 잘된 일이었다.

"민심이란 게 정말 바람에 흔들리는 갈대 같습니다."

공영은 씁쓸한 기분이 들어 못마땅하다는 듯 말했다.

"바람을 탓해야지 갈대를 탓해서 되겠느냐."

백성을 돌보는 건 자신이 당연히 해야 할 일이었다. 그런데 요즘은 거기에 각별한 마음이 들었다.

무용 때문이었다. 모든 것에서 무용이 보였다. 백성들을 생각하다가, 거기에 있는 게 무용일지도 모른다는 생각이 들면 소중한 사람을 대하는 기분이 들었다.

"아직 바람이 다 그치지 않았으니 경계를 게을리 해선 안 될 것이다."

자신의 자리에서 해야 할 것이 있었다. 이젠 하고 싶은 것 또한 있었다.

이를 이루기 위해서는 헛된 욕심으로 자신의 자리를 넘보는 자들을 치워버려야 했다.

"네! 저하. 앞으로 바빠지겠군요."

"바쁠 때야, 바쁠 때."

화석이 좌우를 훑으며 말했다. 부용정의 일을 끝마친 뒤라 다들 쉬고 싶은 마음이 들 때였으나, 꽃들이 피어나려 아우성치는 계절인 탓에 장원서는 쉴 틈이 없었다.

"아직 어려 그런가, 연꽃을 심고 왔다면서 기운이 좋으시구먼."

"이리화란 것을 처음 보아서 그럽니다."

이리화는 자경전 뒤와 동궁전 앞에 있었다. 무용은 동궁의 동산바치이니 당연히 동궁전의 이리화를 돌보게 됐다.

"마침 딱 꽃이 필 때지. 그래, 그 생각을 하면 딱 좋을 때긴 해."

"무척 귀엽다 하니 더욱 기대가 됩니다."

동궁의 꽃을 돌보는 일은 해길이 볼 꽃을 돌보는 일이었다. 그런 생각이 드니 이리화를 돌보는 게 더욱 각별히 느껴졌다.

"어서 보러 가야겠습니다!"

어쩌면 해길을 볼 수 있을지도 몰랐다. 헤어진 지 한 시진도 안 됐는데, 왜 벌써 또 보고 싶을까.

"원, 항아님에게 맞추려면 저는 손이 네 개는 되어야겠습니다."

재빠르게 준비를 마친 무용을 보며 곁에 있던 이가 투덜대는 척 농담을 했다. 무용은 얼른 그의 곁으로 가 채비를 도왔다.

"항아님이 오신 뒤로 장원서에 사람이 서넛은 더 생긴 거 같다니까요."

무용이 환하게 웃고 있는 덕일까, 피곤함에 늘어지던 이들의 얼굴에도 웃음꽃이 피었다.

장원서 사람들은 무용이 온 뒤로 전보다 일하는 게 즐겁다고 느꼈다. 그렇게 그들이 평소보다도 빠르게 나갈 채비를 다 마쳤을 즈음이었다. 장원서 앞에 선 상궁이 무용을 찾았다.

"여기 무용이란 동산바치가 있는가?"

무용이 불려온 곳은 중궁전이었다. 똑, 똑, 똑. 가느다란 가지가 끊어지는 소리가 났다. 퍽 넓은 방 안이나, 워낙 조용한 탓에 그 소리만 울리고 있었다. 달칵, 중전이 들고 있던 가위를 내려놓았다.

"내가 잘 하고 있느냐? 좀 봐주지 않겠느냐?"

무용은 고개를 들어 중전의 앞에 있는 매화나무 분재를 보았다. 이전에 순을 따주었던 분재였다.

"예, 약한 가지가 살 것입니다."

본 대로 답하긴 했으나, 혹시 무슨 일이 나진 않을까 걱정이 돼서 말하는 게 어려웠다.

"무용이라 했지?"

중전의 목소리는 나긋했다. 해길과 마주친 뒤부터는 분명 자신을 싫어하는 듯했는데, 왜 갑자기 다시 살갑게 구는 건지 이유를 알 수가 없었다.

"그러하옵니다."

"그래, 네가 앞으로도 이 매화를 봐주지 않겠느냐?"

"예?"

뜻밖의 말에 놀라 순간 고개를 들자, 시선이 맞았다. 중전은 얇은 입술을 당겨 묘한 미소를 짓고 있었다. 보이는 건 분명 다정한 미소인데, 어딘가 날이 선 것처럼 느껴졌다.

"앞으로 나와 중궁전에 있지 않겠냐고 묻는 것이다."

4장

꽃의 무게, 사람의 무게

해길과 공영이 있던 자리에 의견까지 모이자 본격적인 논의가 시작됐다.

"그때 말한 것은 준비가 되었는가?"

"예, 분부하신 대로 육의전 상인들과 김석철 패의 유착에 대해 정리해두었습니다."

몇 년에 걸쳐 조사한 내용이 서책과 두루마리에 빼곡하게 적혀 있었다.

"저들끼리 해먹는 일이니 내키는 대로 챙겼더군요."

공영이 볼멘소리를 내뱉었다.

"난전을 펼친 자들에게 상인들이 나서서 벌을 주는 판이라지?"

"예, 저하. 당하는 이가 관아에 고할 처지가 못 되다 보니 점점 과격해지고 있다 합니다."

육의전 상인들은 나라의 허가를 받고 번듯하게 장사하는 이들이었다. 석철은 그들을 비호하며 뒷돈을 챙겼다.

석철과 손을 잡은 상인들은 권력을 휘두르며 자신들의 세력을 넓혔다. 그리고 자신의 재산을 불리기 위해, 또 석철에게 바칠 뇌물을 위해서 점점 더 많은 돈을 모으고자 했다. 그런 이들의 눈에 걸린 게 허가 없이 장사를 펼친 난전의 상인들이었다. 육의전 상인들은 석철의 도움을 받아 난전 상인들에게 돈을 뜯거나 물건 자체를 없애버리기도 했다.

이런 판국이지만 난전 상인들은 어디까지나 몰래 장사를 하는 이들이었기 때문에 어디다 하소연할 데도 없었다.

"게다가 여길 보십시오, 관청까지 돈을 먹어 손을 놓고 있지 않습니까."

관청 또한 뇌물을 주는 상인들과 한패일 때가 많았다. 해길이 작게 혀를 찼다. 이러한 부정을 해결하려면 앞으로 갈 길이 멀었다.

"네게 맡겼던 것은 얼마나 되었느냐?"

"대략적인 바이나, 시전 상인들에게 얻어질 이문은 이 정도로 예상이 되옵니다."

"이앙법에 관해서는?"

"아직 완전히 파악되진 않았습니다만, 여기에…."

이앙법, 모내기는 아직 널리 퍼지지 않았지만 몇몇 농민이 나서서 시도하고 있었다. 모내기로 농사를 지으면 전보다 쌀을 더 많이 얻을 수 있기 때문이다. 하지만 물이 부족하면 농사를 완전히 망치게 되기 때문에 나라에서는 이를 금했다. 하지만 해길은 이를 금지해야 할 문제가 아니라, 해결해야 할 문제라고 생각했다.

"흐음, 그렇군."

"그런데, 이것들은 어찌 찾으신 겁니까?"

골똘히 자료를 보는 해길을 보며 공영이 물었다.

"나도 꽃집을 차려볼까 한다."

해길이 작게 웃으며 말했다.

"예?"

"이앙법이 이 정도가 되었으면 쌀의 생산량이 늘 것이고, 수미법이 시작되면 지금보다 시장이 빠르게 돌게 될 게다. 그러고 나면 이제 새로운 판이 되겠지."

물을 다룰 수 있도록 시설을 정비하고, 모내기를 보급하면 농민들의 생활이 전보다 나아질 건 분명했다.

"어쩌면 저하의 예상 이상으로 빠를지도 모릅니다."

의건이 진중하게 말했다. 이를 들은 공영은 염려스러운 얼굴을 했지만, 해길은 오히려 밝은 미소를 지었다.

"빨리 싹이 튼 것을 보고 싶구나."

꿀꺽, 침묵 속이어서 그런가, 무용은 제가 침을 삼키는 소리가 유난스레 느껴졌다. 살피는 시선을 알아챈 것일까, 중전은 몸을 앞으로 숙여 자신을 빤히 보고 있었다.

"매화, 그러니까 분재에 대해서는 더 잘 아시는 분이 많이 계시니 제가 나설 자리가 아닌 듯싶습니다."

이런 일로도 곤장을 맞던가? 염려는 됐지만, 이게 자신이 할 수 있는 최선의 답이었다.

"내가 곤란한 물음을 하였구나. 네가 맡아주었으면 했는데."

정말 아쉽다는 말투였다. 하지만 진심인지 아닌지는 알 길이 없었다. 창순루에서 해길에게 비수를 꽂을 때도 웃고 있던 사람이었다. 그러니 지금 하는 말도 마냥 믿을 수는 없었다.

"송구하옵니다."

혹시 자신에게서 책을 잡아 해길에게 덮어씌울지도 모르는 일이었다. 이를 생각하니 정신이 바짝 들었다. 어디 하나 꼬투리 잡을 게 없도록 해야 했다.

"흐음."

바짝 몸을 낮추는 무용을 보며, 중전은 입술을 살짝 비틀었다. 납작 엎드리고 있었지만, 따르겠다는 게 아니라 빈틈을 보이지 않겠다는 것으로 보였다. 생각보다 당돌한 아이였다. 자신에게 맞서고 있다니.

"감히 중전마마의 명을 거역할 셈이냐!"

조상궁이 쩌렁쩌렁한 목소리로 외쳤다. 무용은 정말 무슨 문제가 생길까 겁이 나긴 했지만, 마음을 단단히 먹고 나머지 말을 밀어붙였다.

"저는 본디 동산바치로, 지금 맡은 것만으로도 벅찬 몸입니다. 넓은 아량을 가지신 마마님께서 미천한 재주밖에 없는 소인을 굽어살펴주시기를 간청하나이다."

어찌어찌 말을 하고 나니 한고비를 넘겼다는 생각이 들었다. 후, 작은 한숨이 쉬어졌다.

"그래, 그렇다면야…."

매화를 보는 중전의 눈이 가늘어졌다.

"이 분재를 맡은 이는, 곧 죽겠구나."

"예?"

중전은 무용을 내려다보며 쯧, 혀를 찼다. 그리고 매화 가지 하나를 똑 잘라냈다. 툭, 가지는 힘없이 바닥에 떨어졌다. 그건 살려뒀어야 할 가지였다. 순간 무용은 목덜미에 소름이 확 끼치는 걸 느꼈다.

"이 매화는 내가 사가에서부터 가져온 것이다. 그런데 지금 맡은 이가 이 귀한 매화를 잘 돌보지 못해 죽이고 있지 않으냐?"

뚝, 뚝, 뚝, 뚝. 매화를 죽이고 있는 것은 중전이었다.

"네가 순을 따주고서 생기가 돈다는 말을 들어 기대했는데…. 하긴, 너야 동궁의 사람이니 이를 맡지 않는다 하여도 면이 서겠구나."

중전은 이해한다는 듯 고개를 끄덕거리며 계속 가지를 잘라냈다.

"이 분재를 맡은 이도 널 원망하진 않겠지."

매화가 앙상해져 있었다. 가지를 더 잃으면 죽을지도 몰랐다.

"주, 중전마마!"

다급한 외침에 가위질을 하던 중전의 손이 멈췄다. 쿵쾅쿵쾅. 심장이 요동쳤다. 이번에는 또 어찌 답을 해야 할까.

"그래, 마음이 바뀌었느냐?"

중전은 조금 전보다도 환한 미소를 짓고 있었다.

답을 할 생각을 하니 질끈, 눈이 감겼다.

"제가 맡겠습니다."

분재를 맡는 것이라면 장원서를 오가며 할 수 있을지도 몰랐다. 그리한다 해도 무언가 꼬투리를 잡힐 수도 있었으나, 그래도 엉뚱한 사람이 죽게 둘 순 없었다.

"궐에는 너 같은 아이가 없는데…."

피식, 중전의 입술 사이로 웃음이 샜다. 잠시 이야기를 나눠본 것뿐이지만, 영특한 아이라는 걸 알 수 있었다. 지금 끝까지 세자를 들먹이지 않는 것만 봐도 그랬다. 하지만 궐에는 맞지 않는 아이였다. 자기가 죽더라도 남이 죽는 걸 못 보는 성미니, 영특하게 굴어봤자 선한 성정을 이용당해 손해만 볼 것이 분명했다.

세자의 사람인 저를 이용해보려는 사람이 몇인지는 알까. 이리 꼿꼿한 태도로는 궐에서 버틸 수 없다는 걸 알 정도로 똑똑했다면 좋았으련만.

"착한 아이로구나."

무용은 입술을 꽉 깨물었다. 중전이 칭찬을 하는 것처럼 부드럽게 웃고 있는 걸 보니 속이 뒤틀렸다. 깽판이라도 쳐버릴까 하는 생각이 들 때, 밖에서 인기척이 들려왔다.

"마마, 세자저하 드셨사옵니다."

"들라 해라."

중전은 마침 잘 됐다는 생각으로 답했다. 곧 문이 열리고 해길이 들어왔다.

"어마마마, 강녕하셨습니까."

중전이 상냥한 얼굴로 해길을 반겼다. 영상이 동궁전에 들었다고 해서 장원서에 마침 사람을 보낸 것인데, 이리 득달같이 달려올 줄이야. 하지만 분재를 맡기로 한 뒤에 왔으니, 이미 늦었다는 것만 알게 되겠지.

"세자, 효심이 깊습니다. 이 어미를 찾아주다니."

"다 위에서부터 보고 배운 바지요."

해길은 차분히 답했지만, 눈에 한기가 어리는 건 어쩔 수 없었다. 자신이 바쁜 틈을 노려 무용을 불렀다는 것쯤은 한눈에 알 수 있었다. 그런데 효심 운운하며 반가운 척을 하고 있으니 속이 뒤틀릴 수밖에 없었다.

"마침 좋은 소식이 있습니다. 어미가 아끼는 매화를 무용이가 돌봐주기로 하였습니다."

"아아, 밖에서도 이야기가 들리더군요."

해길은 바짝 엎드린 무용을 보며 속에서 화가 들끓는 걸 느꼈다. 마음 같아서는 당장 무용을 일으켜 이곳에서 나가고 싶었다.

"중궁전의 그 많은 나인 중에 분재를 돌볼 이가 없나 봅니다."

"얼마나 재주가 좋으면 우리 세자께서 따로 데려오셨을 정도겠습니까?"

허공에서 둘의 날 선 눈빛이 부딪쳤다.

"잘 되었지요?"

중전이 한껏 화사하게 웃으며 물었다.

"소자가 분재에 관해서는 잘 모르는지라, 흐음…. 좋은 분재라니. 그러하군요."

매화는 가지가 얼마 남지 않아 엉성한 모양새였다. 해길은 차분한 손길로 앞에 놓인 분재를 집어 들어 이리 저리를 살피기 시작했다. 그리고 잘 모르겠다는 얼굴로 고개를 기울인 뒤 탁, 손을 놓았다.

쨍그랑! 바닥에 떨어진 매화 분재가 산산이 조각났다.

"꺄악!"

중궁전의 나인이 놀라 비명을 질렀다. 해길을 뒤쫓던 이들도, 곁에 있던 무용도, 분재의 주인인 중전도 놀라 말을 잇지 못했다. 흐트러진 매화와 깨진 화분 조각, 흙투성이가 된 바닥이 혼란스러운 상황을 그대로 보여주었다.

"이런."

해길이 짧은 말로 침묵을 깨트렸다.

"송구하옵니다. 손이 미끄러지고 말았습니다."

누가 봐도 내던진 것인데, 해길은 정말 실수를 했다는 듯 깍듯이 예를 갖췄다.

"세자, 지금 무슨 짓입니까!"

"소자가 그만 실수를 하였습니다."

"실수요? 실수라 하셨습니까? 어찌 어미의 물건을 이리 다룬단 말입니까!"

중전은 화가 난 듯했지만, 사실 신이 나 있었다. 세자가 스스로 일을 벌여주다니, 저를 잡아먹으라고 입 속으로 들어와 준 꼴이었다.

"분재란 게 생각보다 무겁군요."

해길은 중전에게 똑바로 눈을 맞췄다.

"꼭 사람을 든 줄 알았습니다."

그 말에 속으로 쾌재를 부르던 중전이 불길한 느낌을 감지했다. 세자의 말이 풍기는 느낌이 묘했다.

"아니, 분재가 아무리 중해도 사람만큼 중할 리는 없겠지요? 송구하옵니다. 소자가 손에 힘이 풀렸나 봅니다."

분재의 무게와 사람의 무게. 쓸모를 생각하지 않는다면, 중전에게 무용의 무게와 분재의 무게는 다르지 않았다. 하지만 해길에게는 전혀 다른 이야기였다. 그리고 세자인 해길이 이렇게 끼어든 이상 중전에게도 다른 이야기가 될 수밖에 없었다.

"제가 이리 실수를 하였으니… 어찌하시겠습니까?"

중전은 얼굴이 일그러지려는 것을 참으며 이를 악물었다. 세자를 물어뜯을 기회를 놓치는 건 아깝지만, 겨우 분재 하나를 가지고 세자를 걸고넘어지는 건 위험했다.

"소자를 죽이실 겁니까?"

"세, 세자! 어찌 그런 말을 하십니까!"

이리 위험한 말로 쉴 틈 없이 몰아붙이니, 답을 궁리할 틈도 없었다.

"소자의 사람을 그리 대하셨으니, 소자 또한 그리 여기심이 아니신가 하여서요."

"어찌 세자를 그리 여기겠습니까."

자신은 간신히 맞받고 있는데, 세자는 또 여유롭게 입을 열었다.

"하긴, 만백성을 굽어살피셔야 할 어머니이신 중전마마께서 어찌 인명을 그리 가벼이 여기셨겠습니까."

이렇게까지 나오면 더 할 수 있는 말이 없었다. 오히려 저쪽의 편을 들지 않으면 책을 잡혀 손해를 보게 될지도 몰랐다.

"분재가 안타까워 나온 말이지, 어찌 인명만큼 중하다 한 말이겠습니까."

"그러하시겠지요."

세자는 눈썹 한 올 움직이지 않았지만, 그런데도 조소를 띠운 듯 보였다.

"이제 분재 담당은 필요 없으시겠군요. 일어나거라."

무용이 일어나 곁에 서자 해길이 몸을 돌렸다.

"그럼, 소자 이만 물러가겠습니다. 어마마마, 언제나 강녕하시고, 또"

중전은 조금 전과 같이 자애로운 미소를 꾸몄다. 하지만 힘이 잔뜩 들어가 입가가 떨렸다.

"명민하시길 바라옵니다."

세자와 동궁전의 나인들이 곧은 걸음으로 사라지고, 문이 닫혔다. 쾅! 중전이 서안을 내려쳤다. 분노가 가시지 않은 손이 떨리고 있었다.

"내 너를 꼭 밟아버릴 것이야!"

해길은 주변을 물리고 무용을 쫓아갔다. 직접 물을 게 있다는 게 명분이었지만, 묻고 싶은 것이라면, 이 봉변을 당하고도 괜찮은 건지 그게 다였다. 무용을 혼자 두기 싫었다. 어떻게든 자신이 곁에 붙어 있었어야 했다. 그동안 크고 작은 일이 있었기에 무용의 곁에 사람을 붙여두긴 했지만, 소식을 듣고 움직이려니 늘 이리 한 걸음씩 늦고 말았다.

처소에 도착하고 나니 사방이 조용했다. 무용은 아무 말도 없이 자신을 빤히 보고 있었다. 해길은 미안한 마음 때문인지 쉽사리 말이 나오질 않았다. 중궁전에 불려간 것만 해도 놀랐을 텐데, 자신이 분재를 내던져 더 놀라게 한 건 아닌가 걱정이 됐다.

"아하하하."

무용이 갑자기 시원한 웃음을 터뜨렸다.

"잘하셨습니다. 어휴, 속이 시원하던데요."

아주 손까지 내저으며 웃음을 삼키고 있었다.

"놀라지는 않았느냐?"

쭉 참고 있었다는 듯 웃는 걸 보니 왠지 멍해졌다.

"놀라기야 했지마는, 저도 그러고 싶었거든요."

넉살을 부리는 게, 평소와 다르지 않았다. 하지만 꽉 쥔 손은 가늘게 떨리고 있었다. 애써 괜찮은 척하는 게 분명했다. 그게 딱해서 가슴이 아프고 답답했다. 떨리는 손을 감싸주고 싶었다.

"아!"

손을 뺏자 무용은 왜인지 치맛자락에 제 손을 닦고 손을 잡았다. 이리 손을 잡고 나니 가슴 안이 조금 가라앉는 듯했다.

"왜 그리하지 않았느냐?"

"제까짓 게 어찌 그럽니까? 중전마마의 귀한 분재인데."

"그까짓 게 어찌 너보다 귀하겠느냐?"

세상에 놓인 저울은 제멋대로였지만, 궐에 있는 저울은 더욱 엉망이었다. 그런 중에 추를 가지려면 권력과 명분을 가지는 수밖에 없었다. 궐이 그런 곳이란 걸 알면서, 무용이 곁에 있길 바랐다. 그 마음이 욕심이란 걸 알면서도, 놓을 수가 없었다. 차라리 모든 억지를 다 부려서라도 누구도 무용을 건드릴 수 없게 하고 싶었다.

"또, 내가 있는데 뭐가 걱정이냐."

무용은 당장 말을 하지 못하고 아랫입술을 깨물었다. 해길이 있어서, 그래서 그랬던 것이었다. 그가 들어온 순간 어째서 그리 안도하고, 또 어째서 그렇게 불안해졌을까.

"…저를 내쳐주시겠습니까? 전 궐에서 저하께 폐만 될 듯싶습니다."

애써 차분하게 말했지만, 목이 잠겨 목소리가 잘 나오지 않았다.

"어찌 그런 말을 하느냐! 나는, 너를 보낼 수 없다."

해길은 당장 무용의 어깨를 붙잡았다. 하지만 너무 꽉 쥔 것 같아서 스르륵 힘을 풀게 됐다. 가는 어깨가 상할까 두려워서 세게 쥘 수가 없었다. 무용이 자신을 떠난다면… 자신이 어떻게 될지 스스로도 장담할 수가 없었다.

이런 속을 아는지 모르는지, 무용은 그저 곧은 눈빛으로 쳐다볼 뿐이었다.

"그리 말해주시지 않으면 저 섭섭할 뻔했습니다."

무용이 씩 웃으며 대답하고 폭, 해길을 안았다. 해길은 이게 무슨 일인지 영문을 몰라 어리벙벙해졌지만, 일단 그 어깨를 가볍게 감싸 안았다. 두근두근, 심장이 바빴다.

"어쩌죠, 저하?"

무용은 해길의 품에 괜스레 얼굴을 묻었다. 조금 전에 말한 것이 답이라고 생각하면서도, 이렇게 있을 수 있어 다행이라는 생각이 너무 컸다. 가슴속에 무언가가 온통 차올라 복잡해져서 스스로도 잘 알 수가 없었다. 그래서 팔을 뻗어 해길을 안았다. 그게 답인 것 같았다.

"무, 무엇이 말이냐?"

뜻 모를 말을 하고 말꼬리를 올리는 게 해길을 초조하게 만들었다. 이를 느낀 무용은 해길의 얼굴이 보고 싶어졌다. 얼떨떨한 표정이었다. 그래도 고왔다. 무용이 환하게 웃으며 그 얼굴을 바라봤다.

"저는 생각보다도 저하가 더 좋은가 봅니다."

해길이 숨을 들이켰다. 쿵, 쿵, 쿵, 쿵. 심장이 너무 뛰었다. 말은커녕 숨 쉬는 것도 제대로 할 수 없어서, 그저 무용을 바라볼 수밖에 없었다.

화르륵, 사람의 얼굴이 이렇게 순식간에 달아오를 수 있을까. 겨울눈처럼 새하얗던 해길의 얼굴이 이젠 그 속에 핀 동백꽃처럼 새빨갰다. 뒤로 진 노을보다도 붉었다.

"저하? 어디 아프십니까?"

무용은 걱정되는 마음에 바짝 얼굴을 들이밀고 이리저리 살폈다. 하지만 오히려 역효과였다. 힘이 들어간 손가락 하나하나가 해길을 더 설레게 했다.

"다시, 다시 말해 주겠느냐?"

"예? 그러니까, 생각보다…."

무용은 조금 전에 자신이 한 말을 더듬더듬 되짚었다. 그러다 아랫입술을 살짝 깨물며 풋, 하고 웃음을 터뜨렸다.

"저하, 쌓이신 게 많으셨나 봅니다. 저하께서 고우신 건 알았지만, 박력까지 그리 넘치시다니…."

무용은 조금 전에 자신이 한 말이 아니라 해길이 분재를 깬 이야기를 다시 했다. 그리고 잡고 있는 손을 빼내 여느 때처럼 손을 내저으려 했다.

"새삼 다시 보았다니까요?"

해길이 빠져나가는 손을 턱, 붙잡고 무용을 보았다. 시선이 마주치자 무용은 입꼬리를 빙긋 올리고 그대로 휘휘 손을 흔들었다.

해길은 아쉬운 마음에 괜스레 무용의 뺨을 쓸었다. 자신에게는 벅차게 다가온 말이었는데, 무용은 그리 다가오려던 게 아니었던 듯했다. 하지만 발그레한 뺨을 해서 이렇게 예쁘게 웃는데, 견딜 도리가 있을까. 저절로 팔이 나가 무용을 와락 안아버렸다.

"으엇! 저하."

"먼저 안을 때는 어쩌고 무얼 그리 놀라느냐?"

"어? 그러네요."

무용이 차츰 자신에게 몸을 맡기는 게 느껴졌다. 흐트러진 잔머리가 목을 간질였다. 가슴 안이 뻐근했다.

"좋아한다, 너를. 생각보다도 더."

떨리는 호흡을 누르고 조심스레 전하는 말이었다. 무용은 잠시 옴

칫거렸으나, 곧 고개를 들어 해길을 보며 입을 열었다.

"설마 제가 그걸 여태 모르겠습니까."

뻔뻔스러운 척 하는 무용을 보며 해길이 배시시 웃었다. 자꾸 고 갯짓을 하는 걸 보니 제가 말하고도 쑥스러워서 어쩔 줄을 모르는 듯했다. 해길의 생각대로, 무용은 간신히 넉살을 부리는 중이었다.

같은 말인데, 왜 해길의 말은 다른 말처럼 들릴까. 가슴속에 든 것들이 전부 우글우글 뛰어다니는 듯했다. 자신이 했던 말보다, 훨씬 중요한 말인 것 같은 기분이 들었다.

"그걸 알고 있었다니, 생각보다는 덜 둔하였나 보구나."

"아니, 저를 뭘로 보시고 그러십니까."

해길의 목소리가 가까웠다. 두근두근, 귓가에 닿은 심장 소리가 해길의 것일지도 모른다는 생각이 들었다.

"그렇지만…"

무용이 품속으로 파고들었다. 해길이 놀라 마른침을 삼켰다.

"한 번 더, 한 번 더 말씀해주십시오."

해길의 말이 꼭 꽃 같아서일까, 가까워질수록 달콤함이 진해지는 듯했다.

"아무래도 둔치가 맞나 봅니다. 아직 부족하니까, 한 번 더 말해주세요."

해길은 무용을 안은 팔에 힘을 주었다. 사랑스러워서, 다만 사랑스러워서 결국 이렇게 품을 수밖에 없었다.

"좋아한다. 네가 생각하는 것 그 이상으로, 너를 좋아한다."

"저하께서 정말 그리하셨다는 말입니까?"

공영이 중궁전에서 있었던 사건을 듣고 놀라 물었다. 그는 동궁전에서 하던 일을 정리하던 중이었다.

"예, 돌아오신 후로는 더욱 강하게 나서시는 듯합니다."

답하고 있는 사람은 조금 전까지 해길의 뒤를 따르던 내관 중 한 명이었다. 세자궁 별감이자 액정서 소속이기도 한 석주(席主)였다.

"어찌 그렇게까지…."

중궁전에서 난 일인 이상 다들 쉬쉬할 것이긴 했다. 그렇지만 중전이 분재를 빌미로 세자의 사람을 불렀고, 세자가 실수로 그 분재를 깨뜨렸다는 말이 돌게 분명했다. 그리고 궐에 있는 사람들 대다수는 세자가 실수로 분재를 깨뜨릴 사람이 아니라는 것 또한 알았다. 그러니 이건 단순한 일이 아니었다.

"저하께서야 원래 상대에게 어떠한 여지도 남기지 않는 분이시지 않습니까."

석주가 말끝에 웃음을 섞었다. 그는 공영보다 열 살이나 위였지만, 몸집이 호리호리하고 웃는 인상이 부드러워 비슷한 나이로 느껴졌다.

"이번에도 털끝조차 건드리질 못했으니, 수를 내려던 쪽은 꽤나 체면이 상했을 겁니다."

석주는 여전히 미소 지으며 고개를 끄덕였지만, 공영은 얼굴을 굳히고 있었다.

"마땅히 그래야 하지요…."

털끝. 세자저하께 그런 계집은 그리 여겨져야 했다. 그런데 저하께서는 어찌 저하께서 열을 내시는 듯 보일까. 석주의 말에 틀린 데가 없는데, 마음이 개운하지 않았다.

"왜 그러십니까?"

"아닙니다. 이만 가봐야겠습니다."

공영은 생각을 떨치려 고개를 젓고 가져가야 할 서책들을 챙겼다.

"송 대감님 댁으로 가신다고 하셨지요? 현혜옹주님께서도 묵으실 것이라 들었는데."

"옹주님께서요?"

공영은 당황한 듯 되묻다 챙기던 서책을 놓쳤다. 석주가 미끄러지던 책 몇 권을 붙잡았다.

"이런, 맡기신 것이 또 산더미 같군요."

"저하께서는 더 많은 걸 맡고 계시지 않습니까."

"하긴, 오늘 밤에도 얼마나 주무실지 모르겠네요."

석주는 고개를 끄덕이며 해길의 짐을 챙겼다. 자선당까지 가져가는 일이 산더미 같았다.

짐을 다 챙긴 공영과 석주는 밖을 나섰다. 사그라지는 노을이 유난히 붉었다. 공영은 문득 풀숲에서 이름 모를 꽃이 핀 것을 발견하고 한숨을 내쉬었다. 해길이 꽃집이란 말을 했던 게 떠오른 탓이었다.

"이것을 파고들 틈이라 여기는 어리석은 자들이 없어야 할 텐데."

동궁을 나서는 공영의 걸음이 무거웠다.

무용은 잠자리에 누워서 천장을 보며 눈을 깜빡거리고 있었다. 산에 연꽃을 심으러 갔다가 중궁전까지 다녀왔으니 쉴 틈 없던 하루였다. 그러니 피곤한 걸로 따지면 잠이 들어도 한참 전에 들었어야 했다. 하지만 이런저런 생각들이 끊임없이 밀려와 잠을 잘 수가 없었다.

"무슨 일이 나진 않겠지?"

중궁전에서 있던 일이 아무래도 걱정되었다. 이 일로 다른 일이 생길까 두려웠다. 자신도 자신이지마는 해길에게는 더욱 큰일이 날지도 몰랐다. 해길은, 지금 무슨 생각을 하고 있을까.

굳은 얼굴로 있던 무용이 갑자기 해죽해죽 웃기 시작했다.

"좋아, 한다…."

생각을 좀 정리해보려 했는데, 무슨 생각을 해도 해길이 자꾸 끼어들어 쉽지가 않았다. 해길이 떠오르면 조금 전에 나눴던 말이 떠올랐고, 그러면 저절로 웃음이 났다.

"생각보다가 뭐야, 생각보다가."

무용은 타박을 하며 이불로 파고들었다. 거짓으로 한 말은 아니었다. 아니, 그럼 자신이 해길을 좋아하지 싫어하겠는가. 그 말은 생각 없이 터져나간 말이었다. 안 되는 걸 알면서 떼를 쓰는 것이라도, 해길을 떠나기 싫었다. 그런 마음으로 나온 말이니 예쁘다고만은 못할 말이었다. 그리고 해길을 안아버린 건 왜였을까, 떨어지기 싫어서, 붙잡고 싶어서 그런 것일까.

"좋다, 좋다는 건 참 좋네."

내가 좋아하는, 나를 좋아하는 사람이었다. 긴 시간 알아온 것은 아니지만, 마음 깊게 사귄 벗이었다. 입가가 씰룩거리는 게 느껴졌다. 어쩐지 오늘은 이불이 더 포근하게 느껴졌다.

무용은 장원서 안쪽 건물에 홀로 앉아 있었다. 장원서에 공납된 미곡에 대한 것을 정리하는 중이었다. 어제 소동이 있었으니 눈에 띄지 않고자 받은 일이었다. 썩 좋아하는 일은 아니었지만 그래도 점포를 꾸렸던 경험이 있어 이런 일에 밝아 수월히 할 수는 있었다.

무용이 셈을 하느라 집중해 입술을 모으고 무언가를 적고 있는데, 뒤에서 인기척이 났다. 고개를 돌려 정체를 확인한 무용의 얼굴에 미소가 번졌다. 드르륵, 의자를 끌며 일어나는 몸짓이 급했다. 쓰던 붓이 굴러 떨어지려고 했다.

"저하!"

해길은 들어오자마자 떨어지려던 붓을 급히 잡아챘다. 무용이 방긋대며 붓을 받아 들었다.

"장원서까진 어쩐 일이십니까?"

해길은 무용에게서 빛이 나는 것처럼 보여 눈을 끔뻑거렸다.

"혹 저를 보러 오신 거예요?"

언제나 반짝거리는 눈이긴 했지만, 이 정도로 빛이 났던가. 고개를 이리 갸웃, 저리 갸웃대는 게 다람쥐니 토끼니, 그런 작은 동물 같았다. 보고 있자니 가슴 안이 혼자 바빠서, 좋은데 괴로웠다. 해길은 눈을 꾹 감고 고개를 흔들었다.

"시찰을 나온 길이다."

사옹원에 들려 화분을 보내고 장원서로 오는 것은 예정된 일정이었다. 그리고 일부러 일찍 도착해서 무용이 있는 곳으로 왔다. 하지만 틈이 있건 없건 애초에 무용을 보러 온 거였으니 맞는 말이었다. 그저 장난을 치고 싶어져서 이리 말한 것이었다.

"치…."

삐죽, 무용이 아랫입술을 내밀었다. 어깨까지 떨어뜨리고 시무룩해하고 있었다.

부루퉁한 볼이 말랑할 것 같아서 보고 있으니 또 웃음이 나왔다.

"네가 보고 싶어서 온 거다."

"그렇죠?"

무용은 다시 또 방글거리며 해길을 향해 한 걸음을 다가왔다. 평소에도 해길을 반기긴 했지만, 지금은 꼬리가 달렸으면 살래살래 꼬리까지 칠 기세로 보였다.

그러던 무용이 갑자기 고개를 흔들었다. 그리고 웃음기가 베인 제 볼을 잡아 눌렀다.

"앞으로는 이러지 마십시오. 어제 같은 일도요."

"왜 그러느냐?"

"그게, 모난 돌이 정 맞는다 하지 않습니까. 자꾸 이러면 저 같은 말단이 눈치를 안 보고 배기겠습니까?"

무용이 밤중에 오랫동안 고민해서 생각해낸 말이었다. 겉은 저를 위해 달라는 것이었지만, 속은 해길을 위함이었다. 그는 자신의 소중한 벗이었고, 이 나라의 세자저하시기도 했다. 궐이란 게 말도 많고 눈도 많은 곳인데, 자신 때문에 누군가에게 책잡힐 만한 일을 했다가 위험에 처한다면 너무 괴로울 것 같았다.

해길은 이런 무용의 속내를 알아채고 작게 미소를 지었다.

"그러게 왜 높은 자리를 받겠다고 하지 않았느냐."

밝게 행동하는 무용에게 맞춰 해길도 농담을 하듯 대답했다. 사실 무용이 궐에 왔을 때 해길은 높은 자리를 주려 했다. 하지만 무용은 이를 거절하고 장원서의 말단으로 들어갔다.

"에이, 굴러온 돌이 어찌 박힌 돌을 빼내고 아무렇지 않게 지내겠습니까?"

무용이 손을 내저으며 말했다. 곧 꽃집에 가리라고 생각했다. 그래서 자신이 다른 이의 자리를 빼앗게 될까 봐 그리 답했다. 이렇듯 무용의 생각에는 늘 관계에 대한 불안이 들어 있었다. 해길은 이런 무용이 새삼 안타까워 속이 쓰렸다.

"그러니 이제부턴 뒤에서 슬금슬금, 그리 도와주십시오."

자신의 마음을 누그러뜨리려 웃는 무용이 예뻐서, 속에서 자꾸 무언가가 울컥 차올랐다. 무용의 말대로 조금 더 약은 수를 써도 됐다. 하지만 무용이 다칠지도 모른다는 생각이 드니 미쳐버릴 것 같았다. 무용이 휘둘릴 것이 끔찍했다. 그러니 앞으론 손댈 수 없도록 해야겠다는 생각부터 들었다.

"네?"

다짐받겠다는 듯 묻는 얼굴이 야무졌다.

"그래, 내게 뒤를 맡겨주어라. 하지만 너도 앞으론 마냥 견디지 않는다고 약조해다오. 너는 나의… 그러니까, 나의 동산바치가 아니냐."

"그렇지요, 저는 동궁의 동산바치니까요. 다음에는 저하를 핑계로 도망가야겠습니다."

무용은 씩 웃으며 고개를 끄덕거렸지만, 정말로 그런 마음인 건 아니었다. 그래서 괜히 말을 덧붙이게 됐다.

"좀 우쭐하였지요? 그래도 제 주제가 그 정도는 되지 않겠습니까? 저하의 벗인데…."

"어디 네 주제가 그뿐이겠느냐. 마음껏 우쭐하여라."

"저하께서 저를 좋아하시니까요."

무용은 이번에는 정말 의기양양해져 빙긋 웃었다. 말하고 나니 쑥스럽긴 했지만, 자신을 좋아하는 사람이 있으니 좋긴 했다.

"이렇게 저하를 보니 좋긴 하네요."

무용은 딴청 피우듯 눈을 돌려 붓을 내려둔 서책을 들여다봤다.

해길이 무용의 시선을 좇아 서책으로 눈을 내렸다.

"장무색의 일을 하고 있던 게냐?"

무용이 고개를 끄덕이며 눈을 비볐다.

"셈할 게 많아 졸릴 때 보면 퍽 헷갈린다니까요."

"그 외에도 정리할 것도 많고 생각할 것도 많을 텐데…."

"에이, 이래 봬도 장사를 하던 몸입니다. 꽃집 아이리수, 잊으신 건 아니지요?"

무용이 자랑스럽다는 듯 말했다. 해길은 묘한 미소를 지으며 고개를 끄덕였다.

"흐음, 잘 되었구나."

해길은 가까이 가서 무용이 쓴 것을 유심히 보았다. 가지런한 글씨였다. 글씨를 못 쓸 것이라 생각하지는 않았지만, 기대 이상이었다. 생각해보니 꽃집에 쓰인 글씨들도 가지런했다. 그때 유심히 볼 생각을 못 했던 게 아쉬웠다.

"누가 오나 봅니다."

걸음 소리를 들은 무용이 문 쪽을 보며 말했다.

해길이 눈살을 찌푸렸다. 이곳에 와야 할 사람은 장원서의 장원인 화석이었지만, 화석은 꽤 덩치가 컸으니 이리 가벼운 소리를 낼 리 없었다.

무언가 문제가 생긴 게 분명했다.

"저, 저하!"

급한 목소리였다. 무용은 이유를 알 수 없어 해길을 쳐다봤다. 해길은 잠시 시선을 맞췄다가 입을 열었다.

"무슨 일이냐?"

들어온 이가 급히 머리를 숙이고 바로 말을 꺼냈다.

"중전마마께서, 석고대죄를 하고 계시다 합니다!"

여느 때면 금박이 화려한 당의를 입고 있었을 중전이, 흰 소복을 입고 멍석에 앉아 있었다. 머리 또한 공들여 빗어 올린 머리가 아니라, 풀어헤친 머리였다.

"중전!"

왕이 급하게 중전을 향해 달려왔다. 뒤쫓아 오던 나인과 내관들의 걸음이 꼬여 멍석 앞이 어수선해졌다.

"전하, 소첩의 부덕을 벌하여 주시옵소서!"

중전이 절절한 목소리로 외쳤다.

"이게 도대체 무슨 일이오!"

중전은 가련한 얼굴을 하고 고개를 숙였다. 눈에는 눈물까지 고였다. 하지만 은밀히 감춘 얼굴에는 야릇한 미소가 떠 있었다.

짝! 뺨을 내리치는 소리였다. 어전 앞에 어울리지 않는 울림이었다. 손을 든 이가 임금이라는 것과 그 앞에 고개를 돌린 이가 세자라는 건 더욱 이상한 일이었다. 신료들이 가득 모인 중에도 적막이 이어진 것은 그런 이유였다. 편전 안에는 아직 분이 가시지 않은 왕의 거친 숨소리만 이어졌다.

"전하, 고정하시옵소서."

해길은 여느 때와 같이 차분한 목소리로 말했다. 동요 없는 이 단정함이 오히려 왕의 분노를 샀다. 왕은 다시 뺨을 갈기려 손을 들었다.

"저, 전하!"

내관이 다급히 외쳤다. 왕은 허공에서 멈춘 팔을 부르르 떨었다. 분노 때문에 팔뿐만 아니라 온몸이 떨렸다. 왕은 분노를 가까스로 삭여 팔을 내리고 용상을 향했다. 하지만 꽉 쥔 손은 여전히 떨렸다. 내려쳤던 손바닥은 저리기까지 했다. 오늘따라 머리가 더 지끈거렸다. 중전과 세자, 그 둘 사이에 다시 시작된 충돌 탓이었다. 중전이 했던 말이 떠오르자 머리가 더 아팠다.

'비록 어린 어미이지마는, 제 가슴으로 나았다 생각하심을 전하께서 모르시진 않으실 것이옵니다. 하지만 자식의 공경을 받지 못한 어미가 어찌 어미 노릇을 하겠다고 나서겠습니까.'

석고대죄를 자처한 중전의 말은 엄청난 파문을 불러왔다. 세자가 어미에게 예를 갖추지 않았다는 건 세자의 자질에 문제가 있다는 뜻이었다. 이건 쉽게 넘어갈 수 있는 일이 아니었다. 그런데 그런 중전을 앞에 두고 세자가 하는 말이 가관이었다.

'어마마마께서 그 분재를 그리 끔찍이 아끼셨을 줄이야, 소자가 무심했습니다.'

그 말이 생각나니, 한 대 갈기지 않고는 견딜 수가 없었다.

어의를 붙여 중전을 교태전으로 돌려보낸 것은 저녁이 다 되어서였다. 그렇게 하룻밤이 지나 소란은 삽시간에 커져 대소신료들이 모여 논쟁을 하는 판이 되어버렸다. 지난 조참 때와 달리 신료들이 빼곡했다. 이런 중에도 세자는 여느 때와 똑같은 얼굴로 침착히 서 있었다. 또 어찌 돌아가려는 걸까, 머리가 아파 견딜 수가 없었다.

그 시각 무용은 동궁의 이리화를 돌보고 있었다. 하고 싶던 일이기도 했고, 장원서에서도 자신이 있는 걸 곤란하게 여기는 눈치이기

도 했으니 마침 잘된 일이었다. 그러나 희고 앙증맞은 꽃을 보면서
도 한숨이 나왔다. 결국 손마저 멈췄다.

"…할 수 있는 게 없네."

무용은 중전의 석고대죄로 해길에게 큰일이 난 게 분명하다는 생
각이 들었다. 그때 해길의 표정이 심상치 않았기 때문이다. 사실 해길
이 걱정한 건 중전의 일이 아니라 무용이 놀란 것이었지만, 무용은 이
를 알지 못했다. 지금 동궁에 있는 것도 해길이 무용을 보호하고자 한
일이란 것을 모르듯 말이다. 게다가 문제가 무용에게로 번지지 않은
것도 해길이 먼저 나서서 분재에 초점을 두었던 덕분이었다.

"부디 괜찮으셔야 할 텐데."

이런 해길의 노력에도 불구하고 무용의 걱정은 사라지지 않았다.
이럴 때 곁에 함께 있을 수 없다는 게 끔찍하게 느껴졌다. 자꾸 미
간이 구겨지려 했고, 입술을 깨물었다. 하지만 할 수 있는 일을 해야
했다. 해길은 '다녀오마' 그렇게 말했다. 그를 웃으며 반겨주기 위해
무용은 애써 입술을 당기고 손을 움직였다.

"전하."

진정 저것이 내 자식이 맞는가? 해길이 차분한 목소리로 입을 열
자 왕은 마음이 서늘해졌다. 어찌 되었든 중전은 제 어미가 된 사람
이었고 자신의 아내이자, 조선의 국모였다.

"세자는 그 입을 다물라!"

그래도 친어미가 아닌 중전을 대하는 태도는 그렇다 칠 수 있었
다. 그렇지만 자신을 보는 것 또한 그리 같잖다는 듯해서, 도무지 정
이 가질 않았다.

"쿨럭, 공들의 뜻을 들어보지."

왕의 하문에 신료들이 눈치를 주고받았다.

"겨우 분재 하나가 깨졌을 뿐일진대 어찌 이리 노린 듯 판을 벌인단 말입니까?"

"겨우? 지금 그리 말씀하셨습니까? 어머니의 물건이 아닙니까! 전하께서 진노하심이 당연합니다!"

겨우 분재였으나, 주인은 중전이었고 이를 내던 진 이는 세자였다. 문제는 그뿐이 아니었다.

"더군다나 그 분재는 중전마마께서 사가에서부터 가져오신 것이니 말입니다."

"좌상대감, 집안 대대로 길러 오신 분재가 아닙니까?"

얼른 말을 받은 이가 목소리를 높여 말했다. 묘한 웃음을 달고 있었다. 이를 본 해길이 눈가를 찌푸렸다.

"예, 저희 가문의 역사를 함께한 분재이지요."

석철은 안타깝다는 듯 대답했다. 하지만 속으론 고소해 미칠 지경이었다. 어의가 물러나자마자 쾌재를 부른 중전과 마찬가지로 말이다. 원래부터 노린 건 계집이 아니라 세자였다. 모욕을 당한 것은 치가 떨리지만, 그렇게 해준 덕에 오히려 물어뜯을 수 있는 꼬투리를 잡았으니 이득이었다. 오래간만에 찾아온 기회였다. 세자의 기를 꺾어야 했다.

그리하여 논점은 어느새 세자가 중전을, 김 씨 가문의 역사를 무시한다는 것이 되어 있었다. 이는 예에 대한 논의인 동시에 구세력을 등에 업은 중전과 신세력의 구심점인 세자의 정치적 충돌이었다.

"저하께서는 요즘 나라를 완전히 뒤엎으려 하시나 봅니다."

왕은 이야기가 커지는 것을 느꼈다.

"수미법은 별개의 것이 아닙니까!"

"제가 집어 말한 게 아닌데, 그리 생각하셨습니까?"

세자가 승기를 잡던 중이었다. 그러니 분재를 관리할 나인 하나를 주는 것은 중전의 면을 살려주는 정도가 되었을 텐데, 언제든 치울 수 있을 사람으로 이런 소란을 만들다니. 척을 진 상대에게 숨 쉴 틈을 주지 않는 결벽성이 언젠가 세자의 목을 죄리라 생각은 했다만, 그게 이런 사소한 일로 나타날 줄은 몰랐다. 정치라는 게 바른 놈이 이기는 판이 아니라 계속 줄다리기를 하는 판임을 모르는 것일까.

"수미법에 의견이 있었다면 조계 때 와서 말하지 그랬는가, 정책에 대한 의견은 다음에 듣지."

그러나 지금 휩쓸리면 세자가 아니라 윤허를 내린 자신의 면까지 상할 우려가 있었다. 일단 문제가 번지기 전에 가두는 게 나았다. 때로 소름이 끼치게 하는 데가 있긴 하지만, 세자는 아직 어린 자식이었다. 한 걸음을 내줘야 지나치게 당기지 않는다는 건 서책이 아니라 실전의 논리였다.

"애당초 그 정도 분재를 깬 것이 어찌 세자저하께 허물이 된단 말입니까!"

세자의 지지자들 또한 단순히 분재를 거론하는 게 아니었다. 몇 대째, 그리고 결국 이번에도 중전을 만들어낸 김 씨 가문의 위세가 대단하다는 걸 모르는 이는 없었다. 그러나 세자는 이 나라의 주인이 될 사람이었다.

"또한, 세자저하께서 분재를 부러 깨신 게 아닌데 어찌 문제가 될 수 있겠습니까."

세자파는 이 문제를 키우고 싶어 하지 않았다. 하지만 석철파는 이 문제를 최대한 키우려 했다.

"저하께서 실수를 하셨다는 것입니까? 저하께서요?"

비아냥이 섞인 물음이었다. 세자가 실수를 하던 인간이던가. 실수라면 중전이 자존심을 접어가며 석고대죄라는 수까지 쓸 것이란 계산을 하지 않은 것뿐이었다.

"모두가 그리 본 것을 어찌 다시 물으십니까?"

"모두요? 중궁전의 이들을 하나하나 붙잡고 물어봐야 하겠습니까?"

"중궁전에서 바른말이 나올 리가 있겠습니까?"

"지금 중전마마께서 괜한 말을 하셨다는 겁니까!"

"겨우 그까짓 것으로 자식에게 책을 잡는 부모가 어디 있겠습니까!"

왕은 머리가 쑤셨다. 무엇이 진실인지는 중요하지 않았다. 결과를 선택해야 할 뿐이었다. 세자의 손을 들면 면이 살지 않았고, 중전의 손을 들면 좌상이 날뛸 것이 분명했다. 왕이 울리는 머리를 꾹꾹 누르던 그때, 내관 하나가 슬며시 다가와 그의 귀에 무슨 말을 고했다.

"그만, 그만!"

왕의 외침에 신료들은 말을 멈추고 고개를 조아렸다. 무슨 말을 들은 것일까, 쾡했던 왕의 낯빛이 밝아져 있었다.

"들라 하라."

갑작스러운 방문자에 신료들이 어리둥절한 표정을 지었다. 그리고 문이 열린 순간, 장내가 술렁이기 시작했다. 와우거사, 연훈이었다.

"신 황연훈, 주상전하를 알현하옵니다."

석철파든 세자파든, 연훈의 등장 자체에도 놀랐지만, 그가 어떤 변수가 될지 몰라 어수선해질 수밖에 없었다.

석철과 우의정이었던 충훈은 단 한 번도 같은 뜻으로 어울린 적이 없었다. 민본정치가 신념인 충훈과 자신의 배를 불리기만 바쁜 석철의 패거리는 근본적으로 목적이 달랐다. 그렇지만 세자는 세자대로 충훈, 연훈 형제와 소문이 좋지 않았다. 아우의 죽음에 일조한 세자를 따를 바에는 연훈이 목을 맬 것이란 말까지 있었으니 말이다.

"송구하옵니다. 아우의 상을 치르느라 교지를 받드는 게 늦어졌습니다."

"아니네. 형제를 잃은 슬픔을 잊기에는 짧은 시간이었을 터인데."

"아닙니다. 덕분에 수심을 떨쳐낼 수 있었습니다."

연훈은 여유로웠고, 왕은 너그러웠다. 하지만 이를 보는 신료들은 긴장과 불안에 차 있었다. 연훈의 말에 따라 판이 기울 것이 불 보듯 뻔했기 때문이다.

가뭄으로 민심에 날이 서던 작년 봄, 그 민심을 다독였던 게 충훈이었다. 그렇지만 충훈은 이번 문영대군의 난에 휩쓸려 목숨을 달리했다. 백성들은 여기에 왕의 책임이 있다고 생각하며 왕을 원망했다. 그러니 왕이 연훈을 자신의 아래로 데려와 백성들의 화를 누그러뜨리려 하는 것은 쉽게 예상할 수 있는 일이었다.

"하사해주신 것, 잘 받았습니다."

연훈은 흘긋 해길 쪽을 보았다가 말을 이었다.

"성군이 나라를 바르게 하려 할진대, 어찌 제가 고신을 자처하고 있겠습니까."

신료들이 놀란 얼굴을 숨겼다. 왕 또한 마찬가지였다. 연훈이 이런 감언이설을 했다는 게 믿기지 않았기 때문이다. 어쨌든 왕은 연훈이 이리 나온 게 흡족했다.

"그래, 자네는 지금 상황을 어찌 생각하는가?"

"소신이 전모에 밝은 중은 아니오나, 중전마마의 분재는 사가에서부터 온 것이라지요?"

"예, 몇 대에 걸쳐 길러 오신 것입니다."

석철 패거리 중 하나가 뽐내듯 말했다. 이를 들은 연훈이 쯧, 짧게 혀를 찼다. 그리고 입을 열었다. 모두 숨을 죽였다. 승자가 갈리는 순간이었다.

"궐에서 어찌 사가에서 가져오신 것의 역사를 따진단 말입니까."

이곳은 궐, 왕가의 공간이지 석철의 판이 아니란 뜻이었다. 연훈이 택한 건 세자였다.

"아, 아니! 김 씨 가문의, 반가의 역사가 유구하고⋯."

"중전마마께선 반가의 여인이 아니라 조선의 국모이십니다."

연훈은 말을 자르고 다시 혀를 찼다.

"마음 한편에 위로로 가지고 계실 수는 있으나, 그것을 어찌 중전마마의 전면에 둔단 말입니까."

왕은 이것이 자신이 찾던 답이라 생각했다. 중전의 위엄을 져버렸다는 말이 나오지 않게 함은 물론, 왕가의 위상까지 살리는 답이 아닌가.

"그렇지 않습니까, 세자저하?"

연훈의 물음에 왕은 세자를 보며 흐릿한 미소를 흘렸다. 연훈을 데려오는 게 어떻게 됐냐는 하문에 답지 않게 모호한 말만 늘어놓더니, 이런 것이었나. 실패한 게 아니라, 상대를 찌를 칼을 숨기려 한 것이었다니. 세자의 무덤덤한 낯이 얄궂었다.

왕은 말을 허하는 의미로 해길에게 고개를 끄덕였다. 드디어 해길의 입이 열렸다.

"중전마마께서는 존엄하신 어마마마이시지요."

"전하, 저하께서 효에의 예를 다해오셨음은 모두가 아는 바입니다. 이번 일은 저하께서 완물에 어두우셨던 까닭에 벌어진 일이오니 성심과 자애로 살피소서."

의견이 나서서 분재를 완물(장난감)로 규정지었다. 유학자로서 보면 분재는 그저 즐겁기 위해 정신을 파는 일에 불과할 수도 있었다. 그러니 세자가 이런 것에 어둡다는 건 차라리 훌륭히 보아야 한다는 말이었다.

"아니옵니다. 살아있는 것을 상하게 했으니, 제 사려가 깊지 못하였습니다."

해길은 이런 바로 말을 받지 않고, 대신 한 번 더 고개를 숙였다.

"다만, 그날부로 사옹원에 새 화분을 수배하여 버려져 있던 매화를 찾아 다시 심어두었습니다. 또한, 분재를 돌볼 이도 구해두었습니다."

석철의 낯이 심상치 않게 변했다. 연훈이 온 것으로 형세가 밀린 것은 물론, 중궁전에 세자의 감시자까지 들이게 될 판이었다. 그것이라도 막아야 했다.

"분재를 돌볼 사람까지야, 중궁전에서도 충분할 겁니다."

"어마마마께서 바라시던 대로 가장 재주가 좋은 이를 찾아 두었으니, 만족하실 겁니다."

해길은 중전이 했던 말을 다시 돌려주고 있었다.

"효심이 지극하십니다."

누군가가 정말 감동했다는 듯 말했다. 석철은 그에게 뭐라도 집어 던지고 싶은 심정이었다.

"전하, 청컨대 어마마마께 이와 함께 문안을 드릴 수 있도록 윤허

해주시옵소서."

"간청 드리나이다."

세자파의 목소리가 울렸다. 왕은 연신 기침을 하면서도 몰래 웃음을 지었다. 틈을 파고들려는 상대를 밀어내고, 세자가 완전히 이겼다는 걸 인정할 수밖에 없었다.

"연훈이 와주어 다행이었습니다."

의건이 말했다. 그답지 않게 한숨을 내쉬는 게, 안도한 듯했다. 해길은 눈으로는 서책을 훑으며 선선히 고개를 끄덕였다.

"그렇지."

"저하께서는 말씀이 너무 없으십니다. 언질을 주셨다면 마음을 조금 놓았을 텐데요."

동궁의 사람이란 이유로 논의에 끼지 못했던 공영이 투덜대듯 말했다.

"그가 그리 딱 맞춰서 와줄 것은 나도 예상하지 못한 일이어서 말이다."

"예?"

해길은 피식 웃음을 지었다. 언젠가 연훈이 올 것이란 확신은 있었다. 하지만 확답을 들은 것은 아니니 굳이 밖으로 말하지 않았다. 그런데 때마침 도움을 받다니. 석철 패가 키운 판도 예상 이상이었지만, 이번에 작용한 운은 그 이상이었다.

"앞으론 중궁전에 눈과 귀를 달 수 있겠구나. 더욱 주시하고, 더욱 조심하여야겠다."

일이 어떻게 됐든 중궁전에 사람을 딸려 보내긴 했을 것이지만,

연훈 덕분에 일이 더 잘됐다. 다시는 이 문제로 말을 꺼내지 못할 테
니, 무용에게도 방패가 생겼다. 해길의 입가에 미소가 번졌다. 이를
본 공영과 의건은 처음 보는 것을 보고 놀라 서로를 쳐다봤다. 해길
은 그런 둘을 두고 여전히 바쁘게 손을 움직였다.

"정신이 없었을 텐데, 퇴궐하는 차에 이리 일을 맡겨 미안하네."

"아닙니다. 일이 이렇게 되어 오히려 시간을 번 참이 아닙니까."

"너는 지난번에 맡긴 일을 서둘러 마쳐줄 수 있겠느냐?"

"예, 아직 그리 늦은 시간도 아니지 않습니까."

의건과 공영이 선선히 답했다.

"내 마음이 바빴나 보구나."

갈 길이 먼 것은 둘인데, 마음이 조급한 것은 해길이었다.

"저하!"

해길의 걸음도 급했으나, 무용의 걸음은 그보다 더했다. 인기척을
듣자마자 방에서 뛰쳐나온 무용은 신을 신다 말고 해길에게 달려갔
다. 거의 넘어질 듯했다. 해길은 얼른 무용을 받아서 안았다.

"괜찮으냐?"

무용은 대답 대신 고개만 끄덕거리며 품을 파고들었다. 해길은 가
슴부터 뻗쳐오르는 초조감에 입술을 축였다.

"…이 정도면 얻은 게 더 많겠구나."

분재를 깬 것으로 잃은 것보다 얻은 게 곱절은 되는 듯했다. 조심
스럽게 팔을 두르니 무용의 체온이 전해져왔다. 조금 더 꽉 끌어안
고, 가까이 눈을 맞추고, 바짝, 조금 더 바짝 닿고 싶었다. 입 안이 바
짝 마른 게 느껴졌다.

"저하, 영산홍이 피고 있습니다."

무용은 괜히 해길의 품에 얼굴을 파묻었다. 묻고 싶은 것도, 해야 할 말도 많았지만 조금 더 이렇게 있고 싶었다. 이상한 일이었다. 아직 일이 어떻게 됐는지도 모르는데, 벌써 마음이 녹아들고 있었다. 해길의 온기가 자꾸 마음을 누그러뜨리는 탓이었다.

"그래, 어제보다 벌어진 망울이 많구나."

두 사람은 연홍색 망울을 잔뜩 단 영산홍을 보지 않고도 말을 이었다.

"저하께서 그걸 어찌 아십니까?"

"지난밤에 잠시 보았다."

"그럼 왜 저를 부르지 않으셨나요?"

"네가 잠자리에 든 때였다."

무용을 그리는 것만으로도 좋았다. 보고 싶은 그 마음으로 새벽을 내내 뜬 눈으로 서성이며 보냈다.

"그래도요."

무용은 고개를 들어 해길을 올려다보았다. 떼를 쓸 때가 아니라는 것도 알았고, 그런 말투를 하려던 것도 아니었다. 하지만 지난밤에 해길을 못 본 게 아쉽고 서운해서 저도 모르게 툭 말을 내뱉고 말았다.

"미안하구나."

그냥 투정을 부린 것뿐인데, 해길이 정말 미안해 어쩔 줄 모르겠다는 얼굴을 했다. 어째서 이런 표정을 짓는 걸까, 심장이 꽉 죄어드는 듯한 기분이 들었다. 그러면서도 또 한편으론 그 속이 터질 듯 느껴지기도 했다. 왠지 눈물이 났다. 무용은 코를 훌쩍이며 제 뺨을 거칠게 쓸었다.

"그러다 고운 뺨 다 상하겠다."

해길은 어찌해야 좋을지 알 수가 없었다. 가까스로 무용의 뺨에 갖다 댄 손이 떨렸다. 애써 미소를 지은 입꼬리도 떨렸다.

무용 또한 해길을 안심시켜주려 웃으려 했지만, 눈물이 더욱 심해졌다.

"아이, 왜 이러지. 바보같이…."

해길은 아랫입술을 꽉 물었다. 무용의 작은 얼굴이 온통 눈물범벅이었다. 가슴이 아리다 못해 찢어지는 듯했다.

"그래, 마음껏 울거라."

해길은 무용의 얼굴을 조심히 감싸 쥐었다. 그리고 고개를 숙여 눈을 마주했다. 그렇게 찬찬히 가까워진 순간, 무용의 뺨을 타고 흐르는 눈물에 입을 맞췄다. 놀란 무용의 눈이 동그래졌다. 그러자 반대쪽 눈에서도 눈물이 흘렀다. 해길은 그 눈물에도 입을 맞추었다.

"입을 맞춰줄 테니."

쿵쿵, 무용은 널뛰는 심장 때문에 아무 생각도 할 수가 없었다. 자신의 심장 소리가 귓속까지 꽉 차서 주변의 다른 소리가 들리지 않을 정도였다.

"히끅!"

씩, 해길의 입술에는 미소가 걸려 있었다. 그 얼굴이 가까워질수록 무용의 심장이 점점 바빠졌다. 히끅! 다시 샌 딸꾹질에 무용은 급히 입을 막았다. 눈을 질끈 감자 속눈썹에 걸쳐 있던 눈물방울이 또르르 떨어졌다. 어김없이 해길의 입술이 와 닿았다.

"이제야 그쳤구나."

무용의 뺨에 진달래가 피어올랐다. 금방이라도 터질 꽃망울처럼 고운 빛깔이었다.

쨍그랑! 조상궁은 이마에 식은땀이 흐르는 것을 느꼈다. 뺨을 스치고 날아간 화병이 벽에 부딪혀 완전히 조각나 버렸다.

"이러면 될 것이라지 않았느냐!"

"소, 송구하옵니다."

사실 조상궁이 한 일이라곤 이것으로 세자를 누를 수 있다는 석철과 중전의 말에 예, 예 동조한 게 다였다.

"좌상대감 드십니다."

"들라 해라."

석철은 들어오자마자 깨진 화병을 보며 미간을 찌푸렸다.

"중전마마, 자중하시지요."

중전은 입을 다물었지만, 분노가 다 가라앉질 않아 숨이 떨렸다.

"일벌 하나를 달라고 했다가 벌집을 쑤신 듯 쏘이지 않았습니까."

석철은 중전이 어떤지는 살피지 않고 힐난하기만 했다.

"왜 분재 같은 걸 꺼내서는…"

"아버님!"

일이 이렇게 되기 전에는 석철 또한 좋은 수라며 부추겼다. 그런데 이제 와 저런 말을 하다니. 중전도 역정을 다 숨기지 않고 말을 이었다.

"그러게 황연훈을 왜 그저 가만 내버려 두셨습니까."

석철도 할 말이 없었다. 도대체 무슨 수를 썼기에 그 목석같은 이가 그렇게까지 나온단 말인가. 연훈이 온 이상 앞으로 조정에서 힘을 얻기가 더욱 힘들어질 게 분명했다.

"마마께서는 앞으로 보는 눈도, 듣는 귀도 더욱 조심해서 살피십시오."

국모인 중전이 아직도 사가를 그리워한단 말까지 들었으니 체면까지 잃었다.

"더구나 이젠 세자의 끄나풀까지 안에다 버젓이 들이게 되었으니 말입니다."

이제 와서 분재를 다룰 사람이 필요 없다고 말을 바꾼다면 위신이 떨어졌다. 그렇지 않아도 연훈이 중전의 마음이 여리다며 창피를 준 상황이니, 말을 뒤집는 건 불가능했다.

"쯧, 제발 가만히 계십시오. 조정에까지 부담을 주지 마시고."

석철은 엄포를 두둣 헛기침을 내뱉고 나가버렸다. 뒤에 남은 중전은 얼굴을 있는 대로 일그러뜨리며 까드득, 이를 악물었다. 기가 죽기는커녕 머리끝까지 화가 치민 상태였다. 아무리 봐도 자신의 허물보다 조정에서 생긴 허물이 더 크지 않은가. 제대로 세력을 장악하지도 못하면서 이리 나오다니.

"가진 걸 빼앗기게 될 마당에 무얼 믿고 그냥 있으란 말입니까."

원하는 걸 얻기 위해서는 이렇게 당하고만 있어선 안 됐다. 틈만 생긴다면, 아니, 이젠 틈을 만들어서라도 달려들어야 했다.

무용은 촉촉한 눈으로 해길을 보았다. 놀라서 나왔던 딸꾹질인데, 너무 놀란 바람에 그게 쑥 들어가 버렸다. 콩닥거리는 가슴은 가라앉을 줄을 몰랐다. 멍한 정신을 차려보려 열심히 고개를 털었다.

"아직 눈물이 남은 게냐?"

해길이 무용의 양 볼을 감싸고 다시 시선을 낮췄다.

"아닙니다!"

무용은 급히 해길의 손을 잡으려 했다. 하지만 오히려 해길이 무용의 손을 감싸버렸다. 해길은 무용의 뺨에 또 입을 맞추었다.

"저하!"

해길은 이젠 하하, 소리까지 내며 웃고 있었다. 여름 나리꽃같이 물든 무용의 뺨이 예뻤다. 발그스름한 뺨에 잔잔히 뜬 주근깨를 하나하나 매만지고 싶었다. 하지만 무용이 제 손으로 볼을 덮은 탓에 그럴 수가 없었다.

"이제 안 운다니까요."

무용이 애써 고개를 돌리며 말했다. 해길은 도대체 무슨 생각으로 이런 행동을 하는 걸까. 당황스러운 행동 덕분에 눈물은 아까 말라버렸다. 뺨이고 손이고 전부 뜨거웠다. 열에 달뜬 가슴이 울렁거려서 진정이 되질 않았다. 사람을 달래려는 건지 놀리려는 건지 알 수가 없었다.

"지금은 그저 하고 싶어 하였다."

해길이 태연하게 말했다. 전에는 괜한 말을 덧붙여 손을 놓게 되지 않았던가. 이젠 솔직하게 말하기로 했다. 네가 너무 고와서, 사랑스러워서 견딜 도리가 없다고.

"짓궂으신 거, 아시지요?"

툴툴대는 말투에 볼까지 부풀리는 게 심통이 난 것처럼 보였다. 하지만 그 모습조차 예뻐서 자꾸 시선이 갔다. 보고 있을수록 더 보고 싶어졌다.

"그리 말하는 건 너뿐이다."

"피."

무용은 토라진 척 바람 새는 소릴 냈지만, 사실 즐거웠다. 해길의 미소를 보는 것이 좋았다. 이런 장난에도 화가 나질 않았다. 오히려 웃음이 났다. 다만 입술, 해길의 입술을 보고 있자니 속이 뜨끔했다. 뺨에 닿았던 게 자꾸 생각났다.

"저하는, 만날 너무 고우십니다."

무용은 투덜거리며 마루에 걸터앉았다. 이제 어슴푸레해진 하늘을 보고 있었다.

"내가 해야 할 소리구나."

해길이 무용의 곁에 나란히 앉으며 말했다. 가까이 앉은 탓에 무용의 손에 해길의 손이 닿았다. 무용은 그 손을 꼼지락대다가 다리 위에 올렸다. 닿은 새끼손가락이 왠지 간질거려 견딜 수가 없었다.

"네 생각과 같은 색이로구나."

마당을 보던 해길이 불쑥 말했다. 무용은 영산홍 망울을 두고 하는 말임을 알아챘다.

"네, 꼭 뒷산에 있던 진달래 같지요?"

"그래, 닮았구나."

해길이 무용 쪽으로 몸을 기울이며 대답했다. 무용의 입술도 꼭 꽃 같은 색이었다. 꽃망울이 올라온 때 함께 있었으면 이 입술이 곱게 휘어지는 걸 볼 수 있었을 것을. 보지 못한 게 아쉬웠다.

"저하는 참 신통하십니다."

"무엇이 말이냐?"

"그게… 제 마음을 매번 딱 맞추시지 않습니까."

해길이 가져온 것이니 무슨 색이든 각별한 영산홍이었다. 그렇지만 낯선 이 궐에 함께 보았던 진달래와 닮은 꽃이 피어준다면 반갑겠다고 생각하긴 했다. 이를 입 밖에 낸 적은 없는데, 어떻게 알아맞힌 걸까. 영산홍뿐만이 아니었다. 연녹색의 치마도, 꽃과 나비가 수놓인 꽃신도, 지금 눈을 맞춰 피워내는 미소도… 모두 자신의 마음에 딱 들어맞는 것뿐이었다. 해길이 주는 모든 게 그러했다.

"다행한 일이구나."

무용은 입술을 동그랗게 모으며 해길의 얼굴 구석구석을 살폈다. 해길은 마른침을 삼켰다.

"그런 재주는 도대체 어찌해야 느는 겁니까?"

다가온 얼굴이 너무 가까웠다. 뺨으로는 부족했다. 다른 곳에도 입을 맞추고 싶어졌다. 하지만 만약 그렇게 한다면 무용이 곁에서 멀찍이 도망가 버릴 것 같았다. 조금 전에 있던 일로 이미 놀라 있는데, 그 이상을 하면 미움을 받을지도 몰랐다. 그런데도 닿고 싶어서, 이 마음을 참느라 애꿎은 마루를 꽉 쥐는 수밖에 없었다.

"글쎄."

애타는 걸 숨기느라 애쓰는 중인데, 무용은 이제 손까지 붙잡고 흔들어댔다.

"에이, 그러지 말고 답해주십시오. 저도 저하께 그리 해드리고 싶단 말이에요."

무언가를 더 주지 않아도 이미 받은 게 너무 많았다. 지금의 답이 그러하듯, 무용은 늘 생각 이상으로 자신을 행복하게 해주었다.

"그런 것이라면, 너는 아무것도 하지 않아도 된다."

하지만 무용은 아랫입술을 삐죽 내밀고 있었다. 다른 답을 주어야 할 듯했다.

"나는, 하루가 너다."

무용은 아직 무슨 뜻인지 모르겠다는 얼굴로 자신을 보고 있었다. 바람에 흔들거리는 머리칼을 넘겨주려 손을 뻗자, 무용이 고개를 내밀었다. 피하지 않고 마음을 놓아주는 게 좋았다. 간지러운지 살짝 눈을 감는 모습도 좋았다.

"눈을 감으면 네가 떠오르고 눈을 뜨면 네가 보고 싶다. 나는… 그러하구나."

어떻게 그렇게 흘러가는지, 온종일 무용 생각뿐이었다.

"그런 것이라면 염려할 게 없겠네요."

뿌듯하게 말한 무용은 방싯, 환한 미소를 지었다. 이겼다는 듯했다.

"저는 꿈에서까지 저하를 생각하니까요."

이렇게 금방 자신을 행복하게 만들어버리면서 무얼 더 하려는 것일까. 같은 것을 줄 수 있다면, 무엇이든 할 수 있었다. 해길의 입술에도 잔잔한 미소가 피어났다.

동궁전에서 해길을 기다리던 공영은 웬 여인에게 붙잡혀 고초를 당하고 있었다. 왕실의 고명딸이자 유일한 옹주인 현혜였다. 옹주는 공영보다 어렸지만 왠지 연상처럼 느껴졌다. 성숙한 외모에 머리를 올리고 있기 때문이기도 했고, 고압적인 태도여서 그렇기도 했다.

"사서오경은 줄줄 외우면서 왜 한마디를 못 하느냐? 영상의 집에서도 나를 피해 다녔지?"

공영은 영 곤란하다는 얼굴로 현혜의 눈치를 살폈다.

"제가 어찌 그러겠습니까? 아닙니다."

현혜는 들고 있는 부채를 손바닥에 탁탁 내려치며 불쾌한 기색을 숨기지 않았다. 그리고 계속 밀어붙였다.

"저하께서 데려오신 계집이 부인들 사이에도 난리인 걸 모르는 건 아니겠지? 어찌 민가의 여인이 궐에 자리를 얻는단 말이냐!"

공영이 한 걸음을 물러나자, 현혜가 한 걸음을 따라붙었다.

"저하를 등에 업고 제멋대로 지낸다던데."

해길이 여인에게 휘둘리는 것처럼 들리는 말이었다.

"저하께서 그러실 리가 있겠습니까!"

결국 발끈하고만 공영은 하는 수 없이 답을 이었다.

"장원서의 일을 돕는 것으로 잠시 거처를 빌려주신 것뿐입니다."

하지만 대답을 하면서도 제발 누구라도 와서 자신을 도와주기를 바라느라 자꾸 두리번거렸다.

"살던 집을 잃어 갈 곳이 없게 된 처지이니 말입니다. 저하께서 누명을 입으셨을 때 도움을 주었다가 그리되었으니 아량을 베푸시는 거지요."

"아주 요사한 계집이라 하던걸?"

마침 해길이 나타났다.

"저하!"

공영과 현혜 모두 반색하며 해길을 맞았다.

"세자저하를 뵙습니다."

"현혜구나."

현혜는 지난해 혼인해 출가했지만, 문안을 핑계로 내키는 때마다 궐에 들렀다. 왕은 아들에게는 박정한 아버지였지만, 현혜에게는 퍽 너그러웠다. 그동안 왕을 치켜세우며 환심을 사둔 덕이었다. 왕권과 무관한 옹주이기 때문에 더 그렇기도 했다.

"아바마마를 뵙고 오는 길인 게냐?"

"예, 차도가 없으셔서 걱정입니다. 다행히 오늘은 안색이 밝아 보이시긴 하였습니다."

조금 전에는 멋대로 굴며 사람을 내려다보던 현혜가 지금은 다른 사람이 된 것처럼 차분했다.

"그렇더구나."

"그나저나, 저하께서는 오라버니의 소식을 아십니까?"

현혜에게는 위로 시우군이란 동복 남매가 있었다.

"음, 시우군의 소식 말이냐?"

해길은 잠시 생각하는 듯 말을 끌다가 되물었다.

"예. 청나라에서 돌아왔다는 소식을 들었지마는, 여태껏 자취도 보지 못하였답니다. 비록 그런 오라버니이지만 저하께는 인사를 올리지 않았을까 하는 생각이 들어서요. 때문에 바쁘신 걸 알면서도 이리 동궁으로 찾아뵙게 되었습니다."

현혜가 무례하지 않으면서도 붙임성 있게 말했다. 현혜는 자신의 이복 오라버니이자 세자인 해길을 좋아했다. 어려울 때 도움을 받은 적도 있었고, 문무 양도에 능한데 외모까지 수려하니 싫어할 이유가 없었다. 놀러 다닐 줄만 아는 자신의 동복 오라버니와 비교되었다.

"시우군의 소식이라면 아직 해줄 말이 없구나. 그럼, 잘 지내다 가려무나."

"벌써 가시는 겁니까?"

공영이 얼른 끼어들며 해길의 곁에 붙었다.

"아시다시피 저하께서 워낙 바쁘셔서 말입니다."

해길이 훌쩍 사라졌다.

"오랜만에 뵌 건데…. 바쁘시니 어쩔 수 없겠지만."

혼자 남은 현혜는 아쉬움에 입술을 쭉 내밀었다. 그리고 어쩔 수 없다는 듯 걸음을 돌렸다가 짙은 눈썹을 구겼다. 둥근 눈에 힘이 들어가 도톰한 눈 밑 살까지 떨리고 있었다.

"그나저나, 장원서라…. 그런 데서 뭘 한다는 거야?"

이전에 무용이 혼자 일하던 그곳에, 오늘은 해길과 공영, 화석이 자리해 있었다. 화석은 늘 있는 장원서에 있으면서도 긴장한 얼굴로 눈을 이리저리 굴렸다.

"농가에서는 4월이면 보리를 거두고 벼농사를 준비한다지?"

"예, 그렇다고 합니다. 제가 모내기를, 그러니까 이앙법을 행해본 비는 없지마는, 예."

해길은 화석의 긴장을 풀어주려 한 질문이었지만, 질문을 받은 화석은 오히려 더 긴장해서 말을 더듬었다.

"아, 항아님이 저보다 잘 아실 겁니다. 아무래도…."

화석이 말하는 항아가 무용을 이르는 말임을 안 해길의 입술에 스르륵 미소가 배어들었다. 흐릿한 미소이긴 했지만, 덕분에 그의 얼굴이 조금 전처럼 차갑게 보이지는 않았다. 화석은 그제야 마음에 좀 여유가 생겨 횡설수설 말을 늘어놓기 시작했다.

"꽃을 기르는 것에도 물론 밝으십니다마는, 농가에도 오래 있어 농업에도 이해가 밝으십니다. 셈하는 것과 그를 유용하는 것에도 밝으시니, 작미색과 장무색에서도 항아님을 찾습니다. 사람은 하나인데, 찾는 곳이 많으니 항아님이 둘이셨으면 좋겠다고 하는 이들도 있습니다."

"그러한가."

"예, 사가에 있으며 여러 선비님 댁 정원을 조성해보았다는데, 그래서 그런지 정원을 꾸미는 방법 또한 다양합니다. 나름의 이치도 있고요. 요즘은 그를 정리하시고 계시지요. 다른 데서야 몰라도, 액정서와 장원서에서는 꽤 중요하게 쓰이겠지요."

공영은 이런 대화 주제 자체는 못마땅하였지만, 내용이 흥미롭긴 했다. 저하께서 무지한 이에게 자리를 준 것이 아니란 생각이 들었기 때문이었다. 해길 또한 이를 주의 깊게 듣고 있었다. 그런데 밖에서 누군가 바삐 달려오는 소리가 들렸다. 문 앞에 멈춘 이는 무례하게도 드르륵, 문부터 열었다.

"저하!"

무용이었다. 밝은 목소리를 들은 순간, 해길의 얼굴에 미소가 떠올랐다. 해길을 본 무용의 얼굴에도 기쁨이 번졌다. 하지만 화석은 당황해 눈이 커져 있었고, 공영은 마뜩찮은 표정으로 미간을 찌푸렸다. 이를 본 무용은 얼떨떨해져 얼굴을 굳혔다.

"아, 죄송합니다."

해길이 왔다는 게 반가워 앞뒤 재지 않고 벌컥 문을 열었는데, 회의를 하는 중일 줄은 미처 생각지 못했다. 지난번처럼 잠시 짬을 내 자신을 보러 온 줄로만 알았다.

"이제 지난번에 못 한 이야기를 시작하자꾸나."

"그럼 저는 이만…."

무용은 창피함을 숨기며 나가려 했다.

"어딜 가려는 게냐?"

"중요한 이야기를 나누시려는 게 아닙니까?"

지난번에도 이번에도 해길은 정말 무용에게 볼 일이 있어 온 것이었다.

"그래, 그러니 앉아라."

무용이 어디에 앉아야 하는지 몰라 두리번댔다. 해길이 붓과 책을 옆자리로 밀어 앉을 곳을 만들어주었다.

긴긴 회의 끝에, 해길이 장원서를 떠난 것은 낮이 다 넘어서였다. 무용은 화분을 살피다 저도 모르게 멈춰 섰다. 무언가를 골똘히 생각 중이었기 때문이다.

"항아님, 무슨 고민이라도 있으십니까?"

무용이 고개를 흔들었다. 그리고 자리에 앉아 다시 화분을 찬찬히 살피기 시작했다.

"아닙니다, 잠시 다른 생가을 하여서요."

"너무 골몰하시기에 또 무슨 일이 있으셨나 했습니다. 요즘 항아님 주변이 좀 어수선했으니 말입니다."

중전과의 일을 두고 하는 말이었다. 하지만 무용은 그 말을 꽃 이야기로 받아넘겼다.

"어수선할 만도 합니다. 이제 곧 4월이 아닙니까. 열매를 달려고 나무들이 바쁘니, 저도 그렇지요."

"아참! 일 마치고 화동에 가려 하는데 항아님도 함께 가시겠습니까?"

그때 누군가 들어와 무용에게 조심히 말을 붙였다.

"저기, 항아님. 찾으시는 분이…."

말이 끝나기도 전에 현혜가 들이닥쳤다. 자리에 있던 모든 이들이 황급히 일어났다. 한눈에 봐도 귀한 신분인 게 확실했기에, 무용도 몸을 일으켜 예를 갖췄다.

"현혜옹주님이십니다."

"옹주님을 뵙습니다."

무용은 일단 꾸벅 고개를 숙였다. 하지만 모르는 사람이 어째서 자신을 찾는지 알 수 없어 의아한 표정을 짓고 있었다.

"무슨 구경이라도 났느냐?"

"죄, 죄송합니다."

현혜가 불쾌해하며 말하자 주변에 있던 이들이 황급히 밖으로 나갔다.

"흐음….."

현혜는 무용을 보며 짧은 숨소리를 뱉었다. 그러다 턱, 부채로 무용의 고개를 들어 올렸다.

"네가 바로 그 계집이로구나."

탐탁지 않은 목소리였다. 무용의 마음은 어떤 일이 날까 하는 불안과 어떻게든 해야겠다는 용기가 뒤섞여 혼란스러웠다.

동궁전, 서책을 훑는 해길과 공영의 눈이 바빴다. 공영은 장원서에서 받아온 자료 중 무용이 정리한 자료를 보다 시선을 멈췄다.

"그리 골똘히 볼 게 있는 게냐?"

"아닙니다. 정리가 잘 되어 있다고 생각한 것뿐입니다."

"그래."

해길은 간단히 대답하고 다시 서책을 훑었다. 공영은 혼자 얼떨떨해져 있었다. 그동안 무용을 탐탁지 않게 생각해왔다. 오늘 동석할 것이란 말을 들었을 때, 잠자코 있긴 했지만 이런 일이 두 번은 없게 하려 했다.

교태전에서 난리가 났으니 돌아다니게 두는 것보단 앞에 두고 감시하는 게 나을지도 몰랐다. 하지만 정사를 논하는 자리에 그깟 계집이 끼어 있는 게 말이 되는가 싶었다. 그 계집이 멍청한 얼굴로 앉아 있을 걸 생각하니 마음이 답답해 장원서로 가는 내내 걸음이 무거웠다. 하지만 막상 회의가 시작되니 생각한 것과 상황이 전혀 달랐다. 우물쭈물하던 화석을 두고 말을 끌어가던 건 오히려 그 계집이었다.

화석은 장원서의 장원으로, 자신이 맡은 일에는 밝은 사람이었다. 하지만 공영이 날이 선 목소리로 묻는 데다가, 세자까지 있는 자리라 말이 잘 나오질 않았다. 과수의 작황같이 잘 아는 걸 말하려 해도 괜히 더듬거리게 됐다.

"그게 모내기라는 게, 작황이 고르지 못하니 위에서는 별로 내켜하시지 않는다고 들었사옵니다. 아무래도, 물이 마르면 농사를 아예 망치게 되니 그렇겠지요."

그런 상황이니 모내기, 이앙법에 대한 질문을 받았을 때는 더듬거리는 게 더 심했다. 애초에 화석은 과수를 다루는 과원색의 책임자이지, 농부가 아니었다. 그러니 이를 잘 말하지 못하는 것도 이해가 가긴 했다. 그런 중, 무용이 자리에서 일어났다. 책을 더 자세히 보려는 것이었다.

"하지만 저수지를 만드신다 하지 않으셨습니까?"

차근차근 말을 시작한 무용이 다른 책을 좀 당기자 공영이 흘겨봤다.

"비가 많이 오는 때가 한 해에 한 번 꼭 있지 않습니까? 그 비를 담아두고 싶은 사람들이 무척 많을 겁니다."

무용이 보던 것은 강수량에 대한 것이었고, 지금 당겨 가져간 것은 저수지와 보를 만드는 기록이었다.

"농사꾼의 일이 어디 쉽겠습니까, 모내기를 하고 안 하고에 따라 쌀의 수확량이 완전히 다르니 하고 싶어 하는 이들이 많은 건 당연합니다."

무용이 고개를 갸웃대다가 이내 끄덕거렸다. 나름대로 답을 내린 듯했다.

"흐음, 여기가 이 정도라면 다른 곳도 봄비가 꽤 내린 듯싶은데."

공영은 얼굴을 있는 대로 구겼다. 뭔가 느낌이 이상했다. 멍청히 앉아만 있을 줄 알았던 무용이 술술 말을 풀고 있었다. 강수량의 현황으로 앞일을 미루어 설명해 나가는 게 예사롭지 않았다.

"다 네 생각 같지는 않을 것이다."

공영은 무용이 간과했다고 생각하는 부분이 담긴 책을 집으며 입을 열었다. 타박하는 말투에도 무용은 고개를 끄덕이며 미소를 지었다.

"어휴, 제 생각이 미치지 못한 데가 얼마나 많겠습니까. 또, 직접 살아보지도 않았는데 어찌 이렇다 저렇다 결론을 내겠습니까?"

그렇지만 무용이 손가락으로 가리킨 것은 공영이 짚으려던 부분이었다.

"당장 여기만 보아도 생각할 게 많을 듯합니다. 지난해 가뭄이 심했으니 모내기를 하지 않으려고 할지도 모르겠습니다. 진돌 아저씨가 모내기를 하셨다가…."

공영은 무용이 전에 살던 곳 이야기를 덧붙이는 게 쓸데없다고 생각했다. 하지만 잠시 사이에 중요한 부분을 거의 다 파악한 것에는 분명 놀랐다. 무용의 말을 듣다가 저도 모르게 수긍해 고개를 끄덕이기도 했다.

"꽃을 기르는 데에는 어떨 듯싶으냐?"

해길이 묻자 무용이 방긋 웃었다.

"물 댈 곳이 생긴다면 사람도 좋은데 꽃이라고 다르겠습니까?"

책을 뚫어져라 보던 공영이 풋, 웃음을 내었다. 꽃에 관한 이야기를 신이 나서 떠들어대던 무용이 떠올랐기 때문이다. 그러다 괜히 머쓱해져 혼잣말을 했다.

"저하께서 행하시는 바에는 늘 뜻이 있지요."

중얼거리는 걸 들은 해길이 공영에게 시선을 맞췄다.

"오늘은 꽤 쓸 만한 이야기를 했습니다. 그 계집, 아니, 그 무용이란 동산바치도 말입니다."

공영은 다시 나오는 웃음을 구태여 지우지 않았다. 자신이 존경하는 세자가 괜히 그 계집을 데려온 것이 아니라는 생각이 들어 기뻤기 때문이다.

"그래."

해길도 작은 미소를 지으며 답했다. 하지만 곧 표정을 굳혔다. 쓸 만하다, 궐에서 그리 여겨지는 게 득일까, 독일까.

"과연, 소문대로 미색이 대단…."

무용의 고개는 이리 턱, 저리 턱, 부채가 움직이는 대로 돌아가고 있었다. 부채에서 은은한 대나무 향이 났다.

"치는 않구나?"

교태전의 불여우를 무릎 꿇린 동궁전의 작은 여우. 소문에는 분명 천하절색이라고 했다. 백 년은 족히 산 여우가 변신한 것 같다는 말에 이렇게 직접 보러왔는데…. 현혜는 아예 무용의 얼굴을 부여잡았다. 그리고는 얼굴을 바짝 들이대고 무용의 얼굴을 뜯어보기 시작했다.

"이게 정말 궐에 상소문까지 오게 한 그 여우란 말이야?"

잘 봐주어야 귀여운 정도? 여우 같은 데를 굳이 찾자면 조금 밝은 눈동자가 둥글면서도 새치름한 정도였다. 워낙에 둥글둥글한 게… 아무튼 상상과는 딴판이었다. 소문이란 부풀게 마련이라는 걸 모르는 건 아니었지만, 이건 정말 알 수가 없었다.

"아니, 겨우 이까짓 것에 홀리셨을 리가 있나."

영문을 알 수 없는 건 갑자기 얼굴을 붙잡힌 무용 쪽이 더했다.

"에? 그게 무슨….'"

볼을 꾹 눌린 탓에 발음이 안 됐다. 얼굴을 쥐었던 손을 팩 놓자 무용이 얼얼한 볼을 비볐다. 현혜는 부채를 얼굴 앞에 모으고 적나라한 눈길로 무용을 훑었다. 여우는 무슨, 다람쥐가 세수하는 꼴이 아닌가.

"네가 저하께서 데려왔다는 동산바치가 맞는 거지?"

영 의심스럽다는 말투였다.

"예, 그렇사옵니다.'"

현혜는 무용보다 한 치 정도가 클 뿐이었지만, 세 치는 너끈히 큰 느낌이 들었다. 미간에 힘을 주고 내려다보는 모습이 위압감을 느끼게 해서 그런지도 몰랐다.

"그럼 내가 친히 일을 맡기마."

무용은 현혜가 나쁜 사람으로 보이지 않았다. 해길을 만나기 전의 무용이었다면, 당장 현혜의 일을 받았을 것이었다. 하지만 중궁전에 불리어 갔다 난리가 났던 게 겨우 며칠 전 아닌가, 자신의 사람 보는 눈만 믿고 일을 받을 순 없었다.

"감히 말하건대 저는 동궁의 동산바치로 그 외를 받들 처지가 못 됩니다. 송구하옵니다."

자신은 동궁의, 그러니까 해길의 동산바치였다. 만일 현혜가 해길에게 위협을 가하려 한다면 맞설 것이었다. 무용에게는 해길의 사람으로, 해길의 곁에서 버티기로 결심이 있었다.

"흐음."

현혜는 숨을 끌며 다시 얼굴을 가까이했다. 고분고분 고개를 조아린 채로 하는 말인데, 우스워 보이지 않았다. 말의 뜻을 헤아리면 오히려 맹랑했다. 세자를 거쳐 오지 못할 것이면 자신을 건드리지 말란 게 아닌가. 그 말을 밉지 않게 하니 얄미우면서도 또, 재미있었다.

"그래, 그럼 내일 다시 오겠다."

현혜는 굳이 약조를 하며 씩 미소를 지었다. 장난기가 어려 있었다. 처음에는 무용이 궐에 온 의중을 의심해 찾아왔던 것이지만, 이젠 사람 자체에 대한 흥미가 동해 있었다. 끝까지 지지 않다니. 뒤에 숨긴 게 여우 꼬린지, 다람쥐 꼬린지 확인해보고 싶었다.

무용은 그에 생긋, 산뜻한 미소로 맞섰다.

"살펴 가시옵소서."

탁, 해송 분재를 그리던 은우군이 붓을 내려두었다. 그림을 마저 그리기에 시간이 늦어 그런 것일 수도 있지만, 그보다는 무언가 못마땅해서 손을 멈춘 듯이 보였다.

"대감, 감수이옵니다."

"들어오너라."

은우군은 감수가 들어와 초를 밝힐 때도 여전히 눈살을 찌푸리고 그림만 보았다. 그러다 돌연 그림을 구겨 버렸다.

"영 태가 나질 않는구나."

"소인이 보기에는 부족한 데가 없는 듯합니다."

"손에 온전히 들어오지 않은 게 어찌 마음에 차겠느냐."

은우군이 앞에 놓인 해송 분재를 빤히 보며 말했다. 감수는 눈치껏 분재를 은우군 앞으로 올렸다. 과거에는 문영대군의 것이었지만, 이젠 은우군의 것이 된 분재였다.

"중전마마께서는 옴짝달싹 못 하게 되셨다지?"

은우군이 느릿한 손길로 해송을 닦기 시작했다.

"중전마마께 위로의 선물이라도 보내드려야겠구나. 그 정도 수로 형님께 이기려 들다니."

피식, 은우군은 고개를 저으며 조소를 띠웠다.

"문형님이 없는 게 아쉽구나. 살아 있었다면 내가 파고들 틈을 아낌없이 내어주셨을 게 아니냐."

문영대군은 약간의 틈을 주는 것으로 우쭐하는 이였다. 그 틈에서 부리는 허세가 정말 제 위세인 줄 아는 치였다. 그래서 해길은 문영대군을 그냥 풀어뒀다. 하지만 은우군은 달랐다.

"내가 문형님이었다면 진작 용상을 차지했을 것을."

은우군은 가진 것으로 만족할 줄 몰랐고, 남의 것을 넘보려 틈을 노리는 이였다.

"지난번에 형님이 다녀가신 이후론 어딜 다니기가 쉽지 않구나."

쯧, 은우군이 혀를 찼다. 앞에 앉은 감수가 큰 덩치를 움츠렸다.

"감수 네가 더 면밀히 움직여주어야겠다. 지금보다 더 은밀해야 함은 물론이다."

"예, 대감."

다시 분재를 보던 은우군이 묘한 미소를 지었다. 벌레가 갉아먹은 잎을 보고 있었다.

"우리 형님께는···."

은우군은 구멍이 난 이파리를 뚝 끊어내고 말을 이었다.

"벌레를 좀 잡아드려야겠구나."

"벌레··· 말입니까?"

"그래, 곧 4월이 아니냐. 주제 모르는 벌레들이 물가에 더 꼬일 때지."

서글서글한 낯에 그려진 웃음이 왜인지 서늘했다. 감수는 목덜미에 소름이 돋는 것을 느꼈다.

3월의 끝자락이라 해도, 아직 밤공기는 서늘했다.

"으으으."

마루에 걸터앉은 무용은 부르르 몸을 떨다 못해 코까지 훌쩍거렸다. 그러면서도 방에 들어가질 않고 옆에 둔 말리 화분만 멀뚱멀뚱 보고 있었다. 그런데, 멍했던 무용의 얼굴에 갑자기 함박웃음이 피어났다. 익숙한 걸음 소리가 들려온 덕이었다.

"저하!"

"어찌 여태 나와 있느냐?"

"저하가 올 것 같아서요."

왠지 그럴 것 같은 느낌이 들었다. 만일 해길이 왔는데 지난번처럼 보지 못하면 너무 아쉬울 것 같았다. 그런 생각으로 앉아 있는데, 정말로 해길이 왔다.

무용이 방싯방싯 웃으며 반기자, 해길은 마음이 들떴다. 하지만 자신을 기다리느라 빨개진 코끝을 보니 고뿔이라도 들까 걱정이 되었다.

"낮에는 잘 들어갔느냐? 생각보다 얘기가 길어져서 말이다. 고되진 않았느냐?"

무용이 휘휘 고개를 저었다.

"아니요. 즐거웠는걸요."

"그랬느냐?"

"저하가 심으시는 꽃은 이거구나, 하였습니다."

"꽃이라…."

"그렇게 생각의 씨앗을 심어서, 예쁜 꽃을 피우려 하시는 게 아닙니까?"

무용이 턱 아래로 꽃받침을 만들고 해죽 웃었다. 해길은 고개를 끄덕였다. 이렇게 웃음꽃을 피우는 걸 보고 싶었다. 무용을, 무용이 있는 세상을 아름답게 하고 싶었다.

"그래서, 저하랑 그 씨앗을 같이 심는 기분이었습니다."

해길은 흐트러진 머리칼을 넘겨주고는 왜인지 지긋한 눈길로 쳐다보았다.

"나와 함께 심어줄 테냐?"

"어휴, 심는 것이라면 제 전문 아니겠습니까."

어찌 말을 이리 예쁘게 할까. 묻고 싶은 말도, 듣고 싶은 말도 많았다. 하지만 이런 말을 하기에는 아직 너무 일렀다. 게다가 코를 훌쩍거리는 게, 아무래도 어서 재워야 할 듯싶었다.

"내가 쉴 시간을 빼앗았구나. 이만 들어가거라."

"조금만, 조금만 이따가요. 밤공기가 좋지 않습니까."

"고뿔이라도 걸리면 어쩌려고 그러느냐."

해길이 무용의 빨간 코를 톡 건드리며 말했다. 코끝이 차가웠다.

"에이, 이래 봬도 산중에서 나고 자란 몸입니다. 고뿔이 쉽게 들려고요. 어머니, 아버지가 앓아누우셨을 때도 저는 쌩쌩했는걸요?"

해길이 어쩔 수 없다는 듯 미소 지었다. 그리고 조심스러운 손길로 무용의 뺨을 감쌌다. 그러자 무용이 숨을 섞어가며 밝게 웃었다.

"생각보다 따뜻하네요. 하긴, 저하 손은 늘 따뜻했지요."

무용이 해길의 손에 자신의 뺨을 비볐다. 식었던 뺨에 따뜻한 손이 닿아서 그런지 간지러운 느낌이 들었다. 그리고 긴장이 풀려서 그럴까, 스르륵 눈이 감겼다.

"…네가 있는데, 내 손이 어떻게 차갑겠느냐."

무용 덕에 해길의 손은 이제 뜨거울 지경이었다. 어디 손만 그렇겠는가, 가슴 속에서부터 열이 올라와 마른 입술을 자꾸 축여야 했다. 그냥 보고만 있기에는 무용이 너무 고왔다.

"아!"

해길이 얼굴을 가까이하던 찰나, 무용이 번쩍 눈을 떴다.

"저하를 그저 세워 두었네요."

무용이 사뿟사뿟 걸어가 마루로 가서 앉았다. 그리고 서 있는 해길을 보며 고개를 기울였다. 왜 오지 않는지 묻는 듯한 시선이었다. 해길은 하는 수 없다는 듯 입맛을 다시며 마루로 향했다.

"너는 그 꽃집에서 태어난 게냐?"

무용은 이제 코가 아니라 뺨이 빨갰다. 이를 보고 있으니 더 닿고 싶고, 더 알고 싶은 마음이 자꾸 솟았다.

"예, 제가 태어났을 때는 꽃집이 아니었지만요. 아버지께서 어느 날 꽃집을 하자고 그러셔서 그때부터 하게 되었지요."

"화훼(꽃 그림)와 영모(새와 동물 그림)에 따라올 자가 없는 화원이었다고 들었다. 꽃을 좋아하셨던 게냐?"

화공으로 있었다는 말에 도화서에 남은 그림을 찾아봤었다. 못 그리는 게 없는 실력자였고 특히 살아있는 걸 그리기 즐겼다고 했다.

"물론 아버지도 꽃을 좋아하셨지마는…."

무용은 왜인지 말을 끌었다. 그리고 입술을 꾹 물었다가 말을 이었다.

"어머니가 꽃을 무척 좋아하셨어요. 아마 그래서 그러셨던 것 같아요. 워낙에 황당한 생각을 잘 하시는 분이시니, 정확히는 알 수 없지만요."

무용이 급하게 웃음을 덧붙였다. 무거워진 마음을 숨기려는 것이었다.

"좋은 분이시구나."

"그렇지요, 어머니가 좋아하는 꽃을 구하시려고 마을 몇 군데를 돌아다니시기도 하셨다니까요."

"혹 네 댕기에 있는 꽃이냐?"

"예, 각시붓꽃이요."

무용은 입술을 힘껏 당겨 웃어 보였다.

"얼마나 고마운 꽃인지 모릅니다. 어머니가 돌아가셨던 날, 마침 한 송이가 피어주었던 게 늘 생각나거든요."

홀쩍, 괜히 코끝이 시큰거렸다. 울상이 되는 게 느껴졌다. 해길에게 이런 얼굴을 보여주고 싶지 않았다. 그래서 자리에서 일어나 등을 보였다.

"춥네요."

해길이 그 뒤로 가 무용을 가만히 안았다.

"저하?"

"네가 추워하는데, 보고만 있으라는 게냐?"

얼굴을 숨기려 하는 건 알았지만, 모르는 척 보고만 있기에는 가슴이 너무 먹먹했다. 반쯤 농담을 하듯 말하니, 무용도 장난스럽게 고개를 저었다. 굳었던 어깨에서 힘이 풀리는 게 느껴졌다. 자신이 모르는 시간 동안 이리 움츠리며 추위와 고난을 견뎌왔을 터였다. 그 시간들을 전부 안아주고 싶었다. 그렇게 한다면 가슴이 덜 아릴 것 같았다.

"저하와 있으면 추운 날이 없겠네요."

"그럼 앞으론 영영 없겠구나."

무용은 눈물이 흐를 것 같아 눈을 크게 뜨고 하늘을 올려다봤다. 슬픈 건 아니었다. 다만 가슴 안에서 울컥울컥, 자꾸 무언가가 솟아나고 차올랐다. 그건, 지금 맞닿은 체온처럼 포근하고 벅찬 감정이었다.

무용이 몸을 기대왔다. 해길은 그 어깨를 더 조심스레 감쌌다. 서로에게 번진 온기가 무용을, 또 해길을 채워갔다. 두 사람이 함께한 봄밤은 그렇게 무르익어 가고 있었다.

까만 밤하늘에 박힌 조각달에 구름이 지나는 중이었다. 무용과 해길의 거리는 조금 전보다도 가까워져 있었다. 나란히 앉은 게 꼭 서로에게 기댄 것처럼 보였다. 무용은 닿은 어깨가 쑥스러웠지만, 이렇게 앉아 있는 게 이상하게 느껴지진 않았다. 그게 왠지 묘해서, 괜히 웃음이 나왔다.

"현혜가 찾아갔다 들었다."

"아, 네!"

해길이 갑작스레 말문을 열자 무용이 깜짝 놀라며 답했다. 계속 염려하던 일이었는데, 왜인지 잊고 있었다.

"옹주님이 오셨습니다. 그런데, 저….."

꺼내기 힘든 말을 하려니 말이 잘 나오질 않았다. 슬쩍 살피며 쳐다보자 해길이 여린 미소를 내어줬다. 뭐든지 괜찮다고 말해주는 것 같았다. 그걸 보고 나니 조금은 안심이 되어서, 입에 맴돌던 말이 툭 나왔다.

"옹주님과는 어떤 사이입니까?"

"아우다."

이를 몰라서 물은 게 아니었다. 해길에게는 가족이 있었지만, 가족이 있다는 느낌이 별로 들지 않았다. 해길의 아버지, 그러니까 임금님은 뵌 적이 없었다. 하지만 들려오는 말로는 관계가 소원한 듯했다. 어머니라고 하면 중전마마가 계시긴 하지만 친어머니도, 다정한 사이도 아니었다. 아우라…. 정다운 사이 같지만 지금까지 온갖 사달을 냈던 게 동복동생이지 않았는가.

해길은 무용이 무슨 걱정을 하는지 짐작이 갔다. 현혜의 일을 받지 않은 것도 자신에게 무슨 일이 생길까 염려해서 그런 게 분명했다.

"네게 부탁하고 싶은 게 있다는데, 괜찮겠느냐?"

"제가 맡아도 괜찮겠습니까?"

무용이 다시 조심스레 물었다. 현혜가 나쁜 사람처럼 느껴지진 않았다. 하지만 현혜가 자신을 좋아하는지는 잘 알 수가 없었다. 괜히 일을 맡았다가 해길에게 폐가 갈까 염려가 됐다.

"네가 맡아주면 좋겠구나. 지난해 혼인해 궐을 나간 아이다. 오랜만에 왔는데, 나는 함께 있어 주기가 영 힘들 듯하구나."

다행히 현혜는 해길에게 악의를 품은 사람이 아닌 듯했다.

"다만 까다로운 아이이니, 혹 네가 바쁜 중이라면 다른 이를 찾아두마."

해길은 현혜가 어떤 사람인지 잘 알았다. 자신의 위치를 이용해 고압적으로 굴기 때문에 아랫사람이 그 고집을 상대하려면 여간 힘든 게 아니었다. 때문에 염려가 되어 단서를 달았다. 하지만 무용은 괜찮다는 뜻으로 고개를 저어 보였다.

"저하를 좋아하는 듯했습니다."

현혜가 싫지 않던 건 아마 그런 이유였을 것이다. 자신을 탐탁지 않아 하는 투였지만, 해길을 염려해서 그러는 것 같이 느껴졌다. 현혜는 해길의 가족이었다. 자신의 사람 보는 눈이 퍽 나쁘지 않다는 생각이 들어 무용의 기분이 좋아졌다.

"저도 저하를 좋아하지 않습니까, 그러니 괜찮을 겁니다."

무용은 그러며 연신 고개를 끄덕거렸다. 사실 자신만만한 척했지만, 그렇지 않았다. 걱정하는 해길을 안심시키기 위해 그런 척했을 뿐이었다.

"그런 게냐?"

"물론이죠."

해길은 뭐가 괜찮다는 건지 잘 알 수가 없었다. 다만 무용이 방글방글 웃는 모습이 좋아서 고개를 끄덕였다.

현혜는 구미가 당기는 일과 아닌 일에 반응이 분명했다. 그런 방식으로 먼저 다가갔다는 건, 무용에게 흥미가 있다는 뜻이었다.

"그럼 나는 걱정할 게 없겠구나."

알면 알수록 무용을 좋아하게 될 수밖에 없을 테니 말이다.

백자 가운데 심어진 장미는 무척 귀한 것이었다. 화분은 크지 않았지만, 심어진 꽃을 생각하면 알맞은 크기였다. 여러모로 세심하게 고려한 것이 눈에 보이는 장미 화분이었다.

물론 장미는 이미 말라버렸지만 말이다.

"그러니까, 이 장미를… 맡기신다는 거지요?"

무용은 마른침을 삼켰다.

어제의 자신을 데려다 화를 내고 싶었다. 물론 꽃에 대해서라면 자신이 있었고, 동산바치 일에도 나름대로 요령이 있었다. 그렇지만 죽은 꽃을 무슨 수로 살린단 말인가. 현혜는 씩 웃고 있었다. 장난기가 배인 게, 심술궂은 생각을 하는 걸로 보였다. 골탕을 먹일 작정을 한 것이라면 맞게 고른 일이었다.

"그래, 내겐 무척 소중한 것이다."

분명 자신을 괴롭히기 위해 한 말인 것 같은데, 또 마냥 거짓말로 꾸며내는 것 같지도 않았다.

"어떤 꽃인지 여쭈어도 되겠습니까?"

"선물 받은 것이다. 낭군에게."

현혜는 흠흠, 헛기침을 덧붙였다. 부채를 쥐었다 말았다 하는 게 뻘대는 걸로 보였다. 불편한 듯도 했다.

"이리 다루기 힘든 꽃을 두고 집을 비운 이가 잘못이 아니냐."

현혜에게는 정말로 소중한 꽃이었다. 하지만 꽃을 볼 줄만 알았지 돌볼 줄은 몰랐다. 집을 비운 낭군이 미워져서, 며칠 안 봤을 뿐인데, 그 사이에 꽃이 말라버렸다. 무용에게 이 화분을 가져온 건 반 정도는 놀리려는 마음이었지만, 나머지 반은 기대하는 마음이었다. 재주가 제법 좋다고 하니, 혹시 무슨 수를 내줄지도 모른다는 생각에 가져온 것이었다.

"아아, 장미는 다루기가 까다롭지요."

무용이 맞장구를 쳐주자 현혜가 반색했다.

"그래, 그렇지."

무용의 입술에 웃음기가 스쳤다. 현혜가 마음 졸이고 있던 게 눈에 보였다. 그건 단지 꽃이 말랐기 때문만은 아니었을 터였다. 소중한 것은 눈앞의 꽃이 아니라 이에 담긴 마음이었다.

"잘 알았습니다. 맡겨주십시오."

현혜의 얼굴에 환한 웃음이 떠올랐다. 곧 부채를 얼굴 앞에 모으긴 했지만 말이다.

"이 꽃을 살릴 수 있겠느냐?"

"에이, 이미 마른 꽃을 어찌 살리겠습니까?"

무용이 넉살 좋게 말했다. 하지만 현혜는 황당해졌다. 자신을 놀리려고 하는 것인가 싶었다.

"맡겨 달라 하지 않았느냐?"

"예, 저는 꽃집의 주인이니까요."

무용이 씩 입꼬리를 당겼다.

자신이 꾸리던 꽃집은 단순히 꽃을 기르는 곳이 아니었다. 꽃집 아이리수는 마음을 전하는 곳이었다.

귀한 장미 화분이 모셔진 빈방에 누군가 들어왔다.

어찌나 조심스럽게 들어오는지 숨소리조차 나질 않았다. 하지만 곧 쨍그랑, 날카로운 소리가 울렸다. 바닥으로 던진 장미 화분이 깨지는 소리였다. 자신이 낸 소리에 놀란 그는 잠시 주변을 둘러보았다. 그리고 아무도 이를 보지 못한 걸 확인하고 만족스럽게 웃었다.

"흥, 당해 보라지."

"저하께서는 송대감님과 소대 중이십니다."

공영이 현혜에게 꾸벅 고개를 숙이며 말했다.

"됐다. 그저 동궁의 꽃을 구경하러 온 것이니 말이다."

현혜가 선심을 쓰는 양 말하자 공영은 이제 됐나 싶어 안심하고 물러나려 했다. 하지만 사실 현혜는 해길이 아니라 공영을 노리고 온 것이었다.

"그래, 그러니 네가 꽃을 좀 보여 주거라."

공영은 어쩔 수 없이 현혜와 함께 동궁을 돌기 시작했다. 어색하고 불편해서 숨이 막히는 듯했다. 매화사라면 읊을 수 있었지만, 꽃 자체에 관한 건 말할 수 있을 만큼 아는 게 없었다.

"그 동산바치라면 꽃을 잘 알고 있겠지."

현혜가 넌지시 말했다. 무용에 대한 정보를 캐내려는 속셈이었다.

"소개를 잘하지 못해 송구합니다."

하지만 공영의 답은 그뿐이었다. 해길에게 떠보는 소리가 통하지 않아 공영에게 온 것이나, 공영 또한 궐에서 있던 일을 밖으로 늘어놓는 사람이 아니었다.

"그런데 그 아이, 맹맹하게만 보이지는 않더구나."

현혜는 공영의 반응을 살피며 말을 이었다.

"저하께서 괜한 이를 데려오셨을 리 없지 않습니까."

공영은 세자에 대한 믿음이 극진했고, 그에 관해서는 저도 모르게 자부심을 부렸다. 이를 살살 건드리면 사정을 좀 캐낼 수 있으리라는 생각에 말을 더 붙여보았다.

"그래, 저하께서 뜻이 있어 데려오신 것이겠지."

고개를 끄덕이자, 공영은 입꼬리를 올리고 말을 이었다.

"작물에 이해가 꽤나 밝은 아이입니다. 일을 수월히 하고자 불러오신 것이지요."

"흐음, 그렇구나."

일이라, 공영이 꽃 기르는 것을 일로 칠 리 없었다. 그러니 일이라 함은 정사를 뜻할 터. 자신이 아는 건 세자 세력이 밀고 있는 이앙법과 수미법에 관해 부정적인 이들이 꽤 많다는 것 정도였다. 작물에 대해 말했으니 아마 그와 관련하여 그쪽 방면에 능통한 아이를 데려온 것이겠지. 피식, 웃음이 흘러나왔다. 절세가인에게 마음을 빼앗겨? 헛소문이었다. 애초에 세자가 여우에게 홀렸다는 소문을 믿는 이는 시정잡배뿐이겠지만.

"되었다, 이만 가마."

무용이란 나인은 세자가 정책을 위해 데려온 인력이 확실했다.

"예? 정말 이렇게 갑자기 가시는 겁니까?"

만족스러운 답을 얻었으니 이젠 볼일이 없었다. 그보다 무용이 내놓을 답이 기대됐다.

"아아, 무용이가 재미있는 걸 할 듯해 말이다."

장원서로 돌아온 무용의 품에는 짐이 한 아름이었다. 그런 무용에게 한 무수리가 달려왔다. 장원서에 물을 가져다주는 무수리였다.

　"항아님! 큰일 났습니다. 장미가, 장미가 든 화분이 깨져버렸습니다."

　곁에 있던 사람들이 모두 주목할 정도로 요란스러운 목소리였다.

　"혀, 현혜옹주님의 화분이 깨졌다고?"

　"그 방에 들어간 사람은 아무도 없지 않았소!"

　"이러다 우리 다 큰 벌을 받는 거 아니오?"

　현혜는 성미가 불같기로 유명했다. 자신의 물건이 망가졌다는 걸 알면 크게 벌을 줄지도 몰랐다. 거기까지 생각이 미친 장원서 사람들은 겁을 먹고 웅성거리기 시작했다. 무용은 주변에 당황한 사람들을 둘러보다 말을 전한 무수리를 보고 다시 물었다.

　"어떻게 된 일인가요?"

　"그게, 물을 주러 들어가 보니 깨져 있었습니다."

　"물을 주러 들어가셨더니, 깨져 있었다고요?"

　"예."

　무수리는 영문을 모르겠다는 듯 겁먹은 얼굴이었다. 무용은 일단 장미를 확인하러 갔다. 산산조각이 난 화분을 보고 있는 무용의 뒤로 현혜가 들어왔다. 방 전체가 흐트러진 것도 아니었고, 심지어 화분 받침은 위에 멀쩡히 놓여 있었다. 누군가 일부러 떨어뜨린 것이란 생각밖에 들지 않았다.

　"이게 어찌 된 일이냐?"

　불쾌함이 여실히 느껴지는 목소리를 들은 장원서의 사람들이 두려움에 떨었다.

　"화분을 깨뜨려 송구합니다."

화분을 맡았던 무용이 화분의 주인인 현혜에게 머리를 숙였다. 현혜는 이를 보다 쯧, 혀를 찼다. 나설 배짱도 없는 심술이라니. 아무리 봐도 무용의 잘못이 아니었다. 십중팔구 누군가 무용이 벌을 받길 바라며 꾸민 일이었다.

"되었다. 그 장미가 아니면 담을 게 없는 화분이었다."

현혜가 별일 아니라는 식으로 말했다. 몰려왔던 이들이 여기저기서 안도의 숨을 터뜨렸다.

"그리 생각해주셔서 감사합니다."

무용도 얕은 숨을 내쉬었다. 하지만 자신이 맡은 화분이 깨져 마음이 편치 않았다. 도대체 왜 이런 걸까. 무용은 사람들 사이에 섞여 있는 무수리를 살폈다. 아까부터 불안한 것처럼 손톱을 물어뜯고 있어서 얼굴을 잘 볼 수가 없었다. 아마 그가 화분을 깬 범인이리라.

조용히 알려도 될 일을 듣고 불안해하라는 듯 주변에 소리친 것도, 마른 장미에 물을 주러 갔다는 것도 이상했다. 간간이 인사를 나누던 사이인데, 왜 자신에게 이런 일을 벌였는지 알 수가 없었다. 하지만 사람들을 안심시키는 게 먼저였다. 중전마마의 일이 얼마 지나지 않았는데, 자신 때문에 일이 또 생기면 앞으로 장원서 사람들과 지내기 곤란할지도 몰랐다. 올 때마다 숨이 막힐 것 같았다.

"옹주님, 다행히 꽃은 상하지 않았습니다."

무용이 말라버린 꽃을 집어 들며 웃어 보였다. 보는 이의 마음을 누그러뜨리는 미소였다. 살얼음판 같던 분위기가 녹아내렸다.

소란이 지나고, 현혜는 귀찮다는 핑계로 무용만 남기고 사람들을 물렸다. 무용은 마른 꽃과 깨진 화분 조각을 모은 뒤, 일을 하기 시작했다.

"누가 화분을 깨뜨렸는지는 아느냐?"

현혜가 툭 물었다. 색색의 종이를 정리하던 무용의 손이 멈췄다.

"아는 것이로구나. 누구이냐? 내가 정리하마."

현혜는 차가운 눈초리로 말을 밀어붙였다.

"어휴, 그런 폐를 끼칠 순 없지요. 그보다, 그리 답해주셔서 감사합니다. 덕분에 모두 안심하지 않았습니까. 그걸로 잘 정리된 것이지요."

무용은 다시 감사 인사를 했다.

"화분을 못 쓰게 된 건 좀 아쉽지마는, 별일도 아니지 않으냐."

"옹주님의 기분이 상하지 않았다니 다행입니다. 오랜만에 궐에 오셨다고 들었는데, 즐겁게 보내다 가셨으면 좋겠네요."

피식, 현혜는 새는 웃음을 숨기려 부채를 얼굴 앞에 모았다. 아직 마음을 다 풀면 안 된다고 생각은 하는데, 무용이 시원스레 웃는 걸보니 저절로 웃음이 나왔다. 손쉽게 적을 없앨 수 있을 기회인데, 그보다 겁을 먹은 이들을 먼저 생각하다니, 생각보다 배포가 있는 아이였다. 지금도 자신에게 마음 써주고 있지 않은가.

"그런데 말라버린 꽃으로 무얼 할 수 있단 말이냐?"

사각사각, 날이 선 가위가 무용이 손을 움직이는 대로 종이를 갈랐다. 무용은 자른 종이를 들어 확인했다. 연녹색의 종이는 봄볕에 비쳐 더 고운 색으로 보였다.

"꽃다발로 만들어 드리려 합니다."

"꽃다발? 그건 죽은 꽃으로도 만들 수 있느냐?"

"꽃이 소중한 건, 꽃을 준 마음이 있기 때문이 아닙니까."

무용은 장미를 고쳐 쥐고 연녹색의 종이로 감쌌다. 다음은 연홍색, 다음은 홍자색이었다.

"붉고 고운 장미였지요?"

현혜는 무용의 손에서 눈을 떼지 못했다.

"그래, 그러했다."

꽃다발에 붉은 매듭을 다니 화사한 멋이 더해졌다. 현혜는 무용이 꽃다발을 완성하자마자 얼른 집어 들었다.

"받았던 때가 떠오르는구나."

"다행입니다."

현혜의 얼굴에 어느새 미소가 스며들어 있었다. 이를 본 무용은 꽃집에 있을 때가 떠올랐다. 받은 사람이 기뻐하면 자신도 기뻐져서, 꽃집을 하는 게 즐거웠다.

"볕이 잘 닿지 않고 습기가 적은 곳에 두시면 더욱 오래 두고 보실 수 있을 겁니다."

꽃다발은 완성이 됐는데, 무용은 왜인지 기다란 천 조각을 다시 집었다.

현혜는 또 빤히 무용의 손을 쳐다봤다.

"이번에는 또 무어냐?"

"그게, 늘 부채를 지니고 계시지 않습니까."

무용이 매만지던 천 조각이 장미로 피어났다. 무용은 이를 매듭에 달아 부채 끈으로 만들었다. 그런데 하나가 아니고 두 개였다.

"어떻습니까? 부채에 다실 만하시겠습니까?"

현혜는 처음 보는 장식이 신기해서 눈앞에 두고 들여다보며 고개를 끄덕였다.

"그런데 왜 두 개인 것이냐?"

"장미는 두 분의 꽃이지 않습니까. 함께 추억하실 수 있는 게 있으면 하여서요."

"낭군도 늘 부채를 지니고 있으니, 잘 됐구나."

현혜의 입술에 부드러운 미소가 번졌다. 무용은 왠지 쑥스러운 기분이 들었다. 현혜가 전혀 다른 사람처럼 웃는 게 묘했다. 또 문득 마음에 솟아난 바람이 우습기도 했다. 해길과 함께 본 꽃들을 하나하나 만들어서 또 함께 보고 싶었다.

"내 집에도 마당이 있다."

현혜가 불쑥 말했다.

"그러시면 이 자기 조각을 마당에 장식하는 건 어떻겠습니까?"

무용은 떠오르던 생각을 미루며 앞에 놓인 화분 조각을 집어 들었다. 깨진 화분도 현혜가 추억할 수 있는 것으로 만들어주고 싶어 계속 생각하고 있던 것이었다.

"담벼락에 하는 것도 좋겠습니다. 이리 희고 고우니 장미 모양을 따라 박아 넣는 것도 괜찮을 듯합니다."

"그럼 네가 하여라."

"예?"

무용이 어리둥절해져 되물었다.

"나의 동산바치가 되란 얘기다."

잠시 함께 있던 것뿐인데, 벌써 무용이 마음에 들었다. 어려운 궐 안 생활이라도 이 아이라면 어떻게든 풀어갈 재주가 있을 듯했다. 그러니 저하께서 데려온 것이겠지. 하지만 장미를 만들어 마음을 풀어주는 것은 전혀 다른 재주였다. 이대로 궐에서 닳도록 두기에는 다른 재주가 너무 아까웠다.

"이리 마음에 드는 것은 오랜만이야. 무언가 보답을 하고 싶구나. 나와 간다면 편안하게 살도록 해주겠다."

"…신경 써주셔서 감사합니다."

꾸벅 고개를 숙였던 무용은 무언가를 생각하는 듯했다. 그러다 씩 입술을 당겨 웃었다.

"저, 옹주님. 제가 청을 하나 드려도 되겠습니까?"

일과가 시작되기도 전인 이른 아침, 해길은 달리듯 걸어 무용의 처소에 당도했다. 그런데, 문 앞에 섰는데도 아무 소리가 들리지 않았다. 무용이 당장 달려 나오는 소리가 들려야 했다.

"설마…."

해길은 처소 안을 향했다. 인기척이 없었다. 마당에 있어야 할 호미도 마찬가지였다.

"안에 있느냐?"

답이 돌아오지 않았다. 달칵, 방문을 여니 곱게 개인 의복과 서안 위에 놓인 서신이 보였다. 서신에는 정갈한 글씨로 짤막한 내용이 쓰여 있었다.

이를 본 해길의 눈빛이 흔들렸다. 목 끝까지 먹먹함이 차올랐다.

"…가버린 게냐."

5장

조선꽃집 아이리수(芽而理水)

민은 담벼락을 따라 걷고 있었다. 하암, 아침부터 하품이 늘어졌다. 해가 흐려 그런지도 몰랐다. 걸음을 멈춘 민은 옷매무새와 목소리를 가다듬고는 씩, 웃었다.

"이리 오너라!"

민이 서 있는 곳은 은우군의 집이었다.

일꾼들은 익숙한 태도로 민을 반기며 안내했다. 민이 들어오자 은우군이 다듬던 해송을 옆으로 미뤘다.

"왔느냐? 앉아라."

"지난번에 청에서 들여온 분재군요. 또 무엇이 필요해 저를 부르셨습니까?"

민이 해송 분재를 살피며 자리에 앉았다.

"단지 네 얼굴을 보려 한 것뿐이다."

"다망하신 대감님께서 제 얼굴을 보아 무엇 하시렵니까."

비꼬는 말 같았지만, 느물거리는 말투라 장난을 치는 것 정도로 보였다.

"그리 꼬박꼬박 선을 그으려 할 필요 없다."

은우군은 여전히 서글서글한 얼굴을 하고 있었지만, 묘한 구석이 느껴졌다.

"난 네 형이 아니냐."

민의 눈에 날이 섰다. 웃고 있던 입술이 비틀렸다. 그 사이로 쯧, 혀 차는 소리가 샜다.

"부른 것이 장사치 민이 아니라 왕자 시우군이라면, 오지 않았습니다."

그가 사사로이 사용하고 있는 민이란 이름은 원래 함부로 부를 수 없는 것이었다. 시우군, 그게 조선의 왕자인 민이 가진 군호였다. 그는 세자의 셋째 동생이자 은우군의 바로 아래 동생인, 왕의 마지막 아들이었다.

"우리 사이에 섭섭한 소릴 하는구나. 청에서 왔다는 말을 듣고 안부 차 부른 것뿐이다."

"아이고, 아량도 넓으십니다."

민은 눈 아래의 두툼한 살까지 실룩이며 능청맞게 웃었다.

"이리 위와 아래로 스치듯 보는 것. 저는 그걸로 충분합니다."

형제니 어쩌니 운운하기는. 이쪽에서 접고 들어가지 않으면 분명 날을 세울 거면서. 민은 눈초리가 사나워지려는 걸 의식해 고개를 털었다.

"요즘 왜 이리 찾는 이가 많은 건지…. 얼굴을 보았으니 이만 가보겠습니다."

"연훈 그자 말이냐?"

민의 동태를 쫓고 있다는 걸 대놓고 드러내는 말이었다.

"아이고, 인기도 적당해야지 즐길 맛이 나지…."

민은 혼잣말인 양 꿍얼대며 나갈 채비를 했다.

"그래, 너는 장사꾼이지."

은우군은 민이 부산스레 구는 데도 나긋나긋 입을 열었다.

"장사란, 모름지기 가장 득이 될 곳에 명운을 거는 것이 아니냐?"

민은 자리에서 일어나다 말고 몸을 멈췄다.

"…그렇지요."

무슨 말을 하려는 걸까, 말에 든 속뜻을 전부 읽어내기가 어려웠다.

"그럼, 내게 걸어라."

"무슨 말씀이신지…."

은우군은 역심을 밝힌 것이나 다름없는 말을 해놓고도 여느 때처럼 웃고 있었다.

이를 보며 모른 척 계속 빼고 있자니 좀이 쑤셨다.

"…상대를 모르고 하시는 말씀은 아니시지요?"

이리 대놓고 물어도 여유로운 얼굴이라니, 그 형님을 상대로 얼마나 자신이 있는 걸까.

"거, 일단 들어나 봅시다."

민이 다시 자리에 앉았다. 은우군을 보는 눈이 반짝였다. 입가에 머금은 미소가 시원스러웠다.

아흔아홉 칸이나 되는 커다란 기와집 여기저기에서 사람들의 말소리가 들려왔다. 화려하진 않았으나 정갈해서 여러 사람이 정성스럽게 가꾼 느낌이 들었다. 현혜와 그의 낭군인 유진사가 기거하는 집이었다. 마당에 선 현혜 곁에 앞치마를 입은 무용이 보였다.

"날이 좋아 다행입니다."

무용이 소매를 걷으며 말했다. 하늘을 올려다본 현혜는 고개를 갸웃거렸다.

"오늘은 한낮에도 흐릴 듯한데?"

"그러니 좋지요, 내내 담벼락 앞에 있어야 하니 말입니다."

"그래, 그리 생각하면 그렇구나."

무용이 현혜의 집에 온 지도 며칠이었다. 며칠 동안 무용과 지낸 현혜는 무용이 점점 더 마음에 들었다. 말이며 행동뿐만 아니라 솜씨까지도.

무용은 깨진 백자 화분과 옹기 조각을 이용해 담벼락을 꾸미는 중이었다. 옹기 조각은 가지가, 백자 조각은 꽃이 됐다. 무용이 조심스러운 손길로 조각을 하나, 하나 더할 때마다 그림이 선명해졌다.

"옹주님, 손을 베이십니다."

현혜가 큰 조각 하나를 집어 들자 무용이 걱정스레 말했다.

"조심하마. 재미있어 보여 그런다."

두 사람은 그렇게 한참 담벼락에 붙어 있었다.

"마지막은 옹주님께서 하시겠습니까?"

현혜의 손길을 끝으로, 담벼락에 백자 조각으로 된 하얀 목련이 피어났다. 두 사람은 벽에 기대서서 목련이 핀 담벼락을 바라봤다.

"마음에 드십니까?"

"이젠 사철 내내 목련을 볼 수 있겠구나."

현혜는 만족스러운 얼굴로 담벼락과 그 위로 보이는 진짜 목련 나무를 쳐다봤다. 나무는 이제 꽃이 다 지고 없었다.

"목련 나무가 있어 여기에 목련을 하고 싶다 하신 겁니까?"

"낭군이 가장 좋아하는 꽃이다."

현혜는 아무렇지 않은 듯 태연한 얼굴로 말했지만, 쑥스러움이 다 감춰지진 않았다.

"지금은 장미가 제일이라 하지만 말이다. 내가 좋아하던 것이었는데, 나는 이젠 목련이 제일인 것 같구나. 담백하고 무난히 보이지만 말이다."

"그렇지만 우아하지요."

"그래, 내 낭군이 꼭 그렇다. 그래서 이리하고 싶었다."

무용은 뺨이 발그레해진 현혜를 보는 게 좋았다. 평소의 현혜는 감히 누구도 기세를 꺾을 수 없는 사람처럼 보였다. 그런데 남편 얘기를 할 때면 이렇게 부드럽고, 따뜻한 얼굴을 하곤 했다.

"낭군의 마음에도 든다면 좋겠구나."

무용은 문득 진달래 꽃다발을 준비했을 때가 떠올랐다. 해길이 좋아해줄까, 그 뜻을 알아줄까, 그 마음이 전해질까, 닿을 수 있을까…. 지금의 현혜가 꼭 그때의 자신 같았다.

"왜 웃고 있느냐?"

현혜의 얼굴이 가까웠다. 무용은 조금 흠칫했지만, 아주 놀라지는 않았다. 이런 현혜의 버릇에 조금은 익숙해졌기 때문이다.

"저하께 꽃다발을 올렸을 때가 떠올라 그랬습니다. 저도 옹주님처럼 가슴을 졸였거든요."

"꽃다발을? 그런 걸 왜?"

전혀 이해할 수 없다는 듯 어리둥절한 물음이었다. 현혜가 보기에 '세자저하'와 '꽃다발'은 전혀 조화가 되지 않는 조합이었다.

"저하가 기뻐하셨으면 하여서요. 생각해보니 그뿐이네요."

단지 그런 것이었고, 해길은 무척 기뻐해줬다. 그래서 자신 또한 기뻤다. 이를 떠올린 무용의 얼굴이 진달래처럼 발그스름해졌다.

"아하."

한편, 현혜는 마음에 걸려 있던 의문에 답을 찾고 짧은 감탄사를 뱉었다. 무언가를 바라서 궐에 들어갔다고 하기엔 무용의 마음이 너무 고왔다. 화분이 깨졌을 때 분위기를 푼 것도 그렇고, 마른 장미로 꽃다발을 만든 것도, 깨진 화분으로 담벼락을 장식해준 것도 그랬다. 전부 남을 다정하게 살펴주는 마음으로 한 일들이었다. 그런 무용이 궐에 온 이유는 자신이 생각하던 것과는 아주 다른 것임이 확실했다.

"내가 부럽겠구나."

현혜가 씩, 미소를 지으며 두툼한 눈 밑 살을 굽혔다.

"너도 저하와 부부의 연을 맺고 싶지?"

목소리에 장난기가 가득했다.

"예?"

무용은 무슨 뜻인지 모르겠다는 듯 되물었다. 하지만 못 알아들은 척하기에는 이미 늦었다. 얼굴이 너무 새빨개졌기 때문이다.

"제가, 저하랑요?"

늘 바라왔던 꿈인 것처럼 순식간에 상상이 그려졌다. 현혜가 낭군을 기다리며 보던 문이 어느새 꽃집 문이 되어 있었다. 마루에 앉아 있는 것도 자신이었다. 문이 열리고, 딸랑, 풍경 소리와 함께 해길이 들어오면, '다녀왔다' 그리 말하며 웃어 주겠지.

"무슨 생각을 했기에 얼굴이 그리됐느냐?"

현혜가 짓궂게 물었다.

"에이…."

무용은 너스레를 떨어보려 했지만, 말이 잘 나오질 않았다. 달아오른 뺨을 숨기려 손으로 꾹꾹 누르는 게 최선이었다.

"그 목석같은 이가 뭐가 좋다고. 하긴 너는 예쁜 꽃을 좋아하니, 그럴 수도 있겠구나."

현혜는 고개를 끄덕거렸다. 무용이라면 궐에 자신의 자리를 만들 수 있을 것 같았다. 승은상궁 자리야 어렵지 않을 테고, 때를 봐서 소훈(세자의 후궁, 종 5품)이 되고 양제(세자의 후궁, 종 2품)가 되면 될 테지. 무용은 볼수록 귀여운 상인 데다가, 똑 부러진 성미였다. 게다가 보고 있으면 지루하지가 않았다. 충분히 가능성 있는 이야기였다. 상대방이 목석같다는 문제만 빼면 말이다.

"흐음, 그래."

가늘게 콧숨을 끌던 현혜가 좋은 생각이 났다는 듯 번뜩 눈을 빛냈다.

"덮쳐버려라."

"예?"

쿵, 현혜가 무용을 벽으로 밀어붙였다. 한 손은 벽을 짚고 있었고 한 손은 무용의 어깨를 잡고 있었다. 무용의 심장이 쿵쾅거렸다. 얼굴이 또 가까웠다. 조금 전까지만 해도 익숙해졌다고 생각했는데, 뭔가가 달랐다. 살짝 기울어진 고개가 무언가를 할 것만 같이 보였다.

"이러면 느끼는 게 있겠지."

나직한 목소리였다. 이리 보니 조금 치켜 올라간 눈매가 해길처럼 보였다. 왜인지 입 안이 말랐다. 그때, 대문 쪽이 소란스러워졌다.

"마님! 유진사께서 오셨습니다."

"낭군!"

현혜는 순식간에 들떠 대문으로 달려갔다. 혼자 남겨진 무용은 멍하게 서 있다가 부르르, 고개를 흔들고 현혜를 뒤쫓았다.

현혜의 곁에 선 유진사는 옥색 도포를 입고 있었다. 목련처럼 선하고 고고해 보이는 사람이었다. 부부는 얼싸안고 그간 못 나눈 이야기를 나눴다. 서로의 눈에 서로만이 가득했다. 무용은 이를 보는 것만으로도 속이 간질간질해졌다.

"아, 그렇지! 나의 친구요."

현혜가 그렇게 말하며 뒤에 서 있던 무용을 잡아당겼다. 무용은 갑작스레 불린 것에도, 친구란 소개에도 놀랐지만, 기뻤다.

"무용이라 합니다. 동궁에 동산바치로 있습니다."

"아, 반갑네."

유진사는 어리벙벙해져 있었다. 현혜에게 무용과 같이 소탈한 벗이 생긴 게 믿기질 않았기 때문이다. 유진사로서는 높은 신분에 성격까지 까다로운 현혜의 마음을 어떻게 열었는지 알 수가 없었다.

"그렇지! 이리 와보시오."

현혜가 유진사를 담벼락으로 이끌었다.

"목련이 한 해 내내 피면 좋겠다고 하지 않았소."

"옹주님께서 직접 생각하시고 거드셨답니다."

"직접? 정말로 나를 위해 이를 만들어준 것이오?"

유진사는 울 것 같은 눈으로 현혜를 보고 있었다. 현혜는 뿌듯한 얼굴을 하고 유진사의 손을 잡아 주었다. 무용은 둘을 보며 흐뭇한 미소를 지었다. 자신이 꽃집을 하던 이유는 바로 이것이었다. 꽃이란 이리 마음을 전해 주지 않는가, 그 순간을 보고 있다는 게 행복했다.

왠지 또 해길이 떠올랐다. 지금 같은 상황이라면 분명 기뻐해주겠지. 그럼 나도 웃는 모습을 볼 수 있을 텐데…. 분명 즐거운 상상인데, 왜인지 가슴 한편이 쓸쓸해졌다. 해길이 보고 싶었다. 당장 그 손을 잡고 눈을 맞추고, 곁에 있다는 걸 확인하고 싶었다.

"저는 이만 가보겠습니다."

유진사는 손님을 잊었다는 생각에 민망해져 얼른 무용 쪽으로 몸을 돌렸다.

"벌써 가시오? 궐로 가시는 거라면 아직 시간이 좀 있을 듯한데. 바쁜 게 아니라면 답례를 하도록 해주지 않겠소?"

무용이 미안해하며 고개를 저었다.

"대접은 옹주님께 분에 넘칠 만큼 받았습니다. 궐로 가는 것이 아니라, 길이 멀어 그러니 부디 양해해주셔요."

무용이 봇짐과 함께 대문 앞에 섰다.

"여기 계속 있으면 좋을 텐데…."

현혜가 아쉬움을 감추지 못하며 말했다.

"하긴 너는 네가 가야 할 길이 있으니."

"마음이 바뀌면 얼른 달려오겠습니다."

능청스러운 무용의 말에 현혜와 유진사가 웃음을 지었다. 무용은 그 모습을 보고서야 걸음을 떼었다.

"그럼, 안녕히 계십시오."

저녁을 맞았으니 기방 안에 손님이 가득할 때건만, 어째선지 기녀들이 전부 문 앞에 나와 있었다. 그 바글바글한 중심에 민이 있었다. 화려하게 꾸민 기녀들 사이에서도 단연 돋보이는 자태였다. 오늘도 화려한 차림새였다. 그렇지만 그 호화로운 옷도, 사람들이 곁에 모이는 것도 모두 당연하게 보일 정도로 잘 어울렸다.

"이리 가시다니, 소녀 섭섭하옵니다."

기녀 하나가 민의 팔에 엉겨 붙으며 몸을 들이댔다. 민은 기지개를 켜는 양 딴청을 피우며 그를 피했다.

"꽃이 나비를 쫓아서 쓰나."

민은 피식 웃고 훌쩍 자리를 떴다. 주변을 에워쌌던 기녀들의 아우성이 계속 들려왔지만, 민은 성큼성큼 걸어 시장을 향했다. 음식 냄새가 진동하니 꼬르륵, 뱃속이 울렸다.

"뭘 먹어야 잘 먹었다는 소문이 나려나."

무얼 먹을까 고민하며 주변을 둘러보던 민이 갑자기 걸음을 멈췄다. 두부 장수, 아니, 그 앞에서 두부를 사는 무용을 발견했기 때문이었다.

"한 모 주세요."

"아니, 세 모에 이거 어떻소?"

민이 손가락으로 값을 흥정하며 끼어들었다.

"어? 나리?"

얼떨떨한 무용을 보며, 민은 씩, 웃음을 지었다.

"또 보는군."

달그락달그락, 꽃집 아이리수 문 앞에서 풍경 흔들리는 소리가 났다. 해길이 새 풍경을 달고 있는 중이었다. 풍경은 전과 비슷한 모양이었지만, 겉에 꽃이 새겨져 있는 점은 달랐다. 무용이 좋아할 것이라 생각해 해길이 특별히 고른 물건이었다.

풍경을 다 단 해길이 문을 열자 딸랑, 맑은 소리가 울렸다.

"제법 비슷하구나."

무용이 손수 만들었던 종이꽃이 없어 아쉽긴 했지만, 풍경 소리가 울리니 꽃집에 온 기분이 들긴 했다. 바닥에 두었던 짐을 들고 꽃집 안으로 들어갔다. 딸랑, 풍경 소리가 그 뒤를 쫓았다.

"깎아 사려던 물건은 아니었지만, 나리 덕분에 값을 좋게 치렀네요."

무용이 두부를 살피려 손을 들자 꽤 묵직한 꾸러미가 흔들렸다. 꾸러미에는 두부만 있는 게 아니라 다른 물건들도 꽤 들어있었다.

"하긴, 이제 장사를 파하실 때이니 하나를 팔고 두 개를 남기시는 것보단 세 개를 팔고 가시는 게 득이시겠죠. 모두 득을 보았습니다."

민은 무용처럼 두부를 들어보며 고개를 끄덕거렸다. 사실 두부 같은 건 별로 필요하지 않았는데, 저도 모르게 사버렸다. 또, 이렇게 보니까 먹고 싶던 것 같기도 했다.

"그런데 동궁에 있지 않고 왜 여기 있소?"

민의 큰 걸음을 바삐 쫓던 무용의 걸음이 더뎌졌다.

"어? 제가 동궁에 있다는 건 어찌 아셨습니까?"

무용이 신기해하는 척하며 물었다. 하지만 눈초리가 묘했다. 연꽃을 심었던 날, 자신이 동궁에서 온 동산바치라고 소개한 기억은 없었다. 궐에 속한 사람인 걸 알았다면 자기 밑에서 일하라 하지 않았을 것 같았다. 그런데 지금은 궐, 그것도 동궁을 콕 짚어 말하는 게 이상했다.

"아니, 내가 수련아재… 아니, 와우거사 댁에 있던 거 잊었나? 그 분께 들었네."

거짓말이었다. 민이 무용에 관해 얻은 정보와 소문에 연훈의 말은 단 한마디도 들어 있지 않았다. 영리한 것 같긴 했지만 이리 간극을 짚을 정도로 경계심이 있던 것 같진 않았는데, 뭔가 또 달라진 듯했다.

"그러네요. 저는 잠시 일이 있어 나온 길입니다. 이제 고기만 구하면 됩니다."

무용은 일리 있는 말이라 생각하며 고개를 끄덕였다. 생각해보면 연을 심었던 날 나눴던 대화도 퍽 즐거웠고, 나쁜 사람 같진 않았다. 다만 요즘 이런저런 일이 있던 탓에 조금 날카롭게 된 듯했다.

한편, 민은 무용을 보다 혼자 아, 하고 감탄사를 내뱉었다.

"그래, 이쪽으로 오게나."

"어딜요?"

민이 멀뚱히 서 있는 무용의 손목을 잡아끌었다. 점점 인적이 드문 곳을 향하고 있었다. 골목을 꺾고 나니 덩치 큰 사내만 몇몇 보일 뿐이었다. 길마저 좁았다. 꿀꺽, 무용은 침을 삼켰다. 어디선가 비릿한 냄새가 나는 듯했다.

"나리, 놓아주십시오!"

민은 오히려 걸음을 더 재촉했다. 무용은 그 손에 끌려 어둠 속으로 걸음을 내디뎠다.

꽃이 가득했던 아이리수의 마당 곳곳이 비어 있었다. 살아있는 꽃을 살리긴 했지만, 마당을 가꾸는 사람이 없어 새 꽃이 심어지지 않은 탓이었다. 마루에 걸터앉아 마당을 보던 해길이 눈을 가늘게 찌푸렸다. 꽃만 없는 게 아니라 무언가 중요한 게 없는 듯했다.

"그러고 보니 닭도 없구나."

모이를 주면 열심히 쪼아 먹던 모습이 떠올랐다. 닭장 안이 휑한 걸 보니 왠지 아쉬웠다. 그렇지만 이것도 완전한 답이 아닌 듯했다. 늘 꽉 차게 느껴지던 꽃집이 왜 이리 비어 보일까…. 작고 복작복작하여 그렇기도 했지만, 무언가가 없는 것 같았다.

그때 딸랑, 꽃집 아이리수의 풍경이 울렸다. 멍하니 있던 해길의 입술에 환한 미소가 번졌다.

"이제야 오는 게냐."

하지만 달려가 문을 연 해길의 얼굴이 금세 차갑게 식었다.

"누구냐?"

아이리수의 풍경을 울린 건 해길이 기다리던 사람이 아니었다. 문 앞에 서 있는 건, 정체불명의 사내였다.

탕! 붉은 고기 위로 묵직한 칼이 내려쳐졌다. 우락부락한 팔이었다. 두꺼운 나무 도마에 박혀있던 칼끝이 뽑혔다.

"거, 이 정도면 되겠습니까?"

칼을 쥐고 있던 이가 무용에게 고기를 들어 보이며 물었다. 민이 무용을 데려온 곳은 질 좋은 고기를 싸게 파는 푸줏간이었다.

"어휴, 충분합니다."

무용은 고기를 받아 들고 꾸벅 인사를 했다. 만족스러운 구매였다. 골목에 들어갔을 때는 걱정이 이만저만이 아니었다. 어두침침한 데다가 피비린내까지 났으니 말이다. 하지만 비린내의 정체는 싱싱한 고기 냄새였고, 안에 들어오니 장사하는 곳이 깨끗해 불쾌한 느낌은 없었다.

"덕분에 좋은 고기를 구했네요."

"물건은 좋지만 목이 좋지 않아 장사가 잘 안되던 곳이네. 그래서 내가 몇 군데 큰 거래를 터주며 안면이 생겼지."

우쭐대는 말투였지만, 사실이 그러니 자랑하지 못할 것도 없었다. 민은 무용을 보며 뿌듯한 얼굴을 했다. 무용이 알았다는 듯 끄덕이는 게 보기 좋았다. 입술이 씰룩이는 것을 느낀 민은 괜히 뺨을 쓸고는 기지개를 켰다. 그러다 옆 사람을 못 보고 부딪히고 말았다.

"아이고."

민은 이리 내뱉긴 했지만, 넘어지진 않았다. 오히려 쓰개치마를 쓰고 걷던 옆 사람이 철퍼덕 넘어져 있었다. 민이 제 몸을 터는 사이, 무용은 어느새 넘어진 사람 앞에 가 있었다.

"괜찮으십니까?"

넘어졌던 사람은 정갈히 차려입은 마님이었다. 계집종이 마님이 떨어뜨린 물건을 줍기 위해 재빨리 달려갔다. 사내종이 민을 향해 버럭 소리를 질렀다.

"잘 좀 보고 다니십쇼! 우리 마님의 노리개가 망가지지 않았습니까!"

"아이고, 죄송하게 됐습니다. 하지만 높으신 분께서 살피지 못한 주변을 제가 어찌 살폈겠습니까."

민이 비아냥댔다. 기분이 한창 좋던 중에 붙잡혀 흐름이 다 깨진 것 같아 언짢은 상태였다.

"뭐요?"

"그만해라."

마님이 흥분한 사내종에게 차분히 일렀다.

"이런 일로 저녁을 망치고 싶지 않구나. 자네도 가보게나."

민은 마님의 옷차림을 훑었다. 제법 돈이 있는 집안인 듯했다. 연을 트는 편이 좋았을 것이란 생각이 들었다. 사실 노리개 하나쯤 사주는 정도야 못 베풀 호의도 아니었다. 상황이 이렇게 됐으니 이미 늦어버렸지만 말이다.

"마님, 찾기는 했는데… 송구합니다."

노리개를 주워온 계집종이 고개를 푹 숙였다. 괴불(열매의 일종) 장식 다섯 개가 줄줄이 달려 있던 노리개였으나, 지금은 괴불 두 개가 떨어져 세 개만 남아 있었다. 하필이면 사이사이에 있는 게 빠져 더 허술하게 보였다.

"됐다, 이만 가자꾸나."

마님은 이리 말했지만, 노리개를 보는 눈길에는 미련이 묻어났다. 노리개의 주인인 마님은 금이며 은으로 되는 걸 사는 데 부족함이 없는 사람이었다. 이 괴불 노리개는 순전히 비단에 꼼꼼히 수를 놓은 꾸밈이 마음에 들어 고른 물건이었다. 솜씨 좋은 이가 공들여 만든 노리개이니, 마음에 차는 걸 다시 구하기 힘들 건 확실했다.

무용이 아쉬워하는 마님의 앞에 불쑥 나섰다.

"괜찮으시다면, 제가 손을 조금 보아도 되겠습니까?"

무용이 한적한 시장 한쪽에 자리를 잡고 봇짐을 풀었다. 봇짐에서 헝겊과 반짇고리가 나왔다. 현혜네 다녀오느라 챙겼던 물건이었다. 무용은 기다란 헝겊을 쥐어 주름을 잡았다. 손이 움직일 때마다 꽃잎이 생겨나고 있었다. 지나던 사람들이 하나, 둘 발길을 멈추고 이를 쳐다봤다.

"거참 신기하네."

어느새 사람들이 겹겹이 모여 구경하는 판이 벌어졌다. 민은 무용의 바로 곁에서 손이 움직이는 걸 눈으로 쫓고 있었다. 무용의 눈앞에 민의 그림자가 졌다.

무용은 모양을 확인하느라 헝겊을 들어보았다. 어슴푸레한 시간인 데다가, 사람 그림자까지 어른대니 만들기가 쉽지 않았다. 그래도 만들어진 장미와 모란은 퍽 고왔다.

"이러한 것은 어떠하신가요?"

무용이 괴불이 있던 자리에 만든 꽃을 대어 보이며 물었다. 꽃은 물론 새로 단 끈도 어색하지 않을 정도로 잘 어울렸다. 오히려 처음보다 더 예뻐 보였다.

"이런 꽃 장식은 처음 보는데, 곱구나."

마님의 답은 짧았다. 하지만 노리개를 받아들고 연신 훑어보는 모습이 꽤 즐거워 보였다.

"솜씨가 좋구나. 오히려 값을 치러 줘야겠어."

"그리 생각해주시다니 감사합니다. 다음에 제 점포에 들러주시면 아주 기쁘겠네요."

"내 공으로 하는 말이 아니네, 노리개를 파는가?"

무용은 고개를 저었다.

"아니요, 저는 꽃을 팔고 있습니다. 꽃집 아이리수, 들어보셨습니까?"

"꽃집? 꽃을 판다고?"

황당하다는 반응도 이젠 이골이 났다. 무용은 가슴 앞에 손을 모으고 넉살 좋게 말을 꺼냈다.

"예, 조선 팔도에 유일한 꽃집이지요. 꽃뿐만 아니라 꽃다발, 꽃차, 꽃서신에 이리 꽃같이 고운 것들도 다루고 있습니다. 지금은 조금, 정비를 하는 중이긴 하지만요. 조만간 다시 문을 열면 그때 와주시겠습니까? 꽃집은 저기로 가다 보면…."

무용은 마님을 향해 말하면서도 주변에 둘러선 이들을 의식하며 시선을 움직이고 목소리를 높였다. 거기에 하는 말에 따라 몸짓까지 섞으니, 무용의 말과 손짓을 따라 고개가 돌아가는 이들이 여럿이었다. 이를 보던 민이 묘한 미소를 지었다.

"하, 정말 여간내기가 아니야."

사람 끄는 재주가 뛰어나지 않은가.

사람들이 흩어진 뒤에도 민은 여전히 무용의 곁에 있었다.

"혹 저를 기다리신 겁니까?"

무용이 고개를 갸웃하며 물었다.

"꽃을 다룬다 했지? 기방에 대는 것이오? 고관들에게 연줄이 있소? 아니면 청으로?"

민이 얼굴을 빤히 들이대며 연신 물음을 이어 붙였다. 무용이 움찔거리며 뒷걸음질을 쳤다.

문득 현혜가 떠올랐다. 태도가 닮아서 그런지 얼굴도 닮은 것 같다는 생각이 들었다.

"여기저기에 이것저것 팔았지만, 거의 동네 장사였습니다."

무용이 민에게서 벗어나려 대충 둘러댔다. 하지만 민은 개의치 않고 또 한 걸음을 가까이했다. 입꼬리가 또 슬쩍 올라가 있었다.

"호오, 민가에서 그런 걸 산단 말이오?"

"그럼요, 꽃이란 게 사람 마음을 녹이는 데가 있지 않습니까?"

무용이 목소리를 높여 말했다. 자신의 물건에 확신이 있는 느낌이었다. 답을 들은 민이 고개를 끄덕거렸다.

"하긴, 대동강 물도 파는데, 꽃이라고 안 될 거 없지."

무용이 반색하며 해죽 웃었다. 자신이 늘 하던 말을 하는 사람을 만난 게 반가웠기 때문이다.

"그렇지요? 대동강 물도 파는데, 꽃이라고 왜 못 팔겠습니까."

무용이 해죽 웃자 민은 저도 모르게 긴장해 입술을 축였다. 왜 갑자기 눈앞의 무용이 꽃 같다는 생각이 들었는지 알 수가 없었다.

"저는 이만 가보겠습니다."

민은 말을 더 걸고 싶었지만, 벌써 시장과 마을의 갈림길 앞이었다.

"이제 집에 가는 것이오?"

"예."

무용이 수줍은 미소를 지었다. 집에 가는 길인데, 왠지 쑥스럽고 어색한 기분이 들었다.

"다음에 봅시다."

무용이 빠른 걸음으로 멀어졌다. 민은 아쉬움에 우두커니 서서 그 뒷모습을 쳐다보았다.

"하, 보면 볼수록 구미가 당긴단 말이야."

산중의 밤은 더욱 일찍 찾아왔다. 거기에 바람까지 쓸쓸히 부니, 묘한 기류가 흘렀다.

"그러면 댁은 누구요? 왜 남의 집에 들어와 있는 거요."

해길은 앞에 선 사내를 살폈다. 손에 든 짐은 각시붓꽃이었고, 뒤에 맨 짐은 화구인 듯했다. 게다가 이곳이 집이라 했다.

"한화백이십니까?"

"그렇소만."

한화백, 무용의 아버지는 의심스러운 눈빛으로 해길을 살피는 중이었다. 도둑놈으로 보였으면 소리를 치고 쫓아냈겠다만, 그러기엔 너무 말쑥했다. 미간을 찌푸리고 있을 때조차 고운 얼굴이라니…. 사람은 잘 그리지 않지만 이런 사람이라면 그려보고 싶었다. 하지만 지금은 그보다 들고 있는 짐이 더 신경 쓰였다. 어떻게 알고 각시붓꽃을 챙겨 이곳에 온 걸까.

"아버님이시군요."

해길이 날선 표정을 내려놓고 싱긋 웃었다. 무용의 아버지니, 자신에게는 아버님이었다.

"아버님? 갑자기 무슨 소리요?"

아직 한화백은 어리둥절한 채였지만 말이다.

"따님의 지인입니다."

지금으로서는 설명할 말이 마땅치가 않았다.

"뭐 하는 사람이요?"

한화백이 대뜸 물었다. 본디 이런 것을 묻는 성미는 아니었지만, 영 미심쩍어 그냥 있을 수가 없었다. 무용이에게 이런 지인이 있던가? 게다가 이런 날 찾아오는 지인이 어디 있단 말인가.

"나라의 녹을 먹고 있습니다. 해길이라 합니다, 아버님."

해길이 말을 고르며 대답했다. 온전한 답은 아니지만, 완전히 거짓인 대답도 아니었다. 게다가 무용의 아버지에게는 자신을 해길이라 소개하고 싶었다. 창이란 이름을 함부로 댈 수 없기 때문이 아니라, 무용에게 자신이 해길이기 때문이었다. 그건 본명보다 소중한 이름이었다.

"귀하신 분을 몰라 봬서 송구스럽습니다… 만, 그런데 왜 자꾸 아버님이라고 부르십니까?"

돌부처 같은 표정인데, 자신을 부르는 호칭이 영 어색했다. 물론, 그림을 달라며 오는 이들 중에는 나서서 선생 대접까지 하는 이도 있긴 했다. 하지만 자신에게 그런 볼일이 있는 사람으로는 안 보였다. 도대체 이 환쟁이의 환심을 사 무엇을 하려는 건가.

한화백이 경계하는 눈으로 해길을 훑던 그때, 딸랑, 풍경이 울렸다.

무용이 낑낑대며 문 앞에 섰다. 짐이 너무 많아 문을 열기가 쉽지 않았다. 시장에서 샀던 것들에, 조금 전 참이네 들려 받아온 것들까지 양손이 가득했다. 무용은 짐을 내려두고 일단 몸부터 들이밀었다. 딸랑, 풍경이 울렸다.

"어? 풍경?"

풍경 소리에 조금 놀랐던 무용의 눈이 더 커질 수 없을 정도로 동그래졌다.

"저하!"

해길이 무용을 부둥켜안았다. 무용도 해길에게 팔을 뻗었다. 놀라움은 금세 가라앉고 반가움이 차올랐다. 이렇게 온기가 느껴지니, 옆에 있다는 실감이 났다.

"여기까지 어떻게 오셨습니까?"

무용이 남긴 서신은 짤막했다. 그만큼 담긴 내용도 얼마 되지 않았다. 일을 부탁받아 며칠 자리를 비우겠다, 현혜옹주님께서 보살펴

주시기로 했다, 그게 다였다. 어머니의 제사를 지내러 간다고는 한 마디도 쓰여 있지 않았다.

해길은 어떻게 왔냐는 무용에게 오히려 어찌 자신을 그저 두고 갔냐고 묻고 싶었다. 자신에게 기대주는 듯하다가도, 이렇게 혼자 버티려는 걸 보면 아직 갈 길이 먼 듯싶었다. 이런 마음으로 대답을 했다가는 서운함과 안타까움에 원망하는 듯한 말투로 할지 몰랐다. 그래서 말 대신 무용을 더욱 힘껏 껴안았다.

"네가 각시붓꽃이 필 즈음이라 말하지 않았느냐."

무용도 해길을 꼭 끌어안았다. 어머니의 제사에 가야겠다고 몇 번 말을 할까 생각했지만, 결국 용기가 나질 않았다. 말하고 나면 곁에 있어 달라고, 마음에 눌러놓은 말이 툭 하고 튀어나갈까 두려웠다. 전에 했던 말은 신경 써 주길 기대하며 한 말이 아니었다. 그런데 해길은 스치듯 한 말을 붙잡아 자신의 곁에 와 주었다.

'괜찮다, 괜찮아.'

전해진 온기가 그렇게 말하는 듯했다. 가슴 안에서 무언가가 또 울컥 차올랐다.

"흠흠…."

무용이 놀란 토끼 눈으로 헛기침 소리가 난 쪽으로 고개를 돌렸다.

"아버지!"

무용이 달려가자 한화백이 함박웃음으로 그를 맞았다.

"그래, 무용아!"

해길은 가만히 그 모습을 지켜봤다. 좀 더 안고 싶어 아쉽긴 했지만, 부녀가 회포를 나누는 걸 방해할 순 없었다.

"어휴!"

얼싸안고 감동할 줄 알았는데, 들려온 건 팡팡, 등을 때리는 소리였다.

"꼴이 또 이게 뭐예요! 마른 거 봐."

"그게… 오래간만에 재미있는 걸 그려달라는 이가 있어서 말이다."

한화백이 어색한 미소를 지으며 말했다.

"잠도 안 자고 밥도 안 먹고 했다는 소리네. 내가 뭐라 했지요?"

"아니, 나도 쉬려고 하긴 했다. 그런데 그림을 그리기 시작하면 다 잊어버리니, 어찌하겠느냐?"

피식, 해길의 입가에서 미소가 샜다. 그동안 얼마나 어렵고 많은 일이 있었던가, 그런데도 무용은 아버지를 염려하기에 여념이 없었다. 그렇게 울 듯한 눈을 하고 입술을 꾹 물고서 웃고 있었다. 해길은 무용이 그런 얼굴을 하지 않아도 되도록 끌어안아 주고 싶었다.

무용은 마당으로 들어서며 여기저기를 살펴봤다.

"꽃집이 이리되었군요. 저… 해길도령."

무용은 급하게 말을 바꿨다. 세자저하라고 설명할 순 없으니, 일하며 도움을 받게 된 사람이라고 설명해뒀다. 그런데 저하라는 말이 입에 배어서 그 말이 튀어나오려 했다. 문제는 해길이 이곳에 있는 게 반갑고 또 달가워서 자꾸 말을 붙이고 싶다는 점이었다.

꽃집은 마당이 좀 비긴 했지만 그래도 제법 공을 들여 가꾼 티가 났다. 여러모로 신경을 써주었다는 생각이 들었다. 하고 싶은 말이 더 늘어나 좀이 쑤셨다.

"조금 바뀌었구나."

한화백도 주변을 둘러보며 말했다. 집에 잘 들르지 않으니 올 때마다 집이 달라져 있긴 했지만, 지금은 느낌 자체가 좀 달라져 있었다.

"무슨 일이 났다고는 얼핏 듣기는 했는데…."

길이 급해 자세한 이야기는 듣지 못했다만, 꽃집이 엉망인 걸 보았다고 했다.

"그게, 뭐… 그랬습니다."

무용은 뭐라고 말해야 할지 고민하다 일단 웃어넘겼다. 하고 싶은 말도, 듣고 싶은 말도 많았지만 지금은 제사를 준비하는 게 먼저였다.

"유… 세차…."

제문을 읽는 아버지와 제주인 딸, 둘뿐인 조촐한 제사였다. 누가 보면 계집이 제사를 지낸다며 손가락질을 할지도 몰랐다. 하지만 이 가족에게는 소중한 시간이었다. 구색을 갖춰 차린 제사상과 한쪽에 올린 각시붓꽃이 정성 어린 마음을 느끼게 했다.

"해길도령도 인사를 드리겠습니까? 괜찮지요?"

무용이 해길에게 물었다가, 다시 아버지에게 청을 했다. 한화백은 각시붓꽃을 보다가 해길에게 슬쩍 눈길을 주었다.

"여기까지 오셔서 그냥 가시는 것도 그러니…."

해길은 한화백을 향해 살짝 머리를 숙이고 신위 앞에 섰다. 묘한 순간이었다. 평생 알지 못했을 수도 있는 곳이었다. 그러다 객이 되어 잠시 시간을 보냈고, 그렇게 무용을 알게 됐다. 이젠 무용에게 객이고 싶지 않았다. 반려이고 싶었다. 해길은 그런 마음을 담아 무용의 어머니에게 인사를 올렸다. 감사와 안타까움 그리고 앞으로의 다짐. 두 배 반의 절에는 그런 긴긴 마음이 담겼다.

달그락달그락, 무용은 부엌에서 제기를 닦기 시작했다. 그 옆에서 제사 음식 정리를 마친 한화백이 방 안을 향했다. 방에서는 해길이 병풍을 접고 있었다. 한화백은 높은 신분인 것 같은 해길이 정리를 돕자 놀라며 얼른 그를 거들었다.

정리 중에 한화백이 해길을 빤히 쳐다봤다. 다시 보아도 미청년이 었다.

"선비님."

한화백이 나직이 해길을 불렀다. 속을 가늠해보려는 듯, 묘한 시선이었다.

"우리 무용이를 마음에 품으신 겁니까?"

한화백은 조금 전에 보았던 두 사람의 모습을 떠올렸다. 주변에 꽃이 떠다니는 듯했다. 사랑이었다. 이 낯선 이가 무용이를 사랑했다. 그리고 자신의 자식인 무용이도 이 낯선 이를 같은 마음으로 품은 듯했다.

"예."

해길은 망설이지 않고 대답했다. 눈빛이 곧았다. 이를 본 한화백의 입술에 옅은 웃음기가 어렸다. 해길은 분명 좋은 사람이었다. 다른 건 몰라도 자신의 보는 눈만큼은 정말 쓸 만하니 보장해도 좋았다.

입은 차림새며 행동거지로 보건대 귀한 집 자제가 틀림없었다. 녹을 먹는다 하였으니, 얼굴만 말쑥한 한량도 아니었다. 보기보다 더 좋은 사람이면 좋은 사람이었지, 그 이하일 리 없었다.

그러니 무용이의 곁에 있어서는 안 됐다.

"접으십시오."

앞길이 창창한 자식을 둔 양반집에서 가만있을 리 없었다. 꽃에 꼬인 벌레 취급이나 할 게 분명했다. 하지만 자신에게는 더없이 소중한 자식이었다. 가시밭길을 가겠다는 걸 손 놓고 볼 수는 없었다.

"무용이는 제가 데리고 가겠습니다."

해길도 한화백의 마음을 모르는 건 아니었다.

"아버님."

"자네가 아버님, 아버님 구니 나도 편히 말함세."

한화백은 해길의 말을 자르며 강하게 나섰다.

"자네는 부귀공명에 이루지 못할 게 없겠지."

해길은 타고나길 아름다운 이였다. 거기에 주어진 신분 또한 귀했다. 공들여 뜻을 세웠고 그 뜻을 이룰 힘도 있었다. 한화백의 눈에 그는 가지지 못한 것도 가지지 못할 것도 없는 사람으로 보였다.

"그렇다 해서 무용이에게 무얼 줄 수 있단 말인가?"

한화백이 나지막하게 한숨을 내쉬었다.

"무용이에게 그런 것은 아무 소용이 없는데."

해길도 이를 알았다. 재물과 지위는 무용이 필요로 하는 게 아니었다.

"자넨 마음만 먹으면 무용이를 꺾을 수도 있겠지."

해길이 마음만 먹었다면 가느다란 꽃을 꺾어 쥐듯 손쉽게 무용을 가질 수 있었다. 하지만 그리해서는 몸을 곁에 둘 뿐이었다. 해길이 바라는 건 그 이상이었다.

"하지만 마음에 품었다고 하지 않았나. 그러니 두고 떠나게나."

한화백이 해길에게 시선을 맞추고 말했다. 무용에게 필요한 것은 잠깐 꽃놀이나 하려는 높으신 분이 아니었다. 무슨 일이 있어도 곁을 지켜줄 든든한 반려자였다.

"싫습니다."

해길은 팽팽한 시선을 맞받으며 말했다. 또렷하고 단호한 목소리
인데도, 어쩐지 가련한 느낌이 들었다.

"없이 사는 법을 잊어버렸습니다."

무용을 만나기 전의 모든 시간이 보잘것없다는 것은 아니었다. 하
지만 그 모든 것이 무용을 만나기 위하여 있던 것으로 느껴졌다. 무
용을 마음에 품은 후로는 모든 가치가 무용으로 매겨졌다. 그건 전
혀 다른 세계였고, 이젠 나갈 곳을 찾을 수 없었다.

"제가 살 수가 없습니다."

늘 오는 봄에서도 새로운 싹이 움트듯, 무용과 함께하는 매일은
계속해서 새로웠다.

"그러니 숨을 쉬는 한 놓지 못할 것입니다."

무용이 닦은 제기를 들고 마당을 향했다. 제기를 탁자에 넣면 정
리도 마무리 될 것이었다.

"언니는 누구예요?"

어둠 속에서 웬 어린아이가 불쑥 튀어나왔다.

"으엇!"

깜짝 놀란 무용은 제기를 떨어뜨릴 뻔했다. 그러자 아이가 급히
와서 잡아주었다.

"후."

무용이 안도의 한숨을 내쉬며 아이를 쳐다보았다. 열 살쯤 됐을
까, 이런 밤중에 어찌 온 건지는 모르겠지만 적어도 귀신은 아닌 듯

했다.

"저는 이 집 주인인데, 손님은 누구신가요?"

"송구합니다."

해길은 머리를 숙였다. 앞으로 꽃길만 있을 것이라 약조를 하기에는, 이미 생각한 바가 너무 많았다. 무용이 자신의 곁에 있길 택한다면 앞으로 쉽지 않은 길이 이어질 게 분명했다. 어쩌면 무용은 아직자신을 놓을 수 있을지도 몰랐다. 신분의 차이도, 정적의 위협도 없는 더 좋은 길이 있을지도 몰랐다. 그렇지만 자신을 떠나도록 둘 순없었다. 행복하길 바라는 마음은 조금도 거짓이 없었지만, 자신의곁에서 웃어주길 바랐다. 지독한 이기심이었다.

"기세가 좋구먼, 쯧!"

한화백은 새삼 자신이 못난 아비라는 생각이 들었다. 아내를 잃은뒤, 달래지지 않는 마음을 어떻게든 가라앉혀 보려 정처 없이 집을나섰다. 그렇게 하루하루를 도망치며 살았다.

하지만 그럴 수 있던 건, 무용이 꽃집에 남아 돌아올 곳이 되어준덕분이었다. 그리 혼자 남겨 두는 게 모진 짓임을 알면서도 모르는척, 매번 길을 나섰다.

"무용이가 싫다면 어쩌려 그러나."

"싫지 않게 하겠습니다."

눈 안에 든 불이 서늘한 건지, 뜨거운 건지 가늠이 되지 않았다.

어느 쪽이든, 활활 타오르는 불꽃을 보고 있자니 소름이 돋았다.

"거, 진짜 대단하시군."

피식, 쓴웃음이 샜다. 자신과는 다른 사람이었다. 이런 사람이라면 괜찮을지도 몰랐다.

"그래, 그런데 이런 말을 무용이에게 해야지 나한테 해봤자 무슨 소용인가?"

한화백이 놀리듯 물었다. 웃는 얼굴이 짓궂었다. 해길은 지인이라 하였고, 무용이는 벗이라 하였다. 이리 절절한 것치고는 영 모호하지 않은가.

"하아…."

한숨이 깊었다.

"안 했겠습니까?"

그간 고생깨나 한 듯한 목소리였다. 한화백은 웃음이 터졌다. 생각해보면 무용이는 이런 눈치가 영 없었다.

"그래, 그랬구먼. 뭐, 그건 자네 재주에 달린 것이니 애써보게나."

한화백이 고개를 끄덕이며 말했다. 농담하듯 가벼운 목소리였으나, 마음이 담겨 있음을 알 수 있었다.

"잘 부탁드립니다."

"웃는 게 예쁜 아이지?"

당연한 것을 확인하려는 물음이 아니었다. 그 웃음을 지켜주라 이르는 말이었다.

"예."

그런 아버지의 마음이 따듯해서, 또 그 웃음 속에서 무용의 얼굴이 떠올라서 해길의 입가에도 미소가 번졌다.

이 미소에 한화백이 또 해길을 빤히 들여다보았다. 고운 사람이었다. 함께 있다면 분명 무용이도 저리 웃을 테니 둘이 있는 것을 그리면 아주 고울 터였다. 쓸쓸하면서도 뿌듯한 마음이 들었다.

"쯧!"

제 어머니를 닮은 걸까, 보는 눈이 없었다. 이런 이를 고르다니. 아니, 보는 눈이 너무 높은 것일까.

"이건 내 바람이네만, 무용이가 첩으로 휘둘리며 사는 건 싫네. 그건 뒤에서 앓아야 할 자리가 아닌가."

양반집 혼사가 정사라 해도 사람 일이었다. 더구나 저렇게 생겼으니 말해 무엇하겠는가. 그 마음을 얻은 무용이를 미워하고 해코지할 수도 있었다. 반쪽짜리 자리에서 포기해야 할 것은 또 얼마나 많은가.

"곁에 있어 주게."

자신이 주었던 상처를 미루려는 건 아니지만, 적어도 더는 상처받게 하고 싶지 않았다. 더 이상은 외롭지 않길 바랐다.

"산속에서 둘이 없이 살아도 좋네. 밥 세 끼 잘 먹고, 안 춥고 안 더우면 됐지. 무용이야 워낙에 야무지니, 자넬 굶길 리 없을 걸세."

한화백은 옅게 웃었다. 그리 살아도 행복만 하다면야, 어떤가.

"자네 그리해줄 수 있겠는가?"

한화백은 다짐을 받으려 물었다. 그때, 밖에서 뭔가 요란한 소리가 들렸다.

무용을 놀라게 했던 아이는 이제 아예 의자에 자릴 잡고 앉아 떠들고 있었다.

"저기 달맞이꽃은 아버지랑 나랑 심었어요, 여기다 심으면 엄청 커지니까 꽃도 엄청 크게 피겠지요? 어머니가 여기 흙이 맛있어서 그런 거래요. 그런데 흙이 어떻게 맛있어요? 나는 맛없던데."

무용은 제기의 물기를 닦으며 아이의 이야기를 들어주었다.

"어?"

아이가 말을 하다 말고 자리에서 일어나는 걸 보며 무용이 돌아보았다. 쿠당탕, 기껏 닦아둔 제기가 바닥으로 쏟아졌다. 어둠 속에 서 있는 자는 이전에 꽃집을 습격했던 자객의 두목이었다.

"도, 도망치거라!"

아무리 그때 정신이 없었다지만, 잊을 수 있는 기억이 아니었다. 해길의 검이 베었던 대로 얼굴에 상처가 남아 있었다. 빈 소매가 바람에 펄럭였다. 무용이 아이의 앞을 막아선 그때, 해길이 무용의 앞에 섰다.

"어찌 온 것이냐?"

"아버지!"

아이가 무용의 뒤에서 뛰어나갔다.

"아버지?"

무용은 그제야 두목의 얼굴을 제대로 볼 수 있었다. 그때와는 느낌이 달랐다. 그는 이제 자객이 아니었다. 그렇지만 그가 저지른 잘못이 사라지는 건 아니었다. 심장이 쿵쿵거렸다. 무용은 손을 뻗어 해길의 손을 찾았다.

"미안합니다."

두목은 두어 걸음을 사이에 둔 채로 다가오지 않았다. 그리고 무릎을 꿇었다.

"이 말로 모든 걸 다 사죄할 순 없겠지만, 정말 미안합니다."

두목은 밤중에 종종 꽃집 일을 거들어놓곤 했다. 명을 받은 것도 아니었고, 알아주길 바라는 것도 아니었다. 다만 속죄를 하고 싶었다. 용서받지 못할 일을 했음을 잘 알았기 때문이다.

"아버지?"

아이는 무슨 일인지 몰라 어리둥절한 얼굴로 그의 곁에 서 있었다.

"무슨 소란이냐?"

한화백이 물었다. 무용은 일단 고개를 저었다.

"그게… 수리를 도와주셨던 분인데, 제가 집에 들렀다기에 오셨 답니다."

무용이 웃음을 지어 보였다. 두목이 눈치껏 일어났다.

"그런데 너무 어두워서 그만 넘어지셔서…. 제기가 다 넘어갔지 뭡니까."

"괜찮소? 신세를 졌네. 고맙구려."

"아닙니다."

두목은 차마 감사를 받을 수 없어 고개를 저었다. 그저 빨리 사라 져 주는 게 도리일 듯했다.

"이만 가보겠습니다."

꾸벅, 인사를 전했다. 새로운 삶을 살게 된 것은 세자의 은혜였다. 그리고 그 너그러움은 저 아가씨에게서 나온 듯했다.

"고마운 분이다. 너도 인사하거라."

"안녕히 계세요."

"잘 가거라."

한화백이 손을 흔들었다. 무용도 손을 흔들어주었다. 두목이 다시 한 번 고개를 숙였다. 무용은 사라지는 아이와 아버지의 뒷모습을 바라보았다. 딸랑, 꽃집의 풍경이 울렸다. 그 울림이 끝나자 한화백 은 하늘을 올려다보았다.

"그래, 더 늦기 전에 지방을 태우고 와야겠구나."

초롱이 꽃집 마루 위를 밝게 밝히고 있었다. 한화백이 아내의 묘소에 갈 것을 꺼내는 김에 함께 꺼내둔 초롱이었다. 해길은 마당에 떨어져 있던 제기를 줍고는 마루에 걸터앉았다. 아까는 텅 빈 듯 느껴졌던 꽃집이 이제는 꽉 찬 듯 느껴졌다. 딸랑, 풍경 소리가 울렸다. 입가에 또 슬며시 미소가 떠오르는 게 느껴졌다. 자신의 마음을 가득 차게 만드는 답이 곁으로 오고 있었다.

"왔구나."

그런 해길을 본 무용의 입술에서도 저절로 미소가 번졌다. 하지만 무용은 곧 입술을 꾹 다물었다. 현혜의 집에서 한 생각이 떠올랐기 때문이다. 뺨에 또 열이 올랐다. 부부 같다. 아니, 부부라니! 그런 생각을 말아야 해…. 무용은 달아오른 뺨을 보이지 않으려 황급히 해길의 옆에 앉았다.

"널 놀라게 하고 말았구나, 미안하다."

해길은 조금 전 두목을 보고 놀랐던 무용을 떠올리며 슬픈 얼굴을 했다. 두목에게 이곳에 거처를 준 건 자신의 눈이 가장 잘 닿는 곳이어서였다. 그가 종종 일을 하고 간다는 걸 알면서도 이리 마주칠 것이란 예상을 못 했다니, 자신의 불찰이었다.

무용이 고개를 저으며 말했다.

"귀여운 아이였지요?"

나지막한 달맞이꽃이 마당에서 자라고 있었다. 여전히 그가 두려웠지만, 더 이상 그런 일을 할 사람으로 보이진 않았다.

"그런데, 아버님을 그리 보내도 되는 게냐?"

험한 산길을 떠올린 해길이 물었다.

"산소까지의 길은 험하지 않고, 익숙하신 길이니 괜찮으실 겁니다."

한화백이 제사 후 혼자 아내의 묘소에 가는 건 지방을 태우기 위해서였다. 지방은 잠시면 불타 사그라졌지만, 그걸로 마음을 다 삭일 순 없었다. 한화백은 맺힌 슬픔이 잦아들 때까지 아내 앞에 한참을 앉아 있다 돌아오곤 했다. 무용은 이를 이해하고 아버지가 혼자 가는 것을 말리지 않았다.

"아, 저하께서 가져다주신 각시붓꽃도 함께 가져가셨습니다."

무용이 웃음을 지어 보였다. 문득 맞은 시선이 가까웠다. 딱 붙어 있으니 그럴 수밖에 없었다. 전에는 최대한 떨어져 앉아 있었는데, 어느새 이런 사이가 됐을까.

"오늘도 그 꽃이 있는 댕기를 했더구나."

서른 날쯤 전의 밤, 자신을 이곳으로 데려와 주었던 게 바로 댕기에 수놓인 각시붓꽃이었다.

"어머니께서 수놓으신 게냐?"

"어머니가요?"

풋, 무용이 웃음을 터뜨렸다.

"음식 솜씨는 좋으셨다만, 자수에는 영…. 아버지가 하신 겁니다. 어머니는 꽃을 고르기만 하셨고요. 아, 그래도 저를 위해 골라주신 겁니다."

"알차고 야무진 게 꼭 너를 닮았다."

무용이 댕기를 앞으로 끌어와 살피며 말을 이었다.

"고운 각시가 죽은 낭군을 그리다 된 꽃이래요. 꽃은 각시처럼 곱고, 잎은 칼처럼 늠름하지 않습니까? 그 각시 이름이 무용이라서 제 이름도 무용이라 지으셨다 합니다. 각시붓꽃처럼 힘차고 곱게 살라고."

"그뿐이겠느냐, 이리 고운데."

해길은 저도 모르게 손을 올려 무용의 뺨을 매만졌다. 초롱 빛이 비친 뺨이 고왔다. 생기를 머금은 주홍이었다. 옅게 퍼진 주근깨 하나, 하나를 손가락으로 짚고 싶었다. 손끝에 모든 신경이 모이는 듯했다.

"처, 처음 봤을 때는 못생겼다 하셔놓고."

무용은 샐쭉한 척 고개를 돌렸다. 해길의 손끝에서 전해지는 떨림이, 그 온기가 온몸을 간지럽게 만들었다. 시선을 맞출 수가 없었다. 차라리 못생겼다 혀를 찼을 땐 볼 수 있었는데, 이제는 그럴 수가 없었다. 어떻게 아무렇지 않게 해길을 볼 수 있었을까.

"돌이켜보면 그때 이미 너를 좋아했구나."

해길이 처음 만났을 때를 되짚으며 말했다. 어디선가 날아와 싹을 틔우는 씨앗처럼, 자신도 모르는 사이에 심어진 연심이었다.

"처음이었다. 그리 아름다운 웃음은…. 전부 네가 처음이었다. 가슴이 옥죄는 것도, 또 벅차오르는 것도, 너로 인해 알게 되었다."

무용이 갑자기 몸을 일으켜 해길 앞에 섰다. 등 뒤로 희뿌연 달빛이 어렸다. 초롱 불빛이 밝은 덕에 무용의 얼굴이 또렷이 보였다. 살짝 입술을 축이고 있었다. 입술은 유난히 붉었고, 눈동자는 유난히 빛났다. 해길은 왜인지 목 안이 바짝바짝 말라 속까지 다 뻐근한 느낌이 들었다.

"왜… 그러느냐?"

무용이 해길의 어깨에 손을 얹었다. 왜 지금까지 이리 볼 생각을 못 했을까? 조금 전 축여 촉촉해진 입술이며, 흰 뺨에 배어든 홍조며, 자신을 담고 여리게 떨리는 검은 눈동자가 예뻤다. 지금까지 이를 못 본 게 아까울 정도였다.

해길을 보지 못했다면, 이리 고운 사람이 있다는 걸 알지 못했겠지. 붙잡은 가볍게 어깨를 밀자 해길이 그대로 바닥에 누웠다. 쿵, 나무라 그런지 바닥이 제법 울렸다. 쿵쿵, 심장도 그렇게 울리고 있었다. 뭐랄까, 이게 맞는 것 같다는 생각이 들었다.

"덮치는 겁니다."

속삭이는 소리였다. 해길은 순간 저도 모르게 숨을 참았다. 심장이란 이렇게 빠르게 뛸 수가 있던 것인가, 자칫 잘못하면 멎어버릴 것 같았다. 조금 기울어진 무용의 얼굴이 해길의 얼굴로 다가갔다. 그리고 제자리를 찾듯 가만히, 자신의 입술을 해길의 입술에 포갰다. 쿵. 쿵. 쿵. 쿵. 쿵. 입술이 닿은 것은 순간이었다. 하지만 해길에게는 아주 긴 시간처럼 느껴졌다. 하아, 무용에게서 가는 숨이 새고 나서야 해길은 다시 숨을 쉴 수가 있었다.

"저하가 너무 예쁜 말을 하지 않았습니까."

무용이 몸을 일으키며 괜히 탓하듯 말했다. 무슨 정신으로 한 걸까, 하지만 그러지 않을 수가 없었다. 심장은 여전히 쿵쿵대며 아우성을 쳤다. 그렇게 무용이 몸을 일으키려 할 때였다.

"읏!"

쿵, 다시 바닥이 울렸다. 이젠 해길이 달빛을 등지고 있었다. 무용은 초롱 불빛에 젖은 눈동자에 비친 자신을 바라보다 해길의 목으로 팔을 뻗었다. 천천히, 얼굴이 점점 가까워졌다. 아무 말도 하지 않았는데도, 무슨 말을 하는지 알 것 같았다. 연심, 자신과 같은 것을 품고 있으리라.

아, 나는 이 사람을 이렇게 좋아했구나. 무용은 새삼 깨달았다. 지금껏 전해 주었던 수많은 말과 몸짓을 어떻게 그냥 넘길 수 있었을까. 연모합니다, 말을 하려면 지금이었다. 그렇지만 당장은 심장이 터질 듯했다. 이 열기를 먼저 전해야 했다. 무용은 해길의 목에 감은 팔을 천천히 당겼다. 숨결에 서로의 떨림이 전해졌다. 그렇게 다시 입술이 맞닿으려던 순간이었다.

"에취."

작은 재채기 소리를 따라 딸랑, 풍경이 울렸다. 저벅저벅, 걸음 소리가 들려오고서야 무용과 해길은 급히 몸을 일으켰다. 조금 전에 어떻게 앉아 있었는지가 떠오르지 않았다. 둘은 자리에서 일어나 괜히 서성거렸다.

"오셨습니까."

한화백은 무용과 해길을 쓱 훑었다. 나란히 빰을 붉히고 안절부절 못하고 있었다. 조금 전까지만 해도 꿀이라도 발라놓은 양 서로를 못 쳐다봐 안달이더니, 왜 지금은 눈도 못 마주치고 있을까. 도대체 무얼 했기에….

"흠흠."

한화백은 일부러 두 사람 사이를 갈라섰다.

"밤이 늦었는데, 자야겠구먼. 그렇지?"

아무리 좋은 사람이라 해도, 또 서로 좋아하는 사이라고 해도, 아버지의 마음은 편치만은 않았다.

무용이 함빡 물을 준 덕에 꽃집 마당에는 싱그러운 기운이 가득했다. 세 사람은 풀냄새가 잔잔히 올라오는 마루에 앉아 아침을 먹는 중이었다.

"참이네 맡긴 병아리들이 그새 얼마나 컸는지 아십니까? 참이가 자랑을 한참 하더라고요."

무용이 제사 음식을 나눠주려 마을에 다녀왔던 이야기를 하나씩 꺼내놓고 있었다. 해길은 꽃집에 있을 때 들었던 이야기를 떠올리며 고개를 끄덕거렸다.

"그러면서 동생 돌이 자랑은 또 얼마나 하던지. 요샌 어머니와도 잘 지내나 봅니다."

눈을 맞추고 찬찬히 이야기를 들어주는 이가 있으니 들떠 계속 다음 말이 나왔다.

"그렇구나."

해길이 입가에 작게 미소를 지으며 고개를 끄덕였다. 이를 본 무용이 입술을 꾹 물었다. 왠지 가슴 안에 몽글몽글한 무언가가 잔뜩 차오른 것 같았다. 뭐라 표현하기가 어려운 묘한 기분이었다.

해길과 함께 어머니의 제를 올리고, 아침까지 함께 먹고 있었다. 밥을 먹는 거야 전에도 했던 일이지만, 지금은 그때와 다른 느낌이었다. 방싯 미소 짓는 무용을 보며 해길도 같은 얼굴을 했다. 무슨 생각을 했는지 모르지만, 무용이 웃는 걸 보니 저절로 따라 웃음이 났다.

"크흠."

한화백이 그 사이를 벌리려는 듯 헛기침을 했다. 그 덕에 어색할 것 같던 세 사람의 아침은 퍽 그럴싸해 보였다.

"내 무용이에게 이를 말이 있으니, 한 이각쯤 뒤에 자네를 부르지."

나설 채비를 마친 한화백은 해길에게 이렇게 말하고 자리를 떴다. 해길은 한화백의 마음을 이해하고 방에서 그가 오기를 기다렸다. 내내 자신과 있었으니 나누지 못한 말이 많았을 테니, 이각 이상이 걸린다 해도 이해할 만했다. 하지만 너무 조용했다. 뭔가 이상했다.

해길이 문을 열어보았다. 달각, 다시 당겨봐도 달그락달그락 무언가 걸린 소리가 났다. 예상대로 문고리는 무언가로 막혀 있었다. 한화백이 걸어놓은 숟가락이었다. 해길은 한화백이 배를 타고 떠난다는 데까지 생각이 미쳤다. 무용을 데리고 간 걸지도 몰랐다.

"이런!"

이미 반 시진 이상이나 시간이 흘렀다. 무용의 집을 부수긴 싫었지만, 그걸 신경 쓰느라 무용을 놓치는 건 더 싫었다. 그건 안 될 일이었다. 해길은 거칠게 문을 잡아당겼다. 떨그럭, 숟가락이 문고리째 떨어졌다. 무용이 나를 두고 갔을 리가 없다, 그리 생각하면서도 진정이 되질 않았다. 어쩌면 지난 밤 무용은 이미 그런 결심을 했던 건 아닐까. 아침의 미소도 마지막 인사였던 건 아닐까. 답이 무엇이든 이리 보낼 순 없었다.

해길은 숨도 고르지 않은 채 밖으로 내달렸다. 딸랑, 풍경 소리가 집을 나서는 그를 배웅했다.

자박자박, 나루터를 향하는 아버지와 딸의 걸음이 나란했다. 한화백은 꽃집에 도착했을 때와 마찬가지로 다시 화구가 든 봇짐을 지고 있었다. 도착했을 때보다 양이 더 늘어난 것 같았다. 무용도 웬 꾸러미를 들고 있었다. 크진 않지만, 뭐가 꽤 든 것처럼 보였다.

"왜 그리 걸음을 재촉하느냐."

무용의 걸음은 빠르지 않았지만, 한화백은 탓하듯 말했다. 무용이 걸음을 늦췄다.

"오늘따라 걸음이 느리십니다. 만날 쫓아갈 수도 없이 빨리 걸으시더니."

"어릴 때는 만날 천천히 가라고 하더니, 벌써 커서 이런 말을 하는구나."

아웅다웅하긴 했지만 농을 하는 말투였다. 하지만 한화백의 표정은 좀 어두웠다.

"궐에서 일하는 건 어떠하더냐?"

"장원서에서는 제가 신기하고 저는 장원서가 신기하니, 새로운 걸 많이 했지요."

"그거 좋았겠구나."

이제 슬슬 나루터가 보이려 했다.

"또 방장산이지요?"

"그래, 좀 둘러보다가 그리로 갈 거다."

"도착하시면 각시붓꽃이 한창 예쁠 때겠네요."

무용이 웃으며 고갤 끄덕거렸다. 그때, 멀리 뒤쪽에서 말발굽 소리가 들려왔다. 분간이 쉬운 거리는 아니었지만, 한화백은 말을 탄 사람이 해길이란 걸 알았다. 어디서 말을 구한 건지 엄청난 속도로 달려오고 있었다. 한화백의 시선을 따라 뒤를 본 무용의 걸음을 멈췄다. 하지만 한화백은 차분히 걸음을 계속했다.

"방장산에는 예전에 재인이와, 그러니까 네 어머니와 다녀온 적이 있다 하였지?"

무용도 다시 아버지의 뒤를 쫓았다.

"나는, 모든 봄에서 그때의 꽃을 찾는구나."

한화백의 눈살이 찌푸려졌다. 정말 찾는 것은 꽃이 아니라 아내였으나, 그는 이미 세상에 없었다.

314

"그걸로 나는 새로운 봄을 기다리긴 한다마는… 모르겠구나. 애초에 전혀 모르고 살 수 있었다면, 조금만, 이렇게 알아버리기 전이었다면…."

어느 밤에는 아내를 그렸다가 결국 눈물로 그림을 다 적셔 버려버렸다. 이런 일은 이제 그만두자고 다짐해보기도 했지만, 또 그리고 말았다. 어쩔 수 없이 그랬다.

'차라리 아예 알지 못했다면.'

괴로워 버틸 수가 없을 때면 그런 생각이 들곤 했다. 어쩌면 무용이에게 해길과의 인연은 시작되지 않는 게 나을지도 몰랐다. 혼자남아 사라진 사람을 그리는 건, 할 만한 일이 결코 아니니까.

"그렇지만 그래서 많이 웃으셨지요?"

한화백에게 아내와의 추억은 아픈 것이기 이전에 행복했던 것이었다. 매번 아내를 다시 그리고 마는 건 지금의 아픔을 알더라도 몇번이고 아내와 있기를 택한 것과 같았다.

"그래, 그렇구나."

한화백이 힘없이 픽 웃었다.

"저도 이미 너무 웃어버렸지 뭡니까."

무용이 먼저 말을 꺼냈다. 빙긋 지어진 미소가 고왔지만, 한화백은 오히려 쓰린 기분이 들었다.

"저 사람을 좋아하지?"

"예."

야무진 답이었다. 어제 처음 본 사람이 했던 대답처럼. 무용이는워낙 똑똑한 아이였다. 그래서 염려해본 적이 없는 자식이었다. 그렇지만, 약게 굴질 않는 아이였다. 울고 넘어지고 부러져도 마음먹은 걸 하려 들 터였다. 그러니 이젠 염려밖에 할 수 있는 게 없는데… 보낼 자신이 없었다. 아직 남은 걱정이 산더미였다.

"귀하신 분들이야, 놀이 좀 해도 별 책을 잡지 않을 거다. 하지만 너는? 끈 떨어진 연이 되면 어쩌려고 그러느냐?"

지금이야 좋으니 앞뒤 없이 말을 하겠지만, 마음이 식고 나면 어쩔 것인가. 저쪽은 한탕 잘 놀았다 돌아가면 됐지만, 무용이는 잡혀서 엄한 목숨을 잃을지도 몰랐다. 무용은 그런 아버지의 말을 이해했다.

해길이 세자저하라는 걸 아셨다면 뭐라고 말씀하셨을까. 만날 수도 없었을 사람을 만나서 마음을 품어버렸다. 그렇지만 이미 피어나버린 꽃을 무슨 수로 되돌릴까. 어쩌면 아버지의 염려대로 이건 한순간의 꽃일 수도 있었다. 그렇지만 맞닿아 있는 지금이 너무 소중했다.

"제가 겨우 붙잡힌 연이겠습니까?"

자신에게 꽃이 되어주겠다고 한 사람이었다. 꽃이란, 사실 끝없이 피는 게 아닌가. 그렇게 생각하며 잃고 싶지 않았다.

"저는 나비이니 꽃이 핀 데까지 날아가지요."

한화백은 입을 꾹 다물고 무용을 빤히 보았다. 넉살을 부리며 방긋 웃는 게, 여느 때보다도 당찼다. 어젯밤까지만 해도 아이라고 생각했는데 어느새 이렇게 자라버렸을까. 많이 울지도 모른다고, 그리 말하려 했지만 그런 것쯤은 이미 안다는 얼굴이었다. 게다가 코끝이 너무 시큰해서 말을 꺼낼 수도 없었다. 더 해줄 수 있는 말이 없으니, 불안에 나오려는 혀 차는 소리라도 참아봐야 했다.

"자자, 이제 어서 타시지요!"

배가 떠나려 하자 나루터가 소란스러워졌다.

"아니, 이건 한 명 삯 밖에 안 된다니까! 아이라고 해서 자리 없이

가오?"

"거기! 삯부터 내고 타시오!"

이런저런 소리에 다툼까지 섞여 주변이 시끌벅적했다. 한화백은
그 와중에도 나루터 입구에서 말 울음소리가 나는 것을 들었다. 해
길이 말에서 내려 달려오고 있었다. 그를 본 한화백은 다투는 사람
들 사이로 불쑥 끼어들었다.

"내가 두 명 삯을 냈으니 저 아이를 태워주시게나."

한화백이 배에 오르지 못한 채 엄마 손에 매달려 불안해하는 아
이를 가리켰다.

"일행은 어찌하시고요?"

사실 한화백은 무용과 함께 갈 생각이었다. 해길의 답이 나쁘지는
않았지만, 어찌 그것만 믿겠는가. 무용이의 의중이 더욱 중했다. 더
구나 그 의중이 어떠하든 앞으로 있을 고난을 생각하면 데리고 떠나
는 게 맞을 듯했다. 어르고 달래서, 아니면 좀 윽박질러서라도 배에
태우려 했다. 하지만 무용이의 결심과 각오가 생각보다도 굳었다.

"제 갈 길을 간다 하니 어찌 길을 꺾겠나."

한화백은 무용을 보며 묘한 웃음을 지었다. 무용은 갑자기 왜 그
러는지 알 수 없어 고개를 갸웃거리며 배 쪽으로 한 걸음을 디뎠다.
그 순간, 해길이 뒤에서 나타나 무용을 확 끌어안았다.

"으엇!"

무용의 귓가에 해길의 거친 숨소리가 울렸다. 떨림이 느껴졌다.

"저, 아니… 해길도령?"

해길은 말없이 무용을 더 꽉 안았다. 쉬지 않고 달려왔던 탓에 다
른 말을 할 수가 없었다. 그것만으로도 벅찼다.

"너는 놀라는 소리가 그게 뭐냐? 좀 괜찮게 놀라보아라."

"놀라는 데도 괜찮은 게 있어요? 이 정도면 꽤 괜찮게 놀란 거 같은데."

"자네는 이제야 왔는가?"

한화백은 아무것도 모른다는 듯 시치미를 뚝 떼고 말했다. 오히려 늦었다고 편잔을 놓는 말투였다. 해길을 속여 가둬둔 사람으론 보이지 않았다.

"아버님…."

해길이 불평 없이 웃는 것을 보며 한화백도 환하게 웃어보였다.

"그래, 그래도 얼굴은 보고 가겠군."

한화백이 해길의 어깨를 툭툭, 두드렸다.

"잘 부탁한다 하였지? 자네 재주 기대하지."

그렇게 한화백은 무용과 해길을 두고 배에 올랐다.

"다녀오세요!"

"그래, 다녀오마!"

배가 나루터를 떠났다. 한화백은 그렁그렁한 눈물을 슥 닦고 다시 무용을 보았다.

"만날 울까 봐 꾹 입을 다물고 있더니…."

아쉽지 않은 얼굴은 아니었지만, 그래도 울 얼굴은 아니었다.

"울려만 보아라! 이 역마살에 사람 하나 더 껴서 못 다니려고."

배가 멀어질 때까지 손을 흔드는 두 사람을 보며 한화백도 오래도록 손을 흔들었다.

"가셨네요."

318

무용의 목소리에는 아쉬움이 뚝뚝 묻어났다. 해길은 무용을 다시
폭 안았다. 그러지 않고는 견딜 수가 없었다.

"하아…."

"저하?"

　그래, 나를 떠날 리 없지. 나를 떠나지 않았구나. 이를 확인했는 데
도 불안이 다 떨어지질 않아 가슴이 울렁거렸다. 토닥토닥, 등에 조
심스러운 손길이 느껴졌다. 꽉, 팔에 힘이 들어갔다.

　한편 무용은 왜 그러는지도 모르면서 일단 등을 두드리고 있었다.
해길이 내킬 때까지 이리 있을 작정이었다. 그런데 눈에 누군가가
들어왔다. 꽃집에 왔던 자객, 감수였다. 꽤 거리가 있었지만 무용은
한눈에 그를 알아볼 수 있었다. 해길의 행방을 물었을 때 생글거렸
던 낯도, 해길이 목숨을 살려줬을 때 덜덜 떨던 낯도 선명히 기억했
기 때문이다.

"왜 그러느냐?"

　무용은 그를 찾아보려고 사람들 속으로 들어갔다. 하지만 그는 이
미 인파 속으로 사라지고 없었다. 손으로 가리키며 걸음까지 쫓아보
았지만, 이미 사람들이 뒤엉켜 자취조차 알 수가 없었다.

"꽃집에 왔던 자객이…. 다들 이 근처에 있는 겁니까?"

　무용이 어제 보았던 두목을 생각하며 물었다.

"몇몇이다."

　문영대군의 휘하에 있던 이들의 대다수가 명을 달리했다. 문을 보
호하다 죽은 이들도 있었지만, 은우군이 꼬리를 자르고자 죽인 이
들도 다수였다. 연루된 자객들을 옥에 가두면 은우군의 손에 없어질
수도 있었다. 이런 이유로 해길은 마을에 자리를 주고 다른 감시를

두고 그들을 관리했다.

히이이이잉! 그때, 나루터 어귀에서 말 울음소리가 길게 울렸다. 해길이 무용에게 달려오느라 제대로 묶지도 않고 둔 말이었다. 말이 날뛰는 통에 그 주변이 온통 어수선해졌다.

"여기 말 주인 어디 있소! 이 말 좀 어떻게 해보시오!"

"이랴!"

감수는 급히 말을 재촉했다. 말은 나루터에서 제법 떨어진 곳에서야 멈췄다.

"제법 거리를 두고 쫓았는데, 눈이 마주치다니."

더군다나 무용은 자신을 알아보고 바로 반응하기까지 했다. 그대로 있었으면 분명 세자에게 발각됐을 것이었다.

"…대감께 보고해야 할 게 늘어난 것인가."

나루터에 간 건 이미 한참 전이었지만, 세자의 뒤를 밟던 건 아니었다. 다른 명을 수행하고 가는 길목에 무용의 아버지를 확인하라는 명을 받아 간 자리였다. 그러다 무용과 함께 오는 것을 보고 눈에 띄지 않게 숨었는데, 뜻밖의 인물이 보였다. 세자가 나타나다니….

무슨 말을 하는지 확인하려 가까이 갔다가, 자신이 살아있는 걸 들킨다면 오히려 손해였다. 내막을 캐지 못했다며 은우군에게 문책을 받을지도 몰랐지만, 자신이 무얼 하고 왔는지 들켰다면 누구의 손에든 큰 벌을 받을 게 확실했다. 나루터 입구에 있던 말을 걷어차 소란을 만들지 않았다면, 도망칠 틈조차 없을 뻔했으니, 이만하면 천만다행이었다. 아니, 다행인 걸까. 이런 일이 언제까지 이어질까.

"후우…."

상념을 떨치려 말을 몰아 달리기 시작했지만, 한숨이 터지는 건 어쩔 수 없었다. 무사히 도망친 게 안심이 돼서인지, 앞으로가 걱정되어서인지 알 수가 없었다.

무용과 해길은 진정한 말을 데리고 한적한 곳으로 자리를 옮겼다.

"저하께서는 들를 데가 있다고 하지 않으셨습니까?"

이 말을 들은 해길이 안도의 숨을 내쉬었다. 나를 떠날 생각으로 이곳에 온 게 아니구나, 확신이 드니 이제야 마음이 놓였다. 아마 아버님께 자신이 먼저 떠났다는 이야기를 듣고 배웅을 하고 궐로 오려 한 듯했다. 하지만 아버님은 진심으로 무용을 데려갈 생각으로 이곳에 왔겠지. 자신의 어깨를 두드릴 때까지도 아버님은 완전히 안심한 얼굴이 아니었다.

그래도 자신이 가는 나루터를 거짓 없이 말해준 것이나, 이각쯤의 짧은 시간을 정해준 걸 보면 쫓아올 수 있도록 생각해 한 일 같긴 했다. 이리 시험한 걸 보면 마음을 열 가망이 있다는 뜻이었다. 앞으로 어떻게 하는지가 중요하겠지. 어쨌든 당장은 무용을 늦지 않게 만나 다행이었다.

"그래, 그랬지. 나와 함께 가주겠느냐?"

"그럼요."

무용이 주저 없이 답했다. 이미 오래 정한 답이라는 듯 당연한 말투였다. 해길은 빙긋 웃고 말 앞에서 무용에게 손을 내밀었다.

"괜찮으냐?"

해길이 무용을 앞에 태우고 물었다. 소리도, 얼굴도, 모든 게 가까워서 무용은 괜히 긴장이 됐다. 어젯밤 자신이 한 짓이 불쑥 떠올라 얼굴을 볼 수가 없었다. 무용은 얼른 앞으로 눈을 돌렸다.

"아무래도 말을 타는 법을 배워야겠습니다."

"흐음, 나는 네가 말을 못 타도 좋을 것 같구나."

해길은 일부러 귀에다 속삭이듯 말했다. 붉어진 뺨이 새삼 고왔다.

"에이, 그래야 더 멀리도 가지 않겠습니까?"

"그럼 다음에 타는 법을 알려주마."

"약조하신 거예요?"

무용은 굳이 몸을 돌려 해길을 보며 물었다. 해길이 고개를 끄덕였다.

"약조하마."

어디까지고 함께 가줄 듯한 마음이 해길을 또 웃게 만들었다. 무용 또한 그랬다.

두 사람은 그렇게 함께 앞을 향하고 있었다.

또각또각, 무용과 해길을 태운 말은 농번기인 마을을 느긋하게 걷고 있었다.

"날이 좋구나."

또 귓가에 속삭이는 소리였다. 무용이 고개를 끄덕였다. 하지만 심장 뛰는 소리가 너무 요란해 주변이 보이질 않았다.

날이 좋다는 게 고삐를 쥔 해길의 손이 평소보다 더 희게 보인다는 것 정도로밖에 실감이 나질 않았다. 어젯밤에는 무슨 정신으로 그랬을까. 한 번 의식하고 나니 돌이킬 수가 없었다.

해길은 무용의 몸에 힘이 들어간 걸 느끼며 입술을 꾹 물었다. 말을 모는 중이 아니었다면 확 안아버리고 싶었다. 얼굴이 보이지 않는데도 어떤 표정을 하고 있을지 눈에 선했다. 하지만 얼굴을 보면 안는 것으로 끝날 것 같지 않았다.

"워워."

해길이 말을 늦췄다. 어디선가 노랫소리가 들려왔다.

"…황금 나락에 메뚜기 날고 농악 소리 멋들었네, 비비비비."

모내기를 시작한 이들이었다. 봄인데 벌써 풍년가를 불렀다. 날이 좋아서일까, 노래가 유난히 맑게 울렸다. 노래 부르는 이를 찾는 무용의 시선을 따라 해길도 논을 보았다.

"들르시려 하신 곳이 여기입니까?"

"그래, 잠시 둘러보고 가려 한다."

무용은 고개를 끄덕거리며 찬찬히 주변을 보았다. 물을 채운 논에서 농부들은 웃고 있었다. 장원서에서 보았던 서류가 떠올랐다. 이 사람들이 웃을 수 있는 것은 전부 해길 덕이다.

얼마를 더 가자 저수지가 나왔다. 이를 보니 저도 모르게 고개가 돌아갔다. 낮을 향해가는 해가 따스한 볕을 내렸다. 물이 반짝거렸다. 능수버들은 늦봄에 맞춰 녹색의 잎과 연녹색의 꽃을 달고 있었다. 옅은 바람이 가지를 흔들자, 얼마 남지 않은 꽃들을 마저 물가로 보냈다. 희고 붉은 꽃잎이 물가에 함빡 모여 있었다. 포근해 보이는 것이, 마치 한 덩이처럼 모여 있었다. 무용의 입가에 살며시 미소가 피었다.

무용이 풍경에 눈길을 빼앗긴 걸 안 해길이 말을 멈췄다.

"잠시 걷겠느냐?"

무용이 고개를 끄덕이자 해길이 말에서 내려 무용에게 팔을 뻗었다. 하지만 무용은 이미 혼자 폴짝, 말에서 내려오고 있었다.

"무얼 하시려 하신 겁니까?"

무용이 놀리듯 묻자 해길이 머쓱하게 팔을 접었다. 이를 본 무용은 풋, 웃음을 터트리고 말았다. 내려가는 것은 혼자도 할 수 있었다. 더구나 품으로 뛰어들려니 쑥스러운 마음도 들었다. 그래서 얼른 혼자 내려온 거였다. 하지만 이리 시무룩한 얼굴을 보니 장난을 치고 싶은 마음이 생겼다.

속을 알 수 없이 굳어 있다 생각했던 눈매며 입술에 담긴 게 이젠 전부 보였다. 해길은 하는 수 없다는 듯 입맛만 다시고 저수지를 따라 걷고 있었다. 무용은 씩 웃고는 뒤를 따라가 해길을 와락 껴안았다.

"저하!"

생각했던 대로, 해길이 놀라 걸음을 멈췄다. 쿵쿵, 몸이 맞닿자 두근거림이 전해졌다. 이렇게 계속 온몸으로 말하고 있었구나, 새삼 또 깨달았다. 하지만 온몸으로 말하고 있는 건 자신도 마찬가지였다. 체온이 느껴지니 가슴이 너무 뛰었다. 멋쩍어져서 더 이러고 있기는 무리였다. 그렇게 무용이 몸을 떼려 한 순간, 해길이 빙글 돌아 무용을 품에 가뒀다.

"왜 그러느냐?"

놀람은 벌써 어디로 치운 걸까, 해길은 웃음을 문 채로 무용에게 귓속말을 했다. 무용은 다시 열이 오르는 걸 느꼈다. 후, 귓가에 닿는 숨이 간지러웠다. 부르르 몸이 떨렸다. 이 이상은 심장이 못 버틸 듯했다. 다른 데로 정신을 돌려야 했다. 마침 눈앞에는 저수지가 있었다.

"저하께서 만드신 저수지인 거지요?"

"그래, 지난번 장원서에서 나눈 말을 기억하느냐?"

"그게 이렇게 자라고 있는 거네요."

무용은 고개를 끄덕이며 앞으로 걸어갔다. 조금 전 모내기를 하는

데 쓰이는 물이었다.

"이앙법이 정착되면 적은 인력으로도 기존 이상의 수확을 낼 수 있게 될 거다. 그러면 생활이 넉넉해지는 이들이 늘겠지…"

하지만 해길은 뭔가 걸리는 것이 있는 듯 말을 끌었다.

"그리고 손이 비는 사람들도 생길 것이다."

무용도 고개를 끄덕였다. 그렇다고 미곡이 충분해질 수 있는 길을 막는 게 답은 아니라고 생각했다. 이곳은 모내기를 하며 들뜬 중이었지만, 어딘가는 보릿고개로 굶어 지쳐가고 있을지도 몰랐다. 쌀은 늘 더 많이 필요했다.

"꽃은 심는 게 제일 큰일 같지만, 가꾸는 것 또한 큰일입니다. 지지대를 세워주고 양제도 주고, 지나친 가지는 쳐주기도 하고…. 그러니 앞으로 공을 들여야지요."

무언가를 길러내려면 계속해서 답을 찾는 게 중요했다.

"뭣하면 아이리수 2호점에 고용할까요?"

무용은 야무지게 말하면서도 너스레를 떨었다.

"그래."

"그러면 아이리수… 에이, 저 이럼 진짜 나선다니까요?"

순순히 나온 대답에 오히려 무용이 당황했다. 무용은 다시 입술을 모으고 해길을 보았다. 장난기가 섞여 있긴 했지만, 떠보는 눈이었다.

"나는 정말로 네 꽃집의 분점을 만들 생각이다. 그로 새로운 길을 찾는 이들을 돕고 싶다."

농민에게 쌀이란 부였다. 그리고 충분한 부는 다른 곳으로 눈을 돌리도록 했다. 해길은 눈을 돌린 이들에게 무용의 꽃이 답이 될 수 있다고 생각했다. 아이리수에서, 꽃은 식품이자 약품이었고 심미적

만족을 위한 상품이었다. 동시에 다양한 의미를 담은 선물이 되기도 했다. 이미 인삼이며 담배 같은 생활이 아닌 기호를 위한 상품이 제법 풀리지 않았는가. 새로운 일을 시작해야 하는 이들에게 '꽃'은 좋은 활로가 될 가능성이 있었다.

"난 상업을 키울 생각이다. 쉽지 않은 길이겠지만."

수미법이 펼쳐지면 시장은 지금보다 훨씬 많은 역할을 해야 했다. 커진 시장을 제대로 굴리기 위해서는 새로운 규제와 세법도 필요했다. 세자인 자신이 이를 준비하고 있다는 걸 알면 큰 파란이 날 게 분명했다.

사농공상의 질서로 돌아가던 조선의 논리를 바꿔 새로운 판을 열겠다는 뜻이니, 이미 쥐고 있는 것이 많은 이들에게는 조금도 달갑지 않은 일일 것은 당연했다. 이건 앞으로 수많은 반대에 부딪히며 나아가야 할 길이었다.

"나는 그 길을 너와 함께 가고 싶다."

꽃, 무용의 꽃은 상품이기도 했지만 또 무언가를 전하는 마음이기도 했다. 그렇게 생각하는 무용이 곁에 있었다. 전보다 강하면서도 다정한 길을 만들 수 있는 건 그 덕분이었다.

"감투라면 제가 한번 써보지요."

무용이 천연덕스럽게 말했다. 반대하는 이가 많다는 것도, 어려운 길이란 것도 충분히 알았다. 그렇지만 자신도 생각해보았던 일이었다. 꽃집을 연다면, 그 상상이 현실로 다가오고 있었다.

"또 너를 다치게 할지도 모른다."

물론 모든 힘을 다해 지키겠지만, 무용에게 닿은 것이라면 일말의 위험이 생길 수 있다는 가능성조차 두려웠다. 그런데도 곁에 있길

원했다. 모순에 찬 마음이었지만, 이미 가득 차버렸다. 무용이 없다면 텅 비어버리고 말 테니 놓을 수 없었다. 무용은 생각에 잠긴 해길을 보며 빙긋 웃음을 지었다.

"제가 여기까지 어찌 왔는지 벌써 잊었겠습니까?"

해길을 만나고, 얼마나 많은 일을 겪었던가. 자객에게 쫓기고, 집은 풍비박산 나고, 그러다 절벽에서 떨어져 죽다 살았다 싶었더니, 이번에는 중궁전에 부름을 받았다. 그때는 정말 큰일이 날까 봐 마음을 졸여야 했다.

"하지만 저하와 있으면 괜찮습니다."

손을 잡자 해길이 손을 맞잡아 주었다. 이러면 괜찮은 기분이 들었다. 무엇이든 그랬다. 이상한 일이었다.

"저하는 제 꽃이 아닙니까."

뻔뻔스러운 척하는 얼굴에 떠오른 홍조가 자신과 같은 마음이라고 말하는 것만 같아서, 해길은 가슴 안쪽이 저릿했다. 꾹꾹 눌러두었던 말이, 언젠가 꼭 전하겠다고 다짐한 말이, 필 때를 맞은 꽃망울처럼 터지기 시작했다. 해길은 무용에게 눈을 맞췄다.

"계속 내 곁에 있겠다고, 그리 말해주겠느냐?"

곧게 닿은 시선, 붉게 물든 뺨, 입술에 뜬 미소, 손끝에 몰린 열기, 심지어 사이에 흐르는 공기마저… 전부 고왔다. 무용도 해길과 같은 것을 느꼈다. 지난밤처럼, 둘 사이에 똑같은 숨이 흐르고 있었다.

"제대로 감투를 쓰면 궐에 제 자리를 가질 수 있을까요?"

농담으로만 하는 말이 아니었다. 무용 또한 언제까지고 해길의 곁에 있길 바랐다.

"나는 언젠가 네게 아미산을 주고 싶다."

무용은 놀라 얼떨떨한 표정을 했다. 그 뜻이 확 와 닿질 않았다.

"아미산이라 하면… 중궁전이 아닙니까."

그때, 저만치에서 급하고 빠른 말발굽 소리가 들려왔다.

"저하!"

공영이었다. 공영은 급히 말에서 내려 고개를 숙였다.

"네가 왜 지금 여기에 있느냐?"

해길을 보필하는 공영이 이곳에 오는 건 이상한 일이 아니었다. 하지만 지금은 올 때가 아니었다. 맡겨둔 일이 끝나려면 아직 시간이 더 있어야 하는데, 그 일을 뒤로하고 자신에게 달려온 것이니 무언가 큰 문제가 생긴 게 분명했다.

"전하께서, 쓰러지셨다고 합니다!"

"기미상궁이 쓰러졌는데, 어찌 저하께 음식을 바로 올렸단 말이냐!"

"그, 그것이… 기미상궁이 쓰러진 게 수라를 잡수신 지 반 시진이나 지난 뒤였습니다."

궐 안에는 늘 사람이 많았다. 하지만 지금처럼 소란스러울 때는 얼마 없었다. 수라간의 궁녀, 내의원의 의원들이 전부 나와 있는 것도 흔치 않은 일이었다. 초유의 사태에 관리들까지 모여 있었다.

"서, 설마 전하께서… 아니, 아닙니다."

말을 꺼냈던 관리는 급히 고개를 저었다. 승하라는 말을 감히 담을 수 없었기 때문이다. 하지만 불안은 옆으로 번져갔다.

"지금 큰일이 났다가는…."

"어허, 말을 삼가십시오!"

말을 끈 이도, 자른 이도 석철 패거리에 속한 사람이었다.

"정말 큰일이 나겠군요."

이번에는 세자 쪽의 인사가 고개를 끄덕이며 말했다. 조금 전 석철 패거리가 말을 삼간 것은 잘못하면 역심이 깃든 듯 보일까 하는 염려 때문만은 아니었다. 석철 세력을 대변하는 건 중전의 위세였다. 하지만 지난번 분재 사건 이후 중전은 한껏 몸을 낮추고 있었다. 요양을 핑계로 아예 자리를 피하고 있을 정도였다. 하지만 세자는 요새 승승장구였다. 비록 세자빈이 없다고는 하지만, 대리청정을 오래 해왔고 정사를 돌볼 능력 또한 의심할 여지가 없었다.

이런 정국에 왕이 사라지면 정권이 세자에게 넘어갈 건 불 보듯 뻔했다. 그러니 석철 패거리로서는 왕이 잘못될까 전전긍긍할 수밖에 없었다.

"저하께서 지병이 몇 가지 있으셨으니, 큰 문제가 아닌지 어의에게 살피게 해야 합니다."

같은 이유로 세자를 따르는 신료들은 차분하다 못해 기대감까지 있었다. 잔인할지도 모르지만, 이들은 한 사람의 목숨보다 이상을 이뤄줄 사람이 정권을 잡는 게 더 중요했다.

"그런데, 세자저하께서는 어디에 계십니까?"

석철이 불쑥 나섰다. 묘한 태도였다. 이미 정보를 캐내는 상궁에게 세자가 없는 것 같다는 정보를 듣고 하는 물음이었다. 신료들 몇몇이 서로 은밀히 말을 주고받았다. 정신없는 중이긴 했지만 왕이 쓰러진 때에 세자가 전혀 보이지 않는 게 이상하다는 대화였다.

"저하께서는 이미 전하의 곁에 계십니다."

그런 사이로 석주가 끼어들었다. 차분한 말투였다. 하지만 사실 속이 타들어 가고 있었다. 세자의 시찰은 예정된 일이었지만, 잠행으로 은밀히 진행된 일이었다. 또한 이번에는 수미법에 이앙법까지 파격적인 내용인지라 알린다고 해도 소란에 더 큰 소란을 더하게 될 뿐이었다. 이런 상황에서 자리에 없다니. 괜한 오해를 사기 딱 좋지 않은가.

"하긴, 누군가 독살을 했을지도 모르는 중이 아닙니까."

기미상궁이 쓰러졌으니 독살을 의심하는 건 당연했다.

"범인이 도망가거나, 자리를 비울지도 모르는데 지금 저하께서 없으시면 누가 그에게 책임을 묻겠습니까?"

석철이 석주의 생각을 들여다보기라도 한 듯 말했다. 과연 정치판에서 한두 해를 구른 게 아니었다.

"저하께서도 몹시 놀라셨겠습니다."

"예, 지금은 현혜옹주님께서 자리해 계십니다."

왕이 쓰러졌으니 왕의 자식들이 다 불려 왔다. 다행히 가장 가까이 있는 현혜옹주가 가장 먼저 왔고, 세자와 함께 왕을 돌보는 것으로 말을 맞췄으니 잠시 시간을 끌 수는 있었다.

"저희도 용후(임금의 건강상태)가 몹시 염려됩니다. 불초한 신하이지만, 먼발치에서나마 용안을 뵐 수 있다면 안심할 수 있을 듯한데…."

한마디로 문을 열라는 뜻이었다. 시간을 끌려는 걸 알아챈 게 확실했다. 석주가 석철의 앞을 막아섰다.

"어의께서 진맥을 하고 계시니 나오시면 여쭙겠습니다."

하지만 석철은 물러나지 않고 버텼다. 이런 석철을 보며 다른 신료까지 미심쩍은 낌새를 느끼기 시작했다. 석주는 침착하게 생각하려 애썼다. 지금 빈틈을 보인다면 먹잇감을 본 사냥개처럼 달려들이들이 여럿이었다.

"어의께서 들어가신 지 한참이 되지 않았는가?"

석철 패거리의 연줄이 닿은 이는 기미상궁을 보느라 바빴다. 지금 왕을 돌보고 있는 어의는 믿을만한 어의, 그러니까 세자저하를 위해 말을 맞춰줄 어의였다. 그건 다행이었다. 하지만 안에서 무슨 일이 벌어지는지를 믿을 수 없어서라도 문을 열려 할 테니, 상황이 마냥 좋은 건 아니었다.

"중전마마께서도 마음을 놓지 못하고 계시네."

석철이 한 걸음 앞으로 나서며 말했다. 능구렁이 같으니라고. 중전이라면 자신이 막을 수 있는 수준이 아니었다.

"저하께서는 요양 중이신 중전마마께서 놀라셨을까 염려하셨습니다."

석주는 석철의 얼굴 아래 감춰진 미소가 보이는 듯했다. 저벅저벅, 뒤로 한 무리가 다가오는 걸음 소리가 들렸다.

"중전마마 납셨습니다."

중전이 강녕전에 모습을 드러냈다. 왕과 부부의 연을 맺은 이였다. 그러니 누구도 막을 수 없었다. 이런 상황에 가장 쓰기 좋은 패였다.

"오셨습니까."

석주는 하는 수 없이 고갤 숙였다. 중전은 픽 나오는 웃음을 참으며 상선에게 말을 고하도록 했다.

"전하께 내가 왔음을 지체 없이 전하게."

한껏 수심을 그린 중전의 얼굴 아래는 기대감이 가득 찬 얼굴이 숨겨져 있었다.

"전하, 중전마마 드십니다."

답이 돌아오지 않았다. 앓아누운 이가 답을 할 리 없지. 왕이 쓰러진 건 악재였다만, 세자가 없다면 호재였다. 효심이 어떻다고 논쟁

만 벌이겠는가, 왕을 독살하려 했다고 역모까지 씌워줄 테다. 드르
륵, 마침내 문이 열렸다.

"어마마마, 오셨습니까?"

해길이 차분히 대답했다. 하지만 사실 거친 숨을 누르고 있었다.
뒤에 가만히 앉은 현혜도 속으로는 안도의 한숨을 내쉬고 있었다.
해길이 들어온 건 중전이 들어오기 직전이었다.

"세자."

"예, 어마마마."

해길의 속내가 어떠하든, 중전과 다른 사람들이 보기에는 여느 때
와 다를 게 없는 태도였다.

그 여유로운 모습에 중전의 얼굴이 일그러졌다.

"말을 배운다고 그렇게 탈 수 있을지는 모르겠네."

무용은 절레절레 고개를 저었다. 지금까지 해길이 얼마나 조심히
말을 몰아 줬는지를 알 수 있었다. 해길은 오는 사이 곤룡포를 챙겨
입고 궐에 오자마자 강녕전을 향했다. 그러면서도 마무리가 된 뒤
처소로 오겠다는 말을 남겼다. 그 말에 야무지게 고개를 끄덕인 것
까진 좋았는데….

"그런데 여긴 어딜까?"

해길이 자신을 데리고 들어온 문은 궐에서 한 번도 본 적이 없던
뒷문이었다. 아마 비밀스럽게 쓰는 장소인 것 같았다. 거기서 한참
이나 걸어왔는데, 왜 아직도 처음 보는 곳에 있는 걸까…. 어서 처소
로 가야겠다는 생각에 이리저리 다니다 오히려 길을 잃은 듯했다.
그때, 뒤에서 인기척이 들렸다.

"아, 대감이셨군요. 안녕하십니까?"

은우군이었다. 무용은 길을 물을 생각에 반가웠다. 하지만 은우군은 주위를 흘긋 살피곤 가느스름한 눈으로 무용을 보았다.

"여기서 무얼 하고 있는가?"

생긋, 무용으로선 이 웃음 안에 들어있는 것을 예상할 수 없었다.

"그게…."

무용이 말꼬리를 흐렸다. 해길이 궐을 비운 건 비밀이었기 때문에 여기까지 온 경위를 설명할 수 없었다.

"나무를 구경하다 한눈을 팔았지 뭡니까."

무용은 어설픈 웃음을 덧붙였다. 지금 보니 처음 보는 나무들이긴 했다.

"혹 무슨 일을 맡아서 하다 온 건가? 밖에 다녀온 듯한데."

은우군은 질문을 좁혀 다시 물었다.

"예, 잠시 다녀오는 길입니다."

무용은 궐에선 눈에 띄지 않게 나인의 옷을 입었으나, 바깥에선 그게 더 눈에 띄니 그 옷을 입지 않았다. 지금은 급히 오느라 옷을 갈아입을 새가 없어 밖에서 입은 옷 그대로였다.

"대감께서는 어찌 오셨습니까?"

은우군이 생긋 웃었다. 속을 떠보려는 속셈을 숨긴 것이었다.

"전하를 뵈러 온 길이네."

"아아, 어서 가보셔야겠습니다. 제가 바쁘신 분께 폐를 끼쳤네요."

무용은 공영이 왕이 쓰러졌다고 전했던 것을 떠올리며 고개를 끄덕이곤 얼른 몸을 물렸다. 은우군은 작게 눈살을 찌푸렸으나, 곧 서글서글한 표정을 해서 말했다.

"여긴 막힌 길이네. 동궁으로 가던 길이면 저리로 가보게."

"감사합니다. 그럼…."

무용은 꾸벅 인사를 하고 잰걸음으로 골목을 돌았다. 그 모습이 시야에서 사라지자 은우군은 입술에 띄웠던 미소를 거뒀다. 하지만 시선을 거둔 건 아니었다. 여전히 무용이 있던 쪽을 보며 눈을 가늘게 떴다.

"나무를 보고 있었다…."

세자가 들였고, 중전을 꿇린 계집이었다. 그러니 자신에게도 꽤 쓸모 있는 패가 될 수 있었다. 그런 계집이 이곳에 온 게 정말 실수인지 아닌지 확신이 서지 않았다. 어쩌면 세자에게 무언가 언질을 받고 온 것일지도 몰랐다. 은우군은 주변에 사람이 없음을 확인한 뒤에 막힌 담을 향했다. 그리고 담 앞에 서서 벽을 똑똑, 똑똑똑 두드렸다.

"오셨습니까."

여인의 목소리가 벽 뒤에서 들려왔다. 은우군은 하늘을 보는 양 서서 말을 받았다.

"이제 이곳도 안전하지 않은 것 같구나. 또 눈을 피할 곳을 찾아 연통을 넣으마. 내 표식을 두 개 보인 이만 믿도록 해라."

"예."

"오는 동안 보는 눈은 없었겠지?"

"물론입니다. 염려 놓으시옵소서."

"상황은 어떻게 돌아가고 있지?"

은우군은 목소리를 더욱 낮춰 물었다.

"그 또한 염려 놓으시옵소서."

답을 들은 은우군의 입술에 미소가 번졌다.

"차근히 잘 되고 있구나. 아바마마께는, 아직 받을 게 남아 있으니…."

해길과 공영, 석주가 다시 동궁에 모여 있었다. 석주가 안도의 한숨을 쉬었다. 내내 참고 있던 것이었다.

"늦지 않게 오셔서 다행입니다. 좌상께서 중전마마께 무언가를 들은 듯했습니다."

공영도 평소답지 않게 고개를 홱홱 흔들어 털었다.

"중전마마께선 요양을 핑계로 저하의 문안까지 거절하시지 않으셨습니까? 그런데 그리 나타나시다니…."

해길은 생각에 잠겼다가 입을 열었다. 중전이 나타나고 얼마 지나지 않아 왕도 정신을 차렸다. 하마터면 일이 꼬일 뻔했다.

"어쨌든 옥후가 좀 나아지셨으니 다행이구나."

"기미상궁의 체질상 문제였다지요? 안 맞는 음식을 먹어 그런 것이라니."

공영이 김이 샜다는 듯 말했다.

"그는 확실한 게냐?"

"조사를 맡은 이들 중에 중전마마가 부리시는 어의가 섞여 있어 염려하시는 겁니까? 하지만 지금 전하께 일이 나면 불리한 쪽은 그들이 아닙니까."

어의는 왕의 용태에 대해 쉽게 말하지 못했다. 왕이 원래 앓던 증상이 여러 가지라 독을 먹었다고 확신하긴 힘들다 했다. 그러다 기미상궁이 체질에 맞지 않는 음식 탓이란 소식이 들려왔다. 그런 것이라면 왕이 쓰러진 것과 기미상궁이 쓰러진 건 별개의 문제였다.

왕실에 난리가 날 뻔한 일이었는데, 황당한 소동으로 마무리가 됐다. 해길은 얕게 혀를 차는 것으로 답을 대신했다. 석주나 공영처럼 머리로는 이해가 갔다. 하지만 너무 갑작스러운 소동이었다. 아직 모든 걸 명확하게 볼 순 없을 듯했다.

"그나저나, 계방(세자익위사)께서는 다시 길을 나서서야겠군요."

"예, 지체됐으니 어서 채비해야겠습니다."

"저하께서는 시찰을 잘 마치셨습니까? 농가를 직접 보시니 어떠하셨습니까?"

석주가 해길을 보며 기대에 차 물었다.

"벌써 풍년가를 부르던걸요."

들뜬 공영이 먼저 말을 꺼냈다.

"아직 생각할 게 많다."

"저하의 뜻이 맞아떨어지지 않을 리가 있습니까. 태평성대가 이뤄질 것입니다."

"큰 변화가 생기겠지요."

공영과 석주는 백성들이 변화하는 생활에 대해서만 말하고 있었다. 하지만 해길은 무용에게 했던 물음을 함께 떠올렸다. 자신의 뜻이, 바람이 맞아 떨어지지 않을 수 있었고 애초에 자신의 마음만으로 할 수 있는 일도 아니었다. 함께 해야 하는 일이었다. 또한 억지로 밀어붙일 수 있는 일도 아니었다. 특히 무용에게는, 몰랐어도 좋을 난관을 생기게 될 것을 알고 있었다. 그렇지만 함께해 주길 바랐다.

"내가 그리 만들 것이다. 행복하다 느낄 수 있도록."

처소로 돌아온 무용은 옷을 갈아입는 중이었다. 이젠 댕기를 바꿀

차례였다. 무용은 달고 있던 댕기를 풀어 정리하다가 문득 미소를 지었다. 수놓인 각시붓꽃이 새삼 곱게 보였다. 원래도 각별한 댕기였지만 지금은 더욱 각별하게 느껴졌다. 어머니와 아버지의 기억이 담긴 물건에 이젠 해길과의 기억이 더해져 있었다.

댕기를 개는데, 왜 해길의 모습이 겹쳐지는 걸까. 빙긋 미소 지은 얼굴이 고와서, 자신을 보는 눈도 또 고와서…. 무용은 멍하니 앉아 있다 고개를 휘휘 저었다. 따끈따끈해진 뺨을 식히기 위해서였다.

"어휴, 무슨 생각을 또 하는 거야."

무용은 방을 나섰다. 아직 한창 낮이니 장원서에 가도 괜찮을 것 같았다. 장원서를 향해 얼마나 걸었을까, 동궁 담벼락 아래를 보던 무용의 눈에 낯익은 뒷모습이 비쳤다.

"어?"

민이었다. 획획, 큰 걸음이 당당했다. 화려한 도포 자락이 펄럭거리자 짜임이 정교한 비단이 반짝거렸다. 여러모로 범상치 않았지만, 뽐내는 듯한 태도에 걸맞으니 보기 좋게 눈길을 끌었다. 하지만 이곳은 궐이 아닌가. 무용이 급히 민에게 다가갔다.

"이거, 또 보는구면."

반갑다는 말투였다. 게다가 한껏 여유로운 목소리이기까지 했다.

"나리!"

무용은 놀라면서도 소곤대는 목소리로 말했다. 그리고 민의 팔뚝을 잡고 주변을 휘휘 둘러보았다. 사람이 지나다니지 않는 중이긴 했다만, 궐은 상인이 이런 복장을 하고 활보할 수 있는 곳이 아니었다.

"궐에는 어떻게 오신 겁니까?"

무용은 민이 왕자라는 사실을 몰랐다. 더구나 민은 관복도 입지 않은 상태였다. 왕이 쓰러진 상황이니 워낙 급해 입고 있던 옷 그대로 온 탓이었다.

"아아…."

민은 무용의 말뜻을 알아차리고 잠시 말끝을 흐렸다. 어차피 자신이 왕자군이라는 건 숨길 일도 아니긴 했다. 게다가 동궁을 오가며 또 마주칠지도 몰랐다. 이참에 소개를 해두는 게 편할 듯싶었다. 하지만 왠지 장난기가 동했다.

"그렇지, 여기는 궐이었지. 지붕의 기왓장이며, 지나는 사람까지…."

민은 일부러 고갯짓을 크게 하며 휙휙 주변을 둘러보았다. 그러다 확, 무용에게 얼굴을 들이밀었다.

"꽤 볼 만하지 않소?"

씩, 얼굴 만면에 스민 미소에서 짓궂음이 뚝뚝 묻어났다. 빤히 맞춘 두 눈망울이 빛났다. 두툼한 눈가가 곱게 휘어 있었다. 무용은 주춤주춤 몸을 뒤로 물려 피했지만, 곧 다시 뒤따라 붙을 수밖에 없었다. 민이 이번에는 동궁 안으로 들어가려 했기 때문이었다.

"혹 거사님과 오신 겁니까?"

도도도, 무용이 불안한 걸음으로 민의 빠른 걸음을 쫓으며 물었다. 와우거사, 연훈과 함께 온 상인이라면 궐에 제대로 된 절차를 밟고 왔을 것이란 생각으로 한 말이었다. 지금 그렇다는 말을 들으면 무용은 조금 안심할 수 있었다. 하지만 민은 안됐다는 듯 눈썹을 낮춰 보이며 느리게 고개를 저었다.

"이런, 나 혼자 온 것인데."

무용의 불안을 가라앉히는 것보다 놀리고 싶은 마음이 더 커서 심술을 부리고 있었다.

"함부로 갈 수 있는 곳이 아닙니다."

무용은 민을 가로막으려 했다. 잘 아는 사람은 아니었지만, 그래도 얼굴을 익힌 이가 아닌가. 황당한 일을 잘할 듯 보이긴 했지만, 궐에서 일이 나면 황당한 정도로 안 끝날지도 몰랐다. 그러니 큰일이 나게 둘 수는 없었다. 게다가 제사 준비를 할 때 도움을 받기도 하지 않았는가.

무용은 이리 사려 깊게 행동하고 있는데, 민은 모르는 척 걸음을 계속했다. 무용이 팔을 붙잡자 아예 팔에 달고 꾸역꾸역 앞으로 나아가기까지 했다. 조금만 더 가서 골목을 꺾으면 이젠 정말 사람들에게 모습을 들킬 상황이었다.

"어찌 웃고 계십니까?"

민의 입술을 씰룩거리는 것을 보며 무용이 부루퉁한 얼굴로 물었다.

"내가? 이 몸이 말이오?"

민은 그제야 걸음을 멈췄다. 그리고 입술을 쓸며 잠시 시선을 돌렸다. 정말로 자신이 웃고 있었다. 웃으려 한 것이 아닌데, 이렇게 정신없이 웃고 있다니. 다시 무용을 보니 어쩐지 긴장이 됐다. 못마땅하다는 듯 볼을 부풀린 걸 보면서도 오히려 기분이 들뜨는 이유를 알 수가 없었다.

"어?"

공영이 골목을 꺾어 나오다 짧은 감탄사를 뱉었다. 뒤이어 석주가 나타났다. 무용이 허둥지둥 나섰다. 어떻게든 수습해야겠다는 생각이었다. 여전히 팔을 붙들고 있는지라 억지로 뒤에 숨긴 모양새로 보였다.

"대감님을 뵙습니다."

염려와 달리, 민은 여유롭게 고개를 쳐들고 인사를 받았다. 무용의 눈이 동그랗게 커졌다. 대감님이라니, 대체 무슨 소리인지 모르겠다. 고개를 돌려 뒤에선 사람을 확인해 보아도, 몇 번이나 마주쳤던 민이 맞았다.

"푸흐흐!"

민은 터져 나오는 웃음을 참지 않았다. 제까짓 게 무슨 힘이 있다고 앞에 나선단 말인가. 그래도 팔을 쥔 손은 제법 단단하게 힘이 들어가 있었다.

"왕자 시우군이십니다."

아직 머릿속이 멍한 무용을 보며, 석주가 확실히 못을 박았다. 무용은 얼굴이 빨개져 급히 예를 차렸다.

"송구합니다."

민이 절레절레 고개를 털었다. 그리고 무용을 향해 또 얼굴을 들이밀었다.

"반갑네. 다시 소개하지. 들었다시피 시우군이라고 하네."

무용은 고개를 뒤로 뺀 채로 민을 다시 살폈다. 눈썹을 찡긋거리는 모양새가, 조금 전과 마찬가지로 장난치는 태도였다. 정말 대감이 맞는 걸까? 농담을 하는 것 같아 실감이 나질 않았다.

"하지만 이 몸은 자네가 아는 민, 그러니 너무 어렵게 생각지 말게나."

놀라긴 했지만, 불쾌하진 않았다. 시원시원한 미소가 악의 없이 느껴졌기 때문이다. 놀림을 당했다는 생각은 들었지만 말이다. 그때, 또 인기척이 들렸다. 누구인지를 알아챈 무용의 얼굴에 순식간에 반가움이 떴다. 마치 꽃이 피듯, 기쁨으로 만개한 얼굴이었다. 민은 그런 무용의 얼굴을 보고 묘한 기분을 느끼며 다가오는 사람을 확인했다.

"왔느냐."

해길이었다. 그는 빠른 걸음으로 다가와 민과 무용 사이를 벌리며 섰다. 민은 평소와 달리 지나치게 가까운 거리에 조금 당황했다. 게다가 마중을 온 것도 이상하단 생각이 들었다. 하지만 일단 꾸벅 고개를 숙였다.

"세자저하를 뵙습니다."

"그래, 안으로 가자꾸나."

무용이 물러서며 고개를 숙였다. 해길이 그 곁을 스치며 살짝 손을 잡았다. 아무도 모를 손짓을 하고, 둘은 똑같은 색으로 얼굴을 물들이고 있었다.

주변을 물리고 형제 둘만 남아 마주했다. 사이에 정갈히 준비된 다과상이 놓여 있었다.

"오랜만입니다."

다정한 재회가 이뤄질 것만 같이 들리는 말이었다. 하지만 알 수 없는 분위기였다. 단정한 얼굴의 해길도, 빙글거리는 민도 서로의 속을 보이려 하지 않았다.

"그날은 잘 돌아갔느냐?"

해길이 민을 보며 물었다.

"그날이라니요?"

민은 딴청을 피우는 태도로 시치미를 뗐다. 떠보는 질문에 일부러 답을 해 찔리는 답을 내어줄 필요는 없었다. 그날이 어느 날을 이르는지에 따라 자신의 답도 달라져야 했다. 그날이 혹 은우군을 만난 날이라면 어찌 대답하는 것이 좋을까.

"연못이 다 된 걸 못 보고 가서 아쉬웠겠구나."

민은 괜스레 혀를 찼다. 염려하던 날의 이야기가 아니었다.

"아니, 형님은 뭐가 그렇게 걱정이셔서 아우의 뒤까지 살피고 계십니까?"

"술을 마시지 않는 이의 방에 술 냄새가 진동하는데, 네 향갑 냄새까지 섞여 있으니 어찌 모를 수가 있겠느냐."

"오호라."

민은 깨달았다는 듯 고개를 끄덕이며 허리춤에 단 향갑을 쥐었다. 과장된 몸짓이었다. 연훈은 술을 마시지 않는 데다가 그 냄새조차 싫어했다. 그래서 그날은 향갑에 향을 넉넉히 넣어 갔다. 그래도 술 냄새가 지워지진 않았다만. 어쨌든 전부 일리 있는 말이었다. 하지만 전부 믿을 수는 없었다.

"아니, 저하께서 이 아우를 콱 잡아다 가두려고 뒤를 쫓으신 건가 했지 뭡니까."

민은 능글맞게 말했다. 생글거리는 미소가 입술에 떠 있었지만, 그건 날카로운 칼날을 숨긴 미소였다.

"하나를 더 잡으면 저잣거리에 난리가 나지 않겠습니까?"

문영대군의 일이 있었는데, 자신까지 건드리면 민심이 흉흉할 것이니 건드리지 말라는 은근한 위협이었다. 문이 일으켰던 소동은 가라앉은 것처럼 보였다. 하지만 그건 어디까지나 그렇게 보이는 것이지, 정말로 전부 가라앉은 건 아니었다. 궐은 원래가 이런 소문을 쉬쉬하는 곳이었고, 더군다나 지금 판세를 잡은 건 세자인 해길이었다. 그러니 문영대군의 죽음에 대해 세자, 친형제의 도리를 따지는 사람은 거의 나오지 않았다.

하지만 백성들이 말을 옮기는 저잣거리는 달랐다. 궐의 소식이 알려지는 데는 시간이 걸렸고, 이 사람 저 사람을 거쳐 알려진 소식이 진실과 꼭 맞지도 않으니 뜬소문이 날 때도 많았다. 하지만 세간의 평가란 그리 모호한 것에서 나오는 법이었다. 민이 고개를 기울인 채로 눈썹을 찡긋거리며 웃었다. 해길은 이를 보며 어렴풋한 미소를 지었다.

"이미 하나를 잡았는데, 둘이라고 크게 다르겠느냐."

피식, 웃음 끝에 새는 숨결이 차가웠다.

"하, 하, 하."

민은 꿀꺽 침을 삼켰다. 그리고 저도 모르게 목덜미를 쓸어보았다. 소름이 돋은 느낌 때문이었다.

"농이다."

민은 속으로는 욕이 나왔으나 일단 생긋 미소를 지었다. 농은 무슨, 이런 게 농이라니. 지금까지 형님이 농담을 한 적이 있으셨냐고 따지고 싶었다. 아마 이 형님은 검을 내려칠 때도 얼굴색 하나 변하지 않을 것이란 생각이 들었다. 하지만 지금의 '농담'은 애초에 자신이 시작한 거였다. 괜한 도발이었음을 인정해야 했다. 민은 기지개를 하듯 어깨를 들썩거렸다.

"그나저나, 저 소저 말입니다."

민은 문 쪽을 기웃기웃 보며 말을 했다. 조금 전 본 무용을 떠올리는 중이었다. 입가가 씰룩거렸다.

"바깥에서 데려오신 동산바치지요?"

"그래."

"제게 주시지 않겠습니까?"

연훈의 집에서 본 뒤로 틈틈이 떠오르더니, 얼마 전 시장에서 마

주친 뒤로는 더욱 심하게 그랬다. 이참에 데려가면 딱 맞는 상황이
아닌가.

"마음에 든 게로구나. 그렇지?"

민은 저도 모르게 멍하니 멈춰 생각에 잠겼다. 마음에 든다, 그런
듯했다. 재주도 그렇고 하는 것도 그렇고 눈길이 갔다. 그렇지만 이
런 물음을 받으니 어쩐지 마음 한쪽이 얼떨떨했다. 그게 얼굴에 드
러난 것 같아서, 괜스레 또 뺨을 쓸게 됐다.

"뭐, 그렇지요."

피식, 해길이 웃음을 지었다.

"아서라. 너로서는 부족할 테니."

민은 해길의 말뜻을 이해할 수가 없어서 되묻는 표정으로 해길을
보았다. 움찔, 민은 어쩐지 긴장이 됐다. 마주친 시선이 아주 곧았기
때문이다. 똑바르고 강한 눈이었다. 해길의 입술에는 묘한 미소까지
달려 있었다.

"그 아이는 나를 좋아하니까."

"예?"

민이 놀라 되물었다. 이런 걸 과시하던 이였던가? 뻔뻔한 태도가
자랑스러운 듯도 하고 만족스러워 보이기도 했다.

"어릴 때부터 마마가 좋다며 쫓아다니는 이들이 한둘이 아니긴 했
습니다만… 그런데, 제가 그 아이의 눈에 차지 않는다는 겁니까?"

농담을 하는 것처럼 묻긴 했지만, 성을 내고 있다고 해도 맞았다.
자신은 조선의 왕자였다. 게다가 대상인에 호남아가 아닌가. 인정할
수 없는 말이었다.

"아니, 뭐! 제가 마마님만 하다는 건 아니지만, 한낱 상민 계집에게 부족하겠습니까? 과분해야 맞지요. 주기 싫으시면 차라리 그냥 주기 싫다고 하십쇼!"

눈앞에 있는 사람은 외모며 신분이며 능력이며 조그마한 흠을 잡을 데도 없는 사람이었다. 이런 사람을 좋다고 하는 것이야 이해가 가긴 했다. 그래도 이건 아니었다.

"애초에 내가 주고 말고 할 게 아니지."

해길은 조용히 미소를 띠고 있었지만, 목소리는 단호했다.

"그 아이는 자신이 있고 싶은 곳에 있을 테니까."

무용이 자신의 곁에 있길 바랐다. 그렇지만 그게 스스로 바라서 하는 일이 아니라면 억지로 붙잡아선 안 됐다. 무용의 마음이 이그러지는 걸 원치 않았다. 그런데 놓고 싶지도 않았다. 그러니 자신의 곁에 있고 싶도록 노력할 것이었다.

"네, 네. 하지만 마마의 곁에는 있다는 거로군요."

해길의 입가에 미소가 번졌다.

"그래, 그 아이가 바라는 건 나니까."

민은 눈썹을 쓱 올렸다. 냉혈한이라는 세자저하에게 이런 모습이? 처음 보는 모습이었다. 태연한 얼굴로 이런 말을 하다니. 심지어 웃는 것 같기도 했다. 갑자기 조금 전 보았던 무용이 떠올랐다. 꽤 볼만한 얼굴을 했었지, 아마. 자신을 똑바로 보지도 않았고, 금세 앞으로 나가 버려서 어떤 얼굴인지 제대로 볼 수가 없었다. 어쩐지 가슴 안이 우글우글했다. 자신도 모르게 이가 악물어졌다.

한편, 해길 또한 조금 전 보았던 무용을 떠올리고 있었다. 연홍으로 물들어 동그래지는 뺨은 꽃이 피는 것보다도 고왔다. 그 미소도,

반짝이는 두 눈도 모두 자신을 향해 있었다. 그건 민은 감히 누릴 수 없는 일이었다. 무용이 마음에 품은 것은 자신이니까.

"아량도 넓으십니다. 갑자기 그런 이를 곁에 두시다니… 평범하기 짝이 없는 여염집의 아이가 아닙니까. 도대체 무슨 바람이 부신 겁니까?"

민은 구시렁대며 앞에 놓인 차를 한 모금 마셨다.

"그 아이를 연모한다."

"풉."

민은 너무 놀라 마시던 차를 그대로 뱉어버렸다. 해길이 못 볼 꼴을 봤다는 듯 눈살을 찌푸렸다.

"그러니까, 마마께서요? 그 애가 마마를, 아니, 그렇다 했으니까, 마마도 그 애를?"

민은 입가를 닦으면서도 횡설수설 물었다. 냉랭하고 도도한 얼굴은 분명 자신이 알던 이가 맞는데, 하는 말은 저 입에서 나올 것이라 상상해본 적이 없는 것이었다.

"네가 파고들 틈을 줄 생각도 없으니, 괜한 일을 벌일 생각은 하지 말아라."

그러고 보면 조금 전에도 자신을 마중하려던 게 아니라 막아선 걸지도 몰랐다.

"이건 네 형으로서 하는 말이다. 네가 괴로워하는 걸 보고 싶진 않구나."

선을 긋는 말이었다. 하지만 견제라기보다 불쌍해서 충고하는 것에 가까운 말투가 아닌가. 기가 막혔다. 자신이 이런 취급을 당할 만한 사람은 아니었다.

"아니, 그런데 제가 언제 그리 달라고 했나요. 상단에 일꾼으로 쓰려 한 겁니다! 일꾼으로."

발끈하는 민을 보며 해길은 얕게 혀를 찼다. 무용을 보던 눈빛도, 몸짓도 지금의 말과는 달랐다. 하지만 구태여 말을 고치지 않았다. 고쳐줄 필요도 없었다. 모르는 채로 부정하고 넘어간다면 차라리 잘된 일이니까.

"여색에 관심이 없으시다 했더니 그런 취향이셨습니까?"

취향 같은 걸 따져 고른 것은 아니었다. 깨달았을 때는 이미 좋아하고 있었다. 하지만 하나하나를 따져도 이 이상 없다는 것만은 확실히 알고 있었다.

"뭐, 원래 수요라 다양한 것이지요. 눈길 끄는 데는 있으니. 하지만 독특하십니다, 독특해."

해길이 무슨 생각을 하고 있는지 알면 민은 또 놀랐을 테지만, 그럴 새가 없었다. 중언부언 자신의 말을 늘이느라 바빴기 때문이다.

"아니, 어찌 제가 그런 걸 좋아할 거라 생각하신 겁니까. 제 취향이 얼마나 고상한데요. 제가 입은 것만 봐도 그건 아니지 않습니까."

민은 옷자락을 펄럭펄럭 흔들어 보이며 자랑을 해댔다. 그리곤 다 마신 찻잔을 계속 홀짝였다. 해길이 그 잔을 채워줬다.

"아뜨뜨!"

민은 무심코 또 찻잔을 입술에 갖다 댔다가 그만 데이고 말았다.

"괜찮은 게냐?"

민은 손에 쏟아진 찻물을 털고서야 진정해 해길을 보았다.

"큼큼, 이만 본론을 나누지요."

"수미법이 된다는 것은 들었지? 하지만 그뿐으로 끝내면 아쉽지 않겠느냐?"

해길은 옆에 두었던 두루마리를 펼쳤다. 적혀 있는 내용을 훑은 민의 눈이 커졌다.

"아니, 이것들을 다 건드리시겠다고요?"

민은 놀란 척했지만, 흥미롭다는 듯 입술이 쭉 나오는 건 막을 수 없었다. 수미법으로 모은 공물을 활용할 방법이며, 난전을 허용한다는 정책이며 하나같이 파격이었다.

"그런데 좌상 쪽에서 가만히 있겠습니까?"

민이 일부러 가느스름한 눈을 하며 물었다. 과연 장사꾼다운 태도였다. 손해 보는 장사를 하지 않으려는 것은 물론이고, 이문을 더하기 위해 상대의 속을 재보려는 수작이었다.

"제가 여기까지 어찌 온 줄은 아시지요? 기껏 세운 점포에 난리가 나면 어쩝니까."

민은 정말 겁이 나는 것처럼 엄살을 부렸다. 이렇게 나오리라는 걸 해길은 충분히 예상했다. 이리 말하고는 있지만, 여기 뛰어들어 얻을 수 있는 이문을 몇 번이나 따져본 뒤 나타났을 게 분명했다. 자신이 얻을 수 있는 이득이 없다고 생각했다면 갖은 핑계를 대 자신과 만나는 자리를 피했을 테니까.

"하긴 공물로 온 미곡이 어느 정도인지 너도 알 테지. 큰일이 될 거야."

해길은 민의 걱정을 깊이 이해하는 듯 고개를 끄덕였다. 이쪽도 저쪽도, 서로의 속내를 다 알면서 시치미를 떼는 중이었다.

"발을 빼고 싶다면 그렇게 해라. 나는 배포가 큰 이를 찾을 테니."

해길은 민이 두루마리를 홀깃거린다는 걸 알면서도 그걸 자신 쪽으로 말아 당겼다. 턱, 민이 두루마리를 붙잡았다.

"어찌 그리 성미가 급하십니까. 짚을 건 짚고 가자는 거지요."

씩, 민의 얼굴에 장난기 어린 웃음이 떠올랐다.

"세상천지에 저만큼 담이 큰 이를 찾기가 쉽겠습니까?"

"얼마면 되겠느냐? 이젠 돈으로 사겠다."

무용을 밀어붙인 현혜가 진지한 눈으로 물었다.

"그럼 이 정도?"

너무 가까운 시선이었지만, 무용은 자연스럽게 몸을 물리며 손가
락을 펴보았다. 반대쪽 손에는 헝겊을 꼬아 만든 꽃과 매듭을 섞어
만든 노리개를 들고 있었다.

"그래, 그 값이라고 이르마. 그 정도면 괜찮구나."

무용은 조금 놀랐지만, 아닌 척 고개를 끄덕였다. 값을 좀 세게 불
렀는데도 괜찮다는 답을 들었기 때문이다. 현혜를 거쳐 팔게 된 물건
이라 바가지를 씌울 생각은 없었다. 하지만 꽤 넉넉하게 부르긴 했다.

"제가 실제보다 많게 셈해 부른 것이면 어쩌려고 그리 쉽게 답을
하십니까?"

"네 물건이 그 이상 값은 충분히 되어 보이니 답한 것이다. 내 안
목이 틀렸느냐?"

무용은 고개를 저었다. 자신의 물건을 인정해주는 말이었다. 기분
좋은 대답이었다.

"어휴, 옹주님 안목을 몰라보겠습니까? 제가 이래 봬도 물건 하
나는 확실한 사람입니다. 그나저나 신기한 일입니다. 이렇게 인연이
닿다니."

"몇 다리를 건너면 다 아는 사이라더니 과연 그렇구나."

며칠 전 무용이 장터에서 만난 마님은 자신의 물건을 자랑하는
걸 즐기는 사람이었다. 그 마님이 주변에 소문을 내준 덕에 노리개
는 며칠 사이에 여러 사람의 눈에 들게 됐다. 그러다 현혜의 지인도
무용의 노리개를 보고, 이를 구할 수 있으면 구해달라고 현혜에게
부탁을 했다.

"모란 노리개를 해달라고 한 사람은 판의금부사 댁에 며느리가
될 사람인데, 그 댁 마님이 새로운 장신구를 좋아하신다지 뭐냐. 내
부채끈을 보더니 같은 장미가 달린 노리개를 봤다며 구하고 싶어
하더구나. 그러더니 하나가 늘고, 또 하나가 늘고….."

이러한 사정으로 현혜는 궐에 온 김에 무용에게 노리개에 관해 물
었고, 무용은 일단 현혜를 통해 판의금부사댁 며느리에게 물건을 팔
기로 했다.

"이렇게 장사를 하면 점포가 없어도 장사를 할 수 있겠습니다."

무용이 옆에 둔 작은 보따리에서 새 끈을 꺼내 매듭을 만들며 말했다.

색색의 끈들이 엮여 가며 꽃 모양으로 피어났다. 현혜는 무용의
손짓이 신기해 고개를 빤히 들이대고 그를 보았다. 무용은 현혜의
얼굴과 부딪힐까 봐 조심스레 손을 움직였다.

"그렇구나, 주문을 받아 물건을 나르기만 하면 되니."

"옹주님께 수고를 끼치는 일이 되었지만요."

"됐다. 나도 네 물건을 받기로 했고, 공으로 하는 일도 아니니 말
이다."

"아, 그런데 신기한 일이 또 있습니다."

현혜가 고개를 들었다. 무용은 관심 있는 것을 보려 얼굴을 바짝

들이대는 현혜를 보고 민을 떠올렸다. 생각해보니 하는 행동이 똑 닮았다. 과연 남매란 생각이 들었다.

"조금 전에 옹주님의 오라버님을 뵈었습니다. 그날 장터에 함께 있었…."

"뭐? 조금 전에? 어디에서?"

현혜가 자리에서 벌떡 일어나며 물었다. 어찌나 급한지 무용이 말을 다 끝내기를 기다리지도 않고 걸음을 떼었다.

"동궁을 나오던 길에 보았…."

"앓아누운 아바마마께는 코빼기만 비치고 사라지더니, 그리로 도망갔던 것이로구나. 알았다. 다음에 보자꾸나."

동궁에 있던 민은 지금 문득 한기를 느꼈다.

"예? 예…. 살펴 가십시오!"

현혜는 나와서 배웅하는 무용에게 손을 흔들고 재빠르게 사라졌다.

"옹주님을 만나면 정신이 없다니까."

무용은 휘휘 고개를 젓고 자리로 돌아와 앉았다.

"자, 이제 시작해볼까."

매듭 끈이 담긴 꾸러미를 보던 무용의 입술이 동그래졌다. 무용은 고심하다가 연홍색 끈과 흰색 끈을 골랐다. 끈은 무용의 손을 따라 바로나비로, 세벌매화로, 거꾸로나비로 매듭지어졌다. 사이사이에 도래매듭까지 들어 있었다.

"예쁘다."

나비와 꽃, 모두 해길을 생각하며 만든 것이었다.

"어휴, 무슨 생각을 하는 거야."

무용은 혼자 고개를 흔들었다. 그러면서도 다시 매듭 끈을 집어

들었다. 꼭꼭 매듭을 당기는 손길이 야무졌다. 동심결매듭이었다. 많은 곳에 쓰이는 매듭이었지만, 지금은 각별한 뜻을 담아 만들고 있었다. 동심결(同心結), 영원한 사랑을 맹세하는 정표였다.

"대감께서 돌아오셨습니다."

은우군이 들어오자 집 안에 있던 이들이 모두 걸음을 멈췄다. 적지 않은 사람들이 있었지만 조용했다. 일꾼들은 궐에서 방금 돌아온 은우군을 흘깃 보며 숨을 죽였다. 은우군의 심기를 건드리고 싶지 않았기 때문이다. 그는 방으로 돌아오자마자 옷을 갈아입었다. 관복은 거의 내던지듯 벗어져 있었다. 사내종 하나가 슬며시 들어와 관복을 챙겨 나갔다.

"쯧, 신하의 옷이라니."

자신에게 영 어울리지 않는 복장이란 생각이 들었다. 문 앞에 있던 감수는 마른침을 삼키고 말을 고했다.

"대감, 감수이옵니다."

"들어오너라."

감수는 조심히 방 안에 들어온 뒤 무릎을 꿇고 고개를 숙였다. 은우군이 말하길 기다리는 중이었다.

"그래, 마을에는 잘 다녀왔느냐?"

담담한 물음을 받으면서도 감수는 입 안이 마르는 걸 느꼈다.

"예, 우물 안쪽에 독초를 두었으니 쉽게 찾지 못할 것입니다."

나루터에 오기 전, 감수는 몇몇 마을에 들러 병이 생기는 독초를 물에 풀어놓고 왔다.

"또한 돌림병이란 소문도 곧 멀리 퍼질 것입니다."

마을에 있던 사람들이 이런 일을 당해야 하는 이유는 하나였다. 세자가 저수지를 만든 마을에 살고 있다는 것, 그뿐이었다. 올해는 모내기란 걸 해보려는데 그러면 이 지긋지긋한 보릿고개도 나아질지 모른다고 웃던 사람들이 자꾸 떠올랐다. 자신은 그들이 먹을 물에 독을 풀고 왔다.

"그런데 마실 물에 독을 풀 순 없다며 돌림병이 헛소문인 걸 밝히겠다고 나섰던 이가 하나 있었는데…."

은우군이 눈살을 찌푸렸다.

"이미 맞아 죽어있었습니다. 대감님께 은혜를 입은 이들이 그를 죽였다 합니다."

죽은 사람은 미곡이 은우군에게서 오는 것은 알았지만, 자세한 내막은 몰랐다. 그러다 사람을 죽이는 일이란 걸 알게 되고 자초지종을 밝히겠다고 나섰다. 하지만 함께 있던 이들은 은우군이 주는 미곡과 돈에 이미 눈이 먼 자들이었다. 한번 맛 들인 풍족함을 놓으려 할 리 없었다. 그들은 자기들끼리 나서서 내막을 밝히려는 사람을 죽였다. 사람을 죽이더라도 부른 배를 놓지 않으려는 이들이니, 욕심만 채울 수 있다면 은우군이 하는 일이 무엇이든 따를 게 분명했다.

"상황은 어찌 돌아가고 있느냐?"

"다들 쉬쉬하긴 하지만, 진범을 몰라 석연치 않아 하고 있습니다."

은우군도 감수도 가만히 무언가를 생각했다. 고민하는 모습은 비슷해 보였지만, 속에 든 생각은 전혀 달랐다.

"그럼 그걸 죽인 게 세자의 심복이란 소문을 내라. 마침맞게 죽은 사람이 있으니 장례도 열 수 있겠구나. 장례를 크게 치러 주거라. 사람이 모이고 말도 모일 테니 소문을 불리기에 제격이니까."

피식, 은우군은 세자의 이름이 땅바닥에 나뒹굴 걸 생각하며 미소를 지었다.

"역병이란 말이 확실히 나오게 하려면 이 정도로는 부족하다. 병을 더 퍼뜨려야 하니, 가는 중에 봐 두었던 마을에 들렀다 오거라."

'패륜 세자 때문에 하늘이 노해 역병이 돈다.'

은우군은 이 말이 퍼뜨리기 위해서라면 수십, 수백, 그 이상이라도 얼마든지 죽일 수 있었다. 독을 푼든 가뭄을 만들든 해서 마을을 흉흉하게 만들면 이제 감수의 차례였다. 감수는 줄줄이 시체가 나오는 마을에 가서 은우군의 '은혜'를 내렸다. 속사정을 모르는 사람들은 은우군을 칭송하며 끝없는 감사를 표했다. 그때마다 심장이 죄여오는 듯해 괴로웠다.

"형님의 눈에 띄지 않도록 하여라. 물가에 꼬인 벌레를 잡은 걸 눈치채면 가만히 있을 사람이 아니니."

하지만 은우군에게는 조금도 신경 쓰이는 일이 아니었다. 그에게 자신 외의 사람은 벌레나 마찬가지였다.

"명심하겠습니다."

"누가 저들을 살리고 누가 저들을 죽이는지도 모르는 미물이건만…"

은우군은 우습다는 듯 혀를 찼다.

"그런데 대감…"

감수는 머뭇대다가 다시 입을 열었다.

"무엇이냐?"

"그게, 나루터에서 세자저하를 보았습니다."

"그 계집의 아비가 있던 곳에서 형님을?"

은우군이 묘한 웃음을 지었다.

"형님이 거기에서 무얼 하더냐? 그 계집도 있더냐?"

"여인과 함께였습니다. 하지만 무얼 하시던 건지는 모르겠습니다. 모습을 들킬 뻔해 급히 도망쳤습니다."

"그래, 잘했다. 뒤를 밟히는 게 더욱 문제이니."

고개를 끄덕이던 은우군이 혀를 찼다.

"아쉽게 됐구나. 형님께 왕을 독살하려 했다는 새로운 역모죄를 씌워 드릴 수 있었는데."

궐 안에 있느니 없느니 말은 많았지만, 결국은 또 왕의 곁을 때맞춰 지킨 효심 깊은 세자가 되질 않았는가. 오늘은 날이 아니었다. 그렇지만 이제 날이 머지않았다.

"얼마 남지 않은 길인데, 차근히 가는 게 좋겠지."

은우군이 씩, 웃음을 지었다. 분명 서글서글한 미소였다. 하지만 감수는 온몸의 털이 쭈뼛 서는 걸 느꼈다. 정말로 즐거워하고 있다는 게 소름 끼쳤다.

6장

피고, 지고, 피고

대소 신료들이 모인 편전 안, 묘한 긴장감이 흐르고 있었다.

"세자저하 납시오!"

편전에 나타난 사람은 왕이 아닌 세자 해길이었다.

"전하께선 옥후가 좋지 않으신 중에도 백성들을 생각하셨네. 불초한 몸이지만, 성심을 받들려 하니 다들 애써주게."

모두 예를 갖춰 고개를 숙였지만, 같은 마음으로 세자를 맞이한 것은 아니었다. 신료들은 해길의 판이 된 것을 반기는 자, 반기지 않는 자, 상황을 살피는 자로 나뉘어 암투를 벌이는 중이었다. 어쨌든 겉으로 보기에는 매끄러운 논의가 이어지고 있었다. 주로 수미법에 관한 내용이었다.

"그럼 시행은 호조에서 맡기로 하지. 또한 그에 수반한 정책들을 위해 보아둔 인재들을 몇 쓰려 하는데 어떠한가?"

이런 상황에 석철은 얼굴이 일그러지는 것을 간신히 참고 있었다. 하필 세법에 대해 정할 때 세자가 정권을 잡다니. 끔찍하게 안 좋은 상황이었다. 저들끼리 일을 처리하려 할 게 뻔했다. 지금 이 물음도 이미 답을 정해놓고 꺼낸 게 분명했다.

"수미법을 행하게 될 경기지역의 백성들에게 알림이 필요하다 사료되옵니다."

역시 의견이 대담했다.

"선혜청을 건립하시기로 하셨지요?"

석철이 듣다못해 나섰다.

"앞으로 그를 관리할 필요가 있는데, 어디서 자원을 끌어와 그를 충당하시려 하십니까?"

"그래, 또한 내가 제안하고자 하는 게 있네."

비꼬는 말투로 이어진 물음이었는데, 해길은 오히려 잘됐다는 듯 질문을 반겼다.

"그를 위해 난전을 금하는 법을 개정하려 하는데."

"무, 무, 무슨…."

석철은 말이 제대로 나오지 않았다.

"그 말은 상업 규제를 낮추겠다는 뜻입니까?"

한 관료가 놀란 목소리로 소리쳤다.

"그래."

해길의 짧은 답이 편전 안에 적막한 긴장감을 가져왔다. 석철의 얼굴이 심상치 않았다. 석철 패거리와 허가를 받은 시전상인들의 유착은 뿌리가 깊었다. 그러니 다른 상인들이 장사를 펼칠 수 있게 되면 뒷돈이 들어올 구멍이 줄어들 걸 걱정해야 했다. 또한 정책을 위해 내막을 캐다 보면 비리가 드러날지도 몰랐다. 석철 패에게는 당연히 놀랄 만한 소리였다.

하지만, 상업 규제를 낮추는 건 애초에 파란을 불고 올 말이었다. 수많은 유학자를 놀라게 할 수밖에 없는 일이니 말이다. 대다수의 유학자가 백성들이 농업이 아닌 상업에 뛰어드는 걸 위험한 일로 생각했다. 논이나 밭을 가꾸지 않고 물건과 돈을 일로 삼는 걸 무가치하다고 말하는 자들도 수두룩했다. 게다가 백성 대다수가 농업에 매달려 있는 게 현실 상황이었다. 상업이란 새로운 문을 열어줬을 때 혼란스러운 상황이 찾아올 것이란 우려는 당연했다. 해길은 이 모든 것을 알고 있으면서도 희미한 미소를 지었다.

"공들의 생각은 어떠한가?"

파격적인 물음이 담담한 말투로 이어졌다.

석철은 거친 걸음으로 조정을 빠져나갔다. 곁으로 연훈이 나타났다.

"거사께서 유학자가 아니시라 장사치신가 했습니다."

석철이 대놓고 빈정대자 지나가던 신료 몇몇이 멈춰 그들을 지켜봤다.

"출셋길을 열려 하시나 봅니다. 그리 아양을 떠시다니."

난전을 열어주고 세금을 얻는 건 합리적이다, 백성들에게 새로운 활로를 열어줄 필요가 있다, 수미법과 함께 민생을 안정시킬 것이다, 뭐는 맞고, 뭐는 아니고, 뭐는 개선하고⋯. 연훈이 세자의 정책을 속속들이 짚으며 나서니 동조하는 이들이 한둘이 아니었다.

하긴 지금의 왕에 이어 다음 왕이 될 세자의 신임까지 얻은 거사에게 줄을 서고 싶겠지. 하지만 일이 그렇게 돼선 안 됐다. 세자의 얼토당토않은 말을 접게 해도 모자랄 판국이었다. 석철은 똑바로 눈을 맞추는 연훈을 향해 턱 끝을 들어 보였다. 기세를 누를 작정이었다.

"쯧!"

하지만 연훈은 한심하다는 기색으로 혀를 차고 가던 걸음을 이었다. 큭큭큭, 주변에 있던 이들이 참지 못하고 몰래 웃음을 터트렸다. 멀뚱히 남겨진 석철은 모욕감에 얼굴을 붉혔다.

"거사가 같은 편에 서시니 든든하군요."

웃던 이들 중 하나가 연훈에게 다가가 말을 붙였다. 연훈이 온 후 세자의 세력에 선 자였다.

"어린애들 놀이판도 아니고, 편 가르기를 하자고 드는 건가?"

"아니, 어찌 그런 말을. 하하하…."

"나는 내가 할 말을 했을 뿐이네."

연훈은 조금 전처럼 혀를 차고 휘적휘적 앞을 향했다. 자신이 궐에 온 것은 누군가의 편이 되기 위해서가 아니라 오히려 적이 되기 위해서였다. 더 좋은 답을 만들기 위해서라면 망설임 없이 부딪힐 것이었다.

피식, 입술 사이로 웃음이 샜다. 조정에 이런 기대를 품다니, 그 세자의 꾐에 보기 좋게 넘어가지 않았는가. 하지만 앞으로의 조정은, 또 조선은 지금까지와 다르리라. 조금만 지나면, 정말 성군의 시대가 올지도 몰랐다.

석철은 중궁전에 든 뒤에도 얼굴을 구기고 있었다.

"차도 내오지 않고 뭘 하느냐?"

석철이 조상궁에게 괜한 분풀이를 했다. 조상궁은 안절부절못하며 중전의 눈치를 살폈다.

"제가 내놓지 말라 했습니다. 분재가 깨져서 그런가, 풀잎이 떠다
니는 것만 봐도 속이 뒤집히더군요."

요즘 중전은 평소보다도 신경이 더 곤두서 있었다.

"이런 중에 속이 좋으면 그게 더 이상하겠지요. 어제도 면만 죽지
않았습니까."

틈을 놓치지 않으려 좀 급히 일을 벌이긴 했지만, 세자가 없는 게
확실해 보였다. 그런데 그리 나타나다니. 이제 와 생각해보면 세자
가 흘린 정보에 역으로 당한 것일지도 몰랐다.

"쯧, 사내구실도 제대로 못하는 인간이 몸까지 그리 부실해서야."

중전이 얼굴을 찌푸렸다.

어제는 괜히 나선 바람에 반나절 내내 환자를 돌봐야 했다.

늙고 병든 꼴로 들러붙던 왕이 떠오르자 새삼 끔찍해 부르르, 몸
이 떨렸다.

"오늘 편전에서는 또 어땠는지 아십니까? 이대로 가다가는 완전
히 세자의 판이 되겠습니다."

"왜 제게 성을 내십니까."

"답답하여 그럽니다, 답답하여. 이러다간 세자의 대리청정이 굳어
지게 생기지 않습니까. 차라리 어린아이였다면 보위에 올려 수렴청
정이라도 하는 건데."

탁, 중전은 탁상을 내려치며 입꼬리를 올렸다.

"그겁니다."

왕도, 세자도 국정을 돌볼 수 없게 되면 궐에 어른이라 할 만한 사
람은 중전인 자신 하나였다.

"수렴청정이요? 이런 판에서 퍽이나 그리되겠습니다. 세자의 권세가 왕을 넘어서려는 마당입니다. 용상에 올리면 날개를 달아주는 격이지요."

석철이 코웃음을 쳤다.

세자는 약관도 되지 않았고 혼례도 치르지 않았으니 조건은 맞았다. 하지만 그를 보위에 올리는 건 가문을 호랑이 입에 넣는 것과 마찬가지였다.

"어찌 그리 담이 작으십니까."

나무라는 말투였다. 오늘 일진이 더러운 건지, 사방에서 무시였다.

"지금이 판이 아니면 판을 엎으면 되지 않겠습니까?"

"판을요? 무슨 수로 그런단 말입니까."

석철은 아니꼬운 듯 말했지만 기대감이 다 숨겨지진 않았다. 중전은 묘한 미소로 입술을 비틀고 앞에 있던 화분에서 잎을 하나 잡아 뜯었다.

"제가 재미있는 걸 만들어보았는데, 한번 보시겠습니까?"

장원서가 북적거렸다. 안에서 일을 하던 이들과 화개동에 다녀온 이들이 모두 한자리에 모여 있었다. 그런데 평소라면 그 사이에 섞여 있었을 무용이 왜인지 앞으로 나와 있었다. 곁에 석주가 서 있었다.

"저는 액정서에서 일하는 석주입니다. 앞으로 이곳의 연결을 맡게 되었습니다. 또한 오늘은 세자저하의 명을 전하러 왔습니다."

그때 소란스런 소리가 들려왔다. 해길이 나타났기 때문이다. 모두 놀라 웅성거리면서도 예를 갖춰 몸을 물렸다.

"내가 마침맞게 왔으니 직접 자리를 내리지."

안으로 들어온 해길이 무용의 앞에 섰다.

"그동안 장원서에서 임시직을 맡고 있던 무용에게 새로운 부서 꽃집, 화점의 장인 점주를 맡긴다. 모두 그리 알고 따르도록 하여라."

"은혜가 망극하옵니다."

장원서 안에 있던 이들이 고개를 숙였다.

"그럼 앞으로 잘 부탁하네."

해길의 말이 끝나자 모두 눈을 껌뻑거리며 무용을 쳐다보았다. 상궁 자리도 아니고 관직을 받은 것에 놀란 이들도 있었고, 믿지 못하겠다며 서로 되묻는 이들도 있었다. 그만큼 믿을 수 없는 인사였다. 하지만 무용에게는 분명한 일이었다.

모호한 위치 때문에 동산바치, 항아님, 나인 등등 많은 이름으로 불렸지만, 이젠 이도 저도 아니게 불릴 필요가 없었다. 자신을 위한 확실한 자리가 있었다. 무용이 당차게 웃으며 앞을 보았다. 곧은 눈빛이었다.

"잘 부탁드립니다."

불안하기도 했지만, 그보다 큰 기대가 가슴을 두근거리게 했다.

장원서 산하에 새로 생긴 '꽃집'은 소품을 다루는 액정서와 옷감, 장식품을 다루는 상의원과 연결된 새로운 부서였다. '꽃'의 범주를 확장해 시장에 도입할 상품으로 만들기 위함이었다. 석주는 장원서 사람들에게 이러한 설명을 이어갔다.

한편, 해길은 따르는 사람들을 물리고 무용과 건물 안으로 들어왔다. 새로 꾸려진 곳을 점검하겠다는 명목이었다.

"깜짝 놀랐습니다. 어젯밤에는 못 오실 것이라 하셔놓고."

무용이 관직에 대해 들은 건 겨우 지난밤이었다. 그때 무용은 오늘 장원서 사람들이 놀란 것보다 더 놀란 얼굴이었다.

"잠시 틈이 나 들른 것이다."

사실 틈이 난 게 아니라 어떻게든 틈을 만들었다.

"제가 하지 않겠다고 했으면 어찌하시려 했습니까?"

무용이 준비된 편액을 보고 웃으며 물었다. 편액에는 花店 芽而理水 二號店(꽃집 아이리수 2호점)이라고 새겨져 있었다. 편액이 이미 완성되어 있을 정도니, 아이리수를 여는 것을 하루 이틀에 결정한 일이 아닌 게 확실했다.

"생각하기 싫었다."

무용이 없다면 없는 대로 진행할 순 있었지만, 곁에 없을지도 모른다는 생각 자체를 하기 싫었다. 물론 무용이 누구보다도 잘 해낼 일이기도 했다. 유례없는 일이니만큼 좀 더 시기를 봐서 진행하려 했지만, 마침 자신이 조정을 맡아 결정권이 생겼다. 이때 시작하면 흐름을 타고 쭉쭉 나갈 수 있을 것이라고 예상했다.

"감투, 감투 했다만 없는 자리까지 만들어주실 줄이야. 저 정말 출세했는데요?"

"필요한 자리라 만든 것이다. 네가 적임자였고."

"열심히 하겠습니다."

무용이 두 주먹을 야무지게 쥐어 보였다. 해길이 그 손에 붓 한 자루를 쥐여 줬다. 붓대에 붓꽃을 새긴 붓이었다.

"네가 써주었으면 좋겠구나."

글을 쓰는 모습도, 써놓은 글자도 예쁘니 예쁜 붓을 주고 싶었다. 또, 이 붓을 쓰면서 자신을 떠올려줬으면 하는 바람도 있었다. 빙긋 웃는 해길의 얼굴에는 이런 마음이 그대로 떠 있었다. 이 예쁜 마음을 어떻게 보고만 있을까, 무용은 괜스레 해길의 손을 잡았다.

"저는 드릴 게 없는데 어쩌죠?"

해길은 무용의 손을 조심히 당겨 깍지를 꼈다.

"이미 받았다."

맞잡아준 온기가 선물과 같았다. 무용과 함께 하는 모든 순간이 그렇게 소중했다.

밤, 궐 곳곳에서 은밀한 움직임이 일었다. 어둠을 틈타 무언가가 일어나고 있었다. 아침이 밝아오자 그 정체가 밝혀졌다.

'永日爲王'

왕의 앞에 '영일위왕'이라 새겨진 나뭇잎이 놓여 있었다. 붓으로 적은 게 아니었다. 애초에 그런 글자를 타고난 나뭇잎인 양 글자 모양대로 사이가 비어 있었다.

"이것이 무엇이냐?"

왕이 분기탱천한 얼굴로 물었다.

"왜 다들 말을 않는가! 왕명을 거역할 셈이냐!"

글자를 몰라 묻는 게 아니었다. 앞에선 내관들 또한 글자를 몰라 답을 피하는 게 아니었다. 콜록, 왕의 잔기침에도 내관들은 몸을 떨었다.

永과 日을 모으면 昶이란 글자가 되고, 昶(창)이란 세자인 해길에게 주어진 이름이었다. 그러므로 永日爲王은 昶爲王, '세자가 왕이 된다'는 뜻으로 풀이할 수 있었다. 그것은 역모였다. 세자가 언젠가 왕이 될 사람이라도, 지금은 밖에 나와선 안 될 내용이었다. 왕은 시뻘게진 눈을 치뜨며 소리쳤다.

"세자, 세자를 불러라!"

4월의 낮을 맞은 화동은 복사꽃이 한창이었다. 연붉은 꽃이 아직 힘 있게 달려 싱그러운 생기를 전했다. 무용이 옅은 미소를 띤 얼굴로 나무를 올려다보고 있었다.

"뭐가 있느냐?"

민이 무용의 시선에 얼굴을 들이밀었다. 오늘은 관복이 아니었다. 그러니 왕자 시우군이 아닌 장사꾼 민이었다.

"으엇!"

깜짝 놀라 넘어질 뻔한 무용은 가까스로 나무기둥에 몸을 기댔다.

"무슨 생각을 했기에 일하다 말고 얼이 빠져 있었느냐?"

무용이 민과 화개동에 온 건 앞으로 다룰 상품에 대해 논의하기 위해서였다. 아이리수 2호점의 일이었다.

"한창이어서요. 아쉽다….'"

여전히 꽃을 보던 무용이 저도 모르게 중얼거렸다.

"한창이니 좋은 게 아니고?"

해길과 함께 봤다면 좋았을걸. 보고 있으니 자꾸 그런 생각이 들었다. 낮에도 함께 오기로 했는데 바쁜 탓에 여태 다시 오질 못하고 있었다.

"흐음….'"

민은 먼 곳을 보는 듯한 무용의 눈이 왠지 마음에 걸렸다.

"그런데 네가 현혜에게 나에 대해 말했다지?"

민이 입술을 비죽 내밀었다. 하지만 정말 원망하는 것으로 보이지는 않았다. 오히려 무용이 샐쭉해 보였다.

"옹주님께서 대감님의 소식을 얼마나 기다리셨는지 아십니까?"

민이 시우군인 줄 알았다면 지난번에 만났을 때 지금의 말을 전했을 텐데. 시우군이나 낭군에 대한 이야기를 하는 현혜를 보고 있으면 꽃집에 있을 때의 자신이 떠올랐다. 그 집에서 현혜가 가장 많이 한 일이 기다림이었기 때문이다.

"나간 사람은 기다리는 사람의 마음을 모른다니까요."

딸랑, 꽃집 풍경이 울릴 때마다 얼마나 기대했던가. 문 앞까지 나갈 때는 들떴지만, 아버지가 아님을 알고 나면 힘이 쭉 풀렸다. 궐에 오지 않았다면 오늘도 그런 날을 보냈을지도 몰랐다. 멋대로 남의 소식을 옮긴 건 안 될 일이라도 현혜에게 민에 대해 전한 게 후회되진 않았다.

"가보았자 빈집인데 들어가 봤자지."

"빈집이요? 부인께서는…."

별생각 없이 되묻던 무용이 말끝을 흐렸다. 민은 웃는 낯이었지만, 묘한 표정을 지었다. 늘 장난스럽게 보이던 눈가가 슬퍼 보였다. 무용은 이런 얼굴을 알고 있었다. 어머니를 그리던 아버지의 얼굴이었다.

"궐에 있는데, 뒷소문도 하나 듣지 않는가 보지? 이미 처를 잃은 지가 한참이다. 이런 답을 하는 것도 꽤 오랜만이구나."

"송구합니다."

이러면 심통을 낼 수가 없었다. 아버지에게 매번 괜찮다고 하던 건, 이런 얼굴을 보는 게 더 힘이 들었기 때문이다.

"네가 송구할 건 뭐냐."

무용은 민의 뺨을 붙잡고 쭉쭉 펴주려다가 제 뺨을 검지로 콕콕 찔렀다. 그리고 빙긋 웃어 보였다.

"그리 애쓰지 않으셔도 됩니다. 이번에는 정말 못 본 척할 테니 편히 계십시오."

민은 왠지 얼떨떨했다. 가슴 안이 좀 이상했다. 그래서 괜히 복숭아나무로 시선을 돌렸다.

"뭐, 집이 멀어 가기 싫은 것도 있다. 그 벽촌에 박혀 도대체 뭘 하라는 건지."

복사꽃이 고왔다. 무용이 왜 그리 보고 있었는지 조금은 이해가 갔다.

"옹주님 댁 근처가 아니십니까?"

"미운 자식에게 집을 가까이 주셨을 거라 생각하느냐? 현혜나 대감님처럼 처음부터 한양에 집이 있었으면 집을 살 생각은 안 했을 것이다. 아, 내 집이 어떤 집인지 아느냐? 무려 이 몸이 직접 구해 전부를 꾸민 곳이다."

"대감님께서는 감각이 좋으시니 분명 멋지겠네요."

"그럼, 언제 한 번 와서 보거라."

덥석 말이 나갔다. 왜 그런지 알 수가 없었다. 여태껏 집에 누구를 초대한 적은 없는데, 무용이 자신을 보니까, 저절로 그런 말이 나갔다. 민은 멋쩍은 기분에 다시 고개를 돌렸다. 그러다 뜻밖의 사람들을 발견했다.

"왜 의금부의 관원들이 이곳에…."

"예?"

무용이 중얼거리는 소리를 듣고 되물었다. 그때였다.

"잡아라! 저 계집이다!"

의금부 관원들이 갑자기 무용을 포박했다.

"어? 무, 무슨 일이십니까!"

무용이 저항했지만, 관원들의 힘을 이기기란 힘들었다.

"무슨 일이냐!"

민이 끼어들어 우악스레 무용을 붙잡은 이의 손을 내쳤다. 관원들이 위협적으로 나왔다.

"자네는 누구길래 감히 의금부의 일에 나서는 건가?"

민은 입을 다물었다. 이런 모습으로 와서 시우군이라는 걸 밝히는 건 곤란했다. 게다가 의금부에서 온 것이라면 자신이 연루된 순간 더 큰 문제가 생길 수도 있었다.

"너무 걱정하지 마십시오."

무용은 민을 안심시키려 입술을 당겨 웃어 보였다. 큰일이 났다는 생각이 들었지만, 당장 할 수 있는 건 그게 최선이었다. 민은 그런 무용을 허망하게 보내는 수밖에 없었다. 톡, 복사꽃송이 하나가 떨어졌다. 조금 전까진 아름다웠는데, 지금은 그게 문드러지는 듯 보였다.

용상에 반쯤 기대어 앉은 왕은 노기가 가득한 얼굴로 해길을 내려다보았다.

"읽어보아라."

해길의 손에는 나뭇잎이 들려 있었다.

"영일위왕(永日爲王)입니다."

해길이 글자를 그대로 읽었다. 왕명을 따른 것인데도 대신들은 숨을 죽였다.

"무슨 뜻이라 생각하느냐?"

"무슨 뜻이길 바라십니까?"

해길이 되물었다.

"세자!"

"뜻을 따질 필요가 없는 것입니다."

떠도는 소리를 옮겨보았자 불경해질 뿐이었다. 지금은 최대한 말을 줄이는 게 나았다. 왕의 호흡이 거칠었다. 다른 이의 말을 들을 생각이 없는 상태로 보였다.

"세자가 돌아온 뒤로 궐에 바람 잘 날이 없구나. 공들은 어찌 생각하는가?"

침묵이 이어졌다.

"전하, 소인이 감히 말을 고하여도 되겠습니까?"

불쑥 말문을 연 것은 최근 석철에게 붙은 자로, 가문이 한미한 탓에 그동안 큰 판에 못 끼던 자였다.

"말해보라."

"영(永)자와 일(日)자를 연달아두면 세자 저하의 함자가 되옵니다. 그러니 이는 저하의 함자를 파자한 것입니다. 그 뒤에 왕이 된다는 뜻이 붙었으니, 이를 측자하면 세자저하께서 왕이 된다는 뜻이 아닙니까!"

요즘 석철의 손에 쓸 만한 패가 별로 없으니, 지금 잘해두면 한자리를 꿰찰 게 확실했다. 여기까지 오는 데 쓴 돈을 거두려면 앞으로 뇌물을 두둑이 챙길 필요가 있었다. 그러니 무리를 해서라도 세자를 눌러야 했다.

"소자 아직 부족한 몸입니다. 아바마마의 하해와 같은 은혜가 없다면 어찌 정사를 배울 수 있었겠습니까. 이런 말장난이 성심을 어지럽힐까 염려되옵니다."

평소의 해길이라면 우스운 헛소리에 변명하듯 이렇게 답해줄 리 없었다. 하지만 사건이 역모가 됐으니 그냥 둘 수 없는 상황이었다. 일이 잘못되면 해길 자신뿐만 아니라 곁에 있는 사람들도 다칠지 몰랐다.

"전하! 아뢰옵기 황공하오나, 조선의 권력이 동궁으로 돌아섰다는 소문이 돌고 있습니다."

이 말을 신호로, 석철도 입을 열었다.

"소신 부족하지만 전하의 신하로 조선의 앞날을 위해 힘을 다했다 생각해왔습니다. 하지만 최근 세자저하의 의중을 소신은 다 알 수가 없습니다."

나뭇잎에 뜬 글자는 세자가 득세한 정세를 고스란히 보여줬다.

"애초에 어찌 굳건하신 전하를 두고 대리청정을 맡으신단 말입니까!"

석철 패거리는 왕을 살살 달래 이용하려 했다.

"대리청정은 벌써 몇 해가 지난 일 아닙니까! 세자저하께서 삼일 밤낮 동안 석고대죄를 하신 걸 잊으셨습니까? 또한, 대리청정을 받으신 건 전하의 탕치를 위함이었습니다."

서로 갑론을박하며 장내가 시끄러운 와중에 연훈이 우습다는 듯 혀를 찼다.

"우상, 자네는 어떻게 생각하는가?"

왕이 하문했다.

"조잡한 장난이 아닙니까."

연훈은 이 소동이 그저 우스웠다. 누구도 나뭇잎에 글자가 저절로 나타난 것이라 믿지 않았다. 그런데 어찌 그것을 가지고 또 소동을 만드는가. 궐에 모인 이들이 너무 똑똑한 나머지 멍청한 판을 벌였다.

"벌레에게 갉게 한 겁니까? 누군가 큰일이 나갈 바라며 꾸민 일이 겠지요."

연훈은 어느 편을 드는 것이 아니라 제 할 말을 하는 사람이었다. 이번에도 그랬다. 하지만 왕은 머리를 쥐었다. 지난번에 세자 편을 들었던 것이란 생각이 들어 연훈의 말을 똑바로 받아들일 수가 없었다. 연훈은 석철을 흘깃 쳐다봤다. 수는 유치했지만, 이 정도 일을 꾸밀 담과 실행력이 있는 이는 석철 정도였다.

연훈의 시선을 느낀 석철은 안타깝다는 얼굴을 했다.

"그러면 더욱 큰일이 아닙니까, 인력으로 천명을 만들려 했다니."

석철이 진짜로 내밀려는 칼은 이제 시작이었다.

"조선의 해가 동궁에서 나온다는 말이 자자한 상황이옵니다. 나뭇잎에 징조가 생겼다는 소문이 퍼지면 미욱한 백성들을 미혹될 것입니다."

뒤에 선 이가 말을 보탰다. 석철은 슬쩍 미소를 지었다. 논리적인 세자에게는 이런 말도 안 되는 수야말로 가장 상대하기 까다로운 수였다. 논리와 실력은 이 문제에 답이 될 수 없었다. 오히려 맞는 소리를 할수록 왕의 심기를 더 건드렸다.

왕은 허영이 있는 자다. 그렇다면 머리가 없었으면 좋았을 테지만, 세자가 자신을 넘어선다는 것을 알 정도의 머리는 있었다. 하지만 그것을 인정하지 못하고 자격지심만 품었으니, 제 아들이 뛰어나다고 느낄 때마다 과민반응을 했다. 게다가 병환 때문에 심약해진 데다가 시야가 흐려지기까지 했으니, 입바른 소리를 들을 수 있는 상태가 아니었다.

"계방인 포공영의 소식이 닿지 않는다더구나."

왕이 이리 말하자 석철의 입술에 음흉한 미소가 떠올랐다. 석철은 사실 일이 터지자마자 알현을 청해 왕을 흔들어뒀다.

'세자저하께 선위를 해야 한다 주장하는 이들이 음흉한 짓을 펼친 게 분명합니다.'

그때 분개하던 석철의 얼굴은 마치 충신이라도 되는 듯했다.

"익위사는 제 명을 받고 시찰을 나선 중입니다."

공영은 은우군의 동향을 잡기 위해 은밀히 움직이는 중이었다. 해길은 석철의 의도를 확실히 알 수 있었다.

'공영이 역심을 품었다!'

자신에게서 정권을 빼앗기 위해 수족부터 자르려는 심산이었다.

"시찰 중 연락이 어려운 건 어쩔 수 없는 일입니다."

해길이 말을 이었지만, 왕은 여전히 언짢은 기색이었다. 석철은 속으로 쾌재를 불렀다. 왕은 애초에 제 아들에게 자리를 빼앗길까 겁을 내는 자였다. 그 때문에 평소에도 자신이 아닌 세자의 신하를 자처한 공영을 괘씸하게 여겼다. 그런데 마침 자리에도 없으니, 아주 딱 맞는 제물이었다.

"짐의 나라에 짐의 손이 닿지 않은 일이 있다는 것인가?"

"저하께서 계방을 아끼심은 이해하지마는, 여태 오지 않은 중이 아닙니까? 도망을 친 게 분명합니다."

"어찌 이 일을 익위사에게 묻는 것인가?"

"익위사 포공영의 지나친 충성심은 유명하지 않습니까. 오히려 저하께서는 용상을 넘보려 한 게 아님을 어떻게 확신하시는 것입니까!"

"맞습니다. 더구나 최근 장원서에 드나드는 것까지 보았다고 하던데요? 초목에 생긴 일이니 그때 해치운 일임이 분명합니다!"

"저하께서 데려오신 동산바치가 잔재주가 많다 하던데, 그치의 수가 아닙니까?"

불이 번지듯 말이 번지고 있었다.

"전하의 병환을 틈타 역심을 품으신 게 아닙니까? 계집에게까지 관직을 주다니. 경서 어디에도 그런 일은 없습니다!"

이젠 공영이 아니라 세자인 해길에게까지 화살이 겨눠졌다. 그때 전령이 말을 고했다.

"전하, 죄인을 대령하였습니다!"

문이 열리고, 왕의 앞에 끌려 나온 건 포박된 무용이었다.

순간 무용과 해길의 시선이 맞았다. 다른 이들은 몰랐지만, 무용은 해길의 얼굴이 굳은 걸 알아챌 수 있었다.

"죄인이라니, 분명하지 않은 일에 가볍게 말하지 말라."

해길이 차갑게 식은 목소리로 말했다. 무용에게까지 손을 뻗치다니, 추잡한 수였다. 언젠가 무용이 이곳에 들 날이 있을 것이라고 생각하긴 했다. 하지만 이런 식으로는 아니었다.

"계방은 저 계집에게 죄를 씌우고 발을 뺄 작정이겠지요."

석철 패거리 중 하나가 이죽거렸다. 무용은 그들에게 알맞은 증좌 중 하나였다. 해길에게 자리를 받은 데다가 공영과도 연결이 있었다. 더구나 건드린다 해도 뒷배가 되어줄 가문도 없으니 아주 금상 첨화였다.

"네가 세자가 만든 새로운 부서에 배속된 이가 맞느냐?"

"예."

가만히 고개를 숙인 무용을 보며 왕은 얼굴을 구겼다. 법도를 모를 리 없는 세자가 이런 짓을 하다니. 세자의 정책에 일리가 있다는 건 이해했다. 하지만 틀을 깨는 수였다. 지금까지의 방식이 틀렸다고, 아니면 부족했다고 말하는 것 같아서, 그게 꼭 자신을 깔보는 듯 느껴졌다.

"세자, 말해보라. 계집에, 장사라니… 어찌 그런 일을 벌이는 것이냐!"

"필요한 이와 필요한 일을 하는 것입니다. 백 년을 두고 하는 일을 어찌 지금의 격에만 맞추겠습니까."

차분한 말이었다. 여느 때처럼 별 것 아니라는 듯 담담한 낯이었다.

"네가 짐을 능멸하려 하는 것이냐! 쿨럭."

머리끝까지 화가 난 왕이 일어나 소리쳤다.

"전하! 고정하시옵소서."

내관이 쓰러질 듯한 왕을 보필했다. 다시 자리에 앉은 왕은 머리를 쥐었다.

세자는 원래 흠잡을 데가 없었지만, 근래에는 그 이상이었다. 거침없는 행보 덕에 중전과 좌상이 날뛰려던 걸 누를 수 있었다. 하지만 그 이상이어선 안 됐다. 용상은 임금인 자신의 것이었다.

"계집이 관직까지 얻었으니 영민한 게 분명하겠지."

왕은 한껏 비꼬아 말하고 문제의 나뭇잎을 무용에게 주도록 했다.

"이에 대해 말해보아라."

"영일위왕? 성어입니까? 아뢰옵기 황공하오나, 무엇인지 모르겠습니다."

무용은 솔직히 고했다.

"어느 안전에서 거짓을 고하느냐! 네년이 있는 장원서에서 그게 나왔다!"

고관 중 하나가 빽 소리를 질렀다.

"장원서는 사람이 오가는 곳이며 막힌 곳도 아닙니다. 게다가 나뭇잎이 눈에 띄는 곳도 아니니, 누가 가져다 뒀다고 한들 제까짓 게 무슨 수로 그를 막을 수 있겠습니까."

차분한 답을 들은 왕의 눈이 가느스름해졌다. 이런 상황에서도 또박또박 제 할 말을 하다니, 세자는 어디서 저랑 똑 닮은 걸 찾아온 것인가.

"어찌 세자의 이름을 적은 것이냐?"

왕이 다시 물었다.

"세자저하의 이름이, 어디 있단 말입니까?"

"네 이년! 영과 일이 저하의 함자를 파자한 것임을 못 알아볼 것이라 생각했느냐?"

"송구하오나, 소인 배움이 짧아 그런 글자를 알지 못합니다."

창(祧)자는 잘 쓰이지 않는 글자였다. 무용은 본 적도 없었다.

"저하의 이름, 아니, 함자는 언문으로밖에는 쓰지 못합니다. 해길을 한문으론 영일이라 쓰는 것입니까?"

무용은 한문으로 그리 쓴다면 이해가 가기도 했다. 하지만 이건 무용과 해길만이 알아들을 수 있는 이야기였다.

"무슨 소리를 하는 것이냐?"

"창이란 이름을 알린 적이 없습니다. 이 소동과는 전혀 무관한 이입니다."

해길은 날 때부터 적통 왕손이었다. 그의 이름은 함부로 부를 수 있는 게 아니었다. 물론 그런 이유로 무용에게 창이란 이름을 알려주지 않은 것은 아니었다. 하지만 그렇기에 동산바치인 무용이 창이란 이름을 모른다는 것은 다른 이들이 이해할 만한 일이었다.

몇몇이 정말 모른다는 얼굴을 한 무용을 보며 웅성거렸다.

"발뺌을 하는 것입니다."

석철의 말이 소란을 가라앉혔다. 이름도 모르는 사이라 생각하진 않았지만 큰 상관은 없었다. 어차피 이번 일 자체는 누가 벌였는지가 중요한 게 아니었다. 중요한 건 왕의 심기를 건드린 것이 누구인가, 그것이었다.

"전하, 공영이 이리 하라 시킨 게 분명합니다."

역모에 달하는 일을 벌였는데, 겨우 조무래기를 잡자고 했을까. 사냥감은 세자의 오른팔인 공영이었다.

"좌상대감, 어찌 그런 말도 안 되는 이야기를 계속하는 것입니까!"

어제 연훈에게 붙어 말을 하던 이였다.

"그럼 자네인가?"

석철이 날을 세워 되물었다.

"예?"

"충심이 지나친 그가 아니라면 감히 누가 전하를 두고 이런 일을 꾸민단 말인가!"

"저, 저는… 아닙니다."

말도 안 되는 소리라는 건 알았지만, 더 나설 수가 없었다. 역모라면 자신은 물론 집안 자체가 풍비박산 날 수도 있었다. 공영의 집안에도 이미 사람이 갔다고 들었다. 이건 한두 사람의 목숨이 달린 일이 아니었다.

"그만! 피곤하구나."

우스꽝스러운 대화를 지켜보던 왕이 손을 내저었다. 그리고 지끈거리는 관자놀이를 누르며 무용을 내려다보았다.

"이 계집을 옥에 가둬라."

"전하!"

해길이 평소답지 않게 크게 외쳤다. 왕은 해길을 흘겨보곤 말을 이었다.

"내일까지 공영을 잡아 오도록 해라. 그때 하문을 시작하지."

"이랴!"

민은 이미 빠르게 달리는 말을 몇 번이고 재촉했다. 쉼 없이 내달린 말이 은우군의 집 앞에 멈췄다. 민은 장원서에서 무슨 일이 일어난 건지 알자마자 이곳을 향해 달려왔다.

"어서 내가 왔다고 고하여라."

집으로 들어온 민은 사내종보다도 앞서서 은우군의 방을 향했다. 은우군은 여느 때와 같은 웃는 얼굴로 민을 맞았다. 민은 숨을 고르며 여유로운 척하려 애썼다. 이런 허술한 얼굴로 은우군을 보고 싶진 않았지만, 지금은 상황이 급해 이것저것 따질 수가 없었다.

"대감."

은우군은 묘한 낌새를 눈치채고도 태연하게 생글거렸다.

"갑자기 걸음을 하다니, 무슨 일이냐?"

작은 창문 하나도 없는 옥 안은 어둡고 퀴퀴했다. 무용은 옷자락이 눅눅해졌음을 느꼈다. 이젠 밤이 됐다는 걸 알 수 있었다.

"벌써….."

처음에는 갑자기 왜 이런 일이 생겼는지 알 수가 없었다. 옥에 갇히니 불쑥 화가 솟기도 했다. 도대체 왜 이런 일을 당해야 하는가.

역모라니, 어차피 언젠가 왕이 될 해길이 왜 굳이 이런 일을 벌이겠는가. 누군가 그를 음해하기 위해 수작을 부린 게 분명했다. 지금까지 났던 난리를 생각해보면 이런 상황이 이해가 가긴 했다. 하지만 그렇다고 억울하지 않은 건 아니었다.

"하아…"

결국 나오는 건 한숨밖에 없었다. 해길이 올 수도 있다고 생각했지만, 이젠 밤이었다. 난리가 나서 오지 못하는 게 분명했다. 점점 불안이 엄습했다. 해길이라도 제발 괜찮기를. 이 바람을 확인할 길조차 없으니 속이 더 탔다.

"이제야 교대인가?"

옥을 지키던 이가 나가고 새로운 이가 들어왔지만, 무용은 그쪽을 쳐다보지도 않았다. 어차피 옥에서 나갈 수 없으니 누구든 상관없다고 생각했다. 쩔그럭, 쩔그럭. 열쇠 꾸러미 소리가 나기 전까지는. 들어온 이가 어째선지 문을 열고 있었다.

"혹 오해가 풀린 것입니까?"

무용이 다가가서 물었지만, 그는 답이 없었다. 이상한 낌새를 느낀 무용은 문 앞에서 한 걸음 멀어졌다. 하지만 이곳은 옥이었다. 도망칠 곳은 없었고, 나갈 문 또한 들어온 이가 막고 있는 곳 하나였다.

"헙!"

그는 바로 무용의 입을 틀어막았다. 무용은 있는 힘을 다해 그 손을 깨물어버렸다.

"악!"

자객은 급히 손을 들어 무용의 머리를 바닥으로 내팽개쳤다. 그리고 쓰러진 무용의 몸을 눌러 목을 조르기 시작했다. 무용은 몸부림을 쳤지만, 훈련된 자객의 힘을 이기기에는 역부족이었다.

"곱게 죽고 싶다면 가만히 있거라."

무용은 점점 숨이 아득해지는 걸 느꼈다. 그 순간, 누군가가 이곳으로 빠르게 다가왔다. 자객은 급히 몸을 일으켜 단도를 던졌다. 하지만 다가오는 사람은 걸음을 늦추지 않았다. 그리고 순식간에 자객의 뒤로 와 검을 휘둘렀다. 해길이었다.

"억!"

해길은 무용의 위로 쓰러지려는 자객을 잡아 내던졌다. 그리고 이마에 흐르는 식은땀을 닦으며 얕은 한숨을 뱉었다.

"후우…."

놀란 무용은 입을 틀어막고 거친 숨을 몰아쉬고 있었다. 빨개진 뺨 위로 고였던 눈물이 흘렀다.

그 순간, 두 사람의 시선이 맞았다. 둘은 누가 먼저랄 것 없이 서로를 끌어안았다.

"왜 이제 오셨습니까?"

정말 탓하려는 게 아니었다. 이렇게 장난치듯 말하지 않으면 금방이라도 울어버릴 것 같아 괜히 넉살을 부리는 것이었다.

"미안하구나, 또 너를 다치게 하고 말았다…."

해길은 무용을 꽉 당겨 안았다. 너무 세게 안지 않으려 애쓰던 평소보다 몇 배는 힘이 들어가 있었다. 하지만 지금은 무용 또한 해길을 힘껏 그러안고 있었다.

"저, 저하!"

그러다 무용이 황급히 몸을 떼었다. 자신의 어깨를 적신 게 식은땀이 아니라 해길의 팔에서 나오는 피라는 걸 알았기 때문이다.

"이게 어찌 된 겁니까? 괜찮으신 겁니까?"

해길은 고개를 끄덕였다. 조금 전 단도에 당한 상처였다. 걸음을 물렸으면 피할 수 있었으나, 무용을 구하는 게 먼저라 피하지 않았다.

"나는 괜찮다. 그보다 너는 괜찮은 게냐?"

"저는 괜찮습니다. 그보다 저하가 큰일이 아닙니까!"

무용은 지혈할 만한 천을 찾으려 허둥지둥 주변을 둘러봤다. 그러다 마땅한 게 보이지 않자 제 옷고름을 끊어내려 풀어 당겼다. 해길이 그런 무용의 손을 잡았다. 그리고 이마에 입을 맞췄다. 그제야 무용이 해길에게 시선을 맞췄다.

"네 안위가 내 안위다."

괜찮다는 듯 웃는 해길을 보며, 무용은 가슴 안에 무언가가 콱 차오르는 걸 느꼈다. 피가 저리 나는데 어찌 그저 웃을까, 무어가 괜찮다고 나만 살피는 걸까.

자꾸 울컥거렸다. 무용은 입술을 꽉 물고 고개를 저었다. 하지만 그렁그렁 맺혔던 눈물은 결국 주르륵 넘쳐버리고 말았다.

"저하…."

해길은 도리질을 하고 있는 무용의 얼굴을 가만히 감싸 뺨을 쓸었다. 그리고 시선을 맞추며 입을 열었다. 파리한 입술이 세게 깨문 탓에 붉어지는 모양이 애틋했다.

"연모한다. 그러니 지키게 해다오."

어째서 아까보다 더 서럽게 우는 것일까. 해길은 젖어 드는 무용의 뺨을 매만지다가 그대로 입술을 포갰다.

무용의 눈물이 멎은 걸 본 해길이 미소 짓자 애써 마주 웃었다. 하지만 다시 눈물이 날 것만 같아서, 무용은 파고들 듯 해길을 껴안았다. 쿵쿵, 서로에게 맞닿은 심장이 함께 뛰고 있었다.

"저 또한 연모합니다."

훌쩍임이 멈추질 않았다. 이렇게 말하고 싶은 게 아닌데, 그게 잘 되질 않았다. 더 좋은 말이 있을 텐데, 이 마음을 다 알려줄 말이 있을 텐데, 지금은 떠오르지 않았다. 그냥 해길을 꽉 안는 수밖엔 없었다.

"그러니 다치지 말아 주십시오."

"나를 믿고 기다려줄 수 있겠느냐?"

"저하를 믿습니다."

무용은 고개를 끄덕거리고 배시시 웃어 보였다. 기다린다는 건 지긋지긋한 것이었지만, 괜찮았다. 잠시만 지나면 해길이 다시 곁에 와줄 테니까. 그때는, 또 이렇게 꽉 끌어안아 줄 것이다.

"제가 사람 보는 눈이 얼마나 좋은데요."

무용이 웃자 눈물에 젖어 반짝이는 뺨이 동그래졌다. 해길은 그 뺨에 입을 맞추고 흐트러진 머리칼을 조심히 쓸어 넘겼다. 당찬 모습이었다. 품 안에서 떨고 있던 것을 기억하는데, 어느새 이리 강해져 있는 걸까. 약해진 건 오히려 자신이었다. 무용을 잃고 싶지 않았다. 점점 더 겁이 나서, 이젠 무용이 없다는 생각조차 할 수가 없었다. 궐에서 쫓겨났을 때도 이렇게 두렵진 않았다. 하지만 동시에 어느 때보다 강하기도 했다. 무용과 함께하기 위해서라면, 못할 게 없었다.

"사실을 밝히실 거지요?"

"그래."

마음 같아선 당장 데리고 나가고 싶지만, 혐의를 벗지 못한다면 옥에서 벗어났다고 할 수가 없었다. 자신의 위험이라면 모험을 할 수도 있었지만, 무용을 의금부에 쫓기는 몸으로 만들고 싶지 않았다.

"저하와는 절벽에 떨어져서도 살아나오지 않았습니까? 이번에도 반드시 괜찮을 겁니다."

무용은 해길의 손을 꽉 쥐었다. 이 온기를 놓고 싶지 않았다. 자신의 죄를 따지자면 이것이야말로 가장 큰 죄일지도 몰랐다.

그때, 밖에 서 있던 해길의 수하가 들어왔다. 수하는 해길의 팔이 피에 젖은 것을 보고 놀라서 어쩔 줄 몰라 했다.

"저하!"

해길은 수하에게 손을 들어 보였다. 그러자 그는 급히 입을 다물고 자객의 시체를 수거해서 나갔다. 자객과 교대한 옥졸은 중전 쪽에 매수된 사람이었다. 그리고 이쪽은 중전 쪽보다 한발 앞서 그 옥졸을 매수해뒀다.

죄 없는 사람을 죽이려고까지 하는 지독한 이들을 상대하기 위해서는 이쪽도 정공법만 쓸 순 없었다. 하지만 이런 사정이 밝혀지면 또 무슨 말이 날지 몰랐다. 은밀히 처리해야 했다.

자객의 시체가 치워지자 새 옥졸이 들어왔다. 하지만 이 옥졸은 그냥 옥졸이 아니라 무용을 보호하기 위해 옥졸로 위장한 해길의 수하였다.

"이제 위험한 일은 없을 게다."

해길은 무용의 손을 괜히 만지작댔다. 마음 같아선 계속 곁에 있고 싶었다. 하지만 곁에 있는 모습을 보인다면 무슨 작당을 꾸민다는 말이 나올지도 몰랐다. 게다가 이런 상황에 동궁을 비운 것 자체로 괜한 혐의를 살 수도 있었다. 그건 무용에게도, 자신에게도 안 좋은 일이었다. 그렇지만 보고 싶어서, 직접 눈으로 확인하지 않고는 마음이 놓이지 않아서 결국 오고 말았다. 석주가 감시하는 이들의 눈을 돌리는 것도 한계일 테니, 이제 정말 가야 했다. 그런데 걸음이 떨어지질 않았다. 해길이 초조함에 아랫입술을 물었다.

"기다리겠습니다."

무용은 해길의 손을 감싸주며 빙긋, 웃어주었다.

"내일이 되면 모든 게 명확해질 게다."

날이 밝자 추국이 시작되었다. 팽팽한 긴장감에 모든 이들의 신경이 곤두서 있었다. 살랑거리는 봄바람마저 칼날처럼 느껴질 정도였다. 무용은 왕의 하문을 기다리며 차가운 바닥에 꿇어앉아 있었다. 꿔다놓은 보릿자루 같은 꼴이었다. 추국의 주인공은 무용이 아니라 공영이었다.

"어찌 죄가 없는 이를 오랏줄로 묶으신단 말입니까?"

공영은 꽁꽁 묶여 신문을 당하면서도 꼿꼿한 태도였다. 하지만 지금 상황은 좋지 않았다. 공영의 결백을 믿는 신료들이 자리에 없었다. 심지어 해길조차 없었다. 석철의 수작이었다. 그는 공영과 친밀한 자들이 자신의 신하를 보호하려 할 테니, 세자가 어찌 제대로 판단할 수 있겠냐며 왕을 흔들었다. 결국 석철은 자신의 입맛대로 판을 꾸렸다.

"닥쳐라! 혹세무민의 죄를 짓고도 네 놈이 무사할 줄 알았느냐!"

"감히 삿된 마음을 품었다면 제 발로 나왔을 리 있겠습니까."

독한 놈, 여전히 또박또박 말하는 공영을 보며 석철이 중얼거렸다. 공영은 소식이 닿자마자 스스로 잡혔다고 했다. 세자에 대한 충심이 생각한 것 이상으로 컸다.

"전하, 부디 성심으로 굽어살피시어 모든 일을 명확히 해주시옵소서."

의건이 끼어들었다. 석철은 의건과 연훈도 빼놓고 싶었으나, 영상과 좌우 대신 없이 일을 진행할 수 없다는 왕 때문에 그건 어려웠다. 하지만 의건과 공영이 친밀한 사이라는 건 모두가 아는바! 그러니 의건이 할 수 있는 말은 얼마 없었다. 더구나 의건은 석철 패거리가 자신까지 공범으로 몰고 싶어 한다는 것도 알았다. 한 마디라도 잘못했다가는 도리어 일을 키우게 되니 함부로 나설 수 없었다.

"예, 계방에서 같은 글자가 나온 것도 말입니다."

석철이 안타깝다는 말투로 빈정댔다. 공영이 평소 머무는 계방에서 문제의 나뭇잎에 뜬 '永日爲王'이 쓰인 문서가 발견됐다. 물론 이를 준비한 사람은 석철이었다.

"구태여 발견되도록 계방에 둔 게 분명하겠지요. 죄를 지은 진범이 말입니다."

석철은 여전히 기가 죽지 않은 공영의 눈을 보며 조소를 머금었다. 잘난 체가 몸에 배어 그런가, 이런 중에도 오만한 태도였다. 그래 봤자 상황은 달라지지 않았다. 역모였다. 일이 이렇게 커진 이상 누구 하나는 죽어야 했다. 공영은 이 죄를 지고 가기에 알맞은 제물이었다. 속이 시원했다. 지금 없애면 두고두고 잘한 일로 생각될 것이었다.

"인두질을 당해도 네 놈의 혓바닥이 굴러가나 보자꾸나."

어제 영일위왕을 역모의 뜻이라 풀이했던 자가 인두를 대령하라 명하였다. 그는 이제 석철 패의 들어가는 목적을 넘어 권세의 맛 자체를 즐기기 시작했다. 도도한 공영을 내려다볼 수 있다는 게 그를 흥분하게 만들었다.

그가 즐거운 얼굴로 달군 인두를 공영의 다리에 가져다 댔다. 헙,

무용은 숨을 죽이고 질끈 눈을 감았다. 치이이익, 살 익는 냄새가 풍겼다. 공영은 입술을 꽉 깨물었다. 핏줄기가 흘렀다. 끔찍한 광경에 지켜보는 이들이 혀를 내둘렀다. 그런 중 석철은 턱짓으로 슬쩍 무용을 가리켰다.

"네가 부린 계집 또한 그리 독한지 보자꾸나."

공영이 답하지 않으니, 이제 표적을 바꿔야 했다. 사실 옥에서 죽인 뒤 시체까지 없애려던 계집이었다. 공영에게는 공범이 도망쳤다고 혐의를 씌울 수 있었고, 이미 시체가 됐을 계집은 변명을 하러 나오지 못할 테니 없는 혐의도 마음껏 씌울 수 있었다. 심었던 자객이 죽임을 당하기는 했지만, 큰 문제가 되지는 않았다.

"말해보아라. 공영이 네게 이런 것을 만들게 시킨 것이지?"

계집은 조금 전에 사람의 살이 지져지는 걸 봤다. 그러니 충분히 겁을 먹었을 터였다. 이대로 상황을 모면하려 엉뚱한 말을 해준다면 오히려 일이 더 잘 풀릴 수도 있었다.

"혹 공모를 하라 강요했느냐? 그렇다면 너는 공영에게 이용을 당한 것이겠구나."

살살 벗어날 틈을 주면 공영에게 모든 죄를 몰지도 몰랐다.

"저는 이런 것을 만든 적이 없습니다. 또한 이런 것을 만들란 부탁을 받은 적도 없습니다."

쯧, 생각보다는 담이 있는 계집이었다. 그리고 멍청했다. 포기하면 편할 것을….

"감히 전하를 기만하려 드느냐!"

인두질을 했던 자가 소리쳤다. 왕은 차갑게 식은 눈으로 무용을 내려다보고 있었다.

"네가 사가에서 와 잡다한 재주가 많음은 잘 알고 있다. 네년이 낸 수는 아니냐? 벌레에게 잎을 먹게 해 만든 것이지?"

자신의 죄가 될지도 모른다고 생각하면 도망치다 미끼를 물 것이란 계산이었다.

"잎을 먹는 벌레는 꿀이 떨어지든 말든 잎 하나를 죄다 갉아 먹습니다. 그리 형편 좋은 벌레가 있었다면 진작 데려다 길렀을 겁니다."

하지만 여전히 무용은 굽히지 않고 곧은 눈빛으로 대답했다. 겁을 먹은 것으로 보이지 않았다.

"되었다."

왕이 말을 잘랐다. 그에게 중요한 것은 어떻게 만들었는지가 아니라 이러한 걸 왜 만들었는지, 그 이유였다.

"어째서 그런 역심 가득한 글을 만든 것이냐?"

계속 같은 물음이었다. 무용은 이들이 원하는 답이 이미 정해져 있음을 알았지만, 그리 답할 생각은 없었다.

"물으시기에, 감히 말을 올리겠습니다. 영일위왕(永日爲王)이라 하였지요? 소인이 만든 문장도 아니거니와, 소인은 그것에서 어찌 그런 뜻이 나온 건지도 모르겠습니다. 길 영(永)자에 날 일(日)자가 임금을 위해 있는데, 어찌 거기에서 역심을 찾을 수 있겠습니까?"

말 한마디로 천 냥 빚을 갚는다고들 하지만, 모 아니면 도인 수였다. 들을 생각이 없으면 뭐든 아니꼽게 들릴 테니 오히려 상황이 나빠질 수도 있었다. 그래도 아직 하고 싶은 게 많은데, 이렇게 죽고 싶진 않았다. 포기라면 할 수 있는 모든 것을 해본 뒤에 해도 늦지 않았다.

"길 영과 날 일이 왕을 위해 있다…."

무용은 떨림을 누르며 차근차근 말을 이었다.

"보이는 대로 읽으면 긴 날이 왕을 위해 있다는 뜻이니, 만일 이것이 나뭇잎에 절로 뜬 문장이라면 전하에게 긴 날이 있다는 길한 징조가 아니겠습니까? 만일 진실로 전하의 충실한 신하라면 어찌 이를 보고 불충한 생각을 품을 수 있겠습니까?"

생각에 잠긴 왕을 본 석철의 얼굴이 딱딱하게 굳었다. 어젯밤 세자 패거리가 목숨을 구해주며 이리 말을 하라 시켰을 것이란 생각이 스쳤기 때문이다. 석철이 보기에 무용은 하찮은 조무래기였다. 이런 수작을 무용이 직접 생각한 것이라고 믿을 수 없었다.

무용의 말은 문장을 그대로 해석하지 않고 세자의 이름을 붙인 이들이 죄인이란 뜻이었다. 이리 말하면 맨 처음 말을 꺼냈던 석철 패거리 쪽으로 화살이 돌아왔다. 왕의 분노가 흐르는 방향을 완전히 뒤바꾸는 말이었다.

"그렇습니다. 무엇이든 보고 싶은 대로 보인다지 않습니까?"

공영이 찢어진 입술을 간신히 열어 말했다. 무용의 말에 못을 박고 있었다.

"누가 되었든 만든 자가 역적임은 분명합니다. 주상전하를 능멸하려던 것이든지, 세자저하를 음해하려던 것이든지 역적이 아닙니까. 그깟 벌레 먹은 나뭇잎을 꾸미다니."

왕은 비아냥대는 공영을 보며 관자놀이를 꾹꾹 눌렀다. 역모의 죄가 걸려 있더라도 공영에게 나뭇잎은 그깟 것이었다. 애초에 공영은 사리가 분명한 성미였다. 역모를 일으키려 했다면 확실한 수를 썼을 가능성이 컸다. 세자에게 선위를 하라 강력히 주장할 만한 사람은 공영 정도였지만, 지금과 같은 일을 벌일 만한 사람은 많았다. 세자와 그 주변에 역모 혐의를 씌워 권력을 빼앗고 싶은 사람이라든가.

"전하, 모함이옵니다!"

석철 패거리 중 하나가 소리쳤다. 상황이 심상치 않게 돌아가는 중에 밖에서 알 수 없는 소란까지 들려오자 석철 패거리는 불안에 떨기 시작했다. 그들 중 하나가 두리번대며 나와 달궈진 인두 앞으로 달려갔다. 의금부의 관원들이 나섰지만, 이미 뜨거운 인두를 집어 든 그를 막는 건 어려운 일이었다. 그는 무용의 멱살을 잡고 억지로 일으켰다. 그리고 혓바닥을 지지려 했다. 무용은 고개를 팩 돌렸지만, 그의 손에서 벗어날 순 없었다. 코앞에서 열기가 어른거렸다.

"네 이년! 어디 세 치 혀로 주상전하를 속이려 하느냐!"

인두가 닿으려던 순간, 추국장에 해길이 등장했다. 무용의 멱살을 잡고 있던 이는 해길의 얼음장 같은 시선에 놀라 저도 모르게 주춤주춤 뒷걸음질을 쳤다.

"주상전하를 뵙습니다."

밖이 계속 시끄럽던 건 해길이 들어오려고 하는 탓에 생긴 소동이었다. 해길의 뒤로 해길을 따르는 사람들과 해길을 들어오지 못하게 막으려던 사람들이 줄줄이 보였다. 오지 말아야 할 자리에 온 사람들도, 이들을 막지 못한 사람들도 왕의 심기를 건드리지 않으려 눈치를 보고 있었다.

"자숙하고 있어야 할 세자가 어찌 이곳에 있느냐?"

왕이 퉁명스레 하문했다.

"송구하옵니다. 하지만 전하를 능멸하는 수작을 알고도 감히 입을 다물고 있을 수 없어 이 자리에 오게 되었습니다."

해길이 왕의 심기를 맞춰주며 대답했다. 사실 왕 또한 답을 내리기 위한 조각이 더 필요하다고 생각하고 있던 참이었다.

"고해보아라."

왕명이 떨어지자 해길의 뒤에 서 있던 동산바치가 앞으로 나왔다. 그리고 들고 있던 꾸러미 풀었다. 나뭇잎이 우수수 쏟아져 나왔다.

"이것이 무엇이냐?"

왕은 손짓해 꾸러미를 가져오도록 했다. '永日爲王'이 새겨지다 만 나뭇잎이 가득했다.

"중궁전에서 나온 것입니다."

"중궁전에서?"

"만들다 제대로 되지 않은 것을 모은 듯합니다."

"이것을 중전이 만들었다는 것이냐?"

왕이 반신반의하며 나뭇잎을 살피는 사이, 이번에는 무수리 하나가 앞으로 나왔다. 무용에게 현혜의 화분이 깨진 것을 알려줬던 무수리였다.

"이 무수리가 모은 것입니다. 버리라고 들었으나, 나뭇잎인 걸 알고 동산바치에게 거름으로 쓰라 가져갔다고 합니다."

동산바치가 고개를 끄덕이며 입을 열었다.

"처음에는 중궁전의 나뭇잎이 이렇게 많이 떨어졌다면 큰일이 아닌가 싶어 살핀 것입니다. 그런데, 중궁전에 없는 나무도 있거니와 인력으로 무언가를 만들려던 흔적이 보여 심상치 않은 일인 듯해 버리지 못하고 가지고 있었습니다."

"확인해보니 글자가 뜬 나뭇잎과 같은 종류의 나뭇잎만 있었습니다. 또한, 이 무수리가 이 나뭇잎을 버리려다 이상한 것을 발견했다고 합니다."

무수리가 조심스러운 걸음으로 앞으로 나왔다. 그리고 재빠른 몸짓으로 들고 있던 나무 상자를 바닥에 내려놓고는 왜인지 납작 몸을 엎드렸다.

"전하! 소녀, 이것을 가지고 매일 밤 악몽에 시달리고 무서운 꿈만 꿔 두려워 잠을 이룰 수도 없습니다. 부디 성심으로 굽어살피셔서 이를 없애주셔요."

나무 상자를 받아 들어 열어본 왕의 얼굴이 일그러졌다.

"이것은 저주의 물품이 아니냐!"

세자의 이름이 적힌 짚 인형에 닭 피로 쓰인 부적 다발이 붙어 있었다. 닭 피가 검붉게 굳은 걸 보니 퍽 오래된 듯했다.

"나뭇잎을 묻으려 땅을 팠다가, 무언가가 걸리기에 파냈더니 그런 게 나왔습니다."

"중전, 중전의 글씨다."

왕은 이미 무용의 말에 흔들리고 있었다. 거기에 해길이 가져온 새로운 증거가 더해지니 조금 전과 전혀 다른 그림을 생각하게 됐다.

"전하, 조선의 국모이신 마마께서 설마 이런 악독한 마음을 품었을 리 없습니다."

신료 하나가 입을 열었다. 중전을 돕는 말 같았지만, 아니었다.

"아들을 죽이려는 간악한 마음이시라니!"

오히려 중전의 죄를 확실히 하려는 말이었다.

"몇 해는 된 듯 보이는데…."

연훈이 아무렇지 않은 말투로 덧붙였다.

"그럴 리가 없습니다! 중전마마께서 하신 일이 아닙니다!"

석철이 외쳤다. 평소답지 않게 초조한 기색이 다 내비쳤다.

"이것들은 전부 중궁전의 물건들이 아닌가."

왕의 말대로 나뭇잎을 쌌던 보자기는 분명 교태전의 물건이었다. 인형에 꽂힌 이름 또한 중전의 글씨로 쓰여 있었다.

"거사의 말대로, 이미 몇 해는 족히 흐른 물건으로 보입니다."

"중전마마께서 인예왕후를 저주로 죽이셨다는 소문도 있던데…."

석철은 이마에 식은땀이 흐르는 걸 느꼈다. 상황이 자신이 전혀 예측하지 못한 방향으로 흘러가고 있었다.

"아닙니다, 전하. 이것은 모함입니다. 전하! 믿어주시옵소서!"

저주는 몰라도 적어도 나뭇잎은 절대 아니었다. 집에서 시험해본 나뭇잎이 어떻게 궐에서 나온단 말인가!

"세자저하께서 일을 꾸민 게 아닙니까!"

석철이 눈을 살벌하게 부라리며 해길을 향해 달려들었다. 해길은 멱살을 잡히기도 전에 석철을 붙잡아 내쳤다. 의금부의 나졸들이 다가와 석철을 붙들었다.

"좌상, 내가 어찌 내 목을 죄는 일을 꾸몄겠는가?"

석철은 차분한 해길의 말에 어안이 벙벙해졌다. 분명 여느 때처럼 밋밋한 세자의 입꼬리가, 어째선지 올라간 것처럼 보였다. '네 목을 죄는 수였다', 그리 말하는 듯했다. 함정을 파놓고 기다렸다 생각했는데, 오히려 더 큰 함정에 걸려버렸다. 저 계집이 그리 말을 했을 때부터 알았어야 했다. 세자가 가만히 있지 않을 것은 알았지만, 이런 수를 쓸 것이라고는 생각도 하지 못했다. 기껏해야 자기 살을 도려내 붙잡힌 이들을 살려낼 줄 알았다. 그런데 자신보다도 더한 억지를, 그것도 아주 그럴싸하게 만든 억지를 가져올 줄이야.

이미 되돌리기에는 너무 멀리 와버리고 말았다. 평온한 얼굴의 세자 뒤로 용상에 앉은 왕의 얼굴 보였다. 분노에 차 시뻘게져 있었다.

"중전, 중전을 끌고 와라!"

석철은 얼굴에 핏기가 싹 가시는 것을 느꼈다.

저벅저벅, 추국의 장으로 중전이 들어왔다. 사람을 거느리고 오는 모습은 죄인으로 불려 온 게 아니라 중전으로서 납신 것처럼 보였다. 중전을 부르러 간 의금부의 관원들이 오히려 중전의 눈치를 보는 형국이었다.

"전하를 뵙습니다."

고상한 자태와 목소리였다. 그러나 속에서는 천불이 끓었다. 중전은 해길을 슬쩍 흘겨보았다.

"어마마마, 오셨습니까."

목소리는 태연했지만, 맞부딪친 눈동자는 냉랭했다. 중전은 입술을 작게 비틀었다. 팔 한쪽을 자르자고 했더니, 아예 목을 걸라고 하는구나.

"전하, 죄인이 도달했으니 환자를 의원에게 보내시는 성심을 베풀어주소서."

의건이 공영을 생각해 말했다. 바람이 부는 와중에도 살이 탄 냄새가 여전히 감돌고 있었다.

"그리하여라."

병졸들이 무용을 일으키고 공영을 풀어주었다. 그때 중전이 앞으로 나섰다.

"아니 됩니다."

중전은 단호한 목소리로 말을 이었다.

"아직 죄가 다 밝혀지지 않은 중이 아닙니까."

하도 당당하니 추국을 받으러 온 사람이 아니라 추국을 하러 온 사람처럼 보일 정도였다.

"감히 네가 그런 말을 하는 것이냐!"

왕은 중전이 자신을 속였다고 생각했다. 그러니 이런 태도가 불쾌한 건 당연했다.

"전하! 어찌 신첩을 죄인으로 모십니까!"

하지만 중전은 하늘 아래 한 점 부끄러움이 없다는 듯 행동했다. 왕은 일단 입을 다물었다. 중전은 제 발로 석철의 곁을 향했다. 일으켜지다 말고 엉거주춤 서 있던 무용과 중전의 눈길이 마주했다. 무용은 스친 시선에서 살기를 느꼈다.

"신첩은 명민하신 전하께서 시비를 밝혀주실 것이라 믿고 이 자리에 왔습니다."

중전은 꿇어앉은 자신의 아버지를 슬쩍 살폈다. 얼굴이 창백했다. 상황을 다 아는 건 아니었지만, 무언가 꼬였다는 건 알 수 있었다. 정치판에서 수십 년을 굴러온 아버지에게서 이런 얼굴을 보는 건 처음이었다.

"그렇습니다, 전하. 저 또한 시비를 명확히 가려주시길 간청하옵니다."

공영이 말했다. 찢어진 입술 사이로 피가 샜다. 공영은 입을 꾹 물었다. 중전이 이를 보고 얼굴을 구겼다. 지독한 놈이었다. 그리고 이놈을 부리는 놈도 지독했다. 제 수족이 저런 꼴인데도 세자는 등을 꼿꼿이 세우고 눈썹 한 올 흐트러트리지 않았다. 하지만 자신도 궐에서 허송세월을 보낸 건 아니었다. 빈틈을 보이면 귀신같이 파고들 것을 테니, 절대 기가 밀려선 안 됐다.

"이것이 교태전에서 나왔다. 말할 입이 있다면 말해보아라."

왕이 노기를 누르며 물었다.

"처음 보는 것입니다."

사실이었다. 저주의 함도, 이리 만들다 만 나뭇잎들도 중전이 한 일이 아니었다.

"누군가 꾸민 일입니다. 가져다 두는 것은 누구나 할 수 있는 일이 아닙니까."

석철도 다시 말을 고했다.

쓰인 인력 또한 이미 이 세상에 없는데, 지금에 와서 저 많은 나뭇잎이 교태전에서 나올 리 없었다.

"장원서와 계방 또한 그렇습니다."

무용이 말했다. 석철이 한 말은 지금껏 무용이 한 말과 다르지 않았다. 그렇지만 중전은 무용의 말이 다 끝나기도 전에 무용의 뺨을 후려쳤다.

"감히 어느 안전이라고 나서느냐."

말재주가 좋은 계집이었다. 지난번에 당한 수모는 둘째로 치더라도 나서게 두면 안 됐다. 중전은 똑바로 눈을 맞춰오는 무용을 두고 묘한 조바심을 느꼈다. 그래서 기를 꺾으려 턱을 쳐들고 내려다보는 시선을 했다. 하지만 무용은 차분히 고개를 숙였다. 곧 사실이 밝혀질 텐데, 억지 부리는 사람을 괜히 상대할 필요가 없었다.

중전은 무용에게 무시당했음을 알고 이를 꽉 물었다. 그리고 다시 손을 들었다. 이를 본 의금부 사람들이 나서서 중전과 무용 사이를 갈랐다.

"어찌 엄한 사람에게 패악을 부리십니까? 조금 전까지 내세우셨던 증좌가 확실한 게 아니란 걸 직접 말씀하시고 나니 초조하신 겁니까?"

공영이 쏘아붙이듯 말했다.

"일의 당사자인 세자가 찾은 증좌와 의금부에서 찾은 증좌가 어떻게 같을 수 있겠나."

중전이 팽팽하게 맞받아쳤다.

"전하, 저 동산바치는 세자가 보낸 이옵니다. 어찌 그 말을 전부 믿을 수 있단 말입니까?"

나뭇잎을 가져온 동산바치는 지난번 분재 논쟁 때 해길이 중궁전에 보낸 사람이었다. 추국장에 혼란스러운 공기가 감돌았다. 동시에 진실일 수 없는 말이 서로 진실이라 부딪히며 듣는 이를 현혹하는 상황이었다. 무엇이 진실이고 무엇이 거짓인지 가르기가 힘들었다. 하지만 중전의 말대로 의금부를 거쳐 나온 증좌와 세자의 사람이 세자를 위해 가져온 증좌를 똑같이 취급할 순 없었다. 화살이 다시 해길에게로 돌아갔다.

"그, 그렇습니다! 장원서와 계방에서 나온 증좌는 의금부의 것이 아닙니까."

석철 패거리에 끼려 난리를 쳤던 자가 끼어들었다. 희망의 끈을 잡은 얼굴이었다.

"세자에겐 충신이나, 전하에게는 역신입니다! 전하, 간악한 치들을 가려 벌하시옵소서."

중전이 울리는 목소리로 외쳤다.

"부족한 소자는 이러한 사실을 모를 수 있었다면 좋았을 듯합니다. 하지만 이미 알게 된바, 전하를 속이는 술수를 어찌 그냥 볼 수 있겠습니까. 이제 전하께서 성심으로 굽어 살펴주시니 망극할 따름입니다."

해길이 고개를 조아리며 말했다. 감정적인 이를 감정적으로 자극하는 것, 해길이라도 못할 건 없었다. 왕의 얼굴에 혼란스러움이 떠올랐다.

이를 본 중전은 눈에 힘이 들어가는 걸 느꼈다. 혓바닥이 잘 돌아가는 건 알았다만, 남의 속을 이리 살살 달래기까지 했던가. 세자가 저답지 않게 구는 게 작정을 한 듯했다. 하지만 이리 나오는 건 이쪽이나 저쪽이나 가진 패는 비슷하단 뜻이었다.

"부족한 어미였기로서니 어찌 죽음으로 내몰려 한단 말입니까. 세자, 지금껏 보여준 태도가 전부 기만이었던 겁니까!"

그렇다면 왕의 기를 누르는 쪽이 승자가 될 터. 그렇게 생각한 중전은 오히려 서럽다는 듯 호통쳤다. 난장판이었다. 그런 중 왕의 곁에 있던 내관이 무언가를 전해 듣고 왕에게 속삭였다. 곧 판의금부사와 함께 내관 하나가 안으로 들어왔다.

"전하, 지난밤 자시에서 축시 경 자리를 비웠던 이들이 사라졌습니다. 이 내관 한 명을 빼면 전부 말입니다."

궐에서 바깥의 사람을 쓰는 데는 한계가 있었다. 그러니 궐의 사람을 부릴 수밖에 없을 터. 석철은 모두를 죽여 증좌를 없애려 하였지만, 그중 한 명이 해길의 손에 있었다. 바로 석주와 액정서에 있던 내관이었다.

"보시다시피 손에 풀물이 들어 있습니다. 또한 조상궁에게 나뭇잎에 글자를 꾸미라 사주를 받았다고 모두 고하였습니다."

의금부의 관원이 고했다.

"모함입니다. 저들이 협박을 받아 거짓을 고하는 것입니다."

조상궁이 중전이 부리는 수족임을 모르는 사람은 없었다. 그러니 조상궁의 명은 곧 중전의 명이었다.

"전하! 저는 중전마마가 두려워 어쩔 수 없이 일을 도왔을 뿐입니다! 믿어주시옵소서!"

내관이 재빨리 무릎을 꿇었다. 그간 중전의 시킨 사소한 일을 하긴 했지만, 충심이 아니라 뒷돈을 따른 것이었다. 그런데 이번에 조상궁이 벌이는 일은 아무래도 심상치 않았다. 하지만 그 자리에서 도망쳤다가는 바로 개죽음이니 잠자코 따르는 척할 수밖에 없었다.

그래서 다음 부름이 있을 때, 서주에게 사실을 말하고 목숨을 살라달라고 부탁했다. 보상을 주겠다는 부름이었지만, 그 보상은 죽음이 분명했다. 실제로 자신 말고 다른 이는 모두 사라지지 않았는가.

"이것은 그가 내놓은 서찰입니다."

"읽고 태우라고 하셨습니다. 조상궁이 일을 주실 땐 그리 지장을 찍어주셨습니다. 또한 그에 쓰인 종이도, 먹도 전부 곤전에서 쓰는 것입니다. 특히 먹은 향내가 독특하여…."

종이와 먹을 다루는 액정서의 관원이었다. 그가 이렇게 말했으니 서신이 교태전에서 나온 것을 부정할 순 없었다. 중전이 주먹을 꽉 쥐었다. 어찌나 힘이 들어갔던지 떨림이 눈에 보일 정도였다. 그런 상태임에도 불구하고 놀라 맥이 턱 풀린 척, 얼굴을 천연덕스레 꾸미는 건 잊지 않았다.

"조상궁, 어찌 이런 일을 벌였는가?"

"…마마?"

조상궁은 그 뜻을 단박에 알아듣지 못했다만, 불쑥 불안이 솟아난 것만은 확실했다.

"전하, 신첩을 벌하여 주시옵소서. 아들을 의심하고 신하를 관리하지 못한 제 부덕입니다."

"마마!"

조상궁이 놀라 허둥지둥 외쳤다. 중전은 이제 우는 척을 하며 무릎을 꿇고 앉아 고개를 조아렸다.

"얼른 주상전하께 죄를 고하시오!"

석철 또한 조상궁을 몰아붙였다. 누군가는 지고 가야 할 죄였다. 그렇다면 꼬리를 자르는 게 나았다. 손에 익은 패를 잃는 건 아쉬웠지만, 조상궁이 없어진다고 큰일이 나는 것은 아니었다. 게다가 이런 증거가 나온 이상 조상궁은 혐의를 피할 수 없었다. 어차피 버려야 할 패였다.

"조상궁이 저를 아끼는 것은 알았지만, 이리 비뚤어진 충심일 줄이야."

"신하의 부덕이라…."

공영도 조상궁도 모두 제 주인에게는 충신이라 할 수 있었다. 중전은 생각에 잠긴 왕을 보며 눈물을 훔쳤다. 한고비를 넘겼다는 생각이 드니 입꼬리가 저절로 올라갔다. 이를 숨겨야 했다. 그런데 순간 스친 세자의 얼굴이 묘했다. 알 수 없는 불길함이 가슴을 덮쳤다. 그리고 곧 이 느낌이 틀리지 않은 걸 알려주려는 듯 의금부 관원 하나가 앞으로 나섰다.

"전하, 증좌가 하나 더 있습니다."

그가 들고 나온 증좌는 반쯤 탄 서찰이었다. 철렁, 석철은 심장이 내려앉는 걸 느꼈다. 불타 사라졌어야 할 서찰이 어째서 이곳에 있는가!

세자를 역모로 몰아넣을 수 있을 말을 정한 것, 거기에 쓸 사람을 구한 것, 왕을 속일 말에 대해 논의한 것, 공영을 주범으로 없애버리자는 것까지… 모든 정황이 적혀 있었다. 석철과 중전이 이번 일을 작당하면서 주고받은 서찰이었다.

"…제가 쓴 게 아니옵니다."

하지만 필체도, 먹 냄새도 중전의 것이었다. 이마에 식은땀이 젖어 드는 것을 느꼈다. 서찰은 분명 사가에서 태우기로 했다. 그런데 그것이 어째서 의금부에 들어갔단 말인가. 중전은 석철을 향해 캐묻듯 날카로운 시선을 했다. 하지만 석철은 눈동자를, 손을 가늘게 떨고만 있었다. 그 또한 그 서신이 이곳까지 왔는지 알지 못했다. 자신의 가신을 제대로 돌보지 않았기 때문이다.

중전과 석철은 함께 일한 사람을 버리는 데 주저함이 없었다. 십 년이 넘는 세월을 함께한 조상궁을 이리 쉽게 버릴 정도이니, 다른 가신들은 더 말할 것도 없었다. 이런 형편이니 석철의 가신들은 자신의 주인에게 충심은커녕 일말의 의리도 없었다. 오히려 어떻게든 살려고 다른 줄을 찾기 바빴다. 그러니 해길이 석철의 집에서 서찰을 빼내는 건 손쉬운 일이었다.

"마마께서 말씀하시던 의금부에서 찾은 증좌로군요."

연훈이 또 툭 뱉었다. 중전은 새하얗게 비어가는 머리를 굴리려 애썼다. 세자가 저답지 않은 일을 벌인다 했더니, 이제 보니 아주 저다운 수였다. 앞에 본인이 내놓은 건 마음을 뒤흔드는 증좌였다. 그리고 의금부에서 가져온 건 머리로 확신하게 하는 증좌였다. 나갈 틈이 없도록 짜인, 세자의 판이었다. 서찰을 읽는 왕의 손이 부들부들 떨리는 게 보였다.

"네가, 네가 날 능멸하려 함이냐!"

왕은 서찰을 구겨 쥔 채로 거침없이 아래로 내려와 저주의 함을 집어 들었다. 그리고 손에 든 것들을 중전의 면전을 향해 내던졌다. 중전은 갑자기 일어난 일에 피할 새도 없어 눈만 질끈 감았다. 달가닥, 상자는 중전의 이마를 찢어내고 떨어졌다. 턱을 타고 흐른 피가 바닥으로 떨어졌다.

핏방울 옆으로 짚 인형이 보였다. 인형 몸에 쓰인 '衲'이란 글자는 편지에 쓰인 글자와 아주 똑같았다. 자신이 보기에도 자신이 쓴 게 맞았다.

"아니옵니다. 신첩 억울합니다! 저주라니, 이런 조잡한 일을 했을 리 있겠습니까!"

하지만 나뭇잎이나 저주 인형이나 크게 다르지도 않았다. 왕이 이 말을 믿을 리 없었다.

"끝까지 발뺌할 셈이냐!"

왕이 지긋지긋하다는 듯 말했다. 이런 편지까지 나왔으니, 믿지 않을 수가 없었다.

"저, 전하! 하늘 같은 전하를 능멸한 이 역적들을 엄히 벌하여 주십시오!"

석철의 편을 들다 공영의 다리까지 지진 그자가 이번에는 이렇게 나섰다. 어이가 없어 헛웃음도 나오지 않았다. 무엇이든 할 것이라기에 판에 끼워줬는데, 정말 자신이 살아남기 위해서는 무엇이든 하는 치였다.

"자네는 조금 전까진 세자에게 엄벌을 내리라 하지 않았나?"

"그, 그것이… 저 또한 속았습니다. 감히 인두겁을 두르고 어찌 이런 짓을! 전하, 조정을 기만한 죄인들을 벌해주십시오!"

그는 손바닥을 뒤집듯 태세를 바꿨다. 앞으로 조정에 못 붙어 있을지 몰랐지만, 그것도 다 살아있고 나서 얘기였다. 출세와 돈이 중요하다 해도 목숨만큼 중요할 리 없었다.

"전하, 믿어주시옵소서! 세자가 이 일을 피하려 만든 게 분명합니다!"

중전의 도발에도 해길은 다만 그를 지켜볼 뿐이었다. 담담한 얼굴은 안됐다는 듯도 했고 잘됐다는 듯도 해서 중전은 도대체 그 속을 알 수 없었다.

한편, 이 광경을 지켜보던 왕은 한숨을 내쉬었다. 아무리 생각해봐도 세자는 이런 수를 쓰는 성미가 아니었다.

"그럼 세자가 몇 해 전부터 자신을 죽이려 이런 걸 만들었단 말이냐?"

이거야말로 말도 안 되는 소리였다. 중전도 차마 그렇다는 답을 할 수 없었다.

"어찌 어미가 되어 이런 지독한 일을 벌인단 말이냐! 끝까지 짐을 능멸하려 하는구나."

왕은 치를 떨었다. 세자의 득세에 위협을 느낀 중전이 일을 벌였다, 냉정히 생각하니 이야말로 딱 맞는 조각이었다. 요즘 세자의 정책에 불만이 있다는 걸 알고 있었으니 그 틈을 파고든 것일 터였다. 중전과 세자가 친밀해지는 걸 바라지도 않긴 했다. 하지만 목숨, 아니, 그 이상을 노릴 줄이야. 게다가 자신마저 속이려 들다니, 끔찍했다.

"내가 네 주리를 틀어야 진실을 고하겠느냐! 여봐라!"

왕의 손짓에 의금부 관원들이 줄줄이 움직였다.

"놓아라! 감히! 이 몸은 이 나라의 중전이다!"

중전은 악에 받쳐 소리쳤다. 모두가, 심지어 세자가 들인 동산바치조차 자신을 내려다보았다. 자신은 이런 대우를 받을 사람이 아니었다.

"네 자리는 짐이 내린 것이다. 네년이 감히 아직도 중전이길 자처하느냐! 여봐라! 이 역적들을 포박하라!"

진노한 왕이 쇳소리로 외쳤다.

"감히 부자를, 왕실을 능멸한 신하에게는 참형을, 그리고 아들을 죽이려 한 간악한 어미에게는 능지처참을 내리겠다!"

석철은 입안이 바짝 마르고 속이 타는 걸 느꼈다. 입을 여는 것조차 힘들었다. 벌써 의금부의 졸들이 자신과 중전을 둘러싸고 있었다. 일을 키운 건 자신들이었다. 누군가 죽어야만 끝난다는 걸 알았지만, 그게 자신들이 될 거라 생각하진 않았다. 이대로 끌려가면, 정말 끝이었다.

"저, 전하!"

석철이 황급하게 소리쳤다.

"시끄럽구나."

쿨럭, 기침이 무거웠다. 왕은 간악한 계교를 더는 듣고 싶지 않았다. 하지만 석철은 바락바락 부르짖었다.

"아니 됩니다! 놓아라! 중전마마께선, 회임하신 몸이란 말이다! 전하, 제발 그 명을 거둬 주시옵소서!"

회임, 뜻밖의 단어에 왕의 얼굴이 변했다. 왕이 손을 들자 의금부 관원들이 중전에게서 물러났다. 우악스레 잡혀 있던 중전이 바닥에 내팽개쳐졌다.

"윽!"

"중전마마!"

석철이 급히 중전을 부축했다.

"그것이 사실이냐?"

"…예."

중전이 하는 수 없다는 듯 대답했다. 추국장이 다시 술렁거렸다.

"어찌 이를 고하지 않은 것이냐?"

지난번 하도 역겨워 진맥을 받다 알게 된 것이었다. 하지만 중요한 때 쓰려고 숨긴 패였다. 그렇지 않아도 적이 많은데 일찍부터 패를 꺼낼 필요는 없었다. 아들이 분명했다. 아니, 아들이 아니면 아들로 만들 것이었다. 세자의 자리를, 나아가 용상을 차지할 아들이었다.

"…네 아이를 세자로 만들고 싶었던 건 아니냐?"

왕은 눈살을 찌푸렸다. 정말 이번 기회에 세자를 없애려 한 걸지도 몰랐다.

"…태기가 안정되면 알리려 했습니다."

"전하, 소중한 왕손이 아닙니까."

석철이 살살 어르듯 말했다. 이제 목숨을 잡아줄 건 이 아이밖에 없었다. 복중의 아이를 죄인의 자식으로 만들지 않으려면 중전을 폐하지 말아야 했다. 게다가 간신히 임신한 중전의 아비인 자신을 죽여 버리진 않을 거였다.

"역모의 죄를 지은 죄인 김석철을 제주로 유배 보내고 중전은…."

지끈거리는 머리를 누르고 있던 왕은 잠시 중전을 내려다보았다. 자신의 아내였던 사람이었다.

"중궁전에서 안정을 명한다. 밖으로 한 걸음을 나올 필요가 없도록 극진히 돌보도록 해라."

석철이 바닥에 납작 엎드려 절을 했다. 중전은 주춤주춤 몸을 숙였다. 사실상 유폐였다. 아이가 태어나면 폐비가 될지도 몰랐다. 그렇지만 당장 그 가느다란 줄이라도 붙잡아야 했다. 왕을 뒤로 두고 선 세자는 우아한 얼굴로 자신을 내려다보고 있었다. 어마마마를 부를 때와 다르지 않은, 여느 때의 도도한 얼굴 그대로였다. 뿌득, 이가 갈렸다.

"성은이, 망극하옵니다."

사태가 일단락됐다고 해도 궐 안은 큰 바람이 휩쓸고 지나간 듯 어수선하고 냉랭한 분위기가 감돌았다.

한편, 무용은 해길과 처소에 있었다. 그런데 어째선지 숨을 꾹 참고 있었다.

"탕약은 내일이 되어야 완성된다더구나."

해길이 목에 약을 발라 주는 중이었다. 얼굴이 너무 가까웠다. 닿아 있는 건 분명 목인데, 왜 온몸이 다 간지러운 걸까. 매만지는 손길이 너무 조심스러워서 신경이 점점 곤두섰다. 침조차 삼킬 수조차 없었다. 더는 견딜 수가 없어 무용이 결국 해길의 손을 붙잡았다.

"제, 제가 할 수 있습니다!"

순간 시선이 딱 맞았다. 어제는 밤새 잠을 이루지 못했고, 오늘은 간이 콩알만 해질 뻔했다가 배 밖으로 나왔다가 난리였지만 지금은 그게 문제가 아니었다.

"몰라서 그러겠느냐? 내가 돕고 싶어서 그런다."

다친 건 분명 무용인데, 오히려 해길의 애가 닳았다. 옥에서 긴긴 밤을 보내고, 추국장에 꿇어앉아 내내 시달렸던 무용을 생각하면 마음이 너무 아팠다.

"그럼 안아주세요."

무용은 말을 마치기도 전에 이미 해길을 폭 안고 있었다. 답을 기다릴 필요가 없긴 했다. 해길이 당연하다는 듯 몸을 기대온 데다가 어깨를 감싸기까지 했으니까. 맞닿아 뛰는 심장 소리가 좋았다. 괜찮다고, 곁에 있겠다고 말하는 것 같았다.

무용에게서 숨소리처럼 얕은 웃음이 샜다. 어느새 해길의 입가에도 미소가 떠 있었다. 해길은 무용의 뺨을 가볍게 감쌌다. 다시 눈을 맞추고, 무용은 달뜬 뺨을 숨기지 않고 빙그레 미소 지었다. 해길의 뺨도 어느새 같은 색으로 물들어 있었다. 두 사람의 시선이 점점 가까워졌다. 서로의 눈에 담긴 게 서로를 보는 눈망울뿐이 된 순간, 둘은 눈을 감았다. 그리고 입술을 포갰다. 오랫동안 기다려왔다는 듯이….

"하아…."

숨결이 너무 가까웠다. 두 사람은 다시 서로의 윗입술을, 아랫입술을 붙잡고, 서로를 그리던 눈에, 홍조를 올린 뺨에 차근차근 입을 맞췄다. 지금은 그저 이렇게 서로를 느끼고 싶었다. 그때, 웬 발소리가 들렸다. 두 사람이 함께일 때 방해꾼이 나타난 것은 처음이었다. 무용은 정체 모를 소리에 문 쪽을 보았다.

"이곳은 들어가실 수 없는…."

석주의 목소리였다.

"아니, 잘 있는지만 보겠다니까. 답답해 그러네."

석주와 함께 있는 사람은 민이었다. 민은 걸음도, 말도, 마음도 급했다. 하지만 문을 열고 벌컥 들어간 순간, 완전히 굳어버렸다.

무용과 해길이 바짝 붙어 끌어안고 있었다. 누가 보아도 뭔가를 하던 중인 듯했다. 민은 멍하니 서서 눈만 깜빡거렸다. 무용도 눈만 깜빡였다. 워낙 갑자기 문이 열려 뭘 하던 중인지 잊고 있었다. 해길은 그런 무용을 빤히 보다가 쪽, 뺨에 입을 맞췄다.

"저, 저하!"

이제야 상황을 파악한 무용의 얼굴이 새빨개졌다.

"흠흠!"

헛기침을 하는 건 해길이 아니라 민이었다. 해길은 무용을 보며 배시시 웃고 있었다. 놀란 무용이 귀여워서, 다시 제게 맞춘 눈이 좋아서 저도 모르게 눈웃음을 쳤다. 그런 해길의 모습이 귀여워서, 무용은 불쑥 솟았던 얄미움을 입술을 한 번 삐죽이는 걸로 가라앉혔다.

이런 두 사람을 보던 민이 부스럭거리며 인기척을 냈다. 자신이 이곳에 없는 사람이 된 것만 같았다. 속이 껄끄러웠다. 해길은 불청객을 보는 눈길로 민 쪽을 보고 쯧, 혀를 찼다. 몸을 일으키기는 했지만 불쾌한 기색이 역력했다.

"잊지 말고 발라야 한다."

해길은 무용의 손에 멍을 가라앉힐 약을 들려줬다. 하지만 무언가를 건네는 것보다 손을 잡으려는 속셈이 빤히 보이는 손길이었다. 무용도 손을 맞잡고는 고개를 끄덕였다. 해길이 무용의 귓가로 몸을 숙였다.

"다녀오마."

해길과 민은 마주 앉아 서로를 보고만 있었다. 조용했다. 민은 꼭 해야 할 게 있는 사람처럼 와놓고는 아무 말이 없었다. 정신이 다른 곳에 가 있었다. 해길이 일부러 달칵 소리가 나게 찻잔을 내려두었다. 민은 그제야 퍼뜩 정신을 차리고 어깨를 으쓱거렸다. 그리고 여느 때처럼 생긋, 장난스러운 웃음을 지어 보였다.

"제가 좋은 시간을 방해했습니다."

놀리려는 것이었다. 그러나 해길은 아쉽다는 듯 혀를 차며 고개를 끄덕였다. 그리고 여유롭게 씩 미소까지 지었다.

"여태 그것을 생각한 게냐?"

"아니, 뭐, 그리 태평하게 있을 줄은 생각지도 못했습니다. 현혜, 현혜가 궁금하다고 해서…."

민은 떨떠름히 대답하고 딴청을 피웠다. 해길의 눈이 조금 가늘어졌다. 태평하게 있다, 그리 말하는 대상은 자신이 아니라 무용인 듯했다.

횡설수설하던 민이 갑자기 피식 웃었다.

"그 자리에서도 말을 받아쳤다지요? 정말 여간내기가 아닙니다."

민은 계속 무용에 대해서만 생각하고 있었다. 추국장에 보는 이가 많았던 탓에 무용이 중전에게 맞선 게 벌써 다 소문나 있었다.

"그나저나 당장 도망 보낼 줄 알았더니…."

"믿는다 하였다. 그러니 지킬 것이다."

해길의 입가에 걸린 미소가 부드러웠다. 도망쳐서 될 일이었다면 당장에라도 손을 잡고 도망쳤겠지만, 그건 소용없는 일이었다. 언제까지나 곁에 있고 싶었다. 그러니 확실한 방법을 취해야 했다. 무용 또한 버티고 있었다. 기다림을 싫어하면서도 기다린다고 했다. 자신을 믿는다고 했다. 함께라면 괜찮다고 했다. 그러니 맞설 수밖에. 하지만 다신 이런 위험에 처하게 두긴 싫었다. 앞으론 절대 이런 일이 없어야 했다. 무용의 가는 목에 난 상처가 떠오르자 또 가슴이 아렸다.

"그렇습니까?"

민이 태연한 말투로 되물었다.

"어지간히 가슴을 졸였나 보구나, 그리로 찾아오다니."

무용의 처소는 겉으로 보기에는 열린 곳 같았다. 하지만 특별히 걸음을 하지 않으면 들어올 수 없는 곳에 있었고, 주변을 서성이는 것조차 눈에 띄었다. 아무것도 없는 듯 보이는 그곳은 해길이 모든 것을 두고 지키는 곳이었다. 그곳에 있을 수 있는 것은, 무용과 해길뿐이다. 그러니 민은 석주에게 막혔을 때 이미 물러났어야 했다.

"다음에는 이곳에서 기다리거라."

"그리는 가지 말거라, 그거지요?"

민이 대놓고 말했다. 빙글거리는 게 평소보다도 심했다.

"저하가 얼마나 염려되었으면 그랬겠습니까, 이 난리판에 왔는데."

다른 것도 아닌 역모였다. 그런 중 왕자군이 궐에 오는 건 위험한 일이었다. 시우군이 아닌 민으로 온 것이긴 했지만, 왕자군이 다른 신분으로 생활한다는 게 알려져 봤자 좋을 건 없었다. 오히려 더 문제가 생길 수도 있었다.

"네가 그리 나를 염려해줄 줄은 몰랐구나."

해길의 태도가 묘했다. 민이 무용의 처소까지 들어올 수 있던 건 막무가내로 밀고 왔기 때문이라기보다는 석주가 민을 완전히 막지 않았기 때문이었다. 민은 사실 이번 난리의 연관자였다.

지난밤, 해길에게는 이미 충분한 증좌가 있었다. 중전과 석철이 주고받은 서찰과 죽은 나인과 환관들에 대한 정보까지 있으니 진범을 밝히는 데는 아무 문제가 없었다. 아쉬운 점이라면 중전의 눈을 피하느라 환관을 멀리까지 피신시킨 탓에 오는 데 시간이 좀 필요하다는 것 정도였다. 그런 중, 민이 찾아왔다.

해길을 찾아온 민은 낌새가 어떻게 흘러가는지 살피려 애썼다. 다들 자신을 의심스러운 눈길로 보고 있었다. 때가 때이니 그럴 만도 했다. 형님만이 속을 알 수 없는 여느 때의 얼굴이었다. 어쨌든 주변 이들을 보건대 중전을 처리하는 데 필요한 증좌를 가진 건 확실해 보였다. 그러니 자신의 제안이 어떤 답을 받을지 예측할 수 없었다. 하지만 이미 와버렸으니 그냥 가버릴 수는 없지 않은가.

"걸린 게 많은 판인데, 그 정도로 되겠습니까?"

장난스럽게 꾸민 얼굴이었지만, 눈에는 힘이 들어가 있었다. 걸린 게 많다, 그거 용상을 두고 하는 말일 터였다. 하지만 해길은 무용을 떠올렸다. 민의 제안을 받아들인 건 무용을 지키는 데 빈틈이 없게 하기 위해서였다.

민은 넉살 좋은 표정을 만들어 고개를 흔들었다.

"어휴, 궐에 피바람이 불 뻔했는데 그저 있을 수 있나요."

피바람, 만일 중전이 회임한 상태가 아니었다면 여러 사람이 죽어 나갔을 게 분명했다.

아이가 여럿을 살렸다. 덕분에 무용이 사람 죽는 것을 확인하지 않아도 됐으니 다행한 일이었다.

"세자저하께 해드리지 못할 게 뭐가 있겠습니까."

민이 해사하게 웃었다. 해길의 입에도 작게 미소가 걸렸다.

하지만 둘 사이의 묘한 기류는 여전했다.

"나를 위해서라…."

해길은 눈을 똑바로 맞추고 말을 이었다.

"은우군에게도 도움을 받았구나."

민은 저도 모르게 움찔 놀라 마른 입술을 축였다. 일이 터지자마자 은우군에게 달려갔던 건 그를 의심했기 때문이었다. 하지만 은우군은 이번 사건을 꾸민 사람이 아니었다. 오히려 재미있어하며 중전을 칠 만한 수를 내놓았다. 거짓 증좌를 만들어 죄를 씌우자는 것이었다.

민은 이를 자기 생각처럼 해길에게 전했고, 해길은 이를 받아들였다. 중궁전에서 나왔다는 나뭇잎도, 중전이 만들었다고 한 저주의 함도 모두 거짓 증좌였다.

"어휴, 알고 계셨습니까?"

어차피 알아챈 사실을 숨길 필요도 없다고 생각한 민은 오히려 뻔뻔하게 나가기로 했다.

해길은 거짓 증거로 중전을 몰아넣자는 수작을 듣자마자 은우군을 떠올렸다. 사람의 기분을 주무르고 선동하는 것, 아주 은우군다운 수였다. 거기에 쓰인 게 진실이든, 거짓이든, 무엇이든 은우군에게는 중요치 않았다. 은우군이 언젠가 중궁전을 칠 것을 알고는 있었다. 그게 이번 기회에 교태전에 묻어준 저주의 함으로 드러났다. 자신을 저주하면서 중전의 뒤통수를 칠 준비까지 했으니 참으로 알찬 활용이었다.

몇 해는 족히 된 함이었다. 중전과 손잡은 순간부터 배신할 속셈이었을 게 분명했다. 속에 든 글자는 자신과 중전이 주고받은 서찰에서 잘라낸 듯했다. 물품을 준비해 교태전에 묻는 것쯤이야 궐 안에 부리는 수족을 이용해 수월히 처리했겠지. 이런 식으로 거짓을 이용해 일을 해결하는 건 자신의 방식이 아니었다. 하지만 자꾸 무용을 걸고넘어지니 완전히 눌러둘 필요가 있었다. 무용을 지키기 위해서라면, 이젠 먼저 칼을 꽂을 수 있었다.

"은우군 또한 네 손님이었지."

민은 해길에게 얼굴을 들이밀었다. 이건 지난번의 만남도 이미 알고 있다는 소리로 들렸다. 도통 속을 알 수 없는 얼굴 때문에 자신에게 이런 말을 하는 의미를 알 수가 없었다.

"이런 말을 어찌 제게 다 하십니까. 저를 믿으십니까?"

자신의 동향을 파악하고 있다는 걸 솔직히 말하다니, 감시하는 자세가 아니지 않는가.

"내 눈이 틀릴 것 같으냐?"

거만해야 할 말이 어찌 이리 당연하게 들릴까. 민은 어쩔 수 없다는 듯 혀를 찼다. 그리고 한껏 여유로운 척 입을 열었다.

"잊으셨습니까? 제가 장사꾼이라는 걸."

민은 왼손 검지로 오른 손바닥을 톡톡 두드렸다. 계산해서 따져본 뒤 더 나은 쪽을 선택하겠다는 뜻이었다.

"네게 뭘 준다 하더냐?"

민은 눈을 맞춘 해길을 향해 느물거리는 미소를 지으며 몸을 물렸다.

"뭐, 그게 맞았으면 제가 지금 여기에 있겠습니까?"

그때, 문 앞에 인기척이 느껴졌다.

"저하."

석주였다.

"이런, 다음에 다시 말해야겠구나."

궐에 난리가 난 상황인지라, 갑자기 찾아온 민에게 많은 시간을 내어줄 수 없었다.

민은 곧 동궁을 나섰다. 여느 때와 다를 게 없이 생글거리는 걸로 보였다. 하지만 걸음을 늦추고 뒤를 돌아본 얼굴에서는 알 수 없는 냉기가 느껴졌다.

"뭘 준다라…."

붓을 잡은 은우군의 손짓은 가볍고 거침이 없었다. 해송 분재를 그리는 중이었다. 앞에 입맛대로 다듬은 해송 분재가 있었다. 그림 은 조금만 더 그리면 완성될 듯했다.

"한창 재미있을 때로구나."

은우군은 즐겁다는 듯 웃었다.

까드득, 고요한 교태전 안에 중전의 이 악문 소리가 울렸다. 이를 어찌나 악물었는지 얼굴이 다 일그러질 정도였다.

"조상궁!"

답이 있을 리 없었다. 방 안에는 새로 온 상궁 하나만이 덜렁 있을 뿐이었다. 조상궁은 이미 옥에 있었다. 중전의 수족으로 직접 일을 시행했으니 처형은 분명했다.

'마마, 마마! 어찌 제게 이러실 수 있습니까….'

발악하던 조상궁의 목소리가 귓가에 들리는 듯했다. 그래도 제법 담이 있다고 생각했는데, 끌려갈 때는 꼭 갓난쟁이처럼 울고 있었다.

"쯧!"

귀 따가운 소리였다.

"천한 것들이, 제대로 하는 것도 없구나."

이런 하찮은 일도 못하다니, 역시 아랫것들이 문제였다. 전부 죽였다던 증인이 어째서 나온단 말인가. 게다가 서찰 하나 잘 태우지 못해 일을 이렇게 만들어? 생각할수록 어이가 없었다.

"역사를 이리 끝내진 않을 것이다."

중전은 배를 감쌌다. 배 속에 아이가 없었다면 조상궁뿐만 아니라 자신도 죽었을 것이다. 유폐로 끝이 났으나, 그건 복중의 아이로 얻은 유예였다. 잠시 시간을 얻은 것이지 결코 좋은 상황이 아니었다. 그러니 이 아이를 어떻게든 용상에 앉혀야만 했다. 역모죄에서도 살아 돌아올 정도로 질긴 목숨을 가진 아이이니, 김 씨 가문의 역사를 왕실로 이어줄 패인 게 분명했다.

중전이 한창 생각에 잠겨있던 그때, 갑자기 상궁이 털썩 주저앉았다. 중전은 짜증스럽게 입을 열었다.

"무슨…."

챙, 말을 다 꺼내기도 전에 목에 칼이 겨눠졌다. 중전은 목이 뻣뻣하게 굳는 것을 느꼈다. 뒤에 복면을 쓴 자객이 서 있었다.

"바, 바, 밖에…."

간신히 입을 열었던 상궁은 급히 입을 다물었다. 소리 없이 나타난 또 하나의 자객이 칼을 겨눴기 때문이었다. 자객은 조용히 하라는 뜻으로 검지를 입술 앞에 모았다.

"이곳에는 어떻게 온 것이냐!"

자객은 아무 말 없이 칼날만 슬쩍 비틀었다.

"원하는 것이 있으면 무엇이든…. 읍!"

자객이 중전의 입을 틀어막았다. 그리고 끈을 꺼내 목을 졸랐다. 끈은 중궁전의 이불보를 찢어 꼬아 만든 물건이었다. 중전은 발버둥을 쳤지만, 자객은 손쉽게 중전을 제압했다.

"컥…."

버둥거리던 몸이 축 늘어졌다. 상궁의 앞에 있던 자객이 다가와 서안 위에 무언가를 내려두었다. 그것은 중전의 필체로 쓰인 '유서'였다.

"시간을 끌어라, 너 또한 알지 못한 일인 것처럼…."

중전의 목을 붙든 자객이 상궁에게 말했다. 감수의 목소리였다. 고개를 주억거린 상궁은 뒷걸음질을 쳐 밖을 향했다.

드르륵, 문을 열고 나간 뒤에도 심장이 가라앉질 않았다. 안에서 중전의 부름이 들리는 것 같았다. 상궁은 덜덜 떨리는 손을 감추며 입을 열었다.

"주, 중전마마께서…."

조상궁도 버린 중전이었다. 자신은 더 쉽게 버릴 수 있는 사람이었다. 그런 사람에게 목숨을 걸고 의리를 지킬 필요는 없었다. 게다가 중전이 있다면 이런 냉궁에 계속 묶여 있어야만 했다. 상궁은 숨을 고른 뒤 차분한 목소리를 꾸몄다.

"잠시 혼자 있겠다고 하신다."

중전은 넓은 방 안에 혼자였다. 핑글핑글, 천장에 이불보를 매어 목을 단 몸이 흔들거렸다. 중궁전의 굳건한 천장은 사람 하나를 매단 정도로는 끄덕도 하지 않았다. 늘어진 발끝에 걸린 하얀 버선이 아래를 가렸다.

'죽어서라도 세자를 없앨 것이다'

발치의 유서에는 세자를 향한 저주가 가득했다.

'죽음으로 남긴 저주가 너무도 악독하여 기록하지 않기로 한다.'

이것이 중전, 아니, 폐비 김 씨가 남긴 마지막 역사였다.

추국장에서 나왔던 무수리가 물을 긷는 중이었다. 아니, 물을 긷는 자리에 있긴 하지만 일을 하진 않았다. 오히려 자리에서 빠져나왔다. 심지어 다른 무수리들을 무시하며 쯧, 혀를 차고 내려다보기까지 했다. 하지만 그에게 눈을 흘기는 사람은 있어도 막는 사람은 없었다. 다들 익숙한 듯 그가 두고 간 일을 나눠서 했다.

일을 피해 궐 안의 후미진 곳을 돌아다니는 무수리의 걸음이 가벼웠다.

"이번에는 무얼 받게 될까?"

중얼대는 혼잣말에서 기대감이 느껴졌다. 그런데 갑자기 복면의 자객이 앞에 나타났다. 무수리가 뒷걸음질을 치려는 찰나, 자객 하나가 더 나타나 길을 막았다. 중궁전에서 일을 마치고 온 감수와 자객이었다.

저벅저벅, 앞에 서 있던 감수가 무수리에게 다가갔다. 그리고 훅, 손이 나갔다. 감수의 두꺼운 손에는 웬 나무토막이 있었다. 옻칠을 해 거무튀튀했고, 사각형 안에 원형이 들어 있는 모양이 새겨져 있었다. 감수는 그걸 하나 더 꺼내 보여줬다.

"아! 나리가 보내신 분이시군요."

무수리는 놀라지도 않고 미소를 지었다. 나리, 은우군을 이르는 말이었다. 무수리는 사실 은우군이 심어놓은 자였다. 언젠가 손을 쓸 요량으로 중궁전에 저주의 함을 묻었던 게 이 무수리의 첫 일이었고, 그걸 파낸 게 어제였다. 그리고 오늘은 천연덕스러운 얼굴로 추국장에 가서 거짓 증언을 늘어놓았다.

감수를 뒤따라 궐을 나서 으슥한 곳을 걷던 무수리가 은밀하게 속삭였다.

"나리께서 또 무엇을 바라신 답니까?"

이렇게 시키는 일을 하는 것은, 후에 은우군이 왕이 됐을 때 숙원 자리 이상은 받을 것이란 기대 때문이었다. 하지만 이번 일에 나서 며 해길이 왕이 돼도 괜찮다고 생각했다. 은우군의 명령을 따르기는 했지만, 겉으로는 어디까지나 세자저하를 위해 나선 것이었다. 그러 니 세자도 자신에게 자리를 줄 수 있다고 판단한 것이다.

적어도 그 무용이란 계집보단 자신이 나으니, 더 높은 자리를 받 을 수도 있겠지. 그 같잖은 계집을 생각하니 새삼 짜증이 났다. 운이 좋은 계집 같긴 했다. 기껏 현혜옹주의 화분을 깨뜨렸는데, 오히려 일이 잘 풀린 것만 봐도 그랬다. 하지만 미색이나 영민함, 그 외 모 든 게 자신이 한 수 위였다. 그러니 그 계집보다야 자신이 높은 자리 에 올라가야 마땅했다.

"소녀, 무엇이든 할 자신이 있습니다."

어느 쪽이 왕이 되어도 자리를 받을 테니, 조금만 있으면 이 지긋 지긋한 생활도 끝나리라. 단꿈에 젖은 그의 걸음이 가벼워 보였다.

한편, 앞서가던 감수가 후미진 골목으로 들어섰다. 제대로 된 길 이 아니어서 무수리는 발밑을 살피며 걸었다. 얼마를 더 갔을까, 감 수는 무수리의 뒤에 선 자객과 눈을 맞춘 뒤 고개를 끄덕였다. 둘은 칼을 뽑지도 않은 채 그대로 무수리에게 휘둘렀다.

"…억!"

무수리는 영문도 모른 채 쓰러졌다. 감수와 자객은 칼집에 넣은 칼로 무수리를 계속해서 내려쳤다.

"제가 뭘 잘못했습니까? 왜, 왜 이러십니까!"

죽을지도 모른다는 생각이 든 무수리는 죽을힘을 다해 감수에게 매달렸다. 피로 젖은 무수리의 눈과 감수의 떨리는 눈이 맞았다. 감수는 그의 머리채를 잡아 거칠게 내던져 바닥에 패대기쳤다.

"제발 살려…."

말소리는 거기서 끝이었다. 무게를 실은 발길질에 턱이 어긋났기 때문이다. 몽둥이질은 무수리의 얼굴이 너덜너덜해지고 난 뒤에야 끝이 났다. 곳곳에서 피가 터져 온몸이 피로 젖은 모습은 커다란 고깃덩이처럼 붉었다.

감수는 은우군 앞에 꿇어앉아 고개를 조아렸다. 중궁전에 다녀왔던 보고를 마친 중이었다. 말쑥한 도포 차림이었지만, 무릎에 모은 손 위로 피가 스민 손톱이 붉었다. 감수는 시선을 돌리며 손가락을 모아 쥐었다. 피에 물든 손을 보이고 싶지 않았다.

"그 여우를 이제야 치웠구나."

언젠가 이뤄졌을 일을 지금 치렀을 뿐이었다. 은우군은 해송 분재를 보며 고개를 끄덕거렸다. 그리고 똑, 한 가지를 부러뜨렸다. 입술에 만족스러운 웃음이 번졌.

은우군과 중전의 연합은 애초에 불안정할 수밖에 없었다. 역모에 성공한 은우군이 왕이 되고, 그를 지지하는 중전이 대비가 된다. 이것이 겉으로 내세운 명목이었지만, 사실 중전에게 은우군은 친자식이 없을 때의 보루일 뿐이었다. 기다리던 아이가 생긴 이상 은우군은 오히려 하나뿐인 용상을 두고 싸워야 할 걸림돌이었다.

"고작 여우 새끼를 왕으로 올릴 생각을 해?"

세자의 권력을 빼앗고, 제 새끼를 새로운 세자에 올리려 했을 속셈이야 뻔했다. 분수도 모르는 짐승 같은 놈들이었다.

"그건 어찌했느냐?"

감수가 단박에 알아듣지 못하자 은우군이 눈살을 구겼다.

"무수리 말이다."

감수는 손을 꼼지락대며 답했다.

"명하신 대로, 저잣거리에 두고 왔습니다."

피범벅이 된 무수리의 시체는 저잣거리에 던져졌다. 몸에 '중전마마를 배신한 악신'이란 방이 붙여져 있었다. 중전의 죽음과 무수리의 죽음을 한 번에 알려 불안감을 조장하려는 수작이었다.

"중전마마가 죽어?"

"복중의 아이로 세자저하를 저주하고 죽었다나, 뭐라나…"

"폐비가 된 거 아니요? 그럼 김가의 사람들이 죽인 거로구먼."

"저 사람이 세자저하를 위해 증언을 나선 사람이라는 거지요?"

"세자저하께선 저를 위해 나서준 이가 이리되게 두신단 말이오!"

은우군이 무수리를 죽여서 얻으려는 건 겨우 이런 뜬소문이었다. 관아에서 꽤 빠르게 시체를 처리했지만, 참혹한 꼴로 죽은 무수리를 기억하는 사람들은 이미 충분히 많았다. 기괴한 꼴의 시체는 앞으로 소문의 몸집을 충분히 불려줄 터였다.

"아우 덕에 쓸모없던 말을 알차게 썼구나."

무수리가 은우군에게 붙은 건 저보다 못나 보이는 이들보다 더 잘 살고 싶다는 마음 때문이었다. 그리고 은우군에게 죽게 된 것도 같은 이유였다. 원래 무수리가 무용에 관한 질투로 현혜의 화분을 깼을 때, 이미 없애려 했다. 하지만 민의 말을 듣고는 중전과 함께 정리하기로 마음먹었다.

무수리를 없애는 건 요 몇 년간 궐에서 벌인 일에 대한 정리이기도 했으니, 은우군에게는 여러모로 잘된 일이었다.

"현혜는 그리 넘어갔어도, 형님 눈에는 이미 걸렸겠지."

멍청하진 않다고 생각했는데, 그리 눈에 띄는 일을 벌일 줄이야. 그깟 것을 계속 말로 쓸 필요는 없었다. 주제 파악도 못 하고 감히 멋대로 일을 쳤으니, 어서 치워야 할 쓰레기였다.

중전도, 은우군도 아랫사람을 믿지 않는 건 같았지만, 은우군은 더 심했다. 깔끔한 성미인 데다가 해길에게 뒤를 잡힐까 늘 경계하는 탓이었다. 그리 하지 않으면 중전처럼 오히려 수를 빼앗겨 당해 버린다는 것을 알았다.

"…저, 대감. 그런데, 궐에서 부릴 이가 필요하지 않겠습니까?"

감수가 조심히 물었다.

'너무 많은 사람이 죽었습니다.'

정말로 하고 싶은 말은 이것이었지만, 입이 떨어지질 않았다. 조금 전 마주쳤던 무수리의 새빨간 눈이 자꾸 떠올랐다. 자신을 믿고 따라오던 이를 패 죽였다는 게 마음에 걸렸다.

"당과에 꼬이는 벌레야 수없이 많은데 무엇이 걱정이냐."

하지만 이런 건 은우군에게 상관없는 일이었다. 그러니 자신도 그리 여겨야 했다.

"지금도 이리 꼬이지 않느냐."

핼쑥한 사내가 은우군에게 절을 했다.

"일어나게. 어찌 이러는가."

"보릿고개에 돌림병까지 난리인데, 대감의 은혜에 어떻게 감사를 드려야 할지…."

"원, 사람도. 내가 할 수 있는 거라곤 배를 채워주는 것뿐인데 무얼 그러나."

"우리 같은 사람들한테는 먹고사는 게 제일 문제이지 않습니까."

은우군은 정말 안타까워하는 듯이 보였다.

"더구나 병에 대해 아는 의원까지 보내주시니, 대감이야말로 하늘이 보내신 분입니다."

사내는 그러며 은우군의 곁에 서 있는 감수의 손을 잡았다. 감수는 그의 앙상한 손을 보며 바싹 마른 입술을 축였다.

"병에 대해 수소문하다 보니 알 것 같다는 의원을 찾은 것뿐이네."

"부족하지만 최선을 다해 돕겠습니다."

감수가 사내의 손을 얼른 놓고 제 손을 숨겼다.

"어휴, 감사합니다. 두 분 다 복을 받으실 겁니다."

감수는 생긋 미소를 지어 보였다. 무용의 꽃집에 해길을 찾으러 때보다도 잘 만든 얼굴이었다. 아주 그럴싸하게 웃고 있었다.

'당신을 살리기 위한 일이 아니라 죽이기 위한 일을 할 것이오.'

이 말을 삼키고 있다고는 믿을 수 없었다. 꽉 쥔 주먹 아래로 핏물이 든 손톱이 살로 파고들었다.

왕손인 복중의 아이를 죽인 데다가, 그를 이용해 세자를 저주하기까지 한 중전은 폐비로 격하되어 궐에서 치워졌다.

"무수리를 죽인 게 사실 폐비의 혼령이 직접 한 일이라지?"

며칠이 지나 궐에서는 이제 그 시체의 그림자조차 찾을 수 없었다. 하지만 보이지 않는 소문은 여전히 궐 안 곳곳을 떠돌았다.

"예끼, 이 사람. 어디 그런 일이 있겠는가."

"아니, 그 자존심에, 아이를 낳고 폐비로 버려지는 걸 견딜 수 있겠어?"

그럼에도 불구하고 궐은 여전히 차분하게 침묵을 지키는 듯 보였다. 하긴, 여느 때의 궐과 다를 것도 없었다. 언제나 수많은 말들을 감추고 있는 곳이었으니 말이다.

무용도 여느 때처럼 동궁의 처소 마루에 걸터앉아 있었다. 하지만 여느 때와는 달랐다. 멍하니 힘이 풀린 게, 얼이 좀 빠진 얼굴이었다. 중전의 소식도, 무수리의 소식도 무용에게는 큰 충격이었다.

옥에 있던 밤, 무용은 무슨 단서가 될까 싶어 무수리 이야기를 했다. 장원서에 몰래 돌아다녔던 사람이니, 이번 일을 꾸밀 수 있겠다는 생각이 들었기 때문이다. 하지만 다음날 추국장에 해길을 위해 나온 것을 보며 괜한 의심을 한 건가 싶어 미안했다. 그런데 무수리는 갑작스레 변을 당했고, 해길은 더 충격적인 사실을 전했다.

"은우군 쪽의 사람이었다. 제 꼬리를 밟힐까 정리를 한 듯하구나."

해길은 은우군이 어떤 사람인지, 또 어떤 속셈을 품었는지 간략히 말해줬다. 냉혹하고, 잔인했다. 정 많고 은혜롭기로 세간에 이름이 높은 은우군을 말한 것이라고 믿기 힘들 정도였다. 하지만 상냥한 태도로 나오는 은우군에게 말을 잘 붙이지 못했던 이유를 알게 된 것 같았다.

은우군은 늘 내려다보는 눈이었다. 아니, 생각해보면 제대로 눈이 마주친 적도 없었다. 풀 한 포기 없이 정리된 담벼락이라던가, 이상하리만치 조용한 큰 집도 뭔가 불편했다.

"미안하구나."

해길은 눈썹을 낮추고 입술을 깨물었다. 이런 세계에 발을 들이게 하고 만 것에 관한 사과이자 그런데도 놓지 않을 것에 관한 사과였다.

"…무엇 때문에 미안하다고 하셨을까?"

생각에 잠겨 있던 무용이 중얼거렸다. 어떤 마음인지는 알 수가 없었지만, 다만 너무 아픈 얼굴을 했던 게 생각나니 또 가슴이 아렸다. 며칠째 얼굴을 보지 못했는데, 떠오르는 얼굴이 그런 얼굴이라 마음이 뒤숭숭했다. 매일 마루에, 문 앞에 해길이 두고 간 꽃송이가 놓여 있긴 했다. 이를 하나하나 모아 쥐어 보면 그래도 다시 웃음이 나왔다.

"어? 꽃봉오리다."

마루에 내놓은 말리 화분에 흰 꽃봉오리가 올라와 있었다.

"아!"

무용은 무언가 좋은 생각이 났는지 감탄을 뱉었다. 그리고 방으로 들어가 집에서 가져온 꾸러미를 열었다. 갸름한 백자 화병이 있었다. 무용은 화병을 꺼냈다. 그리고 거기에 지난번 장원서에 만든 매화매듭과 나비매듭, 그리고 동심결 매듭을 모두 달았다. 그다음에는 다시 마루로 나와 말리 한 가지를 잡았다. 초록으로 싱싱한 가지였다.

"이게 좋겠다!"

빙긋, 어느새 미소가 스며들어 있었다.

무용은 화병에 말리 한 가지를 담아 자선당을 향했다. 담긴 물을 쏟을까 봐 걸음이 조심스러웠다. 그런데, 누군가 무용을 홱 당겨 안았다.

"으엇! 저하!"

물을 쏟을 뻔한 무용은 화병을 급히 고쳐 쥐었다. 해길도 함께 화병을 붙잡아 주긴 했다. 하지만 얼굴에 짓궂은 미소가 뜬 게, 일부러 장난을 친 것이 분명했다. 무용은 부루퉁 볼을 부풀렸다. 하지만 입꼬리가 올라가는 걸 숨길 순 없었다. 놀라긴 했지만, 싫던 건 아니었다. 오히려 웃는 게 예뻐서 좋았다. 오랜만에 보는 모습이었다.

"몸은 괜찮은 게냐? 약은? 설마 벌써 장원서에 가려는 게냐?"

걱정하는 마음에 말이 길어졌다.

"저어언부 괜찮습니다."

무용은 해길의 말을 자르고 고개를 들어 눈을 맞췄다.

"보고 싶었던 것만 빼면요."

해길이 무용을 부둥켜안았다.

"으엇, 또 누가 보면 어쩌려 하십니까? 여긴 비현각 코앞이 아닙니까."

무용은 버둥댔다만, 싫어서 그런 것은 아니었다. 골목에 서 있긴 했지만, 겨우 몇 걸음 꺾어 들어왔을 뿐이었다. 사람들이 오가는 소리가 들릴 정도였다. 그러니 자연스럽게 민과 눈이 마주쳤던 일이 떠올라 걱정할 수밖에 없었다.

하지만 해길은 무용과 이렇게 있고 싶은 마음을 더 억누를 수가 없었다. 사람을 물려두었으니 왕이 아니고서야 감히 올 수 없었다. 그리고 일단 숨을 쉬고 싶었다. 내내 차갑게 시렸던 공기가 이제야 따듯했다.

"나 또한 그랬다. 네가 보고 싶어서, 숨이 마르는 줄 알았다."

이 애틋한 목소리를 들으니 무용도 이리 있고만 싶었다. 꽉 껴안아서, 닿은 곳을 넘어 번지듯 스미는 온기가 좋았다.

"꽃, 꽃이 다칩니다."

다만 이러다 들고 있는 화병의 물을 엎을 판이라는 게 문제였다.

"저하께 드리려던 것입니다. 새벽에만 오가시니, 제가 와야지요."

무용이 장난스럽게 말하며 화병을 내밀었다. 그것을 받아든 해길이 이곳저곳을 살피기 시작했다.

"곱구나."

"보름 정도 지나면 뿌리가 나올 것입니다. 말리는 물꽃으로도 잘 자란다 하더라고요."

"여기서 뿌리가 나온단 게냐?"

해길이 신기해하며 마른 가지를 들어보자 무용은 뿌듯해졌다. 꽃이 핀다면 환히 웃어주지 않을까. 그러면 잠시 위안이 되어줄지도 몰랐다.

"그럼요! 꽃도 필걸요?"

해길은 고개를 끄덕이며 달린 매듭을 하나하나 짚었다. 자신을 위해 꼭꼭 당겨 만들었을 걸 생각만 해도 마음이 차올랐다. 동심결을 만지고 있을 때는 이미 얼굴에 웃음이 가득 스며들어 있었다.

"동심결입니다. 그게, 여기저기 쓰이는 것이라 사주단자에도 달고 그런 겁니다."

무용은 툭툭 뱉듯 말했다. 말하기에는 쑥스러웠지만, 이를 말한다면 해길은 기뻐할 게 분명했다.

"…제 마음을 묶어드린 것이니, 그리 알아주세요."

해길의 마음은 기쁨 정도가 아니었다. 누가 심장을 움켜쥐고 흔드는 게 아닌 이상 이리 심장이 바쁠 수가 있을까. 어떻게 이리 정신을 차릴 수 없게 하는 걸까.

"어찌 그리 빤히 보십니까? 제가 그리 예쁩니까?"

무용은 얼굴을 새빨갛게 물들이고는 뻔뻔한 척 물었다.

"그래."

예뻐서, 소중해서, 좋아서 어찌할 도리가 없었다. 해길은 무용의 빨간 뺨을 감싸 쥐고 입을 맞췄다.

"보고만 있기 아까울 정도다."

무용도 해길의 뺨을 가만히 쓸어주었다. 조용한 궐 안에 숨이 섞인 웃음이 가볍게 울렸다. 둘은 누가 먼저라고 할 것도 없이 다시 입술을 포갰다. 이 순간이 소중해서, 서로를 더 깊게 느끼고 싶었다.

"세자!"

그 순간, 날카로우면서도 묵직한 목소리가 들렸다. 무용은 놀란 토끼 눈이 되어 고개를 돌렸다.

"전하!"

목소리의 주인 뒤로 초조한 얼굴의 석주와 또 다른 환관들이 줄 줄이 나타났다. 장대한 행렬이었다. 무용도 그가 누구인지 단박에 알 수 있었다. 붉은 비단으로 된 곤룡포에 익선관, 모를 수 없었다.

"지금 무얼 하는 것인가!"

왕과 세자, 그리고 세자의 연인. 석주는 입술이 마르는 걸 느꼈다. 왕은 제 눈에 보이는 것을 믿을 수 없다는 듯 입을 벌리고 서 있었다. 조금 전에 본 게 분명 정분난 남녀 한 쌍임은 알았다. 하지만 그 게 세자라는 게 도저히 와 닿지 않았다.

"아바마마를 뵙습니다."

해길이 예를 갖췄다. 무용 또한 얼떨떨함을 감추고 고개를 숙였다.

"얼마 전 그 아이로구나. 장원서의 점주라 했지."

일련의 소란은 점주란 직책을 정치판에 확실히 각인시켰다. 이제 조정에 무용을 모르는 이는 없었다. 왕 또한 무용을 모르지 않았으나, 이런 식으로 보는 건 처음이었다. 계집치곤 가녀리지도 않고 눈매도 좀 새치름했다. 그나마 나은 걸 찾자면 눈이 둥글어 사나워 보이진 않았다는 것 정도였다.

"별감, 이만 점주와 장원서로 가게."

왕이 무용을 훑는 걸 의식한 해길이 석주에게 말했다. 무슨 꼬투리를 잡으려 하기 전에 무용을 보내는 게 낫다고 생각했기 때문이다. 석주가 알아채고 빠르게 움직였다. 왕은 그런 석주와 무용을 붙잡으려 손을 들었다. 그 순간, 해길이 먼저 말을 꺼냈다.

"여기까진 어찌 행차하셨습니까?"

왕은 자신이 하려는 바를 막은 게 언짢았다.

"궐 안에 짐이 가지 못할 곳이 있겠느냐. 하물며 아비가 제 자식을 보러 오지 못할 이유가 있다면 말해 보거라."

왕의 목소리에 노기가 떠 있었다. 무용은 걸음이 떨어지질 않았다. 무용 또한 해길이 염려되는 건 마찬가지였다.

"아바마마께서 소자를 보고자 동궁에 행차하신 게 처음이시기에 여쭈었습니다."

비꼬려던 게 아니라 정말 몰랐다는 말이었다.

"감히 아비에게 계속 말을 낼 참이냐!"

왕은 한 번도 동궁에 이리 온 적이 없음을 깨닫고 저도 모르게 발끈해 소리쳤다.

"미시에도 정사를 본다 하여 독려를 하려 왔거늘."

왕은 스스로 이런 핑계를 댔지만, 사실 허전함을 느껴 해길에게 온 것이었다. 분재 논쟁과 중전의 폐비를 거쳐 왕을 아첨하던 이들이 우수수 떨어져 나갔다. 이젠 곁에 붙어 비위를 맞춰주는 이들이 없었다.

"성은이 망극하옵니다."

이 나무랄 데 없는 태도가 상대의 화를 오히려 더 돋우었다.

"그런데 짐이 괜한 걸음을 했구나. 계집이나 끼고 있었다니."

왕은 입술을 비틀며 이죽댔다. 처량한 마음을 들킨 기분이 들어 속이 뒤틀려 있었다.

"첩주라… 구태여 그런 걸 만들지 말고 후궁으로 들이지 그랬느냐. 하긴 빈도 없이 첩부터 거느리는 것은 괜한 말이 나올지 모르니."

궁녀는 아니었지만, 제 궁에 들였으니 다르다 할 것도 없었다. 이미 제 첩으로 여기고 있을 게 분명했다. 왕은 그리 생각하며 끄덕거렸다. 무용은 입술을 꾹 다물고 조롱하는 시선을 견뎠다.

"별개의 일입니다."

정인이기에 관직을 주었다는 식의 말은 무용과 해길 모두에게 모욕적인 말이었다.

"또한 소자는 첩을 둘 생각이 없습니다."

"그럼 어쩌려는 것이냐? 이번 일을 덮고자 네가 품은 여인을 버리려는 것이냐?"

밀회를 들킨 것은 세자의 체면을 상하게 하는 일이었다. 하지만 이 계집이 승은을 입어 왕가의 씨라도 품었다면, 그보다 더 큰 일이었다. 대체 무슨 생각으로 이러는지 알 수가 없었다.

"아내로 맞을 것입니다."

해길은 조금 전과 같이 분명하게 말해다. 모두 놀라 저도 모르게 고개를 번쩍 들었다. 그것은 무용도 마찬가지였다. 무용은 심장이 쿵덕거리는 걸 느꼈다. 비슷한 말을 몇 번 들은 것 같긴 한데, 왕의 앞에서 이렇게 말할 줄은 몰랐다.

"…무어라?"

놀라서 또 입을 떡 벌리고 있던 왕이 되물었다.

"제 반려이니, 세자빈이 되겠지요."

다시 들어도 믿기지 않았다. 세자가 믿을 수 없는 꼴을 보여주더니 이번에는 믿을 수 없는 말까지 했다.

"세자!"

쿨럭, 쿨럭, 마른 목에서 찢어지는 듯한 기침이 자꾸 터졌다,

"전하, 괜찮으십니까?"

"괜찮은지를 물어야 할 것은 짐이 아니라 세자가 아니냐! 정분난 계집 때문에 나라를 망칠 셈이냐! 어찌 나라의 중대사를 멋대로 결정한단 말이냐!"

"궐을 떠난 중 이뤄진 일이라 아바마마의 뜻을 여쭈지 못한 점은 송구하옵니다."

왕은 얼굴이 터질 것처럼 달아올랐으나, 해길은 새하얗고 차분한 얼굴이었다. 온도 차이가 극명한 부자의 대립을 보며, 다들 어찌할 줄을 모르고 서 있었다.

"하, 그래. 네놈이 아주 작정을 하였구나. 여봐라, 저 계집을 당장 하옥하라!"

왕의 명에도 불구하고 움직이는 이가 없었다. 다들 겁을 먹고 해길의 눈치만 보고 있었기 때문이다. 무용에 대한 말을 들은 해길의

428

눈초리가 차갑고 냉랭했다. 움직여야 할 내관들은 겁을 먹고 우물쭈물 눈치만 보았다.

"무엇들 하는 게냐! 저 주제를 모르는 계집을 잡아넣으란 말이다!"

그제야 내관들이 움직였지만, 겨우 한 발짝이었다. 해길이 나서서 무용의 앞을 막았기 때문이다. 감히 나서기는커녕 다들 몸을 움츠리고 고개를 조아리는 형편이었다.

"그런 일을 당해야 할 이유가 없습니다."

해길이 왕의 눈을 똑바로 보고 말했다. 무용을 건드린다면 임금이라도 참아줄 생각이 없었다. 적어도 겉으로는 늘 고개를 조아렸던 해길이 이리 나오자, 왕은 순간 저도 모르게 반 발짝 물러났다. 그러다 팍 얼굴을 구겼다. 중전과 세자의 줄다리기가 끝났다. 그러니 이제 세자에게 남은 건 용상뿐이었다. 그렇지만 그건 아직 자신의 자리였다.

석주는 대척한 둘을 보며 이마에 식은땀이 흐르는 걸 느꼈다. 변화를 위험으로 보는 왕과 파격을 필요로 보는 세자, 이들의 부딪힘은 예견된 것이었다. 다들 언젠가 부딪힘이 있을 것이라 생각했겠지만, 그게 이런 일로 갑자기 시작될 것이라고는 예상하지 못했을 것이다.

"네가, 네가! 네가 정녕 짐을, 나아가 왕조를 능멸하려 함이냐!"

왕은 머리끝까지 열이 뻗쳐 절로 숨이 거칠어졌다. 체통을 잃고 싶지는 않았으나, 왕이자 아버지인 자신조차 별것 아니라는 듯 굴자 피가 거꾸로 솟는 듯해 참을 수가 없었다.

"어찌 이것이 능멸이 된단 말입니까?"

"왕실의 중대사를 멋대로 결정하고도 네가 무얼 잘못한 줄 모른다는 말이냐? 왕실에서 반가의 규수를 택함은 좋은 가문에서 자란 좋은 사람을 들이기 위함이다!"

왕이 보기에 무용은 행주치마를 걸친 같잖은 계집일 뿐이었다. 왕은 무용을 대놓고 훑으며 삿대질까지 했다.

"세자빈? 소훈도 과분한 계집이다! 세자빈이란 아무나 가져다 놓는다고 되는 게 아니란 말이다!"

"반가의 여식은 아닐지 모르나, 그 자리에 부족할 게 없는 사람입니다."

해길이 무용을 보았다. 또렷한 눈빛도, 똑바른 목소리도, 무엇 하나 나무랄 데가 없었다.

"하, 나아가 중전이 될 자리다. 네 위세를 더해줄 가문을 고를 줄도 모르는 치인 게냐!"

왕은 아예 적나라한 말을 꺼냈다. 지금은 세도가를 들이려 할 대비도, 중전도 없었다. 그러니 온전히 제 아래에서 수족이 되어줄 가문을 들일 수 있었다. 더구나 세자에겐 그간 힘을 실어준 영상도 있으니 고민할 것도 없었다. 영상의 여식을 세자빈에 올려 중전이 되게 하면 다음은 탄탄대로였다. 똑똑하다 못해 똑 부러지기까지 한 세자가 이를 모를 리 없었다. 그런데 왜인지 우스운 이야기를 듣고 참는 듯한 얼굴을 하고 있었다.

"소자가 그런 위세를 등에 업지 않으면 정사를 펼치지 못할 치로 보이십니까?"

방자하다고 해야 했다. 그렇지만 말이 나오지 않았다. 지금의 정세를 보면 방자하다고 할 수가 없었다. 오히려 반대로 말해야 했다. 하지만 세자의 손짓대로 판이 주물러지고 있음을 입 밖에 내고 싶지 않았다.

"짐이 네가 어떤 사람이었는지를 잠시 잊었구나. 그래, 과연 이 일까지 네 마음대로 될지 두고 보자꾸나."

왕은 저도 모르게 허술한 웃음을 잇고 일단 몸을 돌렸다. 하지만 이 일에서 완전히 물러나는 것은 아니었다.

"이만 가겠다. 나머지는… 조정에서 해야겠으니."

무용은 다시 처소로 와 해길과 마루에 나란히 앉아 있었다.

"여기까지 다시 들고 와버렸네요. 이럴 줄 알았으면 나중에 드릴 걸 그랬습니다."

무용이 해길의 손에 들린 화병을 보며 말했다. 애써 웃는 얼굴을 해 보였다. 자신이 하필 그때 가서 일을 만든 건 아닌가 걱정이 들었다.

"아니, 딱 맞는 때였다."

해길은 고개를 젓고 화병을 들어 동심결을 매만졌다.

"이제 길일을 잡는 것만 남지 않았느냐?"

빙긋 미소가 떠올랐다. 무용이 자책할 필요가 없음은 물론이고, 전해준 선물이 기뻤다는 의미 또한 담겨 있었다.

"어휴, 제가 세자빈이 되는 겁니까? 감히… 언감생심, 그런 마음으로 궐에 왔던 건 아니었는데 말입니다."

무용은 너스레를 떨며 주변을 둘러보았다. 잠시 있을 곳이라 생각했는데, 어느새 이곳이 익숙해졌다. 이젠… 집이었다.

"네게 언젠가 아미산을 주고 싶다고 하지 않았느냐."

아미산을 주고 싶다고 한 건 중전이 되어주길 바란다는 뜻이었다.

"네가 아니라면 누가 내 곁을 채운다는 말이냐."

해길이 무용에게 똑바로 눈을 맞췄다.

"나는, 네 꽃이 아닌 게냐?"

곧은 시선인데도 울 것 같이 보이는 건 눈동자가 너무 빛나서일까. 조금 전까지 그리 강했던 사람이 한없이 여리게 보였다. 무용은 해길의 하얀 뺨을 조심스레 쓸었다.

"꽃이십니다."

해길의 붉은 입술에 고운 미소가 번졌다.

"그리고 너는 내 동산바치가 아니냐."

해길이 무용의 손을 얼굴로 가져와 살짝 고개를 기댔다.

"네가 아니면, 나는 살 수가 없다. 말라 죽고 말 것이다."

뺨에 닿아 있던 무용의 손바닥에 해길의 입술이 맞닿았다. 해길은 조심스레 입을 맞추고 손가락 하나하나를 매만지며 깍지를 끼었다. 두근두근, 뜨겁게 뛰는 심장 박동이 고스란히 전해졌다.

"이리 고운 꽃을 어찌 말리겠습니까."

무용은 손을 꽉 맞잡고 활짝 웃음을 지었다.

"세자빈이 되어야겠습니다. 저 또한 함께하지 않고는, 살 수 없으니까요."

무용은 해길에게, 해길은 무용에게. 오직 서로에게만 곁을 허락했다. 함께 있으면 가슴속에 끝없이 꽃망울이 피어오른다는 걸, 두 사람은 알았다. 서로를 한없이 강하게 만들어주는 신비한 마음이었다. 언제까지고 놓을 수 없는, 그런 마음이었다.

한 사내가 빠른 걸음으로 은우군의 집을 향해 가고 있었다. 꼭 그림자에 숨은 것처럼 어두운색의 도포를 입은 사내였다. 끼익, 조용히 문이 열리자 사내종이 익숙하게 그를 맞았다.

"오셨습니까."

민이었다. 차분한 색의 도포가 어울리지 않는 건 아니었지만, 평소의 화려한 옷차림이 아니어서 이상하게 느껴졌다. 민을 아는 사람이라면, 방금 은우군의 집에 들어간 이가 그라는 것을 믿기 힘들 정도의 놀라운 변신이었다.

은우군은 상석에 앉아 민을 맞았다.

"대감님을 뵙습니다."

민은 들어오자마자 문 쪽을 기웃대며 보았다.

"그런데, 밖에 있는 이는 그 마을에서 온 이입니까?"

은우군의 집에는 오늘두 구휼미를 얻으러 온 이들이 줄을 서 있었다.

"그래, 미련한 것들이지. 몇 마디 말에 놀아나는 꼴이라니."

원인 모를 전염병이 퍼졌다고 하지만, 실상은 독초가 곳곳에 퍼졌을 뿐이었다.

"저들에게 역병은 하늘의 뜻이 아닙니까."

"하늘의 뜻이라, 내가 곧 하늘이 될 테니 결국 하늘의 뜻이로구나."

은우군의 입술에 산뜻한 미소가 피어났다.

"그 약재가 드는 건 확실한 것이요? 정말 돌림병이 퍼진 거라면 어찌합니까. 여기까지 퍼지는 거 아닙니까?"

민은 정말 싫은 것처럼 눈 한쪽을 찌푸리고 고개를 흔들었다.

"역병을 옮길 쥐새끼를 내 집안에 들일 리가."

은우군이 혀를 찼다.

지저분한 꼴을 한 것들을 들이기도 싫었으나, 입소문이란 퍽 쓸 만했다. 왕조가 백성의 것이며, 그것이 하늘의 뜻이라 운운하는 이들에게는 안성맞춤인 재료였다.

"마을 유지들도 점점 겁을 먹기 시작했다. 그러니 너는 약재를 사는 데나 전념해라."

"그 일은 순조롭습니다. 조만간 조선 땅에 그 약재를 가진 사람은 저만 남게 될 겁니다."

민이 오른손 검지로 왼손바닥을 톡톡 두드리며 대답했다.

"곧 헐값으로 산 약초를 금값에 팔 수 있겠지요."

원래라면 산속 깊은 곳에서 사람을 다치게 할 일이 거의 없는 독초였다. 그에 꼭 필요한 약초도 산 깊은 데서나 조금 나는 것으로, 약으로 먹는 사람도 거의 없어 값도 별로 나가지 않았다. 그러나 지금의 '돌림병'에 특효약이란 게 알려지면 구하려는 사람들이 갑절에 갑절로 늘 게 분명했다. 약을 가진 게 민뿐이니, 사람들은 모두 민에게서 약을 구해야 함은 물론이고, 부르는 대로 값을 치러주어야 했다.

"내가 네게 조선의 부를 주겠다고 하지 않았느냐."

은우군은 말을 마치고 묘한 미소를 지었다.

"그리고 그 계집이었지? 네가 달라고 한 건."

민의 미간에 팍 힘이 들어갔다. 끌끌끌, 은우군은 재미있다는 듯 높은 소리로 웃었다.

"그 계집이 얼마나 대단하기에 형님과 아우가 모두 탐을 내는지 모르겠구나."

하는 수 없다는 듯 혀를 차는 민을 보니 더욱 가관이었다. 세자가 계집을 쓰는 방식이 독특하긴 했다. 관직에까지 올려놓은 게, 나라를 멋대로 주무를 것임을 대놓고 보여주는 듯했다. 그를 달라는 민이나, 그를 주지 않겠다는 형님이나 유난스러울 뿐이었다.

"뭐, 원래 주기 싫다는 건 더 갖고 싶은 것 아닙니까."

민이 어깨를 으쓱하며 말했다. 은우군도 이에는 고개를 끄덕였다.

"탐을 내는 걸 알더니 아주 옆에 끼워놓고 자랑을 못 해 안달이
났던데요."

아니꼽다는 말투였다.

"마음에 드는 걸 못 가져야 쓰나. 주지 않는다면, 빼앗아야지."

은우군의 입술에 스민 미소가 서늘했다.

"용상에, 제 계집까지 뺏긴 형님이라니. 정말 기대되지 않느냐?"

7장
꽃이 피기까지

계절은 여름을 향해가는 데도 조정은 한겨울처럼 얼어붙어 있었다. 콜록, 왕의 입에서 깊은 기침이 터져 나왔다.

"짐이 공들과 논하고 싶은 것이 있다."

왕은 눈에 힘을 줘 가느스름히 하고 해길을 내려다보았다.

"세자빈에 대한 것이다."

올 것이 왔구나, 신료들 사이에 긴장감이 감돌았다. 사실 폐비 세력이 왕의 눈과 귀를 닫지만 않았어도 진작 이뤄졌을 일이었다. 신료들이 일제히 고개를 숙였다.

"나라에 기쁨이 될 것이옵니다. 성은이 망극하옵니다."

성은이 망극하옵니다, 신료들이 입을 모아 복창했다. 하지만 속으로는 세자빈 간택이 자신에게 가져올 여파에 대해 생각하느라 바빴다.

"올해는 이미 지났으니 내년에 거행될 수 있도록 논의함이 어떠신지요?"

세자빈 간택은 한 해의 시작과 함께 금혼령을 내리며 진행됐다. 그러니 내년을 노리자는 건 절차에 합당한 말이었다. 하지만 그 속에는 세자에 대한 견제가 있었다. 판세를 장악한 세자가 이대로 빈까지 들이면 자리가 굳건해지니, 일을 좀 미뤄보겠다는 심보였다.

"내년이라…."

왕 또한 이런 속내를 알아채고 중얼거렸다. 그때, 해길이 입을 열었다.

"그럴 필요 없네."

단호한 목소리였다. 그래도 여기까지는 아직 여느 때와 다르지 않은 회의였다. 하지만 왕이 표정을 일그러뜨리며 입술을 비틀었다.

"세자는 간택이 필요 없다고 하더군, 이미 제 짝을 구했다고."

웅성웅성, 신료들이 의견을 흘끔거렸다. 영상의 여식이 분명합니다, 조용한 속닥거림이었지만, 분명히 들리는 소리였다. 왕은 조소를 띤 채 판이 돌아가는 걸 지켜봤다. 이 소란을 깨뜨린 건 해길이었다.

"장원서의 점주가 된 자다."

동요한 신료들이 물 끓듯 술렁거렸다. 모두 서로 옆에 있는 이에게 지금 들은 말이 진실인지 아닌지를 확인하고 있었다. 예상된 소란이었다. 왕은 기가 차서 픽, 웃고 말았다. 스스로 상대를 밝힐 줄이야.

세자빈이란 여러 잇속 다툼 속에서 이기는 쪽이 차지하는 자리였다. 모두 자신의 몫을 가지려 혈안인 이런 판에서 제멋대로 나가기란 쉽지 않았다. 뜻을 꺾게 될 세자를 생각하니 입가에 미소가 스미는 게 느껴졌다. 오만해 보일 정도로 늘 도도한 얼굴이 엉망이 될지도 몰랐다. 하지만 세자는 여태 담담한 얼굴 그대로였다. 맞게 본 것인가 싶어 저절로 눈에 힘이 들어갔다.

"그자는 일개 상민이 아닙니까!"

정신을 차린 관료 하나가 마침내 입을 열었다.

"전하, 조선왕실의 역사에 이런 일은 없었습니다! 명을 거둬주십시오!"

"이것이 짐의 명인 듯싶은가?"

왕이 싸늘한 눈초리로 해길을 쳐다보았다.

"이건 세자의 독단일세! 세자, 말해보라. 왕실을 모욕하려 함이냐!"

"이것이 어찌 왕실에 대한 모욕이란 말입니까, 이미 정한 반려가 있으니 번거로운 절차를 제하자는 것뿐입니다."

해길이 차분히 대답했다.

"겨우 여염집의 여인을 얻기 위해 지엄한 국법을 바꾸시려 함이십니까!"

"애초에 그 여인에게 직책을 준 것도 이를 위함이셨던 것은 아니십니까?"

왕과 같은 물음이었다. 해길은 이 지겨운 물음에 답을 내어줬다.

"자네는 호조의 사람이면서 올라온 보고를 읽지 않은 것인가? 그게 쓸모없어 보였다면 자네가 정사를 어찌 돌보는지 다시 확인해야겠군."

올라온 보고는 새로 추진하는 정책에 알맞았다. 게다가 곁에 공영까지 붙어 확인하니 내용뿐만 아니라 형식도 무엇 하나 나무랄 데가 없었다. 호조의 관리는 민망해져 고개를 숙였다. 이를 본 왕이 얼굴을 구겼다. 세자에게 밀리기만 하다니, 쓸모없는 놈들 같으니라고.

"우상, 우상은 이 사태를 어찌 생각하는가?"

왕은 말을 의견에게 돌렸다. 의견은 세자의 가장 큰 세력이었다.

그리고 마침 딱 세자빈이 될 만한 나이의 딸이 있었다. 신료들 대다수는 영상의 여식이 세자빈이 될 것이라고 믿어 의심치 않았다. 해길과 의건이 가족의 연을 맺는 건 지금까지 함께한 세력을 다음 정권으로 끌고 가겠다는 상징과도 같았다. 그런데 다른 이를 들이겠다니. 그것도 영상의 여식에게 대볼 것도 없는 한미한 계집이었다. 이건 신료들이 그동안 믿어온 것과는 완전히 다른 이야기였다.

신료들은 일이 심상치 않게 굴러가는 걸 직감하고 낌새를 살폈다. 일단 의건이 입을 열기를 기다리는 왕의 눈초리부터가 기묘했다. 세자의 발언은 자신들의 기대뿐만 아니라 왕의 기대에도 전혀 부합하지 않는 듯했다.

"전통을 지키는 건 중요한 것이나, 또 전통이란 만들어 가는 것이기도 합니다. 송구하오나 소신의 짧은 식견으로는 당장 뜻을 낼 수 없을 듯합니다. 부디 성심으로 굽어살피시어 이해해주시길 바라옵니다."

답을 미루겠다는 뜻이었다. 쯧, 왕은 혀를 찼다. 의건은 신중한 사람이니 함부로 말을 내지 않을 게 분명했다. 그러니 미리 사람을 보내 대비해서 오도록 해야 했다는 후회가 밀려왔다.

"전하, 세자빈은 대대로 반가의 어엿한 규수를 들임이 법도였습니다."

이때, 예조판서가 치고 들어왔다. 예판은 법도에 대해 말했으나, 안에 든 속셈은 법도만 가지고 다 잴 수가 없었다. 몇 대에 걸쳐 정세를 주물러오던 석철이 빠져 구세력의 기세가 한풀 꺾인 상황이었다. 하지만 이 위태로움을 기회로 삼으려는 사람도 있었다. 예판은 그에 딱 맞는 사람이었다. 석철이 권세를 쥐고 있던 동안 기를 펴지 못했으나, 품어온 욕심이라면 석철에 못지않았다. 석철을 잃고 붙을 곳을 찾던 자들은 예판을 위시로 모일 준비를 했다.

"금혼령과 봉단령[5]을 내려 적합한 여인을 궐에 들임이 마땅합니다."

지금의 파장을 보니 세자의 선언은 영상과 논의하지 않은 듯했다. 이런 상황에 둘 사이가 벌어지지 않는다면 그게 이상한 일이었다. 이 기회를 잡아 예판의 여식이 세자빈이 된다면, 석철이 가졌던 자리를 예판이 차지할 수도 있었다.

"그렇습니다! 대비마마도, 중전마마도 계시지 않다고는 하나, 어찌 이리 근본 없는 간택을 한단 말입니까!"

예판의 지지자들은 목소리를 높이며 분위기를 끌어 올렸다. 이를 듣고 있던 연훈이 툭 말을 뱉었다.

"근본이 충실하다 못해 뿌리째 파고 들어갈 뻔했던 것을 다들 잊으셨나 봅니다."

신료들은 물론 왕까지 얼굴이 굳었다.

"궐에 그 사달이 난 지 얼마나 지났다고."

연훈은 그들을 쭉 훑고도 제 할 말을 계속했다.

"봉단령이라… 그를 준비하느라 빚을 내는 집안도 있다는 걸 모른다고 하시진 않겠지요? 간택은 막대한 나랏돈이 쓰입니다. 국사를 돌봐야 할 시간을 빼앗김도 더 말할 게 없지요. 겨우 세자저하 한 사람의 혼례를 위해 그런 낭비를 하는 건 아까운 일입니다."

쾅! 왕이 천연덕스러운 연훈의 얼굴을 보며 팔걸이를 내려쳤다. 하지만 해길의 얼굴에는 옅은 웃음기만 엿보였다. 흥미롭다는 듯했다.

"국혼이다! 그것이 어찌 겨우 세자 한 사람의 혼례라고 하는 것이냐!"

"세자저하 또한 한 사람의 처를 맞는 사내가 아닙니까. 왕조가 세워졌을 때만 해도 이런 번잡스러운 간택 절차는 없었습니다. 전하,

---

5. 세자빈에 적합한 여식을 가진 집안에서 직접 처녀단자를 준비해 왕실에 내게 한 명령

이 기회에 국혼을 중매혼으로 되돌리시지요."

연훈이 물러서지 않고 말했다. 왕은 이를 악물었다. 이런 자였지. 연훈은 세자고 왕조고 뭐고 중요하게 생각하는 사람이 아니었다. 왕실을 그저 나라를 굴리는 도구라고만 생각하는 사람이었다.

"나 또한 가례를 간소화했으면 하네. 말한 대로, 궐에 난리가 난 지 얼마 되지 않았으니."

해길이 순순히 답하자 왕의 얼굴이 점점 굳어갔다.

"그자는 세자저하의 목숨을 살렸음은 물론이고 이번 난리에서도 진실을 밝히는 데 일조하지 않았습니까?"

이번 말은 연훈도 아니었다. 최근 연훈을 따르기 시작한 이들 중 하나였다.

"정책을 거들기까지 하니, 공훈을 따지면 사족의 여식보다 낫습니다."

연훈을 따르는 이들은 합리적인 답이라면 파격적인 것이라도 주저하지 않고 밀어붙였다. 이들과 연훈이 하는 말은 족족 타당한 말이었지만, 전부 왕의 신경을 거스르는 내용이었다.

"간택 절차는 왕실의 존엄을 보여주기 위해 확립된 것입니다."

왕의 눈치를 살피던 예판 쪽의 사람이 얼른 끼어들었다. 세자를 견제하려면 왕을 자신들의 편으로 만들어야만 했다.

"또한, 그러한 왕실에는 마땅히 격이 맞는 사족의 여식이 들어가야 하지요."

왕실과 혼인으로 연을 맺으면 다음 세대까지 세력을 얻을 수 있었다. 세자가 그 기회를 없애도록 그냥 둘 수 없었다.

"우상의 말처럼 단순한 혼례가 아니란 말입니다."

"그건 어떠한 뜻인가?"

해길이 되물었다.

"왕실의 위계를 세우시란 말입니다."

예판은 일부러 눈을 부릅뜨고 목소리를 키워 답했다. 어린 세자에게 겁먹을 것 없었다. 세자보다 수십을 더 살았고, 정치판에서도 한참이나 더 굴렀다. 하지만 그의 그런 생각도 해길이 픽, 웃자 금방 깨져버렸다.

"왕실의 위계가 세자인 내게 있지, 어찌 다른 가문에서 나온단 말인가?"

도도하기 그지없으면서도 목에 칼을 들이대는 살벌한 말이었다. 예판의 이마에 식은땀이 흘렀다. 달래야 할 왕의 심기를 건드리고 말았다는 걸 알아챘기 때문이다. 조금 전 예판이 한 말은 왕실의 위엄을 차지하려는 속내를 드러낸 것과 다름없었다.

"나는 아바마마께 적통의 왕권을 받을 이 나라의 세자다."

왕은 속이 부글부글 끓었다. 타고난 신분이 있는 데다가 자존심까지 센 사람이니 예판의 말에 발끈할 만했다. 하지만 지금은 예판이 왕실을 넘보려 했다는 것보다 세자에게 말려들었다는 게 더 화가 났다. 판을 벌여줬건만, 제 밥그릇도 못 챙기는 멍청이였나.

"그렇지 않습니까, 아바마마?"

아니라는 답을 낼 수가 없는 물음이었다. 왕권의 존엄함이 세자에게 있지 않다면 나아가 자신에게도 존엄함이 없다는 의미가 됐다.

"…이 나라의 존엄은 왕인 내게 있다. 이를 넘보는 것이냐?"

털썩, 예판은 당장 자리에 무릎을 꿇고 머리를 조아렸다. 까닥 잘못하면 석철 꼴이 날지도 몰랐다.

"전하, 소신은 추호도 그런 불경한 마음을 품은 적이 없습니다."

442

"…됐다."

평소 같으면 엄벌을 내렸겠지만, 지금은 세자가 아니꼬워 그럴 마음도 들질 않았다.

"아바마마, 이만 끝낼 시간이 되지 않았습니까?"

침착한 물음이 어째서 이죽대는 것으로 느껴질까. 세자는 그저 뜻하는 대로 흘러가고 있다는 듯 미소 짓고 있었다.

"…장원서의 점주인 한가의 여식을 세자빈으로 내정한다."

속에서 열불이 끓어올라 말이 잘 나오지 않았다.

"단, 지금은 궐이 소란스러운 중이니 정리가 좀 된 후 나머지 절차를 논하지."

일을 조금 미루는 것 정도가 자신이 할 수 있는 최대한의 저항이었다. 왕은 얼굴이 일그러지려는 걸 억누르고 최대한 위엄 있는 표정을 유지하기 위해 애썼다. 제 아들보다 여유가 없어 보인다는 게 그에게 자괴감을 느끼도록 했다. 왕과 세자, 그들은 한 핏줄임에도 불구하고 현재와 미래의 권력을 나눈 경쟁자였다.

"성은이 망극하옵니다."

아아, 네가 기어코 나를 넘어선 거로구나. 왕은 실감했다. 울려 퍼지는 소리의 주인이 자신이 아닌 세자라는 것을.

"후…."

연훈은 한숨을 길게 늘이며 방문을 열었다.

"아이고야."

방안에는 민이 누워 있었다. 자다 깬 모양새였다.

"너는 어찌 주인인 나보다 먼저 집에 와 있는 거냐? 네가 왔다는 소린 못 들었는데."

"하암, 내가 언제 문으로 들어오는 거 봤나?"

연훈은 어쩔 수 없다는 듯 혀를 차며 안으로 들어왔다.

"그런데 무슨 한숨을 그리 쉬면서 들어오시오?"

"아아, 저하께서 아주 기상천외한 말을 또 해서 말이다. 세자빈으로 그 동산바치, 아니, 점주란 이를 올리신다더구나."

민의 입가가 꿈틀거렸다. 하지만 연훈은 관복을 갈아입기 바빠 이를 보지 못했다. 생각에 빠져 신경 쓸 정신도 없었다.

"파란이 일겠구나. 가질 줄 알았던 걸 놓친 쪽이나, 가질 수 있을지도 모를 틈을 찾은 쪽이나 가만히 있지 않을 테니."

탕! 바닥을 내려치는 소리와 함께 분개의 목소리가 터졌다.

"이럴 순 없습니다!"

의건의 집이었다. 공영 또한 이곳에 있었다. 세자와 뜻을 함께해온 이들이 거의 다 모인 판이었다.

"어찌 대감의 여식을 두고 그런 상민 계집을 올린단 말입니까?"

이들 대부분은 의건의 여식이 세자빈이 될 것이라 확신해왔다.

"이것은 토사구팽이 아닙니까?"

"중전을 폐비시켰으니 이제 세자저하께선 이제 거칠 것이 없으시지요."

"또 하나의 외척이 되기 전에 버리시려는 겁니다! 외척이 생길 리 없는 이로…"

"공훈도 있으니 꽤 훌륭한 명목이겠지요, 헌 사람들을 치우기에."

오가는 말은 점점 더 날카로워져 갔다. 그렇게 공기가 팽팽해진 순간, 갑자기 침묵이 감돌았다. 눈치를 보던 이들이 눈빛을 주고받았다. 이제 이어질 말을 해도 될 말과 아닌 말의 경계에 있는 것이었다.

"…더 일이 커지기 전에 그 계집을 치우는 게 낫지 않겠습니까?"

"겨우 상민 계집 하나입니다. 그를 못 치울 게 뭐가 있겠습니까."

무용을 없애겠다, 그 말이 나온 건 예판의 집도 마찬가지였다.

"이번이 기회입니다. 이 기회를 잡으면, 김석철이 누리던 위세가 우리의 것이 될 겁니다."

꿀꺽, 예판은 군침이 돈다는 듯 침을 삼켰다.

해길의 선언 이후 수일, 이제 궐 안에 무용이 세자빈으로 내정됐다는 소식을 모르는 사람은 없었다. 전대미문의 간택에 장원서까지 묘한 기류가 흘렀다. 무용을 두고 세자를 꾀어 자리까지 받은 요물이라 쑥덕거리는 자들이 한둘이 아니었다. 하지만 무용은 아랑곳 하지 않았다. 평소처럼 장원서를 오가며 제 할 일을 할 뿐이었다. 숨을 이유가 없는 떳떳한 몸이니 앞에 나서지 못할 이유도 없거니와, 맡은 바를 다하는 게 이러한 소문을 부정하는 일이라 생각했기 때문이다.

"점주님, 그럼 잘 부탁하오."

화석이 장원서 앞에서 무용을 배웅했다.

무용은 구할 게 있어 시전에 가는 중이었다.

"예, 화개동에서 뵈어요."

무용의 걸음이 씩씩했다.

그렇게 얼마를 갔을까, 골목 앞에 선 사내가 무용을 불렀다.

"저기, 말씀 좀 물읍시다."

"예?"

무용이 걸음을 멈췄다.

"지나는 사람이 없어 내내 못 물어봤는데…."

사내는 왜인지 옆으로 한 걸음, 한 걸음, 걸음을 옮기며 말을 끌었다. 영 수상했다.

"여기에서 어디로 어떻게 가는 건지 길을 몰라 그러오."

무용이 사내를 피하려 몸을 뒤로 뺐다. 그러자 사내가 무용의 손목을 거칠게 잡아채고는 입을 틀어막았다.

"읍, 으읍!"

그는 빠른 걸음으로 무용을 끌고 갔다. 하지만 무용은 이런 놈들한테 이골이 난 처지였다. 턱을 우악스레 죄여오는 사내의 팔을 있는 힘껏 깨물었다.

"악! 이년이!"

"살려주세요! 살려주세요!"

어딘가에 도움을 줄 사람이 있을지도 몰랐다. 게다가 그런 사람이 오기를 기다리고만 있을 것도 아니었다. 무용은 그대로 가장 넓어 보이는 길을 향해 달렸다. 대로로 도망을 간다면 벗어날 방도를 찾을 수도 있었다.

"여기 있었구나!"

하지만 그건 쉽지 않은 일이었다. 무용을 쫓는 이들이 여기저기에서 모습을 드러냈기 때문이다. 그들을 피하려면 길이 복잡한 골목 안을 향할 수밖에 없었다.

"하아, 하아…."

무용은 턱 끝까지 차오른 숨을 간신히 넘기며 주변을 살폈다. 뚫린 골목 하나를 발견하고 안심하려는 찰나, 어디선가 말발굽소리가 들렸다. 곧 골목에 웬 수레 하나가 멈췄다.

"어?"

무용은 갑자기 멈출 수 있는 속도도 아니었고 그럴 수 있는 상황도 아니었다. 옆, 옆으로라도 가야겠다, 무용은 그리 생각하며 몸을 돌리려 했다. 하지만 그 순간, 갑자기 두꺼운 손 하나가 무용의 어깨를 거세게 밀어버렸다. 무용은 그대로 수레 안의 우리에 던져지듯 갇히게 되었다. 덜커덩, 수레 전체가 흔들거렸다.

"으으…."

무용은 정신이 없는 외중에 달칵, 누군가 자물쇠를 잠근 걸 알아챘다. 급히 창살에 매달렸지만, 자물쇠를 잠근 이는 이미 저만치 사라진 뒤였다. 게다가 이젠 그 사람을 확인할 정신도 없었다. 히이이힝, 말이 달리기 시작했기 때문이다.

"살려주세요! 아니, 불이야! 불이야!"

무용은 창살을 흔들며 소리쳤다. 이렇게 해야 사람이 더 많이 나와 볼 것이라고 생각했다. 주변에 깔린 게 자객밖에 없으니 소용없을지도 몰랐지만, 뭐라도 해야 했다.

"불은 무슨. 말이 발에 불이 나게 달리고 있긴 한데!"

"어? 대감!"

말을 모는 이는 바로 민이었다.

"잡아라!"

곳곳에서 나타난 자객들이 무용과 민을 쫓았다.

"다, 달리십시오!"

"그리하고 있다!"

다그닥 다그닥, 말은 빠르게 달렸다. 무용은 긴장을 늦추지 않고 자객들이 따라오던 쪽을 살폈다. 수레는 계속해서 골목 깊은 곳을 향해 달렸다. 더 이상 자객들의 소리가 들리지 않았다. 하지만 민은 어째선지 오히려 말을 더 몰아붙였다.

"이랴!"

어둠에 숨어 달리는 민의 얼굴에 야릇한 그늘이 드리워져 있었다.

뒤를 살피던 무용은 자객들의 모습과 소리가 전부 사라진 걸 확인하고서야 몸을 돌렸다. 말을 몰고 있는 민이 보였다. 그는 평소처럼 질 좋은 옷을 입고 있었다. 하지만 화려한 옷이 아니라 무늬가 없는 검푸른 천으로 만든 것이었다. 게다가 삼각복면으로 얼굴을 반이나 가리고 있어서 쉽게 알아볼 수가 없었다.

"대감이신지 몰라뵐 뻔했습니다."

민은 복면을 당겼지만, 오히려 끈이 당겨져 매듭이 지고 말았다. 그래서 하는 수 없이 복면을 대충 아래로 내렸다.

"아니, 이런 것으로 가려질 미모가 아닌데."

민은 능글맞게 말하고 얼른 다시 앞을 보았다. 또각또각, 왜인지 말의 걸음이 느려졌다. 무용은 민의 얼굴이 뭔가 이상하게 느껴졌다. 늘 시원하게 웃는 사람이었는데, 지금은 억지로 힘을 주어 웃는 것 같았다.

"거긴 어찌 계셨던 겁니까?"

무용이 일부러 아무렇지 않게 물었다.

"저하께서 너를 부탁하셨다."

그럴싸한 답이었다.

"아, 그렇군요. 그런데 어디로 가는 겁니까?"

주변에 오가는 사람이 하나도 없었다. 꽤 후미진 곳인지 그리 늦은 시간이 아니었는데도 거리가 어두웠다. 영 느낌이 좋지 않았다.

"이랴!"

민은 대답 대신 다시 말을 재촉했다. 수레가 흔들렸다.

"아이코!"

무용은 일단 자리에 앉았다.

"대감, 어디로 가는…."

무용은 말을 하다 말고 질끈 눈을 감았다. 갑자기 주변이 밝아진 탓이었다.

"어?"

무용은 눈을 비비고 주변을 둘러보았다. 휙휙 지나가는 풍경이 언제 본 적이 있는 것도 같았다. 곰곰이 생각해보니 현혜의 집 근처였다. 하지만 말은 더 가지 않고 멈췄다.

"내 집이다."

곧 문이 열리고, 넓은 마당이 들어왔다. 가꾸지 않은 건지 풀이 제멋대로 자라 있었지만, 그래도 지저분하게 보이진 않았다. 한쪽에 자리한 히어리가 노란 꽃을 함빡 달고 있는 덕분일지도 몰랐다. 그 곁에 하나, 둘 피기 시작한 애기똥풀도 제법 어울렸다. 민은 말을 천천히 몰아 집 안으로 들어갔다.

"어떠냐?"

이런 식으로 집을 보여주게 될 줄은 몰랐지만, 무용이 자신의 집에 온 게 퍽 마음에 들었다.

"지저분하다 핀잔하려거든 지금 하거라. 내가 보기에는 괜히 풀을 뽑고 그러지 않아도 보기 괜찮은 거 같은데….”

민이 쑥스러운 듯 덧붙였다.

“풀냄새가 이리 좋은걸요. 히어리도 곱습니다.”

무용의 대답에 민이 밝게 웃었다. 그러다가 흠칫거리며 입가를 쓸었다.

“이만 문을 좀 열어주시지 않겠습니까?”

또각, 말발굽 소리가 멈추고 민이 몸을 돌렸다. 무용이 창살을 붙잡고 자신을 똑바로 쳐다보고 있었다. 이리 둔다면 영영 떠나지 못하겠지.

“대감?”

멍하니 무용을 보던 민은 고개를 털며 말에서 내려와 문을 열었다. 무용은 우리 밖으로 나오다가 창살에 어깨를 부딪치고 말았다.

“아야야….”

어깨가 아팠다. 조금 전에 세게 밀쳐진 탓에 멍이 든 듯했다.

“왜 그러느냐?”

민은 무용에게 얼굴을 바짝 들이댔다가 답을 듣지도 않고 급히 몸을 뒤로 물렀다.

“괜찮습니다.”

그렇게 말하던 무용이 민의 얼굴을 빤히 보았다. 여느 때라면 얼굴을 들이밀고 한참을 보았을 것 같은데, 왜 이러는 걸까. 뭔가가 이상하긴 한데, 왜 이상한지 알 수 없었다.

“뭘 그리 보느냐? 하긴 이리 잘생긴 사람을 보기란 쉽지 않으니….”

민이 농을 쳤다. 하지만 무용은 맞다 아니다 답은 않고 눈썹을 살짝 낮췄다. 그가 이렇게 어색하게 느껴지는 이유가 뭔지 알 수가 없었다. 무슨 생각을 하는지 다 드러내던 사람이 전혀 읽히질 않으니 꺼림칙했다.

"그래, 그래… 저하보다야 못하겠지."

여전히 농담을 하는 말투였으나 얼굴에는 착잡함이 떠올라 있었다. 하지만 무용은 이를 알아챌 수 없었다. 저하라는 말에 바로 해길이 떠올랐기 때문이다.

"예쁜 것에 더하고 못한 게 어디 있습니까?"

무용은 툭 말을 뱉고 괜스레 고개를 이리저리 돌렸다.

"저기 히어리도, 아래 애기똥풀도, 뿌리뱅이도 제각기 예쁘지 않습니까. 다만, 저는 제 마음에 드는 게 있으니 그게 제일 예뻐 보이는 것뿐입니다."

발그레한 뺨을 한 무용은 꽃들 사이에 가서 서도 돋보일 만큼 고왔다. 민은 하는 수 없다는 듯 픽, 웃었다. 자신의 마음은 세자저하에게 있으니 그가 고와 보인다는 말이었다. 잔인한 소리를 참 예쁘게도 하는구나. 자신은 조금도 신경 쓰지 않는 걸 보고 있자니, 속이 쓰렸다.

"아, 장원께서 저를 기다리시겠습니다."

무용이 말을 돌렸다.

"이리 구해주셔서 감사합니다. 그런데 여기서 화개동까지 얼마나 걸리는지 여쭈어도 되겠습니까?"

"진정으로 하는 말이냐? 아니, 너는 겁이 없는 거냐, 정신이 없는 거냐?"

오히려 민이 놀라 문 쪽을 살폈다. 조금 전에 자객에게 당할 뻔했는데 일을 하러 가겠다니 믿을 수가 없었다.

"밖이 어떨지 모르니 여기 있어라."

민은 무용의 답을 기다리지 않고 부리는 이들을 불렀다.

"편히 쉬도록 모셔라."

무용은 꾸벅 고개를 숙이는 이들에게 괜찮다는 뜻으로 손사래를 쳤지만, 민은 그런 무용을 보고도 제 할 말만 냈다.

"그럼 나는 잠시 바깥에 다녀올 테니, 넌 그동안 낮잠이라도 한숨 자며 쉬거라."

"예? 예, 다녀오십시오."

무용은 일단 생긋 미소를 지었다. 민의 얼굴에 또 저절로 웃음이 번졌다. 평범한 인사인데, 왠지 설렜다. 다녀온 뒤에도 무용을 볼 수 있을 것이란 생각이 드니 더 그랬다.

"다녀오마."

끼익, 문이 닫혔다 문을 나선 민이 배웅을 나온 사내종을 불렀다. 그리고는 바로 앞에 있는 사람만 들을 수 있을 정도로 목소리를 낮춰 속삭였다.

"내가 돌아올 때까지 이 문을 열지 말거라. 이 안에서 나갈 수 없도록."

방에는 낮잠을 잘 수 있도록 침구가 준비돼 있었다.

"어휴, 이리 챙겨주셔서 감사합니다."

무용이 서글서글하게 말했다.

"그럼 필요하실 때 불러주세요."

잠자리를 꾸려준 사람이 물러가고, 무용은 잘 생각은 않고 귀를 쫑긋 세우고 있었다. 그리고 주변이 잠잠해지자 살금살금 몸을 일으켰다. 달각, 뒷문을 연 무용은 작은 소리에도 마른 침을 삼켰다. 혹시 누군가 오는 건가 싶었지만, 누구도 오지 않았다. 하지만 문 쪽에서 계속 서성거리는 걸음 소리가 들렸다. 무용은 그대로 제일 가까운 담으로 달렸다.

담장 앞에 멈춘 무용은 조용히 심호흡을 한 뒤에 누가 있는지를 확인했다. 아무도 없었다. 기회였다. 힘차게 담으로 뛰어올랐다. 한 번에 넘어가진 못했지만, 어찌어찌 몸을 끌어 올리니 담 위에 가까스로 담 위에 앉을 수는 있었다.

"뭘 하는 게냐?"

"…어?"

담장 아래로 해길이 보였다. 위에서 내려다보는 게 오랜만이라 색다른 기분이 들 법도 했다만, 그럴 때가 아니었다. 손이 미끄러져 아래로 떨어지고 있었다.

"으엇!"

해길이 무용을 얼른 붙잡았다. 휴우, 둘이 동시에 안도의 한숨을 내쉬었다. 무용은 조심조심 움직여 다시 담 위에 앉았다. 그러자 해길이 팔을 벌렸다.

"또 뭘 하려고 했냐고 물을 참이냐?"

눈썹을 찡긋거리는 걸 보며 무용이 웃음을 터뜨렸다. 지난번에 말에서 내려주려던 걸 모른 척했던 게 떠올랐기 때문이다. 무용은 그대로 해길의 품 안으로 뛰어들었다. 둘은 그렇게 서로를 부둥켜안고 잠시 눈을 감았다.

"이게 며칠 만입니까."

"그래, 오랜만이구나. 건강한 듯해 다행이야."

해길이 무용의 어깨를, 허리를 감싸 당기며 말했다. 이상하게 무용이 없으면 시간이 너무 길었다. 며칠이 아니라 한 계절이 지나는 내내 못 본 것 같은 기분이었다.

"치이, 놀리시려는 겁니까?"

빈정거리는 듯한 말에 무용은 샐쭉한 척 몸을 떼고 볼을 부풀렸다. 해길이 조심스러운 손길로 그 얼굴을 감쌌다.

"아니, 이상해서 보는 게다. 너는 왜 볼 때마다 더 고운 게냐?"

"놀리시려는 거네요."

무용은 막무가내로 해길의 품에 얼굴을 묻으며 다시 꽉 안았다. 빨개진 얼굴을 숨기려는 것도 있고, 그냥 안고 싶은 것도 있었다. 가슴이 간지러워지는 데도 이런 장난이 싫지가 않았다. 네가 점점 더 좋아진다고 하는 말로 들렸기 때문이다.

"그런데 어쩌다 담을 넘고 있던 게냐?"

"어, 그게… 화개동에도 가봐야겠다 싶고…."

"화개동에는 사람을 보냈다고 전하라 했는데."

무용이 맡은 일을 떠올릴 걸 모를 해길이 아니었다. 해길은 민에게 이 사실을 전하라고 했지만, 민은 별생각 없이 넘기고 말았다.

"사실, 대감께서 좀 이상하셔서요."

"혹 민이 네게 무슨 짓을 한 게냐?"

해길이 급히 무용의 어깨를 부여잡자, 무용은 얼떨떨하게 입을 열었다.

"그런 건 아닌데… 뭔가 전이랑 다르셨습니다. 저를 잡아두려는 것 같기도 하고, 일단 갑자기 이런 일이 됐나 싶기도 하고…. 저하가 오신 걸 보니 제가 괜한 의심을 한 것 같긴 하지만요."

무용이 머쓱한 눈치로 말했다.

"잘했다."

해길은 다시 무용을 끌어안았다. 조심해주는 게 고마웠다. 무용을 없애면 내정자가 사라지니, 새로운 사람을 뽑을 수밖에 없었다. 예판은 이를 노리고 무용에게 자객을 보냈다.

"민이라면 네가 위험할 일을 하진 않겠지만, 너무 믿지도 말거라."

해길은 예판을 상대하기 위해 민을 끌어들였다. 무용은 보면 볼수록 고우니, 민이 무용을 더 좋아하게 될 수도 있다는 생각은 들었다. 그건 별로 내키지 않았지만, 민이라면 절대 무용을 다치게 하지 않을 건 알고 있었다. 그러니 가장 안전한 선택임은 분명했다.

"미안하구나, 내가 당장 갔어야 했는데…."

무용은 해길에게 고개를 흔들어 보였다.

"여기서 만났으니 됐습니다. 이대로 궐까지 가야 보는 건가 했거든요."

"궐까지 오려 했느냐?"

"담을 이리 잘 넘는데 제가 못 갈 데가 어디 있겠습니까?"

무용은 새침한 얼굴로 말해놓고 돌연 해길에게 몸을 바짝 붙였다.

"어디에 계셔도 찾으러 갈 테니, 저는 이제 도망도 못 치십니다. 제게 콱, 잡히셨습니다."

무용이 손을 붙잡자, 해길은 힘을 줘 손을 맞잡았다.

"도망은 무슨. 나도 콱, 잡을 건데."

해길은 무용의 말투를 따라 하고 빙긋, 미소를 지었다. 배시시, 무용의 얼굴에 웃음이 퍼졌다.

"그럼, 이젠 영영 떨어질 수가 없겠네요."

무용과 해길은 꽉 붙잡은 손을 흔들며 나란히 앞을 향해 걸었다.

"소문이 흉흉해서 왔던 건데, 좋은 이를 만났구먼."

술 한 잔을 쫙 들이켠 한화백이 쾌활하게 웃었다.

역모니, 뭐니 일이 났다고 들었다. 그런데 무용이가 궐에 있지 않은가. 혹 무슨 일이 있을까 불안해서 올라온 길이었다.

"막상 왔더니, 다 정리됐다고 하고, 이번에는 가례에 대한 말이 돌던데. 가례라면 뭐, 경사니, 상관없겠지."

이제 막 도착한 참이라 자세한 소문은 듣지 못했다만, 왕실의 가례라면 자신과는 별 상관없는 일이었다. 마음을 좀 놓고 밥이라도 먹으려 했다. 그러다가 옆에 있던 이가 자신을 알아보고 그림을 보여 달라 하여 자리를 합친 게, 어느새 거나한 술자리가 되어 있었다. 오랜만에 마음에 맞는 이를 만나서 그런지 술이 아주 술술 넘어갔다.

"자네는 약초를 사서 오는 길이라 했지?"

함께 술을 마시는 사람은 민이었다. 그는 보고 있던 화첩을 내려두고 생글거리며 시선을 맞췄다. 그리고 한화백의 술잔을 채웠다.

"예, 조금 전에 마지막 물건을 구했습니다."

민은 화첩을 다시 들여다보며 감탄사를 뱉었다.

"그런데 이 새랑 꽃은 그림이 아니라 진짜 같습니다. 아니, 새야 짐승이니 그렇다 칩시다. 어떻게 꽃이 살아 움직이는 것처럼 느껴지는 겁니까? 무슨 속임수라도 있는 건 아닙니까?"

해괴한 술수를 쓰지 않고서야 이 정도로 그림을 그릴 순 없다는 말이었다. 이렇게 칭찬을 하니 한화백은 기분이 좋아질 수밖에 없었다.

"꽃이고 새고 다 살아있지 않은가. 그러니 당연히 그렇게 느껴져야지."

한화백이 또 한 잔을 들이켜자 민이 얼른 그 잔을 다시 채웠다.

"한화백님에 대한 말은 많이 들었지만 직접 그림을 보니 명성 이상의… 아니, 그것보다도 대단하십니다."

"에이, 어디 소문 이상이려고."

한화백은 괜히 코 밑을 쓱 비비고 말을 이었다.

"소문에도 이미 최고인데."

민이 너털웃음을 터뜨렸다. 뻔뻔한 소리였지만, 그 뻔뻔함이 밉지 않았다. 그는 정말로 그럴만한 실력을 가지고 있었다.

"화백께서 괜찮으시면 제게 그림을 파시면 안 됩니까? 장사를 하려는 건 아니고 제가 가지고 싶어 그럽니다."

"에이, 까짓것, 하나 그려드리지. 그래, 여기까지 올라온 김에 그럽시다."

한화백은 들뜬 기분에 또 한 잔을 쭉 들이마셨다.

"그럼 병풍, 좋은 거 크게 두고 보게 병풍을 그려주시지요."

"병풍? 까딱 잘못하면 혼이 나는데…."

"혼이 나요? 누구한테요?"

민이 그게 무슨 소리냐는 듯 되물었다.

"내 여식이 걱정이 많아서 말이네. 그러다 끼니를 거른 적이 있었더니 그만…."

한화백이 멋쩍게 웃었다. 어린 자식에게 혼이 나는 걸 부끄러워하는 것보다 제 자식이 그리 자신을 염려해주는 걸 자랑하고 싶어 하는 기색이 더 짙었다.

"따님이 아주 다정한가 봅니다."

술잔을 들었다 내려놓는 민의 입술에 미소가 스쳤다.

"어? 내가 딸이라고 말을 했던가?"

"예, 딸이 걱정이 많다고, 조금 전에 그리 말씀하시지 않으셨습니까?"

민은 능청스레 시치미를 뗐다.

"그래? 아무튼, 뭐, 왈패라 안 하니 다행일세. 자네는, 장사를 한다고 했지? 쯧. 자네 같은 사람을 만났으면 좋았을 텐데…."

한화백은 잠시 사이에 몹시 취해 혀가 다 꼬여 있었다.

이젠 속에 든 말을 여과 없이 되는 대로 내뱉을 정도였다.

"자네처럼 사근사근하고, 그래, 내 딸도 점포를 한다네! 그럼 말이 통할 테니 좋을 테고…."

아직도 좋아서 난리일까, 혼례는 제대로 치를 수나 있을까… 혹 문제가 생겨 고생하고 있는 건 아닐까, 염려되는 게 한둘이 아니었다.

"에이, 그래도 그 꽃 같은 놈이 좋다니 뭐 어째."

한화백은 어쩔 수 없다는 듯 말하고 또 혀를 찼다. 해길은 분명 심지가 굳고 괜찮은 사람이었다.

"뭐, 좋은 사람인 거 같긴 하다만…."

굳이 따지자면 너무 잘난 게 흠이었다.

"딸이 고생하지 않고 살았으면 바라시는 거지요."

민의 눈이 부드럽게 휘어졌다.

"저 같은 이를 만난다면, 분명 안전하고 행복하게 살지 않겠습니까?"

자신이라면, 무용을 지금과 같이 위험한 상황을 맞게 할 리 없었다.

"크, 이리 내 마음을 잘 알아주다니. 오늘은 정말 좋은 이를 만났구면. 그래, 병풍! 병풍 말씀하셨지? 내가 그려주겠소. 어떤 그림이 좋소?"

"그럼 꽃, 꽃이 좋겠습니다."

"꽃이라면 내가 못 그리는 게 없지. 어떤 꽃이 좋은가? 몇 첩인지도 따져야겠군. 그래, 그래….”

한화백은 시야가 흐려지는 걸 느끼며 정신을 차려보려 고개를 흔들었다.

“오늘은 뭔가 기분이 좋아 그런가? 취기가 이상할 만치 빨리 도는구면….”

“술이 좋은 것이라 그런가 봅니다. 한화백을 위해 준비한 특별한 술이니까요.”

“원, 사람 넉살도…. 내가 언제 올 줄 알고 준비를 했다 그러나. 아까 가게에서 나온 걸 다 봤는데.”

“믿어주시지 않으니 섭섭한걸요?”

민은 들고 있던 술잔을 내려뒀다. 찰랑, 술이 넘쳤다. 내내 들고만 있었지, 한 모금도 마시지 않아 처음 따랐던 술이 그대로 있었다.

“그런데 내가 술로 어디서 져본 적이 없는데, 나만 이리 머리가 뱅뱅….”

쿵, 한화백의 머리가 탁자 위로 떨어졌다. 민의 입꼬리가 비틀렸다.

“보고 싶어 하던 따님과 재회할 시간입니다.”

해송은 은우군의 취향대로 정갈하게 다듬어져 있었다. 그는 가만히 분을 들여다보는 듯하더니, 붓을 움직였다. 집중해서 그린 가느다란 선은 완전히 매끈하진 않았지만, 그런대로 봐줄 만했다.

“쯧, 마음에 차는 것은 아니지만, 이제와 다시 하기에는 아깝지. 그렇지 않으냐?”

“예.”

앞에서 가만히 고개를 조아리고 있던 감수가 대답했다. 그는 조금 전 민의 수레로 무용을 밀친 장본인이었다. 은우군이 피식 웃었다. 예판이 습격에 성공하면 혼자 날뛰려 할 건 불 보듯 빤한 일이었다. 그러니 지금 꺾어둬야 했다. 게다가 마침 그 계집은 민이 가지려 하던 아이였다.

"너까지 보냈는데, 아우는 이상한 데서 배포가 작구나."

민이 하는 모양새가 영 미적미적했다. 당장 품은 뒤 누구도 찾지 못할 곳에 숨겨야 할 판인데, 대놓고 제집에 데려가다니. 하긴, 예판의 짓이라 속인다 해도 세자 세력에 눈에 띨 수도 있는 일이었다.

"뭐, 환심을 사두는 것도 나쁘지 않긴 하지. 별 수고 없이 저를 따르게 할 수 있으니."

사탕에 꼬이는 개미가 얼마나 많은가. 가진 게 없는 계집이니 호의를 좀 받으면 제 발로 민을 따를지도 몰랐다.

"멍청한 놈은 아니니, 그 정도 패면 넉넉히 계집을 취할 수 있을 테지."

민에게 한화백이라는 패를 쥐여준 것이 바로 은우군이었다. 그는 연신 고개를 끄덕거리며 손을 움직였다. 계집은 제 아비를 버릴 수 없을 테고, 형님은 그 계집을 못 버릴 테니 계집만 아니라 형님까지 흔들 수작이었다.

부족함을 느껴본 적 없던 형님이 모든 걸 빼앗겼을 때, 어떤 얼굴을 할까. 형님은 늘 맞서는 이를 조롱하는 듯 담담한 낯이었다. 그래서 지금 떠오르는 얼굴은 그뿐이지만, 곧 모든 게 무너져 일그러진 꼴을 볼 수 있을 것이다.

"대감, 예판 댁에 보냈던 종자가 돌아왔습니다."

밖에서 전해진 말을 들은 은우군의 입꼬리가 시원스럽게 곡선을 그렸다.

"예판, 그 겁쟁이가 답을 돌려주다니."

겁이 많아 움직이질 못하는 예판이 종자를 돌려보냈으니, 자신의 제안을 받아들인 것이 확실했다.

"형님께서 제 무덤까지 파고 계시니, 금상첨화로구나."

해송 분재 그림을 완성한 은우군이 붓을 내렸다. 감수는 마른침을 삼켰다. 만족스러운 은우군의 웃음에 소름이 끼쳤기 때문이다. 완성된 그림을 들어보는 은우군의 눈이 섬뜩하게 빛났다.

"이제, 완성이다.

무용과 해길은 사람들이 제법 오가는 거리를 걷고 있었다. 무용은 조금 전에 산 꽃삽을 살펴보고 있었다. 마음에 드는 눈치였다. 해길은 입술을 동그랗게 모으고 있는 무용을 보는 걸 보는 것만으로도 기분이 좋았다.

"저하는 기억력도 좋으십니다."

이전에 꽃삽을 사자던 약속대로 대장간에 들른 참이었다. 꽃삽이 마음에 들기도 했지만, 지나가듯 한 말을 해길이 기억해준 게 더 좋았다. 더구나 꽃삽은 해길이 무용이 전에 쓰던 것과 비슷한 것으로 대장간에 특별히 주문해 만든 물건이었다. 그러니 마음에 들어 자꾸 볼 수밖에 없었다.

해길이 뜬금없이 손을 내밀었다. 무용은 꽃삽을 보겠다는 뜻으로 생각하고 해길에게 그것을 건네줬다. 하지만 해길은 꽃삽을 등에 진 봇짐에 휙 넣어버리고 다시 손을 내밀었다. 무용은 무슨 뜻인지 알 수 없어 고개를 갸웃거렸다.

"손을 달라는 게다."

해길은 무용의 손을 가져다 깍지를 껴 쥐었다. 꽃삽이야 이따 보아도 될 텐데, 보아도 너무 보았다. 물론 좋아하는 걸 보는 것도 좋긴 했다. 그래도 지금은 자신을 봐주었으면 했다. 무용은 알았다는 듯 고개를 끄덕이고 방글거렸다. 오랜만에 보아서 그런가, 투정 부리듯 구는 해길이 귀여웠다.

그렇게 얼마를 더 걸었을 때였다. 반대쪽에서 오던 이들이 무용과 해길을 보며 속닥거렸다.

"저기 좀 보십시오. 둘이 정분난 사인가 봅니다."

"에이, 설마요."

그는 믿을 수 없다는 눈초리로 무용을 쭉 훑어보았다.

꽉 당겨 땋지 않아 부스스한 머리칼이며, 구겨진 옷에 행주치마를 맨 꼴이며… 예쁘지도 않은데 단정치도 못한 계집이었다.

"흠잡을 데 없는 장부께서 왜 저런 계집을 만나시지?"

옆에 있는 이는 손을 꼭 잡은 걸 보고 못 볼 걸 보았다는 듯 얼굴을 구겼다.

"맞죠, 맞죠? 어휴, 대낮부터…. 젊은이들이라 그런지 아주 뜨겁습니다, 뜨거워. 저 계집 좀 보십시오. 조신치 못한 꼴 하며, 쯧!"

자기들끼리 쑥덕이는 소리이긴 했지만, 다 들렸다.

"저하, 들으셨습니까?"

무용이 해길의 소맷자락을 당기며 소곤거렸다.

"저런 무뢰배들은…."

해길의 표정이 싸늘했다. 시정잡배를 일일이 상대할 생각인 건 아니었지만, 무용을 모욕하게 두고 싶지도 않았다.

"저희가 연인으로 보이나 봅니다."

무용은 신기하다는 듯 눈을 동그랗게 떴다. 그 말에 화가 나 있던 해길이 어리벙벙해져 무용을 보았다. 뺨에 홍조를 들이고 해쭉 웃는 게 만족스러운 것으로 보였다. 입술을 모았다 말았다 하는 게 쑥스러운 것도 같았다. 결국 해길도 결국 피식 웃고 말았다.

"연인을 연인으로 보는 데 왜 그리 놀라는 게냐?"

내 연인은 왜 이렇게 귀여운 걸까. 머리끝까지 뻗쳤던 화가 순식간에 누그러져 버렸다. 오히려 세상이 온통 꽃밭처럼 아름답게 느껴져 저절로 걸음이 들떴다. 선녀가 내려와도 이런 도술은 못 부릴 터였다. 이렇듯 무용과 함께라면 나쁜 일이 없었다. 나빴던 일도 좋은 일이 되어 향기로운 기억으로 남았다. 해길은 맞잡은 손을 끌어다 손등에 입을 맞추고 시선을 맞췄다.

"잊은 게냐? 우리는 혼약한 사이다."

세자빈, 세자빈 내정자. 궐은 온갖 이해관계가 뒤엉킨 곳이었다. 궐에서 세자빈이란 '세자빈'이란 직함을 가진 권력자가 된다는 뜻으로만 보였다. 하지만 이곳은 궐 밖이었다. 연인, 무용은 오늘에서야 처음 이 말을 들었다. 갑자기 해길의 반려가 된다는 실감이 들었다.

"으으…."

무용은 쥐고 있던 손까지 끌어와 얼굴을 감쌌다. 얼굴이 너무 뜨거웠다. 기분이 좋기도 하고, 이상하기도 했다. 속이 너무 간질거렸다. 어째야 할지를 알 수가 없었다. 그래서 해길을 꽉, 껴안아 버렸다.

"그렇지요… 저하는, 제 낭군이 되는 거지요."

무용이 방싯대며 올려다보는 통에 해길은 마른침을 삼켜야 했다. 마주한 눈동자가 새벽이슬처럼 투명하고 맑았다. 쾅쾅쾅, 심장이 벅

찼다. 낭군, 낭군이라니. 거기다 배시시 웃기까지. 오늘따라 왜 햇볕마저 좋을까. 또, 저 입술은 왜 이리 붉을까. 발그스름한 뺨이며, 가는 목덜미, 통통한 귓불, 하다못해 하얀 손목까지…. 그 모든 곳에 닿고 싶어 안달이나 견디기가 힘들었다.

"…너는, 왜 길 한복판에서 내 인내심을 시험하는 게냐."

무용은 또 말을 이해하지 못하고 고개를 갸웃거렸다.

"예?"

이 와중에 눈치 없는 머리칼이 해길의 목덜미를 간질였다. 이 이상은 진짜 무리였다. 해길은 눈을 질끈 감고 무용을 꽉 안았다. 강한 힘에 무용이 놀랄 정도였다.

"저, 저하?"

"너는, 내 부인이 될 거지?"

무용이 품에서 고개를 끄덕거렸다. 허리를, 어깻죽지를 쓰는 손길이 느껴졌다. 해길은 온 힘을 다해 견디며 몸을 물렸다.

"일단 지금은, 손만 잡고 가자꾸나."

해길이 손을 내밀자 이번에는 무용도 바로 손을 맞잡았다. 둘은 나란한 걸음으로 앞을 향했다.

"하아…"

해길의 한숨이 길었다. 혼약한 연인이었다. 앞으로의 나날에는 지금보다 더 많은 것을 함께 쥐게 되리라. 그날이 제발 어서 오기를. 손만 잡고 있기에는 맞닿은 마음을 다 견딜 수가 없었다.

"어? 오라버니?"

현혜가 집을 찾아온 민을 보며 놀란 얼굴을 했다. 민은 바로 용건부터 전했다.

"무용이 여기로 왔다고 들었다."

민이 집에 돌아왔을 때는 이미 무용이 사라진 뒤였다.

"어떤 수를 쓰진 건진 모르겠지만, 사람이 와서 세자저하의 말씀을 전해줬을 때까진 그분이 나가신 것도 몰랐습니다."

무용의 방문 앞을 지키고 있던 이는 해길이 도술이라도 부렸다는 식으로 말했다.

"한 일각쯤 있으면 오겠다고 했던 시간이오. 그런데 어찌 그리 급하게 왔소?"

현혜가 얼굴을 들이대며 물었다. 민의 얼굴이 말이 아니었다. 질린 듯도 했다.

"뭘 급히 왔다고 그러느냐? 그냥 온 거지."

"그런데 얼굴이 왜 그렇소?"

"내 얼굴이야 잘생겼지, 뭐."

민이 애써 침착한 척, 기지개를 켜며 얼굴을 풀었다.

"사람을 계속 세워둘 거냐?"

"아이고, 꼭 자기 집 같소."

현혜는 그리 말하면서도 민이 앉을 곳을 마련했다. 남매는 나란히 앉아 무용이 오기를 기다렸다.

"그런데, 오라버니는 무용이 소식을 좀 들으셨소?"

"무엇 말이냐?"

"세자빈 말이오."

"아아…."

"역모 일로 난리가 났던 게 얼마 전인데, 이번에는 세자빈이라니. 저하의 깊은 뜻을 내가 다 헤아릴 순 없겠지만, 너무 가혹한 것 같소."

무용은 심지가 굳은 데다가 저하를 좋아하기까지 하니 이런 모짐도 견뎌내겠지. 현혜는 무용의 강함과 연심을 이용하는 제 이복 오라버니가 잔인하게 느껴졌다. 이 파격 인사는 외척의 조정을, 가문의 정치를 치우겠다는 표명이었다. 내세우는 새로운 정책과 맞물리는 데도 있으니, 즉위 후의 나라가 지금까지와 다를 것임을 분명히 보여주는 일이었다. 하지만 사족들이 발칵 뒤집어졌다. 반대의 불길이 거셀 것은 뻔했다.

"차라리 오라버니에게 꾀어보라 할 것을."

처를 잃고 외로워하는 민을 이해하긴 했지만, 그렇다고 난봉꾼 기질이 한심하지 않은 건 아니었다. 무용을 놀잇감 취급하는 걸 보긴 싫었다.

"네 벗이니 건드리면 아주 작살날 줄 알라면서?"

"생각해보니까, 무용이면 오라버니 정도야 금세 휘어잡을 것 같소."

무용은 억세지 않았지만, 맹탕도 아니었다.

"뭐? 아니, 감히 누가 이 몸을…."

현혜는 민이 발끈한 건 개의치 않고 제 말을 계속 이었다.

"이 난리보다야, 내 올케가 되는 게 나을 것 같지 않소?"

난리란 말에 남매의 얼굴이 굳었다. 무용이 있는 곳은 궐이었다. 궐이란 엉뚱한 일에 화를 입을 수도 있는 곳이었다.

"일각이면 누구든 꾈 수 있다면서? 기방 문턱이 닳도록 다닌 실력을 좀 써먹어 보시오."

올케가 되고 말고를 생각하려면 무용이 저하에게 반했다는 문제부터 해결해야 했다.

"기방 출입이 언제 적 이야기냐? 안 간 지가 한참이다."

지난번 무용을 만난 날이 마지막이었다. 그때도 오랜만에 들른 것이었는데, 영 재미가 없어 나오던 길이었다. 머리를 비워주지도, 마음을 채워주지도 않았다. 오히려 그 뒤에 시장에서 놀았던 게 더 재미있었다. 함께 시장을 돌았던 게 떠오른 민은 또 저도 모르게 웃음을 터트렸다.

"상대는 목석이 아니오."

"목석? 네가 저하를 못 봐서 그렇구나."

"무슨 말이오?"

민은 그냥 고개를 저었다. 이미 무용이 좋아서 어쩔 줄을 모르고 있다고 말한들 믿을 리 없었다. 그건 분명 진실이었지만, 직접 본 게 아니라면 자신도 믿지 않았을 일이었다.

"내정이라면 아직 혼례가 이뤄진 건 아니잖소, 늦지 않았을지도 모르지."

"늦지 않았다…."

민이 짐짓 타박하는 투로 말을 이었다.

"너는 지금 내게 세자저하께 반려가 될 사람을 빼앗으라 하고 있다. 내가 저하를 해하여도 괜찮겠느냐?"

똑바로 눈을 맞춘 민을 보며, 현혜는 뭔가 이상한 기운을 느꼈다. 무용을 염려하다가 저절로 생각이 부풀어서 한 말이었지, 깊게 고려하고 한 말은 아니었다.

"물론 내가 저하의 손에 죽을 수도 있겠지."

"무슨 말을 그리 살벌하게 하시오? 됐소, 이도저도 안 되면, 내가 데리고 도망칠 테니."

현혜가 당차게 고개를 끄덕거렸다. 그때, 문 앞에 있던 이가 달려와 무용이 왔음을 알렸다.

"마님, 기다리시던 분이 오셨습니다."

"무용아!"

현혜가 튀어나가듯 문을 향했다.

"옹주님!"

오랜만의 재회한 두 사람은 반가운 인사를 나눴다.

"저하를 뵙습니다."

민과 해길도 인사를 주고받았다.

"일이 있다 하더니, 너도 이곳에 와 있었구나."

"생각보다 빨리 끝나서요. 다시 가보아야겠지만."

민은 생글거리며 말을 이었다.

"그나저나, 어떻게 데려가신 겁니까? 하늘로 날아간 건가 했습니다."

무용은 민망함을 감추려 어색하게 웃음을 늘였다.

"비슷하구나."

꼭 나비 같은 모습이었다. 무용이 자신에게 오던 모습이 떠오른 해길이 입가에 미소가 스몄다.

"그런데, 다른 분들은 없는 겁니까?"

뒤따르는 이가 없는 걸 알아챈 현혜가 두리번대면서 물었다. 해길이 직접 봇짐을 메고 무용을 데려온 게 이상하기만 했다.

"석주가 곧 올 것이다. 지난번에 말했던 점포 없이 물건을 사고 파는 일에 대해 정리한 것들을 가져올 테니, 그를 살펴주어라."

지난번 노리개를 팔았던 일이 잘 풀려 아이리수 2호점의 예비 업무로 다루게 됐다. 무용은 이를 논하기 위해 며칠간 현혜네 집에서 지내기로 했다.

"예, 그나저나 오시자마자 일 이야기부터 하시는 겁니까? 무용아, 지낼 곳부터 보려무나."

"지난번 그 방이 아닙니까?"

현혜는 자신만만하게 미소를 지었다.

"내가 이번에는 특별히 좋은 곳을 준비했다."

흐드러지게 핀 하얀 찔레꽃이 그윽한 향기를 뿜었다. 무용은 그 앞에 서서 숨을 깊게 들이쉬었다. 상쾌한 향이 몸 안 곳곳을 채워갔다. 해길은 가만히 서서 그 모습을 바라봤다. 시선을 느낀 무용이 해길의 손목을 잡아당겨 곁으로 끌어왔다. 함께 향기를 맡자는 뜻이었다.

"벌써 찔레꽃이 담뿍 피었네요."

좋아하는 것을 함께 하는 것이 즐거워서, 자꾸 웃음이 나왔다. 해길이 무용의 손을 잡았다. 무용은 잠시 눈을 맞췄다가 살짝 웃고 찔레꽃에 코를 파묻었다. 살며시 감은 눈꺼풀 위로 꽃가루가 스쳤다.

그 도도한 세자가 꽃삽에 찔레꽃을 부러워하는 걸 누가 믿을까? 무용이 너무 고왔다. 저리 예쁜 얼굴을 하고 꽃만 보는 게 아쉬운데, 또 결국 좋기도 해서 애가 탔다. 절로 앓는 소리가 나왔다.

"…나도 향기가 있으면 좋겠구나."

무용이 반짝 눈을 떠 눈을 맞췄다. 그리고 살며시 까치발을 들고 해길에게 몸을 기댔다.

"저하의 향도 좋아합니다."

해길은 저도 모르게 숨을 죽였다. 무용의 숨결이 목덜미를 스쳤다. 심장이 저릿저릿했다. 무방비하던 중 닿은 체온이 속을 아리게 했다. 무용이 부여잡은 대로 몸이 스르륵 무너지는 게 느껴졌다. 하아, 숨을 쉬는 것뿐인데 가슴 안이 왜 이리 초조할까. 그 순간, 무용이 해길의 뺨에 입을 맞췄다. 해길은 너무 놀라서 그대로 굳어버렸다.

"…향기를 맡는다더니."

"좀 더 좋아하는 거라."

무용이 배시시 웃음을 지었다.

"향기만 맡기 아까워서요."

그리 눈을 맞추는데 어찌 그냥 있을까.

해길은 무용의 허리를 감싸 안아 들고 뺨에 입을 맞췄다.

"내가 좀 더 좋아한다."

"에이, 제가 더 좋아하는데요."

무용은 아니라는 듯 입술을 삐죽 내밀고 고개를 흔들었다. 해길은 반대쪽 뺨에도 입을 맞추고 무용의 귓가에 닿도록 속삭였다.

"연모한다."

누구에게 비해도 이 마음만은 지지 않을 자신이 있었다. 무용은 귀가 간지러운 건지 속이 간지러운 건지 알 수가 없었다. 귓가에 해길의 입술이 스쳤다. 닿은 데가 뜨거웠다. 무용은 놀라 고개를 들었지만, 이내 미소를 지으며 눈을 감았다. 지금은 입을 맞출 때였다.

그때, 퉁! 하고 무거운 게 떨어져 구르는 소리가 났다. 현혜가 들고 온 물뿌리개였다.

"어, 그게. 하하하. 제가 방해를 했습니다."

현혜는 자신이 본 광경이 믿기질 않아서 더듬더듬 말했다.

"아니다. 걸음이 떨어지지 않을 뻔했으니…."

해길은 이리 말하고도 입술을 꾹 다물고 무용을 보기만 했다. 그 시무룩한 얼굴에 무용은 해길을 꽉 안아주는 것 말고는 다른 방법이 없었다. 해길은 향기를 가져가려는 듯 숨을 아주 크게 들이마시고 나서야 무용을 내려줬다.

"데리러 올 때까지 기다려주겠느냐?"

무용은 고개를 끄덕이고 해길의 귀에 찔레꽃 한 송이를 꽂아주었다.

"이 꽃이 시들기 전에 보고 싶습니다."

경복궁에 걸린 해가 뉘엿하게 넘어가고 있었다. 해길은 무용이 준 찔레꽃을 코앞에 들고 숨을 깊이 들이쉬었다. 이제 앞을 향해야만 했다. 저벅저벅, 걸음에 무게가 느껴졌다. 그가 안으로 들어서자 궐을 뒤흔드는 외침이 들려왔다.

"통촉하여 주시옵소서! 전하, 이 나라 역사에 이런 오점을 남길 순 없습니다!"

사실 해길이 무용을 현혜에게 부탁한 이유는 바로 이것이었다. 그에게서 세자 자리를 빼앗고 싶어 하는 자들이 궐에서 시위를 벌이고 있었다. 성균관 유생, 각지의 선비, 그리고 예판을 따르는 관리들까지…. 그 수가 어찌나 많은지, 단박에 다 셀 수조차 없었다.

"하늘마저 분노해 백성들을 역병에 몰아넣고 있습니다!"

"이 모든 불행을 가져온 요망한 계집에게 참형을 내려주시옵소서!"

"전하, 그 계집에게 홀린 세자저하를 부디 폐하여주십시오!"

하늘은 점점 어둠에 물들어 빛이 사라지고 있었다.

"이럴 때 은밀히 찾아오다니. 무슨 일인가, 예판?"

늦은 시각도 시각이었지만, 시기가 그랬다. 궐은 세자를 폐하라는 유생들과 선비들로 난리가 난 판국이었다. 물론 그들이 칼을 겨눈 사람은 왕이 아닌 세자이긴 했다. 그런 상황에 왕인 자신 앞에 예판이 무릎을 꿇고 있었다. 그는 석철이 빠진 자리를 노리는 세력가였다. 만약 지금 왕이 예판의 손을 잡으면 석철이 누리던 위세가 예판의 것이 됐다. 그리고 왕 그를 수족으로 부리며 세자에게 넘어가고 있는 권력을 되찾을 수도 있었다.

"은우군 대감께서 진약을 바치고자 하시어 그를 돕고자 감히 알현을 청하였습니다."

은우군이란 말을 들은 왕의 눈가가 꿈틀댔다.

은우군이라⋯. 세자에 대한 말이 끊이지 않고 나오는 궐에 왕자 은우군이 오는 건 쉽지 않은 일이었다. 그러니 다른 사람을 통해 물건을 보내는 건 이해할 수 있다. 그런데 그 사람이 예판이라니, 일이 또 재미있게 돌아가고 있었다.

"대감께서는 전하의 옥체를 몹시 생각하고 계십니다."

"이 난리 중에 온 이유가 그뿐은 아닐 테지?"

왕이 말허리를 자르며 물었다.

"소신 전하의 어지러운 심사에 미력하나마 도움을 드리고자 말을 올리려 합니다."

예판의 바짝 엎드린 태도가 왕을 만족스럽게 했다.

"그래, 무슨 말인가?"

"전하, 이 일련의 소란은 모두 세자저하의 허물로 생긴 일이 아닙니까?"

감히 세자에게 허물이라니. 잔뜩 겁을 집어먹은 얼굴을 한 주제에 내뱉는 말은 강도가 셌다.

"그래서?"

왕이 흥미로운 기색을 보이며 되물었다. 예판은 그 큰 눈망울을 굴리다 부릅떴다. 이건 일생일대의 선택이었다.

"전하께서는 다복하시지요."

왕의 눈매가 가늘어졌다.

"예를 들면, 지극한 효심에 이름까지 드높은 왕자군이시라던가…"

기울였던 몸을 세우며, 왕은 은우군이 보낸 약을 내려다보았다. 적통인 세자를 두고 군을 들먹이다니, 역모와 다름없는 말이었다.

"은우군을 세자로 세우란 뜻인가?"

왕이 직설적으로 물었다.

"…패를 선택할 수 있는 분이 주상전하시란 당연한 사실을 말하는 것뿐입니다. 또한 백성과 유생들 사이에 있는 말을 전하께 전하는 건 학자의 도리이자 신하의 도리이지요."

예판은 에둘러 말했다. 하지만 결국 세자가 아닌 은우군을, 나아가 자신을 택하라는 뜻은 확실히 전달되었다. 둘 사이에 묘한 기류가 흘렀다. 그때, 문 앞을 지키던 내관이 안을 향해 고했다.

"전하, 세자저하께서 오셨습니다."

예판은 혀로 입술을 축였다. 자신이 이곳에 있다는 소식을 알고 오는 게 분명했다. 그 계집만 없었다면, 혹은 없앴다면 세자와 손을 잡을 수도 있었다. 하지만 계집을 잡는 데 실패했으니 혼담을 나눌 수도 없었고, 이젠 은우군과 손을 잡았으니 정치적으로 협력할 수도 없었다. 영영 틀어진 사이였다. 둘 중 누군가는 궐에서 사라져야 했다.

"들라 해라."

밖으로 나서는 예판과 안으로 들어오는 해길의 눈이 잠시 스쳤다. 해길의 눈빛이 싸늘했다. 살기가 담겨 있었다.

"쿨럭, 쿨럭."

예판은 순간 겁을 먹어 연신 기침을 쏟았다. 문을 나서는 그의 걸음이 급했다.

"세자, 문안은 되었다 했는데 무슨 일인가?"

차가운 목소리였다. 하지만 해길은 침착하게 대답했다.

"자식이 아버지를 뵈러 오지 못할 이유가 무엇입니까?"

찔레꽃은 아침 햇빛을 받아 싱그럽게 빛나며 향기를 뿜었다. 무용은 찔레꽃이 보이게 앉아 서책에 무언가를 적는 중이었다. 깊게 집중한 모양인지 또 입술이 동그랗게 모였다. 한바닥을 다 쓴 무용이 서책을 조금 밀자 옆에 놓여 있던 매듭 장식이 따라 밀렸다. 장미, 모란, 연꽃, 국화, 매화… 갖가지 모양의 장식들이 종류별로 모여 있었다.

"무용아, 잠시 쉬고 하자꾸나."

현혜가 무언가를 곱게 싼 보따리를 들고 들어왔다. 무용은 보던 것을 두고 일어나 반겼다.

"아직도 저하께서 보내신 게 남은 것입니까?"

"옷이라고 하더구나."

워낙 갑작스럽게 온 터라 생활에 필요한 자질구레한 물건들부터 옷까지 아무것도 가져오지 못했다. 때문에 해길은 무용이 지내는 동안 필요한 물건을 보내겠다고 했다.

처음 온 것은 신발이었다. 하나가 오고, 또 하나가 오고… 정리해놓고 보니 섬돌에 위아래로 두 줄을 세워야 할 정도였다. 종류도 짚신부터 가죽신, 꽃신까지 각양각색이었다. 옷도 편하게 입을 만한 것부터 미리 구해 보내온 게 방 안에 차곡차곡 쌓여 있었다.

"이번에는 또 어떤 것을 보내셨나…."

현혜가 보따리를 풀어 옷을 털자 매끄럽게 짜인 비단에 윤기가 자르르 흘렀다.

"어?"

무용은 조금 놀라 눈을 동그랗게 떴다. 며칠 전 현혜네 집에 오던 길에 해길과 드팀(원단가게)에서 본 옷감이었다. 옷으로 만들어진 것을 보니 생각했던 것보다 더 곱고 좋았다. 마음에 들긴 했지만, 일하며 입기엔 너무 휘황한 물건이라 보기만 했는데…. 해길이 몰래 옷감을 사서 옷을 맡긴 듯했다.

"드팀에 갔다더니, 좋은 걸 골랐구나."

"사려고 했던 물건은 아니었습니다. 마음에 들어 보고 있던 걸 저하께 들켰나 봅니다."

무용이 미소 지으며 뺨을 발그레 물들였다.

"하, 그때도 그랬지만… 말이 안 나오는구나."

현혜가 몸서리를 쳤다. 가는 길까지 무용의 손을 꼭 잡고 눈길을 못 떼던 모습이 떠오르자 또 소름이 돋았다. 이런 오라버니가 잔인하다고? 잔인하긴 무슨, 너무 절절해서 보기 가여울 정도였다. 하지만 그런 사실을 알게 되니까 마음이 좀 놓였다. 걱정이 다 해소된 것은 아니었지만, 갈라서라고 말릴 게 아니라 함께 있을 수 있도록 도와야 할 일이라는 생각이 들었다.

"저하는 원래 짓궂은 장난을 치시곤 하지 않습니까."

그래도 들을수록 기가 차는 건 어쩔 수 없었다. 손을 꼭 붙잡고 놓아주질 않던 모습은 장난을 치는 것이라기보다는 떼를 쓰는 것에 가까워 보였다.

"그 저하가? 네가 말하는 저하와 내가 아는 저하가 같은 사람이 맞느냐? 그리 말하는 건 너뿐일 거다."

그 말에 무용은 해길이 자신 말곤 누구에게도 그렇게 해사하게 웃어주는 것을 본 적이 없다는 사실을 깨달았다. 그러자 또 해길이 보고 싶어졌다.

"이런 건 언제 입어야 좋을까요?"

괜히 쑥스러워진 무용이 딴소리를 했다.

"저하를 볼 때 입으면 되지 않겠느냐."

현혜가 놀리듯 말하며 얼굴을 들이밀었다.

"보고 싶어 안달이 난 얼굴이구나."

"옹주님도 장난이 심하십니다. 이리 놀리실 거라면 당장 궐로 돌아가야겠습니다."

무용이 쌜쭉한 척 입술을 삐죽 내밀었다. 이제 돌아갈 곳은 궐이 되어 있었다.

"아, 아니! 어딜 벌써 가려고. 이 많은 옷을 두고, 또 나를 두고 갈 셈이냐?"

현혜가 급히 일어나며 말했다. 무용은 현혜가 너무 놀라는 걸 보고 당황해 손을 내저었다. 생각해보니 자신을 반겨준 사람에게 서운한 말을 한 것 같았다. 유진사가 집을 비운 중이니, 자신이 가면 현혜는 또 혼자였다.

"저도 농을 좀 해봤습니다. 그래도 잠시 지낼 것치곤 짐이 너무 과분하긴 하지요? 하루에 세 번씩은 옷을 갈아입어야겠습니다."

"자꾸 어딜 가려 하느냐? 천천히, 느긋이 있다 가려무나."

무용이 자리에 앉았다. 현혜는 그제야 얕은 한숨을 내쉬었다. 해길에게 부탁받은 바가 있었기 때문이다. 궐의 소란이 잠잠해질 때까지, 무용은 이 별채에 있어 주어야만 했다. 이곳은 현혜의 집에서도 가장 안쪽으로, 집안사람들도 쉽게 들어올 수 없는 장소였다. 동시에 무용이 바깥의 소식을 듣기도 어려운 곳이었다.

무용은 예판의 자객을 피할 겸 며칠 일을 하며 머무는 것으로 알았지만, 무용을 눈엣가시로 여기는 이들이 깔린 궐에 오지 못하게 하려는 이유도 있었다.

"여기라면 네가 언제까지고 있을 수 있다. 사람도 붙여 뒀으니 마음 편히 지내거라."

"어휴, 제가 가서 챙기면 되니 괜찮습니다. 어차피 일하려고 온 것인데요."

사람을 붙인 건 무용이 바깥에 나갔다가 궐의 소식을 알게 될까 봐, 그것을 막기 위해서였다.

"그보다… 그 목석같은 저하에게 무슨 수를 쓴 건지나 좀 말해보아라. 네게 아주 푹 빠지셨던데?"

현혜는 말을 돌렸다.

"에이, 제가 무슨 수를 썼겠습니까."

"흐음, 내가 해준 말은 도움이 되질 않았느냐?"

"예? 옹주님이 해주신 말씀이라면…."

무용의 얼굴이 새빨개졌다. 덮쳐버려라, 그 말대로 해길을 덮치지 않았던가.

"오호라! 뭔가 있구나? 그래, 어찌됐는지 소상히 말해보아라."

현혜는 또 얼굴을 들이밀고 물었다.

"그대로 다시 저하가 저를… 아니, 지금 무슨 말을 하게 하시는 겁니까!"

무용은 새침한 척 소리쳤지만, 뺨에는 웃음기가 묻어 있었다. 이런 평화로운 시간이 유지되기를, 하지만 너무 길지 않기를…. 현혜는 서로를 그리는 무용과 해길이 어서 다시 만날 수 있길 바랐다.

"약초가 전부 모였으니, 이제 준비가 끝났구나."

피식, 은우군이 웃음을 지었다.

"그럼, 이제 그 약초의 반을 태워라."

"예? 독초가 퍼진 양을 생각하면 그 정도론 부족하지 않겠습니까?"

"그래, 그러니 더욱 좋지 않느냐?"

은우군의 말뜻을 알아챈 민이 씩 웃음을 지었다.

"아아, 그렇게 되면 값이 천정부지로 뛰겠군요. 돈 없는 놈들은 죽어 나가겠지만."

"처리할 만한 곳을 마련하마."

"그 정도야 제가 빠르지 않겠습니까?"

은우군이 미간을 찌푸렸다. 믿지 못하겠다는 뜻이었다.

"뭐, 부리시는 이를 보내주시면 좋겠지요. 그 감수였던가, 그 사람이 믿음직하던데."

민이 한발 물러났다. 털끝만 한 자취라도 남기고 싶어 하지 않는 은우군의 성미를 알기 때문이었다. 은우군은 그제야 선선히 고개를 끄덕였다. 그리고 작게 미소를 지었다.

"그러고 보니 마침 좋을 때로구나."

"좋을 때요?"

"궐에서 조참이 한창일 때가 아니냐. 그러니 너는 나를 따라 오거라."

"…제가요? 제가 대감을요?"

민은 뜻을 알 수 없어 두 번이나 되물었다. 이런 제안은 처음이었다. 은우군은 모든 행동이 조심스럽고 은근한 사람이었다. 그런데 어딜 가기에 자신과 함께 가자는 것일까. 상냥한 가면 아래 숨긴 표정을 읽을 수가 없었다.

"현혜와 그 계집이 함께 있다지?"

무용은 현혜와 탁자에 앉아 이야기를 나누는 중이었다.

"그럼 연통을 돌리는 방식이 제일 중요하겠습니다."

현혜가 열심히 고개를 끄덕거렸다. 생각을 너무 많이 해서 이젠 머리가 아플 지경이었지만, 무용의 곁에 있으려니 일을 계속해야만 했다. 그런데 주변이 너무 소란스러워 참을 수가 없었다.

"뭘 하기에 이리 소란스럽게…."

순간, 현혜는 무언가 불길함을 느끼고 벌떡 일어났다.

"왜 그러십니까?"

"잠시 기다리고 있거라. 내가 손님이 오는 것을 잠시 잊고 있었다."

현혜는 무용이 고개를 끄덕이는 걸 보고 대문을 향했다.

"후우."

문 앞에 서자 긴장이 되어 숨이 가빠졌다. 손님이 자주 오는 집이긴 했지만, 이런 손님들이 온 적은 없었다. 다들 분에 차서 곡괭이, 아니면 돌멩이라도 휘두르고 있었다. 병과 굶주림에 지쳐 독기에 오른 백성들이었다. 그들의 무게에 문이 부서질 듯 흔들렸다.

"옹주님!"

문을 막은 사내종이 겁에 질린 얼굴로 현혜를 보았다.

"여기 요망한 계집이 숨어 있다! 그 계집을 잡아 없애버립시다!"

"지금쯤이면 거기에도 소란이…."

쿠당탕, 은우군 앞에 있던 서안이 엎어졌다. 민이 은우군에게 달려들어 멱살을 잡았기 때문이다.

"무슨 짓을 벌인 겁니까!"

해길이 알아챌 수 없도록 일부러 조참에 맞춰 벌인 판이었다. 물론 민을 지금 부른 것 또한 현혜네 집에 사람을 보낸 걸 눈치 채지 못하도록 하기 위해서였다.

"판을 벌여주었는데도 미적거리니, 내가 친히 등을 떠밀어주는 게 아니냐."

은우군은 여유롭게 민의 손을 걷어내며 입가에 곡선을 만들었다.

"온전히 갖고 싶다면 어서 가거라. 군사가 아니니 아직은 뚫지 못했겠지. 뭐 현혜든 형님이든 마음껏 베지도 못하겠지만."

민은 분이 다 가시지 않아 마른세수를 하며 숨을 골랐다. 떨리는 손바닥 아래의 얼굴이 엉망으로 구겨져 가는 게 느껴졌다. 생글거리는 은우군의 낯에 주먹을 내리꽂고 싶었지만, 참아야 했다. 끌끌, 은우군의 웃음소리가 머릿속을 울렸다.

"계집을 죽이라 명해주마. 네 품안이 아니고선 발 디딜 곳이 없도록."

이것은 자신의 선택이었다. 책임을 져야만 했다.

민은 도포 자락을 털고 문을 향했다.

"어서 갑시다, 상하게 하고 싶지 않으니."

무용은 자리에서 일어나 별채를 나서려 했다. 주변이 영 어수선한 것도 같고, 현혜가 오지 않는 것도 이상했다. 무슨 일이 생긴 걸지도 몰랐다.

"으엇!"

무용은 모퉁이를 돌려다가 갑자기 튀어나온 계집종 하나와 부딪힐 뻔했다.

"괜찮으십니까?"

"뭐, 뭐, 뭐 필요하신 게 있으십니까?"

계집종은 열심히 고개를 끄덕이며 살살 미소를 지었다. 하지만 무용은 자꾸 뒤로 돌아가는 눈동자를 보며 이상한 낌새를 느꼈다.

"무슨 일이 있습니까?"

"아닙니다."

무용은 선선히 고개를 끄덕이고 뒤로 돌았다. 휴, 계집종이 안도의 한숨을 쉬었다. 그 순간, 무용이 다시 뒤를 돌아 달려 나갔다.

"안 됩니다! 안 돼요! 안 되는데….."

무용은 가장 소란이 심한 대문 쪽으로 걸음을 옮겼다. 대문 앞에서는 현혜가 하인들에게 한창 명을 내리는 중이었다. 다들 무기랍시고 손에 기다란 장대 하나씩 들고 있었다.

"옹주님!"

외침을 들은 현혜가 무용에게 달려가 어깨를 부여잡았다.

"어디라고 여길 나오느냐!"

"그게 무슨 말입니까?"

덜컹덜컹, 대문이 후들거렸다. 장정 다섯이 막고 있었지만, 그를 버티는 것도 한계가 온 듯했다.

"역병을 몰고 온 몹쓸 계집을 없애자는데 무얼 막으십니까!"

"나라에 망조를 몰고 올 거야! 대군도, 중전도 죽었으니 왕조를 말아먹을 계집이야!"

"경복궁을 채운 유생들의 외침이 들리지도 않느냐! 어서 나와 벌을 받아라!"

"유진사님, 어찌 그런 여인을 감추시오! 하늘의 분노가 두렵지 않습니까!"

"내 아들이 죽고 있소, 내 아이가 죽고 있단 말이오!"

현혜와 해길이 무용에게 숨기려 했던 소문들이 전부 쏟아지고 있었다.

"옹주님, 이게 무슨 일입니까?"

현혜의 얼굴이 굳어 있었다.

"설명할 시간이 없구나. 일단, 그래, 곱단아, 무용이를 좀 숨겨주어라. 그래, 거기, 거기면 되겠구나. 들어올 수 없게 할 테니, 아무 일도 없을 것이야. 그래."

무용은 그렇게 얼렁뚱땅 곱단이의 손에 이끌려 구석진 광을 향했다.

"잠시만, 잠시만 여기 숨어 계셔요."

곱단이는 무용을 숨겨준 뒤 다시 현혜가 있는 곳으로 달려갔다. 무용은 가만히 몸을 멈추고 바깥의 소리에 귀를 기울였다. 덜커덕, 결국 대문이 열린 듯했다. 사람들이 쏟아져 들어오는 소리가 들렸다.

"나와서 벌을 받아라! 나라를 망칠…"

말소리를 정확히 알아들을 순 없었지만, 어렴풋이 감은 왔다. 자신 때문에 벌어진 사태가 분명했다. 그리고 궐에도, 비슷한 일이 벌어진 듯했다.

"옹주의 사저에 감히 이런 짓을 하고도 무사할 줄 아느냐!"

현혜의 목소리가 크게 울렸다. 광까지 분명히 들려올 정도였다. 무용도 놀랐지만, 현혜를 마주한 사람들도 기가 완전히 눌릴 정도로 놀랐다.

"그럼 그 계집을 내놓으시오!"

하지만 그 사이에는 은우군이 보낸 바람잡이가 섞여 있었다.

"옳소, 옳소!"

쩔그럭쩔그럭, 자꾸 쇠붙이 부딪히는 소리가 울렸다. 기세를 되찾은 이들은 집 안을 뒤엎을 듯 사방을 들쑤시기 시작했다.

이 소란 속에서 무용은 무얼 어째야 좋을지 알 수가 없었다. 자신에게 화가 난 사람들이 몰려온 판에 나가봤자 별 도움이 될 것 같지 않았다. 현혜를 위해선 차라리 이곳에 자신이 없는 것처럼 구는 게 나을 듯했다.

"그 계집이 들어오는 걸 봤다는 이가 한둘이 아닌데!"

"내놓으시오! 나라가 못하면, 우리끼리라도 하늘의 분을 풀어드려야겠으니."

아직 답을 찾지 못했건만, 사람들이 다가오는 소리는 점점 가까워졌다. 무용은 초조하게 눈을 굴리다 주변에 보이는 물건 사이로 몸을 숨겼다. 끼이익, 마침내 누군가가 광의 문을 열었다. 어둡게 드리운 그림자를 보며, 무용은 숨을 죽였다.

"전하, 통촉하여주시옵소서!"

조정의 대소 신료들이 모두 근정전에 모여 있었다. 하지만 그 안을 채운 건 밖에서 들려오는 유생들의 외침이었다. 근정전 안에 흐르는 건 팽팽한 긴장감뿐이었다. 용상 위의 왕은 팔을 괴고 앉아 관자놀이를 누르고 있었다. 며칠 내내 시끄러운 소리를 계속 듣고 있어서 그런지 골이 울렸기 때문이다.

"전하?"

한참 동안 말이 없자 내관이 조심스레 물었다. 그제야 왕은 팔을 내리고 고개를 털어 정신을 가다듬었다.

"세자, 이 사태를 보고도 뜻을 굽히지 않을 것인가?"

지난번에는 세자가 왕을 눌렀다고 하지만, 이번에는 일이 또 달랐다. 지금 왕의 손에 들고 있는 패는 법도나 논리가 아니라 '민의'였다.

역병이 창궐한 상황이었다. 원인도, 치료법도 알 수 없자 백성들은 나라에 의지하려 했다. 하지만 나라를 다스려야 할 왕실은 요즘 바람 잘 날 없이 연일 일이 터졌다. 특히 유례없는 세자빈 내정으로 권력가들의 잇속 다툼까지 시작됐다. 이런 상황에 은우군은 그동안 모아왔던 소문에 불을 붙였다.

'세자는 유학의 뜻을 저버리고 왕실의 존엄도 저버린 채 여색에 빠졌다. 덕 없는 세자로 인해 하늘이 노해서 돌림병이 생긴 것이다.'

낫지 않는 병을 대신해 원망할 곳이 필요한 자들, 유학의 도리란 말을 붙이면 무엇이든 따르는 자들, 그저 분위기를 타는 자들…. 은우군이 준비한 그럴싸한 답에 수많은 사람이 휩쓸리는 건 순식간이었다.

"제 뜻은 달라진 게 없습니다."

해길의 답을 들은 왕은 짧게 숨을 뱉었다. 이쯤이면 대단하다고 해야 할까. 예판이 같은 편이 아님은 물론이고, 심지어 같은 편이던 영상까지 돌아섰다. 연훈? 연훈의 세력이 따르는 건 세자가 아니라 저들끼리의 논리였다. 그들은 입맛에 맞는 답을 고르지, 세자를 위한 답을 고르진 않았다.

"전하, 국사를 염려하는 유생들과 선비들을 들여 이 문제를 함께 논함이 어떠하신지요?"

예판이 묘한 미소를 지으며 끼어들었다. 지난밤 이야기를 다 나누진 못했지만, 지금 한 말이 어떤 뜻인지는 알 수 있었다. 밖에는 흥분한 사람들이 모여 있었다. 그들이 이 안으로 들어와 세자와 대면한다면 무슨 일이 일어날지는 불 보듯 빤했다.

"그리하지. 여봐라! 근정전의 문을 열어라!"

방자한 세자에게 가르침을 줄 시간이었다.

우르르 몰려 들어온 사람들로 근정전 앞이 빼곡했다. 보기 드문 광경이었다. 왕은 픽 웃고 말았다. 늘 세자의 뒤를 지키던 공영이 사람들 사이에 섞여 세자의 반대편에 서 있었다. 볼만한 풍경이었다.

"서경에 이르되, 사람에 빠져 즐기면 덕을 잃고 물건에 빠져 즐기면 뜻을 잃는다고 하였습니다."

선비 하나가 고했다.

"세자저하께서 장원서에 왜척촉을 명하신 일도 있다 들었습니다. 왜척촉이라 함은 폭군이 즐기던 꽃이 아닙니까!"

거기에 예판 쪽 인사가 추임새를 붙였다. 안타깝다는 말투였으나, 눈빛은 흉흉했다.

"폭군과 다를 게 없는 행보라니, 이 나라의 종묘사직에 그런 오점을 또 남길 수는 없습니다!"

"저하께서는 한낱 계집에 빠져 꽃 따위를 탐하셨습니다! 이는 사람에 빠진 것은 물론, 물건에 빠진 게 아닙니까!"

앞쪽에 있던 성균관 유생이 말을 받았다.

"전하의 백성들이 역병으로 고통받고 있습니다! 부디 덕을 펼치소서."

"전하, 부디 굽어살펴 주시옵소서! 하늘의 분노를 가라앉혀주시옵소서!"

"전하! 부디 부정한 이를 폐하시고 하늘의 덕을 가진 참된 자를 조선의 해가 되게 해주소서."

근정전 안까지 들어온 유생들은 득의에 찬 얼굴로 다들 한마디씩 하려 난리였다. 해길은 담담한 얼굴로 듣고 있을 뿐이었다. 잔뜩 열을 내고 있는 유생들과 상반된, 침착한 태도였다. 그 때문에 유생들은 오히려 혼란스러워져 말을 잃고 말았다.

소란이 좀 가라앉은 걸 느낀 해길이 마침내 입을 열었다.

"영상은 이 일을 어찌 생각하는가?"

차분한 물음이었다. 하지만 왕은 어째서 의건에게 물음을 돌린 것인지 알 수가 없었다. 제 여식을 세자빈으로 넣으려 했을 의건의 뜻을 묻다니, 벌집을 들쑤시는 일이었다. 가질 수 있던 권세를 놓친 의건에게서 좋은 말이 나올 리 없었다.

"지금의 병이 하늘에서 내린 것임을 어떻게 알 수 있는지를 먼저 묻고 싶습니다."

왕은 저도 모르게 쯧, 혀를 차고 말았다. 올 것이 왔다고 생각했건만, 이런 김빠지는 소리라니. 영상의 신중한 성미를 생각하면 이해는 가지만, 아쉬운 건 어쩔 수 없었다.

"세자저하께서 부정한 여인을 궐에 들여 조선의 종묘사직의 질서를 어지럽히셨습니다! 그러니 분노한 하늘에서 벌을 내린 게 아닙니까!"

유생 하나가 우쭐하며 나서서 말했다. 답을 일러준다는 태도였다.

"부정한 여인이라 하셨습니까? 장원서의 점주를 두고 하는 말이 맞으시지요?"

여기에 공영이 부정한 여자가 정확히 누군지 물었다. 공영이 왜 이런 걸 확인하려 묻는지 알 수 없었다.

"예, 아시지 않습니까? 어찌 감히 계집이 정사를 돌볼 수 있단 말입니까!"

"그가 할 수 있는 일이 필요하기 때문입니다."

공영의 예상치 못한 대답이었다. 부정한 여자가 하는 일이 필요하다니! 유생들과 상반된 입장에서 나온 말이었다.

"계방! 그 여인은 감히 이 나라의 세자빈이 되려는 자입니다!"

유생들은 당연히 자신들을 도울 줄 알았던 공영이 이렇게 나오자 당황해 더욱 발끈했다.

"필요한 일이라니, 장사가 아닙니까! 장사는 직접 일을 하지 않고 사이에서 이문만 취하는 천한 일입니다!"

"그런 생각만 고집하니 배를 곯는 백성들을 도울 방법을 마련치 못하는 것입니다."

공영은 근정전에 모인 이들 중에서도 어린 축이었지만, 두둑한 배짱은 누구에게도 밀리지 않았다. 말을 주고받던 유생은 기세가 밀린 데다, 자신이 답할 수 없는 말까지 들어 입을 다물 수밖에 없었다.

"그리고 하늘의 뜻이라 하셨지요? 누명 때문에 궐을 나섰던 세자 저하를 구했으니, 이야말로 하늘이 내린 뜻이 아닙니까?"

공영에게 무용은 이미 한낱 계집이 아니었다. 능력이 출중한 것은 물론이고, 생사가 걸린 추국에서도 물러서지 않는 모습을 보았다. 신분이나 형식 같은 겉치레를 빼면 국모의 자리에 어울리지 않을 게 없는 사람이었다.

"또한, 어찌 성균관의 유생으로 있는 이가 한낱 저잣거리의 소문에 미혹되어 백성들이 앓는 것을 하늘에 미루기만 하십니까!"

공영은 이제 거의 꾸짖고 있었다. 사리가 분명한 공영이 이렇게 나오니 듣는 이들은 생각에 빠질 수밖에 없었다.

"원인 모를 역병이 아닙니까? 이는 하늘이 노해 벌을 내린 벌입니다!"

유생은 억울하다는 태도로 나왔다. 역병이 제 잘못도 아닌데, 또 지금 한 소리는 남들도 하는 소리인데, 왜 자신이 이런 말을 들어야 하는지 모르겠다는 듯했다.

"세자저하는 이미 하늘을 노하게 하였으니, 하늘의 노기를 누그러뜨릴 이를 옹립해야 합니다."

"은우군대감을 말하는 것인가?"

의건이 대놓고 이름을 거론하며 다시 나섰다.

"예, 대감은 이 역병에서 백성들을 구하기 위해 구휼미를 아끼지 않고 계십니다."

"그 구휼미로 온 백성을 다 구할 수 있단 말인가?"

의건은 민본에 뜻을 품은 이였다. 그동안 세자를 지지했던 건 외척이 되고자 함이 아니었다. 세자빈 내정에 불만을 품은 이들이 몰려왔을 때, 그들을 정리한 게 그였다.

'자네들은 백성을 위해 이곳에 온 자들인가, 권세를 위해 이곳에 온 자들인가.'

이 말에 분위기에 휩쓸려 분개했던 이들이 정신을 차렸다. 자신들이 어째서 의견을, 또 세자를 따랐는지 기억해냈다.

"그건 한 번의 은혜이지 백성들의 근본을 살리는 게 아니지 않은가."

세자는 백성들이 겪는 고난을 뿌리부터 바꿔줄 사람이었다.

"당장 그 여인을 잡아 들여 벌을 주어 종묘사직을 바로 세운다면!"

유생은 버럭 소리를 쳐놓고 의견의 눈치를 살폈다. 짙은 눈썹을 모으고 자신을 보는 의견의 시선에 겁을 먹었기 때문이다. 하지만 그는 자신의 말을 물릴 용기도 없는 자였다.

"그게, 하늘도 그 뜻에 감동하여 병을 거둬줄 것이지 않을까 하는…."

"차라리 소격서(도교를 다루던 관아)를 다시 짓자고 하지 그러나."

여훈이 툭 말을 던졌다. 그는 이런 실없는 소리를 참고 들어줄 만한 성미가 아니었다.

"주상전하께서 제를 올려주시면 천지신명께서 감동해 병을 거둬주실 수도 있지 않은가."

"우상!"

노골적으로 비웃는 투에 왕이 격분했다.

"종묘사직을 운운한 선비가 설마 그런 뜻으로 말을 꺼냈겠습니까."

의견은 차분히 말을 정리하면서도 연훈을 거들었다. 이번 세자빈 인사에 가장 큰 반대파라 생각했던 영상 세력이 오히려 세자의 뒤를 받쳐주고 있었다. 왕은 어쩌면 세자가 이미 영상에게 손을 써뒀을지도 모른다는 생각이 들었다.

"꽃은 자네들 말처럼 완물일지도 모르지."

잠깐의 침묵이 찾아든 틈으로 해길의 목소리가 울렸다. 크게 외친 소리가 아닌 데도 모두의 시선이 해길에게 모였다. 해길은 모인 이들을 찬찬히 둘러보며 말을 이었다.

"하지만 마음을 달래준다면, 이것을 무용한 완물로 여기며 덮어 두고 꺼릴 필요가 무엇이 있겠는가?"

꽃은 그저 피는 것이었다. 그러나 꽃이 피는 것으로 마음이 달라졌다. 그러니 꽃은 이미 그저 꽃이 아니었다.

"제의가 역병의 치유에 효용은 없다 하여도 백성들의 불안한 마음을 달래줄 수는 있겠지. 그렇다면 제를 치르지. 물론 그와 병을 치료하고 환자를 구휼할 방안을 검토하는 것에도 힘쓰겠네."

해길은 꽃은 완물이라며 쓸모없다고 하던 이들의 말을 끌어와 오히려 뒤집고 있었다. 그 논리가 합당한 데다가 인정까지 깊었다. 세자가 이런 말을 하는 건 오만하게 보일지도 몰랐지만, 이곳에서 그렇게 느끼는 사람은 왕뿐이었다.

"이전에도 불교의 제를 치러주기도 했으니 전하께서도 그 뜻을 살필 걸세."

물론 해길은 왕에게 예를 갖추는 것 또한 잊지 않았다. 덕분에 왕은 속이 더 끓었다. 화를 낼 틈이 없는 말인데, 듣고 있으니 얕보인 것 같은 느낌이 들었다.

"예판은 할 말 없는가?"

왕은 한 가닥의 기대를 품고 예판 쪽을 보았다.

"정해진 예에 따라 적합한 절차로 종묘사직에 적합한 이를 궐에 들여 일을 바로잡아야 한다고 사료되옵니다."

문이 열리고 나서는 내내 말이 없더니, 말을 하지 않는 것과 다름없는 대답이었다.

"그렇습니다! 이것은 지금까지의 종묘사직에 없던 일입니다!"

유생들은 바락바락 소리만 질렀지 쓸 만한 말을 내놓지는 못했다.

"어질고 덕이 있는 왕이 다스리는 나라에는 돌림병이 돌지 않는다고 하니, 이런 일이 터진 건 다 문제가…."

신료들이라고 다른 건 아니었다. 오히려 속을 더 긁었다.

"지금 짐의 과오라고 말하는 것인가!"

말을 꺼냈던 자가 움찔, 몸을 움츠렸다. 진노한 왕의 눈빛이 살벌했다.

"아니면, 이 나라를 다스리는 것이 짐이 아니라 세자라는 뜻인가?"

"그, 그런 것이 아니옵고…."

그런 것이 아니라고 말은 했지만, 조정을 실질적으로 굴리는 사람이 세자다 보니 저도 모르게 이런 말을 한 것이었다.

"허랑방탕한 소리나 하려면 다신 근정전에 오지 말거라!"

왕은 자리를 박차고 일어나 걸음을 옮겼다. 몸짓이 불안했다. 내관이 안절부절못하며 왕의 뒤를 쫓았다. 심상치 않은 분위기를 감지한 유생들은 불똥이 튈까 두려워 몸을 바짝 낮췄다.

"다들 물러가라!"

왕은 손을 내저으며 소리쳤다. 이놈이고 저놈이고, 누구도 보기가 싫었다. 이젠 머리가 깨질 것 같았다. 그렇게 몇 걸음이나 갔을까, 시야가 흐려졌다.

"저, 전하!"

휘청거리던 왕이 계단을 내려오다 말고 아래로 굴러떨어졌다.

"윽…."

"어의를 불러라!"

해길이 왕에게 달려가며 소리쳤다.

"이, 이게 다 천륜을 다 살피지 않았기 때문입니다!"

카랑카랑한 외침이었다. 의견에게 겁을 먹었던 유생의 말이었다.

"왕의 자리란 하늘이 내려주는 것이지요."

그 순간, 잠자코 있던 예판이 앞으로 나섰다. 오늘 하려던 일은 논쟁에서 이기는 것이 아니었다. 왕이 쓰러지는 것을 모두가 보도록 하는 것이었다.

지난밤, 은우군이 예판을 통해 보낸 약은 왕의 상태를 나쁘게 만들 약이었다. 조참에 오기 전에 탕약을 먹었을 테니 더 빨리 쓰러졌어야 은우군의 계산에 맞았지만, 큰 상관은 없었다. 어쨌든 자신은 근정전의 문을 열었고, 이 상황을 보는 이들은 충분히 많았다. 더군다나 그 안에는 은우군이 심어둔 바람잡이들도 있었다.

"주상전하께서 쓰러지셨다! 역시, 하늘이 노한 것입니다!"

"전하, 세자저하는 이 부덕을 풀어낼 수 있는 사람이 아닙니다!"

유생들이 예판의 뒤를 지켰다. 이들에게는 진실보다 자신의 주장이 이치에 맞다고 확인받는 게 더 중요했다.

"전하! 유교의 덕을, 하늘을 도를 져버린 세자저하를 폐하여주십시오!"

거기에 은우군이 심어둔 자들이 분위기를 몰아가니, 근정전 안은 삽시간에 혼란에 휩싸였다.

그 겁 많은 예판이 자신을 내려다보고 있다니, 왕은 정신이 아찔해졌다.

"통촉하여주시옵소서, 전하!"

"나와서 하늘을 노하게 한 벌을 받아라!"

현혜의 집 앞 또한 몰려온 백성들로 여전히 혼란스러웠다. 상황이 점점 악화되는 것을 느꼈다. 악에 받쳐 달려드는 이들을 다치지 않게 상대하려니 여간 어려운 게 아니었다. 이젠 슬슬 한계였다.

그때, 경쾌한 말발굽 소리가 들리기 시작했다. 곧 말에 탄 은우군이 나타났다. 난리 통에 어울리지 않는 우아한 모습이었다.

"어찌 이곳에서 이러고들 있는 건가!"

"나리!"

몰려왔던 백성들은 저를 구해줄 사람을 만난 양 눈을 빛냈다. 몇 몇은 울먹이기까지 했다.

이것이 그동안 은우군이 베풀어둔 '은혜'의 결과였다.

"아아, 대감이셨습니까."

현혜가 은우군이 사람을 보낸 것임을 알아채고 비꼬았다. 그는 여유롭게 말을 몰아 현혜의 코앞에서 내렸다. 그리고 지켜보는 이들을 향해 염려된다는 듯, 꾸며낸 얼굴로 말했다.

"어찌 이런 위험한 일들을 벌이는가! 이 일을 동궁에서 알게 되면, 자네들에게 큰일이 날지도 모르는데…."

"저하가 계셨다면 일을 모두 바로잡으셨겠지요."

가시를 잔뜩 세운 말을 듣고도 은우군은 다정스러운 얼굴로 현혜의 어깨를 감쌌다.

"세상 물정을 모르는 어여쁜 막내…."

"역시, 대감님께서는 우애가 깊으셔."

"배포도 크시지."

토닥이는 손길을 보며 백성들은 감동했지만 현혜는 소름이 끼쳤다. 현혜는 거친 몸짓으로 은우군을 떨쳐냈다.

"다들 마음을 가라앉히게! 현혜는 그저 저하의 명을 피할 수가 없던 가련한 아우일 뿐이네."

은우군은 여전히 천연덕스럽게 말을 이어갔다.

"여봐라! 내 집에 온 불청객들을 모두 내보내라!"

현혜도 지지 않고 소리쳤다. 무기를 들고 온 자들도, 이들을 선동한 은우군도 현혜에게는 불청객이었다.

"그래, 그 요망하고 간사한 계집을 어서 내 아우의 집에서 쫓아내 주시오!"

은우군은 현혜의 말을 제 마음대로 바꿔버렸다. 그리고 자신을 따라온 자들을 현혜의 집으로 들여보냈다.

까악, 악! 그들이 휘두르는 몽둥이에 조금 전까진 없던 곡소리가 곳곳에서 터졌다.

무용은 문을 연 사람이 제게로 다가오는 걸 알아채고 정신을 바짝 차렸다.

두근두근, 심장이 불쾌하게 뛰었다. 이젠 눈앞에 그림자가 보였다. 무용은 그대로 몸을 던지듯 날려 앞에 오는 이를 쾅, 바닥으로 밀쳐버렸다. 그리고 재빨리 몸을 일으켜 문을 향했다.

"으윽."

앓는 소리를 들은 무용이 걸음을 멈췄다. 바닥에 엎어진 게 민이었기 때문이다. 그는 큰 소란을 내지 않으려 아픈 소리를 참는 듯했다.

"대감?"

몸을 일으키는 민을 보며 무용은 초조한 얼굴을 했다. 어둠에 덮인 민의 얼굴이 자신이 알던 얼굴이 아닌 것 같았다. 어서, 도망쳐야 했다. 무용이 문을 향해 달렸다.

"아니, 나가서 뭘 어쩌려고?"

민의 말대로 지금 나간다 해도 할 수 있는 건 없었다. 오히려 현혜를 위험하게 만들지도 몰랐다.

"곧 소란이 끝날 거다. 내가 널 데리고 있다가 다시 현혜에게 데려다주마."

무용은 고개를 저었다. 그럴싸한 말이었지만 의심스러웠다. 달리는 수레에 태우느라 그랬다고는 해도 사람을 우리에 넣었던 것도, 쉬라고 해놓고 사람을 시켜 감시했던 것도, 지금 이렇게 나타난 것도, 모두 이상했다.

"소란이 정리될 건 어찌 아십니까? 어찌 옹주님을 돕지 않고 여기에 계시는 겁니까?"

"궐로 가려 하느냐?"

민은 제 할 말만 하며 무용에게 한 걸음을 가까이 갔다.

"잠시 숨어 있다가 일이 정리되면 궐로 돌아가겠습니다. 말씀대로라면, 그래도 되겠지요."

무용은 민을 피해 뒤로 걸음을 물렸다.

"사리가 너무 밝아 오히려 손해겠어…."

민이 빙글거리며 고개를 흔들었다.

"궐에도 곧 난리가 날 텐데, 네가 거기로 가도록 그저 둘 리가."

민은 무용을 붙잡으려 손을 뻗었다. 무용은 민이 팔을 다 펴기도 전에 문을 향해 달려갔다. 하지만 워낙 가까이 있던 탓에 몇 걸음 가지 못하고 붙잡히고 말았다.

"놓으십시오! 대감도 저를 죽이려 하시는 겁니까? 왜 이러시는 겁니까!"

무용은 민에게서 몸을 빼내려 몸부림을 쳤다. 하지만 발을 있는 힘껏 밟아도 놓아줄 기미가 없었다. 아픈 얼굴을 하고 더 꽉, 팔을 죌 뿐이었다. 차라리 다른 이가 이곳으로 와야 혼란을 틈타 도망칠 수 있을 듯했다.

"여기요!"

무용은 포박된 꼴로도 굴하지 않고 큰소리로 외쳤다. 민이 손으로 입을 틀어막자 그 손을 피해가며 막무가내로 소리쳤다.

"아악! 아악!"

민은 그대로 무용을 바짝 당겨 안았다. 그리고 입을 맞췄다. 빼앗 듯 억지스러운 입맞춤이었다. 무용이 입을 다물고 고개를 휘저었지 만, 그의 힘을 이길 도리가 없었다.

피해도, 피해도 다시 입술에 닿아왔다. 입에 닿는 감촉에 구역질 이 올라올 것 같았다. 무용은 그 입술을 꽉 깨물어버렸다. 곧 민의 입술에서 피가 터지고, 비릿한 피 냄새가 풍겼다. 민은 그제야 몸을 뗴었다. 무용은 씩씩대며 민을 노려봤다.

"왜 이러냐고 물었지?"

민은 턱으로 흐르는 피를 훔치고 무용을 똑바로 보았다. 무용의 눈이 분노로 이글거렸다. 그렇지만 분명 자신에게 눈을 맞추고 있었 다. 입꼬리가 또 저절로 꿈틀거리며 올라가는 게 느껴졌다.

"내가 널 가져야겠구나."

"하…."

무용의 입술이 일그러지며 바람이 샜다. 갈팡질팡하던 민의 눈에 담긴 게 이런 끔찍한 것일 줄이야.

"종으로라도 삼으시겠다는 겁니까?"

"이런, 그런 뜻으로 생각하면 곤란한데."

그런 의미로 한 말이 아니라는 것쯤은 무용도 알고 있었다. 하지만 민이 마음만 먹으면 자신을 종으로 만들 수도, 억지로 품을 수도 있다는 것을 알았다. 해길 또한, 자신 정도야 얼마든지 마음대로 할 수 있었으리라. 하늘과 땅 같은 신분의 차이야 오히려 해길이 더 심했다. 하지만 그는 늘 곁에서 다가와 주었다. 자신도 모르는 마음을 살펴 주고, 마음을 열 때까지 기다려 주었다. 이렇게 억지를 부리지 않았다. 울컥, 갑자기 눈물이 차올랐다. 하지만 민을 앞에 두고 울긴 싫어서, 눈을 부릅떴다.

"대감을 물어뜯을망정 그리는 안 될 겁니다."

무용의 눈동자는 눈물에 젖었지만, 뜨겁고 뚜렷하게 빛났다. 해길을 떠올린 것이었지, 겁을 먹은 게 아니었기 때문이다. 이를 본 민은 저도 모르게 팔을 더 죄었다. 물러나지 않는 게, 꼭 닿을 듯 가까이에 있다고 느껴지는 게 민을 더 자극했다.

"놓으십시오!"

무용이 거칠게 몸을 틀었다. 민은 고개를 절레절레 저으며 잡았던 팔을 놓았다.

"하여간, 여간내기가 아니야."

내팽개쳐진 무용은 비틀거리는 몸을 추슬렀다. 갑자기 왜 이러는 건지는 몰라도 기회인 건 확실했다. 밖이라고 상황이 좋은 건 아니었지만, 적어도 자신의 걸음으로 있고 싶은 곳으로 갈 수 있었다.

"하지만 나도 그냥 온 것은 아닌데."

툭, 민이 품에서 무언가를 꺼내 바닥에 던졌다. 무용은 무슨 수작을 부리든 무시하려 했다. 하지만 순간 눈에 바닥에 떨어진 물건을 보고 나니 저절로 걸음이 멈췄다. 민이 꺼낸 건 낡은 붓발이었다. 어디가 닳았는지 잘 알고 있는 것이었다. 한화백, 아버지의 물건이었다.

"이게, 왜 여기에…."

"너는 네 아버지를 닮았더구나."

무용의 머릿속에 안 좋은 생각이 스쳤다.

"설마 그런 치졸한 짓을…."

"아직은 아니지, 아직은."

무용은 숨이 가빠지는 걸 느꼈다. 아버지에게 무슨 일이 생긴 게, 그리고 무슨 일이 생길 게 분명했다. 머릿속이 어지러워지는 와중에도 바깥의 소란은 잦아들지 않고 점점 커져만 갔다.

"패륜을 저지른 세자를 폐하라!"

"왕실에 재앙을 가져오는 계집과 죽어버리라지!"

"은우군에게 용상을!"

해길을 위협하고 자신을 죽이려는 이들이 외치는 소리였다. 그들 사이에서 현혜가 위험을 무릅쓰고 싸우는 소리도 들렸다.

"감히 어느 안전에서 헛소리를 하는 것이냐!"

이 난리가 이곳에만 난 것은 아니니라. 무용은 마른침을 삼켰다. 민이 빙글거리며 붓발을 주워 들었다. 그리고 저벅저벅, 느긋한 걸음으로 무용에게 다가가 붓발을 손에 쥐여주었다.

"이젠 거래가 좀 되겠지?"

무용은 민을 따라 광의 뒷문을 통해 밖으로 나갔다. 웅성거림으로 들리던 소란이 생생하게 느껴졌다. 하지만 광 주위는 조용했다. 현혜가 주의를 멀리 돌린 듯했다. 그때, 뒤에서 걸음 소리가 들렸다. 현혜가 종 하나를 달고 급하게 달려오고 있었다.

"옹주님!"

현혜는 무용에게 사람을 붙여 도망 보낼 생각이었다. 그런데, 도착해보니 왜인지 자신의 오라버니가 있었다.

"오라버니? 오라버니가 왜 여기 있소?"

"넌 소중한 게 있으면 꼭 이 광에다 가져다 두지 않았냐."

무용을 이곳에 숨겼을 것을 알고 왔다는 이야기였다.

"저하가 보낸 것이요?"

"아, 그리 말할 걸 그랬구나."

민은 아쉽다는 듯 고개를 끄덕였다. 그 말을 순순히 믿었을 것 같진 않지만, 지금보단 나았을 것이란 생각이 들었다.

"오라버니, 지금 무슨 말을 하는 거요?"

현혜는 뭔가 이상하다는 느낌을 받았다. 무용을 숨길 일이 생길 걸 어찌 알고 있던 건지, 와서는 어째서 자신을 돕지 않고 이러고 있는 것인지 알 수가 없었다. 아니, 알 수 없는 게 아니었다. 믿고 싶지 않았다.

머릿속에서는 은우군과 자신의 오라버니가 작당했다는 답이 나왔다. 하지만 마음속에서는 이는 있을 수 없는 일이라고 부정했다.

"이 난리보다야, 네 올케가 되는 게 나을 것 같지 않으냐?"

민은 입꼬리를 올려 웃음을 그렸다. 찢어진 입술 사이로 피가 맺혔다.

"지금 은우군을 데려온 게 오라버니요?"

무용의 손목을 잡은 민의 태도가 묘했다. 현혜는 결국 입 밖에 내고 싶지 않은 물음을 냈다. 지난번에 무용을 꾀어내라 말했을 때 그리 날을 세웠던 게 이제야 이해가 갔다.

"마음에 닿는 일을 하는 것뿐이다."

민이 손목을 잡아끌자 무용이 휘청거리며 끌려갔다. 그러자 현혜가 그 손을 잡아뗐다.

"오라버니가 갖겠다던 자유가 겨우 이런 것이란 말이오!"

남매 가운데 선 무용은 상황을 살폈다. 민을 따라가고 싶진 않지만, 아버지의 안위를 확인해야 했다. 게다가 흥분한 사람들이 자신과 현혜가 함께 있는 것을 본다면, 현혜 또한 위험해질 것 같았다.

"옹주님, 저는 괜찮습니다."

"뭐가 괜찮다는 말이냐? 나는 저하께 너를 지킨다고 약조했다!"

"그래, 눈을 가리고, 아무 일도 모르게 할 수도 있었겠지. 하지만 이젠 아니다."

민이 고개를 돌렸다. 은우군의 말소리가 들렸다.

"궐도, 이곳도 전부 아주 요란하게 난리가 났는데, 이제 어찌할 작정이냐?"

현혜는 초조한 기색으로 민이 보는 쪽을 쳐다봤다. 점점 사람들의 소리가 가까워졌다.

이런 작당에 당한 게 한심해서 이가 악물렸으나 이러고 있을 시간이 없었다. 더 늦기 전에 무용을 도망 보내야 했다.

"무용이를 죽게 두고 싶은 건 아니겠지?"

아무리 자신의 오라버니라고 해도 이런 짓을 하는 건 용서할 수 없었다. 하지만 무용이 죽게 두긴 더더욱 싫었다.

"미안하다. 무용아, 미안해…."

무용은 입술을 당겨 웃음을 지어 보였다. 현혜가 지금 어떤 마음
으로 자신을 보내는지 알기 때문이었다. 현혜는 입술을 깨물었다.
이젠 정말 보내야 했다.

"가라! 어서, 어서 가!"

현혜는 주변으로 다가온 걸음 소리를 향해 달려갔다.

"물러가거라! 이곳에 없다 했다! 어딜 감히 들어온 것이냐!"

무용과 민은 이 틈에 밖을 향했다. 담벼락을 넘으니 말 한 필이 둘
을 기다리고 있었다. 말에 오른 민이 무용에게 손을 뻗었다. 다그닥
다그닥, 말은 빠르게 소란을 벗어났다.

"아버지!"

무용이 방안으로 뛰어들었다. 그림을 그리는데 푹 빠져있던 한화
백은 그제야 퍼뜩 정신을 차리고 고개를 들었다.

"어?"

놀란 얼굴이었다.

"몸은 괜찮은 거지요?"

무용은 아버지의 몸 여기저기를 살폈다. 며칠 내내 방안에만 있었
는지 꼴이 좀 추레했지만, 다친 곳은 없는 듯했다.

"그렇지, 밥도 먹었다. 그런데 갑자기 이게 무슨 일이냐?"

무용은 답 없이 문 쪽을 잠시 보았다. 문 앞에 서 있던 민이 씩, 시
원스러운 웃음을 그렸다.

"이렇게 된 것이지요."

탁, 문이 닫혔다.

"이곳을 지켜라."

"예!"

민이 명령하는 소리가 들렸다. 닫힌 문 너머로 덩치 큰 장정의 모습이 비쳤다.

"갇혀있으면서 태평히 그림을 그리고 계셨습니까."

"갇혀?"

한화백은 어리둥절한 얼굴로 무용을 보았다. 그림을 그리느라 바빠 나갈 생각을 하지 않았으니, 갇혔다고 생각해 본 적이 없었다.

"그러고 보니…."

생각해보니 좀 이상하긴 했다. 며칠 전 시장에서 술을 마신 뒤, 깨어나 보니 이곳이었다. 어디인지는 몰랐지만, 그림을 그려주기로 한 것은 기억이 나서 계속 그림을 그리고 있었다.

"조용해서 집중하기 좋다고나 생각했지, 가둔 것일 줄이야…."

한화백은 한 대 맞은 듯 멍한 얼굴로 무용을 보았다.

"무용아, 이게 무슨 일이냐?

무용은 얇게 입술을 깨물었다. 해야 할 말이 산더미였다.

"무슨 일이냐, 어디서 돈이라도 끌어 쓴 거야? 아니면 설마, 그때 그 놈팽이 때문이냐?"

무용은 고개를 저었다. 해길과 자신이 함께하는 것을 막으려는 자들 때문에 벌어진 일이었다. 그러니 완전히 아닌 이야기는 아니었지만, 해길이 잘못한 일은 아니었다.

"여염집의 딸이 세자빈이 된다는 소문은 들으셨습니까?"

"혼례가 있을 거라고 듣긴 했다만, 궐의 이야기야 워낙 먼 이야기이니…."

"접니다."

"뭐? 그때 그 사람은 어쩌고… 설마?"

한화백이 입을 떡 벌린 채 말을 멈췄다. 그날 보았던 해길의 모습이 다시 떠올랐다. 한눈에 봐도 귀한 집에서 나고 자란 사람이었다. 아니, 그 정도가 아니라 어디 하나 나무랄 데 없는 이였다. 흠잡을 데가 무엇도 없다는 그 세자저하처럼.

"아니지? 아니라고 하여라, 어서!"

한화백이 무용의 어깨를 붙잡고 흔들었다. 첩으로 들이니 마니 하는 이야기를 할 때가 아니었는데, 딸을 데리고 어서 떠났어야 했는데….

"송구합니다."

한화백이 이런 일을 겪게 된 건 무용이 사과할 일은 아니었다. 하지만 앞으로 한화백이 더 많은 일을 겪게 될 걸 알기 때문에 미안할 수밖에 없었다.

"어찌 아니라고 할 수가 있겠습니까."

무용은 입술을 꾹 당겨 야무진 얼굴을 해 보였다.

"아버지, 저는 세자빈이 되어야겠습니다."

궐에서 집으로 돌아온 연훈의 한숨이 깊었다. 연훈은 그러고도 또 한숨을 푹 내쉬며 방문을 열었다.

"이제 오시오?"

방 한가운데 또 민이 있었다. 연훈이 눈살을 구기며 쯧, 혀를 찼다.

"담벼락을 두 배쯤으로 높이든지, 문마다 자물쇠라도 달든지 해야지 원…."

"그렇다고 못 들어 올 것 같습니까?"

"됐다, 됐어."

연훈은 다시 푸, 한숨을 내쉬었다.

"아니, 그러다 땅 꺼지겠습니다. 무슨 일이 있는 거요?"

일단 돌아오긴 했지만, 난장판이 수습된 것은 아니었다. 유생들은
마침 생긴 사건을 하늘에서 정한 일이었다며 물고 늘어졌다. 이치에
도, 도리에도 맞지 않는 말만 하면서 똑같은 말만 해대니 상대할 수
가 없었다.

"알면서 무얼 묻느냐? 은우군에게 홀린 자들이지."

연훈은 산속에 은거하던 때에 은우군과 만난 적이 있었다. 그는
시를 나누자고 제안했고, 연훈은 내 꽃밭이나 밟지 말라고 그를 돌
려보냈다. 그때 은우군은 꽃밭에서는 나왔지만, 옆에 돋은 제비꽃을
짓밟았다. 연훈이 보며 즐기던 꽃이었다. 은우군은 그러고도 아무
일도 없다는 듯 생글거렸다.

"쯧쯧!"

그날을 떠올린 연훈은 고개를 절레절레 저었다. 그때 손을 잡았다
면 어찌 됐을까, 그랬다면 지금 자신도 그 멍청이들 사이에 끼어 고
함을 치고 있을지도 몰랐다.

"너도, 들쑤시고 있지?"

연훈은 민을 보며 시선을 곧게 맞췄다. 민은 눈썹을 찡긋거리며
씩 입꼬리를 올리고 고개를 돌렸다. 입술 한쪽이 기울어진 게 느껴
졌다. 무용이 물었던 자리였다.

"오늘은 해주셨으면 하는 일이 있어서 왔는데…."

민은 괜스레 제 입술을 쓸었다.

"또 답은 않고 네 말만 밀어붙일 거냐?"

연훈이 민의 어깨를 붙잡아 시선을 끌었다.

"그게 내 매력 아니었수?"

민이 연훈의 눈을 피하지 않고 웃음 지었다. 두꺼운 눈 밑 살이 휘어지며 짓궂은 느낌이 들었다.

"아재, 어차피 아재는 어느 편을 들지 않을 거 아니요."

"네 편도 들지 않을 거다."

담담한 답이었다.

"뭣하면 지금 당장 의금부에 넘겨주랴?"

민은 눈을 찡긋거리며 고개를 기울였다.

"흐음, 후회하실 텐데요? 의금부에 들어갈 게 제가 아니라 아재면 어쩌려 합니까?"

여전 장난을 하는 말투였지만, 하는 말은 장난으로 넘길 수 없는 내용이었다. 연훈은 하는 수 없다는 듯 혀를 찼다.

"말해 보아라, 어찌 온 것인지."

긴 하루에도 끝은 찾아왔다. 하늘에 점점 어둠이 내리기 시작했다. 은우군은 초를 밝게 켠 방 안에서 분재를 다듬었다.

"대감, 지금 분재나 다듬고 있을 때입니까?"

분재 앞에 앉은 예판이 초조하게 말했다. 은우군은 눈을 구기고 잠시 손을 멈췄다.

"아니, 일이 어찌 되는지 소인이 알 수가 없어 그러지요."

은우군의 심기를 거스른 걸 안 예판이 꼬리를 말았다. 세자가 아니꼽긴 했으나, 은우군이라고 별다르지 않았다. 물론 이쪽은 뒷돈을 받을 수 있으니 돈줄은 됐다. 하지만 심사를 조금만 거스르면 곧 파리 목숨이니, 차라리 세자가 나을지도 몰랐다. 그 계집만 죽였어도 일이 이렇게 되지 않았을 것을. 하긴, 영상과 세자가 척을 지지 않았으니 세자빈 자리가 자신에게 떨어질 일은 애초에 없었다.

어쨌든 세자빈에 준하는 자를 죽이려 했던 게 밝혀지면 자신은 죽은 목숨이었다. 그러니 이제 자신에게 남은 건 은우군 밖에 없었다. 그런데 그 은우군이 여유로운 얼굴로 분재나 다듬고 있으니….

"예?"

생각에 빠져있던 예판은 은우군의 눈초리에 몸을 움츠렸다. 생글거리는 얼굴에서 왜 한기를 느껴지는 것인지 알 수가 없었다.

"좀 기다려보게, 곧 바라는 소식이 올 테니."

어둠이 내린 밤, 경복궁은 침묵에 잠겨있었다. 바람은 끝없이 불며 궐 안의 나무들을 스산하게 흔들었다. 왕이 얕은 숨을 잇고 있는 강녕전에도 같은 바람이 불고 있었다. 어의는 벌써 몇 시진 째 왕의 앞에 붙어 있었다. 파리한 왕의 안색을 보는 어의의 이마에 식은땀이 흘렀다.

"의원에서 탕약이 왔습니다."

드르륵, 문이 열리고 의원과 상궁이 들어왔다. 폐비의 마지막을 보았던 그 상궁이었다. 어의의 얼굴을 살피는 상궁의 얼굴에 초조함이 엿보였다.

강녕전에서 나온 상궁은 사람들의 눈을 피해 궐의 구석으로, 더 구석으로 향했다. 이윽고 사방이 조용한 담벼락 아래 서자 어디선가 검은 옷을 입은 이가 갑자기 튀어나왔다. 사내는 옻칠을 한 표식을 두 개 보였다. 은우군의 사람이었다. 그리고 지금은 상궁 또한 은우군의 사람으로 이곳에 온 것이었다.

상궁은 폐비 죽음의 진상을 알고 있는 사람이었다. 은우군은 상궁에게 자신의 패가 되든지, 비밀과 함께 죽든지를 선택하라고 했다. 상궁은 그 말을 듣자마자 은우군의 편이 되겠다고 했다. 그리고 죽은 무수리를 대신해 궐의 소식을 전하는 일을 맡았다.

"어떻게 됐소?"

상궁은 떨리는 마음을 가라앉히기 위해 천천히 숨을 뱉었다.

"준비는 끝났다고, 전하시오."

비현각에는 오랜만에 공영과 석주, 의건이 모두 모여 해길의 곁을 지키고 있었다.

"송대감께서 다른 이들을 설득해주셨다 들었습니다."

석주가 무거운 분위기를 풀어보려 먼저 입을 열었다. 세자빈 내정에 불만을 품었던 이들에 대한 이야기였다.

"설득이랄 게 있나, 그들도 잠시 눈앞이 흐려졌던 것뿐이니."

왕은 해길과 의건 사이에 무언가 약조가 있을 것이라 예상했다. 하지만 둘 사이에 특별히 오간 말은 없었다. 다만 해길과 의건은 서로가 품은 뜻을 알았고, 이를 믿고 행동한 것뿐이었다.

"게다가, 생각해보게나. 내 딸의 남편이 저하라니…."

석주가 저도 모르게 풋, 웃자 의건도 장난스럽게 고개를 흔들었다. 해길도 공영도 잠시 싱겁게 웃었다. 하지만 공기가 가벼워졌던 것도 잠시, 비현각 밖에 전령이 도착했다.

"들어오라."

전령이 들어오며 방 안을 밝히고 있던 촛불이 획 꺼졌다. 그는 머뭇거리며 조심스럽게 입을 열었다.

"전하께서…."

"…홍(薨)하셨습니다."

은우군의 종자가 궐에서 온 말을 전했다. 홍하다, 왕의 죽음을 알리는 말이었다. 짝짝, 예판이 저도 모르게 손뼉을 쳤다. 기다리던 소식이 마침내 도착한 순간이었다.

"됐다, 이제 되었어."

예판이 자리에서 벌떡 일어났다. 은우군 또한 일어나 문을 나섰다. 어두운 밤중인데도, 밖이 훤했다. 수많은 군사가 횃불을 들고 넓은 공간을 채우고 있었기 때문이다. 은우군이 앞으로 나오자, 군사들이 머리를 조아렸다. 횃불이 비친 은우군의 눈동자가 타는 듯 이글거렸다. 은우군은 묘한 미소를 지으며 입을 열었다.

"이제 때가 왔구나."

최종장

꽃 찾으러 왔단다

날이 밝았다. 뜬눈으로 밤을 지새운 무용은 몸을 일으켜 굳은 몸을 풀었다. 선잠을 자던 한화백도 일어나 고개를 흔들었다. 무용은 입술을 꾹 물고 고개를 부르르 털었다. 긴장한 모습이었다.

"지난밤에도 주었으니 아침에도 밥은 줄 거다."

한화백이 소리를 낮춰 말했다. 곧 사람의 기척이 들렸다. 무용의 손에는 이불보를 찢어 만든 긴 천이 들려 있었다. 한화백도 두꺼운 이불을 들고 있었다. 저벅저벅, 다가오는 소리가 가까워지자 무용과 무용이 문 앞에 섰다. 그리고 드르륵 문이 열리자마자 들어오던 사람을 덮쳤다.

"읍!"

한화백은 사람을 이불로 누르고, 무용은 그 위에 올라가 입을 막았다. 아침을 가져다주는 사람에게 악감정은 없었으나, 상황이 어쩔 수 없었다.

"미안합니다."

무용이 이리 말하면서도 열심히 손을 움직여 재갈을 물렸다. 납치를 몇 번을 당해봐서 그런지, 자연스럽게 움직일 수 있었다. 한화백과 무용은 마침내 그를 묶어두는 데 성공했다. 이불에 둘둘 말린 모습이 절대 편해 보이진 않았지만, 소란을 막으려면 어쩔 수 없었다.

"미안하네, 우리도 갈 길이 급해서 말이야."

이불에 끌려 밥공기며 국그릇이 엎어져 난장판이긴 했다. 그래도 사람이 다치진 않았으니 다행이라고 생각하며, 둘은 조용히 밖으로 나섰다.

둘은 사람들이 오는 소리를 의식하며 조심조심 나아가 뒷문으로 빠져나가는 데 성공했다. 하지만 앞에 보초가 서 있었다. 몸을 바짝 낮춰서 담을 넘을 만한 벽을 향했다. 이리저리 피해 가다 보니 어느새 꽤 안쪽이었다. 그때, 앞쪽에서 갑자기 연기가 한줄기 피어올랐다.

'이게 무슨 냄새냐?' 한화백이 입 모양으로 물었다. 무용은 모르겠다는 뜻으로 고개를 저었다. 밤새 불을 밝혔던 송진 타는 냄새라면 익숙했지만, 이건 갑자기 생긴 냄새였다. 마른 풀을 태우는지, 매운 냄새가 났다. 어차피 담을 넘으려면 더 가야 했으므로, 둘은 냄새가 나는 쪽을 향해 움직였다. 안쪽을 확인한 무용은 민이 있는 걸 보고 급히 몸을 숙였다. 곁에 지난번 나루터에서 보았던 자객이 있었다. 무용은 가만히 멈춰 귀를 기울였다.

"콜록콜록, 기껏 구한 것을 태우니 아깝구먼."

매캐한 연기에 민이 눈과 코를 찡긋거렸다. 곁에 선 감수는 굳은

510

얼굴로 그 연기를 보았다. 약초는 금세 타올라, 이젠 잿빛으로 내려 앉고 있었다.

"그럼 자네의 할 일도 다 됐고, 잠시 뒤에 궐에서 보겠군. 아니, 볼 수는 없으려나? 자네는 지붕에나 매달려 있을 테니."

감수는 고개를 숙여 아래만 보고 있었다.

"이봐, 대답 좀 하지그래?"

"송구합니다, 물음이라 생각하지 못했습니다."

"송구하라 한 말은 아니고."

민은 쯧, 혀를 찼다. 감수가 은우군에게 어떻게 다뤄졌는지 느낌 이 왔다. 어떤 명령이든 납작 엎드려 고분고분 따르지 않고는 살 수 없었겠지. 그러니, 이런 일까지 하는 것일 테지…

"창검 소리 다 뭐다 정신이 없긴 하겠지만, 확실한 때는 오겠지. 그때를 노려야 하니 내가 손짓할 때를 기다리게."

"예."

민은 또 혀를 찼다. 답을 하라고 했더니 또 이렇게 우직하게 답을 할까. 보고 있자니 속이 답답했다. 내리깐 눈길을 쫓아 바닥을 보니 완전히 재가 된 약초 더미가 보였다. 감수가 그제야 고개를 들었다. 민의 얼굴에 묘한 웃음이 떠올랐다. 그리고는 팔을 들어 활을 쏘는 듯한 자세를 취했다.

"형님께서, 하늘에서 오는 뜻을…."

민이 활시위를 놓는 시늉을 했다.

"받아들이실 때가 됐지."

무용의 이마에 식은땀 한줄기가 슥 흘렀다. 자세한 내용은 알 수 없었으나, 궐에 난리가 난 듯했다. 머릿속에 아찔한 상상이 스쳤다. 아수라장이 된 궐에서 해길의 가슴을 향해 화살 하나가 날아와….

어느새 곁으로 온 한화백이 멍하니 있던 무용의 어깨를 잡았다. 민과 감수가 움직이고 있었다. 이곳에서 도망쳐야 했다. 둘은 급히 걸음을 옮겼다. 마침 앞에 사람이 없는 담이었다. 담 정도를 넘는 것이야 수월한 일이었다. 둘은 훌쩍 담을 넘었다. 탁, 바닥에 내려가자마자 보초의 인기척이 들렸다.

"여기 이상한 소리 들리지 않았어?"

둘은 담 아래에서 숨을 죽였다. 한화백은 가자는 턱짓을 했다. 그렇게 얼마를 달렸을까, 뒤쪽이 시끄러워졌다.

"별채가 비어있다! 그 여인과 아비를 어서 찾아라!"

아주 큰 소리는 아니었지만, 똑똑히 들을 수 있는 정도의 소리였다. 아직 거리가 가까웠다. 어서 달아나야 않으면 잡힐지도 몰랐다. 한화백은 앞으로, 앞으로 내달렸다.

"아버지, 저는 따로 가겠습니다."

무용이 앞서가던 한화백의 손목을 잡았다.

"뭐?"

"저하께 가야 합니다."

"피바람이 부는 궐에 가겠다고? 헛소리 말아라!"

"그러니 가야 합니다!"

무용은 단호했다. 이제 손목을 꽉 붙잡고 있는 쪽은 무용이 아니라 한화백이었다. 그는 초조히 주변을 둘러봤다. 진짜인지 긴장해서 그런지 잘 알 수는 없지만, 사람들 오는 소리가 아주 가까이에서 들리는 것 같았다. 누가 잡으러 와도 이상하지 않은 상황이니 어쩔 수 없었다.

"가자."

한화백이 손목을 끌었지만, 무용은 그 자리에 버티고 섰다. 한화백은 어쩔 수 없다는 듯 한숨을 쉬었다.

"걸어서 언제 궐에 제 시각에 도착하겠느냐? 이곳에서 좀 더 가면 아는 이가 있는 마구간이 있다."

그제야 무용의 얼굴에 작은 웃음이 떠올랐다.

"어서 가자꾸나."

한화백은 무용을 앞에 태우고 빠르게 말을 몰았다.

"궐 근처까지만 데려다주시고 아버지는 몸을 피하십시오."

무용은 마음을 다지며 말했다. 해길을 구하는 건 중요한 일이었지만, 그렇다고 아버지를 다치게 하고 싶진 않았다. 말을 타는 법을 일찍 배워뒀으면 좋았을걸, 이제 와서는 어쩔 수 없는 일이었다. 하지만 이렇게 갈 수 있게 된 것만 해도 다행스러웠다. 말이 달리기 시작하니 풍경이 빠르게 지나갔다.

그런데, 좀 이상했다. 궐로 가는 길이면 주변이 점점 번화해져야 할 텐데, 반대였다.

"이 길이 맞습니까?"

무용은 무언가가 잘못됐다는 걸 느끼고 한화백을 불렀다. 그는 답 없이 말만 재촉했다. 어찌나 말을 보채는지 무용이 가만히 앉아있기도 힘들 정도였다. 무용은 이 길이 궐로 향하지 않는 것임을 직감했다.

"궐로 가야 합니다! 저하가 위험하단 말입니다!"

"그게 무슨 대수냐! 네가, 네가 위험한데."

한화백은 나루터까지 쫓아와 무용을 붙잡았던 해길을 기억했다.
겨우 하룻밤 본 것뿐이지만, 심지가 굳은 사람이란 건 알 수 있었다.
그렇다고 해도 거기까지였다. 딸을 이렇게 위험에 처하게 할 걸 알
았다면, 그날 혼자 떠나지 않았을 것이다. 꽁꽁 묶어서라도 배에 태
웠을 거였다. 세자빈이라니, 권력 때문에 죽고 죽이고 난리를 떠는
궐에 있겠다는 게 말이나 되는가.

"아버지!"

"이랴!"

그날 해야 했던 일을 지금이라도 해야 했다.

한화백은 단호한 얼굴로 말을 재촉했다.

근정전 앞에는 이제 전국 각지의 서원에서 온 유생들까지 몰려
사람이 더욱 늘어나 있었다.

"전하, 통촉하여 주시옵소서!"

이 외침 또한 커졌다.

"세자저하 납시오!"

유생들은 살벌한 눈으로 해길을 보았다. 그러나 그는 흔들림 없이
똑바로 걸어가 가장 높은 자리에 올라섰다.

"이만들 물러가게, 자네들의 성심이 역심으로 변했다고 고하길
바라는가?"

차분했지만 공간을 울리는 목소리였다. 그렇지만 싸늘하기도 했
다. 해길을 가까이에서 본 유생 몇몇은 그 눈초리에 놀라 겁을 먹었
다. 그들은 마른침만 삼켰다. 그때, 뒤에서 소란이 일었다.

"은우군 대감을 뵙습니다!"

근정전으로 들어온 은우군은 관복이 아니라 도포를 입고 있었다. 예를 갖추지 않은 모습이었다. 그런데도 걸음은 제집에 온 것처럼 여유로웠다. 유생들 몇몇이 나서 그 앞에 몸을 숙였다. 예판 또한 나서서 고개를 조아렸다.

저벅저벅, 은우군은 도포 자락을 휘날리며 해길의 앞에 섰다.

"형님을 뵙습니다."

그 시각, 한화백은 말이 지치는 것도 무시하고 말을 몰아붙이고 있었다. 사실 그는 지친 상태였다. 말을 타는 일은 손에 꼽을 정도였고, 이렇게 거칠게 몰아본 적은 한 번도 없었다. 게다가 어젠 잠도 잘 못 잤으니, 몸 상태를 따지면 당장 말을 멈추고 좀 쉬어야 했다.

"혼자라도 가겠습니다!"

하지만 무용이 이리 나오니 말을 빠르게 몰지 않을 수가 없었다. 허튼 생각을 못 하도록, 또 어서 나루터에 도착할 수 있도록 더 빨리 말을 몰아야만 했다.

"말에서 뛰어내리는 걸 보고 싶으십니까?"

말에 대해 모르는 무용이라도 지금 뛰어내리면 죽는다는 것쯤은 알았다. 해길을 구해야 하는 때에 죽겠다는 게 아니었다. 이 정도는 말을 해야 한화백이 말을 들을 것 같아 세게 나가는 것이었다.

"지난밤 나눈 말을 다 잊었느냐?"

원래 무용과 한화백은 소란이 잦아들 때까지 조용한 곳으로 떠나 있자고 약조했다. 물론 무용은 해길에게 가고 싶었다. 하지만 한화백은 지금 궐에 가도 상황을 복잡하게 만들 뿐이라며 딸을 설득했다. 무용은 그 말대로 자신이 궐에 있으면 해길이 더 위험해질지도 모른다는 생각이 들었다. 그래서 민과 은우군의 눈을 피해 있다가 궐로 가자고 생각했다.

"그놈, 아니… 저하야 원래 못 하는 것도, 부족한 것도 없는 사람이 아니냐! 알아서 잘 하실 테니, 네 몸 보전할 생각부터 해라!"

한화백은 세간에 떠도는 세자에 대해서 주워들은 게 있었다. 그는 완벽함이 지나쳐서 다른 사람들에게 오히려 이상하게 여겨지는 사람이었다. 이번 일도 그렇게 잘 처리할 것이다. 그렇지만 그때 무용은 이미 자신과 한양을 떠난 뒤여야 했다.

"저하의 안위가 제 안위입니다!"

무용이 소리쳤다. 해길이 말했던 것들이 가슴에 사무치게 와 닿고 있었다. 아버지의 말대로 그는 이루지 못할 게 없다고, 자신도 그리 믿었다. 하지만 그는 민을 믿고 있는 것 같았다, 그러니 곁을 허락할지 몰랐다. 그러면 아까의 아찔한 상상이 사실이 될지도 몰랐다. 그런데 그냥 가만히 있을 수는 없었다. 해길을 찾아야만 했다. 그러지 않고는 자신이 견딜 수 없었다.

"나더러 널 죽을지도 모르는 곳에 데려가라고? 아니! 나는 못 한다!"

한화백은 얼굴을 잔뜩 구긴 채 말을 계속 재촉했다. 상황을 안다면 누군가는 이 나라의 종묘사직을 위해 무용의 목숨쯤은 희생하라고 할지도 몰랐다. 하지만 한화백에게는 무용만큼 중요한 게 없었다. 세상에서 가장 소중한 자신의 가족이었다.

"지금 가지 않으면 늦습니다! 저하의 목숨이 달렸단 말입니다. 제발요."

대답조차 없는 한화백을 두고, 무용은 입술을 꾹 물고 무언가를 고민했다. 그러다 결심했다는 듯 입을 열었다.

"…어머니를 살리실 수 있었다면, 어찌하셨을 겁니까?"

멈칫, 순간 한화백의 손이 움찔거렸다.

"이랴!"

한화백은 듣지 못한 척 말을 재촉했다. 무용이가 어머니의 일을 입에 올리다니. 아주 오랜만의 일이었다. 어느 순간부터 자신의 눈치를 살피느라 어머니란 말을 모두 피해 말하던 아이였다. 심지어 놀랄 때조차 엄마라는 말을 하지 않으려 괴상한 소리를 지를 정도였다. 그런데, 그런 무용이가 지금 어머니를 말하고 있었다. …이미 자신의 답을 알고 하는 말이리라.

"저는 지금 그 기회를 얻었습니다. 불효자식이라 욕을 하셔도 좋습니다. 그래도, 저는 가야 합니다."

무용은 자신의 말이 한화백에게 상처가 될 수 있음을 알았다. 그동안 꾹꾹 눌러서 보이지도 않게 했던 것을 이리 치사하게 꺼낼 줄은 생각지도 못했다. 하지만 아버지는 분명 자신 이해하고 보내 주리라. 해길을 구하기 위해서라면, 어떤 것이라도 할 수 있었다.

"아버지, 저는 지금껏 잘 참지 않았습니까."

한화백은 입술을 꽉 깨물었다. 집을 나가는 걸 빤히 보면서도 꾹 참고 웃음을 보여주던 아이였다. 한 번도 데려가 달라고, 함께 있어 달라고, 그런 투정이 없던 아이였다.

"그렇지만 지금은, 이것만은, 그리할 수 없는걸요. 이를 참으면 제가 죽습니다. 그러니 제발, 제발…"

아내를 살릴 수 있었더라면, 아주 조금의 가능성만 있어도 뛰어들었을 게 분명했다. 그리할 수 있는 걸 하지 않았다면, 지금쯤 한이 맺혀 죽었을 테지.

"에잇!"

한화백이 말을 돌렸다.

"아버지!"

"그래, 가자! 이랴!"

한화백이 다시 말을 재촉했다. 히이이이힝, 긴 말 울음소리가 이어졌다.

"백성들의 외침이 간곡하여 이런 모습으로 오게 된 것, 이해하시길 바랍니다."

백성을 운운하며 은우군은 생긋 미소 지었다. 관복을 입지 않은 것은 더는 신하로 있지 않겠다는 의미였다.

"그래, 이제 네겐 관복이 필요 없어질 테니…."

해길도 선선히 웃으며 응수했다. 이젠 관복을 입을 일이 없게 된 동생이었다. 역적이 될 테니, 두 번 다신 궐에 올 수 없겠지.

"전하, 종묘사직을 능멸하려 하는 세자저하를 폐하여 주시옵소서!"

예판이 큰 외침으로 해길과 은우군 사이의 긴장을 깨뜨렸다.

"은덕으로 은혜로운 은우군을 세자로 세워 하늘의 노여움을 풀어 주시옵소서."

"통촉하여주시옵소서!"

은우군은 뒤에 있는 유생들을 거느리고 있는 것 같은 모양새로 서서 입을 열었다.

"형님, 이리 간절한데 아바마마의 용안을 뵙게 해주시지요."

"전하께서는 편찮으시어 휴식이 필요하시네."

"저하를 믿어도 되겠습니까?"

예판이 앞으로 나서며 물었다.

"무슨 말을 하고 싶은가?"

"이리 말을 끄시는 건 전하께서 붕어하셨음을 숨기고자 하심이 아닙니까!"

이 외침을 들은 유생들이 술렁거렸다.

"드디어 하늘이 세자를 버렸소. 아버지를 죽인 세자가 어찌 왕조를 이어간단 말이오!"

은우군이 심어놓은 유생이 자리에서 일어나 외쳤다.

"저하! 어찌 전하께서 나오시지 않는 것입니까!"

"천륜을 어그러뜨려서는 아니 됩니다! 주상전하를 뵙게 해 주시옵소서!"

은우군이 준비한 말에 현혹당한 유생들이 술렁거리며 소리를 치기 시작했다. 하지만 이는 왕이 얼굴만 비치면 끝날 소란이었다. 아니면 이들이 강녕전 앞으로 가 자신들의 말이 틀렸다는 걸 확인하게 해도 됐다. 소리를 지르는 유생들도 이를 알고 있었다. 그러니 왕을 보지 못하게 하는 세자가 더 의심스러울 수밖에 없었다.

"이런 소란을 넘기기 위해 전하의 죽음을 숨기시는 게 아니십니까!"

타당한 말이었다. 지금 왕이 죽으면 세자의 위치가 난처했다. 세자를 지지하는 세력이 얼마 되지 않는 상황이었다. 그런데 상은 어떻게 치르고 용상은 또 어떻게 물려받는단 말인가. 반역이 나도 이상하지 않았다. 지금 은우군이 이렇게 왔듯이….

"이놈! 감히 그런 헛소리를 지껄이느냐!"

의견의 중후한 목소리가 울렸다. 평소 큰 소리를 내는 일이 없던 의견이 이런 식으로 나서자 상대의 기세가 주춤했다. 그러나 은우군이 심어둔 자들은 한둘이 아니었다. 그들은 물러서기는커녕 오히려 뻔뻔하게 고개를 쳐들었다.

"대감! 하늘의 뜻이, 백성들의 목소리가 들리지 않습니까!"

"감히 반역의 죄에 명분을 대려는 것이오!"

공영도 나서서 반격했다.

이 말을 들은 은우군의 입술에 왜인지 미소가 떠올랐다. 그는 안타깝다는 듯 눈썹을 낮춘 뒤 예판에게 눈짓을 줬다.

"명분, 명분을 말하였는가?"

예판이 앞으로 나왔다.

"다들 보시오! 이것이 전하께서 내게 전한 유서입니다!"

술렁술렁, 자리에 앉아있던 유생들이 모두 일어났다. 다들 나름대로는 나라를 위해 제 뜻을 말하러 온 것이었다. 옥새가 찍힌 유서는 이들의 눈길을, 또 마음을 사로잡기에 부족함이 없었다. 한 사람이 앞으로 나오자 또 한 사람이 앞으로 나왔다.

"세자는 덕이 부족하여 이 나라의 역사를 무시한 채 사리사욕을 채우려 했으며…"

유서를 읽는 예판의 앞으로 유생들이 몰려들었다.

"…이러한 바, 과인은 조선의 종묘사직을 바로잡기 위해 은우군을 세자로 책봉하겠다!"

왕의 어조로 쓰인 유서는, 이 자리를 뒤흔들 만한 말로 끝을 맺었다.

"전하께서는 승하하시기 직전까지 백성과 나라를 생각해 주셨소."

예판은 하늘을 향해 과장된 몸짓으로 절을 올렸다.

"성은이 망극하옵니다!"

은우군의 바람잡이가 따라서 절을 하자 눈치를 보던 유생들도 줄줄이 절을 했다. 꼭 큰 파도가 치는 것처럼 보였다.

"성은이 망극하옵니다!"

다시 울리는 목소리 또한 파도처럼 큰 소리로 근정전을 흔들었다.

"어찌 사람의 목숨을 그리 마음대로 다루는가!"

해길이 외쳤다. 근정전에 다시 정적이 흘렀다. 은우군은 순간 목덜미에 소름이 돋은 것을 느꼈지만, 얼굴을 가다듬고 입을 열었다.

"그렇다면 어째서 주상전하를 알현하지 못하게 하시는 것입니까?"

"저하, 더 이상의 패륜을 저지르지 마시고 진실을 밝히십시오!"

예판이 강하게 나오며 은우군을 거들었다.

"진실이라… 예판, 그게 주상전하의 유서라는 것이오?"

의건이 물었다.

"이 옥새가 보이지 않으십니까? 전하께 직접 받은 것입니다."

예판은 유서를 유생들 쪽으로 들고 흔들었다.

"전하의 유언은 우리의 바람 그대로입니다. 은우군을 용상으로!"

은우군을 용상으로, 은우군을 용상으로!

유생들의 외침이 이어졌다. 은우군은 근정전의 단상을 올라 해길의 곁에 섰다. 오랫동안 준비해왔던 순간을 맞은 은우군의 입술에 만족감에 찬 미소가 떠올랐다.

"형님, 이제 천명을 받아들이시지요."

형제는 딱 한 걸음을 두고 서로를 보고 있었다. 해길의 눈가가 아주 작게 움직였다. 은우군은 해길이 동요했다고 느끼며 곧 제 뜻이 이뤄지리라고 생각했다. 그 순간, 근정전 안에서 빠른 걸음 소리가 울렸다. 그리고 벌컥 문이 열렸다.

"네놈이 감히 거짓을 고하는 것이냐!"

안에서 나타난 것은 죽었다던 왕이었다. 은우군의 말을 철석같이 믿고 있던 유생들은 어안이 벙벙해져 정신을 차릴 수가 없었다. 유 서는 왕의 어조가 분명했고 옥새까지 찍혀있었다. 게다가 어제 쓰러 졌을 때는 분명 위독해 보였다. 그런데… 왕이 지금 눈앞에 있었다. 붉은 곤룡포에 수놓인 금빛용이 햇빛을 받아 더욱 반짝였다. 틀림없 는 왕이었다.

"어느 안전이라고 고개를 빳빳이 들고 있는가!"

왕이 버럭 외쳤다. 분기를 조금도 숨기지 않고 있었다.

"토, 통촉하여주시옵소서."

유생들이 급히 고개를 조아렸다.

"아바마마를 뵙습니다."

해길도 고개를 조아렸다.

"쯧!"

은우군은 짧게 혀만 찼다. 살아있어선 안 됐는데, 이 말이 담겨있 었다. 뻔뻔한 은우군의 얼굴을 보며, 왕의 표정이 일그러졌다.

'예판이 가져온 약에 독이 섞여 있습니다.'

예판이 왔던 밤, 해길은 왕에게 이 사실을 알렸다. 하지만 왕은 해 길을 믿지 않았다. 오히려 은우군을 더 믿었다. 하지만 약을 가져온 예판이 미덥지 못했기 때문에 딱 한 모금 먹고 물렸다. 어쩌면 은우 군이 직접 들고 왔다면 전부 마셔버렸을지도 몰랐다. 그랬다면 그의 바람대로 시체가 됐을 게 분명했다.

"네가 정녕 이 아비를 능멸함이냐!"

왕이 은우군의 뺨을 갈겼다. 날카로운 소리와 함께 은우군의 고개가 돌아갔다.

"하!"

은우군은 분명 독약을 올렸다는 말도, 왕이 죽었다는 말도 전해
들었다. 하지만 그 말을 전한 상궁은 해길에게 먼저 포섭된 상태였
다. 은우군은 이번 일이 끝나면 상궁을 죽일 생각이었다. 중전을 처
리하는 것도 보았고, 무수리에 대해서도 은근히 알고 있던 상궁이
이를 생각 못 할 리 없었다. 상궁은 목숨을 살려주겠다고 한 해길을
따랐다. 그리고 은우군을 따르는 척하며 정보를 옮겨주었다. 덕분에
은우군의 행동과 계획은 모두 해길의 손안에 있었다.

"내 너를 가장 사랑하고 아꼈거늘…."

왕은 핏발 선 눈으로 눈물을 뚝뚝 흘리며 은우군을 보았다.

제 형제를, 나아가 제 아비를 죽이려 했다. 거기에다가 거짓 유서라
니…. 이 모든 끔찍한 일을 벌인 게 은우군이란 걸 믿고 싶지 않았다.

"네가 원하는 것을 모든 걸 주지 않았느냐?"

슬픔에 젖어 구겨진 얼굴을 보며, 은우군도 눈썹을 낮췄다. 꼭 마
음이 아파서 어쩔 줄을 모르겠다는 얼굴로 보였다.

"그래서입니다."

어머니가 중전이 아니었을 뿐이었다. 겨우 몇 달을 늦게 태어났을
뿐이었다. 완벽한 자신에게 부족한 것은 겨우 그뿐이었다. 은우군은
왕에게 한 걸음을 다가가 가만히 왕을 감싸 안았다.

"용상도, 제게 주셨어야지요."

순간, 은우군이 품에서 단도를 꺼냈다. 푹, 왕의 배에 단도가 꽂힌
건 순식간의 일이었다. 곤룡포가 검붉게 물들어갔다. 뚝뚝… 붉은
피가 바닥에 떨어졌다. 은우군은 손목을 비틀어 칼을 더 깊게 꽂았

다가 빼냈다.

"이제 모든 걸 받았으니, 이만 가시지요."

생긋, 은우군의 미소가 밝았다. 왕은 믿을 수 없다는 얼굴로 은우군의 얼굴을 보았다. 지금 자신에게 일어난 일이 진짜로 느껴지질 않았다. 언제부터 품고 있던 마음일까. 여느 때처럼 웃는 건 분명 늘 보아오던, 사랑해 마지않던 아들이 맞았다.

"아바마마!"

왕의 몸이 기울어졌다. 해길이 급히 그를 받아들었다.

"어의, 어의! 어의를 데려와라!"

왕은 아득하게 들려오는 소리를 뒤로 정신을 잃어 갔다. 어의와 금군들이 달려와 왕을 모셨다. 의건이 그들을 지휘해 근정전을 빠져나갔다.

"저, 전하!"

이 광경을 목격한 유생들이 놀라 소리쳤다. 은우군은 끌끌끌, 높은 웃음소리를 이으며 앞으로 나섰다.

"대감! 대감이 우리를 속인 것이오!"

종묘사직과 역사를 운운하던 유생 몇몇이 은우군에게 달려들었다. 은우군은 시끄러워 귀가 아프다는 듯 한쪽 눈을 찡그렸다.

"그래."

아무렇지도 않은 대답에 유생은 정신이 멍해졌다. 그 순간, 은우군이 그의 목에 칼을 꽂았다. 붉은 피가 가볍게 튀어 올랐다. 쿵, 시체가 된 유생이 계단 아래로 굴러떨어졌다. 은우군은 싱긋 웃으며 고개를 끄덕였다. 혹시나 해 챙겼던 단도가 요긴하게 쓰이는 게 퍽 만족스러웠기 때문이다.

"으아아악!"

졸지에 옆에 시체를 두게 된 유생들이 비명을 지르며 물러섰다. 구르는 사이 칼은 목에 더 깊게 박혀 뒤로 빠져나와 있었다. 계단 위에서부터 이어진 붉은 피가 바닥을 물들여갔다.

"꼭 개미 떼 같구나."

은우군이 아래를 내려다보며 중얼거렸다. 그리고 허리춤에서 검을 뽑았다. 옆에 서 있던 유생이 주춤주춤 걸음을 물렸다.

"이, 이는 모두를⋯."

은우군은 그에게도 주저 없이 검을 휘둘렀다. 유생은 눈을 질끈 감았다. 그때, 쳉! 하고 검 맞부딪히는 소리가 났다.

"감히⋯."

은우군을 막아선 건 공영이었다. 공영은 은우군의 살벌한 시선을 마주하고도 전혀 물러날 기세가 아니었다. 그가 살린 건 조금 전까지 대립했던 유생이었으나, 목숨을 살리는 것은 별개의 일이었다.

"감히 네가 무슨 명분으로 목숨을 베는 것이냐!"

해길이 다가와 말했다. 목숨을 건진 유생은 당장 아래로 도망쳤다. 연신 뒤를 돌아보며 달리는 그의 눈에는 두려움이 가득했다. 은우군은 그를 보며 설핏 웃다가 해길을 보고 다시 얼굴을 굳혔다. 담담하다 못해 여유로운 얼굴이라니. 끔찍하게 싫었다.

은우군은 상대는 가만히 있는데 저 혼자 검을 들고 맞서는 게 자존심이 상해서 검을 집어넣었다. 그러자 공영도 검을 거두고 해길의 뒤를 향했다. 세자인 해길에게 충성을 바치는 공영의 모습이 은우군의 심사를 또 뒤틀었다.

"네 더러운 계략이 다 밝혀졌는데도 계속하려는 게냐?"

해길이 내려다보며 물었다. 은우군은 입술을 다시 당겨 미소를 지으며 답했다.

"거짓을 본 이들이 모두 사라지면, 남은 제가 하는 말이 진실이 되겠지요."

생긋, 이 서글서글한 미소 안에 담긴 건 흉포한 야심이었다.

"무엇하느냐! 역도를 막아라!"

해길이 손을 들어 올리자 이를 신호로 금군들이 쏟아져 나왔다.

"무엇하느냐! 역사를 쓸 때다!"

은우군이 외치자 유생들 사이에 도포를 입고 숨어 있던 군사들이 일어났다. 들썩거리던 근정전의 문이 열리고 매복해있던 군사들이 문을 열고 몰려왔다. 금군과 은우군의 군사들이 검을 맞부딪히기 시작했다.

"유생들을 보호하라!"

해길은 급히 외치며 공영을 아래로 보냈다. 은우군의 군사들이 닥치는 대로 유생들을 베고 있었기 때문이다.

"아량을 베푸시려면, 빨리 죽여주시는 게 나을 겁니다."

은우군의 얼굴에 벌써 이겼다는 듯, 여유로운 미소가 떠올랐다. 근정전을 차지하는 건 오랫동안 준비한 일이었다. 그러니 몇 번을 셈하여도 틀릴 리 없었다. 왕이 살아있었으니 일이 조금 꼬이긴 했지만, 그렇다고 완전히 틀어진 것도 아니었다.

"참형을 면하고 싶다면 여기서 물러가거라."

세자, 그리고 그 자리를 넘어 용상을 넘보는 왕자군. 이젠 역사가 결정되어야 할 시간이었다. 둘 사이에 팽팽한 긴장이 흘렀다. 아래쪽은 쇠붙이가 부딪히는 전쟁이라면 여기는 날카로운 냉기가 부딪히는 전쟁이었다.

"형님에게는, 형벌조차 없을 겁니다."

은우군은 다시 검을 뽑아 해길을 향해 뻗었다. 이와 동시에 곁에 서 있던 호위군들이 모두 임전의 태세가 됐다. 픽, 해길이 작게 웃었다.

"네가 직접 나서다니, 별일이구나."

늘 뒤에서 몸을 숨기고 있던 은우군이 전면으로 나섰으니, 이젠 돌이킬 수 없었다. 해길도 검을 꺼내 들었다.

"형님 정도 되는 이를 상대하려면 그리해야 하지 않겠습니까?"

은우군이 미소로 답했다. 세자는 분명 대단한 사람이었다. 그러나 왕재는 자신이라고 생각했다.

은우군이 달려 나가자 은우군의 군사들과 해길의 호위군이 서로를 막았다.

"이만 물러나시지요!"

은우군의 검이 해길을 덮쳤다. 치잉, 검이 무겁게 맞부딪히는 소리가 울렸다. 칭, 칭, 칭, 칭…. 은우군은 해길을 누르듯 검을 휘두르며 한 걸음씩을 앞을 향했다. 한 번만 막지 못해도 그대로 뼈가 부수어져 버릴 정도로 무게가 잔뜩 실린 검이었다. 해길은 입을 꽉 다물고 또 한 합을 받아쳤다. 은우군은 앞으로, 해길은 뒤로 한 걸음씩 걸음을 옮겼다. 해길의 목을 노려오던 은우군의 검이 어깨를 노린 순간, 해길은 재빨리 검을 고쳐 쥐어 은우군의 검을 밀어냈다.

작은 공백이 생긴 순간, 은우군은 즐겁다는 듯 눈을 빛내며 다시 해길의 목을 노렸다. 챙! 두 사람의 검이 다시 맞부딪혔다. 단상 가운데 있던 해길은 어느새 난간 바로 뒤로 두고 서 있었다.

히이이힝, 말이 긴 울음소리를 이었다. 무용과 한화백을 태웠던 말은 지친 숨을 몰아쉬었다. 말이 멈춘 곳은 지난번 꽃집에서 돌아왔을 때 들어왔던 숨겨져 있는 문이었다. 무용이 급히 말에서 뛰어내렸다.

"아버지, 감사합니다."

무용이 달려 나가려 하자 한화백이 붙잡았다. 차마 딸의 손을 놓을 수가 없었다.

"무용아…."

무용은 한화백을 향해 빙긋 미소를 지었다. 나눠야 할 말이 많았지만 나눌 시간이 없었다. 고개를 끄덕이고 그대로 앞을 향해 달렸다.

"무용아!"

궐 안이 온통 술렁이고 있었다. 무용의 마음 또한 술렁이고 있었다. 달려야 했다. 늦기 전에 해길에게 가야만 했다.

은우군은 씩씩 숨을 몰아쉬면서도 만족스러운 미소를 지었다. 하지만 그를 앞에 둔 해길은 픽 얕은 숨을 뱉을 뿐이었다.

"그뿐인 게냐?"

검이 은우군의 손목을, 어깨를, 허리를 차례대로 차분히 노렸다. 애초에 검술이라면 해길이 한 수 위였다. 죽일 듯 휘두르니 힘이 실리긴 했으나, 오히려 과한 몸짓에 빈틈이 자꾸 생겼다. 지금까지 검을 받아준 건 은우군의 검술이 어느 정도인지 확인한 것뿐이었다.

은우군이 이를 악물며 다시 검을 휘둘렀다.

"여유도 이제 끝이다!"

해길은 옆으로 반걸음을 옮기자 다가오던 검이 허공을 갈랐다. 노리던 상대를 잃은 은우군도 휘청거렸다. 잔뜩 힘이 들어가 있던 탓에 더 심하게 균형을 잃을 수밖에 없었다. 해길은 이를 놓치지 않고 검 등으로 은우군을 후려쳤다. 그러자 은우군은 쓰러졌다. 하지만 완전히 넘어가지 않고 검을 지지대로 삼아 몸을 기대섰다. 해길은 피식 웃고 그 어깨를 걸어차 은우군을 깔아 눕혔다. 결국 바닥에 나뒹구는 꼴이 됐다.

"형님 정도 되시는 분께서 이런 식으로 나오시는 겁니까?"

은우군은 몸을 추슬러 앉고도 여전히 이해할 수 없다는 표정을 지었다. 해길이 자객이나 싸움꾼들이나 쓸법한 방법으로 자신을 넘어뜨렸다는 게 믿어지지 않았다.

해길은 은우군을 포함한 수많은 정적이 보내준 자객들 덕에 수많은 상황에 단련된 사람이었다. 그러니 어떤 방식으로든 상대를 제압할 수 있었다. 하지만 은우군은 검을 대련을 위한 물건으로만 쓰던 사람이었다. 이런 이유로 해길이 자신을 시정잡배를 상대하듯 대한 것에 심한 모욕감을 느꼈다. 해길은 나름대로 성의를 다해 은우군을 상대해 줬지만, 은우군은 해길이 자신을 무시했다고만 생각했다.

"설마 여기까지 온 네가 그런 고상한 수를 바라는 게냐?"

해길이 비틀린 미소를 지어 보였다. 어이가 없어서 나온 웃음이었다. 지금까지 온갖 추잡한 수를 다 써서 이 자리에 와 놓고는 고상을 떨다니….

"추잡한 수를 쓰지 마십시오!"

은우군은 발끈하며 일어나 검을 쥐었다. 다시 검을 맞부딪히는 소리가 났지만, 해길이 상대해준다는 느낌을 지울 순 없었다. 챙, 해길은 허리를 노려오는 은우군의 검을 슬쩍 비껴 받았다. 그런 뒤에는 힘을 줘 올려쳐 검을 아예 던져버렸다. 댕그랑, 검이 저만치로 굴러갔다. 은우군은 달려오던 그대로 엎어지고 말았다.

"윽…."

은우군의 시야에 아래쪽 상황이 들어왔다. 자신의 군사들이 금군에게 점점 밀리는 형세였다. 훈련된 정예부대였으나, 예상과 달리문을 돌파하는 데 체력을 써 힘이 빠진 듯했다. 게다가 수부터 차이가 났다.

"아직도 더 할 작정이냐?"

은우군은 해길의 목소리를 쫓아 위를 올려다보았다. 드높은 근정전을 뒤로 두고, 형님이 그 앞에서 자신을 내려다보고 있었다. 끔찍했다. 하지만, 이 끔찍함은 곧 끝이었다. 근정전의 지붕 위에 매복한감수가 보였다. 이젠 모든 준비가 끝난 상태였다. 이 나라의 꼭대기에 앉는 것은 자신이어야만 했다. 준비가 끝났으니, 이제 시작해야할 때였다.

"이제 시작입니다."

은우군이 조소를 지음과 동시에 근정전 안에 말발굽 소리가 울렸다.

"멈추시오!"

말을 타고 들어온 사람은 민이었다. 또 다른 왕자의 등장이었다. 뜻밖의 상황에 모든 이들이 멈춰 민을 쳐다보았다. 민은 말에서 내려 앞을 향했다.

"모든 형제가 한자리에 모였군요."

자신에게 쏠린 시선을 느낀 민이 장난스럽게 말했다. 하지만 그뒤를 따르는 바글바글한 군사들 때문에 장난을 치는 것으로 느껴지진 않았다. 묘한 상황에 공영은 조심히 움직여 해길의 뒤를 지켰다.

"나 시우군은 용상에 앉을 형님의 명을 받고 이 자리에 나섰소!"

지켜보는 이들의 눈에 긴장이 서렸다. 형님이란 모호한 말 때문에 말의 뜻을 정확히 알 수가 없었다. 만약 민이 세자의 곁에 선다면 이 사태가 가라앉을 것이었다. 하지만 은우군의 곁에 선다면 다시 피가 튀기는 싸움을 계속해야만 했다.

"이 나라에 망조가 들어 역병이 돈다, 저잣거리에 그런 말이 돌더군."

민이 발걸음을 멈추고 장내의 사람들을 돌아보며 긴장감을 고조시켰다.

"그를 해결할 수 있는 것은 하늘의 선택을 받은 자가 용상에 오르는 것이다!"

시를 읊는 것 같은 외침이었다. 살아남은 유생들이 마른침을 삼켰다. 이 말은 은우군을 세자로 밀던 자신들이 하던 말이었지만, 이제는 너무 겁이 났다. 민의 뜻이 은우군을 용상에 올리는 것이라면, 이 끔찍한 시간이 이어진다는 뜻이었으니 숨을 죽일 수밖에 없었다.

"하지만! 그 역병이 인력인 것을 아시는가?"

근정전의 단상 앞에 선 민은 슬쩍 위쪽을 올려다보았다. 감수가 보였다. 이를 확인한 민은 계단 앞에 서서 다시 유생들 쪽으로 몸을 돌렸다.

"이는 전부 은우군의 수작이오! 하늘이 내린 역병이 아니라 사람이 만든 끔찍한 일이란 말이오!"

"거짓을 말하다니, 하늘이 두렵지 않으냐!"

은우군이 자리에서 일어나 날카롭게 외쳤다. 하지만 속으로는 웃음을 짓고 있었다.

민 네가 때마침 왔구나. 이제 자신의 군사들이 모두 왔으니, 상황을 뒤집을 수 있었다. 지금 하는 말은 형님을 속이기 위해 민과 약속한 말이었다.

"나 시우군은 세자 저하의 명을 받아 그 약초를 구하여 혜민서 보내고 오는 길이오!"

이 말 또한 자신이 준비한 거짓말이었다. 어차피 여기에 있는 사람들이 확인할 수 있는 것도 아니니 상관없었다. 하긴, 이곳에 있는 이들은 모두 죽을 테니 확인하고 싶어도 확인할 수도 없었다.

"왕의 유언을 꾸미는 자가 하늘의 말을 못 꾸밀까!"

은우군은 단상으로 올라온 민과 잠시 시선을 주고받았다. 하지만 해길이 민의 곁으로 오는 것을 보며 다시 눈길을 돌렸다.

"형님, 이제 죄의 벌을 받을 때입니다!"

이 호통이 민과 감수가 약속한 신호였다. 신호에 따라 감수가 활시위를 겨눴다. 하지만 세자와 은우군의 거리가 가까워 당기기가 어려웠다. 온 신경을 집중해야만 했다. 점점 모든 소리가 멀어졌다.

"저하, 안됩니다!"

그때, 근정전 안에 높은 목소리가 울렸다. 민이 세워뒀던 말을 타고 무용이 달려오고 있었다. 해길이 놀라 앞으로 나섰다.

"멈춰라!"

다룰 줄 모르면서 재촉하고만 있으니, 무용이 위험했다. 말은 순식간에 달려 근정전 계단을 올랐다. 이는 감수의 정신마저 흩뜨려버릴 만큼 갑작스런 사태였다. 그는 붙잡고 있던 화살을 놓치고 말았다.

"이런!"

피잉, 이미 활시위를 벗어난 화살이 멈출 리 없었다. 화살은 말의 목덜미를 맞췄다. 히이이이이힝! 말이 무용을 태운 채로 쓰러졌다.

휘청, 무용의 몸이 흔들렸다.

"안 돼!"

민이 급히 소리쳤다. 해길이 급하게 무용을 향해 달려갔다. 순간 둘의 시선이 맞았다. 해길의 눈을 보며, 무용은 자신이 공중에 떠 있는 걸 느꼈다.

아, 떨어지는 거구나…. 그래도 다행이었다. 해길이 다치지 않았으니까.

"읏!"

질끈 눈을 감았던 무용이 살며시 눈을 떴다. 저세상 풍경을 보나 했는데, 해길의 얼굴이 보였다. 해길이 자신을 안고 있었다. 딱딱한 바닥에 처박히고도 크게 아프지 않은 건, 해길의 품 안에 있기 때문이었다.

한편, 말은 무용을 떨어뜨리고 앞으로 가 널브러져 있었다. 그 옆에서 공영이 가쁜 숨을 몰아쉬었다. 공영은 해길을 뒤쫓아 말이 있는 데까지 재빨리 달려 나왔다. 그런 뒤 쓰러지는 말의 목을 베어 사람이 밟히거나 짓눌리는 걸 막았다. 이렇게 순식간에 벌어진 일을 수습하느라 온 힘을 다했으니, 숨이 가쁠 만했다.

"정말이지…."

공영은 해길을 보며 고개를 절레절레 저었다. 자신이 조금이라도 늦었다면 정말 큰일이 났을지도 몰랐다. 놀란 말에게 밟히면 십중팔구 죽는다는 걸 알면서, 어떻게 한 치의 망설임도 없이 뛰어든단 말인가. 하긴 절벽에서도 몸을 던졌던 사람이니, 이 정도는 아무것도 아닐지도 몰랐다.

"후…."

해길은 나직이 숨을 뱉었다. 그리고 품 안에 느껴지는 온기를 따라 무용을 다시 꽉 안았다. 무용이 떨어지던 순간 덜컥 내려앉았던 심장이 이제야 제대로 뛰었다. 무용 또한 해길을 꽉 껴안았다. 두 사람은 드디어 제대로 시선을 마주했다. 스르륵 미소가 피어났다. 하지만 여전히 급박한 상황이었다. 여유롭게 마음을 나눌 틈은 없었다.

"지붕, 지붕 위에 자객이 있다!"

금군 중 하나가 소리쳤다. 감수를 겨누려는 금군과 이를 막으려는 은우군의 군사들이 맞부딪히며 다시 혼란이 일었다. 감수는 날아오는 화살 하나를 급히 피했다. 그렇지만 근정전 지붕 위는 눈에 띄는 곳이긴 해도, 빛과 그림자로 얼룩진 곳이었다. 감수는 자신을 노리는 게 어려운 일임을 알았다.

"하…."

몸을 추스른 감수는 다시 활시위에 화살을 걸었다.

한편, 은우군은 급박하게 돌아가는 상황을 보며 씩 미소를 지었다. 이 혼란이 그에게는 기회였다. 그가 검을 쥐고 해길에게 다가갔다. 해길은 무용을 꽉 당겨 안고 재빨리 몸을 일으켰다. 하지만 한 합을 피하는 게 고작일 듯했다. 그 순간 챙, 해길의 바로 옆에서 검이 맞부딪쳤다. 민이 은우군의 검을 막고 있었다.

"아이고."

민이 앓는 소리를 냈다. 갑작스레 검을 뽑은 데다가 힘을 잔뜩 준 검을 막은 탓에 손목이 다 얼얼했기 때문이다. 민은 흘깃 뒤를 봤다. 해길이 어느새 검을 들고 있었다. 곁에 있는 무용도 무사했다. 후, 안도의 숨이 나왔다.

"무슨 짓이냐!"

은우군의 눈가가 일그러졌다. 계집 정도야 어차피 자신이 상관할 리 없어, 죽일 것도 아니었다. 그걸 모를 리 없을 텐데 감히 앞을 막아서다니.

"형님이 말했잖소."

민이 실실 미소를 지었다.

"장사란 가장 득이 될 곳에 명운을 거는 것이라고."

웃는 민의 얼굴은 호감을 불러일으킬 만했으나, 지금은 아니었다. 오히려 은우군의 심기를 있는 대로 거스르고 있었다.

"네 녀석이 감히 날 능멸해!"

은우군이 능글기리는 민의 얼굴을 향해 검을 휘둘렀다. 챙! 민은 가까스로 그 검을 맞받았다. 두 사람은 칼날을 눈앞에 두고 얼굴을 마주했다.

"어허, 형님께서 속은 것이지요."

민은 빙글거리며 말을 하긴 했지만, 말을 뱉는 입술까지 힘이 들어가 있었다. 검을 더 꽉 쥐는 손짓에서 긴장감이 느껴졌다.

"무엇하느냐! 이놈을 막아라!"

은우군이 격노해 소리쳤다.

"지금이다!"

민도 곧바로 크게 외치며 슬쩍 지붕 위를 보았다. 은우군은 이상한 낌새를 눈치채고 위쪽을 쳐다봤다. 근정전 지붕에 있는 것은 분명 자신이 올려뒀던 감수였다.

"…이제, 끝을 낼 때입니다."

감수가 은우군을 향해 화살을 겨누며 중얼거렸다.

'여기까지 오는데 얼마나 많은 이가 죽었던가….'

그는 곧 짧은 숨을 뱉으며 붙잡고 있던 화살을 놓았다. 피웅, 화살은 빠르게 공중을 가르고 은우군을 향해 날아갔다.

"으억!"

날카로운 화살촉이 살 속으로 파고들었다. 하지만 그것은 은우군의 가슴이 아닌 은우군의 손에 갑자기 붙들린 수하의 가슴이었다. 은우군은 얼굴을 일그러뜨리며 으득, 이를 악물었다. 민, 이게 감수까지 꾀어낸 것인가.

"…감히, 감히! 누구를 능멸하려 하는 것이냐! 여봐라! 저 녀석을 치워버려라!"

명령을 들은 군사들이 다시 움직이기 시작했다. 은우군 또한 다시 검을 고쳐 쥐고 민에게 휘둘렀다. 이 무엄하고 음흉한 것을 없애버려려야만 했다.

은우군이 가진 힘 이상으로 밀어붙이는 통에 민은 속절없이 뒤로 밀릴 수밖에 없었다. 옆으로 검이 날아온 순간, 민이 주춤하며 균형을 잃었다. 틈을 잡은 은우군은 회심의 미소를 지으며 검을 높이 들었다.

"이만 물러가거라!"

"윽!"

민은 질끈 눈을 감았다. 그 순간, 검이 울리는 소리와 함께 긴 그림자가 민의 앞에 드리워졌다. 해길이었다. 민이 헐겁게 웃으며 털썩 주저앉았다.

"빨리 좀 와주시지…."

해길은 은우군의 검을 받으며 힘으로 밀어냈다. 은우군은 밀리지 않으려 버티며 기세를 밀어붙였다.

"아우를 대하는 태도가 엉망이십니다."

은우군이 나직이 뱉었다. 스르륵, 맞닿은 검에서 날 선 소리가 흘렀다.

"아우에게 장단을 맞춰주다 보니 말이다."

해길은 손목을 움직여 슬쩍 검을 틀었다. 그러자 팽팽히 맞서오던 은우군의 몸이 옆으로 기울어졌다. 해길이 검에서 힘을 빼자 은우군은 앞으로 쏠릴 수밖에 없었다. 그는 유연한 몸짓으로 돌아 은우군의 검을 내려쳤다. 팅, 떨어진 검이 바닥을 울렸다. 검을 쥐고 있던 은우군의 손이 부들부들 떨렸다.

"엉망으로 구는 게 누구인지, 아직도 모르는 게냐?"

은우군은 저도 모르게 손을 꽉 쥐었다. 모든 게 뜻대로 되고 있었다. 그러니 지금쯤 용상을 차지했어야 맞았다. 죽어가는 형님을 구경하고 있어야 맞았다. 그런데 어째서 정예군들이 다 쓰러져있는 걸까, 왜 자신이 바닥을 구르고 있단 말인가.

"끝이라 생각하십니까?"

은우군이 고개를 빳빳이 쳐들며 일어났다. 아직 자신의 군사들이 남아 있지 않은가. 일부러 나눠 들여온 군사들이었다. 그건 남은 이들을 청소하기 위함이었지만, 동시에 일이 틀어질 것을 대비하기 위함이기도 했다. 이제 그들을 쓸 때였다.

"무엇하느냐, 전부 없애버려라!"

은우군이 아래를 내려다보며 소리쳤다.

"이젠 끝이다."

해길이 차분히 말했다. 민과 들어왔던 은우군의 군사들이 와르르 쏟아지듯 단상을 향해 달려왔다.

"죽여라!"

은우군의 입술이 쫙 벌어지며 섬뜩한 미소를 머금었다. 하지만 달려온 군사들이 검을 뻗어 둘러싼 건 해길이 아니라 은우군이었다. 겹겹이 몰아붙이는 통에 은우군은 자리에 털썩 주저앉았다. 얼빠진 얼굴이었다. 일이 어떻게 돌아가는지 이해를 못 하고 있었다.

"무, 무슨 짓이냐! 너희는 나의 군사가 아니냐!"

저벅저벅, 해길이 은우군에게 다가갔다. 군사들은 일사불란한 몸짓으로 해길이 지나갈 길을 만들었다.

"이미 나의 백성이다."

애초에 은우군에게 제대로 된 신하는 없었다. 자신이 부리는 사람을 벌레 정도로밖에 생각하지 않았다. 쓰임이 정해진 물건처럼 쓰임이 다하면 버리는 이에게 진심으로 충성을 바칠 사람이 누가 있겠는가. 그의 가신들은 다른 삶을 원했다. 그래서 세자가 새로운 삶을 약조할 것이니, 협력하라는 민의 제안을 기다렸다는 듯이 받아들였다. 수많은 군사 중 민에게 이 사실을 알린 사람은 한 명도 없었다. 하물며 은우군을 바로 곁에서 모시던 감수조차 민을 죽이기 위해 이 자리에 오지 않았는가.

"가, 감히…."

은우군은 오늘에야 처음으로 제 휘하에 있던 군사들을 제대로 보았다. 이리 눈빛이 섬뜩한 이들이었던가, 입 안이 바싹 마르는 게 느껴졌다. 생전 처음 겪어보는 초조함이었다.

"형님이, 역병을 다스릴 수 있을 듯합니까?"

쥐어 짜낸 말에 목소리가 떨렸다.

"백성이 없는 왕이 되려는 건 아니시지요?"

약초는 자신에게는 쓸모가 없는 물건이었지만, 형님에게는 탐날 게 분명한 물건이었다. 반을 태워서 버렸으니, 양 또한 적었다. 이를 잃는다면 자신이 만든 돌림병이 한동안 계속될 테니, 이 제안을 받아들여야만 민심을 달랠 수 있었다. 약초를 담보로 주고 틈을 얻고 나면, 다시 일을 도모하리라. 은우군은 애써 머리를 굴리며 상황을 모면할 방법을 짜내고 있었다.

"약초를 넘길 테니, 이번 일은…."

이를 듣던 해길이 피식, 웃음을 흘렸다. 우스운 이야기를 들었다는 듯한 몸짓에 은우군이 말을 멈췄다.

"조금 전에 듣지 못한 게냐? 이미 혜민서에 닿았음을."

민은 그동안 은우군의 눈을 피해 약초를 빼돌려 왔다. 약초를 태운 것 또한 감수의 몸에 냄새가 밸 정도의 소량이었다. 은우군이 지금 내민 수작은 이미 해길에게 막힌 지 오래였다.

"역도를 포박하라!"

해길의 명령에 금군들이 달려와 은우군을 붙잡았다.

"놓아라! 감히…."

은우군이 거세게 저항했지만, 겹겹이 붙은 군사들을 뿌리치기에는 역부족이었다.

"나는 왕이 될 몸이란 말이다!"

쯧, 해길이 얕게 혀를 찼다. 그뿐이었다. 은우군은 그 소리를 듣고 얼이 빠져 몸에 힘이 풀렸다. 마침 해길에게 햇빛이 내렸다. 은우군은 빛에 감싸인 해길의 모습조차 제대로 볼 수가 없었다. 이마에 식은땀이 흐르는 게 느껴졌다. 내가 무슨 터무니없는 것을 상대하려 했는가, 이제야 실감이 났다.

"이럴 리가, 이럴 리가 없다!"

은우군은 끌려가면서도 목이 찢어져라 외쳤다. 해길은 가는 눈초리로 은우군을 쳐다보았다. 자신의 아우였던 자였다. 하지만 이제 다시 볼 수 없겠지. 이렇게 또 한 번 바람이 스쳐 가 버리는구나. 해길은 마음 한쪽에 바람이 새는 것 같은 기분이 들었다. 그때, 무용이 나와 해길의 손을 잡았다. 뒤로 피난해 있다가 해길의 묘한 얼굴을 보고 온 것이었다.

무용은 해길에게 시선을 맞추며 고개를 괜스레 갸웃해 보였다. 권력, 핏줄, 삶, 죽음…. 어떤 위로도 소용이 없을 것 같아 무용은 그냥 해길의 손을 꼭 잡았다. 그의 입가에 미소가 번졌다.

"가자."

해길은 무용의 손을 잡고 그대로 단상의 중앙으로 나아갔다. 두 사람이 근정전 아래를 내려다보자 아래에 있던 모든 이들이 고개를 조아렸다.

"혼란은 끝났다."

해길은 다시 무용에게 시선을 맞추고 손을 꼭 잡았다. 무용이 이리 손을 맞잡아주면, 모든 게 여의해질 것 같았다. 해길이 다시 앞을 내다보며 외쳤다.

"이젠 새로운 날이 시작될 것이다."

한동안 비어 있던 무용의 처소가 오랜만에 주인을 맞이했다. 해길도 함께였다. 말리 향기가 가득했다. 보지 못한 사이에 말리가 함빡 피어나 있었다. 무용은 가만히 서서 마루에 놓인 말리 화분을 보았다.

"그간 말리를 돌봐주신 겁니까?"

"그래."

해길이 무용의 뒤에 서서 답했다. 꽃이 하나씩 필 때마다 무용이 떠올랐다. 보았다면 웃었겠지, 무용의 미소를 떠올리면 자신의 얼굴에도 미소가 생겼다. 그러나 그건 허상일 뿐이어서, 결국 속이 빈 듯했다.

"감사합니다."

무용은 자신을 생각하며 꽃을 돌봤을 해길이 떠올라 울컥했다.

"하지만, 저는 혼부터 나셔야겠습니다."

휙 몸을 돌린 무용이 볼을 부루퉁하게 부풀리고 해길의 옷깃을 부여잡았다. 멱살을 잡은 모양새였다. 하지만 꾹 다문 입술이 화를 내는 것보다 안타까워서 견딜 수 없는 것처럼 보였다.

"또 혼자 그리하실 겁니까? 제게 아무 말도 하지 않으시다니."

현혜네 집에서 그런 일이 없었다면, 자신은 해길에게 무슨 일이 있었는지 몰랐을 수도 있었다. 그렇게 생각하니 끔찍했다. 자신에게 사실을 숨기려 한 해길이 원망스러웠다. 하지만 자신이 해길을 걱정하듯, 해길도 자신을 걱정해서 한 일이었다. 이런 마음을 다 알아서, 또 자신을 보고 있는 눈망울이 너무 또렷해서, 미워할 수가 없었다.

"미안하구나."

해길이 고운 눈썹을 낮추며 말했다. 무용이 자신의 반려가 되어주길 바랐다. 그 자리에 겨눠진 검이 수없이 많다는 걸 알면서도 그랬다. 그렇지만 무용은 강했다. 약한 것은 자신이었다. 무용이 없는 동안 찾아왔던 수많은 불안에 얼마나 떨었던가.

"내가 틀렸다."

이리 마주하고 있다면, 두려울 게 없건만.

"또 그런 일이 있으면, 그땐 쫓아가서 끈으로 꽁꽁 묶어버릴 겁니다."

무용과 해길은 같은 것을 두려워하고 같은 것으로 강해졌다. 서로를 잃을 게 두려웠고, 서로를 지키려 하면서 그렇게 강해졌다. 늘 이렇게 함께 고난을 헤쳐오지 않았던가.

"동심결을 받지 않으셨습니까. 저와 떨어질 생각은 마시지요."

무용이 배시시 웃음을 지었다. 이를 본 해길은 저도 모르게 웃으면서도 입술을 꽉 깨물었다. 눈을 뗄 수 없게 하는 게 누구인지 모르는 걸까. 오늘 달려왔을 때는 또 얼마나 놀랐던가. 무용은 자신에게 늘 상상 이상의 모습을 보여줬다.

"그래, 이리 눈을 뗄 수 없는데…."

둘의 시선은 끈으로 묶어 놓은 듯 떨어질 줄을 몰랐다.

"눈만 떼지 못할 듯싶으십니까?"

금방이라도 눈물을 흘릴 듯, 젖은 눈은 왜 이리 고울까. 무용은 해길의 옷깃을 잡아당겨 바짝 눈을 맞췄다. 해길이 몸을 낮춰 무용에게 눈높이를 맞췄다. 두 사람은 그대로 입술을 포갰다. 옷깃을 잡고 있던 무용의 손이 흘러가듯 해길의 목을 감쌌다. 해길 또한 무용의 허리를 감싸 안았다.

오랫동안 참았던 숨을 몰아쉬는 것처럼, 두 사람은 몇 번이고 숨을 나눴다. 맞댄 입술 사이로 숨이 섞인 웃음소리가 흘렀다. 이리 숨이 붙어 버렸으니, 이제 서로가 없이는 제대로 살 수가 없으리라.

사태는 빠르게 정리되어 갔다. 해길의 조사가 꽤 이뤄져 있던 데다가, 은우군의 아래 있던 이들의 협력으로 진상을 파악하기가 수월했기 때문이다. 그들은 이에 협조하는 대신 새 삶을 살 기회를 받았다.

해길은 유생들에게도 은혜를 베풀었다. 물론 사실을 알고도 은우군에게 협력한 자들에게는 합당한 벌을 내렸다. 하지만 은우군에게 속았을 뿐인 이들에게는 역모의 죄를 묻지 않기로 했다. 다만, 나라를 염려하는 그 마음을 앞으로 나아갈 정책에 보태라 명했다. 결과적으로는 역모에 가담한 바가 되어 겁에 질려있던 유생들은 이 은혜에 가슴을 쓸었다.

한편, 예판은 어찌 되든 대역 죄인이었다. 은우군의 일뿐만 아니라 무용을 암살하려 한 것도 중죄였기 때문이다. 그는 그가 바란 대로 석철의 뒤를 따라 남은 평생을 제주에서 귀양살이를 하게 됐다.

이렇듯 일이 점차 해결되어가는 중, 목숨을 잃을 뻔했던 왕도 고비를 넘겼다. 은우군이 약에 수작을 부리던 일이 사라졌으니, 적어도 두통은 전보다 훨씬 나아질 게 분명했다.

하지만 전에 없던 마음의 시름이 생겨 상태가 호전되는 데에는 시간이 더 필요했다. 침상에 앉은 왕은 어떠한 생각에 잠겨 있었다.

"이제라도 이를 알았으니 다행한 일이군."

은우군을 떠올린 왕의 입가에 쓴웃음이 배었다.

사실 왕은 은우군의 속셈을 모르고 있을 때가 진실을 알게 된 지금보다 더 행복했다. 그는 멍하니 앉아 있다가 마침내 무언가를 결심한 듯 고개를 끄덕였다.

"내게 남은 할 일은, 그뿐이겠구나."

옅은 미소는 회한과 안도를 담은, 묘한 것이었다.

근정전 앞마당은 아직 피로 얼룩져 있었다. 궐 안의 공기 또한 여전히 매서웠다. 하지만 그래도 조계는 이어졌다. 듬성듬성 빈자리가 눈에 띄었다. 좌상에 예판, 그를 따르던 이들까지… 헛된 권력을 탐

했던 이들의 말로가 여실히 드러나 있었다. 그럼에도 남은 이들은 정갈한 여느 때의 얼굴을 했다. 용상을 향해 고개를 조아린 신하들은 왕이 입을 열길 기다렸다.

"짐이 공들에게 전할 게 있다."

왕이 죽을 고비를 넘긴 후 처음 하는 조계였다. 그러니 지금 꺼낸 말은 앞으로의 정사에 큰 영향을 미칠 만한 말일 게 분명했다. 왕은 묘한 시선으로 세자를 보다 고개를 들었다.

"장원서의 점주는 앞으로 나오라."

점주, 무용은 얼마 전 세자와 왕의 권력 싸움에 중심에 있던 사람이었다. 신료들은 신경을 곤두세우고 세자를 잠시 보았으나, 속을 알 수 없는 얼굴에 다시 왕의 말만 기다렸다. 모든 이들의 시선이 무용에게 쏠렸다. 간신히 잠잠해진 궐이었다. 이어진 말은 어디를 향하게 될까.

무용은 곧은 걸음으로 용상을 향해 나아갔다.

"주상전하를 뵙습니다."

무슨 일인지는 모르나 죄를 지은 게 없으니, 두려워할 필요는 없었다. 무용은 차분히 숨을 가라앉혔다. 신하들은 조마조마한 마음으로 다음 말을 기다렸다.

"한가의 여식 무용은 여러 난리에서 세자의 목숨을 구하고 진실을 밝히는 데 일조한바, 조선의 광명에 큰 힘을 썼다."

뜻밖의 말이었다.

"이에, 그를 계방과 영상과 함께 진광(眞光)공신으로 책봉한다."

무용은 물론 대소 신료들 모두가 놀라 눈이 휘둥그레졌다. 진광공신이란 왕이 이번 난리를 정리하며 친히 내린 칭호였다. 그런데 일개 여염집의 여인을 공신에 포함하다니. 무용의 공적을 보면 이해할 만했지만, 왕이 지금까지 보여준 행적을 생각하면 상상도 못 할 일이었다.

"또한, 세자빈 내정자였던 그를 세자빈으로서 인정한다."

이어진 말은 더 큰 충격을 불러일으켰다. 차분한 척 고갤 숙이고 있던 무용마저 놀라 고개를 들었을 정도였다.

"성은이, 망극하옵니다."

답을 하는 무용의 목소리가 조금 떨렸다.

"아직 궐이 혼란하니, 예식을 치르는 건 그 후가 좋겠지."

왕이 무용을 공신에 책봉한 건 자신의 체면을 차리기 위한 일이기도 했다. 세자빈으로 인정하기 전에 걸맞은 지위를 먼저 갖추게 하려는 생각이 깔린 일이었다. 그렇다고 무용을 인정한 마음이 거짓인 건 아니었다. 무용을 보는 왕의 눈에 신뢰감이 엿보였다. 휘몰아치는 난리를 이겨내고 여기까지 온 것을 알고 있으니, 믿을 수 있었다.

"나라의 안정을 보여주며 복을 가져올 경사가 될 것입니다."

예조의 신료가 덧붙였다.

"성은이 망극하옵니다!"

근정전 안에 울림이 퍼졌다.

"경사라…."

왕의 입가가 작게 비틀렸다. 웃는 것인지 웃지 않는 것인지 잘 알 수가 없었다. 모호한 태도에 신료들은 눈치를 보며 다음 말을 기다렸다. 왕이 일을 정리하려 한 것이 아니라 다른 문제를 만들려 한 것은 아닌가 하는 불안에 휩싸여 있었다.

"경사에 경사를 하나 더 더하지."

왕은 용상에서 일어나 아래로 내려갔다. 내려오는 걸음에 무게가 끌렸다. 터벅터벅, 걸음 소리를 들으며 신료들이 마른침을 삼켰다.

왕은 주위를 둘러보았다. 모든 이들이 자신에게 고개를 조아리고 있었다. 세자 또한 그랬다. 그러나 예를 갖추고 있을 따름이었다. 용상의 주인은 이제 자신이 아니었다.

"짐은 용상에서 물러나려 한다."

자신에게 남은 일은 이제 이뿐이리라.

"저, 전하! 통촉하여 주시옵소서."

순식간 주변이 어수선해졌다. 왕은 그 안에서도 또똑히 들리도록 큰 외침을 이었다.

"이 시간부로, 짐은 전권을 세자에게 양위하겠다!"

해길에게 선위를 선포한 것이었다. 이 뜻밖의 말에 놀란 건 해길도 마찬가지였다. 마주한 왕의 얼굴에는 미소가 떠 있었다.

"이제 용상의 주인은 세자이다."

왕은 해길에게 곧게 눈을 맞췄다. 늘 아니꼽게 보였던 도도한 낯이 이젠 믿음직하게 보였다. 용상, 그 이상도 능히 해낼 수 있겠지.

"성은이 망극하옵니다."

조용하던 중, 의건의 외침이 퍼졌다. 그 뒤로 모든 대소 신료들이 해길에게 읍하며 같은 외침을 이었다.

"성은이 망극하옵니다!"

새로운 조선의 시작이었다.

그렇다 해도 형식적인 행사는 잠시 미뤄졌다. 소란을 정리하는 게

급선무였기 때문이다.

무용과 해길은 정식으로 부부가 됐지만, 오히려 보는 날이 더 적어졌다. 일단 무용은 여전히 자신의 처소에서 장원서를 오가며 일을 계속했다. 새 정책을 시행하느라 눈코 뜰 새가 없었기 때문이다. 해길 또한 바쁜 건 마찬가지였다. 은우군에 얽혔던 일을 풀어야 하는데다 빈자리가 많은 조정을 다시 꾸리기까지 해야 하니 숨 돌릴 틈을 찾기도 어려웠다. 그래도 둘은 오가며 시선이 스칠 때마다 고운 웃음을 흘렸다. 궐 안에 새바람이 불고 있었다.

이 신선한 공기는 궁 밖으로도 퍼져나갔다. 은우군이 퍼뜨린 병으로 불안에 떨던 저잣거리에도 점점 활기가 차고 있었다. 민심이 안정된 것은 무엇보다 병의 호전이 빠른 덕이 가장 컸다. 해길이 미리 충분한 약과 의원을 준비해둔 덕에 가능했던 일이었다. 게다가 백성들의 지지도 있었다. 여기에는 연훈이 큰 도움을 줬다. 백성들은 와우거사 연훈의 말이라면 신뢰하고 따랐고, 그 덕에 일의 진상을 이해하고 치료를 받는 데 힘썼다. 연훈이 병의 구제에 나선 건 민이 미리 부탁한 일이었다.

처음 말을 꺼냈을 때만 해도 연훈은 불같이 화를 냈다. 겨우 왕조 때문에 당장 풀어도 될 약초를 쥐고만 있는 것이 끔찍했기 때문이다. 민도 이를 알았다. 연훈이 민의 부탁을 들어준 건 더 끔찍한 일을 만들 게 될지도 모른다는 그의 말 때문이었다. 은우군이 계속해서 일을 벌인다면, 혹은 왕이라도 된다면 더 큰 문제가 생길 게 뻔했다. 그러니 한 번은 지나가야 할 피바람이었다.

연훈도 이를 이해하고 궐에서 소란이 정리되길 기다렸다. 그리고 은우군의 사태가 정리된 다음에는 최대한 빠르게 사태를 해결할 수 있도록 도왔다. 상황을 알게 된 현혜는 치료에 필요한 인력과 장소를 내줬다. 이런 이유로 현혜에게 의탁했던 한화백은 연훈의 집으로 갔다. 조용한 덕에 그림을 그리기 좋아 불만은커녕 오히려 더 만족스러워했다.

한편, 무용은 일을 하기 위해 현혜와 만나며 병의 치료도 도왔다. 무용을 죽이려 몰려왔던 백성들이 이번에는 은혜를 구하러 모여들었다. 얄궂은 일이었다. 그래도 무용은 미혹 당했던 그들을 탓하지 않았다. 대신 다신 그런 일이 없도록 하는 게 중요하다고 생각하며 그들을 대했다. 이렇게 마음까지 돌봐주는 아량 덕분에 백성들의 칭송은 나날이 높아졌다.

무용은 하늘 같은 중전마마가 아니라 돌아보면 어디에나 빼꼼 손을 내밀고 있는 꽃처럼, 그렇게 싱그럽고 포근한 중전마마였다.

그리고 마침내, 오늘이 왔다. 근정전은 더 이상 피의 흔적을 찾아볼 수 없었다. 아름다운 비단과 꽃으로 경사를 맞이하고 있었다. 어느새 5월, 산뜻한 공기가 솟아오른 새싹의 싱그러움을 그대로 담아 전하는 계절이었다. 오늘은 마침 볕마저 좋았다.

해길은 따사로운 햇살을 받으며 면복을 입고 당당히 서 있었다. 상왕이 될 왕에게 전위 교서를 받는 중이었다.

"불초한 몸으로 감히 홍업을 이어받으니, 천운이 있어 한때는 치세를 이룬 듯했다. 하지만 부덕하여 효용하고 과욕한 자식을 두어 나라에 재변을 가져오고 말았다. 이에 하늘이 벌을 내려 숙질(오랜병)을 악화하였으니, 더는 정사를 감당할 수 없도다."

문영대군과 은우군이 일으킨 난, 그리고 자신의 병을 이유로 왕의 자리에 있을 수 없다는 뜻이었다. 잠시 말을 멈춘 왕은 목소리에 힘을 실어 다시 말을 이었다.

"하지만 세자는 덕이 많은바, 역사를 흔들 뻔한 혼란을 잠재우고 다시 순풍을 가져왔다. 현명하며 공손하고, 인품이 후한바 대위에 알맞다. 이미 대보(옥새, 임금의 자리)를 받아 정사에 전념토록 하였으되 지금 천하에 알리니, 대소신료와 백성은 이 지극한 경사를 맞이하라!"

이젠 해길이 이 나라의 왕이었다. 건듯 분 바람과 함께 풍악이 울렸다. 웅장하고 경쾌한 분위기가 근정전을 채우고도 넘쳐 곳곳으로 퍼져 나갔다.

"천세, 천세, 천천세!"

해길의 고개를 따라 면류관의 구슬이 반짝이며 움직였다. 그를 맞이하는 신료들의 얼굴이 밝았다. 왕이 살아서 덕이 있는 세자에게 선위를 하였으니, 누구도 뭐라 할 게 없는 경사였다. 더군다나 지금의 경사는 겹경사였다.

면복을 입은 해길의 앞에, 이젠 적의를 입은 무용이 서 있었다. 해길의 얼굴은 조금 전과 비교할 게 없을 정도로 밝았다. 뺨을 달군 온기와 입술에 밴 미소는 누가 보아도 세상에서 가장 행복한 사람이었다.

해길은 넋을 잃고 무용을 보았다. 왕위는 자신에게 주어진, 당연한 것이었다. 하지만 무용은, 자신에게 과분하고 또 과분했다. 무용이 나의 반려라니. 선명한 붉은 비단 덕분에 무용의 밝은 얼굴이 돋보였다. 어깨와 가슴에 달린 용보는 존엄함을 담은 듯했다.

하지만 그런 것보다 햇빛을 받은 잔머리가 반짝거렸다. 연홍으로 물들어 여린 미소를 피운 뺨이 싱그러웠다. 빛나는 눈동자가 곧고 깨끗해서, 보고 있으면 눈을 뗄 수가 없었다. 어찌 이렇게 고울까. 이리 아름다운 무용이 자신의 반려라는 걸 온 세상에 표할 수 있어 다행이었다.

"전하, 전하!"

석주가 해길에게 눈치를 줬다. 동뢰의식(부부가 술잔을 나누는 의식) 중이었는데, 무용을 보고만 있었기 때문이다. 기다리다 못한 무용이 먼저 술잔을 내밀었다.

"합근주를 안 받으실 겁니까?"

합근주, 부부의 연을 맺는 술이었다. 해길은 기쁜 마음으로 잔을 받았다. 시선이 맞은 순간, 두 사람이 뺨에 저절로 미소가 스몄다. 이제 누구도 이 둘에게서 서로의 곁을 빼앗을 수 없으리라.

즉위에 가례까지 이뤄졌으니, 나라 안이 전부 경사였다. 저잣거리를 지나는 백성들 또한 저들끼리 흥을 나눴다.

"워매, 역병이 아니었담서? 세상에 마상에. 뭔 그런 놈이 다 있다야."

"엠병! 은우군 그놈이 역도였단 게 밝혀진 게 언제 적인데! 이 양반이 산골에서 왔나."

"이게 다 세자저하, 아녀, 아니지. 주상전하와 중전마마 덕 아니여!"

"그러고 보니 중전마마께서 농사 말고도 뭘 하신다고 하셨는데…"

"중전마마께서? 뭔디? 마마께서 하시는 일이믄 나도 좀 해보게."

"고것이 말이요, 꽃집이라든가 뭐라든가…"

들뜬 목소리가 연훈의 집까지 넘어왔다. 이를 듣다 손님을 맞이한 연훈이 피식 웃음을 지었다.

"오늘이 날이긴 날인가 봅니다. 우상에 계방, 그리고 두 분 마마까지 이곳에 와 계시다니."

공영과 의견은 정책에 대해 논하기 위해, 무용과 해길은 한화백을 찾기 위해 온 길이었다.

"주상전하의 즉위와 두 분 마마의 혼인을 경하드리옵니다."

의견이 꾸벅 고개를 숙였다.

"저는 이런 엉망인 가례는 처음 보지만 말입니다."

연훈이 장난스럽게 빈정댔다. 해길이 씩 웃으며 농담을 받아쳤다.

"마음에 든다는 소리군, 그 무거운 면복을 두 번이나 꺼낼 필요가 없게 됐으니 잘되었지."

연훈은 선선히 고개를 끄덕였다. 가례와 즉위를 한 번에 치렀으니, 오늘의 경사는 두 배로 장대하게 보였다. 하지만 두 번에 나눠 할 일을 한 번에 했으니, 실질적으론 많은 시간과 물자를 절약한 것이었다.

"그런데, 부원군께서는 아직 그림을 그리고 계신 듯합니다."

공영이 한화백이 있는 별채를 향해 눈길을 주며 말했다. 한화백은 여전히 방에서 그림을 그리는 중이었다.

"사실 마마님들께 여쭈고 싶은 게 있었는데…."

연훈은 왜인지 말을 끌었다.

"궐로 돌아가면 다시 바쁜 날일 테니, 지금 해두면 좋을 듯합니다."

무용이 고개를 끄덕이며 말했다. 하지만 연훈은 한숨을 쉬었다. 그러자 공영이 말을 받아 이었다.

"그게… 옹주님께서 와 계십니다."

공영은 질린다는 듯 고개를 저었다. 때마침 안쪽 건물에서 드르륵 문이 열렸다. 그리고 현혜가 뛰어나왔다.

"마마님!"

안에서 기다리다가 무용의 목소리가 들려서 밖으로 나오는 중이었다.

"옹주님께서 마마님을 꼭 뵈어야겠다고 하셔서요."

공영이 한숨을 쉬었다. 현혜는 어느새 코앞에 와있었다.

"옹주님을 뵙습니다. 마마님들은 잠시 저와 말씀을 나누셔야 하는데….'"

"자넨 이런 날까지 일을 끌어올 참인가."

현혜가 연훈의 말을 잘랐다.

"할 수 있을 때 해두면 돌아오셨을 때 피로가 덜하시지 않겠습니까."

의건이 부드럽게 말을 돌리니 현혜가 고개를 끄덕였다. 하지만, 그 말대로 해줄 건 아니었다. 입술에 뜬 미소에는 장난기가 넘쳤다.

"그래, 일이라. 일이라면 나도 해야 하는 바이니, 마마님은 내가 데려가겠네."

현혜는 그대로 무용의 팔을 이끌었다. 아이리수 2호점의 일을 해야 하니 일이라면 현혜도 할 말이 있었다. 하지만 정말 일을 하려고 무용을 데려가려는 건 아니었다. 가례 준비로 한동안 무용의 코빼기도 보지 못했으니, 이야기를 나누고 싶어서 안달이 난 상태였다. 이런 마음을 아는 무용이 무용은 못 이기는 척 현혜를 따랐다.

"그럼, 잠시 뒤에 뵈어요."

무용과 해길은 이 와중에도 눈인사를 주고받았다.

"이리 다니시면 중전마마시라고는 생각도 못 하겠습니다."

현혜가 무용을 뚫어지게 보며 말했다. 물론 무용의 옷은 제법 질 좋은 비단으로 만든 것이긴 했다. 하지만 금박이나 자수가 화려하게

552

장식된 옷은 아니었다. 게다가 무용은 여느 때처럼 헐겁게 머리를 땋아 각시붓꽃 댕기를 매고 있었다.

"크게 다를 게 뭐가 있나요."

무용은 이리 말했지만, 사실 나름대로는 꽤 신경 쓴 것이긴 했다. 옷도, 댕기도 전부 마음에 드는 것으로 고른 옷차림이었다.

"어? 그러고 보니 그 옷이십니다."

이전에 해길이 현혜네 집으로 보내왔던 비단옷이었다. 부드러운 색감이 무용과 닮은 분위기였다.

"잘 어울리시는걸요, 마마님."

"어휴…."

마마, 자꾸 이어지는 어색한 호칭에 무용이 손을 내저었다. 하지만 그러다 말고 곧 고개를 흔들었다. 이젠 맞는 말이었다. 그러니 익숙해져야 했다. 쑥스러워하는 무용을 본 현혜는 장난기가 동했다.

"그런데, 머리는 올리지 않으십니까? 이젠 명실상부 기혼자이시면서."

현혜가 쑥 얼굴을 들이밀며 물었다.

"아!"

무용이 놀라 제 머리를 쥐었다. 너무 정신이 없던 통에 머리를 어째야 하는지에 대해서는 전혀 생각하질 않았다.

"가례는 길일을 따져야 한다고 해서요. 그 날짜에 맞춰 준비하다 보니 너무 정신이 없지 뭡니까."

"언제 봉황 첩지를 단 모습도 뵙고 싶습니다."

그리 이야기를 나누는 와중에, 밖에서 누군가 문을 두드렸다.

"옹주님, 유진사님께서 찾으십니다."

말을 전하러 온 사람은 공영이었다.

"이런, 너무 염려가 많다니까."

"염려요? 무슨 일이 있습니까?"

무용의 시선을 느낀 현혜는 미소를 지으면서 괜히 말을 끌었다.

"마마님, 저, 회임했습니다."

"와! 우와! 정말입니까? 그거 경사가 아닙니까!"

무용이 현혜의 손을 덥석 잡아 흔들었다. 현혜는 미소를 머금고
말을 이었다.

"정말이지요. 낭군이 겁이 많아 어딜 가도 염려라, 요즘 바깥에 다
니는 게 쉽지가 않습니다. 집에서 칠교만 칠백 번은 한 듯합니다."

현혜가 고개를 절레절레 흔들었다. 하지만 정말 싫다는 느낌은 아니
었다. 낭군과 있는 게 즐겁긴 했다. 다만 그 정도가 심했으니 문제였다.

"의원을 불러다 바깥바람을 쐬는 게 좋다고 말하라고 일러야겠습
니다."

"날이 좋으니 바람을 쐬는 것도 좋을 겁니다."

먼 곳에서 들리는 유진사의 목소리를 알아챈 현혜가 자리에서 일
어났다.

"마마님을 닮았으면 좋겠습니다."

"예? 저를요?"

현혜는 배를 감쌌다. 무용처럼 사랑스러운 사람이면 더 바랄 게
없었다.

"마마님, 혼례를 경하드립니다."

현혜는 미소가 스민 얼굴로 고개를 꾸벅 숙였다.

"경하드립니다, 마마."

문 앞에 서 있던 공영도 작게 미소 지으며 꾸벅 인사를 건넸다. 처

음 보았을 때만 해도 무용을 못마땅하게만 보던 공영이었다. 하지만 수많은 일을 겪으며 무용이 어떤 사람인지 알았고, 이젠 마음을 담아 이렇게 말할 수 있었다.

"고맙습니다."

소중한 사람들의 진심 어린 축하를 받은 무용은 가슴이 뿌듯해졌다.

현혜를 배웅한 무용은 별채 툇마루에 앉았다. 한화백을 기다리는 김에 집에 가져갈 꽃을 확인하려는 중이었다. 그때, 누군가가 훌쩍 담을 넘어왔다. 또 불쑥 연훈의 집으로 들어온 민이었다.

"대감?"

무용과 민은 근정전에서 난리가 났던 날 이후 처음 얼굴을 마주했다.

"마마님을 뵙습니다."

민이 엉거주춤 고개를 숙였다.

"…저를 보호해주신 것이라 들었습니다."

무용이 침묵을 깨뜨렸다. 나중에 민이 해길에게 명을 받고 일을 돕던 중이라는 사실을 들었다. 하지만 어떠한 감사나 사과가 나오질 않았다. 사정이 어땠다고 해도 자신이 당한 일이 사라지는 것은 아니었으니까.

"그렇다고 하더라도 저에게 그리하셔서는 안 됐습니다."

무용은 눈을 똑바로 맞추고 강한 어조로 나갔다.

"…제가 한 일을, 부정하고 싶진 않습니다."

똑똑히 부딪혀오는 민의 눈동자에 묘한 빛이 흘렀다. 민의 입술이 휘어지며 알 수 없는 미소를 그리고 있었다.

무용의 얼굴이 찌푸려지며 눈이 가늘어졌다. 이를 본 순간, 민은 퍼뜩 정신을 차리고 제 입을 막았다. 지금의 말도, 쓴웃음도 저도 모르게 새어나간 것이었다.

그날도 그러려던 건 아니었다. 충동이었다. 닿을 수 있다는 느낌이 든 순간, 손에 넣고 싶었다. 그렇지만 닿은 순간 깨달았다. 억지로 붙잡으려 하면 망가뜨릴 뿐임을. 이제는 그때처럼도, 그 전처럼도 다신 마주할 수 없었다. 어쩌면 지금이 눈을 맞출 수 있는 마지막 순간일지도 몰랐다.

멍하니 서 있는 민을 두고, 무용이 차근하게 걸어가 그 앞에 섰다. 그리고 손을 들어 뺨을 올려붙였다. 짝, 살이 맞부딪히는 소리가 났다. 간결한 손짓이었지만, 제법 매서웠다.

"제겐 끔찍했습니다."

민은 어리병병해졌다. 태어나서 처음 겪는 일이었다. 그래도 한 대 맞고 나니 정신이 든 걸까, 조금 전보다 무용을 제대로 볼 수 있었다. 이렇게 똑바로 시선을 맞춘 건 오랜만이었다. 이 맑고 곧은 눈동자가, 좋았다.

"…송구합니다."

사과를 하는 사람은 때린 무용이 아니라 맞은 민이었다. 무용은 알았다는 말 대신 입술만 꾹 물었다. 자신을 가지겠다는 민의 마음을 받아줄 생각은 조금도 없었다. 게다가 그런 행동은 더 말할 것도 없었다.

"대감은, 은인이시기도 하지요."

하지만 은우군의 칼을 막아준 것은 분명 고마운 일이었다. 그때 보았던 눈이라면, 믿을 수 있을지도 몰랐다. 그래도 전과 같이 지낼 수는 없었다. 그러니 적어도 깨끗이 끝내고 싶었다.

"저와 저하를 도와주셔서 감사합니다."

이게 자신이 할 수 있는 최선의 인사였다.

"이전에, 마마님께서 말씀하지 않았습니까."

민은 억지로 목소리를 높였다.

처음 무용을 보았을 때가 떠올랐다. 그땐 눈에 띈다고 생각했을 뿐이었다. 하지만 단지 눈에 띈 것이 아니라 눈 안에, 아예 마음 안에 들어온 것이었다. 그때 부정하지 말고 마음을 내비쳤다면, 아니면 차라리 지나쳐버렸다면…. 수도 없이 후회했지만, 어쩔 수 없는 일이었다. 무용이 마음에 품은 것은 자신이 아니니까.

민은 애써 굳은 얼굴을 풀고 웃음을 만들어 보였다. 평소라면 장난기로 굽어졌을 눈매가 그저 여리게 떨렸다.

"당장에야 부를 손에 넣는 게 득 같아도, 멀리 보면 오히려 손해가 되지요. 손님이 될 사람들을 영영 잃게 될지도 모르니 말입니다."

은우군은 부를 약속했으나, 해길은 미래를 제안했다. 민이 은우군이 아닌 해길을 택한 건 이런 이유였다. 하지만 그런 선택을 하게 만든 것은 무용 때문일지도 몰랐다.

무용과 민의 사이에 묘한 침묵이 오가던 중, 뒤쪽에서 해길이 나타났다.

"저하, 아니… 전하를 뵙습니다."

민은 꾸벅 고개를 숙였다. 해길의 얼굴이 차갑고 사나웠다. 민은 해길이 왕위를 가질 수 있도록 도운 공신이긴 했으나, 세자빈 내정자를 건드린 죄인이기도 했다. 그런 법도를 따지지 않더라도, 무용을 건드린 민은 해길에게 대역 죄인이었다.

"저는, 이만 물러가겠습니다."

민이 한 걸음을 물렸다. 무용의 얼굴이 자신과 있을 때와 완전히 달라져 있었다. 꽃피듯 떠오르는 미소도, 곧은 눈길도 자신의 것이 아니라는 사실을 새삼 깨달았다. 어차피 접어야 할 마음인 것을 알았지만, 안다고 다 할 수 있는 건 아니지 않은가. 마음이 생각대로 되질 않아서 또 속이 쓰렸다.

"혼인을 경하드립니다."

그런데도 무용에게서 눈을 뗄 수가 없었다. 마지막으로 그 눈을 다시 봐두고 싶었다.

"그럼, 안녕히…."

행복하기를, 그를 바라는 게 자신이 할 수 있는 최선의 일이리라. 민은 꾸벅 고개를 숙이고 자리를 떴다.

"…들으셨습니까?"

무용이 해길에게 물었다.

"잘했다."

"감히 왕자군의 뺨을 쳤는걸요?"

"감히 네게 몹쓸 짓을 하지 않았느냐."

이젠 신분으로 따져도 부족할 게 없었다. 하지만 그런 걸 따지지 않아도 무용은 그런 일을 당해선 안 될 사람이었다. 민이 한 짓을 생각하면 속이 뒤집히다 못해 뒤틀렸다.

"네가 뺨을 치지 않았다면, 내가 목을 쳤을 게다."

"어휴, 제가 목숨 하나 구했네요."

살벌한 말에 무용이 넉살을 부렸다. 해길이 정말 아우의 목을 쳤으리라 생각한 건 아니었지만, 그만큼 화가 났다는 건 알고 있었다.

"너는, 어찌 그리 너그럽고 강한 게냐?"

해길은 무용의 뺨을 감싸 입을 맞추고, 그걸로도 성에 차지 않아 반대쪽 뺨에 또 입을 맞췄다. 그런 뒤 시선을 맞췄다. 무용이 빙긋 웃음을 지었다. 무얼 하려는지 이미 알고 있는 눈이었다. 시선을 더욱 가까이하면서, 두 사람은 눈을 감았다. 그 순간, 달칵 문이 열렸다.

"으엇!"

"뭘 그리들 놀라나."

한화백이 봇짐을 메고 나오며 말했다. 사실 정리는 조금 전에 끝마쳤으나, 나갈 분위기가 아니어서 계속 나오질 못하고 있었다. 민이 왔을 때는 진지한 이야기를 나누는 건가 싶어 끼어들 수가 없었고, 해길이 왔을 때는 깨를 볶는 중에 나가자니 민망해서 나갈 수가 없었다. 그렇지만 그냥 두면 끝이 안 날 것 같아서 결국 대뜸 나온 것이었다.

한화백은 무용을 보며 입술을 꽉 물었다. 마마님이라, 아직은 어색한 그 말이 곧 전혀 이상하지 않게 되겠지.

"어서 가세. 날이 밝을 때 보고 싶으니."

무용과 해길, 한화백이 온 곳은 무용의 어머니를 모신 묘소였다. 묘 앞에 각시붓꽃이 놓였다. 각시붓꽃이 필 철은 아니었지만, 해길이 창순루에 미리 명해둔 덕에 때맞춰 꽃을 준비할 수 있었다. 무용의 어머니가 가장 좋아하던 꽃을 올리고 싶은 마음에 한 일이었다.

"꽃이 곱구나."

묵묵히 묘소를 보던 한화백이 말했다. 그는 무용의 댕기를 잠시 쳐다봤다. 무용이가 벌써 이만큼 자랐다는 걸 알면 당신은 얼마나 놀랄까. 한화백의 입가에 쌉쌀하면서도 따스한 미소가 떠올랐다.

"우리 사위네."

짧은 말이었지만, 무용의 어머니를 포함한 이곳에 있는 모두에게 중요한 말이었다. 세자와 세자빈, 이제는 왕과 중전. 그런 것이 아닌 매일을 함께할 가족, 반려란 뜻이었다.

"제 낭군입니다."

활짝 피어난 무용의 미소는 어머니가 바란 대로 힘차고도 고왔다.

"어머님께 인사 올립니다."

세 사람은 나란히 절을 올렸다. 이 말들을 들었어야 할 사람은 이곳에 없었다. 다만 마음만은 전해질 것이라 믿어 의심치 않았다.

어딘가 먼 곳에서부터 바람이 불어왔다. 스치는 나뭇잎 소리가 왜인지 웃음소리 같이 들렸다.

해가 뉘엿뉘엿 넘어갈 즈음, 세 사람은 산길을 거의 다 내려왔다. 조금만 더 가면 이제 꽃집이었다.

"에휴."

그런데 한화백이 한숨을 쉬며 걸음을 멈췄다.

"왜 그러십니까?"

"머리를 올릴 정신머리도 없는데 네가 혼인이라니."

아내에게 인사까지 하고 나니 마음이 더 싱숭생숭했다. 언젠가 무용이가 혼인하리라 생각은 했다. 하지만 제대로 그려본 적은 없었다. 더군다나 이런 사람과 연을 맺을 줄이야.

"어휴."

한화백은 해길을 보며 더 크게 한숨을 쉬었다. 세상을 다 뒤져도 이렇게 잘난 놈은 찾기 힘들겠지. 잘나도 너무 잘나서, 처첩을 따지는 정도로는 문제를 다 따질 수 없을 정도였다. 물론 해길은 약속대로 무용이를 첩이 아닌 처로 맞긴 했다. 그런데 그게 중전이라니. 그날도 분명 무용이를 중전으로 올릴 생각으로 그리 덥석 답을 했으리라. 그 배포를 생각하니 절레절레 고개가 저어졌다.

"흐음, 이대로 아버지를 따라 여행이나 갈까요?"

무용이 고개를 갸웃거리며 고민하는 척 말했다.

"아서라, 중전이 사라졌다고 난리를 만들 셈이냐?"

마음 같아서야 무용이와 함께 떠나고 싶었다. 하지만 이게 무용이 함께 가겠다고 나서는 게 저를 위로해주려는 것이지 진심으로 바라서 그러는 게 아니라는 것쯤은 알았다. 게다가 만일 무용이를 정말로 데려간다면 난리가 날 것 같았다. 저놈이라면, 온 나라를 다 뒤엎어서라도 무용이를 찾아낼 것만 같으니까.

"궁궐은, 산속보다도 험한 곳인데…."

한화백은 무용의 손을 꼭 잡았다. 무용은 반대쪽 손을 끌어와 오히려 한화백의 손을 감싸 주었다.

"어휴, 제가 못해낼 것처럼 보이십니까?"

손을 잡아 괜스레 흔들던 한화백이 쯧, 혀를 찼다. 무용이 미덥지 못해서 그런 게 아니었다. 해길이 정말 좋아서 어쩔 줄을 모르겠다는 듯 무용을 보고 있었기 때문이었다. 저러다 눈에서 꿀이라도 떨어지는 게 아닌가 싶은 얼굴이었다. 괜스레 손을 꼼지락대는 게, 자신만 없으면 벌써 끌어안았을 것이란 생각이 들었다. 평소 목석같은 사람이 자신의 딸 때문에 이리 구는 걸 보니 기분이 묘했다. 한화백은 해길을 훑어보던 시선을 거두고 고개를 끄덕였다.

그래, 어찌 되든 함께 있으면 행복하겠지. 둘은 그런 사이였다.

"자, 이걸 받아라."

한화백이 등에 지고 있던 짐에서 작은 두루마리를 꺼냈다. 오늘 연훈의 집에서 나오기 직전까지 다듬었던 그림이었다.

"집에서 주시면 안 됩니까? 그림이 상할까 염려됩니다."

"됐다. 꽃집에는 둘이 가거라. 벌써 노을이 지니, 지금 가야 배 시간을 맞출 수 있을 거다. 벌써 5월도 한창이 아니냐. 꽃이 또 피었을 테지."

5월에도 아내와 함께 보았던 꽃이 또 피었다. 한화백은 무용의 손에 두루마리를 쥐여 주고, 해길의 손을 끌어와 이를 함께 쥐도록 했다. 그리고 무용과 해길에게 차례로 눈을 맞췄다.

"제 선물입니다. 함께 보시지요."

딸랑, 꽃집 아이리수의 풍경이 울렸다. 반가운 울림이었다. 오랜만의 귀가에 들뜬 무용은 들어가다 말고 문을 붙잡고 섰다.

"어서 오세요, 꽃집 아이리수입니다."

무용이 손님을 대하는 양 장난을 쳤다. 해길은 피식 웃고 무용을 품에 안아 들어 눈을 맞췄다.

"나는 손님이 아닌데?"

"그건 그렇죠, 그럼… 다녀오셨습니까?"

무용이 고개를 갸우뚱 기울이고 물었다.

"그래, 다녀왔다."

이 답이 마음에 든 무용은 헤실헤실 웃으며 해길을 꽉 안았다. 해길은 안겨 오는 무용을 추켜서 제대로 안아 들고 성큼성큼 꽃집 안을 향했다. 무용은 쑥스럽긴 했지만, 해길이 좋아하는 얼굴을 보니 내릴 수가 없어져 몸을 맡겼다.

안으로 들어가니 마당에는 전에 본 달맞이꽃이 훌쩍 자라 있었다.

"어? 달맞이꽃이 벌써 하나 피었습니다."

무용은 꽃을 보자마자 내려달라며 해길의 어깨를 두드렸다.

아직 달이 뜨지 않았는데도 노란 달맞이꽃 한 송이가 피어있었다. 꼭 그게 자신을 반기는 것만 같았다.

맞이해 주는 꽃은 달맞이꽃뿐만이 아니었다. 철이 지난 이팝나무도, 철이 이른 자귀나무도 꽃을 달고 자신을 반기고 있었다. 자귀나무 꽃이 꽤 많이 핀 덕분에 달콤한 꽃향기가 그득했다.

"저하, 자귀나무에 벌써 꽃이 피었습니다."

무용이 숨을 들이쉬며 자귀나무 아래로 갔다. 볕이 좋은 자리라, 늘 이르게 꽃을 피우긴 했다. 하지만 오늘 같은 날 자귀나무 꽃을 보니 특별한 기분이 들었다.

무용은 떨어진 꽃 한 송이를 주워들고 나서 마루에 걸터앉았다. 그러자 해길이 그 곁에 앉았다. 여느 때와 같았다. 둘에게는 이제 서로가 느껴지도록 바짝 붙은 거리가 당연했다.

"그런데, 아버지께서는 무얼 주시고 가신 걸까요?"

두 사람은 봇짐에서 두루마리를 꺼내 함께 펼쳤다. 한화백이 주고 간 그림은 정성을 다해 그린 화조도(花鳥圖)였다.

"연꽃과 오리라."

다정하게 붙은 오리 두 마리가 같은 곳을 보고 있었다. 두 오리는 금방이라도 앞으로 갈 것만 같았다. 곁의 연꽃은 막 피어난 것인지 보드라워 보였다. 물기를 함빡 머금은 게, 싱그럽기도 했다. 멋진 그림이었지만, 한화백이 이를 그린 건 단지 멋져서가 아니었다. 오리와 연꽃이 부부의 금실을 뜻하기에 이를 그려 준 것이었다.

"좋은 그림을 그려주셨구나."

무용은 왠지 울컥했다. 해길도 묘한 기분을 느꼈다. 한화백이 딸의, 사위의 행복을 바라며 그린 아버지의 마음을 느꼈기 때문이다.

"나도 네게 주고 싶은 게 있다."

"아버님께 선수를 빼앗겼구나."

해길이 무용에게 작은 상자를 건넸다. 상자 안의 보자기와 종이를 풀자 노리개 두 개가 나왔다. 알이 굵은 진주로 만들어진 삼천주노리개와 은으로 된 삼작노리개였다. 색이며 무늬, 장식, 매듭 하나까지 전부 무용을 세심히 생각해서 고른 티가 났다.

"이것이 무엇입니까?"

"네 것이다."

삼천주노리개는 중전만이 가질 수 있는 물건이었고, 은삼작노리개는 여염집에서 신부를 위해 준비하는 물건이었다. 신묘한 인연이 이어져 여기까지 왔으니, 무용이 가질 수 있는 모든 걸 모두 주고 싶었다.

"그리고 이건… 내가 네게 주고 싶어 준비한 것이다."

해길이 꺼낸 건 금과 옥, 자색의 보석을 다듬어 각시붓꽃 모양으로 만든 머리꽂이였다. 예법이나 전통에는 없는 것이나, 무용에게 꼭 각시붓꽃을 주고 싶어서 특별히 만든 물건이었다. 해길은 조심스러운 손길로 무용의 귓가에 머리꽂이를 꽂았다.

"이제 댕기를 맬 수 없을 테니, 대신 이를 해주지 않겠느냐?"

댕기의 각시붓꽃이 그랬던 것과 같이, 언제나 피어있을 꽃이었다. 물론 진짜 꽃만큼 곱겠느냐마는, 시들지 않는 꽃을 주고 싶었다. 영원히 함께하자는 약속을 하기 위해 준비한 물건이기 때문이었다.

"내 부인이 되어주겠느냐?"

답을 모르는 건 아니었다. 하지만 이를 제대로 묻지 못한 것도, 답을 듣지 못한 것도 마음에 걸렸다. 무용이 괘념치 않는다는 걸 알고 있으니, 그저 자신이 답을 듣고 싶어 묻는 것일지도 몰랐다.

"이미 부인인걸요."

지금 세상에서 가장 행복한 사람은 아마 해길이리라. 자신의 손을 잡아 준 무용이 있어서, 해길은 지금 그 누구보다도 행복했다.

"전하께서도 제 낭군이시지요?"

"그래."

해길이 무용의 손을 맞잡으며 답했다.

"지는, 이 꽃을 드리겠습니다."

무용은 조금 전 가져온 자귀나무 꽃을 해길의 귓가에 꽂았다. 분홍색 꽃이 풍기는 달콤한 향기가 두 사람 사이를 감쌌다.

"그 꽃이 지면 금낭화를, 그다음에는 바람꽃을, 그러다 가을이 오면 국화를, 겨울이 오면 동백꽃을, 다시 봄이 오면⋯ 그래, 봄맞이를 드리지요."

지금 핀 꽃이 시든다고 해도 괜찮았다. 앞으로는 언제까지나 함께할 테니까.

무용의 약속은 해길의 약속과 같은 의미였다. 부드러운 바람에 해길의 귓가에 꽂힌 꽃이 흔들렸다. 무용은 꽃을 고쳐 꽂으려 손을 뻗었다. 그러자 해길이 그 손을 덥석 잡아끌었다. 그리고 조심스레, 입을 맞췄다. 그렇게 하지 않고는 견딜 수가 없었다. 가슴 안이 저리고 아리고 뜨거워서 터질 것 같았다. 숨결이 전해진 탓일까, 무용이 간지럽다는 듯 웃었다. 뺨에 연홍색 온기가 피어올랐다. 마침 하늘마저 점점 따듯한 색이 되어 가서, 그 온기가 사방을 물들인 것만 같았다. 이젠 가슴 안에 있던 열이 몸 밖으로 뻗쳐 숨을 쉬기가 괴로웠다. 언제나 고왔지만, 오늘은 유독 아름다워 숨이 막힐 지경이었다.

하지만 또 내일에는 더욱 아름다워서, 절대 눈을 뗄 수 없게 할 테지….

"아."

다시 불어온 바람에 하얀 꽃이 두 사람에게 내려왔다. 응달에 서 있던 이팝나무가 내려준 꽃이었다. 무용은 해길의 목덜미에 내려앉은 꽃을 매만졌다.

"처음 만났을 때도 흰 꽃을 달고 계셨습니다."

처음 만난 순간부터, 지금까지 있었던 수많은 일이 무용의 머릿속을 훑고 지나갔다. 그동안 얼마나 많은 일이 있었던가. 앞으로는 더 많은 일을 함께할 터였다.

"그날 만나지 못했다면, 저는 지금도 혼자 이 꽃집에 있었을까요?"

해길을 만나지 않았다면, 자신은 지금도 꽃집에 앉아 누군가 오기만을 기다렸을지도 몰랐다. 하지만 이제 자신에게는 찾아갈 사람이 있었다. 물론 그는 자신을 기다리게 하지 않을 사람이었다.

"아니, 내가 널 찾았을 것이다."

배시시 웃음이 나왔다. 근거 없는 확언이 왜 믿음직하게 느껴질까. 이리 마주하고, 같은 웃음을 지어주는 덕분일지도 몰랐다. 왠지 가슴이 벅차고 뿌듯해서, 울컥, 무언가 뜨거운 게 차올랐다.

"설마, 나를 두고 꽃집에 있겠다고 할 건 아니겠지?"

무용은 고개를 저었다. 구태여 돌아갈 이유가 없었다. 해길이 있다면, 어디든 꽃집이 될 수 있으니까. 해길이 있기에 싹트고 피어나는 게 얼마나 많은지, 그렇게 자라난 것들은 또 자신을 얼마나 행복하게 하는지….

"제가 찾는 것은 여기 있는걸요."

"내가 찾는 것 또한 여기 있구나."

서로의 눈에 시선을 꼭 맞추고, 두 사람은 약속이라도 한 듯 가까이 다가갔다. 그리고 나비가 꽃에 내려앉는 것처럼 자연스럽게 입을 맞췄다. 숨을 묶어, 연을 묶어 바짝 닿은 입술이었다.

꽃, 꽃 한 송이에 담긴 내력이 얼마나 긴가. 무용과 해길은 그 모든 이야기를 주고받듯 입을 열고 숨을 나눴다. 맞닿은 온기가 서로를 채워갔다. 그러안은 손길은 보드라운 꽃잎을 쥐는 것처럼 조심스러우면서도, 한순간도 놓치지 않으려는 것처럼 강했다. 모든 것이 소중하고, 꽃이 피어나듯 아름다웠다.

보드라운 이팝나무 꽃도, 향기로운 자귀나무 꽃도 얼마 지나지 않아 질 테지만, 그때는 마당의 달맞이꽃이 피어날 터. 계절에 저문 꽃 아래로 열매가 맺히고, 그 안에서 씨앗이 맺히고, 씨앗은 열매가 되고, 열매는 또 씨앗이 되며 그렇게 꽃은 또 피리라. 무용과 해길은 그렇게 꽃다운 하루하루를 나아가리라.

〈끝〉